CAPSCOVIL

DR.E

Die Autoren

Niall MacRoslin

Niall MacRoslin wurde in Edinburgh, Schottland geboren und wuchs dort auf. Nach der Schule ließ er den grauen Himmel Schottlands hinter sich, um am Trinity College in Dublin moderne Sprachen zu studieren. Nicht lange danach entdeckte er in Irland seine Zuneigung für das Deutsche und siedelte für ein Jahr zum Bodensee um.

Nach seiner Rückkehr war Niall als Lehrer, Buchkritiker und Lektor tätig. Zusätzlich erhielt er seinen Master in Übersetzung, arbeitete nebenbei als Barkeeper und Bedienung und führte für kurze Zeit einen Charity-Shop. All dies sieht er als eine hervorragende Grundlage für sein neues Unterfangen als Schriftsteller. Auch wenn ihm das nicht bei der Übersetzung von Hegel half.

Niall lebt derzeit in London, wo ihn die tief hängenden Wolken an seine Heimat erinnern.

Alice N. York

Alice N. York wuchs nicht allzu weit von ihrem Geburtsort in der Nähe von München auf. Mit einem gesunden Wissensdurst auf Technik ausgestattet, studierte sie Wirtschaftsingenieurwesen und nahm die Herausforderung zum Spiel ihres Lebens an.

Bevor sie ihre zweite Karriere als Autor begann, arbeitete sie für verschiedene Firmen in der Technologie-Industrie, was sie in die unterschiedlichsten Teile der Welt führte. Seither hat sie zu ihren Wurzeln zurückgefunden und folgt wieder dem Ruf ihres Herzen. Es erinnert sie täglich daran: Wer nichts wagt, der nichts gewinnt.

Alice lebt momentan außerhalb von München in der Nähe der Alpen.

Niall MacRoslin

Alice N. York

PROJEKT BLACK HUNGARIAN

SPIONAGEROMAN

CAPSCOVIL

EIN CAPSCOVIL BUCH | GLONN | GERMANY

Besuchen Sie CAPSCOVIL auf

LINKEDIN | TWITTER | FACEBOOK | YOUTUBE | PINTEREST

www.capscovil.de

www.blackhungarian.de

DEUTSCHE ORIGINALAUSGABE

*

1. Auflage August 2014
Perfect Paperback

ISBN Print 978-3-942358-49-1
Veröffentlichung auch als eBook

Buchdekorateurin: Louisa Kronthaler
Covergestaltung: Capscovil
Coverbild: Gerhard Tikovsky
Bilder/Sketches: Capscovil

Das Coverbild entstand in Anlehnung an ein Foto, das während der Grossmünster-Projektionen — Sujets des bekannten Schweizer Lichtkünsters Gerry Hofstetter am Abend des 7. Juli 2013 anlässlich des Zürifäscht projiziert auf die Grossmünster-Kirche in Zürich — aufgenommen wurde.

Die Geschichte

Das *Board for Industrial Research and Development* beeinflusst seit 1929 alle wichtigen politischen Entscheidungen. Man hat noch nie von BIRD gehört, keiner kennt die Mitglieder. Sie sind effektiv, verschwiegen und professionell. Und sie arbeiten unter dem Schutzmantel einer international tätigen Beraterfirma. Doch eine neue Entwicklung könnte weitreichende Konsequenzen für BIRD und ihre Kunden haben. Eine Entscheidung muss getroffen werden.

In einem weitreichenden Feldversuch soll eine neue Technologie getestet werden und die Elektroauto-Expedition WAVE bietet die perfekte Tarnung dafür. BIRD ergreift die üblichen Maßnahmen, um den erfolgreichen Abschluss zu verhindern. Ein Team wird eingeschleust. Das Standard-Prozedere. Die Operation bietet eine gute Gelegenheit, um die nächste Generation von Mitarbeitern einzuführen. Doch die neu rekrutierten Spione sind jung, impulsiv und handeln aus Überzeugung. Schnell droht die Operation aus der Spur zu laufen, denn BIRD hat nicht mit einem weiteren Faktor gerechnet: Eine Elite-Einheit von Spezialisten der Firma DISECUPRO, die zum Schutz des Entwicklungsingenieurs und der Technologie eingesetzt werden.

Plötzlich ist WAVE mehr als nur eine Expedition.

Das Projekt

Projekt Black Hungarian ist das erste Buch seiner Art:

In dem Buch werden tatsächliche Ereignisse der Elektroauto-Rallye WAVE 2013 mit einer fiktiven Spionagegeschichte verbunden. Ein besonderes Schmankerl ist, dass der Leser über die Spion-Figuren einen Einblick in die derzeit gängige Abhörpraxis von Geheimdiensten erhält. Aktuelle Entwicklungen im Bereich Elektromobilität sind ebenso in die Story eingeflossen.

Der Verlauf der Geschichte folgt den Orten, die während der Rallye besucht wurden. Ausgewählte Teilnehmer liefern die Vorlage für Figuren in dem Spionageroman.

DIE ROUTE

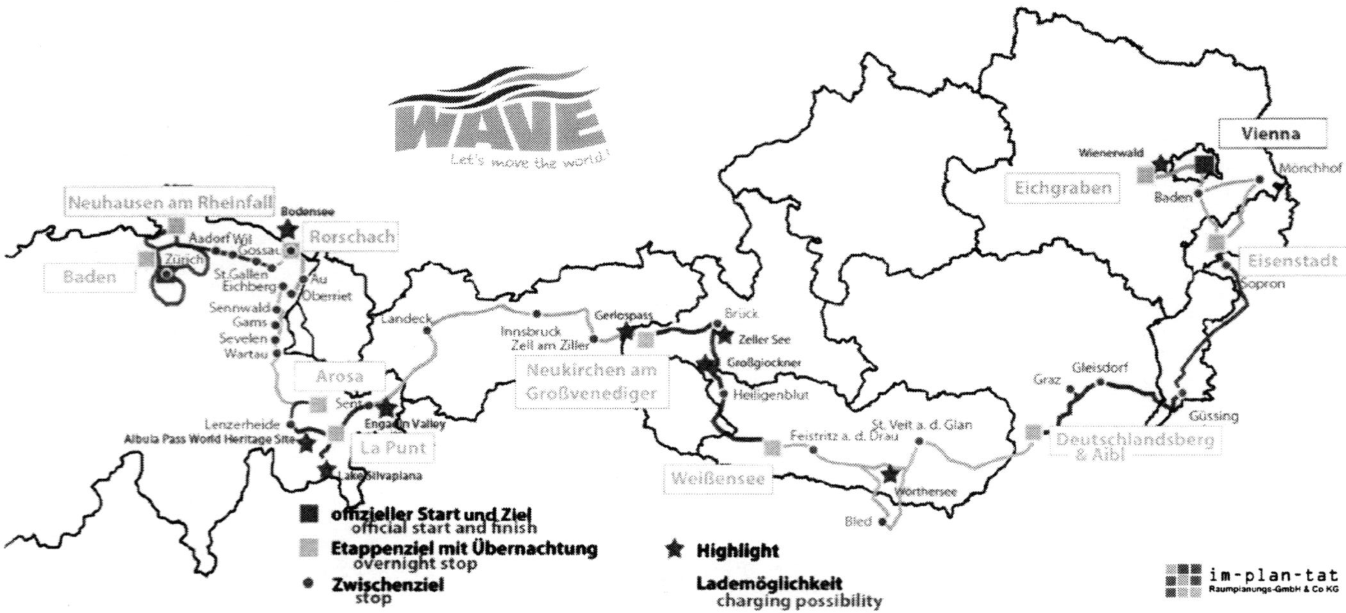
WAVE
Let's move the world!
Neuhausen am Rheinfall
Bodensee
Rorschach
Baden
Zürich
Aadorf Wil
Gossau
St.Gallen
Eichberg
Au
Oberriet
Sennwald
Gams
Sevelen
Wartau
Arosa
Sent
Engadin Valley
Lenzerheide
Albula Pass World Heritage Site
La Punt
Lake Silvapiana
Landeck
Innsbruck
Zell am Ziller
Gerlospass
Neukirchen am Großvenediger
Bruck
Zeller See
Großglockner
Heiligenblut
Feistritz a. d. Drau
Weißensee
St. Veit a. d. Glan
Wörthersee
Bled
Graz
Gleisdorf
Deutschlandsberg & Aibl
Güssing
Sopron
Eisenstadt
Mönchhof
Vienna
Wienerwald
Baden
Eichgraben
offizieller Start und Ziel
official start and finish
Etappenziel mit Übernachtung
overnight stop
Zwischenziel
stop
Highlight
Lademöglichkeit
charging possibility
im-plan-tat
Raumplanungs-GmbH & Co KG

FIGUREN IM BUCH

Christian Adler	CEO von Adler Reilly und BIRD
Dominik Brandt	Director Operations von BIRD
Céline Dufort	Director Finance von BIRD
Walter Mikesch	Director Intelligence von BIRD
Nils Karrat	Jung-Spion bei BIRD
Hendrik Herder	Jung-Spion bei BIRD
Alain Blanc	Unternehmer und Investor
Peter Prohaska	Spion bei BIRD in der Abteilung Intelligence
Marc Kudling	Ext. Spezialist für Elektroautos bei Adler Reilly
Uwe Macellaio	Ext. Spezialist für Gefahrgut bei Adler Reilly
Magali Zampieri	Agentin bei DISECUPRO - Personenschutz
Martin Tauer	Agent bei DISECUPRO - IT-Sicherheit
Frank Loden	Chief of Integrity bei DISECUPRO
Arina Rhomberg	Gründerin und Inhaberin von DISECUPRO
Tom Schmidt	Unternehmer und Freund von Alain
Andrej Pečjak	Technologe und Inhaber des Institut Metron
Jasna Pečjak	Geschäftsleitung bei Institut Metron
Stephan A. Schwarz	Clubpräsident des Schweizer Tesla Clubs
Louis Palmer	Tourdirektor und Veranstalter der WAVE
Eva Štravs	Leiterin Tourismus BLED
Janez Fajfar	Bürgermeister BLED
Tamara Hillinger	WAVE Teilnehmer
Manfred Hillinger	WAVE Teilnehmer/Vize-Präsident Tesla Club Austria
Marco Mila	WAVE Teilnehmer
Simone Barra	WAVE Teilnehmer

Jochen Breuer	WAVE Teilnehmer
Andreas Wacker	WAVE Teilnehmer
Angela Wacker	WAVE Teilnehmer
Erich Camenisch	WAVE Teilnehmer
Peter Franke	WAVE Teilnehmer
Jean-Pierre Pané	WAVE Teilnehmer
Monika Pané	WAVE Teilnehmer
Florian Berg	Schüler, schreibt Erfahrungsbericht über WAVE
Stephan Schwartzkopff	WAVE Teilnehmer
Olaf Feldmann	WAVE Teilnehmer
Rafael DeMestre	WAVE Teilnehmer
Anastassyia Jurina	WAVE Teilnehmer
Ernst Scheufel	WAVE Teilnehmer
Hannes Hauer	WAVE Teilnehmer
Gordon Feet	WAVE Teilnehmer
Leora Rosner	WAVE Teilnehmer
Robort Michelsen	WAVE Teilnehmer
Johann Axmann	WAVE Teilnehmer
Franz Sattler	WAVE Teilnehmer
Andre Lugger	WAVE Roadside Assistance
Thomas Rot	WAVE Roadside Assistance
Vivien Renlo	WAVE Supportteam
Jaromir Vegr	WAVE Supportteam
Andreas Ranftl	WAVE Supportteam

PROLOG

Dominik

Frühjahr – Wien

„Wir müssen uns treffen."

„Jetzt?!"

„Jetzt."

„OK, Dominik – ich hoffe für Sie, dass es wichtig ist."

Das war es. Doch er bezweifelte, dass Adler es so sehen würde. Christian Adler, Vorstandsvorsitzender von Adler Reilly, Enkel von Tobias Adler: Visionär, Einwanderer, Firmengründer. Tobias, der mit nichts als einem reinen Gewissen auf die Welt kam und trotzdem sein Schicksal für sich entschieden hatte. Christian, der vor lauter Reichtum vergessen hatte, sich Gedanken um einen Erben zu machen. Es muss seltsam sein, dachte Dominik Brandt, das Ende der eigenen Dynastie mitzuerleben.

Er saß in der Präsidentensuite des Hotel Sacher, eine der vielen Wiener Annehmlichkeiten für die Reichen und Berühmten. Die Madam Butterfly Suite, wie der Raum auch genannt wurde, war mit ihren sechs Zimmern inklusive Flur, Ankleide-, Ess- und Konferenzzimmer größer als ein durchschnittliches Familienwohnhaus. Das großzügige Schlafzimmer mit angrenzendem Badezimmer im Art Déco-Stil und Blick über die Stadt vervollständigte das Gefühl von Luxus. Alles war für die Ankunft des CEOs vorbereitet. Doch der Kaffee, die frischen Früchte und das Gebäck, mit dem der lange Konferenztisch gedeckt war, würden vergeblich auf ihren Genuss warten. Eine Ausnahme mochte das exquisite Fidschi-Wasser bilden.

Am Kopfende, dem Stammplatz, den der Vorsitzende für sich beanspruchte, egal wie viele Personen an der Besprechung teilnahmen, hatte Dominik ein kleines, äußerst sorgfältig zusammengestelltes Dossier mit den Erkenntnissen des Director Intelligence platziert. Er rückte es kurz zurecht, bis es rechtwinklig zur Tischkante lag, setzte sich und wartete. Der Director Intelligence war nicht vor Ort, würde sich aber wie seine beiden Kollegen von der Finanz- und Rechtsabteilung per Video zuschalten.

Niemand würde an der Tür anklopfen, denn Adler klopfte nicht. Besonders dann nicht, wenn er aus einer Besprechung im UN-Gebäude geholt wurde. Was war es diesmal gewesen? Dominik konnte sich nicht erinnern. Wie immer war es etwas äußerst Wichtiges und Offizielles; und betraf Adler Reilly, nicht BIRD. Vielmehr erwartete der CEO, an der Tür begrüßt zu werden. Als Dominik die gedämpften Schritte vernahm, die gleichzeitig etwas Ruhiges und doch Bedrohliches hatten, sprang er auf und ging zielstrebig zur Tür.

„Dominik, Ihre Planung ist wie immer tadellos."

Der gewohnte Hauch von Sarkasmus und Überlegenheit begleitete ihn. Sie begrüßten sich mit einem sachlichen Händedruck. Adler war einen Kopf größer als seine Nummer zwei, doch gut dreißig Jahre älter, was sein graues Haar mehr als verdeutlichte. Beide waren makellos gekleidet. Wie Dominik vermutet hatte, goss sich Adler ein Glas Wasser ein und er fragte sich, worin sie sich beide unterschieden.

Die maßgeschneiderten Anzüge, Schweizer Uhren, handgefertigten Schuhe, ja selbst ihre gebräunte Haut glichen sich wie ein Ei dem anderen. Und doch verströmte Adler aufgrund seines Alters und seiner Stellung eine Autorität, die ihm – Dominik – durch seine schulbubenhafte Gewöhnlichkeit fehlte. Natürlich spielte die Erfahrung eine entscheidende Rolle, doch lag es nicht auch daran, wie man aufwuchs? Der CEO hatte das unverkennbare Selbstvertrauen, die Unbekümmertheit, die Menschen aus guten Verhältnissen angeboren scheint: Der Was kostet die Welt Charme, der mit gehobener Bildung und finanzieller Absicherung Hand in Hand ging.

Er selbst hingegen war weder unbekümmert noch besonders charmant und seine Selbstsicherheit war das Produkt harter Arbeit. Wo Adler Macht ausstrahlte, konnte er nur auf seinen puren Ehrgeiz setzen. Vielleicht nicht die löblichste aller Qualitäten, dennoch eine, die sich auszahlen konnte, besonders weil Adler keine Erben hatte.

„Lassen Sie uns anfangen."

„Alle Details finden Sie hier", wies Dominik auf das Dossier am Kopfende hin. Wie immer ließ er den CEO einige Momente mit der Lektüre alleine und genoss die kurze Pause, um sich im Gäste-WC die Hände zu waschen. Das abrupte, ungläubige Knurren holte ihn in den Konferenzraum zurück.

„Elektroautos?" Adler schüttelte seinen Kopf. Er war alt genug, um sich aus Erzählungen seines Vaters noch an das erste Modell zu erinnern: Weniger ein Auto als vielmehr eine elektrisch betriebene Kutsche. Entwickelt von einem Briten namens Thomas Parker, der sich unter anderem durch die Versorgung der Londoner U-Bahn mit Strom einen Namen gemacht hatte. Sicherlich hatte Adler mitbekommen, dass diese Art von Fahrzeugen nun ihren Platz in der automobilen Zukunft einnahm.

„Ist das ein schlechter Scherz?" Da war sie wieder, die Ruhe, in der doch gleichzeitig etwas Aggressives mitschwang.

„Kein Scherz. Im Gegenteil, tödlicher Ernst." Wieder fühlte sich Dominik bestätigt, hatte er doch genau diese Reaktion vorausgesagt. Daher hatte er auch rechtzeitig die anderen drei Vorstandsmitglieder informiert und in die Besprechung eingeladen. Seine Kollegen standen auf Zuruf bereit.

„Sie wollen mir ernsthaft weismachen, dass uns dieses Rennen einen erheblichen Schaden zufügen kann? Wie heißt es doch gleich?" Adler blätterte kurz in dem Dokument. „WAVE Trophy?"

„Nicht ganz. Der Ausgang ist unwichtig und es ist eine Expedition, kein Rennen." Ein Hauch von Genugtuung hatte sich in Dominiks Stimme geschlichen. „Was wir nicht aus den Augen lassen dürfen, ist der Test. Die Technologie. Wenn unsere Informationen korrekt sind – und bisher waren wir selten falsch informiert – dann ist unter den Fahrzeugen ein familientauglicher, erschwinglicher Prototyp, der mühelos eine Reichweite von 1000 Kilometern ohne Nachladen zurücklegt. Wissen Sie, welche Auswirkungen diese Leistung haben kann?"

Der CEO zeigte keine Regung.

„Wenn dieser Test erfolgreich ist, können wir unsere Einkünfte aus dem Ölgeschäft und die entsprechenden Kunden abschreiben", warnte Dominik.

Adler schien nachzudenken. Sie hatten früher schon richtig gelegen. 2008. Deshalb wandelten sie damals die Konzernstruktur in eine Holding-Gesellschaft um, und hatten sehr wahrscheinlich deswegen überlebt.

„Woher wissen Sie von dem Test?", wollte der CEO wissen.

„Wir haben in London eine Textnachricht abgefangen. Kam von einem Prepaid-Handy. Nicht zurückverfolgbar", informierte ihn Dominik.

„Geben Sie mir Dufort."

Sie war die Einzige, der Adler blind vertraute. Die Direktorin Finanzen und Adler sprachen dieselbe Sprache. Den Firmenanwalt sah er als notwendiges Übel, dem man möglichst aus dem Weg ging. Der größte Dorn in seinem Auge war jedoch eine ganz bestimmte Person.

Adler hegte ein tiefes Misstrauen gegenüber Walter Mikesch, dem Director Intelligence. Wahrscheinlich lag es daran, dass sogar Adlers intimste Geheimnisse vor Walter nicht sicher sein konnten. Dabei war es Adler selbst gewesen, der Walter diese Macht verschafft hatte.

Dominik fragte sich immer wieder, wie weitreichend das Netzwerk ihres CEO sein musste, damit sie Zugang zu diesen Systemen hatten, die eine nahezu unbegrenzte Datensammlung und -auswertung ermöglichten.

Selbst die Kommunikation eines ganzen Landes, alle Emails und Textnachrichten, die versandt und alle Telefongespräche, die geführt worden waren, konnten analysiert, nach unterschiedlichsten Kriterien zerpflückt und auf einzelne Personen und deren Umfeld reduziert werden. Detaillierte Profile samt persönlichen Vorlieben, Fotos, Familien- und Freundschaftsverhältnissen und natürlich der aktuellen Finanzlage einer Person waren auf Knopfdruck verfügbar.

Nach außen repräsentierte Christian Adler immer noch den gewaltigen Beraterkonzern Adler Reilly, dessen Grundstein von seiner Familie kurz vor Beginn des 20. Jahrhunderts gelegt worden war. In Wirklichkeit jedoch hatte sich Adler seit einigen Jahren aus dem Tagesgeschäft verabschiedet und tat nichts anderes mehr, als sein vielschichtiges Netzwerk aus gegenseitigen Gefälligkeiten zu pflegen. Er trat damit in die Fußstapfen seines Großvaters Tobias Adler, der das *Bord of Industrial Research and Development* 1929 gründete, nachdem unvorhergesehene Ereignisse seine Beraterfirma an den Rand des Ruins getrieben hatten. BIRD operierte selbständig als geheime Organisation im Schutz von Adler Reilly und sorgte weltweit mit Vertretern in wichtigen Positionen dafür, dass die Beraterfirma ihre dominante Stellung in allen Marktsegmenten behielt. Neben Lobbyismus gehörten Überwachung und Erpressung zum Handwerkszeug von BIRD. Einflussreiche Personen wurden so in Schach gehalten. Selbst ein Mord war kein Tabu. Deswegen hatten nur die Direktoren Kenntnis über alle Operationen, die weltweit liefen.

Dominik war sich sicher, dass es Adlers mächtige Beziehungen in Industrie und Regierung waren, die ihn in dem Glauben ließen, gegenüber Walter am längeren Hebel zu sitzen. Im jährlichen Budget waren für dessen Bereich etliche Daueraufträge mit zweistelligen Millionenbeträgen ausgewiesen. Alle Details dieser Vereinbarungen kannte neben Adler nur Céline Dufort.

Dominik stellte wortlos die Konferenzschaltung her und Céline Dufort erschien auf der mittleren der drei Videoleinwände. Nach zwei weiteren kurzen Tastenkombinationen wurde sie von den beiden anderen Mitgliedern des Führungsgremiums flankiert. Auch wenn Adler nicht speziell nach ihnen gefragt hatte und sie zu diesem Zeitpunkt nicht allzu viel beitragen konnten, war ihre Anwesenheit bei wichtigen

Entscheidungen wie dieser erforderlich.

„Céline, danke, dass Sie den Termin einrichten konnten. Sie strahlen heute wieder ganz besonders, selbst über die Satellitenverbindung sind Sie eine Augenweide." Er war immer noch attraktiv genug, um eine Frau erröten zu lassen. Besonders dann, wenn sie seine volle Aufmerksamkeit genoss. „Sagen Sie mir, ist es wahr, was Brandt mir hier erzählt?"

Céline Dufort, elegant und gebildet, aber noch nicht alt genug, um gegen den fragwürdigen Charme ihres Chefs immun zu sein, antwortete umgehend. „Dominik hat wie immer Recht. Allerdings hätte er erwähnen können, dass Öl nur ein Teilaspekt dieser Angelegenheit ist. Sicher ist Ihnen die Abkürzung ICE geläufig?" Sie hielt kurz inne.

„*Internal combustion engine*, wie wir Amerikaner den Verbrennungsmotor nennen."

„Exakt", fuhr sie fort. „Die Automobilindustrie hat über die Jahrzehnte Unsummen in die Entwicklung von Fahrzeugen mit Verbrennungsmotoren investiert und will jetzt – verständlicherweise – den Profit abschöpfen. Eine grundlegende Veränderung käme einer Katastrophe gleich, denn neben dem zusätzlichen finanziellen Aufwand für neue Forschung und Entwicklung müssen noch andere Faktoren berücksichtigt werden. Walter hat dazu die Details."

Mit ausdrucksloser Miene wandte sich Adler seinem Informationschef zu.

„Danke Céline. Elektrofahrzeuge bedingen eine Reihe von Veränderungen, die gravierende Auswirkungen auf verschiedenste Wirtschaftspartner haben: neue Ladeinfrastruktur, neue IT-Backendsysteme, Anpassung der Serviceinfrastruktur. Hinter der jetzigen Landschaft steckt eine enorme, gut geölte Maschinerie, die komplett anderen Anforderungen genügen müsste. Ohne flächendeckende Lademöglichkeiten wird es schwer, dem Endkunden die Angst zu nehmen, irgendwo stehenzubleiben. Der Fahrer erwartet, dass ihm sein Navigationssystem sagt, ob er es zum Zielort schafft und wo er im Notfall am schnellsten laden kann. Ein anderer Aspekt ist, dass Elektrofahrzeuge aufgrund der geänderten Bauart – weniger Bauteile, die insgesamt weniger anfällig sind – eine deutlich geringere Wartung benötigen. Neben den Gebäuden der Servicezentren würden nicht nur das Ersatzteilgeschäft inklusive den Verbrauchsstoffen, sondern auch bestehende Jobs wegfallen, gleichzeitig müsste man neue Positionen für Mitarbeiter schaffen und in deren Ausbildung investieren. Eine neue Generation von Entwicklern und Technikern hätte ganz andere Aufgabenbereiche als bisher…"

Bevor Walter fortfahren konnte, wurde er von dem CEO unterbrochen, der sich wieder an Dufort wandte. „Was bedeutet das im Klartext?"

„Das Elektroauto stellt ein hohes Risiko für die unterschiedlichsten Parteien dar mit enormen Auswirkungen, die sich erschreckend schnell in Realität verwandeln könnten und so das Kerngeschäft unserer Kunden massiv schädigen würden – und damit auch unseres. Hart erarbeitete Strukturen und jahrzehntelange Absprachen mit beteiligten Wirtschaftszweigen wären zerstört, Marktpositionen zunichte gemacht und Machtverhältnisse verschoben. Es steht zu viel auf dem Spiel für die Industrie und für manch einen unserer Kunden käme ein derart massiver Wandel einem Selbstmord gleich."

„Was schlagen Sie – als Führungsteam – also vor?" Er würdigte keinen der beiden anderen Direktoren auf den Videoleinwänden eines Blickes.

Wie auf Kommando ergriff Dominik das Wort, wobei er seinen aufkeimenden Frust unterdrückte. Hatte Adler das Dossier nicht gelesen?

„Wir schlagen vor, alles Notwendige zu unternehmen, um einen erfolgreichen Test der Technologie zu verhindern."

„Sie wollen ein Team darauf ansetzen?"

„Wir wollen ein Team darauf ansetzen. Es werden noch Teilnehmer gesucht, das macht es einfach. Wir müssen dafür sorgen, dass diese neue Lösung versagt, bevor der Markt überhaupt Wind davon bekommt. Die WAVE ist nur der Testlauf."

"Ich dachte, es sei eine Expedition?", erlaubte sich der CEO ein Lächeln.

Dominik ließ sich nicht beirren. Er wusste, dass Adler nur ungern seine Vorschläge annahm. Ältere Menschen wie er standen nicht selten neuen Technologien mehr als skeptisch gegenüber oder, was noch schlimmer war, nahmen sie nicht ernst. Warum auch, denn letztendlich hatte er seinen heutigen Status nicht aufgrund von Technologien erlangt. Aufgrund von Leistung jedoch auch nicht, dachte sich Brandt.

Als Adler erneut sprach, war seine scherzhafte Seite längst der geschäftsmäßigen Kühle gewichen. „In Ordnung, aber mit minimalem Aufwand. Nehmen Sie ein paar Anfänger, die können sich die Hörner abstoßen. Mehr will ich von dieser Sache nicht hören. Habe ich mich klar ausgedrückt?" Ohne ein weiteres Wort stand er auf und ging. Er wartete nicht einmal eine Entgegnung ab.

Was soll man nur davon halten, wunderte sich Brandt. Sonst wurde Adler nicht müde zu betonen, dass BIRD, wie das nur Eingeweihten bekannte *Board for Industrial Research and Development* kurz genannt wurde, Vorrang vor allem anderen hatte. Adler Reilly war zwar wichtig, aber der Hauptzweck der Beraterfirma bestand für Christian Adler darin, ein Schutzschild vor zu vielen Fragen zu bilden und die eigentliche Arbeit von BIRD erst möglich zu machen. Was hatte sich geändert?

Er konnte sich keinen Reim darauf machen. Sein Blick fiel auf den Konferenztisch und das wie schmückendes Beiwerk darauf drapierte teure Gebäck, das er ganz sicher nicht essen würde. Er ging zum Fenster und sah, wie sein Chef ein Taxi herbei rief, nur um es sofort ärgerlich vorbeizuwinken, nachdem er bemerkt hatte, was es war: eines von etwa 150 rein elektrisch betriebenen Taxis und Teil einer Umweltinitiative zur Vermeidung von Abgasen in der österreichischen Hauptstadt.

Das zweite Taxi war – zum Glück für alle Beteiligten – ein traditionelles Fahrzeug, wie Brandt feststellte, als er seinen Chef diesmal ohne Widerspruch einsteigen und in Richtung Flughafen fahren sah.

KAPITEL 1

Dominik

Frühjahr – Wien

Den Tag nach der Vorstandssitzung verbrachte Dominik in Wien. Am Abend zuvor hatte er lange gearbeitet, wie immer. Nicht, dass er Wien eine besondere Zuneigung entgegenbrachte, im Gegenteil, er fand die Stadt prahlerisch und selbstverliebt, voller Menschen wie Adler.

Doch er hatte einen alten Bekannten treffen wollen, obwohl es nicht im Mindesten seiner Art entsprach. Ein Treffen, was sagte das schon. Nichts. Er konnte sich nicht daran erinnern, einen Bekannten nur aufgrund der Vermutung, dass es *schön wäre* um ein Treffen gebeten zu haben. Auch gestern nicht, als er Chaipura, den thailändischen Botschafter, angerufen und sich mit ihm im UN- Gebäude verabredet hatte. Dominik konnte nicht einmal sagen, ob er Chaipura als einen engen Bekannten oder Freund bezeichnen würde. Er wusste nur, dass es an der Zeit war, sein eigenes Netzwerk zu stärken und weiter auszubauen. Wenn er in Adlers Fußstapfen treten wollte, musste er selbst über mächtige Verbindungen verfügen. Chaipura gehörte dazu.

Sie beide hatten sich im vergangenen Jahr in Bangkoks Grand Palace anlässlich einer feierlichen Eröffnungszeremonie für eine von Dominiks Brücken getroffen. Das Projekt *Brücken in eine nachhaltige Zukunft* war darauf ausgerichtet, die Straßensicherheit zu erhöhen und besonders in den Entwicklungsländern neue, kürzere Handelswege für Bauern und Händler zu schaffen. Es war bis heute eine der erfolgreichsten Unternehmungen in der Geschichte von BIRD und hatte mit dem Zugriff auf die jeweils lokale Infrastruktur nicht nur den Einfluss der Organisation immens vergrößert. Adler Reilly, in dessen Namen das Projekt natürlich offiziell durchgeführt worden war, hatte in der Öffentlichkeit einen bedeutsamen Imagegewinn erzielt.

Dominik war der geistige Vater und Verantwortliche und finanzierte, was der entscheidende Faktor für seine Beförderung zum Direktor Operations gewesen war, das Budget fast ausschließlich aus Geldern der öffentlichen Hand. Das Projekt hatte die Herzen der Menschen gewonnen, den weltweiten Drahtziehern der Macht genutzt und seinen Arbeitgeber nur ein Butterbrot gekostet. Es war fast zu gut um wahr zu sein.

Der für Dominik jedoch weitaus größere Reiz war, über Kontinente hinweg zahllose Hände von Präsidenten und hochrangigen Politikern, ja sogar von Vertretern königlicher Familien zu schütteln. So wie bei der Zeremonie damals, einem wahrlich würdevollen Event, den Seine Hoheit der König von Thailand höchstpersönlich mit seiner Anwesenheit beehrt hatte. Ein Höhepunkt in mehrerlei Hinsicht, den das atemberaubende Feuerwerk auf der anderen Seite des Chao Phraya Flusses gekrönt hatte.

Chaipura war einer der vielen anwesenden, zum Teil aus aller Herren Länder angereisten Würdenträger gewesen, mit denen er ausgiebig sämtliche Höflichkeiten ausgetauscht hatte, die es auf Veranstaltungen wie dieser auszutauschen gab: ein wundervoller Abend, es ist mir eine große Ehre und so weiter und so fort. Zu guter Letzt hatten sie, fast schon mit einer gewissen Verzweiflung auf der Suche nach weiteren Themen, die sich selbstverständlich keiner von ihnen beiden anmerken ließ, überrascht festgestellt, dass sie eine gemeinsame Leidenschaft teilten. Das Segeln. Noch mehr überrascht war Dominik jedoch von sich selbst, als er seinen Gesprächspartner einlud, bei dessen nächstem Besuch in Europa einen gemeinsamen Segeltörn zu unternehmen. War er wirklich so einsam, hatte er sich damals gefragt? Oder hatte er nur einfach unbewusst eine Tür geöffnet, die ihm später einmal von Nutzen sein konnte?

Heute würde jedenfalls keiner von ihnen beiden in Wien segeln gehen, obwohl der frühlingshafte Wind beste Voraussetzungen geboten hätte. Zudem war es Mittwoch und nur Firmenchefs konnten an solchen Tagen Golf spielen oder segeln, wie ihm Adler immer wieder gerne unter die Nase rieb. Dominik musste sich also wohl oder übel auf die Arbeit konzentrieren. Zumindest im Moment noch.

Doch trotz der stets im Hinterkopf lauernden Gedanken an Adler, der gerade nach London unterwegs war, verließ Dominik zielstrebig das Hotel und ging an den zahlreichen Geschäften der Kärntner Straße vorbei zur U-Bahn am Stefansplatz. Die Aussicht auf das Treffen mit Chaipura, der ihn an die Ehren in Bangkok und seinen bisher größten Triumph erinnerte, beschwingte seinen Schritt. In den vergangenen drei Jahren hatte er sich trotz, oder vielleicht gerade aufgrund der anfänglichen Hürden des Projekts, an die berauschende Natur des Erfolgs gewöhnt.

Zugegebenermaßen war die U1 der österreichischen Hauptstadt weit weniger glamourös als der Grand Palace – unter gewöhnlichen Menschen war es stets weniger glanzvoll als in der Gesellschaft von Königen – doch das konnte seine Stimmung nicht trüben, als er die Treppen der Station Kaisermühlen hochging. Jede Faser seines Körpers war davon überzeugt, dass sein aktuelles Unterfangen, ein einfacher Sabotageakt und das verhinderte Fortschreiten einer neuen Technologie, genauso erfolgreich verlaufen würde wie sein letztes.

Trotzdem schlich sich ein Gefühl ein, das er noch nicht benennen konnte. Vielleicht hatte es mit dem Gefühl der Unfehlbarkeit zu tun, dem Wissen, dass selbst ein schwieriges Projekt mit weltweiten Auswirkungen unter seiner Leitung als zwangsläufig erfolgreich angesehen werden würde.

Plötzlich hatte er das Bedürfnis etwas Ungehöriges zu tun, was angesichts der Tatsache, dass das Gebäude der Weltsicherheit diente, doch seltsam war. Natürlich schwebte ihm nichts Gravierendes vor, nur ein kleiner Nervenkitzel, um die Fehlbarkeit der hauseigenen Security zu testen. Möglicherweise war es aber auch nur bedingt durch die beeindruckende Silhouette des Vienna

International Center, wie das UN-Gebäude in Wien genannt wurde.

Die Zugangskontrolle entsprach dem üblichen nervenden Vorgehen auf allen Flughäfen dieser Welt. Wieso war den Sicherheitsleuten nicht klar, dass bei einem Mann wie ihm nichts zu finden war? Schon angenehmer war es am Besucherschalter. Kurzentschlossen zahlte er für eine Tour zur Besichtigung des Gebäudes und nahm nach einer weiteren ernsten Kontrolle seines Reisepasses den einfachen, nur mit einer Nummer und einem Barcode versehenen Besucherausweis entgegen, der ihm offiziellen Zutritt zum Gebäude verschaffen würde. Er hatte jedoch nicht vor, sich neunzig Minuten lang einer Gruppe von laut schnatternden Touristen anzuschließen, die in einiger Entfernung wartete.

Aus Erfahrung wusste er, dass er sich einfach unter die Anzugträger, von denen er äußerlich nicht zu unterscheiden war, mischen konnte, ohne unter den insgesamt gut 4000 Beschäftigten aus den verschiedensten Ländern aufzufallen. Mit der ihm eigenen Bestimmtheit ging er zur Sicherheitsschranke, die sich sofort öffnete, als er seine codierte Plastikkarte an den Scanner hielt. Wie erwartet, stellte niemand sein Handeln in Frage und auch der Mitarbeiter am Besucherschalter war mit neugierigen Touristen zu beschäftigt, um etwas zu bemerken.

Zufrieden setzte sich Dominik an einen der auf der kleinen sonnigen Terrasse stehenden Tische, bestellte einen Cappuccino und wartete. Die 144 Fahnen der Mitgliederstaaten, die den runden Platz mit dem leise plätschernden Brunnen einsäumten, schienen seinem Handeln durch ihr Flattern zu applaudieren. Zumindest erlaubte er sich kurz diesen angenehmen Gedanken. Warum auch nicht? Hier saß man bedeutend angenehmer als im Büro des Drogen- und Verbrechensdirektorats und ein CEO wie Adler würde sich hier mit der gleichen Selbstverständlichkeit bewegen, obwohl er ohne Begleitung kein Recht dazu hätte. Insbesondere da österreichisches Recht hinter der Schranke dem internationalen weichen musste.

Dominik rief Chaipura an, um ihn über sein Eintreffen zu informieren. Der kleine schmächtige Mann hatte wie immer etwas Lehrerhaftes an sich, als er kurze Zeit später auf das Café zuging. Sein höflicher und freundlicher Blick ließ keine Missbilligung des Verhaltens seines Besuchers erkennen, als er Dominik begrüßte. Vielleicht machte er sich tatsächlich keine Gedanken, da Dominiks kleine Ungehorsamkeit nicht registriert worden war und damit auch kein schlechtes Licht auf ihn werfen konnte.

„Dominik, wie schön Sie zu sehen. Ich sehe, Sie genießen die Frühlingssonne. Lassen Sie uns Ihr Anliegen während Ihrer persönlichen Tour besprechen. Ich zeige Ihnen einen der Räume, in dem wichtige Entscheidungen getroffen werden. In der darüber gelegenen Dolmetscherkabine haben wir außerdem etwas mehr Privatsphäre."

Als Dominik von ihm zum Aufzug geführt wurde, der sie in den 6. Stock bringen würde, fühlte er den Schweißausbruch kommen.

„Ist alles in Ordnung, Dominik?"

Doch er konnte nicht sofort antworten. Er konnte nur an diesen Tag in seiner Kindheit denken, der ihn sein Leben lang verfolgte.

Er war ein dickliches Kind gewesen, das immer der Häme seiner Mitschüler ausgesetzt war. Ein Ereignis während eines Schulausflugs, er konnte sich nicht daran erinnern, wohin sie an diesem Tag gefahren waren, hatte ihre Angriffe auf ihn nur noch verstärkt. Das Einzige, woran er sich erinnern konnte, war die verhängnisvolle Entscheidung, den Aufzug anstelle der Treppe zu nehmen. Dann war es passiert.

Der Aufzug war grundlos stecken geblieben. Keiner hatte Schuld daran gehabt, es war ein Stromausfall oder Defekt gewesen, der sein Leben auf tragische Weise verändert hatte. Vielleicht wäre alles anders gekommen, wenn er nicht alleine gewesen wäre; wenn jemand bei ihm im Aufzug gewesen wäre, der ihn ermutigt hätte. Der ihm gesagt hätte, dass solche Dinge hin und wieder geschehen können und man sich dessen nicht schämen musste, da man nicht der Einzige war, dem so etwas passierte. Doch es war niemand mit ihm im Lift gewesen, der seine aufsteigende Panik hätte besänftigen können.

Als sich der Aufzug nach einer Ewigkeit in Bewegung setzte

und nach oben fuhr, hatte man Dominik zusammengekrümmt und schluchzend am Boden liegend gefunden. Es waren nicht seine roten Augen und sein verquollenes Gesicht gewesen, dessen er sich geschämt hatte. Niemals würde er die Schmach vergessen, als die anderen seine nasse Hose bemerkten. Es gab den anderen Kindern nur noch mehr Munition, um sich auf gemeinste Weise über ihn lustig zu machen, was darin gipfelte, dass seine Unsportlichkeit Schuld an der Misere war. Obwohl es vollkommen unsinnig war, begann Dominik dies nach einiger Zeit selbst zu glauben. Seine restliche Schulzeit glich der Hölle. Er konnte das Geschehene einfach nicht verarbeiten und war - mit wenigen Ausnahmen - bis zum heutigen Tag unfähig, Freundschaften zu schließen. Stattdessen hatte er sich einer fast schon asketischen Lebensweise verschrieben, immer getrieben von dem Bedürfnis, die Kontrolle über alles zu besitzen.

„Macht es Ihnen etwas aus, wenn wir die Treppe nehmen?“, fragte er schließlich Chaipura.

„Selbstverständlich nicht“, antwortete dieser. „Ich hatte vergessen, dass Sie viel Wert auf Fitness legen.“

Obwohl er versuchte, es sich nicht anmerken zu lassen, kam Chaipura erst wieder zu Atem, nachdem sie den sechsten Stock erreicht und sich in einer der Dolmetscherkabinen oberhalb des in Brauntönen gehaltenen Konferenzraums gesetzt hatten. Vielleicht spiegelte die Farbpalette der Ausstattung des Raums unter ihnen das fragwürdige Rezept für einen dauerhaften internationalen Frieden wieder: Anpassung. Ob zufällig oder absichtlich, um nicht die Aufmerksamkeit eines unwahrscheinlichen Besuchers zu erregen, ließ Chaipura das Licht ausgeschaltet.

„Es kommt mir fast so vor, als ob wir etwas Unerlaubtes tun“, bemerkte er.

„Im Gebäude der Vereinten Nationen?“ Dominik lächelte. „Ich denke nicht, dass Sie darüber besorgt sein müssen.“

„Gut. Was kann ich für Sie tun?“

„Sie können mir einen Gefallen tun. Diese zwei Jungs, die damals im Grand Palace bei Ihrer Sicherheitseinheit waren. Wo finde ich die?”

„Ich kann Ihnen gerne die Kontaktdaten geben. Planen Sie auch eine Veranstaltung?"

„So etwas Ähnliches."

„Moment, am besten schicke ich Ihnen gleich die Details weiter. Sie arbeiten immer zu zweit als Team. Bei dem brauchen Sie etwas Glück, um ihn zu finden." Chaipura deutete auf einen der beiden Namen. „Er liebt Partys mehr als seine Arbeit. Der könnte überall sein."

Zum zweiten Mal lächelte Dominik kalt in sich hinein. Er hatte nicht den geringsten Zweifel daran, dass BIRD ihn in kürzester Zeit aufspüren würde.

Für Walters Abteilung war Nils nur einen Tastendruck entfernt.

KAPITEL 2

Nils

Frühjahr – Sylt – Zürich

Sylt war ein Ort voller Gegensätze. Die nördlichste Insel Deutschlands mit ihren knapp hundert Quadratkilometern Fläche war schon seit langer Zeit als Mekka der Partywilligen etabliert. Nils Karrat stellte sich vor, wie aufregend es in den guten alten Tagen gewesen sein musste, als die Medien aus Hamburg die Insel belagerten und den Stars in den Bars auflauerten. Reporter hatten alles darum gegeben, Zutritt zu exklusiven Partys zu bekommen und einen Blick hinter die Kulissen zu erhaschen.

Heute dominierten neben Geschichten von Playboys und Promis Berichte über die landschaftliche Entwicklung die Zeitungen. Die Insel kämpfte mit einer tragischen Erosion an der Westküste, der man in einem über hundert Millionen schweren EU-Projekt entgegenzuwirken versuchte. Es war ein Kampf gegen die Windmühlen der Natur. Ein einziger Sturm konnte hunderttausende Kubikmeter Sand ins Meer spülen. Die Ursache war in der globalen Erwärmung zu suchen und die Menschen hatten viel zu spät verstanden, dass die Natur nicht alles ungestraft zuließ.

Doch Nils machte sich wenig Gedanken über die Umwelt, als er vom Strand zur Sansibar ging. Er war nach Sylt gekommen, um ein paar Tage abzuschalten und es sich gut gehen zu lassen. Der Tag war ganz nach seinem Geschmack gewesen, was sicherlich auch an den vielen halbnackten Körpern am Strand gelegen hatte. Jetzt war er bereit, sich treiben zu lassen und sich auf einen vielversprechenden Abend einzustimmen. Er sah auf die Uhr und überlegte. Noch ein, zwei Bier und dann weiter nach Kampen? Dort würde er immer jemanden kennenlernen. Denn er war ein Meister in der unauffälligen Beobachtung, wie er sich schelmisch eingestand. Was ihm immer wieder bestätigt wurde, war seine Fähigkeit im Umgang mit Menschen. Er hatte einfach Spaß daran, er mochte Menschen, besonders natürlich Frauen. Auch wenn er mit seinen einen Meter siebzig nicht der Größte war, machte er das mit seinem Aussehen und natürlichen Charme wieder wett.

Zu seiner sportlichen Figur passte es, wenn er sein halblanges, braunes Haar mit einer schon fast beiläufigen Bewegung aus den Augen strich. Er konnte gute Geschichten erzählen, hörte aber ebenso gut denen der anderen zu. Am meisten jedoch mochten die Frauen, wie er sie behandelte – mit Wertschätzung. Bei ihm gab es kein vorgegebenes Drehbuch, er war nicht mit ihnen zusammen, um die anderen Jungs zu beeindrucken oder noch schlimmer, sich mit ihnen einen Wettkampf zu liefern. Sein Geheimnis war simpel: er war einfach gerne mit Frauen zusammen und sie dafür mit ihm.

Nils wurde plötzlich aus seinen Gedanken gerissen, als ein Kellner mit einer Flasche 2005 Roederer Cristal Brut und zwei Gläsern auf dem Tablett auf ihn zuging. Es war mit das Teuerste, was man aus der umfangreichen Auswahl der Sansibar, die grundsätzlich nicht als günstig zu bezeichnen war, bestellen konnte. Er drehte sich verwundert nach den anderen Gästen um. Dann ließ er seinen Blick durch die Glasfenster des Holzgebäudes ins Innere der Bar schweifen. Seltsam. Er konnte zwar gut mit Menschen, doch so gut nun auch wieder nicht.

„Es tut mir leid, aber das kann nicht für mich sein. Da liegt sicherlich eine Verwechslung vor", sagte er zu dem Ober.

„Ich kann Ihnen versichern, dass keine Verwechslung vorliegt. Oder sind Sie nicht Nils Karrat?" Wie aus dem Nichts tauchte ein sonnengebräunter Mann auf, von dem die bestimmte und keine Widerrede zulassende Antwort kam. Seinem Aussehen nach gehörte er zum Jetset. „Darf ich mich setzen?", fragte er, während er seine Sonnenbrille in seine kurzen blonden Haare schob.

Skeptisch machte Nils eine halbwegs einladende Handbewegung.

„Vielen Dank. Ich habe ein Angebot für Sie. Der Champagner

ist nur das Sahnehäubchen darauf", sagte der Mann.

Nils versuchte sich seine Skepsis nicht anmerken zu lassen. Was ging hier vor? Es erinnerte ihn an die Klischees von James Bond Filmen, in denen solche Szenen zum guten Ton gehörten. Der teure Champagner war ganz nett, aber dieser Typ war eher ein kantiger Daniel Craig als ein geschmeidiger Roger Moore. Eher jemand, der ihn verprügeln und zum Sterben liegen lassen würde, als jemand der eine gepflegte Augenbraue zu einem subtilen Scherz hochzog.

Aber das traf es auch nicht ganz. Irgendetwas passte nicht. Er kannte diesen Mann. Sie waren sich schon einmal begegnet. Da war er sicher. Doch wo? Nils konnte es nicht sagen, obwohl er sein Gedächtnis marterte, ohne es sich anmerken zu lassen. Woher nur kannte er diesen Mann? Aber es konnte nicht schaden, ihm zuzuhören. Zu verlieren hatte er nichts.

„Wenn wir hier fertig sind, haben Sie vierundzwanzig Stunden. Dieses Angebot mache ich Ihnen nur ein einziges Mal."

Es waren keine Liebesgrüße aus Moskau. Soviel stand fest. Es war ein sehr ungewöhnliches, aber auch sehr attraktives Angebot, das ihm gerade unterbreitet wurde. So wie der Mann auf ihn wirkte, war er sicherlich auch berechnend.

Es ging nicht nur einfach um einen Job. Es ging um Projekte in neuen Märkten, bei denen Menschen mit verschiedenen Fähigkeiten für bestimmte Bereiche gefragt waren: Recherche, Planung, Vertrieb, Kostenkontrolle, Dokumentation etc. Der Mann gegenüber begann von der Verantwortung für millionenschwere Aufträge zu sprechen, bei denen man um die Welt reiste und die Hände von Staatspräsidenten oder Monarchen schüttelte. Sein Ton blieb cool, ganz so, als ob es das Natürlichste der Welt sei, mit den führenden Herrschern und Politikern Geschäfte zu machen.

Es ging um die Arbeit bei der Tochterfirma eines großen Beraterkonzerns. Nach einer Weile, in dem der Monolog nur einmal kurz durch das diskrete Überreichen einer unauffälligen Visitenkarte verzögert wurde, konnte sich Nils wieder erinnern. Er würde keine vierundzwanzig Stunden benötigen, um sich das Angebot durch den Kopf gehen zu lassen und eine Entscheidung zu treffen. Er wusste nun, wo er Dominik Brandt schon einmal getroffen hatte.

Der Auftrag war einfach: Brandts Firma vertrat einen Kunden, der gerade im Begriff war, ein massenmarkttaugliches Elektrofahrzeug zu entwickeln. Dabei war ihnen zu Ohren gekommen – wie genau, darauf ging Brandt nicht näher ein, dass eine möglicherweise revolutionäre Technologie während einer Elektroautoausfahrt in Europa getestet werden sollte. Dies war natürlich von höchstem Interesse für Brandts Kunden, und daher musste man Näheres herausfinden.

Vielleicht auf den ersten Blick ein nicht ganz blütenreines Vorhaben, aber Herr Karrat müsse verstehen, dass Dinge wie diese auf Märkten mit starkem Wettbewerb zum täglichen Geschäft gehörten. Inzwischen gäbe es sogar spezielle Studiengänge dazu, er selbst habe während seines Studiums einen Schwerpunkt in Wirtschaftskriegsführung belegt. Wenn Nils dieses erste Projekt erfolgreich abschließen würde, stünde ihm der Weg für Größeres offen. Er könnte sein Gehalt für eigene Pläne verwenden oder ein größeres Projekt in Brandts Organisation übernehmen.

„Bei der Auswahl möglicher Kandidaten waren alle in der Züricher Zentrale sehr von Ihrer Arbeit in Thailand beeindruckt; besonders von dieser ausgefallenen, kleinen und doch so wirkungsvollen Kamera. Es heißt, Sie hätten sie selbst entworfen?“, hörte Nils sein Gegenüber sagen.

„Die Krawatte mit der verstecken Kamera?“, fragte er leicht verwirrt. Es fiel ihm nicht ganz leicht, den Zusammenhang zu erkennen. Was hatte Brandt in Bangkok zu tun gehabt? Und warum sollte seine Arbeit Leute in Zürich interessieren? Er hatte den Auftrag damals in Österreich erhalten, nicht von jemandem in der Schweiz. Doch wahrscheinlich war das unwichtig und das Rätsel würde sich von selbst lösen. Jetzt ging es darum, Brandt zu beeindrucken. Sein Ehrgeiz war geweckt.

„Das war kein Hexenwerk, nicht viel anders als eine gewöhnliche Kamera. Die Linse musste eben nur sehr klein sein, um in der Krawatte nicht aufzufallen und trotzdem scharfe Bilder zu schießen.

Aktiviert auf Knopfdruck und Übertragung per Funk. Ganz einfach." Die Tatsache, dass er eine spezielle, kleine Batterie entwickelt hatte, mit der man drei Mal länger filmen konnte wie mit handelsüblichen Kameras, ließ er aus.

„Bescheidenheit ist eine Tugend, Herr Karrat. Wenn es wirklich so ein Kinderspiel gewesen wäre, hätte es dieses Treffen nie gegeben und ich hätte mir nicht die Mühe gemacht, extra von Hamburg anzureisen. Dann wäre ich auch nicht in der Lage, Ihnen dieses äußerst großzügige Angebot zu unterbreiten." Brandt griff nach einem Montblanc Kugelschreiber aus seiner Sakkoinnentasche und schrieb eine Zahl auf. Langsam schob er die Serviette zu Nils hinüber.

„Scheiße!"

„Natürlich sind daran einige Bedingungen geknüpft", fuhr Brandt fort. „Wenn Sie für uns arbeiten, ist jede Anweisung haargenau auszuführen. Ohne die geringste Abweichung. Das ist nicht verhandelbar, sonst sehen Sie auch keinen Cent von Ihrem Gehalt. Außerdem dürfen Sie mit niemandem, und damit meine ich ohne Ausnahme jeden, darüber reden, für wen Sie arbeiten oder worin Ihre Arbeit besteht. Wir haben bereits eine Legende für Sie erstellt. Der Veranstalter der Expedition freut sich darauf, Sie als Blogger und Kameramann in seinem Medienteam zu begrüßen. Die Artikel und Mitschnitte veröffentlichen Sie täglich auf Ihrer Webseite, unter eigenem Namen."

„Okay. Sonst noch etwas?"

„Ja. Bringen Sie Ihren Freund mit. Den aus Bangkok."

Jemand anderes wäre bei dieser knappen Aussage als Verabschiedung eventuell stutzig geworden. Doch Nils war so beeindruckt, wenn nicht gar geblendet von Brandts großzügigem Angebot. Der Typ musste echt wohlhabend sein. Wenn er diesen Auftrag nicht versauen würde, könnte er bald selbst durch die Welt fliegen und bei Armani Stammgast werden.

Nils wurde bewusst, welch große Chance Thailand damals wirklich gewesen war und er bereute keine Sekunde davon, auch nicht, dass sie sich nur ein Guesthouse für zehn Euro die Nacht hatten leisten können. Ein starker Kontrast zu den glamourösen Veranstaltungen, die der Grund ihrer Reise waren. Vor seinem geistigen Auge sah er sich schon in Venedig, Jakarta, Marrakesch und Singapur. Sein Leben eine einzige Party, all-inklusive, versteht sich.

Ganz ruhig mit den jungen Pferden, dachte sich Nils und fasste sich wieder. Erst einmal musste er den Auftrag sauber erledigen. . Also ran an den Speck. Er zündete sich eine Zigarette an, fischte das Handy aus der Hosentasche und rief seinen Freund an.

„Hey Nils, was geht? Mit dir hatte ich jetzt noch überhaupt nicht gerechnet“, begrüßte ihn Hendrik.

„Denk dir nichts, geht mir genau so”, antwortete er.

„Also, was ist los? Du bist doch bestimmt schon wieder bei der zweiten Flasche Schampus.“

Nils lachte. Das stimmte tatsächlich, nur dass die Zweite wesentlich günstiger war als die Erste.

„Hör zu. Eben hab ich diesen total unbeschreiblichen Typen kennengelernt.“

„Echt jetzt, Nils? Du verarscht mich doch.“

„So doch nicht, was denkst du von mir. Obwohl ihn manche wahrscheinlich als gut aussehend beschreiben würden. Nein, es geht um ein Geschäft. Ich habe uns eben einen coolen Job verschafft.“

„Lass hören.”

Während Nils sein Erlebnis mit ihm teilte und dabei kein Detail ausließ, hörte Hendrik schweigend zu.

„Und was hat das mit mir zu tun?“, fragte er.

„Wie meinst du das?“

„Was ist mein Part bei dem Job?“, hakte Hendrik nach.

„Hat er nicht gesagt.“

„Hat er nicht? Also, da kommt irgend so ein Typ in die Bar, hält dir einen teuren Champagner unter die Nase und bietet dir eine unverschämt hohe Summe, um was genau zu tun? Ein paar Leute auszuspionieren, die irgendwo Elektroautos fahren? Komm schon, das hört sich doch ziemlich spooky an, findest du nicht? Er hat dir nicht einmal genau gesagt, für wen er arbeitet, geschweige denn, woher er von mir weiß.“

„Du siehst doch schon wieder Gespenster", sagte Nils. „Er hat eben Beziehungen zu Bangkok, deswegen weiß er von dir. Und für wen er arbeitet? Er hat immerhin gesagt, dass es eine Tochterfirma eines großen Beratungsunternehmens ist. Das ist ein verdammter Undercover-Job, da wird er gerade uns das nicht auf die Nase binden, oder?"

„Schon gut. Aber du hast meine Frage noch nicht beantwortet."

„Was du tun sollst? Keine Ahnung, aber er hat ganz gezielt nach dir gefragt. Also wird er schon einen Plan für dich haben. Ach, komm schon. Das ist ein Haufen Geld. Überleg doch mal, was wir beide mit so einem Kapital alles anfangen könnten. Es sind doch nur zehn Tage und was soll da schon groß passieren?"

Ein kurzes Schweigen.

„Soll ich eine Liste machen?", erwiderte Hendrik.

Es war eine rhetorische Frage und kam einem *Ja* schon fast gleich. Nils kannte seinen Freund. Gut, es war vielleicht ein bisschen übertrieben, auf ihren Plan mit der eigenen Firma anzuspielen. Die Erwähnung des Geldes an sich hätte wahrscheinlich schon ausgereicht. Hendrik war knapp bei Kasse, und die Schulden, die seine vor Kurzem verstorbenen Eltern hinterlassen hatten, wurden nicht weniger.

„Wie schnell kannst du in der Schweiz sein?", fragte Nils schließlich.

Sie trafen sich am Bahnhof in Zürich und gingen den Anweisungen folgend direkt zum Hotel Savoy, wo Brandt sie höchstpersönlich in Empfang nehmen würde. In der Lobby wurden sie von dem für ihren Geschmack altmodischen Luxus fast erschlagen. Ein riesiger Kronleuchter, schwere Teppiche, Marmorboden und -wände, eine ausladende Wendeltreppe und dieser massive Empfangstisch.

Nils und Hendrik warteten neben der Tür und fühlten sich deplatziert. So wie ihre Reisetaschen nicht zu den Möbeln passten. Jugendstil, was für ein Widerspruch, dachte sich Nils. Niemand, den er kannte, würde sich etwas Derartiges in die Wohnung stellen. Eine Viertelstunde verging. Kein Brandt in Sicht. Kam er etwa nicht? Hatte er sie versetzt? Selbst die Angestellten, die den Anrufern geschäftig die Vorzüge ihres Vier-Sterne-Hauses anpriesen, würdigten sie keines Blickes. Ein guter Start sah anders aus.

„Die wievielte Flasche Champagner war das an dem Abend damals?“, fragte Hendrik.

„Zu wenige, um sich all das hier auszudenken, falls du das meinst.“

„Hast du gewusst, dass das Züricher Gefängnis neben dem Finanzbezirk liegt?“

„Nein. Wie kommst du denn jetzt darauf?“, schüttelte Nils den Kopf.

Hendrik klang fast so, als ob diese Tatsache Beweis genug dafür war, dass irgendetwas faul war, und in Zürich Vermögen und Verbrechen zusammengehörten. Dass Brandt jetzt nicht auftauchte, goss nur noch Öl ins Feuer. Genau das konnte Nils jetzt nicht gebrauchen. Nach ihrem entscheidenden Telefonat war Hendrik von Minute zu Minute skeptischer geworden.

Nils sah sich nach seinem Freund um. Da war sie wieder: die fragend hochgezogene Augenbraue. Der *Ich habe es dir doch gleich gesagt* Blick, der eher den unglücklich Verheirateten vorbehalten war. Auch wenn Hendrik bereit war, für Geld Leute auszuspionieren, konnte das seinen moralischen Bedenken keinen Abbruch tun. Aber das war wahrscheinlich auch der Grund, warum sie ein so gutes Team waren.

Er selbst war von Natur aus gesellig und abenteuerlustig, Hendrik dagegen konnte man als schüchtern, nachdenklich und immer irgendwie auf der Hut bezeichnen. Ihr Leben war bisher völlig unterschiedlich verlaufen. Nils hatte das sprichwörtliche Los gezogen. Liebevolle Eltern, behütet und mit vielen Freiheiten aufgewachsen, und obendrauf auch noch ein Stipendium an einer der renommiertesten Unis. Er hatte schon eine kleine Firma, die gerade anfing, profitabel zu werden.

Die Lose in Hendriks Leben dagegen waren fast nichts als Nieten gewesen. Jedenfalls seit sie sich kannten. Vor ein paar Jahren hatte er seine Eltern und seine kleine Schwester nach einem schweren Autounfall verloren und um irgendwie durchzukommen, musste er die Eigentumswohnung auch noch zum ungünstigsten Zeitpunkt verkaufen. Als Erbe konnte man das nicht bezeichnen, eher als Hohn des Schicksals. Doch dann waren sie sich begegnet und Nils hatte Hendrik zurück ins Leben geholfen. Jetzt teilten sie sich eine Wohnung und arbeiteten zusammen, was ihre Freundschaft noch verstärkt hatte. Jeder konnte von dem anderen lernen.

Ihre Unruhe war unbegründet. Im nächsten Moment erschien Brandt in einem weniger extravaganten Anzug als an besagtem Abend und Nils atmete erleichtert auf.

„Meine Herren, entschuldigen Sie vielmals die Verspätung. Ich musste meine Schwester ganz plötzlich zum Krankenhaus fahren.“

Nils konnte sich zwar nicht erinnern, dass Brandt eine Familie erwähnt hatte, doch es war schließlich nicht um seine persönliche Angelegenheiten gegangen. Vielleicht war es auch zwischen zwei Gläsern Champagner untergegangen. Überrascht hörte er Hendrik antworten.

„Ich hoffe, es ist nichts Ernsthaftes?“, fragte sein Freund.

“Ein böser Sturz, aber es geht ihr den Umständen entsprechend gut. Ich war froh, dass ich sie selbst fahren konnte. Wozu hat man denn Familie, nicht wahr? Ich heiße übrigens Dominik Brandt“, reichte er Hendrik seine Hand.

„Schön, Sie wiederzusehen, Herr Karrat. Dann lasse ich Sie einchecken, damit Sie sich vor dem Briefing noch etwas frisch machen können. Kommen Sie um 13.00 Uhr in die Bahnhofstraße“, reichte ihnen Brandt einen Zettel mit Adresse.

Eine Stunde später machten sie sich auf den Weg Richtung See.

„Hast du das gesehen?“, fragte Hendrik. „Wie er mir meine zweite Tasche abgenommen und hoch getragen hat? Hätte ich nicht erwartet von so einem Anzugtypen.“

Nils war selbst etwas überrascht gewesen. Es hatte fast gestellt gewirkt. Doch das war nebensächlich. Hauptsache Hendrik war wieder voll dabei. Als sie an der Adresse angelangten und das Gebäude betraten, wartete Brandt schon an der Tür.

„Sie hatten gar nicht erwähnt, dass Sie für Adler Reilly arbeiten“, stellte Nils nach dem Blick auf die polierte Messingtafel am Eingang fest. Ein Teil des Puzzles war gefunden.

„Das liegt daran, dass ich nicht dort arbeite. Nicht direkt jedenfalls.“

Seine Firma war eine Tochtergesellschaft des weltweit tätigen Beratungsunternehmens und teilte sich die Büroräume in Zürich, um Kosten zu sparen. Sie legten mehr Wert darauf, neue Geschäftsfelder zu entwickeln, als sich mit eigenen Gebäuden zu schmücken. Ihr finanzieller Status gewährte ihnen die notwendige Unabhängigkeit von der Muttergesellschaft, so dass sie sehr flexibel agieren konnten.

„Entwicklung neuer Geschäftsfelder und Personalaufbau“, ergänzte Brandt lächelnd, als er sie durch die Großraumbüros in einen ruhigen, überschaubaren Raum führte. Ein Beamer projizierte bereits die erste Folie einer Präsentation auf die Leinwand.

Seit wann bildeten PowerPoint-Präsentationen die Grundlage für erfolgreiche Meetings, fragte sich Nils insgeheim. Jeder verwendete PowerPoint: bei Geschäftsterminen, bei Vorlesungen an der Uni, ja sogar in der Grundschule. Wo sollte das noch hinführen? Manche neue Technologien halfen einem nur dabei, sich hinter etwas zu verstecken und mit PowerPoint konnte der Vortragende die Unzulänglichkeiten seines Vortrags verschleiern. Manchmal schien es, dass die Menschen nicht mehr in der Lage waren, sich direkt mit etwas zu beschäftigen. Mit etwas, das ihr Können herausforderte. Sie verließen sich lieber auf die Technik. Nils seufzte. Er war einfach ein Mensch, der gerne mit Menschen zu tun hatte. Das war wahrscheinlich sein Problem. Die meisten seiner Kollegen verließen sich nicht mehr auf ihren Verstand. Intuition war von hochauflösender Software abgelöst worden.

Im gegenüberliegenden Eck sah er auf einem Tisch einen Stoß Papiere liegen. Das mussten die Verträge sein. Die ordentliche Art, in der sie nebeneinander lagen, hatte schon fast etwas Zeremonielles an sich. Noch eine Vase mit Blumen daneben, und man könnte meinen, er und Hendrik wären zwei Heiratswillige, die gleich ihre Urkunden im Standesamt unterschreiben würden.

Mit einer kurzen Geste bedeutete ihnen Brandt, auf den Stühlen Platz zu nehmen. Kurz darauf erschien ein Mann, der nicht viel älter war als sie beide. Mit seinem schwarzen Bart und den dunklen Augen erinnerte er Nils an einen Araber.

„Marc Kudling wird für die nächsten Wochen ihr Schatten sein", stellte Brandt den jungen Mann vor. „Danach wird er Sie, Herr Karrat, hier in Zürich unterstützen. Herr Herder wird bei der WAVE mitfahren. Bevor ich Sie aber an unseren technischen Experten übergebe, möchte ich noch ein paar Worte zu unserem Anliegen sagen."

Nils rang kurz mit seiner Fassung. Er sollte in Zürich bleiben, während sich Hendrik in der Weltgeschichte herumtrieb? Das hatte er auf Sylt anders verstanden. Nicht, dass Hendrik viel unternehmen könnte. Trotzdem. Oder war genau das der Punkt? Objektiv betrachtet, war Hendrik die sicherere Wahl und zuverlässiger. Er konnte sich auch nicht vorstellen, dass Brandt nichts von seinem persönlichen Motto *Work hard, play harder* wusste. Immerhin hatte sich Brandt die Sansibar ausgesucht, um mit ihm in Kontakt zu treten. Vielleicht wollte er ihn in Zürich genauer unter die Lupe nehmen?

„Bisher waren wir sehr vorsichtig, welche Informationen wir preisgeben. Zum einen wollten wir keine Gerüchte aufkommen lassen. Zum anderen hat es damit zu tun, dass wir selbst noch im Dunkeln tappen. Ist Ihnen beiden der Begriff *Supercredits* bekannt?" Brandt wandte sich fragend an beide.

„Das sind Anreize für Automobilhersteller, um möglichst schadstoffarme Fahrzeuge zu entwickeln und herzustellen", kam die Antwort von Hendrik.

„Sehr gut. Aktuell sollen laut Empfehlung der EU keine Fahrzeuge mehr produziert werden, die mehr als 130 Gramm CO_2 pro Kilometer ausstoßen. Nach Intervention Deutschlands wurde die Reduzierung aller Neufahrzeuge auf 95 Gramm pro Kilometer ab dem Jahr 2020 um ein Jahr nach hinten verschoben. Aber diese Werte sind Durchschnittswerte für die komplette Flotte eines Fahrzeugherstellers. Momentan dürfen Elektrofahrzeuge mit weniger als 50 Gramm Ausstoß mit doppelter Wertung in die Berechnung des Durchschnittswerts einfließen. Dadurch wird der Schadstoffausstoß der großen Flottenfahrzeuge schön gerechnet und der Durchschnittswert rein rechnerisch, anstelle über den effektiven Fortschritt in der Entwicklung gesenkt. Diese Regelung kann auf bis zu 20 Tausend Fahrzeuge insgesamt angewendet werden. Was bedeutet das in der Praxis? Ein Hersteller, der zwei Elektroautos mit einem theoretischen Ausstoß von 50 Gramm CO_2 pro Kilometer im Programm hat, kann fünf Spritschlucker mit Emissionen von etwa 200 Gramm pro Kilometer mitlaufen lassen und erzielt sogar einen Wert von knapp unter 130 Gramm pro Kilometer. Das ist alles reine Rechenarbeit."

Nils schwirrte der Kopf und er wünschte sich insgeheim, dass Brandt ein paar Folien benutzt hätte.

„Doch nicht genug damit. Bestimmte Parteien in den Reihen der Automobilindustrie sprechen sich auch noch für eine weitere zeitliche Verschiebung der Grenzwertabsenkung aus!"

„Das ist ja unfassbar", schüttelte Hendrik den Kopf.

„Also, wo kommen wir ins Spiel?", fuhr Brandt fort. „Wie Herrn Karrat bei unserem ersten Treffen bereits gesagt, vertrete ich einen Kunden, eine kleine Mittelstandsfirma, die massenmarkttaugliche Elektrofahrzeuge entwickelt. Deren Hauptinteresse liegt darin, Elektroautos voranzutreiben und dadurch den Kohlendioxidausstoß zu verringern. Vor einigen Wochen kam dieser Kunde voller Verzweiflung zu uns. Auf einer Messe waren Gerüchte im Umlauf, dass die Expedition WAVE als Testlauf für eine neue Technologie dienen soll. Von wem war noch nicht in Erfahrung zu bringen. Es könnte eine große Firma sein oder eine kleine Firma, die für eine große arbeitet. Es könnte aber auch eine Abteilung einer großen Firma sein, die ausgegliedert wurde und von dieser noch finanziell unterstützt wird – ein Spin-off sozusagen." Brand zuckte kurz mit den Schultern, bevor er weitersprach.

„Alles ist möglich, doch ich bin mir sicher, dass im Hintergrund ein großer Konzern die Finger im Spiel hat. Es hieß auch, dass die Technologie nicht aus echtem Umweltbewusstsein heraus entwickelt würde, sondern um die Grenzen der Machbarkeit auszutesten. Wäre die Technologie erfolgreich, so ging das Gerücht weiter, würde alles unter Verschluss kommen, sozusagen im Safe weggesperrt. Nach außen hin würde der Konzern in die Richtung entwickeln, doch größere Fortschritte in der Industrie gezielt verzögern, ja ihnen sogar entgegenwirken. Erst wenn es sich für ihn finanziell in großem Stil auszahlt, würde der Konzern mit voller Kraft in das Geschäft einsteigen. Ein derartiges Vorgehen hätte weitreichende Konsequenzen für alle Player im Markt. Unser Kunde ist davon überzeugt, dass es dieser anderen Firma nur darum geht, weiterhin ihre Spritschleudern zu verkaufen, mit denen sie sich eine goldene Nase verdienen. Ich brauche Ihnen nicht zu sagen, was für eine enorme Bedrohung dies für unsere Gesundheit, ja für die Gesundheit unserer gesamten Erde darstellt. Ob all das, was ich Ihnen eben gesagt habe, bis in das letzte Detail stimmt, kann ich leider nicht sagen. Trotzdem oder gerade deswegen, fühle ich mich unserem Kunden verpflichtet und will herausfinden, ob diese Technologie wirklich existiert. Jetzt kommen Sie beide ins Spiel. Nur wenn wir genau wissen, womit wir es zu tun haben, können wir auch die richtigen und notwendigen Konsequenzen daraus ziehen."

So emotional hätte Nils seinen Auftraggeber nach dem Treffen auf Sylt gar nicht eingeschätzt. Noch während des letzten Satzes hörte er, wie Hendrik aufstand. Nils hielt den Atem an und stützte den Kopf auf seine Hände. Das schöne Geld…

Doch dann sah er, wie sein Freund zum anderen Ende des

Raums zu den Verträgen ging. Vollkommen unerwartet setzte Hendrik seine Unterschrift auf die letzte Seite, ohne die Bedingungen gelesen zu haben.

Er hatte noch nicht einmal auf die Schulung durch den technischen Experten gewartet.

KAPITEL 3

Hendrik

Frühjahr – Zürich

Nachdem Hendrik den Vertrag unterschrieben hatte, strahlte Nils ihn an und nickte zustimmend. Das wunderte ihn nicht. Nils hatte sicherlich noch diese unfassbar große Zahl im Kopf, die ihm Dominik Brandt vor Kurzem in der Sylter Bar auf die Stoffserviette geschrieben hatte. Zur Bestätigung sah er, wie Nils seinen Vertrag von vorne beginnend überflog, bis er bei der Seite mit dem Gehalt hängenblieb. Die Summe stimmte überein und sein Freund unterschrieb.

„Willkommen im Team, meine Herren", nahm Brandt die beiden Verträge entgegen. „Ich übergebe Sie nun in die bewährten Hände von Marc Kudling, der für Ihre technische Schulung zuständig ist und Ihnen alles beibringt, was Sie über Elektrofahrzeuge wissen sollten."

Kaum war Brandt mit den Verträgen unter dem Arm verschwunden, schallte ihnen ein *Moin Moin* aus der Ecke entgegen, in der ihr bärtiger neuer Kollege saß.

„Ich bin Marc und für Themen rund um Elektromobilität zuständig. Von mir aus können wir uns gerne duzen."

Hendrik nahm das Angebot an, ebenso Nils. Sie hatten zwar manchmal mit Geschäftspartnern zu tun, die eine gepflegte Umgangsform vorzogen, aber bei den Startup-Kollegen ging es eher locker zu. Auf den ersten Blick schien der Experte nicht so richtig zur Adler Reilly-Fassade zu passen, fiel Hendrik auf. Dezente Sneakers in Kombination mit Jeans und Pullunder und dem gepflegten Vollbart erinnerten ihn eher an den Kleidungsstil der Kommilitonen an der Uni. Mit seiner Einschätzung lag er nicht falsch. Es stellte sich heraus, dass Marc ein Externer war, jemand der von einer Fremdfirma angeheuert wurde, aber vor Ort beim Kunden arbeitete.

„Also gut, fangen wir ganz vorne an. Seid ihr bereits mit einem Elektroauto gefahren?"

Hendrik wusste, dass er noch nicht einmal in die Nähe eines solchen Fahrzeugs gekommen war. Nils vielleicht. Wenn man jemanden als Early Adopter bei technischem Spielzeug bezeichnen konnte, so war es sicher Nils, dank des großzügig bemessenen Taschengelds, das er früher bekommen hatte. Aber selbst für ihn bot sich nicht immer die Möglichkeit, alles sofort auszuprobieren. Hatte es während des Studiums überhaupt schon Elektroautos gegeben?

„Ich bin letztens in Hamburg mit einem Smart von car2go gefahren. Ich glaube, das war ein Mikrohybrid", erzählte Nils. „ So etwas gehört doch auch in die Kategorie Elektroautos, oder?"

Marc lachte. „Nicht wirklich, das kann man eher als Greenwashing bezeichnen. Sie nennen es Mikrohybrid, weil man das Auto verbrauchsarm ein- und ausschalten kann. Anstelle der Lichtmaschine wurde ein leistungsfähiger Generator verbaut, der, abhängig davon, ob das Bremspedal länger getreten wird, den Motor startet oder abschaltet. Elektrisch fahren kann man mit dem Microhybrid nicht. Fairerweise muss ich hinzufügen, dass es seit einiger Zeit den Smart Electric Drive über Car2Go in einzelnen Städten gibt. Deswegen ist Car2go an sich keine schlechte Sache und ein wichtiger Treiber für die neue Mobilität. Doch dazu kommen wir später."

Marc wurde wieder ernster. „Ich habe mir fast schon gedacht, dass ihr beide noch nie mit einem Elektroauto gefahren seid. Daher werden wir den restlichen Tag damit verbringen, dies nachzuholen. Ich muss nur kurz jemanden anrufen. Macht euch doch solange einen Kaffee." Er zeigte auf eine Nespresso Maschine in der Ecke des Raumes, bevor er ging.

Im Zug, im Hotel, überall in der Schweiz sah man diese unsinnigen Dinger, denen Hendrik nichts abgewinnen konnte. Zehn Kapseln mit je fünf Gramm kosteten im Schnitt vier Euro. Das machte die ganze Sache bei 40 Euro für ein Pfund Kaffee zu einer teuren Angelegenheit, ganz zu schweigen von der Umweltbelastung durch den Müll.

Die Leute wurden immer fauler und kreierten Verschwendung, die sie dann als schick bezeichneten. Er griff zu einer Flasche Wasser.

„Jungs, das wird ein Riesenspaß“, kam Marc zurück. „Wir haben Glück und ihr dürft gespannt sein, wohin und womit wir heute fahren! Der Wagen steht gleich um die Ecke in einem Showroom.”

Hendrik fragte sich, welcher Hersteller ein Autohaus mitten in Zürichs Bankenviertel unterhielt. Von einem elektrischen Ferrari oder Lamborghini hatte er noch nichts gehört.

„Doch bevor ich euch mehr verrate, würde mich interessieren, welches Bild ihr von einem Elektroauto habt”, wollte Marc wissen.

„Carrera Bahn?”, kam es von Nils.

„Die sind in der Tat auch elektrisch“, scherzte Marc.

„Begrenzte Reichweite”, meinte Hendrik.

„Was denkst du, wie viel Reichweite ein typisches Elektroauto pro Batterieladung hat?”

„Etwa 100 Kilometer?”, antwortete er. Nils nickte zustimmend.

In den nächsten Minuten diskutierten sie weitere Eigenschaften wie höheres Gewicht, fehlende *Tankstellen* und teure Anschaffung.

„Für den Anfang nicht schlecht. Damit haben wir die wesentlichen Knackpunkte der Elektromobilität. Ich schlage vor, dass wir jetzt losgehen und uns etwas Spaß mit dem Carrera Auto gönnen!”

Der Showroom, wie Marc ihn genannt hatte, war in der Tat ganz nah und lag nur etwa 300 Meter von Adler Reilly entfernt. Sie blieben vor einem Shop von Tesla Motors stehen und Hendrik bemerkte einen weißen Sportwagen, den er noch nie gesehen hatte. Irgendwie erinnerte ihn das Design an einen Aston Martin. Drinnen wurde Marc von einer jungen Frau empfangen.

„Grüezi Herr Kudling. Der Kollege aus Frankfurt hat Sie vorhin angekündigt. Sie können das weiße Fahrzeug haben, das vor der Tür steht. Es ist fast voll und sollte mindestens 350 Kilometer Reichweite haben. Sie müssten bitte nur noch kurz den Haftungsverzicht unterschreiben und mir Ihren Führerausweis geben.”

Während Marc die Formalitäten klärte, schauten sich Hendrik mit Nils um. Der Laden war weiß gefliest und sehr sauber, fast schon steril. An einer Wand hingen farbige Stoffmuster und Bilder verschiedener Felgenausführungen. Weiter rechts im Raum stand ein großer Monitor, an dem man sich über das Auto informieren konnte, doch Hendrik setzte sich in das ausgestellte Auto. Nils gesellte sich zu ihm.

„Sieht echt gut aus", wandte er sich anerkennend zu Marc, der alles erledigt zu haben schien und ihn durch das Fahrerfenster anblickte. „Der Bildschirm ist fast doppelt so groß wie ein iPad", deutete Hendrik auf die Mitte des Armaturenbretts. „Und mit diesem Elektroauto kommt man etwa 350 Kilometer weit?"

„So ist es. Das ist das *Model S* der Firma Tesla Motors, die vor etwa zehn Jahren gegründet wurde und ihren Sitz im Silicon Valley in Kalifornien hat. Das erste Modell war ein Roadster, der zusammen mit einer englischen Ingenieurschmiede entwickelt wurde. Bis 2012 wurden etwa 2200 Stück davon gebaut, dann wurde das Modell leider eingestellt." Marc deutete auf ein Poster, das einen roten, zweisitzigen Sportwagen vor einigen Windrädern zeigte.

„Aufgrund des Erfolges konnte Tesla genügend Kapital einsammeln, um mit der Entwicklung und dem Bau des Model S zu beginnen, das seit Ende 2012 hergestellt wird. Allein im ersten Jahr konnten über 20000 Autos gebaut und verkauft werden!"

„Komisch, dass ich bisher noch keinen gesehen habe", wunderte sich Nils.

„Wen man bedenkt, dass weltweit jährlich etwa 80 Millionen Autos gebaut werden, ist es nicht mehr so verwunderlich. Die meisten dieser Autos sind bisher in den USA verkauft worden. Allerdings bin ich mir sicher, dass es nicht lange dauern wird, bis wir hier in der Schweiz mehrere davon auf den Straßen sehen. Einen Tesla Club hat die Schweiz bereits, genau wie in Österreich und anderen europäischen Ländern. Jetzt aber los, den Rest kann ich euch während der Fahrt erzählen", scheuchte Marc sie aus dem Ausstellungsfahrzeug nach draußen.

„Tesla hat sich einige nette Gimmicks für ihr Auto einfallen lassen", bemerkte Hendrik, als die Handgriffe beim Öffnen herausfuhren und er die Beifahrertür öffnete.

„Wirklich cool“, pflichtete Nils ihm bei und wandte sich vom Rücksitz aus an Marc. „Wofür steht denn das P85+ auf der Heckklappe?“

„Die Bezeichnung hängt mit der verbauten Batteriekapazität zusammen. Das hier ist das Performance-Modell mit optimiertem Fahrwerk für mehr Fahrdynamik und insgesamt 421 PS. Wobei die Experten bei der Leistung von Elektroautos eher in Kilowatt sprechen, da sind es dann 310 Kilowatt. Die Kiste ist auch dank der breiteren Reifen hinten in 4,4 Sekunden aus dem Stand auf 100 und fährt maximal 210 Stundenkilometer.“ Marcs Begeisterung für das Fahrzeug war nicht zu übersehen. „Es gibt noch ein normales Modell mit einer 85 Kilowattstunden Batterie und eines mit einer kleineren Batterie mit 60 Kilowattstunden.“ Er tippte auf den großen Bildschirm in der Mitte des Armaturenbretts, woraufhin eine Karte erschien, und gab *Restoroute, Lully* in die Suche ein.

Hendrik sah, dass sie Google Maps zufolge nicht ganz zwei Stunden für die 173 Kilometer benötigen würden.

„Wir fahren jetzt ein Stück in die französische Schweiz und werden einen Supercharger, eine der ersten Schnellladesäulen, die in Europa installiert wurden, ausprobieren. Während der Wagen lädt, gehen wir essen. Auf dem Rückweg lasse ich euch den Wagen mal ausprobieren, ok?”

Hendrik gefiel der Vorschlag, auch wenn er später noch ein paar grundsätzliche Dinge fragen wollte. Trockene Vorlesungen hatte er an der Uni genügend gehabt und so konnten sie – im wahrsten Sinne des Wortes – zunächst Erfahrungen sammeln und sich ihr eigenes Bild von diesen Autos machen. Erstaunt bemerkte er, wie sie bereits losfuhren. Er hatte keinen Anlasser gehört und auch jetzt gab das Auto keine typischen Fahrgeräusche von sich. Bei der Auffahrt zur Autobahn drückte ihn die unerwartet hohe Beschleunigung tief in seinen Sitz.

„Wie geil ist das denn?”, entfuhr es Nils.

„Unglaublich“, stimmte ihm Hendrik zu.

„Bei Elektroantrieben liegt im Gegensatz zu Verbrennern das

volle Drehmoment immer sofort an“, klärte sie Marc auf. „Das überzeugt sogar hartnäckige Fans von Benzinern.“

Nach gut zwei Stunden kamen sie entspannt auf dem Autobahnrasthof in Lully an. Das System zeigte eine Restreichweite von 117 Kilometern an, als Marc das Fahrzeug rückwärts an der Ladestation einparkte.

„Laut Tesla können die Supercharger unser Auto in weniger als einer halben Stunde wieder voll aufladen. Die haben eine Ladeleistung von bis zu 135 Kilowatt. Nur zum Vergleich: Eine normale Haushaltssteckdose ist über die Sicherung auf 3,7 Kilowatt begrenzt und ein 400 Volt Starkstromanschluss zuhause liefert 11 Kilowatt. Erstere ist natürlich sehr mager für ein Auto wie dieses. Da sollte man schon den Starkstromanschluss in der Garage haben, der das Auto in sechs bis sieben Stunden voll lädt. Aber für kleinere Autos reicht der normale Schukostecker im Haushalt, um über Nacht die Batterie wieder voll zu bekommen.“

Auf Anweisung von Marc nahm Hendrik das dicke Ladekabel von der weißen Säule und schloss es am Fahrzeug in der Nähe des Rücklichts der Fahrerseite an. Als der Kontakt einrastete, leuchtete ein grünes Licht auf. Nils inspizierte in der Zwischenzeit die Stelle, die bei anderen Fahrzeugen als Motorraum bezeichnet wurde, in ihrem Fall aber zusätzliche Ladefläche zum Kofferraum war. Der Antrieb saß, wie Marc ihnen während des Essens erklärte, zwischen den Hinterreifen, da der Elektromotor deutlich kleiner war als Verbrennungsmotoren. Die Batterie bildete den Unterboden der Aluminiumkarosserie und erhöhte durch die Tieferlegung des Schwerpunkts die Fahrstabilität des Autos. Knapp eine Stunde später war nicht nur ihr Fahrzeug voll, sondern auch ihr Magen, der mit schweizerischem Raclette gefüllt worden war.

Hendrik überließ Nils die erste Hälfte der Rückfahrt, da er wusste, wie heiß sein Freund darauf war. Als er selbst das Steuer übernahm, war er sich wieder einmal klar darüber, dass er mit diesem Auftrag das Richtige tat. Fahrzeuge wie diese mussten gefördert und nicht unterwandert werden. Durch die Ruhe während des Fahrens, die in dem Bruchteil einer Sekunde dem Rausch der Beschleunigung Platz machte, aber auch das gute Gefühl, gleichzeitig die Umwelt zu schonen, stellte sich eine gewisse Gelassenheit ein. Als sie in Zürich vor dem Savoy ankamen, fühlte sich Hendrik vollkommen entspannt.

In der nächsten Minute änderte sich das schlagartig. Noch während er die Lobby betrat, sah er Dominik mit ein paar Männern die Treppe herunterkommen. Ihre Blicke trafen sich für einen flüchtigen Moment, doch sein neuer Chef zeigte keinerlei Regung und erwiderte seinen Gruß nicht. Er ging an ihnen vorbei, als hätte er sie nicht gesehen.

„Ich werde aus diesem Typ einfach nicht schlau", drehte er sich zu Nils um.

„Aus welchem Typen?"

„Na, Dominik. Er ist gerade an uns vorbei und mit ein paar Leuten aus dem Hotel gegangen. Aber er hat so getan, als sei ich Luft."

„Dominik? Habe ich gar nicht bemerkt. Komm schon, bestimmt hat er dich nicht gesehen und war in Gedanken oder mitten in einem Gespräch", antwortete Nils, der seinerseits größeres Interesse an einer eleganten Blondine in kurzem Rock und schwindelerregend hohen Pumps zeigte.

Hendrik zuckte mit den Schultern. Vielleicht hatte er sich tatsächlich geirrt. Trotzdem hatte dieser Dominik etwas an sich, das ihm nicht geheuer war. Brandt war ganz anders, als er ihn sich aufgrund von Nils Erzählungen vorgestellt hatte – ein bescheidener Familienmensch und kein selbstverliebter, spröder Machtmensch. Am meisten jedoch war Hendrik von Brandts Motiven überrascht gewesen, die durch die Bank hinweg politisch begründet waren. Musste er sich vielleicht eingestehen, dass er neidisch war? Ja sogar eifersüchtig, weil dieser Kerl es offensichtlich geschafft hatte und sich teure Anzüge und Treffen in luxuriösen Hotels leisten konnte?

Am nächsten Morgen stand Theorie auf dem Programm und Marc begann bei den Grundlagen.

„Ich werde ganz vorne anfangen und zwar bei der Frage, warum es sinnvoller ist, sich elektrisch fortzubewegen als weiterhin fossile

Kraftstoffe zu verbrennen. Zuallererst ist es eine Tatsache, dass die fossilen Energieträger nicht unendlich verfügbar sind. Auch wenn die Reserven vielleicht noch lange nicht ausgeschöpft sind, wird es immer schwieriger werden, an sie heranzukommen. Zudem setzen wir enorme Mengen an Klima veränderndem Kohlendioxid frei, das in einem 150 Millionen Jahre dauernden Prozess in den fossilen Brennstoffen gebunden wurde. 150 Millionen Jahre, das ist ein Zeitraum, den ich mir kaum vorstellen kann.“ Marc schüttelte kurz den Kopf, bevor er weitersprach.

„Glücklicherweise hat vor einiger Zeit die Energiewende begonnen und damit ein Umdenken, so dass man in vielen Bereichen vermehrt auf erneuerbare Energien setzt. Hier kommt das Elektroauto ins Spiel. Elektroautos müssen jetzt entwickelt werden, damit wir in 30 Jahren noch mobil sind, wenn Sprit unbezahlbar, grüner Strom aber im Überfluss zu haben sein wird. Ein weiterer Grund ist, dass der elektrische Antrieb fast dreimal so effizient ist wie ein Verbrennungsmotor. Wenn du heute dein Auto für 100 Euro auftankst, landen davon etwa 70 Euro ungenutzt als Abwärme auf der Autobahn. Natürlich kann man einen Teil der Abwärme auch zum Heizen nutzen, aber der Verbrenner kennt keine Jahreszeit, er heizt auch im Sommer. Beim Elektroauto geht das Heizen zwar auf Kosten der Reichweite, doch immerhin habe ich die Wahl und kann im Winter eine Jacke anziehen...“

Ein lautes Klopfen an der Tür ließ Marc innehalten und sorgte für eine willkommene Unterbrechung bei Hendrik und Nils. Herein kam ein mittelgroßer, leicht untersetzter Mann in einem beigen Anzug.

„Peter, ich hatte dich erst später erwartet“, sagte Marc. „Darf ich vorstellen, mein Kollege Peter Prohaska. Er kam vor einigen Jahren vom Außendienst in die Datenanalyse. Er ist ein waschechter Adler Reilly Mann und hat schon ein paar Jahre in der Firma auf dem Buckel, wie ihr an seinen Falten unschwer erkennen könnt.“

Der blasse Mann, den Hendrik auf etwa Mitte 40 schätzte, drohte Marc spielerisch mit der Faust.

„Ich dachte, ich schau mal bei euch vorbei“, grüßte der Ältere in die Runde und ging zielstrebig auf die Kaffeemaschine zu. „Hab schon gehört, dass wir zwei Neue haben.“ Peter sprach hastig, so als ob er sich abgehetzt hatte, um pünktlich zu sein.

„Hat euch Marc schon in die Geheimnisse der Elektromobilität eingeweiht? Bei Details könnt ihr euch auch vertrauensvoll an mich wenden. Ich wette, er ist mit euch zum Tesla Store gegangen. An denen hat er einen Narren gefressen. Oder war es doch die hübsche junge Dame?“ Peter nahm sich eine Handvoll Kekse vom Teller auf dem Tisch, während er in der anderen Hand die Tasse mit dem Kaffee zu balancieren versuchte.

Marc grinste nur und zuckte unschuldig mit den Schultern.

„Wie dem auch sei“, wurde Peter wieder ernst. „Ich wurde eben darüber informiert, dass ich einem Herrn Herder bei der Operation WAVE zur Seite gestellt werde.“

„Das bin ich“, meldete sich Hendrik und gab seinem neuen Kollegen die Hand.

„Peter, freut mich“, antwortete dieser. „Keine Angst, ich werde mich im Hintergrund halten und bin nur als Unterstützung eingeteilt. Falls Fragen auftauchen oder es Situationen gibt, in denen mehr als ein Augenpaar benötigt werden, bin ich selbstverständlich da. Will heißen, wenn du mich brauchst, sag Bescheid, ansonsten lass ich dich das durchziehen. Wir haben ja alle mal klein angefangen, nicht wahr?“

„Danke, das weiß ich zu schätzen“, entgegnete Hendrik. „Vielleicht gehen wir abends mal auf ein Bier?“

„Warum nicht. Ich muss wieder los“, verabschiedete sich Peter mit einem hektischen Blick auf seine Armbanduhr und war fast so schnell verschwunden, wie er aufgetaucht war.

Nach dieser unerwarteten Kaffeepause schilderte Marc die wichtigen Bestandteile eines Elektroautos, zu denen neben Elektromotor und Batterie, auf die ein Kollege von ihm eingehen würde, auch Wechselrichter gehörten. Ohne sie ging nichts, da sowohl Ladestation als auch Batterie und Elektromotor mit unterschiedlichen Stromarten arbeiteten und der Wechselrichter die Umwandlung in die jeweils benötigte Stromart vornahm.

Hendrik erinnerte sich dunkel an den Physikunterricht und daran, dass in Batterien Gleichstrom gespeichert wurde, Elektromotoren aber mit Drehstrom, wie der Wechselstrom umgangssprachlich hieß, arbeiteten. Das Herzstück eines Elektrofahrzeugs war jedoch die elektronische Steuerung, das Computergehirn sozusagen, das die Vorgänge in allen Komponenten kontrollierte und daraufhin die einzelnen Abläufe wie Laden der Batterie oder Stromversorgung des Elektromotors steuerte.

„Hier habe ich noch eine Auflistung über die aktuellen Modelle, die es schon gibt. Lest euch die bis morgen durch, denn dann schauen wir uns die einzelnen Autos im Detail an. Heute Nachmittag wird sich Uwe Macellaio um euch kümmern und näher auf das Thema Batterie eingehen. Von ihm bekommt ihr auch eine Schulung zum Thema Gefahrgut", verabschiedete sich Marc in die Mittagspause.

Hendrik sah seinen Freund an, nachdem ihr Expertenkollege gegangen war. „Bei dem kommen die Infos wie aus einem Kanonenrohr geschossen", stöhnte er. „Ganz schön viel Theorie, was?"

„Hätte ich auch nicht gedacht", pflichtete Nils ihm bei. „Lass uns an den See gehen und frische Luft schnappen. Ich glaube, mein Hirn braucht Sauerstoff."

„Sauerstoff oder Nikotin? Wenn das mal nicht an gestern Abend liegt. Wie lange warst du noch im *Indochine*?“

„Hab nicht auf die Uhr gesehen. Nur ein paar Drinks. Da war diese süße Kleine, hast du die gesehen? Mit der bin ich noch ins *Hard One* und danach sind wir ins *Kaufleuten* weitergezogen.“

Hendrik verdrehte die Augen. Wie typisch. Nils legte nicht nur Wert darauf, mit wem er unterwegs war, sondern auch wo er hinging.

„Das hab ich gesehen, Alter. Ich war wirklich anständig, wir haben uns nur unterhalten“, schlug Nils ihm freundschaftlich auf die Schulter. „Komm, lass uns auf ein Bistecca di Tonno in die *Terrasse* gehen. Das werden unsere Spesen schon aushalten, ich zahle und reiche es ein.“

Wieder einmal wurde ihm bewusst, dass er nie so sorglos wie sein Freund sein würde. Trotzdem ließ er sich mitreißen. Der Tag war viel zu schön, um mittags in einem kleinen Stehcafé eilig ein Sandwich zu verschlingen. Eine Stärkung vor der nächsten geballten Ladung Theorie konnte nicht schaden.

„Jetzt noch einen Zahnsteinentferner zum Espresso“, zwinkerte Nils ihm zu, nachdem ihre Teller abgeräumt worden waren.

Hendrik sah ihn verständnislos an.

„Du weißt nicht, was das ist?“, zog sein Freund ihn auf. „Das ist eine echte Bildungslücke, Hendrik.“ Dann wandte er sich an den Kellner und bestellte zwei Glas Valdobbiadene zu ihrem Kaffee.

„Der perlende Sauerstoff und die Säure im Prosecco reinigen angeblich die Zähne“, erklärte er lachend, während er mit Hendrik anstieß. Dieses Leben war eindeutig für Nils gemacht.

Die Aussicht auf weitere, ermüdende Theoriestunden am Nachmittag ließ sie die Mittagspause bis zur letzten Minute ausreizen. Vielleicht würde er doch notgedrungen einen Espresso aus dieser verfluchten Maschine nehmen müssen, dachte sich Hendrik auf dem Rückweg. In der ersten Stunde nach dem Mittagessen war er immer am wenigsten aufnahmefähig. Allerdings hatte er auch nicht erwartet, was als Nächstes kam.

Ihr zweiter Trainingsexperte war nebenberuflich DJ und wusste um die Trägheit nach dem Essen. Daher wurden sie von feurigen

Latinoklängen begrüßt, als sie zurück in den Schulungsraum kamen.

„Meine aktuelle Mischung“, begrüßte sie ein aufgeweckter Mann mit dunklen Locken und sympathischen Grübchen, der kaum älter als sie beide schien, sie jedoch um mindestens einen Kopf überragte. „Bringt die Mädels auf der Tanzfläche in Stimmung, wenn ihr wisst, was ich meine“, fügte er schelmisch hinzu und streckte ihnen die Hand zum Gruß entgegen. „Ich bin Uwe.“

Uwe war ebenso wie Marc ein externer Experte, den Adler Reilly für Spezialthemen unter Vertrag genommen hatte. Sein Hauptgebiet war Gefahrgut und dazu zählten Lithium-Ionen Batterien, wie sie in Elektroautos zum Einsatz kamen.

„Technik ist Fluch und Segen, wenn ihr mich fragt“, begann er. „Einerseits können wir uns mit Hilfe dieser Batterien fortbewegen, ohne die Natur groß in Mitleidenschaft zu ziehen. Andererseits muss bei deren Handhabung auf so einiges geachtet werden. Die elektrischen Dreiräder der schweizerischen Post, DXP genannt, sind ein gutes Beispiel. Vor ein paar Jahren, nach ihrem offiziellen Einsatz, gab es einige Brände über Nacht. Schuld daran waren die Batterien, wie es schien. Die Empa, ein Forschungs- und Dienstleistungsinstitut im Verbund der Züricher Hochschule ETH, wurde daraufhin beauftragt, die Ursachen dafür zu finden.

Das Ergebnis verschiedener Tests, bei denen die Batterien voll aufgeladen und danach noch weiter mit Strom belegt oder mit Eisennägeln durchbohrt wurden, zeigten, dass die Ursache der Brände nicht in der Batterie direkt zu suchen war. Diese wurde zwar enorm warm und entwickelte Gase, die durch die Löcher austraten, doch der Brand entstand durch Funken, die von den Leiterplatinen der zu heiß gewordenen Batteriesteuerung stammten. Diese Platinen waren direkt auf das Batteriegehäuse montiert worden. Also goss man die Platinen mit Silikon aus und die Brände konnten nicht mehr reproduziert werden.“ Uwe zeigte ihnen ein paar Bilder. „Was ich damit sagen will, ist, dass es auf die eingesetzten Materialien ankommt. Diese sind nach Batterietyp verschieden, auch wenn alles unter dem Oberbegriff Lithium-Ionen Batterie läuft.“

Im Laufe der nächsten Stunden ging Uwe auf die unterschiedlichen Typen von Batterien ein und schilderte aktuelle Entwicklungen. In der Kaffeepause war Nils jedoch mehr an Uwes Soundcloud-Dateien interessiert als an den Unterschieden zwischen Lithium-Eisenphosphat, Lithium-Polymer oder Lithium-Luft-Batterien.

Hendrik hielt sich dezent im Hintergrund und goss sich lieber ein Glas Wasser ein.

„Wie schaut es aus, Jungs", fragte Uwe am späten Nachmittag. „Habt ihr schon etwas vor? Gehen wir zum Abendessen ins *Clouds* in den Prime Tower? Da hab ich vor Kurzem aufgelegt und der Blick vom 35. Stock aus über Zürich ist sensationell. Die Bar ist gut sortiert, außerdem habe ich Lust auf ein richtig schönes Angusfilet."

Hendrik stupste Nils unter dem Tisch an und drehte sich zu Uwe. „Aber nur wenn du zahlst und zum Schluss einen Zahnsteinentferner ausgibst." Auch wenn er nie so werden würde wie Nils, konnte er doch immerhin einen Versuch starten.

„Zahnsteinentferner ist was für Mädchen. Echte Männer nehmen eine sibirische Eissuppe", gab Uwe zurück.

Jetzt war es Nils, dem ein großes Fragezeichen ins Gesicht geschrieben stand.

KAPITEL 4

Alain

Donnerstagabend, sechs Wochen später
Eichgraben bei Wien

Die World Advanced Vehicle Expedition, von den Insidern kurz WAVE genannt, wurde in dieser Form bereits zum dritten Mal veranstaltet. Die weltgrößte Ausfahrt mit Elektroautos würde im Rahmen eines anspruchsvollen Zehn-Tage-Programms an traumhaften Orten in Österreich, Slowenien und der Schweiz Station machen. Hervorgegangen war die Rallye aus dem *Zero Emission Race*, bei dem vier Teams im Jahr 2010 von Genf Richtung Osten gestartet und drei davon rechtzeitig zur UN-Klimakonferenz im mexikanischen Cancun angekommen waren.

Alain Blanc wusste das alles, weil der Veranstalter, ein dunkelhaariger schlank gewachsener Mann, vorne am Rednerpult von seinen verschiedenen Expeditionen erzählte. Louis Palmer hatte sich schon in seiner Jugend für Natur und Umweltschutz eingesetzt. Nach der Jahrtausendwende

begann er seine Karriere als Nachhaltigkeitspionier und kehrte im Winter 2008 als Erster von einer Umrundung der Welt zurück, die er alleine und nur mit Hilfe von Sonnenstrom zurücklegte. Eindrucksvolle Bilder unterstrichen die Ausführungen über seine eineinhalb Jahre dauernden Reise mit dem *Solartaxi.*

Alain saß in Eichgraben, einer kleinen Marktgemeinde westlich von Wien, die dem *Europäischen Klimabündnis* beigetreten war. Ebenso wie die anderen mehr als 1600 Städte und Gemeinden des Bündnisses setzte sich Eichgraben hohe Ziele hinsichtlich des Klimaschutzes, was neben signifikanter Reduzierung der CO2-Emissionen auch den Verzicht auf Einsatz tropischer Hölzer beinhaltete. Daneben hatte die Gemeinde jedoch kurzfristig eine weitere Rolle übernommen: den Startpunkt der WAVE. Daher fand hier das Briefing am Abend zuvor statt.

Er sah sich im Raum um. Die erste Veranstaltung 2010 hatte in der Tat ihren Beitrag dazu geleistet, das Interesse an nachhaltigen Themen zu wecken. Die Anzahl der Teams hatte sich verzehnfacht und rund 75 Teilnehmer angelockt, von denen sich die meisten nun in dem Konferenzraum drängten und darauf warteten, sich ihren gleichgesinnten Kollegen vorzustellen. Fast die Hälfte der Teilnehmer schien sich zu kennen, wie die herzlichen Begrüßungen einzelner Teams vor dem Briefing nahe legten. Wahrscheinlich von früheren Veranstaltungen her, denn Alain bemerkte eine Kameradschaft, wie er sie auch von seinen Expeditionskollegen her kannte. Während Louis Palmer die 1800 Kilometer lange Route von Eichgraben nach Zürich vorstellte, dachte Alain über die Stationen seines eigenen Lebens nach.

Es war bisher eine spannende Reise gewesen, die in Montreal begonnen und ihn durch Länder wie Ecuador, Argentinien und Alaska rund um die Welt geführt hatte. Sogar ein Besuch der Antarktis fehlte nicht auf der Landkarte seiner bisherigen Expeditionen, die mit den Jahren zu immer höher gelegenen Gipfeln geführt hatten.

Die heutige Station verdankte er einer Verkettung mehrerer Umstände, die allesamt durch die Entscheidung zu einem kurzfristigen Wanderurlaub in Schottland ausgelöst worden waren. Dank der sehr lukrativen Firma, die Sportbekleidung herstellte und ihm gehörte, konnte er sich gewisse Freiheiten gönnen. Fast immer, wenn es ihn wieder in die Ruhe der Berge zog, konnte er seiner Sehnsucht folgen. So auch das letzte Mal, bei dem er vollkommen unerwartet Tom

Schmidt auf seinem Zwischenstopp in Edinburgh begegnet war.

Tom war ein langjähriger Geschäftspartner, der unter anderem auch Geschäftsführer einer Firma war, an der Alain mehrheitlich Anteile besaß. Schmidt hatte seine Firma vor ein paar Jahren gegründet und seitdem unzählige Ladestationen für Elektrofahrzeuge in der ganzen Welt installiert. Ein Unterfangen, das Alain als verantwortungsvoller Umweltschützer nur zu gern unterstützte. Schmidt war eben von einer Besprechung mit Transport Scotland gekommen, bei der es um weitere Details zur Umsetzung von *Switched on Scotland* ging. Ein Plan, demzufolge Schottland bis zum Jahr 2050 alle Fahrzeuge mit Verbrennungsmotoren von seinen Straßen verbannt haben wollte.

Nach ein paar unterhaltsamen Stunden bei einer hinlänglichen Verkostung verschiedenster edler und ausgefallener Sorten Gin stellten sie fest, dass dies ein äußerst glücklicher Zufall war und beschlossen, am nächsten Tag gemeinsam in die Kleinstadt Fort William zu fahren, um von dort den höchsten Berg des Königreichs zu erklimmen.

Die knapp eineinhalb Kilometer lange Wanderung hätte unter normalen Umständen nicht mehr als drei Stunden gedauert. Doch an diesem Tag war dies nicht wichtig, ihr Gespräch dafür umso mehr. Am Gipfel des Ben Nevis erklärte sich Alain bereit, ein Projekt zu unterstützen, das, sollte es erfolgreich sein, die gesamte Automobilindustrie auf den Kopf stellen würde. Der zusätzliche Charme ihrer Vereinbarung lag darin, dass sie an einem Ort getroffen wurde, an dem in absehbarer Zeit wohl nie ein Fahrzeug, egal welcher Couleur, gesichtet werden würde.

Nachdem sie ganz nach Tradition höflicher Inselbewohner die Auswirkungen des Regens auf ihre jeweilige Befindlichkeit diskutierten, sprach Schmidt entgegen seinen Prinzipien geschäftliche Themen an. Alain war dies recht. Er war in seinem Leben oft genug auf Expeditionen gewesen, um zu wissen, dass sie durch interessante Gespräche kurzweiliger wurden. Außerdem war das, was Schmidt erzählte, sehr interessant.

Er erklärte Alain, dass eine der Haupthürden für die erfolgreiche Verbreitung von Elektrofahrzeugen die sogenannte *Reichweitenangst* war. Obwohl die durchschnittliche Nutzung am Tag nur rund 60 Kilometer betrug und die meisten Elektroautos die doppelte Reichweite boten, hatten viele Fahrer Angst davor, irgendwo im Niemandsland sprichwörtlich saftlos liegenzubleiben. Diese Angst wurde bei niedrigeren Außentemperaturen, die sich auf die Batterie auswirkten und somit eine verminderte Reichweite hervorriefen, noch verstärkt. Bei neueren Elektrofahrzeugen wurde daher darauf geachtet, die Batterie in speziell temperierten Vorrichtungen zu verbauen, denn auch eine Überhitzung war nicht gut.

Verglich man die Reichweite der meisten Elektroautos und die Zeit, die zum vollständigen Aufladen an einer herkömmlichen Steckdose benötigt wurde mit den Werten eines benzingetriebenen Fahrzeugs, so sah es für Elektroautos nicht gut aus. Ein gut ausgebautes Netz von Schnellladestationen würde dies ändern. Einige Firmen waren bereits auf den Zug aufgesprungen, doch in der Umsetzung bildete Tesla mit ihren Supercharger-Stationen in USA und Europa die Ausnahme. An einem Supercharger konnten Tesla Fahrer innerhalb von zwanzig Minuten gut die Hälfte der Reichweite nachladen und dies auch noch kostenlos. Wer es noch eiliger hatte, konnte sogar die Batterie in weniger als zwei Minuten kostenpflichtig tauschen lassen, dies jedoch gegen Gebühr.

An sich ein gutes Konzept, doch nicht jedermann konnte sich die ersten Modelle von Tesla leisten. Hinzu kam, dass die Supercharger bisher nur zum Teil mit Solarmodulen ausgestattet waren. Kam der Strom für die Supercharger hauptsächlich von Kohlekraftwerken, fiel die Schadstoffbilanz gegenüber effizienten Verbrennern nicht sehr schmeichelnd aus. Tom Schmidt achtete daher akribisch darauf, dass ihre Ladestationen mit zertifiziertem Ökostrom aus Sonnen- oder

Windenergie versorgt wurden. Das reduzierte den verursachten Schadstoffausstoß auf ein Minimum und ließ ihn nachts ruhig schlafen.

Was aber, wenn die Tagesreichweite ohne Zwischenladen keine Rolle mehr spielen würde? Diese Frage war Tom von dem Inhaber eines unabhängigen Entwicklungsinstituts aus Slowenien gestellt worden. Andrej Pečjak war kein Unbekannter. Der Entwickler hatte schon mehrmals auf freiberuflicher Basis für Schmidts Firma gearbeitet. Er behauptete, ein neues Konzept entwickelt zu haben, das alle entscheidenden Faktoren wie Batterietyp und -lebensdauer, Elektromotor, On-Board-Ladegerät inklusive Wandler und intelligenter Steuerung in Betracht zog und bei dem eine neue Technologie zum Einsatz kam. Andrej sagte, er könnte ein Fahrzeug bauen, das mit einer einzigen Batterieladung über 1000 Kilometer weit kam, und neben dem Fahrer gleichzeitig noch Platz für vier Passagiere und deren Gepäck bot.

Schmidt war davon überzeugt, dass Andrej, den er als intelligenten und bescheidenen Mann kennengelernt hatte, keine leichtfertigen Behauptungen aufstellte. Daher hatte er nach eingehenden Verhandlungen zugestimmt, einen Prototyp zu bauen und in einem Feldversuch zu testen. Das Einzige, was ihnen jetzt noch fehlte, um nach einem erfolgreichen Test die Serienproduktion zu beginnen, war Kapital. Ob Alain sich vorstellen konnte ihr Projekt als Investor zu unterstützen?

„Aber steht das nicht im Widerspruch zu deinen Ladesäulen, wenn weniger davon benötigt werden?“, fragte er Tom.

„Nur zum Teil. Es werden immer noch Ladestationen gebraucht, nur nicht mehr so viele. Das macht aber nichts, denn hier geht es schließlich um mehr als nur Geld. Mit diesem Projekt nehmen wir eine echte Vorreiterrolle ein.“

Wieder einmal hatte Tom ihm bestätigt, warum sie beide ein so erfolgreiches Team waren. Noch besser als Vorreiter war es, ein Vorbild zu sein und damit hatte sich Alain nur zu gut identifizieren können. Wenn er bei Expeditionen vorausging, dann war er immer darauf bedacht, dass niemand, der in seine Fußstapfen trat, zu Schaden kommen würde.

Jetzt ließ Alain seinen Blick durch den funktionell eingerichteten Konferenzraum in Eichgraben schweifen, bis er Andrej entdeckte. Eine der Bedingungen, die er gestellt hatte, war, dass Schmidt ihn inkognito bei der Expedition anmeldete. Begründet hatte er die Forderung damit, dass er nicht nur in Technologien investierte, sondern auch in die Menschen, die dahinter standen, und er sich daher gerne selbst ein Bild von deren Arbeit machte.

Bis jetzt war er sehr angetan. Andrej ließ sich in keinster Weise anmerken, dass er kurz davor stand, etwas äußerst Bemerkenswertes zu vollbringen. Stattdessen hatte er eine einnehmende Ruhe ausgestrahlt, als er vorhin verschiedene Teilnehmer begrüßt und sich ihnen vorgestellt hatte. Von der inneren Anspannung, die er spüren musste, und die Alain selbst, wenn auch aus anderen Gründen fühlte, war nichts zu merken.

Louis Palmer beendete gerade seine Einführung und kündigte das Abendessen an mit der Bitte, nach einer Stunde wieder pünktlich im Raum zu sein. *Be on time* – klang nach einer Aufforderung, die sie nicht zum letzten Mal gehört haben sollten. Fenster wurden geöffnet und die meisten Teilnehmer vertraten sich die Beine, bevor das Buffet gestürmt wurde. Alain folgte seinem unwissenden Protegé mit einigem Abstand. Andrej unterhielt sich gerade angeregt mit einem kleinen, drahtigen Mann mit aschblonder und voluminöser Lockenmähne, der ein Anti-Wackersdorf-T-Shirt trug.

In dem Dossier, das Alains Assistentin für ihn zusammengestellt hatte, waren keine Details zu politischen Überzeugungen aufgelistet, sondern lediglich die technischen Fähigkeiten des Entwicklers. Andrej hatte im letzten Jahr an der Rallye Monte Carlo des Énergies Nouvelles teilgenommen und dort mit seinem Auto je einen Sieg in den Kategorien Verbrauch und Elektrofahrzeuge allgemein errungen. Dies war umso erwähnenswerter, da Hersteller wie Mitsubishi und Tesla das Feld der Konkurrenz angeführt hatten.

Erstaunlicherweise war von diesem Sieg in den Medien nichts zu lesen gewesen. Noch seltsamer jedoch war die wenige Monate später folgende Entscheidung des Rennkomitees, dass zu Elektrofahrzeugen umgebaute Serienmodelle nicht mehr zugelassen wurden. Laut Dossier hatte diese Entscheidung bei Andrej keinen Zorn, sondern fast schon Stolz hervorgerufen, denn diese Reaktion zeigte ihm, dass seine Leistung wahrgenommen wurde.

Alain war sich bewusst, dass er sich bald den anderen Teilnehmern vorstellen musste, doch vorerst wollte er noch etwas Ruhe genießen. Nach dem Gang durch das reichhaltige Buffet setzte er sich etwas abseits von den anderen an einen kleinen Tisch. Tief in Gedanken an seine offizielle Geschichte versunken, schreckte er auf, als ein junger Mann mit einer teuer anmutenden Kamera an seinem Arm hängen blieb.

„Oh, Entschuldigung", sagte dieser, der laut Ausweis um seinen Hals ein offizieller Videoblogger namens Henrik Herder war.

„Kein Problem. Sie werden also all unsere peinlichen Momente für die Ewigkeit festhalten."

Der junge Mann lächelte schüchtern und ging weiter.

Nach dem Essen folgte das detaillierte Briefing samt Vorstellung der Teams. Alain hatte sich wie zuvor auch einen Platz in der letzten Reihe ausgesucht, um einen guten Überblick über alle Teilnehmer zu haben. Sein Interesse hatte eine Nuance, die keinem der Anwesenden bewusst war. Die zweite Bedingung, die er Schmidt gestellt hatte, war, den Entwicklungsingenieur und seine Technologie während der gesamten WAVE durch zwei geschulte Agenten zu schützen. Die geeignete Firma hatte Alain selbst gesucht und er war dabei auf die Firma DISECUPRO gestoßen.

Aus unterschiedlichen und teilweise offensichtlichen Gründen hatte DISECUPRO die Schweiz als Dienstsitz gewählt. Es war heutzutage nicht so, dass Amerika oder England bei Sicherheitsfirmen hoch im Kurs standen. Dafür hatten deren *Big five* genannten Nachrichtendienste höchstpersönlich gesorgt. DISECUPRO, kurz DSP, war ein kleiner Familienbetrieb, der Integrität nicht nur großschrieb, sondern vollkommen verinnerlicht zu haben schien. Der für die Agenten verantwortliche Einsatzleiter hatte sich sogar als Chief of Integrity vorgestellt.

Alain war sehr beeindruckt gewesen, als ihm einige der bisher durchgeführten Aufträge dieses Chief of Integrity – einem Frank Loden – vorgestellt worden waren. Die Firma war darauf spezialisiert, Persönlichkeiten des öffentlichen Lebens, Mitglieder von Königshäusern oder politisch engagierte Personen auf sehr diskrete Art vor Gefahren und unliebsamen oder unerwünschten Kontakten zu schützen.

Frank Loden hatte Alain davon überzeugt, dass Andrejs Wohlergehen rund um die Uhr sichergestellt wurde: Er würde ein Paar auf die Operation ansetzen. Eine gern genommene Variante, um die wahre Identität seiner Agenten geheim zu halten. Außerdem erleichterte es die Anmeldung der beiden als Team während der WAVE. Niemand würde Fragen stellen oder Verdacht schöpfen. Andrej hatte in das Auto verschiedene Sicherheitsmechanismen eingebaut, die er aktivieren konnte und die nicht nur allzu Neugierige vertreiben, sondern selbst in dem unwahrscheinlichen Fall einer Entwendung den Dieb sehr schnell stoppen würden. Doch wo nötig bekämen die zwei Agenten nachts Unterstützung von einer dritten Person, die ein Auge auf das Fahrzeug haben würde. Hierzu hätten sie Zugriff auf jemanden aus dem Team, das auch die technische Unterstützung sicherstellte. Weitere Details waren für Alain nicht wichtig, argumentierte Frank. Dafür engagierte er sie schließlich.

Als sich nun die einzelnen Teams vorstellten, fiel Alain auf, wie viele Paare mitfuhren. Es war eine bunt gemischte Gruppe aus Menschen unterschiedlichster Nationalitäten. Auch wenn es im Allgemeinen hieß, dass sich Gegensätze anzogen, schien das hier nicht der Fall zu sein. Denn wie sonst konnte erklärt werden, dass offensichtlich so viele von ihnen nicht nur das gleiche Interesse sondern auch das gleiche Bett teilten?

Der Mann mit der wilden Lockenmähne, der sich vorhin mit Andrej unterhalten hatte, stellte sich gerade mit seiner englischen Frau Angela als deutschstämmiger Andreas Wacker vor. Er war seiner Liebsten nach England gefolgt. Sie starteten mit der Nummer 1 an ihrem Twike. Die Österreicher Tamara und Manfred Hillinger folgten gleich darauf mit ihrem orangefarbenen Tesla Roadster mit der

Nummer 2. Die beiden Fahrzeuge hatten sich während der letztjährigen WAVE den Siegerplatz geteilt.

Das in der Nähe von Wien lebende Paar war sehr höflich und zurückhaltend und gehörte zu den Menschen, die auf den ersten Blick schwer einzuschätzen waren. Manfred war etwas größer war als seine Frau und leger, fast schon funktionell, gekleidet. Tamara, die ebenfalls eine Stoffkappe zu ihren langen braunen Haaren trug, nickte schweigend den Teilnehmern zu, als ihr Mann sie vorstellte. Gut möglich, dass sie von DISECUPRO geschickt worden waren. Ein weiteres Paar, das einen Tesla Roadster fuhr, bildeten der spanische Rafael De-Mestre mit seiner kasachischen Begleitung Anastassyia. Der extrovertierte Fahrer hatte die Co-Pilotin auf seiner 80 Tage dauernden Fahrt um die Welt im Roadster kennengelernt, von der er im letzten Jahr zurückgekommen war.

Der offiziellen Sprache der Veranstaltung angepasst und dennoch mit einem Hauch Romantik stellte sich das junge deutsch-französische Team im Picasso C Zero vor. Martin Tauer und seine Frau Magali Zampieri waren *Just married.* Gordon, ein weiterer Engländer, teilte sich den Startplatz seines Peugeot iOn mit der aus Texas stammenden Leora, die der Frisur nach Andreas Schwester hätte sein können. Ob dieses Team auch dasselbe Bett teilen würde, war weder klar ersichtlich noch von größerer Bedeutung.

Ein Fahrzeug, das Alain noch nie gesehen hatte, war ein S.A.M, das von dem Schweizer Paar Jean-Pierre und Monika gefahren und liebevoll *Sämi* genannt wurde. Waren dies etwa die beiden Agenten, die er angefordert hatte? Das letzte Paar konnte es nicht sein, es war Andrej mit seiner Frau Jasna, die in einem umgebauten Mazda 5 starteten.

Es war schon eine seltsame Situation, dachte sich Alain: Andrej war überzeugt, dass kein Teilnehmer sein wahres Vorhaben kannte. Die Agenten hingegen wussten, wer Andrej war und was er während der WAVE wirklich tat. Allerdings wusste keine von beiden Parteien von ihm oder wer er in Wirklichkeit war.

Alain ließ seinen Blick noch einmal zu dem Schweizer Paar schweifen. Jean-Pierre erweckte mit seiner Baseballmütze, den khakifarbenen Shorts und dem locker fallenden T-Shirt, das die Figur eines offensichtlichen Genießers nur bedingt kaschierte, nicht den Eindruck eines Agenten. Bei Monikas drahtiger Figur und der selbstbewussten Ausstrahlung könnte man das schon eher vermuten, auch wenn der möglicherweise als Tarnung gedachte Partnerlook nicht ganz überzeugte. Heutzutage war alles möglich. Die Frau als gestählter Bodyguard mit einem technisch versierten Mann, der sich um die Informationslogistik kümmerte. Waren die Blondine und der Gemütliche die von Frank geschickten Profis?

Nachdem vor ein paar Wochen seine Teilnahme an der WAVE bestätigt worden war, hatte Alain die üblichen Recherchen veranlasst. Er wollte alles wissen, was über WAVE und Andrej zu wissen war. Diese Vorbereitungsphase war ihm teilweise sogar lieber als die Expedition selbst. Schon Konfuzius wusste, dass der Erfolg von den Vorbereitungen abhängt. Alain fand es immer wieder zutiefst befriedigend und es gab ihm auch die notwendige Sicherheit, wenn er gut vorbereitet war und die Risiken basierend auf dem recherchierten Wissen abgeschätzt hatte.

Manch einem mochte es überzogen erscheinen, wenn er sich verschiedenste Ereignisse vorstellte und die Details akribisch durchging. Doch diese vorangegangene Trockenübung konnte im Ernstfall Leben retten. Raum für Spontanität blieb immer noch genügend, denn man konnte nie alles einplanen. So wie damals in Ecuador.

Er war quer durch die ganze Stadt gefahren, weil ein Paar während seiner Expedition spontan heiraten wollte und dafür spezielle Papiere benötigte. Sie hatten nur einen einzigen Termin beim Standesamt bekommen, zu dem alle Unterlagen rechtzeitig vorliegen mussten. Er war sich wie in einem Kinofilm vorgekommen, als er zum Taxifahrer sagte: „Fahr so schnell du kannst, koste es, was es wolle". Aber er war rechtzeitig zur Trauung zurück gewesen.

Laut seinem Dossier war in den vergangenen Jahren das größte Risiko während der WAVE – abgesehen von plötzlichen Krankheiten oder ähnlichen Ereignissen höherer Gewalt – von einem hohen Verkehrsaufkommen ausgegangen. Alain hatte gelesen, dass vor Jahren mehrere Teilnehmer, um Batteriekapazitäten zu schonen und ihre Reichweite zu verlängern, fast einen Stau auf der Autobahn verursacht hatten.

Sie waren mit etwa sechzig Stundenkilometern auf der rechten Spur gefahren und hatten dadurch viele LKW-Fahrer zum Überholen veranlasst, was wiederum den Zorn der anderen Autofahrer heraufbeschworen hatte. Rohe Eier, Tomaten und sonstiger verwertbarer Inhalt aus den Einkaufskörben der verärgerten Straßenteilnehmer waren auf die Elektroautofahrer niedergeregnet. Ein derartiges Szenario kannte man eher von Demonstrationen, doch sollte etwas Ähnliches noch einmal passieren, würde es weitere Reaktionen geben, die schwer einzuschätzen waren. Wer konnte schon sagen, ob nicht doch einmal ein Autofahrer eine Waffe bei sich haben würde und verärgert genug war, um sie zu benutzen? Und was, wenn dabei Menschen zu Schaden kämen? Möglicherweise sogar Andrej? Das war höchst unwahrscheinlich, doch Alain war lieber vorbereitet, als sich später Vorwürfe zu machen.

„Der nächste Teilnehmer ist Alain Blanc in einem umgebauten Mazda RX8, dem sogenannten Bolt."

Die Ankündigung seines Namens rüttelte ihn hoch. Das ausgiebige Essen und die lange Vorstellung der einzelnen Teams hatten ihn ermüdet und er war mit seinen Gedanken abgeschweift, obwohl dieses Verhalten all den interessanten und leidenschaftlich überzeugten Kollegen, mit denen er die nächsten Tage verbringen würde, nicht gerecht wurde. Er gelobte sich innerlich Besserung, als er den Anflug eines schlechten Gewissens unterdrückte und nach vorne ging.

„Guten Abend zusammen", räusperte sich Alain und nahm sich vor, so nahe wie möglich an der Wahrheit zu bleiben. „Ich muss gestehen, dass ich mich fast schon wie ein Betrüger fühle. Ihr alle habt bereits wunderbare und aufregende Erfahrungen mit Elektrofahrzeugen gemacht. Ich dagegen bin nur als Ersatz für jemanden eingesprungen, doch das heißt nicht, dass ich mich nicht auf diese Expedition und den gemeinsamen Austausch freue. Seid am Anfang also ein bisschen nachsichtig mit mir."

Kurz und schmerzlos. Anhand der sympathischen Reaktionen einzelner Teilnehmer konnte er erkennen, dass es genau das Richtige gewesen war. Vielleicht hätte er doch Diplomat werden sollen? Schnell wischte er diesen Gedanken bei der Vorstellung an trockene Treffen mit politisch festgefahrenen Repräsentanten in Genf beiseite. Obwohl nichts gegen die Schweiz sprach. Es gab viele Schweizer, mit denen er gern zusammenarbeitete. Doch das war nicht ausschlaggebend dafür gewesen, die Firma DISECUPRO für den Sicherheitsservice auszuwählen.

Im Nachhinein wünschte sich Alain, er hätte Frank gegenüber erwähnt, dass er selbst teilnahm. Dann wüsste er vielleicht, wer die Agenten waren, obwohl es keine Garantie gab, dass Frank ihn über ihre Identitäten informiert hätte. Im Gegenteil. Frank hätte seine Entscheidung damit rechtfertigen können, dass er die Sicherheit der Operation nicht gefährden wollte.

DISECUPRO, oder DSP, wie sie sich abkürzten, legte großen Wert auf Diskretion. Daher war es bestimmt besser, dass jeder so wenig wie möglich von dem anderen wusste. Das galt für Kunden genauso wie für zu Beschützende. Situationen, in denen man nicht wusste, wie man sich dem anderen gegenüber verhalten sollte, konnten so vermieden werden. In einem Fall wie diesem war Vertrauen besonders wichtig. Das wusste Alain. Nicht umsonst war er in seinem

Leben soweit gekommen. Die Erfahrung hatte ihn außerdem gelehrt, dass es für jedes Problem eine Lösung gab. Und genau das war eine seiner großen Stärken.

Er konzentrierte sich wieder auf die Teams, die nach ihm kamen. Erstaunt sah er einen Jungen nach vorne gehen, der noch keine zehn Jahre alt sein konnte. Doch er stand dort vorne wie eine Eins und stellte sich selbstbewusst und ohne mit der Wimper zu zucken den anderen Fahrern vor. Ganz so, als ob es das Natürlichste der Welt wäre und er jeden Tag an einer Expedition teilnehmen würde. Alain konnte sich ein Lächeln nicht verkneifen. Der schlanke Junge mit dem haselnussbraunen Haar, hellblauen T-Shirt und einer roten Kappe war in der Tat ein besserer Redner als manch Anwesender. Florian war sein Name und seine Familie stammte aus einer sogenannten alpinen Perle.

Verschiedene Tourismusgemeinden von insgesamt sechs Alpenstaaten, die alle den sanften Tourismus förderten, hatten sich zu einer Kooperation zusammengeschlossen, erklärte der Junge eben. Daher wollte er für seine Schule einen Bericht über Elektroautos schreiben und würde jeden Tag mit einem anderen Team mitfahren, um möglichst viele verschiedene Fahrzeuge kennenzulernen. Frech fragte er, wer sich als Erster bereiterklären würde, ihn mitzunehmen. Sofort streckten sich einige Hände in die Luft. Als sich Florian strahlend mit dem jungen Blogger abklatschte, erinnerte sich Alain, dass vorhin Informationen zu den auf der Route liegenden Alpine Pearls vorgestellt worden waren und jemand etwas von einem Neffen erwähnt hatte. Welcher Ort war das noch gewesen? Es fiel ihm nicht ein. Ein weiteres Rätsel, das für diesen Abend ungelöst bleiben würde.

Allerdings fiel Alain etwas anderes auf. Während der gesamten letzten Stunden hatte es in dem Konferenzraum nichts zu trinken gegeben, weder Wasser noch Wein, obwohl Österreich doch gerade für seinen Wein bekannt war. Vielleicht wurde nicht nur von den Fahrzeugen, sondern auch deren Haltern ein niedriger Verbrauch erwartet. Oder man sorgte sich um die Gesundheit der Fahrer, die am nächsten Tag nüchtern sein sollten.

Nachdem sich alle Teams vorgestellt hatten, ging Louis Palmer als letztes die Details der Route für die nächsten Tage durch. Mehr als einmal verwies er auf das sogenannte Roadbook, das die sprichwörtliche Bibel bei allen Unsicherheiten sein sollte. Sämtliche Orte, Distanzen, Reservierungen für die Übernachtung sowie Abfahrts- oder Ankunftszeiten waren in dem von ihm erstellten Buch verzeichnet. *Follow the roadbook* war damit als direktes Komplementär zu *Be on time* zu sehen.

Erleichtert stand Alain am Ende des offiziellen Teils auf. Es war definitiv Zeit für ein gepflegtes Glas Rotwein, das ihn in sanfte Träume entführte. Etwas irritiert sah er, dass er nicht der Einzige war, der diesen Gedanken hegte. Mehrere Teilnehmer hatten sich bereits an der Hotelbar eingefunden. Auch der Technologe saß an der Theke mit einem offenen Laptop vor sich und einem Glas Wein daneben. Anscheinend aktualisierte er bereits sein Onlinetagebuch, wozu jeder Teilnehmer aufgefordert war.

Alain hatte gehofft, dass die ersten Tage noch etwas Distanz zwischen ihnen möglich sein würde. Menschen verhielten sich natürlicher, wenn sie die Anwesenheit des anderen nicht bewusst wahrnahmen. Auch im Allgemeinen war er ein Mensch, der nicht ständig andere Menschen um sich herum haben musste. Es würde sich noch herausstellen, wie viele der knapp 80 Teilnehmer – manche Teams wechselten auf halber Strecke einen Fahrer aus – er in den nächsten zehn Tagen kennenlernte. Alain hoffte, dass es überall so ungezwungen zugehen und sich keine Verpflichtungen zu Gesprächen ergeben würden. Doch hatte er sich entschieden, Andrej jetzt nicht zu ignorieren, denn gerade dadurch könnte er auffallen.

„Kann ich dir etwas zu trinken mitbringen?“, passte sich Alain den allgemein lockeren Gepflogenheiten an, die er bei den anderen beobachtet hatte.

„Danke, das ist sehr nett“, antwortete ihm der Technologe. „Aber das eine Glas genügt mir. Jasna, meine Frau, ist schon ins Bett gegangen. Außerdem will ich es mir mit dem Veranstalter nicht verderben.“

“Ist er Abstinenzler? Nicht, dass wir uns morgens noch einer Alkoholkontrolle unterziehen müssen.”

„Hoffentlich nicht“, breitete sich ein verschmitztes Lächeln auf Andrejs Gesicht aus. „Setz dich doch zu mir, dann können wir gemeinsam unser einsames Glas Wein genießen.“

„Sehr gerne.“

„Du weißt, dass der Bolt eines unserer Autos ist?“, fragte Andrej.

Alain machte es sich bequem. Irgendetwas sagte ihm, dass der Abend gerade erst anfing.

KAPITEL 5

Hendrik

Donnerstagabend – Eichgraben bei Wien

Es war angenehm mild draußen, obwohl es schon recht spät war. Der Wind hatte nachgelassen und war einem lauen Lüftchen gewichen, das die entspannte Vorstadtatmosphäre noch verstärkte. Das war ganz nach Hendriks Geschmack. Ihm war, wenn er die Wahl hatte, eine ruhige Bibliothek lieber als eine quirlige Hotelbar, die für ihre ausgefallenen Cocktails hoch im Kurs stand.

Nach den stundenlangen Vorträgen, Vorstellungen und Anweisungen wollte er etwas frische Luft schnappen und sich dabei die Fahrzeuge, die gerade im hinteren Teil des Parkplatzes geladen wurden, etwas genauer ansehen. Er nahm an, dass die meisten Teilnehmer schon zu Bett gegangen waren. Das Gleiche galt für Peter, seinen Kollegen von Adler Reilly, der ihm auf seiner ersten Mission zur Seite gestellt worden war.

Peter wusste sehr viel und gab daher gerne den Ton an. Allerdings konnte dies angesichts der Tatsache, dass er stets in Hektik schien und einen starken, teilweise schwer verständlichen, österreichischen Dialekt sprach zu echten Missverständnissen führen. Das hatte Hendrik bereits am eigenen Leib erleben dürfen. Er vermutete, was er im Allgemeinen nicht sehr gerne tat, dass Peter in seiner Vergangenheit schon einiges durchgemacht hatte. Aber er war kein schlechter Gesellschafter, wenn er gute Laune hatte - was er nach einem langen Trainingstag in einer Bar in Zürich bewiesen hatte.

Heute Abend war Peters Laune durchwachsen gewesen und er hatte seinen Status als Seniorpartner geltend gemacht, um sich sofort nach dem Briefing in das Hotelzimmer zu verziehen. Es machte

Hendrik nicht viel aus. Sie waren offiziell keine Teamkollegen und würden nicht jeden Abend im selben Zimmer verbringen. Schließlich war Hendrik der Videoblogger und Peter gehörte zum Supportteam, das sich um die technische Unterstützung der Teilnehmer samt Lademöglichkeiten kümmerte. An manchen Tagen waren sie sogar nicht einmal im selben Hotel, jedoch nie weiter als einen Telefonanruf entfernt.

Als er auf dem Weg nach draußen an kleinen Gruppen, die sich noch einen Schlummertrunk an der Bar gönnten, vorbeiging, fiel es ihm schwer, die einzelnen Namen der Teamliste den Gesichtern zuzuordnen. Wer konnte sich denn knapp 80 Namen auf einen Schlag merken? Für solche Finessen war in ihrem Training nicht allzu viel Raum gewesen. Einer der Teilnehmer, ein drahtiger älterer Typ mit Geheimratsecken, hatte anscheinend mit dem Mann, der kurzfristig als Ersatz eingesprungen war und den Hendrik beim Essen aus Versehen angerempelt hatte, eine Gemeinsamkeit entdeckt. Im Vorbeigehen sah er die beiden vor ihrem Glas Wein sitzend schmunzeln, wahrscheinlich über etwas Belangloses.

Die Ruhe auf dem Weg zum Parkplatz erinnerte Hendrik an die Gelassenheit, die er während der Zugfahrt heute Morgen gespürt hatte. Seit der ersten Begegnung mit Brandt waren seine Zweifel immer schwächer geworden und der Gewissheit gewichen, dass alles gut gehen würde. Die vergangenen Jahre waren nicht einfach für ihn gewesen und das Letzte, das er jetzt gebrauchen konnte, war eine Hauruckaktion, die schief ging. Es war mehr als ungewöhnlich, dass Nils so einen Geschäftspartner an Land gezogen hatte. Die wenigen Momente, in denen er an Brandt gezweifelt hatte, waren durch seine eigene Unsicherheit begründet gewesen. Diese hatten ihm die netten Kollegen seines neuen Arbeitgebers jedoch in den letzten Wochen genommen. Selbst Nils hatte bemerkt, wie viel zufriedener er wirkte. Hendrik musste zugeben, dass er auch schon lange nicht mehr so viel Anerkennung erhalten hatte. Das tat einfach gut.

Die Zugfahrt hatte ihm fast den Eindruck vermittelt, dass er auf dem Weg in den Urlaub war. Nichts Unvorhergesehenes war passiert und die am Fenster vorbeifliegende Landschaft hatte sich von ihrer Sonnenseite präsentiert. In der Nähe von *Wallersee* war eine Gruppe Kaninchen über eine saftig grüne Wiese gehoppelt, weiter hinten hatte ein junges Reh gemächlich gegrast. Der alte Disney wäre hoch erfreut gewesen. Fast schon amüsiert hatte Hendrik den Anblick eines einzelnen Klappstuhls mitten an einem Hang wahrgenommen, der weit und breit ohne jede Anbindung zu einer Siedlung zu stehen schien. Der Gedanke, dass jemand anderes als ein friedliebender Beobachter von Zügen von dort aus finstere Pläne schmieden könnte, lag ihm völlig fern. Obwohl Hendrik von Natur aus Dinge eher skeptisch betrachtete, war er kein Zyniker. Auf halbem Weg zum Parkplatz hörte er plötzlich gedämpfte Stimmen im Halbdunkel vor sich. Damit war die Chance auf eine ungestörte Recherche dahin. Es mussten an die sechs oder sieben Personen sein, die um eine Gruppe Elektroautos standen.

„Ich freu mich schon total. Die Route dieses Jahr ist wieder klasse.“

„Hast du schon Marco kennengelernt? Ist der Teamkollege von dem Italiener, der gerade unter dem weißen Leaf liegt.“

„Hey cool, elektrische Motorräder. Biiista, von der Marke habe ich ja noch nie gehört. Darf ich da einmal mitfahren?”

„Die heißen jetzt Johammer.“

„Wir müssen heute nicht mehr laden. Unsere Batterie ist schon voll.“

Es war schwer, sich ein Bild von der Situation zu machen, da die einzelnen Sätze völlig unabhängig voneinander zu sein schienen. Trotzdem war eine Kameradschaft zu spüren, wie sie sich bei Gleichgesinnten spontan einstellte. Hendrik hatte schon immer Menschen beneidet, die sich aus dem Stegreif mit anderen anfreunden konnten. Ihm selbst fiel das nicht immer leicht. Er mischte sich unter die Gruppe.

„Damit sollte es gehen, Simone. Jetzt dürfte nichts mehr passieren.“ Offensichtlich gehörte der junge Mann mit kurzen dunklen Haaren zum Supportteam und hatte gerade eine unbürokratische Lösung für ein technisches Problem gefunden.

„Danke, Vivien“, kroch der unter seinem Fahrzeug liegende Teilnehmer hervor.

„Wenn das nicht unser offizieller Blogger ist“, wandte sich eine Person an ihn. „Du willst dir in Ruhe die Fahrzeuge anschauen, bevor es morgen losgeht, nicht wahr?“ Die neckende Stimme gehörte zu einem Mann mittleren Alters, dessen längeres graues Haar unter einer bunten locker sitzenden Stoffmütze hervor lugte.

„Stephan Schwartzkopff“, stellte sich der Mann ihm noch einmal vor, während sie Hände schüttelten. „Wenn du etwas Bestimmtes wissen möchtest, frag gerne jederzeit. Egal was es ist.“

„Egal was?“, fragte Hendrik.

„Fast alles. Geschäftsgeheimnisse werde ich dir nicht verraten.“ Dieser Stephan hatte noch nicht einmal verraten, welchen Wagen er fuhr.

Die zwei Motorradfahrer standen neben ihren Maschinen und lachten gerade mit – möglicherweise auch über - einen kleinen verrückten Teilnehmer.

„Ihr glaubt das nicht? Soll ich euch zeigen, wie schnell ich auf Händen laufen kann?“, gab der quirlige Mann zurück, der aufgrund seines Akzents Italiener sein musste.

„Was meinst du Franz, sollen wir eine Wette auf Marco abschließen?“ Der bärtige Biker knuffte seinen Kollegen in die Seite und zeigte auf den Südländer.

„Ein anderes Mal vielleicht. Ich bin ziemlich müde und gehe ins Bett. Du hast ja einen Schlüssel, oder Johann?“, entgegnete der Mann, der eben als Franz angesprochen worden war.

„Ja, ich komme später nach“, sagte sein Kollege.

„Spielt mit mir noch jemand ein bisserl Fußball?“ Der gewiefte kleine Junge mit der unverkennbaren österreichischen Aussprache schaute Hendrik mit großen Augen an.

„Na, Florian, bist du noch gar nicht müde?“, ging er zu ihm und kickte den Ball locker hin und her.

„Nein, gar nicht. Also. Das Tor ist zwischen dem roten Mazda und dem weißen Leaf.“

Sie kickten den Ball ein paar Mal hin und her, bis Florian dann doch müde wurde. Die beiden Italiener unterhielten sich immer noch mit Johann, dem Biker. Der junge Mann vom Support, den Simone vorhin unter seinem Leaf liegend mit Vivien angesprochen hatte, überprüfte gerade die einzelnen Verteilerdosen, an denen die Fahrzeuge zum Laden angeschlossen waren. Hendrik seufzte innerlich. Heute Abend war anscheinend keine gute Gelegenheit, unbeobachtet die Fahrzeuge näher anzuschauen. Langsam ging er über den Parkplatz zurück zum Hotel. Es würde sicherlich noch genügend Momente dazu geben.

Im Hotelzimmer stellte er den Fernseher an. Das leise Gemurmel hatte immer etwas Beruhigendes für ihn. Nach einer guten Stunde war sein erster offizieller Blogeintrag veröffentlicht. Eine Mischung aus bekannten Klischees und Einblicken in die einzelnen Teams, die er sich nach Durchsicht der Teamliste und diversen Blogs zusammengereimt und mit seinem Filmmaterial gemischt hatte. Der Text war zwar von zweifelhafter literarischer Güte, doch er war ganz zufrieden. Es ging in erster Linie darum, sein Bild nach außen hin für die anderen Teilnehmer zu wahren. Etwas schwieriger war der tägliche Bericht, den Marc und Nils von ihm erwarteten.

Er aktivierte die verschlüsselte Verbindung und loggte sich in das Mitarbeiterportal ein, bei dem sie der Einfachheit halber als Abteilung innerhalb von Adler Reilly registriert waren. Nils war noch online.

Wann schlief der eigentlich? Hendrik öffnete den Chat.

Hendrik: Hey, bist du so spät noch in der Firma?

Nils: Nein, sitze gerade in einer coolen Bar

Hendrik: Hätte mich auch gewundert. Wieso bist du dann online?

Nils: Hab mir von einem Kollegen die mobile Version auf dem Handy installieren lassen. Muss noch ein paar Recherchen für Walter erledigen. Das geht auch bei einem gepflegten Bier.

Hendrik: Das kann ich mir lebhaft vorstellen. Dein Leben möchte ich haben.

Nils: Was tut sich bei dir? Schon ein paar Indizien gefunden?

Hendrik hörte in Gedanken den verschwörerischen Unterton und berichtete kurz, wie der erste Abend verlaufen war.

Hendrik: Wenn ich Dominiks Aussage richtig interpretierte, könnte Nissan zwar ein potenzieller Kandidat sein, aber eher ein unwahrscheinlicher."

Nils: Stimmt, schliesslich gehört der Leaf aktuell noch zu den meistverkauften Elektroautos. Moment, ich check kurz die aktuellen Zahlen.

Der Chat zeigte Hendrik an, dass Nils irgendetwas tippte. Eine halbe Minute später kam die Antwort.

Nils: Gut über hunderttausend Stück bisher verkauft, Tendenz stark steigend.

Hendrik: Der Beweggrund, den Dominik genannt hat, scheint nicht zu Nissan zu passen. Welche Firma würde bei der Marktstellung schon den eigenen Bereich kannibalisieren wollen, wenn er sich damit weitere Marktanteile sichern kann?"

Hendrik erinnerte sich an Walters Crashkurs in Betriebswirtschaft. Je mehr Elektroautos eine Firma produzierte und verkaufte, desto stärker reduzierten sich die Kosten pro Einheit.

Nils: Genau. Economy of scale. Die wären schön blöd bei den wachsenden Verkaufszahlen.

HENDRIK: SELBST WENN ES NISSAN WÄRE, WÜRDEN SIE WAHRSCHEINLICHEIN ANDERES TEAM SCHICKEN. EINER AUS DEM LEAF-TEAM, DIESER MARCO, MACHT NICHT DEN EINDRUCK, ALS OB ER EIN GEHEIMNIS FÜR SICH BEHALTEN KÖNNTE. SEIN KOLLEGE SIMONE SCHON EHER, IST EIN SEHR RUHIGER MENSCH. SCHAUE MIR ALS NÄCHSTES DAS BLAUE CABRIO GENAUER AN. SIEHT AUS, ALS OB ES VON GRUND AUF KOMPLETT NEU ENTWICKELT WURDE.

Laut Liste wurde es von dem Mann mit der Stoffmütze, der sich ihm als Stephan Schwartzkopff vorgestellt hatte, gefahren. Auf jeden Fall sah das Fahrzeug sehr leicht aus und genau das war für große Reichweiten wichtig. Die Tesla Cabrios hatten sie in Zürich bereits sehr weit unten auf ihre Liste gesetzt. Selbst wenn die Kalifornier seit einiger Zeit zum Branchenprimus aufgestiegen waren, gab es doch in den Cabrios nicht genügend Platz, um die notwendigen Batterien zu verstauen. Nachfolger des Roadster waren nicht auf dem Markt, denn die Zusammenarbeit mit der englischen Entwicklerschmiede Lotus, von der das Fahrzeug gebaut worden war, war 2012 beendet worden.

Nachdem Hendrik noch einen kurzen schriftlichen Bericht verfasst und in das System hochgeladen hatte, loggte er sich aus. Nils hatte keine weiteren Vorgaben für ihn gehabt. Die Devise war nach wie vor, unauffällig die Fahrzeuge zu untersuchen. Jeden Abend würden sie auf Basis seines täglichen Berichts das weitere Vorgehen abstimmen und morgens sollte er noch einmal prüfen, ob Nils neue Anweisungen für ihn hatte. Wenn etwas Ernstes während einer Etappe passierte, musste Hendrik sich sofort melden.

Das war eine ganze Menge zu beachten, denn schließlich galt es, seine offizielle Tarnung aufrechtzuerhalten. Das hieß, er musste das komplette Filmmaterial des Tages durchgehen, einige Sequenzen auswählen, einen coolen Text verfassen und das alles zu einem schicken Video von zweieinhalb Minuten schneiden, mit dem er dann seinen Blog fütterte.

Erschöpft streckte er sich auf dem Bett aus. Im Zweifelsfall könnte er sich bestimmt an einen der anderen Jungs wenden, die vorhin eifrig über Laptops gebeugt an ihren Berichten gesessen waren.

Doch selbst mit deren Hilfe würde er in den nächsten Tagen sicherlich nicht viel Schlaf bekommen. Er hatte noch nie verstanden, wie Menschen mit wenig Schlaf immer noch in der Lage waren, ihren Job richtig zu machen. Seiner Meinung nach war das ein Trugschluss, der sich besonders deutlich machte, wenn man sich Politiker ansah. Sie alterten in ihrer Amtszeit beträchtlich.

Erst letztens hatte Hendrik in der Zeitung von dem Tod eines englischen Praktikanten bei einem großen Konzern gelesen. Der junge Mann hatte zweiundsiebzig Stunden durchgearbeitet und war danach zusammengebrochen. Es grenzte schon an Wahnsinn, was manche Firmen heutzutage von ihren Mitarbeitern forderten. Er musste einen Weg finden, um irgendwie die Balance zu halten, denn er wollte sein Urteilsvermögen nicht aufs Spiel setzen. Ein Jammer, dass er sich nicht selbst an ein Ladegerät anschließen konnte. Nur gut, dass er vorgesorgt und ausreichend Energiedrinks mitgenommen hatte. Die würde er sicherlich brauchen.

KAPITEL 6

Magali

Freitag – Baden bei Wien – Eisenstadt

Magali hatte sich eine freie Bank im Garten vor dem Casino in Baden gesucht und biss hungrig in eines der Sandwiches, das sie aus dem Lunchpaket gefischt hatte. Trotz des warmen und sonnigen Wetters hatte sie sich wieder für eine graue Cargohose und ein locker sitzendes T-Shirt entschieden. Zu oft wurde sie auf ihre präzise geformten Muskeln angesprochen und sie hatte heute keine Lust, glaubwürdige Erklärungen dafür zu liefern. Zum Ausgleich, und um nicht zu männlich zu erscheinen, trug sie ihr halblanges braunes Haar offen und die blonden Strähnen darin glänzten in der Sonne.

Die erste kurze Etappe von Eichgraben hierher war ruhig verlaufen, obwohl sie sich durch den Wiener Stadtverkehr geschlängelt hatten. Der Nachmittag war laut Roadbook als Freizeit gekennzeichnet, doch entsprach dies nur der halben Wahrheit. Sie fragte sich, ob das Tourmanagement so etwas wie Freizeit überhaupt kannte, denn die gesamte Expedition schien bis ins letzte Detail durchgeplant. Nicht, dass es ihr viel ausmachte, denn für sie war es ein Job wie jeder andere und je mehr Aktivitäten bereits festgezurrt waren, desto besser für sie.

Zusammen mit ihrem *Mann* – Magali konnte sich immer noch nicht so recht daran gewöhnen, dass Martin und sie nach außen hin ein Paar waren – würde sie sich gleich wie die meisten anderen Teilnehmer die historische Stadt, die für ihr vielfältiges Kurprogramm bekannt war, anschauen. Danach kam der erste Tageswettbewerb, dessen Sieger im Casino vom örtlichen Bürgermeister gekürt werden sollten. Kurz darauf würden sie die längere Etappe dieses Tages nach Eisenstadt fahren, wo eine weitere Stadtführung und der Besuch eines Weinfestes auf sie warteten. So gesehen war nur diese dreiviertel Stunde Mittagspause echte Freizeit, doch das nicht einmal für sie. Schließlich hatten sie einen Technologen mit seiner Frau und seinem Auto zu beschützen. Aus dem Augenwinkel sah sie Martin bei den beiden stehen.

Magali lehnte sich zurück und bewunderte die Architektur des Casinobaus, der ursprünglich Teil des Kurhauses gewesen war. Nachdem Kaiser Franz I. Ende des 18. Jahrhunderts Baden als seine Sommerresidenz ausgegeben hatte, war die Stadt zu einem der wichtigsten Kurorte des Landes geworden. Denn wer Rang und Namen hatte, wollte in der illustren Gesellschaft rund um das Herrscherhaus nicht fehlen. Doch neben gepflegter Konversation war der Ruf nach Nervenkitzel lauter geworden, so dass die Betreiber des Kursaals das Glückspiel einführten.

Schwere Bombardierungen im zweiten Weltkrieg und die darauffolgende Entscheidung der Russen, Baden zum Stützpunkt ihrer Besatzungszone zu machen, beendeten die Glanzzeit vorerst. In den darauffolgenden Jahren war das Casino mehrmals zum Umzug gezwungen. Seit 1995 residierte das Glückspiel schließlich nun in diesem imposanten Gebäude, das nachvollziehbar zu den touristischen Hauptattraktionen der Stadt gehörte.

Gerade wurde die Ankunft der letzten Expeditionsteilnehmer über Lautsprecher angekündigt, die sich zu den restlichen Fahrzeugen auf dem sonst nur lustwandelnden Fußgängern vorbehaltenen Platz vor dem Casino gesellten. Da alle umweltfreundlich und abgasfrei fuhren, hatte Louis Palmer eine Sondergenehmigung ausgehandelt.

Das Casino hatte diese nicht ganz eigennützig gegeben, immerhin diente es nun als imposante Kulisse für die von den Teams gemachten Fotos und Filmen.

Magali hatte sich vor Beginn der Expedition die Namen und Gesichter jedes einzelnen Teilnehmers genau eingeprägt. Dank Martins intensiver Internetrecherche war eine detaillierte Liste der Personen mit allgemeinen Informationen wie Beruf, Familienstand und Wohnort entstanden. Ein plötzlicher Gedanke verwunderte sie nun. Es fuhren sehr viele Paare bei dieser Expedition mit, obwohl es bei weitem kein Erholungsausflug war. Was brachte jemanden dazu, gut zehn Tage seines Jahresurlaubs für eine straff organisierte Werbeausfahrt zu verwenden, ohne dafür bezahlt zu werden? War es Spaß, war es die Gesellschaft Gleichgesinnter oder die Fahrt durch traumhafte Landschaften?

Neben ihnen selbst und dem jungen Videoblogger Hendrik bildete ein rothaariger, sommersprossiger Brite, der die Expedition als angehender Journalist für ein Magazin begleitete, die einzige weitere Ausnahme. Doch im gleichen Moment strafte sie ein kleiner, dunkelhaariger Junge mit einer Kamera in der Hand Lügen. Es war Florian, der neugierig zwischen den Autos hin und her lief. Er opferte seine Ferien für ein Schulprojekt, wobei sie anhand seines Gesichtsausdrucks sicher war, dass es für ihn keinen schöneren Abenteuerurlaub geben könnte.

Für die anderen Teams waren Martin und sie natürlich das junge und verliebte Paar. Magali konnte sich nicht mehr erinnern, wer auf die Idee der *frisch Verheirateten* gekommen war, doch erstaunlicherweise hatte es sich als Geniestreich entpuppt. Wahrscheinlich war es Frank, ihr Agentenführer gewesen, obwohl sie es Martin ebenso zutraute. *Martin.* Bei dem Gedanken an ihn musste sie sich zähneknirschend eingestehen, dass sie ihn tatsächlich attraktiv fand.

Manchmal urteilte er etwas vorschnell, doch er war mitfühlend und intelligent. Am meisten schätzte sie allerdings an ihm, dass er sich selbst nicht so ernst nahm. Sie erinnerte sich an einen Abend in New York. Es war ein gemeinsamer Einsatz gewesen, bei dem Martin

lassen, war Baden bereits bei den Römern als Kurort beliebt. Die in Wien, damals Vindobona genannt, stationierten Soldaten kamen oft, um in den heißen Schwefelquellen zu baden. Es erinnerte sie an zuhause. Wir kommen später noch an der Römertherme vorbei", führte gerade die Dame des Tourismusbüros mit einem Verweis auf eine Holztafel aus, die einen Badenden zeigte.

Sie standen in einer Traube auf dem Hauptplatz zwischen der Dreifaltigkeitssäule und dem Rathaus. Die Stadtführerin hatte offensichtlich die markantesten Stationen ausgewählt, da der fünfundvierzig Minuten kurze Gang durch die Fußgängerzone nicht viele Möglichkeiten bot. Die meisten WAVE Teilnehmer hatten sich der Tour angeschlossen, obwohl die Teilnahme freiwillig gewesen war. Zumindest für alle anderen außer Martin und ihr, denn ihre zwei Schützlinge, Andrej Pečjak und seine Frau Jasna, wollten die Gelegenheit nicht verpassen. Sie gingen vor ihnen. In der Zwischenzeit bewachte ein DSP-Kollege Andrejs Fahrzeug. Offiziell fuhr ihr Kollege, ein junger Schweizer namens Vivien, als Mitglied des technischen Hilfstrupps mit.

Die Vereinbarung, die ihr Agentenführer Frank mit seinem Kunden getroffen hatte, sah vor, dass das Fahrzeug und seine Insassen rund um die Uhr unauffällig bewacht wurden. Daher war ein dritter Mann unablässig gewesen. Magali war froh, dass Frank Vivien geschickt hatte. Sie kannte den aufgeweckten Kollegen bereits von einem anderen Einsatz und schätzte seine ruhige und diskrete Art. Es war vereinbart, dass er nachts in der Nähe des Fahrzeugs schlief, es mit verschiedenem Equipment wie Bewegungssensoren zusätzlich sicherte und sich nur im Notfall an sie wenden sollte. Offiziell gab es keine Verbindung zwischen ihnen und sie waren nichts weiter als drei Teilnehmer einer Expedition.

„Nachdem der Kaiser die Stadt zu seiner Sommerresidenz auserkoren hatte, zog es viele bekannte Persönlichkeiten – heute würde man sie wahrscheinlich als Celebrities bezeichnen – dorthin. Unter ihnen waren Johann Strauß, dessen Figur Frosch aus dem Werk Die Fledermaus möglicherweise sogar auf dem Kerkermeister der Stadt beruhte, und Ludwig van Beethoven, den ich sicherlich nicht näher vorstellen muss und der hier lebte."

Direkt vor ihnen lag ein eher unscheinbarer Eingang im Mittelteil eines langen Gebäudes. Wäre da nicht die reliefverzierte Inschrift oberhalb der dunkelgrünen Holztür gewesen, hätte nichts auf den bekannten Bewohner dieses jetzt als Museum genützten Hauses hingewiesen.

Auf dem Weg zurück zum Kurpark vor dem Casino zauberte Martin plötzlich eine Blumenkette aus weißen Rosen aus dem Nichts hervor. Magali blieb nichts anderes übrig, als diese freudestrahlend anzunehmen und die begeisterten Rufe mit einem Lächeln zu quittieren.

„Wenn das nicht wahre Liebe ist", rief ihr ein Schweizer namens Erich von weiter vorne zu.

„Auf den ersten Blick sieht man Martin nicht an, dass er der geborene Romantiker ist, oder?", entgegnete sie ihm mit einem gekonnten Wimpernschlag.

„Das ist doch bei den meisten Männern so", fiel Erichs Teamkollege Peter in den Reigen ein.

Deutliche Zustimmung aus dem männlichen Lager raunte durch die Gruppe.

„Es ist einfach schön, zwei so verliebte Menschen wie euch bei uns zu haben", hakte sich Jasna freundschaftlich bei ihr ein und ließ Andrej alleine vor ihnen weitergehen.

Magali wurde fast so rot wie Jasnas Haarfarbe und spürte eine innere Hitze aufwallen, die sie nicht unterdrücken konnte. Die ganze Situation war ihr mit einem Mal peinlich. Sie war in einer Rolle gefangen, die sie eigentlich nicht spielen wollte und die ihr zunehmend schwerer fiel. Denn ein winziger Teil in ihr wünschte sich, dass sie die Rolle nicht nur spielen müsste.

„Über *eine* Person werden sie in Baden sicherlich kein Museum finden. Es ist Graf Leopold von Sacher-Masoch, der österreichische Autor und Journalist, dessen Nachname als Vorlage für den Begriff Masochismus diente."

Es war, als ob die Stadtführerin über einen siebten Sinn verfügte.

Nach der Tour war es Zeit für ein Gruppenfoto im Kurpark.

„Wieso musst du mich immer mit Sachen wie diesen in so eine Situation bringen?“, zischte sie Martin an.

„Jetzt hab dich nicht so, es war doch nur Spaß“, entgegnete er grinsend.

„Ist es nicht etwas zu früh für euch, um zu streiten?“, meinte Jasna.

„Hey Everybody, alle in die Kamera schauen und lachen. Lasst uns die Welle machen“, übertönte Louis Aufforderung alle.

„Just smile and wave”, grinste Jasna schelmisch.

Das Innere des Casinos war eine Mischung aus alt und neu, antiken und modernen Elementen. Zwei geschwungene und mit rotem Teppich belegte Treppen führten jeweils an den Seitenwänden hoch in den ersten Stock, der ganz dem Glückspiel gewidmet war. Bronzefarbenes Geländer und Kronleuchter glänzten um die Wette.

Der vordere Teil des Spielsaals war den Black Jack- und Roulette-Tischen gewidmet. Im hinteren Teil, etwas abgegrenzt durch eine Bar, standen einarmige Banditen und Pokertische. Magali stellte sich vor, wie abends die Besucher in ihren teuren Roben nach einem guten Essen bei Cocktails und Wein ihr Glück, das sie doch nicht beeinflussen konnten, zu finden suchten.

Irgendwie hatte ein Casino immer etwas Glamouröses für sie. Mit Ausnahme der vielen Überwachungskameras, die an der Decke unter schwarzem, halbrundem Glas versteckt waren. Seit sie als Agentin arbeitete, achtete sie mehr denn je auf ihre Umgebung. Bei Motorradrennen war es unerlässlich gewesen zu wissen, was vor, neben und hinter einem geschah. Das Training bei DSP in punkto Sicherheit hatte ihr erst richtig die Augen geöffnet. Es war nicht nur die Ausbildung in Kampfsport gewesen, die sie zu absolvieren hatte, sondern auch Einheiten zu den Themen Überwachung und Informationsbeschaffung – sowohl von ihrer als auch von gegnerischer Seite.

Doch im Moment waren die meisten Kameras bis auf den Bereich an der Bar wahrscheinlich auf Standby, da es im Raum hauptsächlich dunkel und leer war. Denn außer den Enthusiasten für Elektroautos in Freizeitbekleidung, die in Gruppen auf roten Plüschsesseln oder Barhockern saßen, war niemand an den Spieltischen oder Automaten. Wenigstens der Sekt, der an der Bar neben alkoholfreien Getränken in Gläsern perlte, würde der Preisverleihung, die gleich stattfand, das gewisse Etwas verleihen. Neben der Bürgermeisterin natürlich. Magali nahm sich ein Glas.

„Das heißt dann wohl, dass ich fahre?" Martin wieder. So ein Schlauberger.

„Der erste kluge Satz, den ich in dieser Woche von dir höre."

Als die offizielle Ansprache begann, ebbte das leise Murmeln der Gespräche ab. Alle warteten gespannt auf die Ergebnisse des ersten Wettbewerbs. Das deutsch-englische Ehepaar Andreas und Angela vom Team Twike heimsten einen Designpreis ein, genau wie Stephan Schwartzkopff. Das blaue Cabrio hatten sie schon am Abend zuvor in Eichgraben bewundert. Der Sieger des Wettbewerbs, ein Norweger namens Robort, konnte seinen Preis nicht entgegennehmen. Als Nordländer zog er wahrscheinlich die warmen Sonnenstrahlen dem heute einer Höhle gleichenden Casino vor.

Diese Idee hatten scheinbar mehrere der Teilnehmer, die sich nach der Preisverleihung draußen ein lauschiges Plätzchen an einem der Tische unter den Palmen suchten, um bei einer Wiener Melange zu fachsimpeln. Nur eine Handvoll Personen war der Einladung der Gastgeber gefolgt, ihr Glück am Roulette-Tisch zu versuchen.

Magali zählte insgesamt zehn Tische, die alle mit elektronischen Anzeigetafeln ausgestattet waren. Ob diese wirklich eine Hilfe waren? Auf Statistiken konnte man sich hier nicht verlassen, denn die zuletzt gefallene Nummer wurde erst angezeigt, nachdem das Rad bereits erneut in Bewegung war. Bei Roulette spielte also der Zufall die Hauptrolle, im Gegensatz zum wahren Leben.

Martin war auf die andere Seite des Raumes gegangen, damit sie zusammen alles gut im Blick hatten. Andrej war in eine angeregte Unterhaltung mit dem dunkelhaarigen, etwas flippigen Briten Gordon vertieft. Erst gestern hatte sie ihn von einem elektrisch betriebenen Schnellboot reden hören, das er entwickelt hatte und auf der Themse in London für Fahrten bereitstellte. Er war ein Wiederholungstäter bei der WAVE und hatte im letzten Jahr durch seine auffallenden Sonnenbrillen farbliche Akzente gesetzt. Was für interessante Charaktere es doch gab…

Magali ging etwas näher zu den beiden, um ihren Schützling zu studieren. Der Entwickler war mit einem Meter achtzig gut einen Kopf größer als sie und laut Unterlagen Ende fünfzig. Doch er schien sich mit Ausdauersport fit zu halten und könnte, ließ man seine ausgeprägten Geheimratsecken außer Acht, leicht zehn Jahre jünger geschätzt werden. Sie konnte drahtige Muskeln erkennen, die ihren eigenen nicht unähnlich waren. Wenn er sprach, fielen besonders sein schelmisches Lächeln und die vielen kleinen Lachfalten um seine Augen auf. Andrej erzählte Gordon gerade eine Geschichte, die offensichtlich seinem Vater passiert war. Die Lachfalten wichen ausgeprägten Stirnfalten.

„…in einem Casino bei uns. Mein Vater sollte ein Buch über die Psychologie des Spielens schreiben. Er hatte gerade mit dem Projekt begonnen und fing mit ersten Untersuchungen an, bei denen er sich vor Ort einen persönlichen Eindruck verschaffen wollte. Er ging von Tisch zu Tisch, beobachtete hier, beobachtete dort. Nach ein paar Stunden sah er diesen Mann. Er spielte Black Jack und verlor. Jedes Spiel. Er hätte aufhören und nach Hause gehen sollen. Doch der Mann spielte weiter und weiter. Mein Vater war zuerst fasziniert, dann besorgt. Als ob der Typ in Trance gefallen war und nicht mitbekam, dass er seine Verluste nie wieder wettmachen würde. Trotzdem hörte er nicht auf. Mein Vater konzentrierte sich nur noch auf den Spieler, wenn er die Karten aufnahm und dabei die Luft anhielt. Mein Vater machte ein paar Fotos und beobachtete ihn weiter. Auf einmal drehte sich der Mann um. Man fühlt, wenn man beobachtet wird, nicht wahr?“ Andrej sag Gordon erwartungsvoll an. Nachdem dieser zustimmend genickt hatte, furh er fort.

„Der Mann drehte sich also um und schaute meinem Vater direkt in die Augen. Seine Augen waren eisblau, ich erinnere mich noch genau wie mein Vater davon erzählte. Und plötzlich hörte der Mann auf zu spielen. Er nahm seine Jacke, dankte dem Croupier, stand auf und ging. Bevor mein Vater bis drei zählen konnte, legten sich schwere Hände von hinten auf seine Schultern. Es dauerte kurz, doch dann war meinem Vater klar, was passierte. Sie nahmen den Film aus seiner Kamera, zerschnitten ihn und warfen meinen alten Herrn aus dem Casino. Er durfte nie wieder hinein. Wenige Monate später kam sein Buch heraus."

Andrej hatte die Geschichte so voller Leidenschaft erzählt, dass Magali erst jetzt merkte, wie sie unbewusst mit dem Roulette-Rad gespielt hatte. Auch Martin stand ganz unerwartet neben ihr.

„Ich dachte, du schickst mir kodierte Nachrichten über die Zahlen", feixte er.

„So paranoid kannst doch nicht einmal du sein", konterte sie. „Es ist ein ganz einfaches Roulette-Rad, du kleiner Spinner."

Gerade als sie ins Freie traten, sahen sie den dunkelblauen Tesla losrasen. Kies wurde von den Hinterrädern hochgeschleudert und flog den umstehenden Besuchern des Kurparks um die Ohren. Von mehreren Seiten war lautes Fluchen zu hören.

„Das sind genau die Dinge, auf die wir achten müssen", raunte sie Martin zu. „Du erinnerst dich an das Briefing?"

„Ja, natürlich habe ich gelesen, was alles schon passiert ist. Bleibt nur zu hoffen, dass unser Freund nicht unter einem verkappten Porsche-Syndrom leidet. Du kennst ja den Witz mit dem Hasen und dem Porschefahrer?", kicherte Martin in sich hinein, um sofort wieder ernst zu werden. „Was glaubst du, warum der Blogger genau diese Szene gefilmt hat? War er gerade zufällig da oder hat er ein spezielles Auge auf den Tesla geworfen?"

„Keine Ahnung", antwortete Magali mit einem Blick auf Hendrik. „Vielleicht hat er nicht gefilmt und es sogar verpasst? Louis geht gerade zu ihm und will das wohl klären."

„Vermute, dass er den *Kavalierstart* nicht auf seiner WAVE Webseite haben möchte."

„So einen Kavalier will auch keine Frau haben, glaub mir."

Doch die Frage blieb unbeantwortet. Warum hatte sich Hendrik in genau dem Moment gerade diesen Tesla-Fahrer ausgesucht?

Sie erreichten das nächste Etappenziel kurz vor der Abenddämmerung. Im Gegensatz zu Baden war Eisenstadt der ständige Sitz der ungarischen Adelshauses Eszterházy, auch bekannt als Gönner des österreichischen Komponisten Joseph Haydn, den sie drei Jahrzehnte lang als Kapellmeister in ihren Palästen beschäftigten.

Die einzelnen WAVE Teams parkten direkt vor dem Schloss Ezsterházy, einem Gebäude mit barocken und klassizistischen Elementen, in dem der bewunderte Musiker viele seiner Werke komponiert und auch zum ersten Mal vorgeführt hatte. Daher war sogar ein dreistöckiger Saal in dem Prachtbau nach ihm benannt worden. Dieser Saal, so wurde Magali während der Stadtführung informiert, war immer noch eine der begehrtesten Konzerthallen in Österreich.

„Heute ist der Tag der Komponisten, was?", flüsterte Martin ihr ins Ohr während er ihren Schützling im Auge behielt. „Vielleicht sollten wir zukünftig über Noten miteinander kommunizieren? Ich hätte dir heute in der Kirche in Baden ganz einfach eine Nachricht in der Partitur von Beethoven hinterlassen können."

„Sollen unsere Neulinge jetzt auch noch Singen oder Klavierspielen lernen?"

„Du hast Recht. Besser sie beherrschen das 10-Fingersystem auf der Tastatur."

„Was hast du heute nur gefrühstückt? Erst phantasierst du mit dem Roulette-Rad und nun mit Partituren. Ich hoffe, ich muss mir keine Gedanken machen." Magali schüttelte ihren Kopf.

Während des Weinfests später am Abend gab es jedoch mehr Anlass, sich Gedanken zu machen. Nach der Stadtführung waren die meisten Teilnehmer im Konvoi zum Parkplatz der *Burgenland Energie* – dem lokalen Stromanbieter der Gegend – gefahren. Allgemeine Belustigung entstand durch ein kleines Versehen der örtlichen Polizeistreife, die sich auf ihrer Fahrt als Leiteskorte verfuhr. Beim Stromversorger angekommen, schlossen alle ihre Fahrzeuge an die vorbereiteten Verteiler an und genossen dann einen seltenen Luxus: eine Taxifahrt zum Abendevent.

„Ich hatte mir das Weinfest anders vorgestellt, mehr wie das *Fest der 1000 Weine.* Das wurde im Jahr 2010 noch im Schloss Esterházy abgehalten", bemerkte Magali etwas enttäuscht.

„Kein Grund zum Weinen", neckte Martin sie.

Er hatte Recht. Selbst wenn dieses Fest kleiner ausfiel, so war die Atmosphäre trotzdem gesellig und der Wein schien auch hier in Strömen zu fließen.

Einige der Teams saßen bereits in den kleinen Hütten und hatten volle Gläser vor sich stehen. An einem Tisch sah sie den weißhaarigen alten Tschechen Jaromir in eine angeregte Diskussion mit dem Norweger vertieft. Roborts Wangen schienen bereits leicht rötlich zu glänzen. Was Louis davon wohl halten würde?

Weitaus verwirrender war jedoch, was später geschah.

Während des Abendessens und den netten Gesprächen hatte Magali für einen Moment sogar vergessen, dass sie beruflich hier war. Kurz nach elf verließ eine Gruppe, die noch weiter über die Grenze nach Ungarn fahren musste, das Weinfest – trotz oder gerade weil der Wein sehr gut war. Es schienen außer ihnen, ihrem Schützling und seiner Frau die letzten WAVE Teilnehmer zu sein, die sich auf den Weg zu ihren Fahrzeugen machten. Sie schlossen sich der Gruppe an, schließlich war es schon spät.

Die Szene, die sich ihnen am Parkplatz präsentierte, war chaotisch und angespannt zugleich.

„Unser Auto ist nicht geladen worden, schaut mal bei eurem nach“, rief ihnen eine resignierte Stimme entgegen. Sie gehörte zu Simone, dem großen Italiener, dessen Leaf etwas abseits in der Nähe der einzigen Straßenlaterne stand.

„Bei uns hat irgendjemand den Stecker zwischendrin rausgezogen, jetzt sind wir nur halbvoll. Das ist wirklich frech“, ärgerte sich Tamara im Halbdunkel. „Das Twike-Team und Stephan mit seinem blauen Cabrio hatten vorhin das gleiche Problem.“

„Ich habe schon mit Burgenland Energie telefoniert“, informierte sie Jaromir, der als Mitglied des Supports für diesen Stopp verantwortlich war. „Es hat eine Stromspitze gegeben. Eine der Sicherungen ist durchgebrannt. Dann gab es eine Kettenreaktion.“

Magali fand seinen tschechischen Akzent charmant, auch wenn es manchmal etwas länger dauerte, bis Jaromir einen Satz beendete. Sie könnte sich gut vorstellen, dass Jaromir bei Kindern in seiner Heimat beliebt wäre, um Geschichten zu erzählen.

„Wahrscheinlich waren die nicht auf die hungrigen Tesla vorbereitet, die satte 32 Ampere Drehstrom ziehen“, warf Andrej ein, während er sein Fahrzeug prüfte.“

„Bei uns ist alles in Ordnung. Bei euch auch?“, fragte Martin ihn beiläufig.

„Unser Auto ist voll aufgeladen. Andrej hat extra dieses sinnlose Sicherheits-Feature entfernt, das so viele Hersteller serienmäßig in ihre Autos einbauen“, rief ihm Jasna zu.

„Ein überflüssiger Mechanismus, der verhindert, dass das Auto nach einem Stromausfall wieder selbständig beginnt zu laden, wenn es noch eingesteckt ist“, ergänzte ihr Mann. „Er wird eingebaut, weil die Firmen besonders in Amerika so große Angst davor haben, verklagt zu werden.“

„Kommt wohl noch von den schlechten Erfahrungen, die sie in den 90ern gemacht haben. Da wurde einer der Konzerne – ich weiß jetzt nicht mehr welcher – zu fast fünf Milliarden Dollar Strafe verdonnert. Auch wenn es damals um schlecht verschweißte Benzintanks ging“, sagte Martin, während er sich unauffällig auf dem Parkplatz umsah.

Auch Magali machte sich ihre Gedanken. Warum war Vivien nicht hier gewesen? Hatte er für ein paar Minuten ganz normalen menschlichen Bedürfnissen folgen müssen? Unabhängig von vorhandenen oder nicht vorhandenen Sicherheitsmechanismen waren einige der Fahrzeuge von Hand von der Stromzufuhr abgeklemmt worden. Vielleicht war es nur reiner Zufall und ein Parkplatzwächter war, nachdem die Sicherung durchgebrannt war, übervorsichtig gewesen, um keinen weiteren Schaden im Stromnetz zu riskieren. Doch auch der dunkelblaue Tesla, der heute den Kurpark in Baden so rücksichtslos verlassen hatte, war betroffen. Sie konnte sich keinen Reim darauf machen. Was zur Hölle war hier passiert? Waren Gegner von Elektroautos am Werk gewesen? Leute, die den Klimawandel anzweifelten? Egal wer, sie mussten auf der Hut sein. Irgendetwas an der Sache war nicht koscher.

Martin half den Kollegen in seiner ruhigen Art und bald war die Aufregung der allgemeinen Müdigkeit gewichen. Jaromir hatte Louis Palmer schon über die Situation informiert. Glücklicherweise hatten alle, die weiter nach Sopron fahren mussten, genügend Saft für die knapp 25 Kilometer. Die restlichen Fahrzeuge konnten noch die ganze Nacht laden.

Wie Magali *zufällig* feststellte, waren sie und Martin gemeinsam mit Jasna und ihrem Mann im gleichen Hotel untergebracht. Auf dem kurzen Weg in die Stadt ergab sich die Gelegenheit, weitere Gemeinsamkeiten mit Jasna zu finden und so ihr Vertrauen zu gewinnen. Martin ging schweigend neben ihnen her und murmelte gelegentlich zustimmend.

Andrej war tief in Gedanken versunken, als ob er sich Sorgen machte. Magali hätte ihm gerne gesagt, dass es keinen Anlass dafür gab und die Vorkommnisse eben nichts mit ihm und seiner Testfahrt zu tun hatten. Zumindest hoffte sie das, denn sein Auto war nicht betroffen gewesen. Doch stattdessen wünschte sie den beiden eine gute Nacht und nahm Martins Hand, um ihrer Rolle gerecht zu werden.

KAPITEL 7

Hendrik

Freitag – Eisenstadt – Sopron

Es war schon spät. Hendrik stand auf dem Parkplatz der Burgenland Energie in Eisenstadt. Da er keinem der Teams zugeordnet war, musste er sich für jede Etappe eine neue Mitfahrgelegenheit suchen, inklusive Koffer. Nächstes Mal würde er weniger mitnehmen, schwor er sich.

„Musst du auch nach Sopron? Ich kann dich gerne mitnehmen, aber es könnte etwas knapp werden. Die Batterie ist fast leer", sagte Alain. Der Kanadier mit den silberfarbigen Haaren war vorhin beim Weinfest an einem Tisch mit ihm gesessen. „Falls alle Stricke reißen, können wir es uns hier drin bequem machen." Der ausladenden Geste nach hatte er schon an ungemütlicheren Orten übernachtet. Zum Glück war der Bolt genannte, umgebaute Mazda RX8 ein Viersitzer, der reichlich Platz für sein Gepäck und das Kameraequipment bot.

Bis nach Sopron waren es etwa 25 Kilometer und laut Anzeige hatte Alains Auto noch Saft für 34 Kilometern. Das Zusatzgewicht, das er mit seinem Gepäck verursachte, könnte die Sache geringfügig erschweren. Hendrik war sich der Ironie dieser Situation voll bewusst. Denn der Mazda war eines der Autos, das er vorhin am Parkplatz nicht angerührt hatte.

„Mach dir keine Sorgen, das klappt schon alles", sagte Alain optimistisch.

Da war sich Hendrik nicht so sicher. Es war ein langer, ereignisreicher Tag gewesen. Er erinnerte sich genau, was seit dem Morgen passiert war.

Wie vereinbart, hatte er früh morgens die Emails gelesen, die aus

Zürich gekommen waren. Eine hatte ihn verunsichert, ja einen richtigen Adrenalinschub in ihm ausgelöst. Sie war von Nils gewesen:

DAS BLAUE CABRIO. STEPHAN SCHWARTZKOPFF UND OLAF FELDMANN. IST EINER DER FAVORITEN. WERD' MAL ETWAS KREATIV.

Er hatte sich den ganzen Tag über gefragt, was Nils mit kreativ meinte. Was wurde von ihm erwartet? War das ein Test? Einer, den sich Dominik ausgedacht hatte? Sollte er das Fahrzeug sabotieren? Das wäre doch zu heftig. In Baden beim Casino war er vollauf beschäftigt. Erst die Stadtführung, dann die erste Preisverleihung und danach Fotos von den Fahrzeugen im Kurpark. Es war traumhaftes Wetter und das Filmmaterial würde sich hervorragend auf dem Blog machen. Bis auf die Szene mit dem dunkelblauen Tesla, die Louis ihn eindringlich bat zu löschen. Gerade die fand er interessant.

Elektroautofahrer waren dafür bekannt, dass sie ihre Energiereserven schonend einsetzten. Doch dieser Spanier Rafael hatte anscheinend genügend davon. Er würde Nils heute Nacht den Ausschnitt schicken, sollten die in Zürich das doch analysieren. Von Baden aus fuhr er mit den italienischen Jungs in ihrem Nissan nach Eisenstadt. Marco war ein witziger, aber irgendwie verrückter Kerl aus Mailand, der die Expedition zum Spaß mitmachte. Simone, dessen Teamkollege, arbeitete im Bereich Elektroautos als Berater und hatte für die WAVE einen Wagen zur Verfügung gestellt bekommen. Somit war die Einschätzung, die er und Nils am Abend vorher getroffen hatten, korrekt. Nissan mit ihrem Leaf, der vom Team Alpine Pearls gefahren wurde, konnten sie ausschließen.

Nach der Stadtführung in Eisenstadt gönnte sich Hendrik auf dem Weinfest ein Glas Wein und filmte das Geschehen inklusive des Auftritts der örtlichen Kapelle – solche Dinge machten den Film erst richtig authentisch. In einem günstigen Moment, als alle durch das Weinfest schlenderten, nahm er seinen ganzen Mut zusammen und schlich zum Parkplatz in Eisenstadt zurück. Er hoffte, dass niemand seine Abwesenheit registrierte. Bei den Fahrzeugen versteckte er sich zunächst und hielt nach Sicherheitsleuten Ausschau, sah aber keine. Doch auf dem schlecht beleuchteten Parkplatz hätte wahrscheinlich niemand gesehen, wie er die Stromkabel einzelner Fahrzeuge aussteckte. Auch wenn es ihm nur um das blaue Cabrio und dessen Ladezustand ging, so war es doch wichtig, dass niemand Verdacht schöpfte. Also suchte er mit pochendem Herzen wahllos ein paar weitere Autos aus, darunter auch die beiden Teslas. Der Dunkelblaue würde eine perfekte Tarnung abgeben, denn die Meisten erinnerten sich sicherlich noch an den Zwischenfall beim Casino in Baden. In der allgemeinen Weinseligkeit könnte der ein oder andere sogar spekulieren, ob es eine versteckte Botschaft an Rafael war.

Danach lief er zum Weinfest zurück und fand seinen Kollegen inmitten einer regen Diskussion über die Technik vor. Er war froh, dass sich Peter anscheinend gut aufgehoben fühlte. Sie hatten sich darauf geeinigt, tagsüber wenig Zeit zusammen zu verbringen. Hendrik war das nur recht, denn er legte nicht allzu viel Wert auf Peters Gesellschaft. Zum einen befürchtete er, dass er sich verraten könnte und zum anderen war er froh, abends mit Leuten entspannen zu können, die nichts von seinem Doppelleben wussten.

Nachdem er in einem weiten Bogen um Peter herumging, lud ihn ein Paar, etwas älter als er, ein, sich zu ihnen zu setzen. Obwohl die beiden Österreicher Tamara und Manfred eher ruhige Tischgenossen waren, fühlte er sich bei ihnen wohl. Vielleicht war ihre Ruhe genau der Gegenpol, den er zu seiner inneren aufgewühlten Stimmung brauchte, oder ihr Akzent, der ihn an gemütliche alte Kaffeehäuser erinnerte. Die beiden waren erfrischend bodenständig. Menschen, mit denen man gerne an einem Freitagabend Grillen und ihr im eigenen Hochbeet gezogenes Gemüse probieren möchte. Kurz darauf wurde ihm bewusst, dass die beiden einen der Tesla Roadster fuhren. Schlagartig stieg ihm die Hitze ins Gesicht. Doch er musste sich zusammenreißen. Woher sollten sie wissen, dass er es gewesen war?

Im Laufe des Abends gesellten sich noch weitere Teilnehmer zu ihnen, unter anderem auch Alain, der kurzfristig für jemanden eingesprungen war. Er unterhielt sie mit allerlei amüsanten Anekdoten von seinen Reisen. Alain war ein bescheidener Mann, der die Natur liebte und sie gerne in stimmungsvollen Bildern festhielt. Wenn er so fotografierte, wie er erzählen konnte, mussten seine Aufnahmen wunderschön sein. Hendrik genoss die ausgelassene Stimmung, die selbst von der Blaskapelle nicht getrübt wurde, und vergaß für ein paar Momente alles um sich herum. Doch plötzlich kam an den anderen Tischen hektische Bewegung auf. Lautes Seufzen hier, ärgerliches Fluchen dort. Das Supportteam sprang auf und eilte von Tisch zu Tisch.

„Tut mir leid, wenn ich Euch störe. Aber ihr solltet auch zum Parkplatz zurückgehen", kam Jaromir zu ihnen. „Es sieht so aus, als ob eine der Hauptsicherungen durchgebrannt ist und manche der Fahrzeuge nicht mehr geladen wurden. Wenn ihr andere Teams seht, sagt ihnen auch Bescheid."

Eine durchgebrannte Sicherung? Damit hatte er nichts zu tun, denn an den Schaltkästen war er nicht gewesen. Doch genau das würde nur ein Vorteil sein. Bestimmt vermutete niemand ihn hinter der Sache, eher jemanden, der um die Fahrzeuge besorgt war und daher die Stecker gezogen hatte.

Am Parkplatz angekommen, sah er wie Andreas und Vivien, der jüngste aus dem Supportteam von Auto zu Auto gingen und überprüften, ob alles in Ordnung war. Etwas weiter neben sich hörte Hendrik, wie Stephan Schwartzkopff seinen Kollegen mit einem Achselzucken beruhigte. „Wer weiß, was passiert ist, Olaf. Ist nicht weiter tragisch, wir haben ausreichend Saft."

Beide hatten nicht so ausgesehen, als ob sie gerne in ihrem Fahrzeug übernachten würden.

Jetzt saß Hendrik in dem roten Mazda auf dem Weg von Eisenstadt nach Sopron und schielte immer wieder vorsichtig auf die Anzeige des Batterieladezustands. Doch sie schienen Glück zu haben und schafften es nach Ungarn. Nur die angegebene Adresse in Sopron war etwas schwierig in den teilweise schwach beleuchteten Straßen zu finden.

„Das muss es sein", sagte Alain, nachdem er ein paar Mal rechts und links in Seitenstraßen abgebogen war und blieb in der spärlich erleuchteten engen Straße vor einem schweren Eisentor stehen.

Es war kurz nach ein Uhr morgens als sie ihre Unterkunft

erreichten. Das blaue Cabrio stand tatsächlich schon vor dem Haus. Anscheinend kamen Stephan und Olaf mit einer Batterieladung ziemlich weit. Peter hatte gesagt, dass das Team seit gestern Nacht nicht geladen hatte. Ihre Tagesetappe waren gut 150 Kilometer gewesen und Stephan war trotz des Ladeabbruchs in Eisenstadt bester Stimmung gewesen. Wie weit sie tatsächlich kamen, war natürlich schwer zu sagen, aber Hendrik war mit dem Ausgang seines kleinen Experiments ganz zufrieden. Das Auto war auf alle Fälle ein Kandidat weit oben auf ihrer Liste.

Das Eistentor öffnete sich. Ein älterer Mann kam trotz der späten Stunde freundlich auf sie zu und führte sie mit einer Taschenlampe zu ihren Zimmern, die seitlich vom Haupthaus in einem Motel ähnlichen Anbau lagen. Im Dunkeln nahm Hendrik die Umgebung nur schemenhaft war. Sein Zimmer war das letzte am Ende des Weges, sehr einfach eingerichtet und recht kalt. Übermüdet von dem langen Tag ging er kurz ins Bad, um Zähne zu putzen. Das Wasser aus der Leitung schmeckte metallisch, war jedoch klar.

Mit Mühe konnte er seinen Rechner an der nackten, halb aus der Wand heraushängenden Steckdose anstecken. Sehr vertrauenswürdig sah das alles nicht aus, doch sein Laptop schien zu laden. Er schickte eine kurze Email an Nils mit dem Filmausschnitt beim Casino und versprach, sich das blaue Cabrio im Laufe des morgigen Tages näher anzuschauen. Nach Eisenstadt wollte er heute keine weitere Aktion starten, auch deshalb nicht, weil das blaue Cabrio umgeben von den wenigen Fahrzeugen direkt im Garten ihrer Unterkunft stand.

Müde legte er sich ins Bett, konnte aber nicht sofort einschlafen. Aus irgendeinem Grund fühlte er sich unwohl. Etwas erinnerte ihn an jenen Abend, nach dem Unfall. Er hoffte nur, dass sein Unterbewusstsein ihn nicht in die Tiefen seiner verdrängten Erinnerungen führen würde.

Nach einer unruhigen Nacht wachte er morgens von leisem Gemurmel auf. Es war schwierig zu sagen, ob es von nebenan oder vom Garten kam. Hendrik warf einen kurzen Blick auf die Uhr und drehte sich erneut um. Halb sechs war definitiv zu früh, um aufzustehen.

Frühstück um sieben Uhr hörte sich früh genug an. Er schlief sofort wieder ein. Plötzlich stand er im Dunkeln hinter einem Baum am Straßenrand und sah auf ein brennendes Auto. Hinter den verschlossenen Türen und Fenstern sah er kleine wild fuchtelnde Hände, die um Hilfe zu bitten schienen. Es war kein Laut zu hören, außer dem prasselnden Regen, der sein T-Shirt völlig durchnässt hatte. Es klebte unangenehm auf seiner Haut. Er flüchtete hinter einen anderen Baum, um den durchdringenden Blicken aus dem Auto heraus zu entkommen. Doch am nächsten Baum passierte genau das Gleiche. Die aufgerissenen Augen seiner kleinen Schwester starrten ihn aus dem Auto durchdringend an. Holte ihn sein Schicksal ein? Wurde er vom Spion zum Ausspionierten?

Vollkommen verschwitzt schreckte Hendrik aus dem Bett hoch. Es war kurz nach halb sieben. Von draußen waren keine Stimmen mehr zu hören. Wahrscheinlich waren die anderen gerade beim Frühstück. Er duschte kurz, zog sich an und packte seinen Koffer. Dann öffnete er die Tür, doch draußen erwartete ihn ein leerer Platz vor dem Haus. Niemand war zu sehen. Ein einzelner Vogel zwitscherte leise von einem Baum herab.

Wieso hätten sie ihn zurücklassen sollen? Dafür gab es keinen Grund. Ein kurzer Blick auf das Roadbook bestätigte ihm, dass sie nicht vor zehn Uhr am nächsten Etappenort sein mussten. Abfahrt für die anderen Teilnehmer in Eisenstadt, die ein paar Kilometer mehr vor sich hatten, war um zwanzig vor acht.

Im Tageslicht stellte er erstaunt fest, dass die Autos direkt auf dem Rasen geparkt hatten. Es war ein schöner, eingewachsener Garten mit alten Büschen und Bäumen und einer großen Holzbank mit Tisch. Hier ließ es sich im Sommer sicherlich gut aushalten. In Gedanken konnte er förmlich den Duft von frisch Gegrilltem riechen. Er erinnerte sich an gestern Abend und Tamaras selbst angebautes Gemüse. Vielleicht, eines Tages. Nachdem er zum Haupthaus gegangen war und keiner seine Rufe beantwortet hatte, setzte er sich auf die Bank und genoss für einen kurzen Moment die Sonne auf seinem Gesicht. Dann rief er Jaromir an. Er war im Roadbook als verantwortlicher

Support eingetragen.

„Hallo." Die Stimme gehörte unverkennbar zu dem weißhaarigen Mann, der auch gestern Abend in Eisenstadt am Parkplatz gewesen war.

„Hallo Jaromir. Hier ist Hendrik von der Filmcrew. Ich bin gestern mit Alain nach Sopron gefahren, aber es sieht so aus, als ob alle bereits weitergefahren wären. Hier ist niemand mehr."

„Bist du dir sicher? Alain ist nicht mit uns mitgefahren. Er taucht bestimmt noch auf, sein Auto hatte er zum Laden in der Nähe von euch. Wenn du ihn nicht siehst, melde dich wieder."

Das war zwar nicht ganz die Antwort, die er sich erhofft hatte, doch er konnte es Jaromir auch nicht verdenken. Schließlich war er technischer Support und kein Taxidienst. Gestern Nacht hatte der Tscheche jemanden vom Weinfest abgeholt und nach Sopron gefahren, der nicht mehr selbst fahren konnte oder sollte. Es erstaunte Hendrik immer wieder, wie unterschiedlich jeder auf Alkohol reagierte. Der eine vertrug viel und bei dem anderen reichte schon ein kleines Glas, um ihn fahruntüchtig zu machen. Einer seiner Schulkameraden hatte die ganze Nacht trinken können und war am nächsten Morgen trotzdem mit einem klaren Kopf aufgewacht. Andere, wie er selbst, hatten nicht so viel Glück und mussten nächtliche Exzesse am nächsten Tag büßen.

Zum Glück war im Garten nicht der schlechteste Ort, um zu warten. Schließlich konnte er die Zeit nutzen, um ein paar seiner täglichen Arbeiten zu erledigen. Mit einem Apfel und einer Flasche Wasser vom gestrigen Lunchpaket machte er es sich auf der Bank in der Sonne bequem. Erstaunlicherweise war der Empfang über seinen WLAN-USB-Stick gut und er loggte sich in das Mitarbeiterportal ein. Nils war bereits online, wie er an dem grünen Kreis neben seinem Namen erkennen konnte. Er öffnete den Chat.

HENDRIK: GUTEN MORGEN. STEHT ZÜRICH NOCH?

NILS: WIE EINE EINS. KENNST MICH JA.

HENDRIK: KEINE DETAILS, BITTE.

NILS:	SCHLECHTE LAUNE? MAL WIEDER EINE SCHLAFLOSE NACHT GEHABT?
HENDRIK:	NUR SCHLECHT GESCHLAFEN... MOMENT, WARTE KURZ.

Wie aus dem Nichts war ein Typ vor dem Eingang des Haupthauses aufgetaucht. Hendrik wusste nicht sofort, wer er war. Abgesehen von seinem blauen Baseballcap und den schwarzen Socken sah er aus, als ob er noch in seinem Schlafanzug steckte. Er trug eine Kombination aus quergestreiftem T-Shirt, was seiner Figur nicht ganz zuträglich war, und halblanger, karierter Hose.

Nervös ging der Mann auf der Kieseinfahrt hin und her, während er mit jemandem telefonierte. Es schien kein angenehmes Gespräch zu sein, der Mann wirkte irgendwie auf der Hut vor etwas. So als ob er sich beobachtet fühlte, blickte er immer wieder nach rechts und links, doch ihn hatte er noch nicht bemerkt. Dunkel begann Hendrik sich zu erinnern, dass er diesen Mann am Tag vorher schon einmal gesehen hatte. Nur wo? Welches Auto fuhr er? Hier stand keines mehr. Seine grauen Zellen hatten noch keine Antwort für ihn. Er wandte sich wieder seinem Chat mit Nils zu. Eine Sekunde später drang ganz leise ein Wortfetzen zu ihm herüber, der unter normalen Umständen keinerlei Sinn ergeben hätte. *Lonely Viking.*

Auf einmal lichtete sich der Nebel und er erinnerte sich an eine Szene vor dem Schloss Ezsterházy in Eisenstadt.

NILS:	HEY MANN, BIST DU NOCH DA?
HENDRIK:	JA, WARTE. MUSS KURZ WAS CHECKEN.

Er öffnete die Teilnehmerliste, die alle während des Briefings in Eichgraben bekommen hatten. Sie enthielt alle Namen mit Telefonnummern und die entsprechenden Fahrzeuge. Es war genau so wie er vermutet hatte. Lonely Viking war der Name eines Teams. Wenn man einen einzelnen Teilnehmer als Team bezeichnen konnte.

Denn in dem dreirädrigen Fahrzeug, einem weinroten Corbin Sparrow, wie er sich jetzt wieder erinnern konnte, hatte neben dem Fahrer nicht mal eine größere Sporttasche Platz, geschweige denn ein zweiter Passagier.

In seiner Erinnerung sah er einen Mann auf dem Kopfsteinpflaster neben dem Hinterrad des Fahrzeugs liegen, so wie ein Mechaniker es tun würde. Es war dieser schwarzhaarige Brite Gordon gewesen, den sich Hendrik schon als Hilfe für seinen Blog vorgemerkt hatte, sollte es bei ihm selbst zeitlich etwas eng werden. Zugegeben, das Auto war sehr ungewöhnlich. Aber was genau war so interessant an dem Heck?

HENDRIK: HIER IST SO EIN TYP. ROBORT MICHELSEN. TEAM LONELY VIKING. DER SIEHT NICHT GANZ KOSCHER AUS. HÄNGT AM HANDY UND LÄUFT HERUM WIE EIN AUFGESCHRECKTES HUHN. WÜRDE MICH INTERESSIEREN, MIT WEM ER TELEFONIERT.

NILS: KEIN PROBLEM, DAS FINDE ICH RAUS. DAUERT NICHT LANGE.

HENDRIK: SEIT WANN KANNST DU ZAUBERN?

NILS: LONELY VIKING SAGST DU? ICH SUCH MIR SCHNELL SEINE HANDYNUMMER AUS EURER LISTE UND DANN KANN KLINK ICH MICH DIREKT IN DIE LEITUNG EIN.

HENDRIK: MANN, ALSO ICH WEISS NICHT.

NILS: ACH WAS, DAS WIRD HIER STÄNDIG GEMACHT. EIN PAAR VON DEN JUNGS AUS DER INTELLIGENCE ABTEILUNG HABEN DAFÜR EXTRA EIN KLEINES PROGRAMM GESCHRIEBEN. DAS FUNKTIONIERT MIT DEN MEISTEN HANDYS. SMS KANN MAN DARÜBER AUCH MITLESEN.

HENDRIK: DAS IST ECHT ZIEMLICH SPOOKY.

NILS: COOL, NICHT? SEKUNDE.

Es war in der Tat nicht viel länger als ein paar Sekunden.

NILS: OK. ER REDET DAVON, DASS ER SICH NICHT SICHER IST, NEIN WARTE, BEI DER STRATEGIE IST ER SICH NICHT SICHER...DIE MARGE DER PRODUKTE IST SCHWER EINZUSCHÄTZEN, ES GEHT UM WACHSTUMSSEGMENTE, DIE WAHL DES RICHTIGEN BETRIEBSSYSTEMS UND UM BUDGETS: KLINGT ALLES ZIEMLICH NACH EINEM BUSINESSKASPER. WAS SOLL DAS MIT ELEKTROAUTOS ZU TUN HABEN?

HENDRIK: ALLES KÖNNTE DAMIT ZU TUN HABEN. LAUT DOMINIK STECKT HINTER DER GANZEN SACHE EIN GROSSER KONZERN, DER WEITERHIN AN SEINEN SPRITSCHLUCKERN VERDIENEN WILL, DIE WERFEN DOCH DIE GRÖSSTE MARGE AB. IN DENEN SIEHT ER VIELLEICHT DAS GRÖSSTE WACHSTUMSSEGMENT. NUR DAS MIT DEM BETRIEBSSYSTEM KANN ICH NICHT GANZ ZUORDNEN. WAS DAMIT GEMEINT IST? VIELLEICHT DAS INFORMATIONSSYSTEM IM AUTO? DA GAB ES DOCH LETZTENS EINE ANKÜNDIGUNG VON GOOGLE. ODER HAT ER ANTRIEBSSYSTEM GESAGT? EGAL, EINE STRATEGIE BRAUCHST DU FÜR JEDEN BEREICH.

NILS: WAS FÄHRT DER KERL? DEN SPARROW, RICHTIG? DIE WERDEN DOCH HAUPTSÄCHLICH FÜR PENDLER GEBAUT, DIE RUND 50 KILOMETER AM TAG FAHREN. ALSO WENN IN DEM FAHRZEUG DIE REVOLUTIONÄRE TECHNOLOGIE STECKT, DANN FRESSE ICH EINEN BESEN.

HENDRIK: DAS WILL ICH SEHEN, DA MACH ICH EINEN FILM DRAUS UND VERMARKTE IHN IM NETZ.

NILS: WÜRDE ZUM CORBIN SPARROW PASSEN. DIE KAMEN AUCH IMMER IN FILMEN VOR. WAHRSCHEINLICH HABEN SIE DA SOGAR IHR BUDGET HER. KANN MIR BEIM BESTEN WILLEN NICHT VORSTELLEN, DASS DAS AUTO SO EXTREM UMGEBAUT WURDE, DAMIT ES 1000 KILOMETER WEIT KOMMT. SCHAU DIR LIEBER DAS BLAUE CABRIO NOCH GENAUER AN!

Hendrik seufzte, loggte sich aus dem System aus und leerte seinen Cache. Für einen Moment hatte er fast geglaubt, eine neue Spur gefunden zu haben. Das Team der Alpine Pearls hatten sie bereits von der Liste gestrichen, denn Nissan schien sich den Elektrofahrzeugen verschrieben zu haben. Genau wie den Lonely Viking Typen. Ganz geheuer war ihm dieser Robort trotzdem nicht.

Eines der Tesla Fahrzeuge konnte es auch fast nicht sein. Zumindest kein Roadster. Der wurde seit 2012 nicht mehr gebaut, wie ihnen Marc bei ihrer Schulung gesagt hatte. Außerdem war in den kleinen Flitzern nicht genügend Platz, um die notwendigen Komponenten für 1000 Kilometer Reichweite unterzubringen. So wie er die Fahrzeuge gesehen hatte, waren sie original und nicht umgebaut. Wäre ein anderes Model dabei gewesen, dann sähe die Sache anders aus.

Tesla war nach außen hin eine eigenständige Firma, doch große Konzerne hatten sich bereits vor Jahren eingekauft. Daimler hatte zwar seinen Anteil von anfänglichen zehn auf vier Prozent reduziert, diese jedoch kürzlich erst gegen einen Kurssturz absichern lassen. Toyotas Anteil von drei Prozent, der vor ein paar Jahren 50 Millionen Dollar wert gewesen war, hatte bisher keine schlechte Rendite geliefert, zumindest auf dem Papier. Tesla lieferte im Gegenzug beiden Firmen Komponenten und Designs für deren umweltfreundliche Fahrzeuge.

So basierte der komplette Antriebsstrang der aktuellen B-Klasse auf Entwicklungen der Kalifornier, auch die Batterien für den Smart stammten von Tesla. Toyota erhielt für das Model RAV4 den Antriebsstrang, der bereits beim Roadster und Model S zum Einsatz kam. Zusätzlich hatten die Japaner eines ihrer amerikanischen Werke dem Neuling überlassen, in dem die Limousine gebaut wurde. Diese gegenseitige Abhängigkeit bot großen Spielraum, vor allem für Vermutungen. Auch der amerikanische Staat hatte mächtig investiert und gut 425 Millionen Dollar für die Entwicklung des Modell S zur Verfügung gestellt. Ob die Regierung noch einmal einen ähnlichen Betrag für die Entwicklung dieser angeblich revolutionären Entwicklung bereitstellen würde, war mehr als fraglich. Da hätten die Bürger der Vereinigten

Staaten bei der aktuellen Wirtschaftslage wohl doch etwas dagegen. Außerdem fokussierte sich Tesla auf die weltweite Installation ihres Supercharger-Netzwerkes und die Produktion des neuen Crossovers Model X.

Nils hatte Recht. Das blaue Cabrio war momentan eine gute Option. Es gab zwar noch andere Fahrzeuge, die er sich genauer anschauen wollte, die waren aber aus jetziger Sicht weder eine bessere noch eine schlechtere Alternative.

Robort hatte inzwischen sein Gespräch beendet und ging ins Haus. Hendrik hatte er immer noch nicht bemerkt. Genauso wenig wie er bemerkt haben konnte, dass sein Gespräch aus einem Züricher Büro mitgehört worden war. Hendrik sah auf die Uhr. Vor zwanzig Minuten hatte er Jaromir angerufen. Von Alain war weiterhin keine Spur zu sehen. Er griff sich sein Handy. Warum sollte er ein schlechtes Gewissen haben? Sollten diejenigen eins haben, die ihn hier vergessen hatten und jetzt dazu zwangen, den Support um Hilfe zu bitten. Gerade als er Jaromirs Nummer wählen wollte, klingelte sein Telefon. Es war Peter. Den sollte er wohl besser nicht ignorieren.

„Wo zum Teufel steckst du denn? Bei wem fährst du mit? Alle sollen um zehn in Güssing sein."

Guten Morgen Peter. Nein, ich habe nicht ganz so gut geschlafen, es war ziemlich kalt hier. Wie war es in Eisenstein?

„Tut mir leid. Ich hänge hier in Sopron fest und bin gerade auf der Suche nach einer Mitfahrgelegenheit. Jaromir oder Alain werden mich bestimmt mitnehmen."

„In Ordnung, aber beeil dich. Ich treffe dich dann dort."

Danke, das ist nett von dir Peter. Aber ich komme schon klar, du brauchst nicht extra einen Umweg zu fahren.

Doch sein Kollege hatte bereits aufgelegt. Auf einmal hörte Hendrik, wie das Tor aufgeschoben wurde und jemand über die Kieseinfahrt ging. Alain kam auf ihn zu.

„Tut mir leid, aber ich musste das Auto noch etwas länger laden. Habe mich noch nicht so ganz an die Routine mit Elektroautos gewöhnt. War früher nicht der Beste in Physik, da fällt mir die

Berechnung, wie viel Strom man in welcher Zeit für welche Reichweite laden muss, morgens etwas schwerer“, sagte er mit einem Schulterzucken. „Aber ich habe dir was zum Frühstück mitgebracht.“ Er warf ihm eine Papiertüte zu. „Ich hoffe, du magst Palatschinken mit Marmelade. Nur Kaffee hatten sie leider nicht.“

„Perfekt, danke!”, freute sich Hendrik. „Kann dir gerne einen von meinen Energiedrinks abgeben.“

“Wir sollten uns langsam auf den Weg machen. Das Auto steht etwas weiter die Straße runter.”

„Von mir aus können wir gleich los, ich hole schnell meine Sachen“, beeilte sich Hendrik.

Der einsame Wikinger würde auch ohne ihn zurechtkommen.

Wie viele Grenzstädte des sowjetischen Reichs hatte Sopron auch seine Rolle beim Fall der Grenze gespielt. Im Sommer 1989 hatte vor den Toren der Stadt das sogenannte Paneuropäische Frühstück, eine friedliche Demonstration, stattgefunden und wenig später waren hunderte DDR-Bürger durch den offenen Zaun auf österreichischen Boden gelangt. Während Hendrik genüsslich in seinen ersten Palatschinken biss, erzählte Alain, dass sein Gastgeber ihm einen Besuch der Fußgängerzone wärmstens empfohlen hatte. Die mittelalterlichen Gebäude dort sollten in einem sehenswerten Zustand sein. Auch ein Besuch des Heilbades mit heißen Schwefelquellen im Stadtteil Balf würde ihm guttun. Vorausgesetzt, er hätte die Zeit dafür. Doch die hatten sie leider nicht, denn man erwartete sie in Güssing.

Genau wie sein Fahrer hatte Hendrik Gefallen an der kurzen Geschichtsstunde gefunden. Ihr nächster Etappenort, las er im Internet nach, war einmal Teil der ärmsten Region Österreichs gewesen. Diesem Umstand war es jedoch zu verdanken, dass sich die Stadt zu einem Vorzeigemodell in Sachen nachhaltige Energieerzeugung gemausert hatte. Anstatt teures Geld, das sie nicht hatten, für fremdes Öl zu zahlen, beschloss die Stadtverwaltung selbst Energie zu produzieren. Wind war keine Option, daher fiel die Wahl auf Gas aus Biomasse. 2001 war man mit dem ersten Werk federführend in der ganzen Welt. Heute konnte damit die gesamte Stadt mit Energie versorgt werden, zum Betrieb wurde nicht einmal die Hälfte der nachwachsenden Rohstoffe aus der Umgebung benötigt. Zusätzlich waren weitere Wirtschaftszweige entstanden, die wiederum für mehr Arbeitsplätze gesorgt hatten und Steuereinnahmen lieferten, die doppelt so hoch waren wie die damaligen Ausgaben für das zugekaufte Öl.

Doch Hendrik und Alain konnten sich nicht persönlich von dem Erfolgsmodell der Stadt überzeugen. Sie stellten fest, dass sie es bei einem Halt in Güssing, an dem für sie keine Lademöglichkeit vorgesehen war, nicht bis Gleisdorf zum Fahrsicherheitszentrum schaffen würden. Sie mussten den direkten Weg wählen und das Fahrzeug unterwegs laden. Alain schlug vor, dass sie dies gleich mit einer kulinarischen Mittagspause verbinden sollten. Hendrik hatte nichts dagegen, auch wenn sie damit gegen die goldene Regel *Follow the roadbook* verstießen. Er schickte Peter eine kurze Nachricht.

Diese Abweichung gab ihm Gelegenheit, seinen Fahrer noch etwas näher kennenzulernen. Er erinnerte sich, dass Alain kurzfristig für jemanden – für wen genau war nicht bekannt – eingesprungen war, was ihn verdächtig machen könnte. Zumindest nach Maßstäben, die ihm in Zürich nahegelegt worden waren. Doch die schienen fehl am Platz, denn der Kanadier machte einen glaubwürdigen Eindruck. Seine Geschichte mit dem Fotoshooting am Großglockner, das er mit dieser Ausfahrt verband, klang schlüssig. Das Fotomodell war fast zur selben Zeit krank geworden wie der Fahrer, den Alain nun ersetzte.

Hendrik schätzte ihn auch so ein, dass es ihm Spaß machte, selbst das Modell für die neue Kollektion zu spielen. Alain schien kein Mann zu sein, der Angst davor hatte, sich die Hände schmutzig zu machen. Als Chef genoss er außerdem das Privileg, seine Zeit frei einteilen und die Prioritäten selbst setzen zu können. Hendrik hörte begeistert zu, wie Alain voller Bewunderung für die Natur von seinen Expeditionen auf den verschiedensten Kontinenten erzählte. Am meisten hatte es ihm die Antarktis angetan, wo er jederzeit wieder hingehen würde. Hendrik konnte förmlich die Reinheit der Luft und die Ruhe spüren. Nur den Gedanken an die Kälte verdrängte er.

Während dieser Expedition hatte Alain viele neue Ideen für die

Winterkollektion entwickelt. Doch er hatte auch gesehen, was der von den Menschen verursachte Klimawandel der Natur antat. Daher steckte er seither einen beträchtlichen Anteil seines Vermögens in verschiedene umweltschützende Maßnahmen.

Auf einmal war Hendrik stolz auf sich. Er hatte zwar nicht das große Geld, doch er handelte aus Überzeugung. Er wollte nicht zulassen, dass ein Autohersteller die Entwicklung einer neuen Elektroautotechnologie nur zum Schein unternahm, um dann doch wieder seine teuren Spritschleudern zu verkaufen. Mit diesem Job unterstützte er das große, gemeinsame Ziel auf seine Weise. Unter diesem Aspekt war es nicht wichtig, dass seine Teilnahme hier nur ein Vorwand war, um etwas herumzuschnüffeln. Selbst ein kleiner Sabotageakt an dem richtigen Fahrzeug wäre vertretbar. Irgendwann in der Zukunft gäbe es vielleicht die entsprechenden Umweltschutzgesetze, die solche halbseidenen Maßnahmen überflüssig machten. Doch bis dahin waren Menschen wie Dominik nötig, um etwas dagegen zu unternehmen. Er erinnerte sich an dessen Worte: Nur wenn wir wissen, womit wir es zu tun haben, können wir das Richtige tun.

Der angenehme Nebeneffekt seiner Fahrt mit Alain war, dass er nicht nur seinen Fahrer, sondern auch dessen Auto besser kennengelernt hatte. Somit konnte er den umgebauten Mazda RX-8 von seiner Liste streichen. Auch wenn Reichweite nicht das einzige Kriterium für eine revolutionäre Technologie darstellte, war es doch unwahrscheinlich, dass zweimal am Tag geladen werden musste. Allerdings gab Alain offen zu, dass er sich noch immer mit der Handhabung des Bolt verschätzte und das Auto bei einem geübten Fahrer sein volles Potential eher entfalten würde. Das gab ihrer gemeinsamen Fahrt fast schon etwas Abenteuerliches, was Hendrik gefiel, obwohl sie momentan nur knapp 50 Stundenkilometer schnell unterwegs waren.

„Die allgemeine Diskussion um Sicherheitsrisiken sind übrigens nichts im Vergleich zu den wahren Gefahren für Elektroautofahrer", hatte Alain gesagt, als eine Reihe von Autos sie hupend überholt hatten. Sie waren in der Tat viel zu langsam, denn sie fuhren auf der Autobahn. Aber Alain wollte *Strom sparen* und so effizient wie nur möglich fahren.

„Verärgerte Auto-, LKW- oder Motorradfahrer, die sind das Hauptproblem. Besonders die ganz schnellen, die für nichts Zeit haben. Habe mich vor der WAVE etwas schlau gemacht. Das wäre doch ein interessanter Appetithappen für die Leser deines Blogs, oder? Wie läuft's bei dir überhaupt?"

„Mal so, mal so. Aber insgesamt ganz okay, schätze ich."

„Am besten ist immer, wenn man sich selbst treu bleibt und sich nicht für andere verbiegt. Außerdem ist es doch nur ein Blog über die WAVE, oder? Im großen Universum sind wir alle nur ein kleiner Stern."

Alain wurde ihm immer sympathischer.

„Dann lass uns mal ein nettes Café finden, in dessen Nähe eine Steckdose zum Laden ist."

Hendrik öffnete eine App auf seinem Handy, die über die GPS-Koordinaten nach öffentlich zugänglichen Ladestationen suchte. Sie lag direkt neben einem kleinen Café, war jedoch unbrauchbar.

„Wir sind eben an einem Ford Händler vorbeigefahren. Ford und Mazda machen doch schon lange was zusammen. Da lassen die uns bestimmt in ihrer Werkstatt laden", schlug Hendrik vor.

„Gute Idee", stimmte ihm Alain zu und drehte um.

Der nette Empfang des Werkstattmeisters war nicht die einzige angenehme Überraschung. Weiter hinten in der großen Halle, in der sie den Bolt geparkt hatten, stand ein altes T-Modell.

Das letzte Auto war vor gut 85 Jahren gebaut worden. Angeblich war das Modell das erste erschwingliche Fahrzeug gewesen.

„Damit kannst du deinen Blog jetzt aber mal so richtig aufpeppen. Wann bekommt man so eine Augenweide schon zu sehen", sagte Alain, nachdem er Hendrik vor dem Oldtimer fotografiert hatte.

„Warum nicht. Am besten ich mache ein kleines Filminterview mit dir im ‚kleinen Schwarzen' und du erzählst, wie wir hier gelandet sind", holte Hendrik schelmisch seine Filmkamera.

Alain spielte gutgelaunt mit, was ihm einen weiteren Strich auf der Sympathieskala einbrachte.

Die nächste Überraschung wartete auf sie in dem Restaurant, das ihnen der nette Werkstattmeister empfohlen und wohin er sie gleich auch gefahren hatte.

„Die zwei grünen T-Shirts kommen mir doch bekannt vor. Wenn das mal nicht das Team SwissGermany ist", begrüßte Alain den Schweizer und dessen deutschen Kollegen. Die beiden waren unverkennbar, denn der schlaksige dunkelhaarige Peter Franke war gut zwei Köpfe größer als sein frühzeitig ergrauter schweizerischer Freund.

„Das ist ja lustig ", erwiderte Erich. „Komm, wir schieben einfach zwei Tische zusammen."

„Was macht ihr denn hier?", fragte Peter, der wenig mit seinem Namensvetter, nämlich Hendriks Kollegen, gemeinsam hatte. „Bei uns ist das klar. Der Ampera kommt rein elektrisch nur gut 60 Kilometer weit und wir sind wieder mal am Laden."

„Heute Morgen hatten wir ein total nettes Erlebnis", sagte Erich.

„Wir waren irgendwo in einem ganz kleinen Dorf zwischen Eisenstadt und Güssing und mussten laden. Inzwischen nutzen wir fast jede Pause", erzählte Peter.

„Auf der Suche nach einem kleinen Frühstück sind wir bei der Ortsfeuerwehr vorbeigekommen. Die hatten am Abend zuvor ein Fest und heute Morgen um 6.00 Uhr waren die letzten gerade dabei zu gehen", fuhr Erich fort.

„Der eine hatte ganz schon was *getankt*", grinste Peter.

„Aber sie waren total hilfsbereit und haben sich gleich um uns gekümmert. Während das Auto dort aufgeladen wurde, sind wir in die Bäckerei in der Nähe und haben in Ruhe gefrühstückt." „Total lässig", ergänzte sein Teamkollege. Wie die meisten Schweizer gab er dem Wort *total* mit einer speziellen Betonung auf der zweiten Silbe noch zusätzlich Nachdruck.

„Gestern sind wir beim österreichischen Autoverband vorbeigekommen und die haben erst durch uns festgestellt, dass sie eigentlich eine offiziell eingetragene Ladestation haben. Ist schon witzig, was dir auf so einer Expedition alles passiert“, erzählte Peter.

„Jawoll, total lustig“, pflichtete ihm Erich bei. „Mein Sohn hatte übrigens gestern Geburtstag und der Europa-Chef von Tesla hat ihn zu einer Probefahrt eingeladen“, fügte er nicht ohne Stolz hinzu.

Das Mittagessen verging wie im Flug. Hendrik hätte sich noch stundenlang mit den dreien unterhalten können, doch sie wurden in Gleisdorf erwartet und er wollte den Zorn seines Kollegen, der dort sicherlich schon auf sie wartete, nicht heraufbeschwören.

Die meisten Teams waren bereits auf dem Fahrsicherheitsgelände angekommen. Einige hatten ihre Fahrzeuge zum Laden angesteckt, andere nutzten verschiedene Testfahrten aus, die hier normalerweise von Fahrschulen durchgeführt wurden. Der Tageswettbewerb, bei dem alle Teams in aufsteigender Reihenfolge – zumindest, die, die anwesend waren – im Zwei-Minuten-Takt einen Slalom-Parcours absolvieren sollten, war bereits in vollem Gange und Alain hatte es gerade noch rechtzeitig geschafft.

Hendrik machte sich auf die Suche nach seinem österreichischen Kollegen Peter. Er stand seitlich am Gelände und beobachtete die Slalomfahrer.

„Schön, dass du dich zu uns gesellst“, sagte er mit einem leicht spöttischen Unterton.

„Wir mussten zwischendrin noch einmal laden“, entschuldigte sich Hendrik.

„Was ihr mit einer gemütlichen Mittagspause verbunden habt, vermute ich?“ Peter schien nicht wirklich ärgerlich zu sein, vielleicht nur etwas neidisch. Beim Blick auf den Styroporbecher, der etwas enthielt, das nach Kaffee aussah, und dem trockenen Hefegebäck, in das Peter biss, wäre es nicht verwunderlich. „Hast nichts verpasst und jetzt bist du ja rechtzeitig da."

Hendrik war fast etwas überrascht von der Reaktion. Er hatte eher leichten Tadel erwartet.

„Was war bei euch in der Zwischenzeit los?", fragte er.

„Alles ruhig bisher. Der Slalom hier ist allerdings eine gute Gelegenheit, unsere Suche weiter einzuschränken." Peter war wieder ernst geworden und gab sich als Profi, allerdings mehr als der lehrerhafte Typ. Von Anfang an hatte er auf Hendrik eher wie ein Theoretiker, der die Gesellschaft von Büchern der von Menschen vorzog, gewirkt und nicht wie ein Mann für den Außeneinsatz.

„Wenn wir davon ausgehen, dass das Auto, nach dem wir suchen, lange Strecken zurücklegen kann, wird der Fahrer nicht oft laden wollen. Er will austesten, wie weit er mit einer vollen Batterie kommt. Dabei wird er mehr auf Reichweite achten als auf Beschleunigung. Für den Markt und die Käufer ist Ausdauer wichtiger als Renngeschwindigkeiten."

„Das heißt für uns?", fragte Hendrik.

„Der Fahrer wird bei dem Slalom nicht alles aus seinem Auto rausholen, sondern eher gemächlich fahren."

„Er wird sich nicht vorstellen, dass er auf einer heißen Verfolgungsjagd in der Lombard Street von San Francisco ist. Aber vielleicht fährt er den Slalom nicht mit?"

„Halte ich für unwahrscheinlich. Ohne guten Grund würde das zu sehr auffallen und das will er noch weniger", begründete Peter seine Einschätzung.

„Können wir schon jemanden ausschließen?"

„Ja, das Chargelocator-Team mit Rafael und Anastassyia. Die haben gute Chancen zu gewinnen."

„Außerdem ist das ein Roadster, die haben wir schon ganz unten auf die Liste gesetzt." Hendrik wollte Peter zeigen, dass er seine Hausaufgaben gemacht hatte.

„Die zwei im Stromos waren nicht schlecht", zeigte Peter auf ein ungleiches Paar. Neben einem jungen Mann Anfang zwanzig, der aussah als käme er gerade von der letzten Beachparty, stand ein kahlköpfiger Mittvierziger, der als Neffe von Telly Savalas durchgehen könne. Nur ohne Lolly.

„Was ist mit ihm?“, fragte Hendrik und nickte in Richtung des Slowenen, der sich gut mit Alain verstand. Beide unterhielten sich angeregt und lachten gerade über einen Witz, denn der Ältere gemacht hatte.

„Andrej Pečjak? Ein interessanter Kerl. Mit ihm habe ich mich gestern unterhalten. Er hat eine kleine Firma, in der er normale Fahrzeuge zu Elektroautos umbaut und Kurse für junge Automechaniker gibt. Der kann es nicht sein, schon allein finanziell nicht, hält sich grad so über Wasser. Außerdem ist er viel zu schnell gefahren und hat versucht, alles aus seinem Auto rauszuholen!“

„Das klingt einleuchtend. Okay, dann verschiebe ich ihn mal auf die Liste der Unwahrscheinlichen.“ Hendrik fragte sich, was genau Alain und Andrej verband. Ersterer war gut zehn Jahre jünger, aber beide schienen einem guten Tropfen Rotwein nicht abgeneigt zu sein. Obwohl er sich noch nicht mit dem Slowenen unterhalten hatte, machte dieser einen sehr sympathischen Eindruck. Seinen heutigen Chauffeur hielt er für einen guten Menschenkenner und wenn er sich gut mit Andrej verstand, hatte das sicherlich seine Gründe. In der Zwischenzeit war ein weiteres Auto am Ziel angekommen.

„Das sind zwei wilde Vögel, wenn du mich fragst“, kommentierte Peter die Fahrt des Engländers Gordon und seiner texanischen Teamkollegin Leora. „Aber keine schlechte Zeit für einen Peugeot iOn.“

„Und das trotz der ganzen Aufkleber“, scherzte Hendrik, der noch nicht viel Kontakt mit den beiden gehabt hatte und sie daher schlecht einschätzen konnte. „Was ist mit dem blauen Cabrio?“

„Das ist als eines der ersten gefahren, als du noch deinen Cappuccino geschlürft hast. Sollten wir im Auge behalten, die Fahrer stehen momentan ziemlich weit unten in der Rangliste. Haben sich nicht sonderlich Mühe gegeben“, sagte Peter. „Apropos, für einen Blogger bist du ganz schön gut darin, nicht besonders aufzufallen. Wie läuft denn der offizielle Job so?“

Während Hendrik noch überlegte, was er auf die Frage antworten sollte, sah er Florian auf ihn zu schlendern, den obligatorischen Fußball in der Hand und ein erwartungsvolles Lächeln im Gesicht.

„Tut mir leid, Kumpel. Geht grad nicht, muss arbeiten“, sagte er zu dem Jungen und kraulte ihm kurz die Haare. „Aber heute Abend kicken wir in Deutschlandsberg. Ich hab gehört, dass wir sogar auf einem Fußballfeld Station machen. Versprochen.“

Glücklicherweise hatte Florian ein sonniges Gemüt und begab sich auf die Suche nach einem anderen Mitspieler. Ernsti, wie Florian den jungen Fahrer im Stromos begeistert rief, schien nur darauf gewartet zu haben und kickte wild drauf los. Die beiden hätten auch Brüder sein können.

„Ein paar Teams können wir mit ziemlicher Sicherheit ausschließen", fuhr Peter fort. „Das Twike-Team und die Schweizer mit ihrem orangenen S.A.M sind in der Punktewertung zwar ziemlich weit unten, doch die Fahrzeuge halte ich für zu unpopulär. Mit denen würde sicher keiner so einen Langstreckentest machen.“

„Ich weiß nicht, ob wir das so einfach sagen können. Gerade weil es ungewöhnliche Fahrzeuge sind, die von der Mehrheit vielleicht als Randerscheinung gesehen werden, wären es doch gute Verstecke“, setzte Hendrik dagegen.

„Der Twike geht nur 85 Stundenkilometer schnell, das reicht für einen Einsatz auf dem Massenmarkt nicht. Und wo bitte soll beim Team Sämi Platz für neuartige Komponenten sein? Die bringen doch kaum ihre Taschen in dem S.A.M unter.“

Hendrik seufzte. Es war immer schwer, sich als Neuling gegen einen alten Hasen durchzusetzen. Beide Fahrzeuge waren vielleicht unwahrscheinlich, aber er wollte nicht vorschnell sein. Immerhin konnte man mit dem aktuellen Twike mehr als 500 Kilometer weit kommen und die Höchstgeschwindigkeit von 85 Stundenkilometer war für zukünftige Entwicklungen vielleicht nicht in Stein gemeißelt. Bei der Entwicklung des S.A.M hatte man sich auf das Wesentliche konzentriert und 90 Prozent weniger Bauteile benötigt als bei herkömmlichen Autos. Wer konnte schon sagen, ob nicht zusätzliche

Batteriezellen, die sehr flach waren, wie bei einem Sandwich in die Kunststoffkarosserie integriert wurden? Aber er wollte sich jetzt nicht auf eine längere Diskussion mit Peter einlassen.

„Wie hat das Team *Just married* abgeschnitten?“, fragte er stattdessen.

„Die sind gar nicht gefahren“, antwortete Peter.

„Martin machte mir nicht den Eindruck, als ob er sich so einen Spaß entgehen lassen würde“, wunderte sich Hendrik.

„Vielleicht ist seine Frau schwanger und ihr könnte übel werden?“, mutmaßte Peter.

„Dann hätte sie neben der Strecke stehen und zuschauen können.”

„Da hast du auch wieder Recht. Aber ich kann mir nicht vorstellen, dass die zwei Turteltäubchen für irgendetwas anderes Zeit haben. Allerdings ist das kein Ausschlusskriterium. Setz sie fürs Erste mal etwas weiter oben auf unsere Liste.“

„Was ist eigentlich mit den Supportteams? Die sollten wir auch genauer unter die Lupe nehmen. Wäre schließlich keine schlechte Tarnung“, fiel Hendrik ein.

„Die überlass mir. An denen bin ich dran.“

Das ist auch sinnvoll, dachte sich Hendrik. Und nicht nur, weil Peter auf diese Weise etwas mehr zu ihrer Teamarbeit beitragen würde.

Neben der Slalomstrecke rief Louis gerade allen Teams zu, dass es Zeit war für die nächste Etappe über Graz nach Deutschlandsberg. Die WAVE wurde dort am späten Nachmittag zum Schulfest erwartet und sicherlich würde niemand die Kinder enttäuschen wollen.

Hendrik hatte sich keine Vorstellung davon gemacht, wie sehr sie erwartet wurden. Überall liefen Kinder aufgeregt auf die ankommenden Fahrzeuge zu und wollten mitfahren. Nur zu gern wollte er ihnen den Gefallen tun und sie zu Peter ins Auto lassen, bei dem er die Etappe mitgefahren war, doch es war schon schwierig genug, überhaupt auszusteigen. Es hatte sich eine richtige Traube um ihr Auto gebildet und alle drängten gleichzeitig auf den Beifahrer- und Rücksitz. Kurze Zeit später hatte er sich mit seiner Kamera nach draußen gerettet und fing sofort an zu filmen. Ihr Enthusiasmus war ansteckend. Total, wie Erich sagen würde.

Das durfte er sich auf keinen Fall entgehen lassen, denn genau solche Szenen wurden auf seinem Blog erwartet. Daher verband er ein Interview seines Fußball-Buddies Florian mit einigen Aufnahmen von den Tänzen, die Schüler auf einer Bühne vorführten. Eine Dokumentation mit neugierigen und begeisterten Kindern, die sich um die Mitfahrt bei diesen modernen Autos drängelten, würde ihm sicherlich viele Klicks auf seinem Blog bringen. Ein findiger Marketingexperte könnte damit noch ganz andere Dinge anstellen.

Inzwischen waren alle Teams angekommen und gingen grüppchenweise zu den für sie aufgestellten Pavillons. Flinke Helferinnen, sicherlich freiwillige Schülerinnen, brachten kühle Getränke und Hausmannskost vom Grill. Hendrik verschlang hungrig sein Steak mit Ofenkartoffel und gegrillten Maiskolben. Dann stand er mit einem entschuldigenden Kopfnicken in Richtung seiner Kamera auf und schlenderte langsam zu den Fahrzeugen am anderen Ende des Fußballfeldes. Das blaue Cabrio stand zwischen zwei Vans und war dadurch vor den Blicken der noch Essenden geschützt.

Niemand war zu sehen. Eine gute Gelegenheit, kurz unter die Motorhaube zu schauen und das Innenleben samt Batterie näher zu inspizieren. Sein Herz begann schneller zu schlagen. Mit einem kurzen Blick über die Schulter versicherte er sich, dass niemand kam. Er atmete tief durch. Jetzt oder nie. Schnell ging er in die Hocke und fischte einen Schraubenzieher aus seinem Rucksack. Viel Zeit würde er nicht haben.

Gerade als er die Motorhaube angehoben hatte und den Innenraum inspizierte, hörte er plötzlich gedämpfte Schritte auf dem Rasen. Nicht weit von ihm. Er hörte keine Stimme, dafür den leisen Atem eines Menschen. Hendrik blieb regungslos sitzen. Vielleicht hatte jemand etwas vergessen und würde gleich wieder zu den Pavillons zurückgehen. Doch die Schritte kamen näher, ganz vorsichtig. Das Gemurmel auf der anderen Seite des Platzes war zu leise, um das Rascheln im Gras zu übertönen. Eine Schweißperle bildete sich auf seiner Stirn. Hendrik traute sich nicht, sie abzuwischen. Hatte ihn jemand bemerkt? War ihm jemand gefolgt? Ganz vorsichtig senkte er die Motorhaube nach unten. Seine Hände waren schweißnass. Fast rutschte sie ihm aus der Hand. Gerade noch konnte er sie abfangen. Nur den Schraubenzieher nicht. Mit einem leisen Klack fiel er in den Motorraum. Hendrik hielt die Luft an. Die Schritte kamen näher. Sie waren ganz nah. Keine Zeit mehr, um die Motorhaube wieder aufzumachen und das Werkzeug zu suchen. Er beugte sich vornüber und stützte sich auf die Hände. Ganz so, als ob er etwas im Gras verloren hatte.

„Wieso krabbelst du hier auf dem Rasen herum?“

„Peter! Scheiße nochmal“, fluchte er seinen Kollegen an. „Du hast mich vielleicht erschreckt. Was machst du hier?“

„Ich wollte dich nur warnen. Es sind fast alle mit dem Essen fertig und einige der Teams werden sich gleich auf den Weg nach Aibl machen. Da findet noch eine Firmeneröffnung statt, bei der ein Teil von uns erwartet wird. Also komm.“

„Okay, danke. Aber mach das nicht noch einmal!”

Er ließ sich von Peter in Eibiswald absetzen, bevor dieser den kurzen Weg weiter zur Firmeneröffnung nach Aibl fuhr. Hendrik hatte beschlossen, den frühen Abend zu nutzen und vom Hotelzimmer aus seinen täglichen Bericht zu erstatten. Gerade als er seinen Rechner hochfuhr, schreckte ihn das Klingeln seines Handys auf. Es war Nils.

„Hendrik, was zum Teufel ist bei dir da los? Dominik war eben bei mir und ich kann dir sagen, das war kein angenehmer Besuch. Hat gesagt, dass die Trophy abgebrochen werden soll. Hatte sich bei diesem Palmer in dessen Telefonate eingeklinkt."

„Mach mal langsam. Wovon sprichst du, zum Henker? Wieso soll die Expedition abgesagt werden?", fragte Hendrik.

„Hast du deine Emails noch nicht gecheckt?"

Hendrik griff nach seinem Laptop und loggte sich in seinen Firmenaccount ein.

Er klickte auf den Link in der Email und las den Artikel durch. Dann rannte er zur Toilette und übergab sich.

„Hendrik?"

Er schleppte sich zurück ins Zimmer. Bilder von seiner toten kleinen Schwester schossen ihm durch den Kopf.

„Ich hätte auf mein Bauchgefühl hören sollen", brachte er schluchzend hervor. „Ich wusste von Anfang an, dass die ganze Sache einen Haken hat."

„Das ist doch nur ein Zufall", entgegnete Nils. „Nichts weiter. Mach dir keine Sorgen! Dominik hat mit ein paar Leuten telefoniert. Er weiß, an welchen Schrauben er drehen muss, damit die Expedition weiter läuft. Wir werden unser Geld trotzdem bekommen."

„Unser Geld? Ist das echt alles, an was du denkst? Das ist alles wegen uns passiert."

„Komm schon, reg dich nicht auf. Da können wir doch nichts dafür..."

Nils verstand es einfach nicht. Hendrik schaltete sein Telefon aus. Ihm wurde wieder schlecht, als er an den Schraubenzieher dachte. Er rannte aus dem Hotel. Durch die Tränen konnte er nicht sehen wohin, das war auch egal. Er wusste nur, er konnte heute Nacht nicht hier bleiben.

KAPITEL 8

Magali

Sonntagmorgen – Eibiswald

Der trübe Morgen passte irgendwie zu ihren Gedanken, als Magali mit Martin am Frühstückstisch ihres Hotels in Eibiswald saß. Sie waren erst zwei Tage unterwegs und es hatte bereits zwei Zwischenfälle gegeben. Außer ihnen war noch niemand da. Nur die junge und angenehm zurückhaltende Servicekraft des Hotels. Draußen auf den nassen Straßen des beschaulichen Städtchens war es ruhig, der Vorfall von letzter Nacht hatte sich hier noch nicht herumgesprochen.

Magali biss in ihr zweites Brot und schenkte Kaffee nach. Andrej und Jasna tauchten gerade auf und Martin lud sie an ihren Tisch ein. Der draußen vorbeigehende Fußgänger würde in ihnen zwei befreundete Ehepaare sehen, die eine Nacht ihres Urlaubs hier verbracht hatten. Sie fand den Gedanken nicht einmal abwegig. Sie mochte ihren Schützling und seine quirlige Frau mit den scharlachroten Haaren. Die beiden waren sehr angenehme Zeitgenossen.

„Kaffee, ich brauche Kaffee, viel Kaffee", ließ sich Jasna auf einem Stuhl nieder und versuchte, ein Gähnen zu unterdrücken. „An diese Abfahrtszeiten werde ich mich nie gewöhnen."

Andrej schenkte ihr sofort eine Tasse ein und goss etwas Milch dazu.

„Bin ich froh, wenn wir heute kurz zuhause halten, dann kann ich ein paar frische Sachen mitnehmen", wandte sich Jasna an Magali. „Fahrt ihr auch nach Bled? Dann müsst ihr unbedingt die Cremeschnitte probieren. Das ist *die* Spezialität. Das Original gibt es nur bei uns." Um dieser augenscheinlichen Delikatesse Nachdruck zu verleihen, fuhr sie sich mit der Zunge leicht schmatzend über die Lippen.

„Vanillecreme mit Blätterteig? Das hört sich an, wie für dich gebacken, Liebling. Du magst doch Kuchen so gern“, mischte sich Martin ein. „Lass uns den Plan ändern. Wir sollten unbedingt nach Bled mitkommen. Was Andrej mir erzählt, hört sich alles so romantisch an. Ich könnte dich sogar mit einem Boot zu einer Insel im See fahren.“

Martin schien sich in seiner Rolle als glücklicher Ehemann immer mehr zu gefallen. Sie hasste es, wie gut er darin war und wie leicht ihm diese Rolle fiel.

„Schatz? Bist du in Gedanken etwa noch bei letzter Nacht?“, neckte er sie.

Ihr kurzer Blick bestätigte seine Frage, allerdings anders, als Jasna sie interpretiert hatte und nun mit einem Lächeln quittierte.

Andrej dachte nicht an eheliches Vergnügen, sondern an die zwei anderen betroffenen Teamkollegen. „Ich bin mir sicher, dass alles gut ausgegangen ist. Sonst hätte Louis die WAVE schon längst abgesagt“, warf er zuversichtlich ein.

Doch Magali wusste, dass gestern in Deutschlandsberg irgendetwas nicht mit rechten Dingen zugegangen war. So wie Martin es auch wusste.

Es waren zu viele Ungereimtheiten gewesen, erinnerte sie sich. In Gedanken ging sie die Ereignisse noch einmal durch. Manche der Teilnehmer waren vom Sportplatz direkt zu ihrer Unterkunft in Deutschlandsberg gefahren. Andere, die noch in Aibl zu einer Firmeneröffnung erwartet wurden, unter ihnen auch Andrej und Jasna, waren dezent aber bestimmt von Louis darauf hingewiesen worden.

Da sie fast immer direkt nach dem Technologen losfuhren, schlug Martin vor, sich diesmal kurz zuvor auf den Weg zu machen. Es war keine weite Strecke nach Aibl, auf der man sich auch nicht wirklich verfahren konnte. Magali stimmte widerwillig zu. Zehn Minuten später bereute sie ihre Entscheidung. Sie hatten die beiden verloren.

„Bleib locker. Sie sind erwachsen. Wahrscheinlich stehen sie nur an einer roten Ampel", versuchte Martin sie zu beruhigen. Wie immer war ihm der Ernst der Lage nicht bewusst.

„Du hast leicht reden. Es ist ja auch nicht deine Hauptaufgabe, die beiden zu beschützen. Du bist ja *nur* für den Informationsteil zuständig. Wieso habe ich überhaupt auf dich gehört?", sagte sie kühl.

„Wenn du nicht schwarzsiehst, siehst du rot!"

„Dann bring mich nicht zur Weißglut. Lass uns einfach die beiden finden, okay?", bestimmte Magali.

„Bevor wir in der Gegend herumirren, fahren wir am besten nach Aibl und warten dort auf sie", schlug Martin vor.

Das war einfacher gesagt als getan. Nach einer halben Stunde war immer noch nichts von den beiden Slowenen zu sehen. Alle anderen Teams, die für den Firmenevent in Aibl eingeteilt waren und in Eibiswald übernachten würden, waren bereits angekommen.

„Was machen wir jetzt?", fragte Magali kurz vor neun.

„Wir warten."

„Was, wenn sie einen Unfall hatten? Mit diesem betrunkenen oder irren Typen kurz vor Aibl, der uns fast ins Auto gelaufen wäre?"

„Du meinst den, der diesem Videoblogger Hendrik verdammt ähnlich sah?"

Plötzlich summte Martins Handy. Eine SMS von Louis. Martin zeigte ihr die Nachricht.

ES HAT SICH EIN ZWISCHENFALL EREIGNET. BITTE WARTET AUF WEITERE ANWEISUNGEN, BEVOR IHR MORGEN LOSFAHRT.

Kurz darauf vibrierte auch ihr Telefon. Die Nachricht schien an alle Teilnehmer gegangen zu sein.

„Was zum Teufel ist da los?", fragte Martin sich und begann, im Internet nach Hinweisen zu suchen.

„Woher soll ich das wissen? Bei mir steht nicht mehr als bei dir."

„Schau mal", hielt Martin ihr kurz darauf sein Smartphone vor die Nase. „Hier kursiert schon ein Artikel. Es gab ein Feuer in Deutschlandsberg. Wegen eines Elektroautos. Zwei sind verletzt."

„Mist. Was steht da sonst noch?"

„Dieses Ereignis ist ein weiterer herber Imageverlust für Elektroautos und deren Herstellern. Die Besucher eines Schulevents in Deutschlandsberg sahen heute ein Elektroauto in Flammen aufgehen, als dieses die Wohltätigkeitsveranstaltung verließ. Nach ersten Vermutungen wird die Brandursache auf eine fehlerhafte Batterie zurückgeführt...“, las Martin vor. Er blätterte durch den Artikel. *„Der zweite Vorfall dieser Art in den letzten Monaten*, schreiben sie,…die üblichen Bedenken wegen der angeblich mangelnden Sicherheit von Elektroautos, jedoch keine Stellungnahme von Louis. Nur eine Anmerkung, dass es unverantwortlich sei, die WAVE fortzusetzen.“

Martin zog eine Augenbraue hoch. Eine typische Reaktion, die normalerweise nichts Gutes verhieß. „Eine Notiz am Schluss über ein neunjähriges Mädchen, das von einem der Feuerwehrautos gestreift wurde... glücklicherweise nur ein Beinbruch. Zuschauer sprechen von dem Wunder von Deutschlandsberg.“

„Was sagen sie über das Team des Elektroautos?“, fragte Magali.

„Nur, dass Fahrer und Beifahrer zur weiteren Untersuchung ins nächste Krankenhaus gefahren wurden.“

„Wer es ist, steht nicht dabei?“, wollte sie wissen.

„Nein, auch nicht welches Fahrzeug.“

„Ich rufe Frank an.“

„Gut. Fahren wir zum Krankenhaus?“

„Nein. Nicht, solange wir nicht mehr wissen. Das Hotel ist näher. Vielleicht haben die beiden dort eingecheckt“, bestimmte sie.

Es waren keine zehn Minuten von dem Firmengelände in Aibl nach Eibiswald. Magali geriet selten in Panik, doch ihr Herz schlug immer schneller, je näher sie dem Hotel kamen. Zwei Zwischenfälle in zwei Tagen, erst in Eisenstadt und dann das hier. Alles nur Zufall?

Unterwegs rief sie Frank an und informierte ihn über den Zwischenstand. Er war nicht sehr erfreut. Es war ihre Aufgabe, Andrej nicht aus den Augen zu lassen. Er wollte seine guten Kontakte nutzen, um weitere Details von der örtlichen Polizei zu bekommen und sich dann wieder bei ihnen melden.

Auf dem Parkplatz vor dem Hotel war keines der WAVE Fahrzeuge zu sehen. Unruhig trommelte Magali mit den Fingern auf dem

Lenkrad. Was nun? Wo steckten Andrej und seine Frau nur? Sie müssten längst da sein. Sie unterdrückte ihre Frustration, aber ihr Herz raste immer noch.

„Verflucht nochmal, was machen wir jetzt“, fuhr sie Martin an. Er griff sofort nach dem Roadbook. Vielleicht half ihnen die Bibel der Expedition weiter.

„Es gibt noch ein zweites Hotel für die Teams”, sagte er nach einem schnellen Blick auf die Tagesetappe. „Gasthof Hasewend. Es muss gleich gegenüber sein.”

Magali war schon aus dem Auto gesprungen, knallte die Tür zu und lief zum Torbogen auf der anderen Seite. Martin rannte hinterher. Im Innenhof parkte Andrejs Auto, die Fahrertür stand weit offen. Er musste es eilig gehabt haben. Ob Jasna noch auf dem Beifahrersitz saß, sah sie nicht.

„Schau nach, was passiert ist. Du bist schließlich für die Informationssammlung zuständig“, forderte sie Martin auf. Ihr unterschwelliger Humor war immer ein Zeichen für die sich lösende Anspannung. „Aber schau nicht erleichtert, wenn du sie siehst.“

Martin ging auf das Fahrzeug zu. In dem Moment erschien Andrej in der Tür des Hotels. Zerstreut fuhr er sich durch die Haare, ganz so, als ob ihn etwas bedrückte. Dann bemerkte er Martin und kam auf ihn zu. Sie unterhielten sich kurz. Im nächsten Moment hielt ein Taxi und Peter Prohaska vom Support stieg mit einem etwas frustrierten Gesichtsausdruck aus. Er nickte den beiden kurz zu und verschwand dann im Innenhof. Martin wandte sich wieder Andrej zu, wie immer vor Witz sprühend, doch der schien mit seinen Gedanken woanders. Einen Augenblick später zog er seine Schultern in einer großen fragenden Geste nach oben und ging zu seinem Auto. Kurz danach tauchte dieser Peter wieder auf und verschwand mit scheinbar gleichgültiger Miene im Hotel. Ein komischer Typ.

„Was war denn los? Andrej sah nicht sehr glücklich aus“, fragte sie Martin.

„Der Typ, den wir gesehen haben, das war Hendrik“, war die Antwort. „Sie haben ihn am Straßenrand aufgegabelt. Er war völlig fertig. Sie haben ihn gerade in sein Zimmer gebracht, konnten aber nicht aus ihm herausbekommen, was los war."

„Vielleicht braucht er einfach etwas Schlaf. Er arbeitet doch nachts an seinen Filmen, die er auf seinen Blog stellt", so ihre Vermutung. „Am nächsten Morgen sieht alles immer besser aus, naja, fast alles", fügte sie mit einem schelmischen Lächeln hinzu. „Was hast du ihnen gesagt?"

„Nur, dass wir Hendrik auch gesehen haben, uns aber nicht ganz sicher waren, ob er es wirklich war, da er die Kapuze über den Kopf gezogen hatte", sagte Martin. „Andrej und Jasna sind wie wir in dem anderen Hotel."

„Wenigstens eine gute Nachricht, dass das geklappt hat. Lassen wir ihnen etwas Zeit, um einzuchecken und dann bleiben wir dicht *hinter* ihnen auf dem Weg nach Aibl."

„Du weißt, dass die Autos über Nacht auf dem Firmengelände bleiben und dort geladen werden?", hatte Martin sie erinnert. „Müssen wir uns trennen?"

„Auch wenn ich nicht abgeneigt wäre, nein. Frank hat andere Vorkehrungen getroffen. Du weißt doch, dass Vivien vom Supportteam ein ganz besonderes Augenmerk auf das Fahrzeug haben wird. Außerdem würde das viel zu viel Aufsehen erregen. Wir sind schließlich das Team *Just married*."

„Kennst du Vivien eigentlich näher?", fragte Martin mit einem leicht eifersüchtigen Unterton.

„Er ist ein feiner Kerl. Ich habe einmal mit ihm gearbeitet, wir waren ein gutes Team. Vivien ist sehr pflichtbewusst und vor allem ist er sehr zurückhaltend." Die letzte Spitze konnte sie sich nicht verkneifen. Aber es stimmte, sie mochte den jungen Schweizer mit den kurzen dunkelbrauen Haaren gern und ihr hatte die Arbeit mit ihm Spaß gemacht.

„Wir werden aber nur im Notfall Kontakt mit ihm aufnehmen", fügte sie hinzu. Ihre Befehle von Frank diesbezüglich waren eindeutig gewesen. „Und das heute ist noch keiner. Der Unfall in Deutschlandsberg ist bedauerlich, scheint aber ein unglücklicher Zufall zu sein."

„In Ordnung. Du bist der Boss, Schätzchen", hatte er das Thema beendet.

Das war sie auch gerne, dachte sie jetzt am nächsten Morgen am Frühstückstisch. Doch gegen die immer neuen Kosenamen, die Martin sich für sie einfallen ließ, gab es keinen Schutz. Hatte er sie wirklich eben *mein Sahnetörtchen* genannt? Magali spielte ihre Rolle und lächelte Jasna an, als ob sie die Liebesbekundungen genoss.

„Das ist wahre Liebe, Andrej", seufzte Jasna.

In dem Moment kamen Tamara und Manfred in den Frühstücksraum.

„Gut geschlafen? Kommt her, wir haben noch zwei Plätze hier für euch", rief Jasna ihnen zu. „Das Zimmer der beiden war schon vergeben, als sie gestern Nacht ankamen", wandte sie sich an Magali.

„Jasna und Andrej waren so nett, uns ihr Sofa anzubieten. Zum Glück war ihr Zimmer groß genug für uns vier", ergänzte Tamara, als sie sich setzte. „Möchte trotzdem wissen, wer sich unser Zimmer unter den Nagel gerissen hat."

Was hatte das nun schon wieder zu bedeuten? Magali fing den fragenden Blick von Martin auf. Auch er wunderte sich offensichtlich, welche sonderbaren Ereignisse gestern noch stattgefunden hatten. So bedenklich der Autobrand letzte Nacht auch gewesen war, er hatte nichts mit Andrej zu tun. Doch konnten sie wirklich sicher sein, dass keine Gefahr für den Technologen und seine Frau oder ihr Fahrzeug bestand? Die beiden Paare schienen sich sehr gut zu verstehen. Das sprach gegen eine Bedrohung, die von den beiden ausgehen könnte.

Martin hatte gestern also doch Recht behalten, als er sich keine Sorgen machte. Er war eben ein guter Agent. Trotz seiner Frotzeleien. Einer, auf den man sich verlassen konnte, wenn es hart auf hart kam.

Magali sah auf die Uhr. Frank müsste sich jeden Moment melden. Sie hoffte, er hatte mehr in Erfahrung bringen können. Wie sie diese Warterei hasste. Die Uhr tickte an der Wand. Von Louis war auch noch keine Nachricht gekommen. Martin unterhielt sich in der Zwischenzeit mit Jasna über ihren Urlaub in Thailand vor ein paar Jahren. Erfreut hörte sie, dass die beiden Slowenen dort zum Klettern gewesen waren. Das war eine hilfreiche Information, um ein engeres Verhältnis zu Jasna aufzubauen. Frauen suchten gerne Gemeinsamkeiten. Eben räumte die Hotelbedienung ihre Teller ab, als endlich ihr Telefon klingelte.

„Meine Mutter", entschuldigte sich Magali und ging nach draußen.

„Richte Grüße von mir aus", rief Martin ihr noch hinterher.

„Frank, was hast du für uns?" In ihrer Stimme schwang ein Hauch Anspannung mit.

„Im Bericht stand nichts weiter Wesentliches", entgegnete Frank ruhig. Seine Gelassenheit war an ihrem Ende der Leitung deutlich zu spüren. „Doch die Aussagen der Fahrer waren sehr hilfreich."

„Wie ist ihr Zustand?"

„Olaf und Stephan geht es gut. Die Untersuchung im Krankenhaus war nur eine Vorsichtsmaßnahme."

„Es war also das blaue Cabrio", stellte Magali fest.

„Ja. Hattest du das vermutet? In dem Bericht war kein Fahrzeug erwähnt", wunderte sich Frank.

„Irgendetwas stimmt hier nicht, wenn du mich fragst."

„Es sieht fast danach aus. Die Polizei ist sich sicher, dass der Unfall von einem scharfen Gegenstand herrührt, der auf der Straße gelegen haben muss. Doch die Fahrer haben nichts gesehen. Sie sind absolut überzeugt, dass die Straße frei war. Auf dem Weg vom Kinderfest zu ihrem Hotel fing ihr Auto plötzlich an zu brennen. Im Krankenhaus wurde sofort ein Alkoholtest durchgeführt, doch beide waren nüchtern. Sie konnten auch unverletzt aus dem Auto aussteigen und haben sogar von dort Louis Palmer angerufen."

„Aber ein Elektroauto fängt nicht einfach an zu brennen. Überhitzt kann das Fahrzeug nicht gewesen sein und überladen auch nicht. Es muss ein scharfer Gegenstand gewesen sein, der den Schutzmantel der Batterie durchstoßen hat."

„Es wurde nichts gefunden am Tatort. Noch verwunderlicher ist allerdings, dass der Unterboden des Autos keine Risse aufwies", sagte Frank.

„Was bedeutet das?"

„Es bedeutet, dass die Fahrer wohl die Wahrheit sagen und kein Objekt auf der Straße lag. Es muss bereits im Fahrzeug gelegen oder gesteckt haben."

„Und was könnte das gewesen sein?", wollte Magali wissen.

„Keine Ahnung. Dazu wollte die Polizei keine Auskunft mehr geben. Wir sind offiziell schließlich nur ein Security-Service und damit gibt es Grenzen in der Zusammenarbeit."

Martin stand auf einmal neben ihr und klopfte ihr auf die Schultern, so als ob er noch etwas sagen wollte.

„Was willst du?" zischte sie und hielt die Hand vor das Telefonmikrofon.

„Frag Frank wegen des Artikels."

Sie wandte sich wieder an Frank.

„Der Artikel zu dem Ereignis gestern Abend war nach nur fünfundvierzig Minuten im Internet verbreitet. Ist doch seltsam. Ein Schnellschuss von einem Amateur ist immer zu erwarten, aber in dem Artikel waren alle Details und er wurde auch sofort von einer großen internationalen Zeitung aufgegriffen. Die würden doch erst den Sachverhalt prüfen, bevor sie so eine Provinznachricht bringen. Kommt dir das nicht komisch vor?"

„Nicht unbedingt. Die Großen haben alle ihre internen Quellen bei der Polizei. Vielleicht war es einer, der einen persönlichen Groll gegen Elektroautos hegt."

„In Ordnung. Wie gehen wir weiter vor?"

Frank ließ sich mit seiner Antwort etwas Zeit. Sicherlich wägte er die verschiedenen Optionen gegeneinander ab. Es war ein Drahtseilakt. Interpretierten sie zu viel in die Ereignisse und ergriffen entsprechende Maßnahmen, konnte dies die Mission genauso gefährden, wie alles dem Zufall zuzuschreiben.

„Louis Palmer ist überzeugt, dass es nur ein Unfall war. Ich allerdings nicht. Es gibt keine eindeutige Erklärung dafür, wie der Brand zustande gekommen ist. Wenn es Sabotage war? Dann ist sehr wahrscheinlich jemand hinter Andrej her."

„Und wir können froh sein, dass der oder die Täter das falsche Auto gewählt haben", ergänzte Magali zustimmend.

„Richtig."

Sie wusste, was das bedeutete.

„Ab sofort gilt der Alarmzustand", bestätigte Frank ihre Vermutung. „Zumindest so lange, bis wir mehr wissen. Ich werde ein paar Leute anrufen, den ein oder anderen Gefallen einfordern, um noch mehr in Erfahrung zu bringen." Es knackste kurz in der Leitung.

„Frank?"

„Ihr beschützt den Technologen und sein Auto, egal was passiert. Und sag Martin Bescheid. Es wird Zeit, dass er sich etwas genauer umsieht."

Magali erlaubte sich ein Lächeln. Das würde ihn in seiner Rolle als liebender Ehemann zu etwas mehr Zurückhaltung zwingen. Was hinsichtlich ihrer nächsten Tagesetappe im angeblich so romantischen Bled zu einer echten Herausforderung werden könnte.

KAPITEL 9

Alain

Sonntag – Eibiswald – Bled

Die Glocken der Kirche neben seinem Hotel in Eibiswald läuteten eben acht Uhr, als Alain über die Straße zur Bushaltestelle ging. Dort standen bereits drei Paare unter dem Dach, um sich vor dem einsetzenden Nieselregen zu schützen. Hendrik saß etwas zerknittert daneben auf der Bank und schien eine unruhige Nacht hinter sich zu haben. Wahrscheinlich hatte er wieder lange an seinem Blog gearbeitet und auf aktuelle Neuigkeiten zu den Vorfällen von gestern gewartet.

Seine eigenen Versuche am Vorabend mehr von Louis Palmer zu erfahren, waren gescheitert. Es war verständlich, dass Louis nicht mit jedem der Teilnehmer einzeln sprechen wollte. Trotzdem hätte er Details, die nach einer Stunde bereits über das Internet verfügbar waren, herausrücken können. Alain wäre gerne bereit gewesen, sie an seine Kollegen hier weiterzugeben. Aber auch so hatte er bei der Firmenfeier in Aibl genügend erfahren, um sich keine ernsthaften Gedanken um Andrej zu machen.

Einige der Teilnehmer hatten schnell den Artikel im Internet gefunden. Twitter sei Dank. Alles schien auf einen unglücklichen Unfall hinzudeuten. Und doch waren die Emotionen bei den Teilnehmern hochgekocht. Der Grund dafür lag allerdings in der so frühzeitig erscheinenden und doch so detaillierten Berichterstattung, die aufgrund ihrer Einseitigkeit konstruiert wirkte oder einfach vom falschen Reporter geschrieben worden war. Von einem mit Benzin im Blut, der einen Sport darin sah, Elektroautos schlecht zu machen.

Was die Gemüter erhitzt hatte, war der fehlende Vergleich in dem Artikel zu Autos mit Verbrennungsmotoren. Hätte sich der Unfall mit einem Benziner ereignet, wären die Fahrer höchstwahrscheinlich zu mehr Schaden gekommen. Je länger die Diskussionen gingen, desto mehr war von einigen über das Ende der diesjährigen WAVE spekuliert worden.

Doch heute Morgen war vor ein paar Minuten die lang ersehnte Nachricht gekommen: Die Rallye ging weiter. Alain las Erleichterung in den Augen der Teilnehmer, die sich wie er unter das Dach der Bushaltestelle gedrängt hatten.

„Gut, dass Louis sich so entschieden hat", bestätigte Andrej seinen Eindruck.

„Finde ich auch", entgegnete er.

„Es ist tragisch, dass sich das kleine Mädchen den Fuß gebrochen hat. Aber dafür kann die WAVE nichts", meinte der lockige Twike-Fahrer, der mit seiner Frau und einem weiteren Paar eben zu ihnen gestoßen war.

„Hat man schon etwas von Stephan und Olaf gehört? Wie es den beiden geht?", wollte Monika wissen. Ihr Schweizer Akzent hatte etwas sehr Charmantes und ihren Namen hatte sich Alain gut merken können, da sie mit ihrem Teamkollegen Jean-Pierre auf seiner Liste der möglichen Agenten stand.

„Die sind hoffentlich mit dem Schrecken davon gekommen. Es sei denn, die Batteriemodule waren nicht einzeln gekapselt. Dann hätte sich das Feuer schneller ausbreiten können", meldete sich Jasna zu Wort.

„Ihr kennt euch wirklich gut aus", konnte sich Alain nicht verkneifen.

„Welche Etappe hast du denn für heute geplant?", wollte Andrej von ihm wissen. „Fährst du mit nach Bled? Dann könnten wir dir unsere kleine Firma zeigen."

Alain dachte über den Vorschlag nach. Er war nicht für den Trip nach Bled eingetragen, aber wen würde diese kleine Änderung schon stören? Es wäre eine gute Gelegenheit, sich noch ein genaueres Bild von dem Technologen und seiner Arbeit zu machen.

„Klingt gut", stimmt er zu. „Gilt die Einladung auch für ihn hier?“ Dann wandte er sich an Hendrik. „Du siehst aus, als hättest du heute Nacht Gespenster gesehen und könntest eine Starthilfe gebrauchen…“

Andrej schaute ihn an und schüttelte unmerklich den Kopf. Irgendetwas stimmte nicht mit Hendrik und Andrej schien den Grund zu wissen.

„Vielleicht tut es ihm gut, wenn er mitkommt“, flüsterte Alain dem Slowenen ins Ohr. „Er kann bei mir mitfahren, dann habe ich ein Auge auf ihn.“

„Was hältst du davon? Bled wird dir gefallen.“ Andrej klopfte Hendrik auf die Schulter.

Als Antwort kam nur ein Schulterzucken.

„Fein, abgemacht“, freute sich Andrej, als er mit den anderen in das Taxi stieg, das sie zu ihren Autos nach Aibl brachte.

Auf dem Parkplatz hinter dem Firmengelände sah Alain, wie ein junger Mann vom Support, seinem Akzent nach zu urteilen ein Schweizer, eben ein Feldbett zusammenklappte. Hatte er die ganze Nacht hier die Autos bewacht? Dann konnte es nur ein Mann von Franks Team sein. Oder es gab seit den Ereignissen in Eisenstadt eine zweite Person, weil Louis sichergehen wollte, dass keiner mehr die Autos abstecken konnte.

„Das nenn ich Pflichtgefühl, Vivien“, rief er nach einem kurzen suchenden Blick auf die Teilnehmerliste dem jungen Mann anerkennend zu, der daraufhin grüßend eine Hand hob.

„So unter freiem Himmel zu schlafen kann doch auch sehr romantisch sein“, bemerkte Martin neben ihm. „Nur die Sterne und wir beide“, zwinkerte er seiner Frau zu.

Doch die schien seine Idee von einem romantischen Hochzeitsurlaub nicht ganz zu teilen, was Alain verstehen konnte.

Inzwischen waren die anderen Teams, die in Deutschlandsberg übernachtet hatten, auf dem Firmengelände angekommen. Schnell verbreitete sich die Nachricht, dass die beiden Fahrer des blauen Cabrios unversehrt waren, allerdings an der WAVE nicht weiter teilnehmen würden. Die Sonne hatte sich gegen den Nieselregen durchgesetzt und nachdem sich die erneute kurze Aufregung über den Unfall gelegt hatte, war es Zeit für das obligatorische Teamfoto. Auch hier mit Kindern, die an diesem Sonntagmorgen zu der offiziellen Firmenfeier eingeladen worden waren. Diese Gelegenheit wurde sofort für einen neuen Beitrag auf Facebook genutzt, um endlich die Marke von tausend „Gefällt mir" zu knacken.

Danach reihten sich die Fahrzeuge auf, um im Konvoi loszufahren. Der Großteil machte sich von Aibl auf den Weg nach St. Veit, wo eine Energieausstellung und eine Stadtführung auf die Teilnehmer warteten. Nur wenige Teams fuhren nach Bled.

Jetzt wurde es interessant für Alain. Neben Jaromir, der für den Support in Slowenien zuständig war und einem schüchternen Geologen namens Jochen, der sich ihm gerade vorgestellt hatte, waren sonst nur noch Hendrik, Andrej und Jasna sowie zwei weitere Paare für die Etappe eingeteilt. Es waren dieselben, die heute Morgen in Eibiswald bei ihnen gestanden hatte. Damit konnte er das dritte Paar von der Bushaltestelle, Jean-Pierre und Monika vom Schweizer Team, als Franks Agenten ausschließen. Somit blieben nur noch die Frischverheirateten oder das österreichische Paar in dem orangefarbenen Tesla übrig; Manfred und Tamara, sah Alain beim Blick auf die Teamliste. Oder Frank hatte ihn absichtlich auf eine falsche Fährte gelockt. Aber das sähe einem *Integritätschef* nicht ähnlich.

Alain hatte allerdings wenig Zeit, sich auf die einzelnen Fahrzeuge zu konzentrieren. Er machte sich Gedanken über seinen Beifahrer.

Bis gestern war Hendrik so aufgeweckt gewesen, hatte seine anfängliche Schüchternheit abgelegt, hatte Fragen gestellt und ihre gemeinsame Geschichtsstunde über Sopron und Güssing genossen. Was war nur los mit dem jungen Blogger? Hendrik hatte sich in Aibl nicht einmal von seinem jungen Freund verabschiedet. Der kleine Florian wollte wie üblich ein paar Minuten kicken. Was mochte Hendrik in den letzten Stunden widerfahren sein, das ihn so aus der Bahn geworfen hatte? Er hatte sich sogar nach hinten gesetzt, wo er jetzt halb zusammengerollt schlief. Alain drehte den Rückspiegel, so dass er Hendriks Gesicht im Blick hatte. Nicht einmal im Schlaf sah er erholt aus. Im Gegenteil, er war blass und sah ernsthaft erschöpft aus. Drogen? Den Gedanken verwarf er ganz schnell. Da müsste ihn seine Menschenkenntnis schon sehr im Stich lassen. Aber was dann?

Er ließ seinen Blick über die herrliche Landschaft schweifen, als ob ihm die hoch erhobenen Berge eine Antwort geben könnten. Alain öffnete das Fenster und genoss für einen Moment die Fahrt in der Natur. Kein lautes Rattern und Knattern störte, auch keine Abgase von den Autos vor ihm verpesteten die klare Luft. Eben hatten sie auf dem Seebergsattel die Grenze zu Slowenien überquert.

Jetzt führte sie eine geschwungene Passstraße durch das Gebiet, das bei den ehemaligen Landsherren als Oberkrain bekannt war. Die drei Teams vor ihm, Jochen war wohl schon vorgefahren, hielten in einem kleinen Ort vor der Kirche. Kurz überlegte er, ob er Hendrik wecken sollte. Die Sonne und die traumhafte Landschaft könnten seine Stimmung heben. Doch welche Geister er auch gesehen haben mochte, der Anblick eines Friedhofs würde sie wohl nicht vertreiben. Leise öffnete Alain die Tür und schloss sich den anderen an. Friedhöfe waren für ihn ein Ort, um einen Moment innezuhalten. Ärgerlich verdrängte er den Gedanken an die Konsequenzen, falls der Unfall gestern anders ausgegangen wäre.

Auf dem Rückweg zum Auto bemerkte er, wie Hendrik aus dem

Fenster sah.

„Geht's dir besser?", fragte er ihn. Doch er erhielt nur ein unterdrücktes Gähnen als Antwort. Hendrik war zwar wach, aber in Gedanken schien er immer noch weit weg.

Daran änderte auch die kurz darauf folgende Ankunft bei Andrejs Firma nichts. Verschiedenste Fahrzeuge, teilweise mit Solarmodulen bestückt, ja selbst die Pokale, die Andrej in Monte Carlo gewonnen hatte, konnten Hendrik nicht aus der Reserve locken. Alain musste zugeben, dass er sich die Werkstatt des Technologen anders vorgestellt hatte. Wie konnte er nicht sagen, nur eben anders. Martin und Magali genossen einen Moment der Zweisamkeit draußen in der Sonne, während Manfred und Tamara sich gerade mit Andrej unterhielten.

„Das sind ganz spezielle Zellen mit einer sehr hohen Dichte", zeigte der Slowene auf einen Satz Batteriemodule, die er in seinen Fahrzeugen einsetzte. „Die importiere ich von einer Firma aus Südkorea. Ein Familienbetrieb, mit dem wir schon lange zusammenarbeiten. Für Monte Carlo konnte ich sie sogar als Sponsor gewinnen", erklärte Andrej weiter. „Kennst du dich mit Batterien aus?"

„Das war einer der Schwerpunkte meines Masterstudiengangs", entgegnete Manfred. „Es interessiert mich aber auch persönlich, seit ich mich mit Elektroautos beschäftige."

„Manfred will immer alles verstehen, wenn er damit zu tun hat", sagte Tamara und machte ein Foto von den beiden.

Würde sich ein Agent so offensichtlich interessieren oder würde er eher im Hintergrund bleiben, wie Martin und Magali? Alain konnte es nicht einschätzen. Beides war möglich. Allerdings wusste er jetzt, warum er sich Andrejs Arbeitsraum anders vorgestellt hatte. Er hatte eine typische Autowerkstatt erwartet, in der es nach Benzin und Öl roch, in der auf jeder Werkbank übervolle Aschenbecher standen und an deren Wänden vergilbte Bilder von Playmates hingen. Von all dem war hier jedoch nichts zu sehen. Die Wände waren weiß gestrichen und das Einzige, das auch nur ansatzweise mit dem englischen Wort für Spielkamerad in Zusammenhang gebracht werden konnte, war ein altes Stofftier. Selbst wenn viele Teile verstreut lagen, so schien doch alles seine Ordnung zu haben.

In dem angrenzenden Konferenzraum lagen vorne auf einem Tisch an der Wand Anschauungsmuster, Broschüren und Informationsblätter. Die Tische, an denen sehr wahrscheinlich die zu schulenden Automechaniker saßen, waren leer und sauber. Im Dossier hatte gestanden, dass ein Schwerpunkt von Andrejs Arbeit darin lag, junge Techniker im Umbau von gebrauchten Verbrennerfahrzeugen auf Elektroautos zu schulen. Es gab so viele Fahrzeuge, in deren Herstellung unzählige Kilowattstunden geflossen waren. Dieser Strom war von Kraftwerken produziert worden, die für die Klimaerwärmung durch CO_2 verantwortlich waren. Worin lag also der Sinn, diese Fahrzeuge jetzt zu verschrotten und durch neue Elektroautos zu ersetzen, bei deren Herstellung ebenfalls wieder CO_2 generiert wurde? Besser war es doch, Vorhandenes zu nutzen und zu verändern. Diese Denkweise war sicherlich seiner Vergangenheit geschuldet, in der man mit dem leben musste, was man hatte.

Alain bewunderte eben ein umgebautes Käfer Cabriolet, dessen Baujahr gut sein Geburtsjahr sein könnte.

„Jasna wird im Cabrio zum See fahren. Unsere Tochter ist dort und braucht es später, um nach Hause zu kommen. Wir stellen es einfach mit zu den anderen. Das kommt bei den Touristen, die am Ufer spazieren gehen, bestimmt gut an“, erwähnte Andrej.

Jetzt wurde ihm das Entscheidende an Andrejs Firma bewusst: Die Werkstatt schloss sich direkt an sein Wohnhaus an, sie war ein Teil davon und somit ein Teil seines täglichen Lebens. Das verdeutlichte klar den Stellenwert, den Elektroautos in Andrejs Leben einnahmen.

Während Tamara und Manfred ebenso angetan waren, konnte man das von Hendrik nicht behaupten. Er zeigte nicht einmal den Funken von Interesse, sondern schleppte sich von einem Raum zum nächsten.

Selbst die Vitrine mit den verschiedensten Automodellen, darunter einige Raritäten, konnte ihm kein Lächeln entlocken.

Alain seufzte. Was war nur los mit dem Kerl? Langsam verlor er die Geduld. Er würde ein Wörtchen mit ihm reden müssen. Doch vor den anderen wollte er Hendrik nicht bloßstellen. Das war nicht seine Art. Vielleicht würde der sonnige Nachmittag in Bled, das der bekannte slowenische Poet France Prešeren als *Abbild des Paradieses* beschrieben hatte, seine frostige Laune auftauen, ihm vielleicht sogar ein Lächeln entlocken. So wie er Hendrik einschätzte, war dieser im Herzen Romantiker. Momentan aber einer, der sich in ein Schneckenhaus zurückgezogen hatte.

Der Support bei dieser Rallye klappte bisher einwandfrei, bemerkte Alain. Als sie an der Uferpromenade ankamen, hatte der weißbärtige Tscheche bei den für sie reservierten Parkplätzen bereits den Stromverteiler angeschlossen und alles vorbereitet. Jaromir sah zwar wie ein echter Haudegen aus, ganz wie sein kleiner weißer, mit allerlei Utensilien vollgepackter Peugeot, doch seine Aufgabe nahm er ernst. Ein Auto, ein orangefarbener Think, stand ganz rechts und ein mittelgroßer Mann in Shorts mit einem blauen Schlapphut auf dem Kopf winkte Manfred mit seinem Tesla auf die linke Seite. Es war Jochen, der sonst sehr zurückhaltend war und sich eher im Hintergrund hielt. Wahrscheinlich hatte Jaromir dort einen speziell abgesicherten Anschluss gelegt, damit der Tesla mit seinem 32 Ampere starken Ladehunger nicht das gesamte System lahm legte.

Von Aibl nach Bled waren es gut 150 Kilometer gewesen, doch

bergauf verbrauchten die meisten Fahrzeuge mehr Strom, als sie bergab über die umgewandelte Bremsenergie wieder speichern konnten. Daher mussten alle Fahrzeuge dringend laden, zumindest alle außer Andrejs. Der Weg zu ihrer Abendstation in Weissensee war fast ebenso lang und die letzte geplante Lademöglichkeit davor lag etwa auf der Hälfte der Strecke in Feistritz an der Drau.

Kurz darauf wurde ihre kleine Gruppe von der Verantwortlichen des Tourismusbüros, einer gewissen Eva Štravs, zusammen mit Bleds Bürgermeister am Parkplatz willkommen geheißen. Letzterer, ein sympathischer älterer Mann mit Brille namens Janez Fajfar, bedauerte, ihnen nicht auch bei einem gemeinsamen Mittagessen Gesellschaft leisten zu können. Doch neben seinem offiziellen Amt war er ein Förderer der Moro Stiftung, die ausländische Studenten aus über 40 Ländern bei ihrem Studium in Slowenien unterstützte, und wurde diesbezüglich zu einen Termin erwartet.

„Das letzte halbe Jahrhundert hat unser Leben hier in Bled stark verändert", erklärte ihnen Eva auf dem kurzen Weg am See entlang zur Terrasse des Café Park, wo es sich alle bequem machten. Jeder genoss die Sonne und den Ausblick. Auch Eva, deren Begeisterung für ihren Ort zu spüren war. Die elegant gekleidete Frau strahlte eine mütterliche Wärme aus. Wenn sie Kinder haben sollte, könnten diese sicher in Hendriks Alter sein, dachte Alain, als sie mit ihren Erzählungen fortfuhr.

„Auch diejenigen unter uns, die zu jung sind, um den Zerfall miterlebt zu haben, werden sicherlich von Jugoslawien gehört haben. Ein Vielvölkerstaat, in dem im zweiten Weltkrieg selbst ein Bürgerkrieg tobte und nach dessen Ende mehrere sozialistische Staaten vereint wurden, darunter sechs Länder und zwei unabhängige Provinzen. Doch die Unterschiede der einzelnen Nationalitäten sorgten immer wieder für Spannungen. Auf das dunkle Kapitel des letzten Krieges verzichte ich. Diesen schönen Tag sollt ihr in vollen Zügen genießen und euch bei uns verwöhnen lassen."

In ihrer Stimme lag weder Bitterkeit noch Traurigkeit. Sie deutete auf etwas am anderen Ende des Sees, hinter der Insel. „Dort hinten befindet sich der ehemalige Sommersitz des jugoslawischen Präsidenten Tito. Heute ist dieses Haus eines der beliebtesten Hotels bei denen, die einen gewissen Luxus lieben." Alle drehten sich in die Richtung, in die Eva zeigte und versuchten, das Gebäude zu erkennen.

„Anders als andere kommunistische Staaten vertrat Jugoslawien eine neutrale Haltung in der Zeit des kalten Krieges und war das erste Land, das in den späten 60er Jahren seine Grenzen für ausländische Besucher öffnete. Doch Bled war lange davor ein beliebtes Reiseziel. Bereits vor über hundert Jahren." In diesem Augenblick fuhr eine nostalgische Pferdekutsche die Promenade entlang an ihren Elektroautos vorbei, wie um dieser Aussage Nachdruck zu verleihen.

Eine junge Bedienung kam an den Tisch, um ihre Bestellung für das Dessert aufzunehmen. Möglicherweise war sie sogar eine der ausländischen Studenten, die von der Moro Stiftung unterstützt wurden? Ihr Blick verriet etwas Unsicherheit, als sie vergeblich nach einem Block in ihrer Schürze suchte.

„Was haltet ihr davon, wenn wir es dieser jungen Dame etwas einfacher machen", sprang ihr Andrej zu Hilfe. „Gibt es jemanden, der NICHT unsere lokale Spezialität probieren möchte?"

Erwartungsvolles Schweigen am ganzen Tisch.

„Dann für alle die Cremeschnitte, bitte", wandte er sich an die junge Frau.

„Für mich nicht", sagte Hendrik matt.

Alain hatte es sich fast gedacht. Denn schon beim Hauptgang hatte der Blogger mehr herumgestochert als gegessen. „Sicher? Wer weiß, wann du wieder diese Chance bekommst."

„Nein, danke. Ich habe wirklich keinen Hunger."

Es war Hendriks erster zusammenhängender Satz heute. Aber er sah immer noch sehr bleich aus. Hatte er sich etwas eingefangen oder eine Migräne? Immerhin schien er sich Mühe zu geben. Alain war froh, dass er wenigstens bei ihnen war und nicht alleine im Auto schlief. Von der Terrasse aus hatte man einen freien Blick über den ganzen See bis weit hinter die hohen und felsigen Gipfel der julischen Alpen. Im türkisblauen Wasser spiegelten sich die bewaldeten Berge rundherum und die Mitte des Sees glitzerte mit tausenden von Funken der einfallenden Sonnenstrahlen. Schade, dass keine Zeit blieb, um eine Runde zu schwimmen. Doch der Anblick der idyllischen Natur alleine hatte etwas Erholsames. Alain genoss die Pause und war froh, dass er sich gegen die ursprünglich für ihn geplante Route entschieden hatte. Sollte Louis ihm ruhig ein paar Strafpunkte geben. Schräg gegenüber am Berg thronte die mittelalterliche Burg und stach mit ihren roten Ziegeldächern gegen den wolkenlosen blauen Himmel hervor. Alain stellte sich vor, dass dort Ritterspiele stattfanden, denn die Burg schien unversehrt. Auch alle anderen bewunderten die Aussicht.

„Kann man mit einem Boot zu der Insel fahren?“, fragte Martin, obwohl eines auf dem Wasser zu sehen war.

„Ja. Die Insel ist übrigens die einzige natürliche in ganz Slowenien. Ihre Besonderheit ist, dass neben der Kirche ein Feigenbaum wächst. Niemand weiß, wie er dort hingekommen ist. Es kommen oft Pilger, die oben im Turm die Glocke läuten. Das soll Glück bringen“, antwortete ihm Eva.

„Sind das Ruderboote?“, zeigte Tamara auf die Boote mit den bunten Dächern.

„Ja, Motorboote sind auf dem See nicht zugelassen. Wir nennen sie Pletna. Sie sind ein bisschen wie Gondeln.”

„Erinnert mich an Venedig. Aber hier ist es noch romantischer, findest du nicht Schatz?”, drückte Martin die Hand seiner Frau. „Was hältst du davon, wenn wir die kirchliche Hochzeit hier abhalten? Wir sind ja erst standesamtlich getraut.“

„Da solltet ihr euch beeilen“, schmunzelte Eva. „Bei uns ist es Brauch, dass der Bräutigam die Braut die Stufen nach oben trägt.“

„Das könnte wirklich schwierig werden“, warf Jochen ein, als die Bedienung mit dem Nachtisch um die Ecke kam.

„Blattgold, das zu Hüftgold wird“, grinste Martin beim Anblick der Menge an Sahne und Vanillecreme, die zwischen zwei dünnen goldbraunen Blätterteigschichten eingebettet war.

„Du weißt doch, wie sehr ich dein Hüftgold liebe, Schatz“, zwinkerte Magali ihm zu. „Manche Sportler sind oft so verbissen, weil sie die guten Sachen nicht genießen können, ohne gleich ans Abtrainieren zu denken. Dabei ist das alles Quatsch.“ Sie nahm ein großes Stück Cremeschnitte in den Mund, schloss die Augen und seufzte theatralisch.

„Draußen am Eingang habe ich gelesen, dass bisher schon mehr als zehn Millionen Cremeschnitten hergestellt wurden“, sagte Jochen.

„Zehn Millionen? Das wundert mich nicht“, rief Jaromir, der genüsslich den letzten Rest von seinem Teller kratzte. Er schien ein *Süßer* zu sein, denn die Portionen waren mehr als üppig.

„Wieder ein Beweis dafür, dass Nachfrage das Angebot steuert“, antwortete ihm Manfred.

„Bled hat außer Kremšnita noch mehr zu bieten.“ Janez Fajfar, der Bürgermeister, war früher von seinem Termin zurück als erwartet und hatte sich wieder zu ihnen gesellt.

„Wieviel Einwohner hat Bled?“, wollte Jochen von ihm wissen.

„Etwa achttausend. Viele unserer Gäste kommen auch, um im Triglav-Nationalpark zu wandern.“

„Das stimmt. Wir selbst gehen im Winter gerne Eisklettern“, erzählte Andrej.

„Die meisten slowenischen Vereine im Ausland sind nach Bled oder dem Triglav benannt“, fuhr Janez fort. „Doch bei all der Schönheit unseres Landes gibt es auch den ein oder anderen Wermutstropfen. In Slowenien begehen unverhältnismäßig viele Menschen Selbstmord, etwa dreißig Mal so viel wie Morde. Wahrscheinlich ist das historisch bedingt. Gerade bei jungen Leuten konnte ich nie verstehen, wenn sie sich in den Tod gestürzt haben. Als ich damals Geographie studierte, war der jugoslawische Pass fast besser als der Schweizer, denn durch Titos blockfreie Politik stand uns der Osten, der Westen und die dritte Welt offen.“ Der Bürgermeister drehte sich um und nahm noch schnell einen Teller mit Cremeschnitte entgegen, bevor die Amtsgeschäfte wieder riefen.

Wenn er hier aufgewachsen wäre, hätte er sicherlich jeden Tag ein Stück gegessen, dachte sich Alain. Das Dessert war zwar gehaltvoll, aber sehr lecker. Etwas, womit eine Oma ihren Enkel gerne verwöhnen würde.

„Könntest du mir die Schlüssel vom Auto geben?“, hörte Alain auf einmal Hendrik fragen.

„Klar. Brauchst du etwas Bestimmtes?“ Der Junge sah immer noch mitgenommen aus.

„Ich dachte mir, ich mache ein paar Bilder von der Gegend, filme etwas für meinen Blog und die Kamera ist noch im Auto“, erklärte Hendrik.

Das klang schon besser. Diese Meinung las Alain auch in Andrejs Augen, der Hendrik beobachtet hatte. Bled zeigte sich für sie von seiner besten Seite und das sollte in der Berichterstattung auf keinen Fall fehlen.

Alain warf Hendrik die Schlüssel zu. „Es macht dir doch nichts aus, wenn ich sitzenbleibe und die Aussicht von hier genieße?“

Von den anderen machte ebenfalls keiner Anstalten mitzukommen. Zu schön und bequem war es gerade in der Sonne. In den nächsten Tagen wartete ein straffes Programm auf sie und da kam die kleine Auszeit gerade recht.

„Das ist wie ein kurzer Wellnessurlaub“, schien Tamara seine Gedanken erraten zu haben.

Doch bald wurde es langsam Zeit aufzubrechen. Alle verabschiedeten sich vom Bürgermeister. Jaromir war bereits vorausgegangen und Jochen hatte sich ihm angeschlossen, er wollte etwas an seinen Batteriezellen prüfen. Natürlich mussten noch einige Bilder geschossen werden. Martin bestand auf einer schmachtenden Szene am Seeufer, und Eva bot sich an, ein Gruppenfoto von allen zu machen.

„Wo steckt eigentlich Hendrik“, fragte Alain auf einmal. „Hast du ihn gesehen, Jaromir? Du warst doch als Erster bei den Autos.“

Der Tscheche schüttelte nur den Kopf. Auch Jochen hatte nichts bemerkt.

„Er war heute schon die ganze Zeit so still, da ist er irgendwie untergegangen“, gab Tamara zu.

„Ich ruf ihn an, er hat meine Autoschlüssel“, zog Alain sein Handy aus der Hosentasche. „Er geht nicht ran“, sagte er kurz darauf frustriert.

„Da stimmt etwas nicht”, sagte Andrej. „Wir sollten ihn suchen.“

„Vielleicht ist er auch einfach nur auf der Toilette und ruft gleich zurück”, erwiderte Alain.

Nach ein paar Minuten versuchte er es erneut. Es klingelte am anderen Ende, doch niemand antwortete.

„Ich mache mir wirklich Sorgen“, sagte Andrej ernst. „Teilen wir uns auf. Wir haben ja den Käfer als zusätzliches Auto.“

Alain drückte die Wahlwiederholung. Keine Antwort. Langsam erschien es ihm auch seltsam. Ein ungutes Gefühl breitete sich in seiner Magengegend aus.

„Er wollte seine Kamera aus meinem Auto holen. Von wo aus macht man die besten Bilder?“, fragte er.

„Am See und von der Burg aus. Aber…“, Andrej hielt plötzlich inne.

„Aber was?“, hakte Alain ungeduldig nach.

„Du hast doch den Bürgermeister vorhin gehört.“

„Du meinst…?“ Alain sprach nicht aus, was er in Andrejs besorgtem Blick las.

„Ich hoffe nicht!“

„Das ist doch absurd“, schüttelte er den Kopf. Aber Alain musste zugeben, dass er Hendrik nicht wirklich gut kannte. Er hatte einen Eindruck von ihm und seine Menschenkenntnis verriet ihn selten. Doch wer konnte schon ins tiefste Innere einer Person blicken? Wann nahm sich jemand das Leben? Was war der Auslöser dafür? Eine einsame Entscheidung, getroffen im Bruchteil einer Sekunde?

Andrej schien die Situation ebenso wenig einschätzen zu können. Man konnte ihm die aufkeimende Nervosität direkt ansehen.

Auch in der kleinen Gruppe wuchs die Anspannung. Tatendrang

setzte ein. Alain und Andrej machten sich sofort auf den Weg zur Burg. „Ich sage oben bei der Burg Bescheid, dass sie euch gleich durchlassen", rief Eva Andrej hinterher. Dann fuhr sie mit Jochen los, um die Straße rund um den See abzusuchen. Manfred und Tamara boten sofort an, die Gegend um die Uferpromenade abzusuchen. Vielleicht schlief er auf einer Bank im Park, auch wenn keiner ernsthaft daran glaubte. Jasna schnappte sich Martin, um ihn auf der Suche nach dem Blogger durch Bled zu lotsen. Magali entschied, am Parkplatz zu bleiben, falls Hendrik dort auftauchen sollte. Jaromir begann, den Kurpark zu durchforsten.

Die Fahrt zur Burg dauerte keine fünf Minuten. Der Parkplatz war voll. Andrej stellte das Auto direkt vor dem Aufgang ab und sie eilten das steile Kopfsteinpflaster hoch. Am Eingang wurden sie bereits erwartet. Vor dem Brunnen blieben sie stehen. Es gab zwei Ebenen mit verschiedenen Möglichkeiten, wo Hendrik sein könnte. Sie mussten sich aufteilen.

„Ich schau hier unten", sagte Andrej.

„Gut, ich geh nach oben", rief Alain. Er lief an einer kleinen Druckerei vorbei, in der jemand an einer alten, von Hand zu bedienenden Presse arbeitete. Auf der Treppe nahm er zwei Stufen auf einmal. Die Terrasse dort oben bot einen herrlichen Blick über den See, doch dafür hatte er jetzt keine Zeit. Er drängte sich entschuldigend durch die Touristen und schaute über die Brüstung.

Der Hang fiel senkrecht hinab, sicherlich gut hundert Meter. Einen Sturz aus dieser Höhe würde keiner überleben. Hinter ihm hörte er die Kameras klicken. Er konzentrierte sich, doch er konnte nichts erkennen. Die Oberfläche des Sees war glatt, ohne kreisförmige Wellen. Niemand war im Wasser. Weiter rechts nur Bäume und Felsen. Auch dort war nichts Ungewöhnliches durch die Gipfel zu sehen. Bei den vielen Touristen hätte doch sicherlich jemand etwas bemerkt und im schlimmsten Fall wäre die Burg längst geschlossen geworden. Wenn Hendrik hierher gegangen war, musste er woanders stecken. Vielleicht hatte ihn doch noch der Appetit gepackt und er gönnte sich im Café die süße Nachspeise? Alain bezweifelte es. Vielleicht im

Museum? Er wandte sich gerade dem Eingang zu, als er für eine Sekunde geblendet wurde. Etwas lag unter dem kleinen Busch am Eck. Alain näherte sich dem Gegenstand. Es war ohne Zweifel Hendriks Kamera. Von seinem Besitzer jedoch keine Spur. Weit konnte er nicht sein. Sein Equipment war ihm heilig. Alain nahm die Kamera an sich. Im Museum hatte niemand einen jungen dunkelhaarigen Mann mit Brille gesehen. Er schaute zum fünften Mal innerhalb der letzten Minuten auf sein Handy. Nichts. Weder von Jochen, noch Tamara oder Martin. Er konnte nur hoffen, dass Andrej erfolgreicher gewesen war.

Doch der Slowene kam ihm eben die Stufen hoch entgegen und zuckte enttäuscht mit den Achseln.

„Bei dir auch nichts?", fragte Alain. Andrej deutete fragend auf etwas hinter ihm. Schlagartig fiel Alain ein, dass er etwas übersehen hatte. Die kleine Kirche. Sie sah nicht verschlossen aus und er bedeutete Andrej, ihm zu folgen.

Die Kapelle lag gedrängt an dem äußersten Rand der Burgmauern. Drinnen war es dämmrig und es dauerte eine Weile, bis sich seine Augen nach dem hellen Sonnenlicht an das Dunkel angepasst hatten. Vorne am Altar, der von den Bildern eines Königspaars eingerahmt wurde, stand eine Gruppe Touristen. Sie hatten sich über etwas gebeugt. Alain fühlte sich an einen Moment in seiner Kindheit erinnert, als er in einem Park seine Eltern aus den Augen verloren hatte. Damals hatte er sich voller Verzweiflung hingesetzt und geweint, bis seine Eltern ihn wiedergefunden hatten – dank der Hilfe aufmerksamer Spaziergänger. Im Gegensatz zu ihm damals war das Häufchen Elend vor ihnen am Boden gut zwanzig Jahre älter.

„Hendrik! Da bist du ja! Was ist los?", drängte sich Andrej durch die Gruppe hindurch und beugte sich zu ihm hinab.

Wimmernd warf dieser die Arme um den Älteren. Fast wie ein Sohn, der sich hilfesuchend an seinen Vater wendet. Andrej zog Hendrik hoch und für einen Moment hielten sich beide schweigend. Alain ließ ihnen Zeit. Die Touristen verließen die Kirche. Es kümmerte ihn nicht, ob sie dies aus Anstand taten oder weil sie der Anblick zweier erwachsener Männer, die sich umarmten für irgendwie peinlich hielten.

Er war einfach nur erleichtert, dass sie den jungen Blogger lebend gefunden hatten. Nach ein paar Minuten gingen sie zu dritt hinaus in die Sonne. Hendrik sah noch schlechter aus als vor einigen Stunden. Andrej sprach leise mit ihm, stellte Fragen, tröstete ihn. Doch das, was Hendrik von sich gab, war sehr unverständlich.

„Ich hätte das nicht machen sollen", schluchzte Hendrik. „Jemand hätte sterben können."

„Was hättest du nicht machen sollen? Wo?", fragte Andrej.

„In Deutschlandsberg. Ich hätte mir das Auto nicht so genau anschauen sollen", brachte Hendrik leise hervor, bevor er wieder in Tränen ausbrach.

„Das ergibt doch keinen Sinn, was du sagst", sagte Andrej sanft. „Vom Anschauen stirbt keiner. Außerdem war das ein Unfall. Keiner hat an irgendetwas Schuld. Solche Dinge passieren eben manchmal. Komm, setz dich einen Moment in die Sonne, das wird dir helfen." Andrej führte Hendrik zu einer Bank. Dann nahm er Alain ein paar Schritte weiter beiseite, der schweigend zugehört hatte.

„Weißt du, was er meinen könnte?", fragte Andrej ihn.

Alain schüttelte den Kopf. „Keine Ahnung. Das Einzige, das ich mir vorstellen kann, ist, dass ihn die Sache mit dem Unfall und dem kleinen Mädchen mehr mitgenommen hat, als wir uns denken können. Wie ich ihn einschätze, ist Hendrik ein zartfühlender Mensch. Das Mädchen ist doch so alt wie Florian und mit dem versteht er sich sehr gut. Vielleicht hat er sich ausgemalt, was ihr hätte passieren können?"

„Was machen wir jetzt? Irgendetwas müssen wir machen!" Andrej schien immer noch besorgt.

„Fahren wir mit ihm erst einmal zu den anderen und geben Entwarnung. Dann sehen wir weiter", schlug er vor.

Die Sonne schien Hendrik gut zu tun, denn er hatte aufgehört zu schluchzen, aber sein Blick war immer noch starr und abwesend. Alain stimmte Andrej insgeheim zu. In diesem Zustand konnte Hendrik nicht wieder mit zur WAVE.

KAPITEL 10

Magali

Sonntagnachmittag – Bled

Magali beobachtete die anderen, wie sie in verschiedenen Richtungen verschwanden, um nach Hendrik zu suchen. Sie war ein kleines Stück den Hügel hoch in den Kurpark gegangen, um einen guten Überblick über die Fahrzeuge und die Umgebung zu haben. Etwas stimmte hier nicht. Sie musste Frank informieren.

„Ich sage nur, dass er gestern Nacht betrunken war und heute Mittag einfach verschwunden ist“, erklärte sie ihrem Chef am Telefon.

„Und wie lange ist das her?“, fragte er.

„Über zwei Stunden. Laut Roadbook ist die Abfahrt um drei. Er hätte längst da sein müssen“, antwortete sie.

„Und er hat sich nicht gemeldet?“

„Nein, nicht bei uns“, bestätigte sie.

„Was ist mit unserem Schützling?“

„Er ist mit dem Kanadier zur Burg hochgefahren. Die beiden sind mit einem Käfer Cabrio los, das Jasna hier für ihre Tochter abgestellt hatte. Martin ist mit Jasna unterwegs. Aber keine Sorge, ich habe das Auto mit der Technologie im Blick.“

„Ihr sollt nicht nur auf das Auto aufpassen, sondern auch auf den Technologen. Ohne ihn ist das Auto wertlos.“ Frank klang verärgert.

„Ich habe der Situation entsprechend gehandelt. Alles ging schnell. Wir konnten schlecht die Hilfe bei einer Suchaktion verweigern, ohne negativ aufzufallen. Wäre ich mit den beiden mitgefahren, wäre keiner von uns mehr bei dem Fahrzeug“, verteidigte sie ihre Entscheidung. Sie wusste, dass er Recht hatte. Von ihr wurde verlangt, jederzeit alles unter Kontrolle zu haben. Dafür war sie

„Ach, ich mache mir immer zu viele Sorgen, wenn Martin weg ist", sagte Magali. „Eine Freundin von mir hat ihren Mann und ihre zwei Kinder bei einem Autounfall verloren. Sie wollten nur schnell einkaufen fahren. Es ist furchtbar. Wann immer meine Freundin jetzt von einem Unfall hört, wird sie an die tragischen Ereignisse erinnert. Das wirft sie jedes Mal aus der Bahn." Sie zögerte kurz, ganz so, als ob ihr eine Idee gekommen wäre. „Vielleicht ist Hendrik etwas Ähnliches passiert?"

Magali hoffte, dass ihre kleine Lüge die Gedanken der anderen in die richtigen Bahnen lenken würde, bis die beiden Männer mit Hendrik auftauchten. In dem Augenblick klingelte ein Handy. Es war Evas. Sie nahm den Anruf an und wandte sich etwas ab. Magali wusste was das bedeutete. Eva war eine von ihnen. Es überraschte sie nicht, trotzdem gab es ihr einen kleinen Stich, den sie sich nicht erklären konnte. Die Tarnung als Tourismusbeauftragte war perfekt. Man wusste immer über Fremde Bescheid, die hierher kamen. Eva war vollkommen gelassen während des Telefonats. Sie bestätigte, was immer ihr gerade gesagt worden war mit ein paar kurzen Kommentaren und legte dann auf, nur um einen weiteren Anruf zu tätigen.

Magali wusste, dass es die beste Lösung war, jemanden von hier mit der Befragung von Hendrik zu beauftragen. Sie und Martin konnten nicht bleiben, denn ihre Mission bestand schließlich darin, Andrej und die Technologie zu beschützen. Trotzdem fühlte sie sich irgendwie hintergangen, auch wenn es kindisch war. Schnell wischte sie die Gedanken beiseite. Tamara und Manfred kamen vom See zurück, sie hatten Alains Nachricht erhalten. Ebenso Jaromir, der aus Richtung des Cafés auf sie zuging.

Einen Augenblick später lag alle Aufmerksamkeit auf dem silbernen Käfer Cabrio, das auf sie zukam. Die Erleichterung der anderen war deutlich spürbar. Die letzten Stunden waren für alle sehr emotional gewesen. Erst der Unfall gestern, der glimpflich ausgegangen war und dann die Sache mit Hendrik. Alle in ihrer kleinen Gruppe waren gespannt, wie es ihm ging.

Während Alain dem jungen Blogger aus dem Auto half, nahm

Eva Andrej beiseite. Flüsternd schlug sie vor, Hendrik zum Arzt zu bringen und ihn genau untersuchen zu lassen.

Seinen Zustand dürfe man nicht auf die leichte Schulter nehmen und sie fühle sich für ihn verantwortlich. Da sie kein Teilnehmer der WAVE war, hatte sie ausreichend Zeit, sich um den jungen Mann zu kümmern. Ob sie wohl den Käfer leihen könnte? Es wäre das Einfachste. Andrej wirkte im ersten Augenblick zögerlich, ja fast schon ablehnend. Fühlte er, dass seine Bemühungen dadurch abgewertet wurden? Er hatte sich väterlich um Hendrik gekümmert, wie Alain eben schilderte. Vielleicht lag es aber auch daran, dass er eine Sache gerne selbst zu Ende brachte. Magali bemerkte, dass er etwas frustriert aussah, als Eva mit Hendrik in den Käfer stieg und davon fuhr.

Martin sorgte für Ablenkung. „Hat euch Hendrik gesagt, ob er schon einmal in einen Unfall verwickelt war? Oder jemand aus seiner Familie?“, fragte er Andrej. „Wir haben uns ein paar Gedanken gemacht und so etwas könnte seine Reaktion heute erklären. Magali kam darauf. Weibliche Intuition sollte man nie unterschätzen.“

Andrej überlegte kurz und schien dann die von Eva getroffene Entscheidung zu akzeptieren.

„Das würde einiges erklären. Hendrik ist ein einfühlsamer Mensch, dem seine Mitmenschen nicht egal sind“, sagte er.

„Hendrik hat davon gesprochen, für den Unfall gestern verantwortlich zu sein.“ Alain war zu ihnen gekommen. „Es ergibt irgendwie alles keinen Sinn.“

Magali bedeutete Martin, zu den anderen zu gehen, damit sie sich mit den beiden ungestört unterhalten konnte. „Vielleicht war seine Aussage auf einen anderen Unfall bezogen, für den er sich schuldig fühlt?“

„Schon möglich“, sagte Andrej. „Er war ziemlich aufgelöst, als wir ihn oben auf der Burg gefunden haben.“

„Wichtig ist, dass er bei Eva in guten Händen ist. Sie hat etwas Mütterliches und ich bin mir sicher, dass ihm das jetzt gut tut“, sagte Magali. „Was sollen wir Louis sagen? So wie ich das sehe, könnte Hendrik in seinem Zustand als Blogger für den Rest der WAVE ausfallen.“ Ihre Frage war wohl überlegt.

„Bevor nicht feststeht, was genau mit Hendrik ist, sollten wir das für uns behalten. Fakt ist, dass er zum Arzt gebracht wird. Mehr müssen Louis und der Rest nicht wissen. Oder was meint ihr?“, fragte Andrej.

„Das sehe ich genauso“, stimmte Alain ihm zu. „Hendrik geht es nicht gut und er wird hier durchgecheckt. Das ist alles.”

Doch Magali wusste, dass es nicht so einfach war. Sie rief Frank erneut an und teilte ihm mit, was sie eben erfahren hatte. Hendrik hatte zugegeben, für den Unfall gestern verantwortlich zu sein. Ob die Aussage mit dem Unfall seiner Eltern zusammenhing, ließ sich nicht sagen.

Fest stand jedoch, dass sie Hendriks Worte nicht ignorieren durften.

KAPITEL 11

Hendrik

Sonntagnachmittag – Bled

Es war ein seltsames Gefühl. Seit er gestern von dem Unfall erfahren hatte, kam er sich wie ein stummer Beobachter vor. Als ob er neben jemandem herging und sah, was passierte, was dieser jemand tat. Aber er konnte nichts ändern. Er konnte in Eibiswald nicht aufhören, bis die letzte Dose Bier leer war, konnte auf der Fahrt nach Slowenien nicht mit Alain sprechen, konnte in Bled nicht die Landschaft genießen und filmen. Er konnte nicht aufhören, daran zu denken, was noch alles hätte passieren können. Und nur, weil er diesen Auftrag angenommen hatte.

Er hatte sich blenden lassen. Von einem Mann, den er nicht kannte und der ihm weißgemacht hatte, dass er gutes Geld für eine gerechte Sache bekommen würde. Dominik hatte gesagt, dass sie nur dann die richtigen Maßnahmen ergreifen könnten, wenn sie wüssten woran sie waren. Er zweifelte nicht daran, dass Dominik gute Absichten hatte und verhindern wollte, dass sich die großen Bonzen mit üblen Tricks noch mehr Geld in die Tasche stopften.

Aber rechtfertigten diese Motive einen geheimen Auftrag, bei dem Fahrzeuge manipuliert werden sollten? Wer konnte schon wissen, welche Auswirkungen diese Manipulationen hatten? Menschenleben aufs Spiel zu setzen, konnte durch nichts gerechtfertigt werden. Er hatte bei dem blauen Cabrio doch nur ein paar Kontakte lösen wollen, nichts weiter. Eigentlich eine harmlose Sache. Dann war ihm dieser verdammte Schraubenzieher runtergefallen, weil Peter ihn erschreckt hatte. Der Kerl war manchmal wirklich ein Schussel. Jedoch hatte er nicht damit gerechnet, dass das Auto zu brennen anfangen würde.

Wieso auch. Wenn er das gewusst hätte, wäre er doch niemals…

„Erzählst du uns jetzt, was passiert ist?“, fragte eine geduldige Frauenstimme zum zweiten Mal.

Hendrik hob langsam den Kopf. Wo war er? Eben war er mit Andrej und Alain von der Burg zum Parkplatz am See heruntergefahren. Seine Stirn brannte. Er fasste hin. Sie war heiß. Hatte er einen Sonnenbrand? Er musste in dem Cabrio wieder eingeschlafen sein. Hendrik stellte erstaunt fest, dass er in einem Holzhaus saß. Es musste neu gebaut worden sein, denn es hatte noch den typischen Geruch von frischem Holz. Direkt neben ihm war eine Schiebetür. Er stand auf und sah hinaus.

Es schien, als wäre er am Rande eines kleinen Waldes. Er war jedenfalls nicht mehr am See von Bled und die Burg war auch nicht zu sehen.

Dafür bemerkte er weitere Holzhäuser, die in Bäume gebaut und über lange Stege miteinander verbunden waren. Unterhalb der

Baumhäuser sah er Zelte, die auf Holzplanken standen. Das Plätschern eines Baches daneben war bis zu ihm zu hören. Hendrik drehte den Kopf in die andere Richtung und sah größere, massive Zelte etwas weiter entfernt vor seinem Baumhaus. Daneben stieg Rauch auf. Er rieb sich die Augen. Eines davon schien einen Whirlpool zu haben. Wo war er? War das ein Abenteuerpark? Hendrik zwickte sich in den Arm, nur um sicher zu gehen, dass ihm seine Phantasie nicht einen Streich spielte. Zuviel war die letzten Tage passiert. Aber er träumte wirklich nicht. Was machte er hier?

„Wo bin ich?“, wollte er wissen.

„Auf dem Gelände von Bleds neuem umweltfreundlichen Urlaubsresort“, sagte eine männliche Stimme, die von oben zu kommen schien. „Ein Ort, an dem man normalerweise die Seele baumeln lassen und die Natur genießen kann. Doch das gilt nicht für dich. Noch sind keine Gäste da, denn das Resort wird erst nächste Woche eröffnet.“

Hendrik schaute nach oben und sah, dass in der Mitte der Decke eine große Aussparung war. Er kniff die Augen zusammen. War das eine Hängematte? Sonst konnte er nichts oder niemanden erkennen.

Die Frau kam von der anderen Seite des Raums auf ihn zu. Nun erkannte er sie. Es war die Dame vom Tourismusbüro, mit der sie mittags auf der Seeterrasse gesessen hatten. Wie hieß sie doch gleich?

„Hallo Hendrik. Ich bin Eva, wie du vielleicht noch weißt. Erzähl uns, was gestern passiert ist und was dich so aus der Bahn geworfen hat“, forderte sie ihn freundlich auf. „Wir wissen auch das mit deinen Eltern“, fügte sie hinzu.

„Was haben meine Eltern mit der ganzen Sache zu tun?“, fragte er aufgebracht. „Sie sind tot“, ergänzte er traurig. Seine eigene Aggressivität erschreckte ihn. Doch er musste sich eingestehen, dass sie nur ein Schutz war. Nicht genug, dass er sich Selbstvorwürfe machte. Er war noch dazu entdeckt worden. Ertappt wie ein kleiner Junge, der etwas Verbotenes getan hatte. Das hatte Erinnerungen geweckt, die er für immer begraben wollte. Er atmete tief ein, um seine Gedanken zu sortieren.

„Wer sind Sie überhaupt?“, fragte er.

„Wir vertreten die Interessen eines Kunden. Mehr brauchst du nicht zu wissen“, sagte der Mann. Er kam nun an den Rand des Geländers im oberen Stock. Hendrik hatte ihn gestern auch gesehen, als sie am See angekommen waren.

„Sie sind der Bürgermeister von Bled.“ Es war mehr eine Feststellung als eine Frage.

„Das ist richtig, mein Name ist Janez Fajar.“

„Wir haben nicht vor, dir etwas zu tun“, beruhigte ihn Eva. „Wir wollen nur wissen, für wen du arbeitest und was deine Aufgabe ist. Dann bringen wir dich zu einem Arzt. Du warst heute sehr aufgelöst und wir wollen sicher sein, dass es dir gut geht.“

„Mir geht es gut“, wehrte sich Hendrik sofort.

„Das sehe ich nicht so. Exzessiver Alkoholkonsum, ein Zusammenbruch, der womöglich auf einer unterdrückten Depression beruht…“, entgegnete sie fast schon mütterlich. „Du hast davon gesprochen, dass du für das brennende Fahrzeug verantwortlich bist. Warum? Und für wen arbeitest du?“

„Das Feuer gestern Abend? Woher wissen Sie davon…?“

„Das ist unwichtig“, sagte der Bürgermeister barsch. Doch sofort wurde sein Ton versöhnlicher. „Wir haben auch nicht vor, mit Herrn Palmer darüber zu sprechen oder dich bei den anderen Teilnehmern anzuschwärzen. Uns interessieren nur die Tatsachen.“

Doch was genau waren die Tatsachen? Die Frage hatte sich Hendrik seit gestern ununterbrochen gestellt. In Zürich hatte er noch gedacht, er wisse, welches Ziel Dominik verfolgte. Die Technologie finden. Doch was dann? Seine Aussage hatte damals logisch geklungen: „Nur wenn wir genau wissen, womit wir es zu tun haben, können wir auch die richtigen und notwendigen Konsequenzen daraus ziehen.“ Doch was genau hatte Brandt damit gemeint?

„Ich habe einen bezahlten Auftrag angenommen. Das ist alles, was ich Ihnen sagen kann. Sonst bringe ich mich noch mehr in Schwierigkeiten“, gab Hendrik schließlich zu.

„Wie hängt dein Auftrag mit dem brennenden Cabrio zusammen? Wofür bist du verantwortlich?“ Janez ließ nicht locker.

Hendrik hatte diese Frage befürchtet. Was sollte er darauf antworten? Er kannte diese Leute nicht, wusste nicht, ob er ihnen vertrauen konnte. Was hatten sie mit ihm vor? Würden sie ihm etwas antun, um an die Informationen zu kommen?

„Bleib bei der Wahrheit, das ist das Einfachste", sagte Eva, während Hendrik noch grübelte.

„…und das Beste für dich. Du weißt nicht, was wir schon alles wissen", fügte ihr Kollege hinzu.

Das machte es nicht leichter, dachte sich Hendrik. Er war kein besonders guter Spieler. Vielleicht könnte er sich noch herausreden? Damit, dass der Brand ihn an den schrecklichen Tod seiner kleinen Schwester erinnert und traumatisiert hatte? Warum hatte Dominik nicht Nils geschickt. Der würde sicher ganz anders reagieren. Nils war ein Draufgänger, würde bluffen und versuchen, seinen Charme spielen zu lassen. Hendrik seufzte. Wahrscheinlich wussten sie aber längst, wer er war.

„Also gut. Ich wurde zusammen mit meinem besten Freund für einen Überwachungsjob angeheuert. Es soll da ein bestimmtes Auto geben." Noch hatte er nicht allzu viel verraten.

„Ein bestimmtes Elektrofahrzeug?", hakte Janez nach.

„Ja, ein Elektroauto. Mit neuer Technologie. Eines, das die gesamte Branche umkrempeln könnte. Angeblich soll es während der WAVE getestet werden. Unsere Aufgabe ist es, das Auto zu finden. Deswegen fahre ich mit."

„Also Industriespionage? Ist es das, wofür ihr beauftragt wurdet?", fragte Eva. „Von wem? Einem Autohersteller?"

„Nein", widersprach Hendrik nervös. Wie sollte er aus dieser Nummer nur herauskommen? Er konnte ihnen ja nicht sagen, dass er für Dominik Brandt arbeitete. Ihm waren selbst die Zusammenhänge zwischen Dominiks Firma und Adler Reilly nicht ganz klar. „Uns wurde gesagt, dass dieses Fahrzeug nur zu dem Zweck entwickelt wurde, um weiterhin große Spritschleudern zu verkaufen. Sie kennen doch die Debatte um Supercredits?"

„Diese Augenwischerei ist uns bestens bekannt", schnaubte der

Bürgermeister. „Eine Schönrechnerei des Schadstoffausstoßes der gesamten Automobilflotte eines Herstellers. Elektroautos werden bei der Bewertung als doppelter Joker in die Waagschale geworfen."

„Seid ihr etwa Umweltterroristen?", runzelte Eva die Stirn.

„So ein Unsinn!", regte sich Hendrik auf. Er war erschöpft und müde. Hatte er nicht schon genug durchgemacht? „Wir wurden nur beauftragt, um die Existenz des Autos zu bestätigen. Sonst nichts." Zumindest bis jetzt, fügte er in Gedanken hinzu.

Seine beiden Befrager schwiegen eine Weile.

„Glaubst du ihm?", wandte sich Janez an seine Kollegin. Bewusst vermied er es dabei, ihm in die Augen zu sehen. Ein alter Trick, den Hendrik schon oft in Filmen gesehen hatte. Ein weiterer Versuch, um ihn zu verunsichern. Damit er ihnen mehr Informationen gab, um so seine Glaubwürdigkeit zu beweisen. Doch die Antwort von der Frau erstaunte ihn.

„Er sieht nicht aus, wie jemand, der lügt", entgegnete Eva dem Bürgermeister. Dann wandte sie sich an ihn. „Du hast sicher Hunger, nachdem du heute Mittag die Cremeschnitte verpasst hast. Wann hast du das letzte Mal gegessen?"

„Gestern Mittag." Er verspürte wirklich Hunger.

„Dann wundert mich nichts mehr. Ich gehe schnell zum Restaurant und sehe, ob etwas Essbares in den Kühlschränken zu finden ist. Die Köche bereiten sich schon auf die Eröffnung vor."

„Dann erstatte ich Bericht, wenn du zurück bist. Das wird reichen", entschied Janez. „Der Junge hier wird seine Kraft brauchen."

Was hatten die zwei mit ihm vor? Er hatte nicht den Eindruck, dass sie gewaltsam waren.

„Bis Eva wiederkommt, werden wir beide uns noch etwas unterhalten", wandte sich der Bürgermeister an ihn. „Was hat den Brand des Autos verursacht?"

„Das blaue Cabrio war einer unserer Favoriten. Deswegen habe ich es genauer untersucht", gab Hendrik zu.

„Dann bist du also Privatdetektiv?", forschte sein Gegenüber weiter.

„Sind Sie einer?“, gab Hendrik ungeduldig zurück.

„Ich bin der Bürgermeister von Bled. Verschwende nicht meine Zeit“, herrschte ihn Janez an.

Hendrik war verwirrt. Hatte Eva ihn weichkochen wollen, damit ihr Kollege jetzt die Daumenschrauben anlegen konnte?

„Wie soll ich das Auto mit der Technologie finden, wenn ich die Fahrzeuge nicht überprüfe?“, verteidigte er sich.

„Wie machst du das, die Überprüfung?“

„Ich sehe mir verschiedene Bauteile an. Ziehe Rückschlüsse aus den Ergebnissen der Tests, die während der Expedition jeden Tag gemacht werden. Überprüfe, wer wann lädt. Solche Sachen.“

„In der Hoffnung auf etwas zu stoßen, wodurch sich das Auto vom Rest unterscheidet?“

„So kann man es sagen.“

„Und dein Freund, was macht er? Wo ist er?“

„Er ist in Zürich, hilft bei der Datenauswertung, überprüft die Seriennummern der Bauteile mit den angegebenen Daten, checkt die Hersteller der Teile und woran sie gerade forschen, welche Projekte bei ihnen laufen. Im Büro haben sie sehr umfangreiche Auswertungsprogramme.“ Hendrik wurde klar, dass er schon fast zu viel gesagt hatte.

„Was ist dir bei dem blauen Cabrio passiert?“ Der Blick des Bürgermeisters ließ keine weiteren Ausreden zu.

„Mir ist ein Schraubenzieher in den Motorraum gefallen.“ Jetzt war es heraus. „Der muss sich irgendwie verkantet haben und während der Fahrt die Wand der Batterie durchbohrt haben. Anders kann ich mir das nicht erklären.“

„Es war also ein Unfall?“, hakte Janez nach.

Hendrik nickte stumm.

„Was passiert, wenn ihr das richtige Fahrzeug findet?“ Sein Gegenüber ließ nicht locker.

„Ich weiß es nicht“, antwortete Hendrik hilflos.

„Du weißt es nicht?“

„Momentan soll ich nur das Fahrzeug identifizieren, dann das

Ergebnis nach Zürich senden und auf weitere Anweisungen warten. Man ist sich ja nicht sicher, ob es das Fahrzeug gibt."

Der Bürgermeister schwieg und schien seinen nächsten Schritt genau abzuwägen. „Das Fahrzeug existiert wirklich und hat nicht das Geringste mit Supercredits zu tun", sagte er schließlich.

Wieso verriet er ihm das? Zum zweiten Mal hatte Hendrik den Eindruck, dass er nicht in Gefahr war. Man hatte ihm nichts angetan, nicht bedroht. Im Gegenteil. Doch konnte er diesen Leuten wirklich trauen? Wer waren sie? Hendriks Gedanken wurden unterbrochen.

„Du hast Glück", sagte Eva, als sie mit einem üppig beladenen Teller zurückkam. „Übermorgen wird ein Schauspieler erwartet, der hier vielleicht einen Film drehen möchte. Einer der Köche kam gerade vorbei und war so nett, mir schnell einen frischen Fisch mit etwas Kräutern zu braten."

Hendrik nahm dankbar den Teller an und begann zu essen. Hier schienen die Dinge so unkompliziert. Allerdings machte Eva auch den Eindruck, als könnten ihr nur wenige einen Wunsch abschlagen.

Gerade ging sie mit Janez nach draußen und um das Holzhaus herum. Er sah ihnen durch das Fenster nach. Sie gingen die Holzstege bis zum Wasser hinunter und blieben vor einem kleinen Kiesstrand stehen. Hendrik öffnete leise die Tür und schlich sich ein Stück um das Haus auf den Balkon. Vielleicht würde er etwas von dem Gespräch mitbekommen. Doch die Entfernung war zu groß und beide sprachen mit gedämpfter Stimme. Dann zog der Bürgermeister ein Handy aus der Hosentasche und rief jemanden an. Hendrik wollte sich nicht näher heranwagen und ihre Aufmerksamkeit erregen. Das Einzige, das zu ihm hochdrang, waren Wortfetzen. „Das glaube ich nicht…schwer zu sagen." Das konnte mit ihm zu tun haben, oder aber auch nicht.

Hendrik sah, dass sich die beiden wieder zum Haus hoch bewegten. Schnell ging er hinein und setzte sich.

Die Tür ging auf und er blickte in ernste Gesichter.

„Wann hast du dich das letzte Mal bei deinem Freund in Zürich gemeldet?", fragte sie.

„Er hat mich gestern Abend nach dem Fahrzeugbrand angerufen“, antwortete er.

„Seitdem habt ihr nicht telefoniert?“

„Nein.“

„Aber ihr habt doch sicher bestimmte Zeiten, zu denen du dich meldest“, schaltete sich der Bürgermeister ein.

„Jeden Abend. Ich muss jeden Abend einen Bericht abgeben“, antwortete Hendrik.

„Dann solltest du deinen Freund besser anrufen. Nicht, dass jemand auf falsche Gedanken kommt“, riet Janez ihm.

„Sag deinem Freund, dass alles okay ist und du noch auf der Suche nach dem Fahrzeug bist“, schlug Eva vor.

„Aber erwähne auf keinen Fall uns!“, ermahnte ihn der Bürgermeister.

Als Hendrik sein Handy herauszog, zitterten seine Hände. Er war ein schlechter Spieler und Nils würde sicherlich merken, dass etwas nicht in Ordnung war.

KAPITEL 12

Dominik

Sonntagabend – Zürich

„Was für ein Desaster. Die Zeitungen sind voll davon."

Am Tag nach dem Unfall hatte Christian Adler ein Meeting einberufen und er war, gelinde gesagt, ungehalten. Dominik wusste, dass das kein gutes Zeichen war. Es war später Nachmittag. Die zwei Kollegen der Finanz- und Rechtsabteilung waren nicht dabei. Sie wurden bei operativen Fragen nicht gebraucht.

Der Firmenchef bemühte sich nicht sonderlich, seinen Ärger zu verbergen. Er knallte einen Stapel Papier auf den Tisch. Walter, der neben ihm saß, zuckte unmerklich zusammen.

„Ein Gutes hat die Sache wenigstens", sagte Adler zynisch. „Diese Autos bekommen, was sie verdienen, nämlich einen Menge schlechter Publicity. Das wird die Leute davon abhalten, in diesen Schwachsinn auch nur einen Cent zu investieren."

Weder Dominik noch Walter kommentierten diese Aussage.

„Wir können es uns nicht leisten, damit auch nur ansatzweise in Verbindung gebracht zu werden. Egal, was da gestern passiert ist und was Ihre Männer damit zu tun haben. Beenden Sie den Einsatz, Brandt. Ziehen Sie sofort die beiden ab, bevor noch größerer Schaden angerichtet wird", befahl Adler.

„Das können wir nicht", widersprach Dominik. „Es steht zu viel auf dem Spiel. Wir haben die Sache unter Kontrolle. Gleich nach dem Vorfall habe ich den ersten Artikel verfasst und über einen unserer Leute bei der Zeitung lanciert. Alles läuft nach Plan. Der Expeditionsleiter reagiert genau wie beabsichtigt. Dieser Louis Palmer will den Zweiflern beweisen, dass Elektroautos sicher sind. Deshalb geht die

WAVE weiter und unsere Operation auch."

„Habe ich mich nicht klar genug ausgedrückt? Es ist vorbei. Brechen Sie ab."

„Bei allem Respekt, aber ich glaube, Sie missverstehen die Sachlage", widersprach Dominik erneut. „Ein erfolgreicher Test dieser Technologie hat derart massive Auswirkungen auf die gesamte Branche, dass unser Geschäft empfindlich getroffen werden würde. Die Schäden für unsere Kunden wären enorm und damit auch für uns. Dieser Einsatz ist unabdingbar. Die Expedition bietet momentan die beste und schnellste Chance, die Technologie zu finden. Danach ist der Aufwand um ein Vielfaches größer. Die Teilnehmer kommen aus den verschiedensten Winkeln Europas und müssten dann einzeln überprüft werden. Dafür bräuchten wir mehr Budget und mehr Teams. Das Risiko, dass dabei etwas schiefgeht, ist größer als jetzt." Dominik ließ seine Aussage wirken.

„Was ist mit dem Jungen? Peter hat heute den ganzen Tag nichts von ihm gehört", warf Walter auf einmal ein.

Mit einem Frontalangriff von Walter hatte Dominik nicht gerechnet. Er wusste, dass der Bericht von Hendrik überfällig war, doch das konnte alle möglichen Gründe haben. Laut Nils waren sein Freund und Walters Mann heute getrennte Etappen gefahren. Trotzdem hätte sich Hendrik melden müssen. Es wurmte ihn, dass Walter genau diesen wunden Punkt ansprach.

„Ihr Mann ist doch derjenige, der sich dezent im Hintergrund hält. Da wundert es mich nicht, dass er nichts von Herder gehört hat", schoss er zurück. „Aber das war auch so vereinbart. Der Junge soll sich seine Hörner abstoßen", fügte er besänftigend hinzu. Kein Grund, Walter jetzt gegen ihn aufzubringen. Eine Baustelle war genug.

„Sie haben keinen Kontakt zu dem jungen Ermittler? Ihnen läuft die Operation aus dem Ruder", schnaubte der Firmenchef und stand abrupt auf, um sich einen Scotch einzuschenken. Er trank einen großen Schluck und wollte gerade fortfahren, als das Vibrieren von Dominiks Handy ihn davon abhielt.

Brandt nahm den Anruf entgegen und ignorierte beim Verlassen des Raums den Blick seines Chefs.

„Nils, was gibt es?”

„Da war ein Anruf. Er kam aus Bled.”

„Müssten sie nicht schon längst in Weissensee sein? Was hat Hendrik gesagt?“, wollte er wissen.

„Er hat nur eine kurze Nachricht hinterlassen. Es geht ihm gut“, kam als Antwort.

„Wieso hast du nicht direkt mit ihm gesprochen? Wir bezahlen dich, damit du erreichbar bist!“ Dominik unterdrückte seine Wut. So eine Schlamperei konnte ihn zur Weißglut bringen.

„Marc und ich waren mitten in einer Analyse für Walter“, verteidigte sich Nils. „Hendrik hat gesagt, dass er sich noch einmal meldet.“

„Wieso hat er erst so spät angerufen und warum ist er noch in Bled? Langsam kommen mir Zweifel an deinem Freund. Bist du dir sicher, dass er dem Job gewachsen ist?“, fragte Dominik verärgert.

„Aber natürlich! Hendrik hat bestimmt seine Gründe dafür, dass er sich erst jetzt meldet. Wahrscheinlich wollte er erst noch etwas in Erfahrung bringen. Sie wissen doch, dass er sehr gründlich ist.“

„Finde heraus, was los ist. Dann melde dich wieder bei mir! Sofort!”, befahl er.

Dominik beendete das Gespräch ohne einen weiteren Kommentar und dachte nach. Seine nächsten Schritte mussten wohlüberlegt sein. Ihm durfte jetzt kein Fehler unterlaufen. Adler war kurz davor, wegen dieser Sache die Nerven zu verlieren. Dominik ging zurück in das Besprechungszimmer.

„Herder ist noch in Bled. Es scheint, als ob er gute Gründe hatte, die Expedition zu verlassen“, informierte er seinen CEO.

„Ich rede noch einmal mit Peter. Vielleicht hat er in der Zwischenzeit mehr gehört“, bot Walter an. Er stand auf und ging in eine Ecke des Raums, um zu telefonieren.

„Peter“, sprach er leise mit vorgehaltener Hand in das Telefon, „was gibt es Neues von Hendrik?“

Adler trommelte mit den Fingern auf den Tisch und nahm einen weiteren Schluck Scotch aus dem Glas, das er erneut aufgefüllt hatte. Dominik kannte das alles und es führte nicht dazu, dass seine Achtung vor dem alten Firmeninhaber wuchs. Der hatte seine besten Tage hinter sich und schwebte in einem Paralleluniversum aus Macht, Geld und Ansehen.

„Okay, verstanden. Danke Peter."

Walter kam zum Tisch zurück und setzte sich. „Die beiden sind gestern Abend zusammen von Deutschlandsberg weggefahren. Peter hat Hendrik am Hotel abgesetzt. Da war alles in Ordnung. Kurz darauf wollten sie sich zu dem Abendevent treffen, doch Hendrik erschien nicht. Später sah Peter, wie der Junge von zwei Teilnehmern in sein Hotelzimmer gebracht wurde. Er schien völlig betrunken zu sein."

Dominik verfluchte Nils. Wieso hatte er diese Information nicht? Adler hatte Recht, die Jungen waren dem Job nicht gewachsen, doch er würde sich nicht die Blöße geben, das vor den beiden zuzugeben.

„Schluss damit! Es reicht, brechen Sie ab", explodierte Adler. „Haben Sie mich verstanden!" Eine Drohung war nicht mehr notwendig.

„Ich kümmere mich darum", versuchte Dominik Schadensbegrenzung zu betreiben.

„Kümmern Sie sich auch gleich um diesen Volltrottel, den Sie dem Jungen als Unterstützung mitgegeben haben. Der hat sein Verfallsdatum überschritten."

„Hören Sie, Peter ist mein Mann", mischte sich Walter ein. „Er hat uns gerade nützliche Informationen geliefert. Ohne ihn wären wir im Blindflug unterwegs."

„Zum Teufel mit ihm. Er hatte seine Chance und die hat er gründlich versaut", zischte Adler Dominik entgegen. Seinen Informationschef überging er eiskalt. „Bewegen Sie Ihren Arsch und räumen Sie diesen Saustall gründlich auf, bevor unsere Firma damit in Zusammenhang gebracht wird. Sie wissen doch hoffentlich noch, was gründlich bedeutet."

Adler stand jäh auf und knallte die Tür hinter sich zu. Dank Alkohol konnte selbst die beste Erziehung nicht über den eigentlichen

Charakter eines Menschen hinwegtäuschen.

Walter wartete, bis die Schritte draußen im Gang verhallt waren. „Ich halte das für übereilt. Wir wissen noch nicht mit Sicherheit, was gestern passiert ist und ob Herder den Brand verursacht hat. Die Techniker der Polizei dort unten arbeiten nicht gerade auf Hochtouren."

„Aber wir wissen genug über Herder. Die Operation war auch ein Test für ihn, ob er brauchbar ist. Das ist er nicht. Beim ersten Anzeichen von Problemen wird er schwach. Wer weiß, was er unter Alkoholeinfluss alles preisgegeben hat. Wir können ihm nicht mehr vertrauen. In der Sache haben wir noch nie Kompromisse gemacht."

„Was ist mit dem anderen Neuen?", wollte Walter wissen.

„Karrat? Ein blutiger Anfänger, aber einer, den man mit Geld und Macht unter Kontrolle halten kann. Der hat Potenzial, den kann ich mir heranziehen. Wir brauchen schließlich Nachwuchs. Bei Herder hatte ich von Anfang an meine Zweifel", gab Dominik zu.

„Sie haben also damit gerechnet, dass Sie ihn aus dem Verkehr ziehen müssen?"

„Natürlich. Er ist nur ein Bauer in einem Schachspiel. Das wissen Sie doch. Sie sind lange genug dabei. Adler hatte ausnahmsweise recht bei ihm."

„Was ist mit meinem Mann? Wie holen wir Peter raus?"

„Wir werden ihn ersetzen. Sobald Herder aus dem Weg geräumt ist, schleusen wir einen Profi ein, der die Sache zu Ende bringen kann."

„Das ist nicht das, was Adler will. Er hat sich doch klar ausgedrückt", runzelte Walter die Stirn.

„Adler, Adler. Der alte Mann ist doch schon viel zu lange aus dem Geschäft draußen, um die Situation richtig beurteilen zu können. Er weiß nicht mehr, welche Operationen notwendig sind, um Adler Reillys Zukunft zu sichern. Selbst sein Ziehsohn Jäger sagt das."

Dominik konnte sich diese Lüge nicht verkneifen.

„Jäger? Sie wollen Jäger wegen Hendrik schicken? Das ist nicht Ihr Ernst! Dann schießen Sie mit Kanonen auf Spatzen", schüttelte Walter resigniert den Kopf.

Dominik wartete auf eine weitere Entgegnung seines Kollegen, doch es kam keine mehr. Walter verließ schweigend den Raum. Dominik wartete noch ein paar Minuten, dann tätigte er zwei Anrufe. Der Erste entsprach den Wünschen seines Chefs.

Der Zweite widersprach ihnen direkt.

KAPITEL 13

Nils

Sonntagabend – Zürich

Nils legte das Telefon mit gemischten Gefühlen beiseite. Er hatte sich immer für einen guten Menschenkenner gehalten. Jetzt war er sich da nicht mehr so sicher. Vielleicht lag es aber auch an der Situation. Er war in seinem Leben noch nie richtig unter Druck gestanden, hatte immer alles positiv gesehen. Warum auch nicht. Seine Probleme, wenn man sie rückblickend überhaupt so nennen konnte, hatten sich immer irgendwie in Wohlgefallen aufgelöst. Ob es dieses Mal auch so sein würde, konnte er beim besten Willen nicht sagen. Er verspürte eine Anspannung, die er nicht gewohnt war.

Die Ereignisse seit gestern waren mehr als ungewöhnlich. Erst das brennende Auto eines WAVE Teams. Auf die Nachricht hatte Dominik für seine Verhältnisse außergewöhnlich heftig reagiert. Er war nicht wie sonst so kontrolliert und distanziert gewesen. Seine fast schon bedrohlichen Anweisungen hatten erst aufgehört, nachdem Dominik den Artikel geschrieben und an die Zeitung geschickt hatte.

Es war immer wieder erstaunlich, welche Verbindungen Dominik zu haben schien, welche Kanäle er aktivieren konnte, um seine Ziele zu erreichen. Dann die Reaktion von Hendrik. Nils kannte seinen Freund lange genug, um zu wissen, dass er kein allzu dickes Fell hatte. Das hatte er in ihren langen Gesprächen immer wieder festgestellt. Völlig unterzutauchen, sah ihm nicht ähnlich. Er vertraute Hendrik wie einem Bruder. Und doch hatte er sich eben unwohl gefühlt, als er Dominik versicherte, alles sei ganz normal.

Irgendetwas stimmte nicht und das beunruhigte Nils. Er musste unbedingt mit Hendrik sprechen und herausfinden, was los war. Auf die Berichte von Peter konnte und wollte er sich nicht verlassen. Der Kerl war nicht unrecht, aber auch nicht ganz geheuer. Plötzlich wurde Nils von einer Stimme aus seinen Gedanken gerissen. Er drehte sich um, und sah Walter, den Informationschef. Nach allem, was er über ihn gehört hatte, war Walter ein gutmütiger Mensch. Er war schon lange dabei und ein Mann der alten Garde. Viele Neuerungen der letzten Jahre stießen nicht auf seine Zustimmung, hieß es.

„Wir müssen uns unterhalten“, sagte Walter ernst.

„Sicher. Wie kann ich helfen?”, bot Nils an.

„Nicht hier. Draußen. In zehn Minuten.”

Was ging hier vor? Damit hatte Nils gerechnet. Aller guten Dinge waren drei, dachte er ironisch. Erst war Dominik halb ausgeflippt, dann Hendrik untergetaucht. Jetzt auch noch Walter. Welche Hiobsbotschaft konnte er für ihn haben?

Er versuchte noch einmal, Hendrik zu erreichen. Ohne Erfolg. Dann war es Zeit, Walter zu treffen.

Draußen empfing ihn ein sommerlicher Spätnachmittag. Wie gerne hätte er sich jetzt in eine der Bars gesetzt, ein oder zwei Cocktails getrunken und wäre dann in einen Club weitergezogen. Daraus würde wohl nichts werden. Umso überraschter war er, als ihn Walter zu einer Bar führte, die nicht weit vom Büro entfernt lag. Das *Old Fashion* trug seinen Namen wohl nicht ganz zu Unrecht, denn laut Karte war es die älteste Bar in Zürich. Vor ein paar Jahren war sie renoviert worden. Man hatte den Spagat versucht, die Einrichtung an modernen Geschmack anzulehnen und gleichzeitig den traditionellen Charme zu bewahren. Die Bar war bereits gut besucht. Sie holten sich ihre Drinks an der Theke und gingen hinaus in den hinteren Garten.

Nils sah niemanden, den er kannte und auch Walter ließ seinen Blick über die Menge streifen. Es schien kein Ort zu sein, an dem Mitarbeiter von Adler Reilly zur Afterwork-Party gingen.

„Also, was kann ich für Sie tun?“, fragte er nach einem Schluck Bier.

Walter drehte sich erneut kurz um, bevor er sprach.

„Es geht um Ihren Freund“, antwortete er mit leiser Stimme.

„Hendrik? Was ist mit ihm?"

„Wissen Sie, ob es jemanden bei der Expedition gibt, der ihm helfen könnte? Für den Fall, dass etwas schief läuft?"

„Peter ist doch dabei. Das ist doch einer Ihrer Jungs", wunderte sich Nils.

„Ich meine jemanden, der nicht zu uns gehört", entgegnete Walter. „Peter wird sowieso bald von dem Einsatz abgezogen. Außerdem ist er kein Mann für heikle Situationen. Das war auch der Grund, warum er vor Jahren zu mir in die Abteilung verlegt wurde."

„Wieso sollte Peter abgezogen werden?"

Nils wartete auf weitere Details, doch es kamen keine.

„Können wir mal für einen Moment die ganzen Andeutungen lassen und offen miteinander reden?", fragte er. „Sie wissen bestimmt von dem Fahrzeugbrand und davon, dass Hendrik seltsam darauf reagiert hat. Vielleicht hat er ihn sogar verursacht. Das könnte sein Verhalten erklären und ein Grund sein, warum man ihn ersetzen möchte. Doch Fakt ist, dass Hendrik sich unter Kontrolle hat. Er hat vorhin angerufen. Das habe ich gerade Dominik erzählt und laut ihm ist alles wie gehabt: ‚Findet die Technologie'." Nils holte seine Zigaretten aus der Jackentasche und zündete sich eine an.

„Es mag sein, dass Ihr Chef genau diesen Eindruck bei Ihnen erwecken wollte", ließ Walter durchblicken. „Wir hatten gerade eine Besprechung zu dem Thema als Sie anriefen. Da hörte sich das etwas anders an."

„Wieso? Was hat Dominik denn zu Ihnen gesagt?", fragte Nils stirnrunzelnd.

„Was er gesagt hat, reicht aus, um mir Sorgen zu machen. Ich bin schon viel zu lange in diesem Geschäft. Wenn wieder ein junges Leben zerstört wird, will ich nicht schuld daran sein." Walter sah Nils traurig in die Augen, bevor er fortfuhr. „Nach der Besprechung habe ich mit unserer Finanzabteilung gesprochen. Es wurde ein größeres Budget für einen externen Einsatz genehmigt. Start: sofort."

„Ich verstehe Sie immer noch nicht ganz. Was hat das alles zu bedeuten?" Nils zündete sich eine weitere Zigarette an, um seine aufkeimende Nervosität zu unterdrücken.

„Es wurde eben ein Privatflug nach Lesce angefragt. Das ist keine zehn Minuten von Bled entfernt. Abflug in einer Stunde. Ein Auto steht ebenfalls bereit. Wo Hendrik jetzt auch ist, er muss so schnell wie möglich zurück zur WAVE. Unter den vielen Teilnehmern dort ist er sicher. Da wird sich nicht einmal Jäger an ihn heran wagen."

Der letzte Satz war nicht mehr als ein Flüstern.

„Benutzen Sie das Telefon an der Wand hinter der Bar. Es ist schon so alt, dass unsere Jungs von der Hardwareabteilung es nicht auf ihrer Liste hatten. Dann wird der Anruf nicht sofort mit Ihnen in Verbindung gebracht. Rufen Sie Ihren Freund an und sagen Sie ihm, dass er schnellstmöglich zur Expedition zurück muss. Vielleicht haben wir früh genug reagiert und noch Glück, damit er diese Sache übersteht." Walter stand auf und wandte sich zur Tür. Dann hielt er inne und drehte sich noch einmal um.

„Sagen Sie ihm nicht alles, was ich Ihnen gerade gesagt habe. Weitere Erklärungen können später folgen. Ich muss mir erst die Handys vornehmen."

„Ich dachte, alle unsere Handys sind abhörsicher?", runzelte Nils die Stirn.

„Natürlich. Alle, bis auf die der Neuzugänge." Mehr sagte Walter nicht und ging.

Nils lief ein kalter Schauer über den Rücken. Seine Gedanken rasten um das, was Walter eben angedeutet hatte. War Hendrik tatsächlich in Lebensgefahr? Würde Dominik so weit gehen und ihn aus dem Weg räumen lassen? Dominik war berechnend, ja. Aber würde er wirklich über Leichen gehen? Wenn das stimmte, wo zum Teufel waren sie da hinein geraten? Er dachte an all die schicken Tools und Analysewerkzeuge, die er in den letzten zwei Wochen für ihre Mission eingesetzt hatte. Erinnerte sich daran, wie er das Handygespräch von diesem Norweger abgehört hatte, als Hendrik in Ungarn war.

Was bis eben noch extrem cool gewesen war, machte ihn jetzt unruhig. Sehr unruhig. Er war nie davon ausgegangen, dass er selbst genauso überwacht werden würde. Konnte er Walter trauen oder war alles ein Test? Ein Test seiner Loyalität der Firma gegenüber?

Nils ging hinein an die Bar und bestellte sich noch einen Drink. Viel Zeit zum Überlegen blieb ihm nicht, denn wenn es kein Test war und Walter Recht hatte, konnte jede Minute über Hendriks Wohlergehen entscheiden. Und er war der Einzige, der seinem Freund helfen konnte. Nils nahm einen großen Schluck zur Beruhigung, dann traf er eine Entscheidung. Er musste sich auf sein Bauchgefühl verlassen.

Zielstrebig ging Nils zum Telefon und hob den Hörer ab. Es war noch ein altes mit Wählscheibe, sehr nostalgisch, passend zur Bar. Er konnte nicht sicher sein, dass es nicht abgehört wurde. Aber er hatte sich entschieden, Walter zu vertrauen. Welchen Grund sollte der alte Hase haben, ihn reinzulegen? Außerdem wurden heutzutage alte Festnetztelefone nicht mehr angezapft. Die Systeme zur Überwachung liefen über das Internet und klinkten sich direkt in die Server der Telefongesellschaften ein. Walter hatte wohl gemeint, dass dieses Telefon als nicht *überwachungswürdig* registriert war.

Bei Handys war es etwas anderes. So wie bei dem, das Hendrik benutzt hatte. Es war zwar nicht das neueste Gerät, aber das Vorgängermodell. Dank den Jungs von der Hardwareabteilung, wie Walter sie genannt hatte, war das Handy, wie so viele Geräte, auf dem Weg vom Hersteller zum Kunden abgefangen worden. Ein kleines Zusatzbauteil war auf der Platine verlötet und das zugehörige Softwareprogramm aufgespielt worden. Dann war das Telefon wieder ordentlich verpackt auf die weitere Reise geschickt worden. Von außen unterschied es sich in keinster Weise von einem nicht manipulierten Telefon.

Und doch hatte Walters Abteilung vollen Zugriff auf alle gespeicherten Daten, die Position – selbst wenn das GPS-Signal maskiert oder das Telefon ausgeschaltet worden war. Sie konnten das Mikrofon aktivieren, um Unterhaltungen des Besitzers aufzuzeichnen; Telefonate mithören und sogar, falls nötig, weitere Funktionen ferngesteuert aufspielen. Selbst wenn der Nutzer seine Daten auf dem Telefon verschlüsselte, war das in den meisten Fällen kein Problem für sie. In die gängigen Verschlüsselungsalgorithmen waren dank großzügiger Zahlungen an die entsprechenden Herstellerfirmen Hintertüren eingebaut worden. Da hatten einige Millionen die Hände gewechselt.

Nils wusste, er würde, wenn er zurück im Büro war, sofort alle Spuren dieses Anrufs verwischen müssen. Selbst wenn dieses Telefon nicht abgehört wurde und Hendrik einen Anruf von einer unbekannten Nummer bekam, konnte er doch über seine Stimme identifiziert werden. In diesem Fall war es gut, dass er Zugriff auf die Systeme der Telefongesellschaften hatte und alles löschen konnte.

Nils warf eine Münze ein und wählte. Das leichte Knacken in der Leitung beunruhigte ihn, doch er versuchte es zu ignorieren. Es läutete. Einmal. Zweimal. Dreimal. Nils begann zu Schwitzen. Würde Hendrik den Anruf überhaupt entgegennehmen? Von einer Nummer, die er nicht kannte? Es läutete wieder. Die Zeit schien still zu stehen, doch sein Herz begann immer schneller zu schlagen. Hendrik schien wirklich in Schwierigkeiten zu stecken und er stand hier in einer Bar und konnte nichts weiter tun. Nach dem zehnten Klingeln legte er auf. Er merkte, wie mehrere der Barbesucher ihn ansahen. Es war ihm peinlich, ein Wandtelefon zu benutzen. Damit fiel man automatisch auf.

Ein Mann an der Bar kam ihm bekannt vor. War das ein Kollege von Adler Reilly? Nils konnte es nicht sagen. Der Mann sah ihn direkt an und hielt den Blick. Doch kurz darauf drehte er sich weg und begrüßte eine junge Frau.

Etwas weiter abseits sah er einen Geschäftsmann im Anzug mit glattrasiertem Kopf und modischer Hornbrille an einem Tisch sitzen. Er war in dem Sessel versunken, sein rundliches Gesicht in die Zeitung vertieft, und er schien das Geschehen rund um ihn herum nicht wahrzunehmen. Diesen Mann hatte er schon gesehen, dessen war sich Nils sicher. Das war kein Allerweltgesicht. Doch wo?

In einer der Bars in der Stadt oder in einem Club am Wochenende? Das würde zu dem Mann passen, den er auf etwa Mitte 30 schätzte. War er ein Schatten, den Dominik angeheuert hatte, um ihn in Zürich zu überwachen? Ärgerlich verdrängte Nils den Gedanken und ging zu seinem Barhocker zurück. Wenn das so weiter ging, war er auf dem besten Weg, paranoid zu werden. Dann war er für Hendrik keine Hilfe mehr. Wie zur Bestätigung klingelte sein Handy. Es war Hendrik.

„Verdammt noch mal, wo steckst du?“, sagte er anstelle einer Begrüßung. Nils war erleichtert, aber auch verärgert. Als er merkte, wie er wieder angestarrt wurde, drehte er sich weg und stand auf.

„Ich musste zum Arzt. Du hast doch mitbekommen, dass es mir gestern nicht gut ging. Hab mir den Magen verdorben oder…”, antwortete sein Freund. Irgendetwas in seiner Stimme klang nicht ganz aufrichtig.

„Hör zu, ich ruf dich gleich zurück, mein Akku ist leer. Wunder dich nicht über die Nummer“, unterbrach er Hendrik, legte auf und ging zu dem Wandtelefon.

Dieses Mal nahm Hendrik sofort ab.

„Du musst sofort zurück zur WAVE“, zischte Nils in den Hörer. „Ist noch jemand da, bei dem du mitfahren kannst?“ Aber er kannte die Antwort bereits. Er hatte tagsüber die GPS-Informationen der Teams gecheckt und mit der Route verglichen.

„Nein, die sind alle schon weiter. Es sah so aus, ob ich ins Krankenhaus musste, deswegen hat keiner gewartet“, erklärte Hendrik.

„Das macht die Sache schwieriger. Du musst heute unbedingt noch nach Weissensee. Aber nicht über die Autobahn, am besten über die kleinen Nebenstraßen.“

„Was ist denn los? Was hat das zu bedeuten?“, wollte sein Freund wissen. Anhand seiner Stimme konnte Nils erkennen, dass er beunruhigt war.

„Das sage ich dir später. Jetzt finde jemanden, der dich fährt. Ich rufe dich in dreißig Minuten noch einmal an.“ Damit beendete Nils das Gespräch.

Er ging wieder nach draußen, um nachzudenken. Das konnte er am besten bei einer Zigarette. Gestern Abend war alles noch in Ordnung gewesen. Gut, der Autobrand war nicht optimal, aber sie wussten nicht mit Sicherheit, dass Hendrik ihn verursacht hatte. Auch die Tatsache, dass Hendrik für ein paar Stunden untergetaucht war, ließ Zweifel an seiner Professionalität aufkommen. Aber es war ihr erster Job. Was erwarteten die? Dominiks Reaktion, Peter auszutauschen und Hendrik sogar zu entsorgen, erschien ihm zu radikal, zu unwirklich. Er war nicht naiv und wusste, dass sie sich an der Grenze der Legalität bewegten, sie sogar schon überschritten hatten. Doch Dominik hatte das Vorgehen damit gerechtfertigt, dass ihre Mission dem größeren Ganzen nutzte. Was gestern passiert war, rechtfertigte aber keinen Auftragsmord. Denn was Walter gesagt hatte, klang danach. Woher wusste Walter das alles? Hatte es so einen Fall bereits einmal gegeben? Nils lief es eiskalt über den Rücken. Er sah Gespenster, hatte zu viele Thriller gesehen. Er musste sich beruhigen, die Nerven behalten. Nils sah auf die Uhr. Noch eine Viertelstunde.

Es gab einige Ungereimtheiten, über die er sich keine Gedanken gemacht hatte. Zu verlockend war die Aussicht gewesen, für neue Projekte in der Weltgeschichte herumzureisen und immer mit den neuesten, technischen Spielereien versorgt zu sein. Dominiks Firma war klein, eine unabhängige Organisation mit kurzen Entscheidungswegen.

Dennoch gehörte sie irgendwie zu Adler Reilly und hatte dadurch weltweit Zugriff auf Büros, Mitarbeiter, technische Ressourcen und ein scheinbar grenzenloses Budget. Das Beste aus zwei Welten. Zu gut, um wahr zu sein? Er hatte sich nie Gedanken darüber gemacht, was passieren würde, wenn ihre wahre Tätigkeit aufgedeckt wurde. Dominik hatte ihnen klar gemacht, dass sie in diesem Fall auf sich selbst gestellt wären. Dann könnte er sich von seiner Karriere verabschieden. Nach ein paar Jahren Gefängnis würde ihn keine seriöse Firma mehr einstellen. Geld für seine eigene hätte er dann auch nicht mehr.

Noch sieben Minuten. Genug Zeit für eine weitere Zigarette. Rauchen beruhigte ihn, zumindest redete er sich das immer wieder ein. Sein Feuerzeug versagte. Beim Griff in die Seitentasche seiner Jacke nach den Notfallstreichhölzern fühlte er noch etwas. Ein Stück Papier, das er dort nicht eingeschoben hatte. Er zog es heraus. Es war eine Visitenkarte von Walter, auf der mit Hand geschrieben eine zweite Telefonnummer stand. Der alte Fuchs. Das war ein Zeichen, dass er sich in dem Mann nicht getäuscht hatte. Ein Funke Erleichterung glühte auf. Wenigstens musste er die Sache nicht alleine durchstehen. Noch drei Minuten. Es wurde Zeit, dass er sich wieder auf Hendrik konzentrierte. Ihn in Sicherheit zu bringen, war jetzt das Wichtigste. Nils ging zurück an die Bar, bestellte eine Cola und sah auf die Uhr. Der Mann mit der Zeitung war verschwunden. In seinem Stuhl saß jetzt eine blonde Frau, die in einem Stapel Dokumente las.

Plötzlich vibrierte sein Handy. Ein kurzer Blick auf das Display bestätigte seine Vermutung. Eine SMS von Walter. Kurz und unverfänglich:

GEHT KLAR.

Nils atmete erleichtert aus und wählte Hendriks Nummer, während er nach draußen ging.

„Hör gut zu", sagte er ihm. „Auch wenn dich das gestern mit dem Cabrio mitgenommen hat, musst du jetzt genau aufpassen. Hier läuft irgendwas Komisches ab. Ich weiß noch nicht genau, was es ist, aber ich werde es noch herausfinden. Wo genau steckst du?"

„In der Nähe von Bled. Ich sitze in einem lauschigen Gartenrestaurant, durch das ein kleiner Bach fließt. Etwas weiter links ist ein Pool, in den gerade eine Frau mit knappem Bikini steigt...", antwortete Hendrik.

„Lass den Unsinn. Für so etwas haben wir jetzt keine Zeit", sagte er schärfer als beabsichtigt.

„Wenn du mir nur einmal genau zuhören würdest...", sagte Hendrik enttäuscht.

„Tut mir leid, mit so etwas habe ich einfach nicht gerechnet. Kommst du zurück zur WAVE? Hast du eine Mitfahrgelegenheit auftreiben können?"

„Ja. Ein Ehepaar. Sie leiten das Resort, in dem ich gerade sitze. Es wird erst nächste Woche eröffnet und sie müssen dafür jemanden in Kärnten abholen. Wir fahren in ein paar Minuten los."

„Bringen sie dich nach Weissensee?", fragte Nils.

„Ans Ostufer. Da führen einige kleine Landstraßen von hier aus hin."

„Perfekt. Autobahnen solltet ihr unbedingt meiden", sagte Nils erleichtert. Er war wirklich froh, aber auch irritiert. Denn er nahm seinem Freund die Geschichte nicht ganz ab. Das war zu einfach gegangen.

„Da hast du Recht. Aber es kommt noch besser. Der Vater dieses Typen ist auch aus Bled. Der hat in den 60er Jahren schon Leute aus der DDR, die in Slowenien Urlaub gemacht haben, nach Österreich geschmuggelt. Und jetzt rate mal, welche Route er dabei genommen hat?"

„Hendrik, für Ratespiele fehlt uns die Zeit."

„Durch den Triglav Nationalpark bis kurz vor Italien, dann über die Grenze nach Österreich und durch ein paar kleine Täler bis zum Weissensee. Ist das zu fassen?"

„Besser geht's nicht", stimmte Nils ihm zu. „Aber wie kommst du nach Techendorf?"

„Ich rufe Alain von unterwegs an. Der holt mich ab", war sich Hendrik sicher. „Hat gesagt, ich soll mich jederzeit bei ihm melden, wenn ich Hilfe brauche. Netter Typ."

Jetzt wusste Nils, was ihn irritierte. Hendrik war so cool. So anders als noch vor einer halben Stunde. Das passte nicht zu ihm. Dabei hätte die Situation eher das Gegenteil bewirken, den Effekt von gestern noch verstärken müssen. Hendrik hatte auch nicht mehr nachgefragt, warum es für ihn so wichtig war, zur WAVE zurückzukommen;

warum er keine Autobahn benutzen durfte und in Deckung bleiben musste, bis er wieder bei der Expedition war.

„Sei vorsichtig, Hendrik. Dieser Auftrag hat irgendwie einen Haken“, warnte er seinen Freund. Mehr wollte er nicht sagen.

„Ist das dein Ernst? Ich dachte, dich interessiert nur das Geld.“ Es war das erste Mal während des ganzen Telefonats, dass Hendriks Stimme wirklich ehrlich klang.

„Scheiß auf das Geld, Hendrik. Das meine ich ernst. Wenn du zurück bist bei der WAVE, machst du weiter wie gehabt. Kein Wort zu Peter über unser Gespräch. Mach einfach deinen Job, so als ob alles in bester Ordnung sei. Ich versuche, hier mehr herauszufinden.“

„Verstanden. Ich muss los“ sagte Hendrik.

„Eine Sache noch. Pass auf, wenn neue Leute zur WAVE kommen. Und sorg dafür, dass dein Telefon immer Saft hat.“

Nils legte auf. Jetzt konnte er nur hoffen, dass Hendrik rechtzeitig nach Weissensee kam. Er selbst musste einen Weg finden, ihn weiterhin mit Informationen zu versorgen, die er hoffentlich von Walter bekam.

Denn noch schien er bei Dominik im Spiel zu sein. Im Gegensatz zu Hendrik.

KAPITEL 14

Alain

Sonntagabend – Weissensee

Ganz wohl war Alain nicht bei dem Gedanken gewesen, Hendrik in Bled zurückzulassen. Aber er sah ein, dass es die einzig sinnvolle Lösung für die Situation gewesen war. Der Junge war dort gut aufgehoben und er selbst hatte nicht bleiben können, um auf das Ergebnis des Arztes zu warten. Er hatte seinen eigenen Terminplan, den er einhalten musste.

Auf dem Weg nach Weissensee ließ er den Stopp in Feistritz an der Drau aus – nachdem er den Plan für seinen Tag geändert hatte, fielen diese Strafpunkte auch nicht mehr ins Gewicht. Dafür hielt er an einem kleinen Waldparkplatz und erledigte zwei Anrufe. Der Erste galt seiner offiziellen Tarnung, die nicht einmal erfunden war. Das Fotoshooting oben am Großglockner war für den nächsten Tag geplant und laut seiner Assistentin lief alles wie vorgesehen, selbst das Wetter würde mitspielen. Es war Sonnenschein angesagt. Der zweite Anruf galt dem, was er tarnen musste, nämlich, dass er ein Geschäftsmann war, der in eine neue Technologie investieren wollte. Nach ihrem Treffen in Schottland hatte er Tom Schmidt versprochen, sich von unterwegs zu melden und ihm einen Zwischenbericht zu geben.

Im Nachhinein war es gut, dass er bis zum späten Nachmittag gewartet hatte, um seinen Geschäftspartner anzurufen. Die Situation in Bled hatte ihm eine weitere Seite von Andrejs Charakter aufgezeigt. Er war ein Mann, der selbst in heiklen Situationen einen kühlen Kopf behielt und trotzdem einfühlend war. Wenn die Technologie wirklich das konnte, was der Technologe versprach, dann war ihr Investment mehr als gerechtfertigt. Bis jetzt war Alain mit dem Verlauf der Dinge sehr zufrieden.

In Weissensee angekommen, fand er noch einen Parkplatz neben den anderen Fahrzeugen und steckte den Bolt an. Langsam bekam er den Dreh raus. Obwohl die Fahrt die Passstraße zum See hinauf streckenweise sehr steil gewesen war, hatten seine Batteriereserven gereicht. Er schien allerdings auch einer der letzten Ankommenden zu sein. Aus dem großen Bürgersaal drang bereits munteres Geplauder und mehr als die Hälfte der langen Tische war besetzt. Es war seit Eichgraben die erste Gelegenheit, bei der sich alle WAVE Teilnehmer abends an einem Ort wiedertrafen. Alle bis auf Hendrik. Die knapp 80 Teilnehmer waren auf dieser Expedition zwar gemeinsam unterwegs, nur waren sie nicht immer zusammen.

Alain setzte sich an einen der hinteren Tische, an dem bereits Jean-Pierre und Monika und die zwei Motorradfahrer saßen. Florian gesellte sich zu ihnen, in der Hand einen mit Schnitzel und Pommes voll beladenen Teller.

„Nachdem jetzt auch die letzten Nachzügler angekommen sind und alle sich gestärkt haben, werden wir gleich Details zu einem äußerst spannenden Projekt erfahren“, hörte er Louis sagen. Alain wandte sich der Bühne vorne im Raum zu und stellte fest, dass ihn der Tourverantwortliche mit einem Schmunzeln ins Visier nahm.

„Und was hast du für eine Ausrede, um ins Rampenlicht zu geraten?“, neckte ihn Monika.

„Sogar Martin und Magali waren vor dir da, obwohl ihr Auto den Berg hochgeschleppt werden musste“, erzählte Jean-Pierre.

„Sind sie mit leerer Batterie liegen geblieben?“, wollte Alain wissen.

„Nein, es war anscheinend irgendein Softwarefehler“, fuhr Jean-Pierre fort. „Die örtliche Feuerwehr musste Martin den Berg hochschleppen.“

„Das war bestimmt ein Bild für Götter. So ein Mist, das hätte ich gerne gesehen“, ärgerte sich Alain. Doch seine Telefongespräche waren wichtiger gewesen.

„Das ist nicht das Einzige, das du verpasst hast. Hatte kurzen Kontakt mit der Passstraße“, mischte sich einer der beiden Biker ein und zeigte auf seinen einbandagierten Arm. Mit seiner schwarzen Lederkombi, einem dunklen Dreitagebart und dem Kopftuch wirkte er wie ein harter Bursche, der einiges wegstecken konnte

„Johann fährt ja auch immer wie der Henker“, warf der zweite Motorradfahrer ein.

„Franz, das gehört alles zum Fahrtest unserer Bikes“, entgegnete ihm sein Kollege lachend.

„Also, was ist deine Ausrede? So einfach kommst du nicht davon”, ließ Monika nicht locker.

„In Bled gab es einen kleinen Zwischenfall mit Hendrik. Er musste zum Arzt.” Das war zwar nicht sein Grund, aber auch nicht gelogen.

„Was ist mit Hendrik? Ihm geht es doch gut, oder?“ Florian sah Alain ganz besorgt an.

„Da bin ich mir sicher.“ Mit Andrej hatte er besprochen, dass sie den anderen nicht mehr als nötig sagen würden und Florian war der Letzte, den er verunsichern wollte.

„…, der uns jetzt sein Projekt *PlanetSolar* vorstellen wird“, übergab Louis das Wort an den Gastredner des Abends, der seine Präsentation startete. Gleich bei dem ersten Bild, das der sportlich gekleidete Mann mit dem akkuraten Kurzhaarschnitt zeigte, ging ein anerkennendes Raunen durch den Raum. Es zeigte einen Katamaran, dessen Oberdeck vollständig mit Solarzellen ausgestattet war. Dieses Schiff war das Erste, das ausschließlich mit Sonnenenergie angetrieben die Welt einmal umrundet hatte. Es war aus einem Traum entstanden, den Rafaël Domjan im Laufe von mehreren Jahren in harter Arbeit und mit zunehmender Rückendeckung reicher Investoren in die Wirklichkeit umgesetzt hatte.

Nach Fertigstellung hatte er sich mit einer Handvoll Personen auf die Reise gemacht und in 587 Tagen alle Kontinente besucht. Nicht selten wurden sie von Staatsmännern empfangen, wie seine Bilder zeigten. Doch eines entlockte dem jungen Florian einen spontanen Jauchzer. Es zeigte ein paar Robbenbabies, die es sich im Sonnenlicht auf den Kufen des Katamarans bequem gemacht hatten.

Auf die Frage nach seinen schwierigsten Erfahrungen bei dem Projekt gab der Ingenieur zu, dass sie die 60 Tage dauernde Überfahrt des pazifischen Ozeans geistig an ihre Grenzen gebracht hatte. Während der ganzen Zeit sahen sie keine Menschenseele und nichts als Wasser um sie herum. Ihre Tage wurden dominiert von der Frage, ob das Wetter genügend Sonnenstrahlen liefern würde, um ihre Batterien zu laden. Die letzten Bilder musste ihnen Rafaël Domjan schuldig bleiben, da der Projektor seinen Geist aufgab.

Nach der Präsentation gingen viele der Teilnehmer zu ihren Fahrzeugen. Auch Jean-Pierre und Monika wollten ein letztes Mal den Ladezustand prüfen, bevor sie schlafen gingen. Florian war ebenfalls müde und verabschiedete sich höflich. Alain bewunderte den Jungen für seinen Schneid. Wie ein Großer fuhr er mit ihnen mit und hatte keinerlei Berührungsängste. Am anderen Ende des Raums saßen noch vereinzelt ein paar Fahrer und unterhielten sich leise.

Auch Alain hatte keine Eile. Jetzt, da wieder Ruhe eingekehrt war, kreisten seine Gedanken erneut um die Ereignisse in Bled. Auch wenn er Hendrik in guten Händen vermutete, wartete sein Unterbewusstsein doch nervös auf die Bestätigung, dass es dem jungen Mann gut ging. Was hatte Hendrik nur so aus der Bahn geworfen? Was hatte er gemeint, als er sagte, der Unfall in Deutschlandsberg sei seine Schuld? Alain konnte sich keinen Reim darauf machen.

Wieso hätte Hendrik einen Unfall von einem der Fahrzeuge

verursachen wollen? Vielleicht wussten Andrej und Jasna mehr. Er hielt gerade nach den beiden Ausschau, als sich Jochen zu ihm setzte. Er schien auch noch nicht müde zu sein und wollte eben etwas sagen, als das aufdringliche Klingeln eines Handys ihn unterbrach. Ärgerlich durchwühlte Alain seine Jackentasche. Er hatte es während der Fahrt auf volle Lautstärke gestellt. Doch sein Ärger verflog, sobald er die Telefonnummer auf dem Display sah.

„Hendrik, alter Knabe! Mit dir habe ich heute Abend nicht mehr gerechnet."

Jochen sah ihn erwartungsvoll an.

„Was hat der Arzt gesagt?", fragte Alain nach. „Eine was? Das erklärt, warum du keinen Hunger hattest und dir schlecht war. Da ist dir wohl was auf den Magen geschlagen."

Er wandte sich an Jochen. „Hendrik wurde wieder aus dem Krankenhaus entlassen. Er ist schon auf dem Weg ans Ostufer." Sein Nachbar warf ihm einen fragenden Blick zurück.

„Natürlich holen wir dich ab, Hendrik. Kein Problem", versicherte Alain.

Als er aufgelegt hatte, wandte er sich an Jochen. „Der Junge überrascht mich immer wieder. Anscheinend hat er jemanden gefunden, der ihn heute Abend von Bled nach Weissensee mitgenommen hat. "

„Zum Ostufer sagst du? Dann lass ihn uns abholen", erwiderte dieser. „Was hältst du davon, wenn wir uns eines der Ruderboote schnappen? Ein kleines Abenteuer in der Nacht kann doch nicht schaden", fügte er mit einem schelmischen Lächeln hinzu, als sie hinausgingen. „Zu zweit schaffen wir das auch.

Was für ein seltsamer Vorschlag, durchfuhr es Alain. Wieso sollte jemand nachts in der Dunkelheit mit einem Boot quer über den See rudern wollen? Er kannte Jochen kaum und wusste wenig über ihn, so wie über die meisten Teilnehmer der WAVE. Im Grunde hatte er sich heute Nachmittag in Bled das erste Mal richtig mit ihm unterhalten. Verärgert über sich selbst wischte er den Gedanken beiseite.

Nur weil Hendrik sich seltsam benahm und unerwartete Dinge

tat, musste das nicht auch für Jochen zutreffen. Es war einfach eine spontane Idee, um eine kleine Verrücktheit zu begehen. Ein Gegenpol zu der Ernsthaftigkeit der Expedition mit ihrem straffen Zeitplan und den Wettbewerben. Mehr nicht. Warum also nicht den Spaß mitmachen.

„Sollen wir das hier nehmen?“ Alain deutete auf ein Ruderboot, das in einem Bootshaus direkt unterhalb der Brücke festgemacht war. „Wir leihen es ja nur und der Bootsbesitzer wird es nachts wohl nicht vermissen.“

„Das ist zu klein“, sagte eine Stimme hinter ihm.

„Manfred! Du kannst einen vielleicht erschrecken.“ Alain hatte ihn nicht bemerkt.

„Wenn ihr Hendrik abholen wollt, braucht ihr ein größeres Boot. Eins, das für drei Mann plus Koffer reicht.“

„Bei seinem Equipment sollten wir gleich nach einem Lastkahn Ausschau halten“, gab Alain zurück.“

„Im Ernst. Wieso fahrt ihr nicht mit dem Auto? Das ist einfacher, aber vor allem auch sicherer“, fragte Manfred. „Wie geht es Hendrik überhaupt?“

„Mit dem Boot sind wir schneller. Mit dem Auto müssten wir ganz außen herum fahren“, warf Jochen ein.

„Am Telefon klang er schon wieder viel besser. Hatte sich den Magen verrenkt.“ Wieder einmal war Alain von einem der Teilnehmer überrascht. Manfred war zwar ein sehr ruhiger Zeitgenosse, schien sich aber insgeheim um das Wohlergehen und die Sicherheit der anderen viele Gedanken zu machen. Bei genauerem Überlegen fiel ihm auch ein, dass Manfred und seine Frau Tamara öfter in der Nähe von Andrej gewesen waren. In Eibiswald hatten sie sogar im gleichen Zimmer übernachtet. Sie standen immer noch auf seiner Liste der möglichen Agenten.

Nach einer kurzen Diskussion überzeugte Jochens Argument sie alle. Ein Elektroboot zu leihen, was sie zudem kurzschließen müssten, da sie keinen Schlüssel hatten, stand außer Frage. Manfred half ihnen in eines der größeren Boote einzusteigen und drückte es vom Ufer ab. Jochen ruderte mit kräftigen Schlägen los. Alain ließ seine Finger durch das Wasser gleiten und fand es überraschend warm für einen See, der von einem Gletscher abstammte. Im Sommer war die Gegend ein beliebtes Freizeitziel für Wanderer und Badende, hatte er aus einer Broschüre gelernt. Aber gerade auch im Winter kamen viele Sportler, um auf dem zugefrorenen Weissensee, der seinen Namen von den Kalksteinen am Uferrand hatte, Schlittschuh zu laufen.

Die Nacht war still und die Wasseroberfläche ruhig. Kein Laut drang zu ihnen. Nach einer Weile, in der sie kein einziges Wort gewechselt hatten, tauschten sie ihre Plätze. Irgendwo bellte kurz ein Hund. Dann war es sofort wieder still. Die Gegend wurde karger, immer weniger Häuser standen am Ufer, es wurde immer dunkler. Nur der abnehmende Mond warf ein gedämpftes Licht auf die Umgebung. Jochen würde ihn, falls nötig mit einer Taschenlampe, die ihnen Manfred zugesteckt hatte, zum Steg navigieren, an dem hoffentlich Hendrik wartete.

„Da hinten, das muss es sein. Etwas weiter rechts", unterbrach Jochen ihr Schweigen auf einmal. „Ist er das schon?"

Alain drehte sich um und kniff die Augen zusammen. Die schemenhafte Figur nahe dem Ufer sah Hendrik verdächtig ähnlich. „Sieht so aus. Die Menge an Gepäck passt jedenfalls zu ihm."

Vorsichtig ruderte er das Boot an den Rand und ergriff eine Planke des Stegs. Durch das Schilfgras schimmerten einzelne Lichtkegel, die von Wohnmobilen stammten. Sie waren am Ufer des Campingplatzes angelangt, den der junge Blogger ihm genannt hatte. Obwohl es erst ein paar Stunden her war, dass sie sich verabschiedet hatten, freute er sich auf das Wiedersehen. Vielleicht konnte er jetzt etwas Licht in das Dunkel bringen und herausfinden, was der Junge auf der Burg in Bled gemeint hatte.

Ein paar Minuten später hatten sie Hendrik samt Gepäck in das Boot verfrachtet. Es mochte am Schein der Taschenlampe liegen, doch Hendrik war blass und konnte ihn trotz des festen Händedrucks nicht davon überzeugen, dass es ihm viel besser ging. Alain ließ es für den Moment auf sich beruhen.

„Klasse, dass du so schnell zu uns zurückkommen konntest. Wir haben uns echt Sorgen um dich gemacht", sagte er stattdessen. „Haben die Ärzte einen Grund für deine Magenschleimhautentzündung gefunden?"

„Ach, das Übliche", antwortete Hendrik. „Stress, Sorgen..."

Alain konnte sich nicht vorstellen, dass der Job als Videoblogger für die WAVE Trophy ihm viele Sorgen bereitete. Hendrik hatte jede Menge interessanter Teilnehmer mit teilweise noch interessanteren Elektroautos, die er filmen konnte und sie waren in den Alpen unterwegs – einer der beeindruckendsten Gegenden in Europa. Er erinnerte sich an das, was Magali am Nachmittag gesagt hatte: Dass bestimmte Ereignisse Erinnerungen aus der Vergangenheit hervorrufen konnten – so wie bei ihrer Freundin, die jemanden bei einem Autounfall verloren hatte. War dies der Fall bei Hendrik? Hatte ihn der Fahrzeugbrand in Deutschlandsberg deswegen so sehr mitgenommen? Alain zögerte. Wenn die Ereignisse tatsächlich bei Hendrik etwas ausgelöst hatten, könnte die Erwähnung dieser wie ein Schuss nach hinten gehen. Doch er musste das Risiko eingehen und hoffte, der Junge würde ihnen nicht wieder zusammenbrechen.

„Den beiden Fahrern des blauen Cabrios geht's übrigens gut. Stephan und Olaf konnten rechtzeitig aus dem Auto aussteigen. Sie sind mit dem Schrecken davon gekommen und haben sich keine bleibenden Verletzungen zugezogen. Sie sind nur enttäuscht, dass die WAVE für sie zu Ende ist. Dem kleinen Mädchen geht es, was ich gelesen habe, soweit auch gut. Nur ein leichter Beinbruch, der eingegipst wurde."

Er wartete auf eine Reaktion, doch es kam keine. Jochen, der ruderte, fing den Ball auf.

„Ein blöder Zufall, bei dem sich irgendein scharfer Gegenstand in die Ummantelung der Batterie gebohrt hat. Durch das entstandene Loch gab es einen Kurzschluss, der das Feuer verursacht hat. Wir alle, übrigens auch die Polizei, halten das ganz klar für einen Unfall. Nichts weiter. Zum Glück ist es glimpflich ausgegangen. Haken drunter."

„Solche Dinge passieren eben", übernahm Alain wieder. „Heute Abend gab es einen neuen Zwischenfall. Dieses Mal hatten Martin und Magali ein Problem mit ihrem Auto. Der Motor ging auf der Serpentinenstrecke hier herauf immer wieder aus."

„Magali hat sich von einem der anderen Teilnehmer ein eBike geschnappt und ist die ganze Strecke geradelt. Das ist eine Powerfrau, sag ich dir", ergänzte Jochen anerkennend. „Bestimmt hat jemand ein Video davon gemacht, wie Martin alleine nach Weissensee hochgezogen wurde. Stell dir vor, von einem Feuerwehrfahrzeug! Das wäre was für deinen Blog, nicht wahr?"

Alain musste bei der Vorstellung tatsächlich lachen. „Es gibt doch immer wieder Überraschungen. Ich bin mir sicher, dass Martin dafür nichts kann und es einfach eine Fehlfunktion in irgendeinem Steuergerät war. Die Tücken der Technik."

Er sah zu Hendrik hinüber und wartete auf irgendeine Regung. Doch dieser schien ihnen nicht zugehört zu haben. Immer wieder drehte er sich um und sah über seine Schulter, als ob er etwas suche. War ihm die nächtliche Fahrt in einem Boot auf dem See, dessen Wasser das karge Licht des Mondes wiederspiegelte, unheimlich?

Vielleicht wollte Hendrik aber auch die Gelegenheit nutzen, um ein stimmungsvolles Video zu drehen, denn auf einmal zog er seine Tasche heran und holte die Kamera heraus. Doch Hendrik richtete seine Kamera nicht auf die Landschaft, sondern auf ein Auto, dessen Lichter wie aus dem Nichts auf der Straße neben dem See aufgetaucht waren. Wahrscheinlich war das Fahrzeug der Neuzugang, von dem während des Abendessens gesprochen worden war. Alain hatte am Rande mitbekommen, dass zwei weitere Personen zu der WAVE stoßen würden. Einer von ihnen hieß es, war ein echter Fan, der von den Ereignissen in Deutschlandsberg gelesen und sich spontan Urlaub genommen hatte, um sich ihnen solidarisch anzuschließen.

Aber Hendrik filmte nicht, er machte Fotos. Seine Hände zitterten dabei, bemerkte Alain.

„Hendrik, ist alles in Ordnung? Was fotografierst du denn?"

Wieder kam keine Antwort. Hendrik war zu angespannt. Alain konzentrierte sich auf das Fahrzeug. Es war ein herkömmliches Auto – eindeutig kein Elektroauto, dafür waren zu viele Geräusche zu hören. Täuschte er sich, oder wurde das Auto tatsächlich langsamer? Wieso sollte sich jemand für sie interessieren? Wenn sie vom Ufer aus überhaupt erkennbar waren. Jochen hatte die Taschenlampe ausgeschaltet. Weiter hinten war Techendorf bereits zu erkennen und sie wollten schließlich keine Aufmerksamkeit erregen.

Vielleicht war der Fahrer des Autos der Besitzer eines Bootes? Unwahrscheinlich. Oder er fuhr einfach nur vorsichtig. Hatte vielleicht etwas getrunken? Oder er war neugierig, was drei erwachsene Männer nachts auf dem See in einem Ruderboot machten. Die Polizei würde er schon nicht gleich anrufen…

„Kannst du den Fahrer erkennen?", fragte er schließlich Hendrik.

„Es ist, als ob er mich direkt anschaut."

„Wie meinst du das? Er kann dich doch nicht sehen, nicht mit dieser riesigen Kamera vor deinem Gesicht."

„Nils hatte Recht. Die haben jemanden geschickt", murmelte Hendrik leise.

„Wer ist Nils? Du sprichst schon wieder in Rätseln!"

Doch Hendrik antworte nicht. Stattdessen starrte er wie gebannt durch das Objektiv seiner Kamera. Sein Gesicht war aschfahl. Zumindest wirkte es im Mondlicht so. War er zu früh aus dem Krankenhaus entlassen worden? Irgendetwas stimmte nicht mit dem Jungen. Wovor könnte Hendrik Angst haben? Unter Paranoia schien er nicht zu leiden. Langsam ließ Hendrik die Kamera sinken. Das Auto war hinter einem Haus verschwunden und tauchte nicht mehr auf. Wahrscheinlich war es nur ein Anwohner gewesen.

Jochen schüttelte nur den Kopf und steuerte auf das Bootshaus zu.

„Weißt du, wo du heute Nacht untergebracht bist, Hendrik?",

fragte Alain. „Vielleicht ist es besser, du übernachtest bei mir. Dann müssen wir nicht lange suchen. Es ist schon spät. Mein Zimmer ist groß genug und hat zwei getrennte Betten."

Es war mehr eine Feststellung als eine Frage. Hendrik schien froh darüber, dass jemand die Zügel für ihn in die Hand nahm.

Am nächsten Morgen hatte Alain den Eindruck, dass sich der Junge dank einer Portion gesunden Schlafs wieder etwas gefangen hatte. Hendrik schien weniger lethargisch und nach einem herzhaften Frühstück war seine Gesichtsfarbe gesünder als Stunden zuvor. Die Sonne schien bereits hell und verwandelte den glitzernden See und seine Umgebung in eine Postkartenlandschaft. Erfrischende, aber noch kühle Luft begrüßte sie draußen. Laut Roadbook war für heute Morgen ein minutiöser Start der WAVE Teilnehmer im Konvoi von der Brücke aus geplant, der gefilmt werden sollte. Louis war hocherfreut, als er hörte, dass Hendrik in der Nacht zuvor zur WAVE zurückgekehrt war und diesen Job übernehmen konnte. Auf die Schnelle hätte er keinen Ersatz organisieren können.

Alain ging mit Hendrik über die Brücke, auf der sich schon viele der Teilnehmer mit ihren Autos versammelt hatten. Es herrschte eine ausgelassene Stimmung, die von dem Wetter und der malerischen Landschaft beflügelt schien. Dieser Anblick und seine Aufgabe, die Abfahrt zu filmen, schienen eine willkommene Ablenkung und ließen den jungen Blogger sicherlich seine Sorgen vom Tag zuvor vergessen.

„Hendrik!", rief Magali von weiter hinten. „Geht es dir gut?"

„Nur eine blöde Magenverstimmung", rief er ihr entgegen.

„Schön, dass du wieder bei uns bist. Du hast uns gefehlt." Sie war ehrlich erfreut ihn zu sehen. Auch Martin begrüßte den jungen Blogger. Alain folgte Magalis unauffälligem Wink und ging mit ihr ein Stück zur Seite.

„Wie geht es ihm wirklich?", fragte sie ihn.

„Das kann ich noch nicht genau sagen. Auf alle Fälle geht es ihm heute besser als gestern. Nachts auf dem See schien er schon wieder ein Gespenst gesehen zu haben…"

„Du siehst müde aus, Alain. Was hältst du davon, wenn wir uns auf der nächsten Etappe um ihn kümmern? Wir werden hier noch eine gute Stunde bleiben müssen, sonst schaffen wir den Großglockner nicht. Hendrik kann uns nach dem Filmen der Abfahrt Gesellschaft leisten, die Sonne genießen und es ruhig angehen lassen." Martin und sie hatten ihr Auto am Parkplatz noch an der Ladebox hängen.

Er dachte kurz über ihren Vorschlag nach. Etwas mehr Ruhe würde dem Jungen nach dem gestrigen Tag nicht schaden.

„Warum nicht. Aber ruft mich an, wenn etwas ist", sagte er, bevor er zum Bolt ging und sich in den Konvoi einreihte.

Vielleicht war es wirklich keine schlechte Idee, wenn sich eine Frau um Hendrik kümmerte und ihre weibliche Intuition zu Rate zog.

KAPITEL 15

Magali

Montagmorgen – Weissensee – Grossglockner

Hendriks Rückkehr brachte sie in eine prekäre Lage. Nachdem Frank ihr gestern Abend noch mitgeteilt hatte, was Eva und Janez erfahren hatten, wollte Magali ein Auge auf ihn haben. Gleichzeitig durften sie und Martin ihre eigentliche Mission, den Schutz von Andrej und seiner Technologie, nicht gefährden. Sie mussten einen Weg finden, um beides miteinander verbinden zu können.

Hier kam Martin mit seinen Sprüchen ins Spiel, auch wenn er sie damit des Öfteren fast zur Weißglut gebracht hatte. Denn seine humorvolle und fürsorgliche Art, mit der er über *seine Frau* und ihre Hochzeitsreise im Elektroauto sprach, hatte ihm eine freundschaftliche Anerkennung unter den Teilnehmern gesichert. Einige der Teams waren immer gerne in seiner Nähe, darunter Andrej und Jasna, was der ganze Sinn und Zweck gewesen war. Das musste sie ihm lassen, darin war er wirklich gut.

Zwei, die seit Kurzem auch gerne mit Martin fachsimpelten, waren ein blonder Mittdreißiger mit einem markanten ostdeutschen Akzent namens Andre Lugger und sein etwas älterer, langbeiniger Teamkollege Thomas aus Österreich. Sie fuhren mit Andres umgebauten T5 mit und halfen als Roadside Assistance, sprich, wenn jemand mit leerer Batterie oder einem platten Reifen liegen blieb. In dem VW Bus hatten die beiden neben allerlei Werkzeug und Adaptern genügend Platz für zwei eBikes, mit denen Thomas meistens unterwegs war.

Eins von den Rädern hatte sich Magali am Abend zuvor ausgeliehen, als ihr Auto streikte. Sie konnte den Österreicher verstehen, denn durch die variable Zuschaltung des Elektromotors hatte man einen optimalen Trainingseffekt und großen Spaßfaktor, selbst bei steilen Serpentinen. Dass auch Andre zu dem ein oder anderen Spaß aufgelegt war, zeigte ein weiteres Utensil aus seinem VW Bus. Es war eine Espressomaschine, die er mit einer externen Batterie reisetauglich gemacht hatte und eben freudestrahlend seinen Parkplatznachbarn, darunter auch den Slowenen, präsentierte.

„Was haltet ihr von der Idee, nach der offiziellen Abfahrt hierher zurückzukommen und uns noch etwas Gesellschaft zu leisten?“, schlug Magali mit einem Blick auf Jasna vor. „Wenn Andre uns mit Kaffee versorgt, spendiere ich Kekse und Schokolade. Es ist so schön hier und wir müssen noch etwa eine Stunde laden, damit wir es sicher bis nach Heiligenblut schaffen.“ Das war die Wahrheit. Sollten Andrej und Jasna nicht auf ihren Vorschlag eingehen, hatten sie bereits ein Problem. Magali spekulierte darauf, dass Jasna fast immer für Kaffee zu haben war, einen gemütlichen Ratsch in der Sonne dem straffen Zeitplan der WAVE vorzog und Andrej seiner Frau selten einen Wunsch abschlug.

„Das klingt phantastisch, nicht wahr?“ Jasna zwinkerte ihren Mann schelmisch an.

„Wenn ich alles richtig ausgerechnet habe, könnten wir es sogar ohne Ladepause in Heiligenblut bis zum Gletscher hoch schaffen“, erwiderte Andrej.

Ihr Plan schien aufzugehen.

Ein Kopfnicken von seinem deutschen Namensvetter Andre bestätigte es. „Von mir aus könnt ihr euch nachher so viel Kaffee machen wie ihr wollt, ich gehe dann schwimmen. Das Wasser sieht herrlich aus.“

„Meine Frau hat einfach die besten Ideen“, strahlte Martin. „Dann wollen wir uns mal für die Abfahrt aufstellen. Mach mir ja gute Aufnahmen, Hendrik. Die Szene will ich in unserem Film zur Hochzeitsreise verwenden.”

Während sich alle für die minutiös geplante Abfahrt von der Brücke bereit machten, nutzte Magali die Chance und ging auf eine kleine Wiese abseits des Bürgerhauses. Weiter hinten stand ein

Hubschrauber und wartete auf den nächsten Fluggast. Sie musste ungestört telefonieren, denn Martin hatte ihr eben berichtet, was er über den Vorfall mit ihrem Auto gestern herausfinden konnte. Sein Fachgebiet war die Sicherheit von Informations- und Computersystemen und Steuergeräte im Auto gehörten dazu. Die Forensik war eines seiner Lieblingsthemen, sprich, er suchte in der Software der Systeme nach Spuren, warum etwas schief gegangen war, wenn ein Hardwarefehler ausgeschlossen werden konnte. Letzteres hatte er gestern spät abends schon getan und seitdem die Logdateien und Befehlssequenzen akribisch unter die Lupe genommen. Ein Verdacht hatte sich mehr und mehr erhärtet und vor wenigen Minuten hatte er die Bestätigung dafür erhalten.

„Frank, ich glaube, wir haben ein Problem", informierte sie ihren Einsatzleiter.

„Was gibt es?"

„Wie du weißt, hatten wir gestern Schwierigkeiten mit unserem Auto. Der Motor fiel immer wieder aus. Martin konnte einen Hardwarefehler ausschließen."

„Dann kann es nur noch ein Softwarefehler sein", vermutete Frank. „Aber so wie du klingst, ist es keiner?"

„Richtig. Martin hat gerade festgestellt, dass jemand das Batteriemanagementsystem manipuliert hat."

„Habt ihr schon eine Idee, wer es gewesen sein könnte?"

„Noch nicht wirklich. Ich gehe gerade in Gedanken den gestrigen Tag durch", antwortete Magali. „Es muss nach Bled gewesen sein. Louis hatte uns abends gesagt, dass zwei neue Leute dazukommen. Einer davon war nicht eingeplant und wollte sich uns spontan anschließen. Aber das ist nicht so ungewöhnlich. Seit dem Start in Eichgraben sind ein paar Leute gegangen und neue dafür gekommen. Nicht alle haben Zeit für die kompletten zehn Tage und so bestehen manche Teams aus mehr als zwei Personen." Sie hielt kurz inne. „Aber seit Bled sind nur die zwei neuen gestern Abend in Weissensee dazugekommen. Die können es also nicht sein. Ansonsten hatten wir lediglich einen kurzen Zwischenstopp in Feistritz an der Drau."

Frank unterbrach ihren Gedanken nicht.

„Warte mal. Da war etwas", erinnerte sie sich plötzlich. „Wir teilten uns auf. Martin blieb in der Nähe von Andrejs Auto und ich ging mit den beiden eine Treppe hoch zu dem Empfang im Ort, um uns etwas zu trinken zu holen. Von dort aus konnte ich unser Auto sehen. Ein Typ lehnte mit seinem Laptop an unserer Motorhaube. Es war einer vom Supportteam, deswegen habe ich mir nichts dabei gedacht. Peter. Peter Prohaska. Es sah aus, als ob er seine Emails checkt oder an einem Blog arbeitet. Durchschnittlicher Typ, macht mir keinen allzu professionellen Eindruck.

„Das ist es, was uns irgendwer glauben machen will." Franks Worte versetzten ihr einen Stich, auch wenn sie keine Kritik an ihrer Arbeit waren. „Erinnerst du dich daran, was ich dir gestern gesagt habe? Was Eva und Janez aus Hendrik herausbekommen haben? Er hatte nicht beabsichtigt, das Cabrio abzufackeln. Aber er wurde von jemandem beauftragt, unter den Autos der WAVE nach der Technologie zu suchen. Hendrik hat ihnen auch erzählt, dass er das mit einem Freund zusammen macht, der in Zürich sitzen muss. Hendrik war vor der Expedition ebenfalls in Zürich. Es sind definitiv Profis, mit denen wir es zu tun haben und sie sind hinter der Technologie her. Wer weiß, welche Mittel sie noch einsetzen." Er klang ernst. Es schien, als ob sie auch allen Grund hatten, besorgt zu sein.

„Hendrik arbeitet also für einen Unbekannten, aber er kann es nicht gewesen sein. Er war gestern noch in Bled, als es passierte."

„Das macht es umso ernster", stellte Frank fest. „Bisher gab es zwei Zwischenfälle, von denen wir sicher wissen und bei denen gezielt einzelne Autos betroffen waren. Richtig? Einen können wir dem Jungen zuordnen, den zweiten nicht. Das heißt, es ist noch jemand unter euch, der nach der Technologie sucht. Gehört er zu der gleichen Organisation, die Hendrik beauftragt hat? Oder gibt es noch eine?"

„Das werde ich heute versuchen herauszufinden", versprach sie. „Ich habe Hendrik überredet, bei uns mitzufahren. Er schien sehr froh darüber. Ein Teilnehmer, der ihn gestern Nacht am Ostufer abgeholt hat, meinte, dass Hendrik auf der Bootsfahrt schon wieder Gespenster gesehen hat."

„Kein Wunder, wenn ihm sein Freund in Zürich gesagt hat, dass jemand hinter ihm her ist. Wir wissen von Eva und Janez, dass Hendrik die Motive seines Arbeitgebers inzwischen in Frage stellt und um seine eigene Sicherheit besorgt ist. Arbeite damit. Setz ihn unter Druck, aber nicht zu stark. Wir wollen nicht, dass er uns wieder zusammenbricht. Aber hol noch mehr Informationen aus ihm heraus. Ich konzentriere mich in der Zwischenzeit auf diesen Prohaska." Frank hatte bereits aufgelegt. Er war kein Mann, der sich lange erklärte.

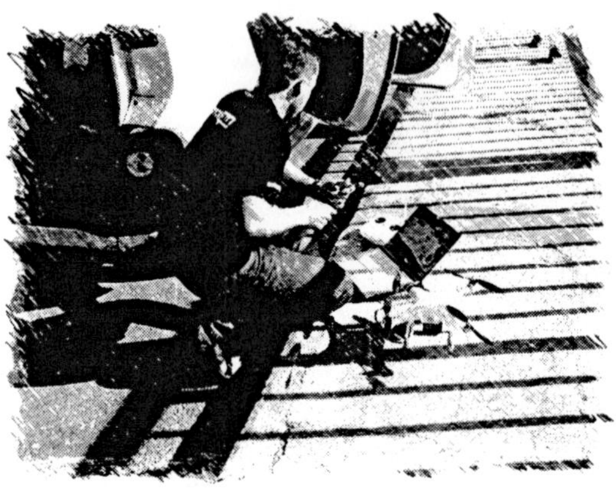

Sie ging zurück zu ihrem Auto, das bereits hinter Andrejs auf der Brücke geparkt war. In fünfzehn Minuten war es soweit. Magali sah, dass Martin nicht untätig war. Er hatte eines seiner Lieblingsspielzeuge, eine Drohne mit Kamera in der Luft und flog den gesamten Korso ab. Die vierzig unterschiedlichen und bunten Fahrzeuge gaben vor der beeindruckenden Kulisse des in der Sonne glänzenden Sees ein tolles Bild ab. Irgendwo unter all den Teilnehmern war eine Person – möglicherweise dieser Peter, die nach dem suchte, was sie schützen sollten.

Magali dachte nach. Wusste Hendrik von ihnen? Sie hatte ganz vergessen, Frank das zu fragen. Aber es war eher unwahrscheinlich. Das entsprach nicht ihrer Vorgehensweise. DSP legte Wert auf äußerste Diskretion. Deshalb hatte Frank in Bled auch die örtlichen Agenten mit einbezogen. Wenn also die zweite Person – sie ging momentan nicht davon aus, dass Hendrik Teil eines größeres Teams war – nicht wusste, dass DSP die Technologie beschützte, so war ihr Fahrzeug aus einem anderen Grund sabotiert worden.

Das konnte nur bedeuten, dass jemand nach und nach verschiedene Fahrzeuge manipulierte, um die Wirkung zu testen und sie ausschließen zu können. Ihres war eventuell aufgrund der Größe verdächtig gewesen. Das bedeutete aber auch, dass es demnächst weitere Zwischenfälle geben würde.

Sie signalisierte Martin mit einem kurzen Zeichen, dass er Nahaufnahmen von allen Teams und Fahrzeugen machen sollte. Wieder war sie erstaunt, welchen Eindruck Martin bei den Teilnehmern hinterlassen haben musste, denn niemand kam auf die Idee, dass er gezielt nach etwas suchte. Fast alle drehten sich zu der Drohne um und winkten ihr zu. Ganz so, als ob sie Martin zuwinkten. Sie würden die Aufnahmen später auswerten müssen.

Gut war allerdings, dass Hendrik bei ihnen mitfuhr und sie so direkten Zugriff auf sein Filmmaterial bekamen. Magali ging wie beiläufig den gesamten Korso ab und machte sich selbst ein Bild von den einzelnen Personen. Viele polierten die letzten Fingerabdrücke von ihren Motorhauben oder putzten die Scheiben. Andere unterhielten sich angeregt mit ihren Nachbarn. Alles schien ganz normal.

Auf einmal sah sie Andrej am anderen Ende der Brücke einen Laternenmast hochklettern. Hatte er etwas Ungewöhnliches entdeckt? Ärgerlich verwarf Magali den Gedanken. Er konnte gar nicht wissen, dass sie jemanden suchten. Wahrscheinlich machte er nur eine letzte Aufnahme von seinem Fahrzeug, bevor es losging. Fünfzehn Minuten nach der offiziellen Abfahrt traf sich ihre kleine Gruppe wieder vor dem Bürgerhaus. Thomas baute die Espressomaschine auf der Bank neben dem Parkplatz

auf, während sein Teamkollege schwimmen ging. Jasna schnappte sich eine Tasse und setzte sich in die Sonne. Andrej ging noch einmal die Strecke durch, wobei er die bergauf und bergab zu fahrenden Höhenmeter einander gegenüberstellte. Magali bot allen Kekse und Süßigkeiten an, die Hendrik eifrig dezimierte. Auf ihre Frage hin zeigte er stolz die Aufnahmen des Korsos, die er von einer Hebebühne etwa zehn Meter über den abfahrenden Autos gemacht hatte.

Sie konnte nichts Auffälliges erkennen. Es waren nur Autos zu sehen, die im Schritttempo die Brücke verließen. Die Gesichter konnte man hinter den spiegelnden Windschutzscheiben nur erahnen. Sie ließ sich das Band noch zweimal zeigen, entdeckte jedoch nichts, was sie weitergebracht hätte. Hoffentlich konnten sie mehr Informationen aus Hendrik selbst herausholen.

„Jetzt sollten wir aber los, andernfalls schaffen wir es nicht mehr zum Fototermin am Gletscher. Den will ich auf keinen Fall verpassen. Die Batterie ist zwar noch nicht voll, aber auf den ersten zehn Kilometern geht es bergab und wir werden etwas rekuperieren können“, scheuchte Martin sie auf. Sie beschloss, Hendrik im Auto genauer unter die Lupe zu nehmen.

„Das war ein kleines Abenteuer, als sie dich gestern Abend abgeholt haben“, begann sie. „Alain meinte, dass es auf der Rückfahrt ziemlich unheimlich war. Ich hätte mir vor Angst wahrscheinlich in die Hosen gemacht. Im Dunkeln auf Wasser bin ich nicht zu gebrauchen.“

„Ging mir ähnlich“, gestand der junge Blogger. „Aber es war nicht einmal das Wasser. Da war auf einmal dieses Auto. Es kam aus dem Nichts und wurde immer langsamer, als es auf unserer Höhe war. So, als ob der Fahrer etwas Spezielles suchte.“

„Bestimmt nur einer der Anwohner, oder?“, vermutete sie.

„Vielleicht, aber warum sollte ein Anwohner so lange neben uns fahren? Ich hab ihn mir durch das Objektiv meiner Kamera genauer angesehen. Die Straßenlaternen waren einigermaßen hilfreich. Er ist um einiges älter als wir, schätze etwa Anfang 50. Kurze Haare, ob grau oder schwarz konnte ich bei der Dunkelheit nicht erkennen. Aber er sah sehr groß und kräftig aus. Einmal hatte ich das Gefühl, dass er mir direkt in die Augen sieht. Sein Blick war so kalt, ohne jede Regung." Hendrik schüttelte sich.

„Oder es war einer der beiden Neuzugänge, die Louis angekündigt hat", warf Martin ein.

„Heute Morgen habe ich keinen gesehen, der das gewesen sein könnte. Vielleicht war es wirklich ein Anwohner, aber komisch war das schon", verneinte Hendrik.

„Wieso sollte jemand nachts euch oder anderen Teilnehmern der WAVE hinterher spionieren?", fragte sie forscher, während sie seine Augen im Rückspiegel suchte.

„Ich weiß es nicht", wich Hendrik ihr aus. Aber seine Stimme konnte sie nicht überzeugen.

„Wir können ja mal die Augen offen halten", bot Magali ihm an. Sie wollte nicht zu viel Druck auf einmal ausüben. Wichtig war zunächst, das Vertrauen von Hendrik zu gewinnen.

Neunzig Minuten und gute 1400 Höhenmeter bergauf später kamen sie in Heiligenblut an. Der gepflasterte Marktplatz in der Mitte des Ortes war bereits von vielen WAVE Teilnehmern und ihren Fahrzeugen in Beschlag genommen worden. Florian spielte mit einem der Teilnehmer Fußball in der Sonne.

Der kleine Ort war Ausgangspunkt für eine Verbindung zwischen den beiden österreichischen Bundesländern Kärnten und Salzburg, der sogenannten Hochalpenstraße, deren bekanntester und einziger Seitenarm zum Gletscher am Großglockner führte. Von Heiligenblut aus waren es weniger als 20 Kilometer bis zur Kaiser-Franz-Josef-Höhe, wo der Gletscher lag. Doch entscheidend für die Fahrer der Elektroautos waren weitere 1500 Höhenmeter, die sie bis dorthin zurücklegen mussten. Selbst bei einer kontinuierlichen Steigung von nur gut sieben Prozent würden die Elektroantriebe fast den doppelten Stromverbrauch haben. Daher luden die meisten Teilnehmer hier die Batterien noch einmal auf. Die wenigsten wollten die Gelegenheit zu dem Gruppenfoto am Pasterzengletscher verpassen, ganz zu schweigen von dem Risiko, unterwegs umdrehen zu müssen.

Martin parkte das Auto neben ihrem Schweizer Kollegen, der

nachts Andrejs Auto bewachte, aber offiziell für sie nur Vivien vom Support war. Von ihm erfuhr Martin, dass die Fahrt seit Weissensee ereignislos verlaufen war. Alle Teilnehmer hatten es bis hierher geschafft. Doch die heutige Etappe der WAVE Trophy bot sich für jemanden, der nach der Technologie suchte, besonders an. Es war die härteste Strecke der gesamten Expedition. Der Fall, dass ein Fahrzeug manipuliert wurde und die gesamte Strecke trotzdem schaffte, würde dem Spion als Beweis genügen. Die Wahrscheinlichkeit würde für sich sprechen.

Magali atmete tief durch. Die Aussage von Vivien klang beruhigend, war es aber nicht. Bei den vielen Fahrzeugen war es schwierig, den Überblick zu behalten, geschweige denn, die einzelnen Fahrer im Auge zu behalten und zu sehen, wer sich wann wo aufhielt. Dicht bei den Fahrzeugen saßen drei Männer, die alle ihr Laptop auf den Oberschenkeln liegen hatten und auf der Tastatur tippten. Jeder von ihnen könnte gerade versuchen, sich über eine Funkverbindung in ein Fahrzeug zu hacken – vorausgesetzt, das Auto hatte ein WLAN-Modul verbaut oder der Hacker hatte unbemerkt einen funkfähigen Adapter in die Diagnosesteckdose gesteckt. Es reichte aber auch, wenn jemand sein Handy per Bluetooth mit dem Autoradio verband. Den wenigsten war bekannt, dass sich dahinter ein kleiner Computer versteckte, der mit anderen Steuergeräten im Fahrzeug verbunden war. Das war definitiv ein Job für Martin. Er hatte die Tools auf seinem Rechner, um den Datenverkehr im Umkreis zu überprüfen. Sie signalisierte ihm, dass er genügend Bratwurst gegessen hatte. Während eines Alibikusses auf die Wange raunte sie ihm zu, was er zu tun hatte. Sie würde solange den Technologen und sein Fahrzeug im Blick behalten.

Ihr Handy klingelte. Sie ging auf die andere Straßenseite, um ungestört sprechen zu können und dabei trotzdem ihre Überwachung fortzusetzen.

„Was hast du herausgefunden, Frank?“, fragte Magali ohne Umschweife.

„Es ist dieser Prohaska. Er war zur gleichen Zeit in Zürich wie Hendrik”, antwortete er ihr.

„Ein Zufall?“

„Kein Zufall. Gleiches Hotel, gleiche Bar, jeden Abend.”

„Das bedeutet, sie arbeiten für dieselbe Organisation. Das ist schon einmal ein Anfang. Was jetzt? Wie sollen wir weiter vorgehen?“, wollte sie wissen.

„Nehmt ihn euch vor“, antwortete Frank. „Aber sachte. Am besten macht das Martin, er kennt sich technisch aus. Sagt ihm, ihr wisst, dass er euer Fahrzeug manipuliert hat. Wartet seine Reaktion ab. Andrej darf auf keinen Fall in der Nähe sein, sonst zählt Prohaska zwei und zwei zusammen.“

„Gut. Wir versuchen es oben am Großglockner oder abends im Hotel. Hier sind zu viele Leute auf zu engem Raum. Heiligenblut ist nicht wirklich groß. Am Gletscher könnte es auch eng werden. Wir müssten warten, bis die Meisten weg sind, um kein Aufsehen zu erregen. Allerdings wäre es schwierig, den Technologen dabei nicht aus den Augen zu verlieren.“

„In Ordnung. Pass auf dich auf und gib mir sofort Bescheid, wenn du mehr weißt“, verlangte Frank.

Magali machte sich keine großen Sorgen, dass Peter ihr gefährlich werden könnte. Sie kannte diese Sorte von Typ. Der Typ, der immer beweisen wollte, was er alles wusste und konnte. Bei entsprechendem Gegenwind klappten die Meisten davon jedoch ein und wurden ganz klein mit Hut.

Trotzdem war es kein Grund, unvorsichtig zu werden. Das Timing musste stimmen. Vor dem Gletscher war ein Gruppenfoto geplant, bei dem sicherlich fast alle Teilnehmer anwesend sein würden. Also auch dieser Peter. Ein offizieller Support war dort oben nicht vorgesehen, dafür an ihrem Übernachtungsort in Neukirchen. Daher könnte er sich nach dem Foto gleich wieder auf den Weg machen. Sie würden spontan reagieren müssen.

Als sie die Kaiser-Franz-Josefs-Höhe erreichten, waren viele Fahrzeuge wieder auf dem Weg nach unten. Der Termin für das Gruppenfoto war um fünfzehn Minuten vorverlegt worden, da bereits fast alle Teilnehmer am Gletscher waren und die Sonne günstig stand

– so zumindest die Aussage von Jochen, den sie oben noch antrafen. Martin hatte in Heiligenblut genau ausgerechnet, wie lange er laden konnte, um noch rechtzeitig um drei Uhr oben zu sein. Er hatte Andrej und einen anderen Teilnehmer in detaillierte Fachsimpelei über künstliche Intelligenz verwickelt – ein Thema, das bei technisch versierten Herren der Schöpfung wohl immer gefragt war – und so dafür gesorgt, dass sie und ihr Schützling die Strecke gemeinsam absolvierten. Die Enttäuschung war sowohl bei dem Slowenen als auch bei Martin groß. Glücklicherweise stellte sich heraus, dass Prohaska noch vor Ort war. Ein weiterer Teilnehmer hatte es nur mit Ach und Krach bis dorthin geschafft und benötigte dringend ein Adapterkabel, um an der Steckdose des Parkhauses laden zu können.

Magali ging mit Jasna, Andrej und Hendrik im Schlepptau zum Geländer der Aussichtsplattform, um sich die Pasterze anzusehen, die sich ihnen bei strahlend blauem Himmel präsentierte. Doch der Rückgang des Gletschereises war auf den ersten und kurzen Blick sichtbar. Die Klimaerwärmung hatte in den letzten Jahrzehnten hier unverkennbar ihre Spuren hinterlassen – und würde es weiter tun. Ein Grund mehr, wenn auch ein kleiner im Gesamtspektrum, ihren Auftrag erfolgreich auszuführen. Oben auf dem Eisfeld war eine Gruppe von Leuten zu sehen.

„Was die da oben wohl machen?“, fragte sich Jasna.

„Das dürfte Alain sein“, antwortete ihr Hendrik. Er wollte gleich noch zu dem höher gelegenen Ausstellungsraum und sich danach auf die Suche nach Murmeltieren machen.

„Und was macht er da oben?“

„Ein Fotoshooting für seine neue Kollektion. Er hat eine Firma, die Sportbekleidung herstellt. Das hat er mir letztens erzählt“, sagte Hendrik.

Bei genauerem Hinsehen musste Jasna zugeben, dass Hendrik Recht hatte. Alain posierte gerade für einen Fotografen.

Martin hatte in der Zwischenzeit Peter unter einem Vorwand zu ihrem Auto vor der Parkgarage gerufen. Aus der Entfernung sah es aus, als ob sich die beiden angeregt über etwas unterhielten. Sie war neugierig, was Peter zu sagen hatte und ging auf das Auto zu. Ihre Schützlinge hatten sich inzwischen auf eine Bank gesetzt und genossen die Sonnenstrahlen. Zu gerne hätte sie auch gewusst, was in Andrejs Kopf vorging. Hatte er es bereits geschafft, seine Technologie erfolgreich zu testen? Oder war er kurz davor? Wenn nicht, wie weit würde er noch fahren müssen?

Plötzlich wurde sie aus ihren Gedanken gerissen. Vor ihr stand ein Mann, den sie nicht kannte. Sie schätze ihn auf etwa Ende 30, wobei sein rotbrauner Bart auch leicht ein paar Jahre kaschieren konnte.

„Sie müssen Magali sein“, sagte er. „Darf ich mich vorstellen: William Steinberg.“ Er ergriff ihre Hand und deutete einen Handkuss an.

Magali spielte mit und gab sich geschmeichelt.

„Ich bin einer der beiden Neuzugänge. Nachdem sich die Presse auf den Zwischenfall in Deutschlandsberg wie ein verhungerter Aasgeier gestürzt hat, habe ich sofort Louis angerufen und mich euch spontan angeschlossen.“

Was dieser Umweltschützer optisch nicht hergab, machte er mit Charme wieder wett, fasste sie in Gedanken zusammen.

Von links tauchte auf einmal Hendrik auf.

„Schau mal Magali, ich habe tatsächlich einige Murmeltiere vor die Linse bekommen“, rief er ihr begeistert entgegen.

„Hier ist gleich noch eins“, deutete William humorvoll auf sich selbst. Magali musste zugeben, dass der Vergleich nicht unpassend war, denn ihr Gegenüber war nicht sonderlich groß und doch stark behaart.

„Ich bin Hendrik“, reichte ihm der Blogger die Hand. „Ich bin der offizielle Videot“, fügte er scherzhaft hinzu.

„Ich bin William. Freut mich, dich kennenzulernen.“ Dann wandte er sich zurück an Magali.

„Wart ihr auch schon hier, als ein Fahrer hochgeschleppt wurde? Hatte irgendwelche Probleme und ein anderer hat ihn einfach an seinen Think angehängt und ist mit ihm hier herauf gefahren. Wahnsinn! Wenn das kein Beweis dafür ist, was Elektroautos alles können. Selbst in so einem Gelände.“

„Abgeschleppt, sagst du?“ Magali runzelte die Stirn. War das ein Déjà-vu?

“Aber ja. Ich habe alles mit meinem Handy gefilmt. Louis meinte vorhin, ihr habt den offiziellen Blogger an Board und dem wollte ich das Material zur Verfügung stellen. Das ist einer der Gründe, weshalb ich auf euch gewartet habe.“

„Logisch, den Clip hätte ich gerne. Das kann ich super mit den

Murmeltieren in den Blog einarbeiten“, freute sich Hendrik.

„Klasse. Lass uns das heute Abend machen“, antwortete ihm William.

„Und welche Gründe gibt es noch, auf uns zu warten?“ Auch Magali konnte ihren Charme spielen lassen.

William lächelte sie an und hielt ihrem Blick stand.

„Ich hatte gehofft, ihr könntet mir mit einem Ladekabel aushelfen. In der Hektik habe ich nicht alle Adapter eingepackt.“

„Wir haben leider nur eins dabei. Aber du hast Glück. Peter dort drüben ist vom Support, der kann dir sicher weiterhelfen. Ich stell ihn dir gleich vor. Er unterhält sich gerade mit meinem Mann.“ Bei ihrem letzten Satz vermeinte sie eine leichte Enttäuschung in seinen Augen zu sehen. Vielleicht war es aber auch nur der Wunsch nach echter Anerkennung. Wobei sie sich daran erinnern musste, dass auch Martins Verhalten nicht vollständig gespielt war. Verärgert über sich selbst wischte sie den Gedanken beiseite.

Aus dem Augenwinkel heraus nahm sie mehrere Dinge gleichzeitig wahr. Auf der einen Seite machten sich Andrej und Jasna auf dem Weg zu ihrem Auto. Ein sicheres Zeichen, dass sie in wenigen Minuten losfahren würden. Auf der anderen Seite sah sie William auf Martin und Peter zugehen. Auch Martin hatte bemerkt, dass es Zeit zum Aufbruch war und unterbrach sofort sein Gespräch mit Peter. Sie ging zu ihrem Auto und bedeutete Hendrik einzusteigen. Der Neue würde alleine zurechtkommen. Magali sah, wie er zügig auf den Mann vom Support zuging und begrüßte.

Doch Peter rührte sich nicht von der Stelle. Sein Blick war regungslos, dann wurde er kreidebleich.

KAPITEL 16

Steinberg

Montagnachmittag – Großglockner - Neukirchen

William Steinberg spielte seine Rolle, wie er es immer tat. Solange er noch in Sichtweite der Frau, ihres Mannes und des Grünschnabels war, hatte er ein Lächeln auf den Lippen. Das änderte sich kurz darauf schlagartig.

„Es war mir klar, dass du dein Werk höchstpersönlich von hier oben betrachten würdest. Zu dumm nur, dass es dir nichts genützt hat", begann er. Seine Stimme verriet, wie wenig Respekt er vor seinem Kollegen hatte.

„Was machst du hier?", fragte Peter tonlos.

„Hat dir Zürich nicht Bescheid gesagt?", entgegnete er mit einem süffisanten Lächeln. „Sieht wohl nicht so aus…" Langsam ging er einen weiteren Schritt auf Peter zu.

„Was soll mir Zürich gesagt haben?" Die Unsicherheit stand seinem Kollegen, der nach hinten stolperte, ins Gesicht geschrieben.

„Lass uns ein Stück gehen, dann sind wir ungestört und ich erzähl dir alles." Steinberg schlug einen versöhnlicheren Ton an und drängte Peter in Richtung der Treppe, die zur Gletscherzunge führte. Es war später Nachmittag und der Parkplatz vor der Pasterze inzwischen fast leer. Die Cafés und der Souvenirshop schlossen in einer Viertelstunde. Das Fototeam, das die letzten Stunden weiter oben im Schnee Aufnahmen gemacht hatte, war verschwunden. Optimale Voraussetzungen für ihn.

Peter blieb keine andere Möglichkeit, als Stufe für Stufe nach unten zu gehen.

„Wieso bist du hier?", fragte er erneut, als sie unten angekommen waren.

Steinberg hatte diesen wehleidigen Ton noch nie ausstehen können. Von oben konnte sie keiner sehen. Er packte den Arm seines Kollegen und zog ihn in Richtung des kleinen Sees, in dem sich das Schmelzwasser sammelte.

„Zürich ist der Meinung, dass es Zeit für die Profis ist. Mit diesem hirnrissigen Sabotageakt auf dem Weg hierher hast du dir dein eigenes Grab geschaufelt." Wie erwartet, leistete Peter nicht viel Widerstand. Im Gegenteil. Der Kerl fühlte sich an, wie ein nasser Sack Kartoffeln. Steinberg drängte ihn weiter über die Felsen und verstärkte seinen Griff wie bei einem Schraubstock.

„Welcher Sabotageakt? Wovon sprichst du?", nuschelte Peter.

Steinberg kannte dieses Verhalten nur zu gut. Seine Opfer spielten den Unschuldigen.

„Zwei Zwischenfälle an zwei Tagen hintereinander. Das war nicht klug von dir." Seine Stimme wurde bedrohlicher.

„Das erste Mal war ich, das ist richtig", gab Peter zu. „Ich hielt es für eine gute Gelegenheit, die sich ergab und die wir nützen sollten. Die Manipulation ist so gut wie nicht auffindbar. Darauf habe ich besonders geachtet, habe es wie einen Softwarefehler aussehen lassen. Aber ich habe keine Ahnung, was du mit dem zweiten Zwischenfall meinst."

Auch diese Antwort war nicht überraschend. Jeder wollte immer noch verhandeln. Als ob das etwas nützen würde. Es gab längst nichts mehr zu verhandeln.

„Tatsächlich. Wer soll sonst dafür verantwortlich gewesen sein? Erzähl mir keine Märchen über den Sämi."

„Niemand! Es gab einfach ein Problem mit dem Auto, vielmehr mit einem Hallsensor des Elektromotors. Du weißt doch, wie die Dinger funktionieren." Peter hatte diesen Blick, der nach Verständnis heischte. Aber er war an die falsche Adresse gerichtet.

„Ist das so?" Warum nicht ein bisschen spielen, wie die Katze es mit der Maus tat.

„Der Hallsensor erfasst die Position des Magneten innerhalb der

Spule des Elektromotors. Wahrscheinlich hat sich das Ding bei der Fahrt zum Gletscher durch die steile Steigung stark erhitzt. Durch die Wärme wurde der Kleber, mit dem der Hallsensor aufgeklebt ist, weich. Dadurch…“

„Ich hatte dich nicht um eine technische Vorlesung gebeten. Komm auf den Punkt.”

„Das versuche ich ja. Wenn du mich einfach ausreden lassen würdest, dann könnte ich dir alles erklären.” Die Verzweiflung war deutlich in Peters Stimme zu hören. „Der Hallsensor hat sich abgelöst und hat fehlerhafte Werte geliefert, dadurch hat der Elektromotor nicht mehr einwandfrei funktioniert. Auf geraden Strecken war das kein Problem, bergab auch nicht, da meistens über das Bremsen rekuperiert wird. Aber auf Steigungen…“ Peter war während seiner Erklärungen immer weiter vor ihm zurückgewichen, hatte aber nur halbherzig versucht, sich aus dem eisernen Griff zu befreien, der seinen Oberarm umklammerte.

„Genug jetzt.“ Steinbergs Geduld war am Ende, genau wie ihr Weg. Sie standen am Rand des kleinen Gletschersees. Die Felsen waren glitschig vom Wasser. Gefährlich glitschig. Wenn man nicht aufpasste, konnte man leicht in die dahinterliegende Felsspalte stürzen, der das Wasser in den weiter unten liegenden Stausee folgte.

Mit einem kurzen und geschulten Blick versicherte sich Steinberg, dass niemand ihnen zusah. Die Sonne war hinter dem Großglockner verschwunden und Wolken senkten sich über die Berge herab. Selbst wenn noch jemand auf der Plattform stand, konnte er sie nicht im Detail erkennen. Er ließ Peters Oberarm los.

Damit hatte sein Gegenüber nicht gerechnet und genau diesen Moment nutzte er aus, um ihn mit drei gezielten Schlägen für immer mundtot zu machen. Der erste Schlag traf Peter in den Solar Plexus und raubte ihm die Luft. Er würde in seinem Leben keinen Laut mehr von sich geben. Der zweite Schlag landete mitten im Gesicht. Er brach ihm nicht nur die Nase. Steinberg hörte das Krachen des Kieferknochens, gefolgt von dem Splittern einzelner Zähne. Gut. Das würde die Identifizierung verzögern. Der dritte Schlag traf seitlich unterhalb des linken Ohrs auf. Die Wucht auf die dort zusammenlaufenden Halsnerven tötete Peter sofort.

Steinberg stieß den leblosen Körper in die Felsspalte. Mit jedem Gesteinsvorsprung, den das, was eben noch sein Kollege war, auf dem Weg nach unten traf, brachen mehr Knochen. Er konnte das Knacken bis zu ihm herauf hören. Am Ende ertönte ein dumpfer Schlag, gefolgt von einem Zischen, das wie das Spritzen von Wasser klang. Doch es bestand keine Gefahr, dass der Körper in absehbarer Zeit in den Stausee geschwemmt werden würde. Zu wenig Wasser lief vom Gletscher über den kleinen See diese Felsspalte hinab. Ein gutes Versteck für jemanden, der kein Rückgrat besaß.

Zufrieden ging er zur Aussichtplattform zurück. Eine letzte Sache musste er noch erledigen, bevor er nach Neukirchen fuhr. Peters Auto stand in der Parkgarage. Er montierte die Kennzeichen ab und ersetzte sie durch ein Paar nicht identifizierbare, die er als Reserve im Auto dabei hatte. Nachdem er das Auto nach allem, was auf Peter deuten oder mit der Expedition in Zusammenhang stehen könnte, durchsucht hatte, machte er sich auf den Weg. Auf der Fahrt erstattete er Dominik Bericht.

„Der erste Auftrag ist erledigt. Peter hatte im wahrsten Sinne des Wortes ein niederschmetterndes Erlebnis“, informierte er seinen Chef.

„Gut. Ich brauche keine Details. Konzentriere dich jetzt vollkommen auf die Technologie. Wir müssen sie finden, bevor die WAVE Zürich erreicht. Das ist absolute Priorität. Die erwarten mehrere hundert Fahrzeuge für die Weltrekordparade. In Zürich und rund um den See darf es keine Zwischenfälle geben. Weder während der Parade noch zum Abschluss der Expedition. Es darf nicht den Hauch eines Verdachts geben, der auf unser Büro in der Stadt fallen könnte. Ist das klar?“, antwortete ihm Dominik.

„Vollkommen klar.“

„Ich kümmere mich in der Zwischenzeit um Palmer“, versprach Dominik. „Er wird einen Anruf bekommen, dass Peter in einer dringenden Familienangelegenheit nach Hause musste.“

„In Ordnung. Ich mache mir allerdings etwas Sorgen um Jäger“, antwortete Steinberg. „Er ist Adlers Protegé und wird dessen Linie fahren wollen. Außerdem brauche ich ihn nicht. Nachdem dieser junge Nichtsnutz plötzlich wieder bei der Expedition aufgetaucht ist, ist Jägers Job hinfällig. Aus der Distanz heraus kann er nichts unternehmen.“

„Mach dir keine Sorgen wegen Jäger“, entgegnete Dominik. „Der stellt keine Befehle in Frage. Das ist das Gute an ihm. Bei ihm weiß man, woran man ist.“

Zwar kein Peter, aber noch so einer, der keinen Ehrgeiz hat, dachte sich Steinberg. Keiner von der Sorte wie Dominik oder er selbst es war.

„Ihn jetzt abzuziehen, wäre nicht sinnvoll“, fuhr sein Chef fort. „Ich werde Jäger informieren, dass er ab sofort an dich berichtet. Kann gut sein, dass du seine Unterstützung noch brauchst. Walter bereitet mir eher Bauchschmerzen. Er weiß noch nichts von dir, aber auch darum kümmere ich mich. Es war einfach notwendig, nachdem unser junger Blogger so schnell wieder bei der Expedition aufgetaucht ist. Jäger ist niemand, der gut unter Menschen ist und improvisiert. Deswegen arbeitet ihr zusammen. Du aus der Mitte heraus und er von außen.“

„Du meinst, das kauft dir Walter ab?“

„Sicher. Offiziell bist du Jägers Augen und informierst ihn, wann er am besten zuschlagen kann.“

„Verstehe.“

„Finde die Technologie“, beendete Dominik ihr Gespräch. „Wenn du diesen Auftrag erfüllt hast, werde ich mein Versprechen einlösen und meinen Teil unserer Abmachung erfüllen.“

Wieder einmal fühlte sich Steinberg bestätigt, dass er die richtige Entscheidung getroffen hatte. Die glorreichen Zeiten des CEO waren vorbei und Christian Adler würde bald der Vergangenheit angehören. Dominik Brandt war der Richtige, um die Geschäfte zu übernehmen. Er hatte weltweit Erfahrung und verlor sich nicht in Gefühlsduselei von bestehenden Konventionen. Dominik hatte das

Gefahrenpotential erkannt, das Elektroautos für die Industrie darstellten. BIRD musste die Druckmittel besorgen, um die Industriebosse in Schach zu halten, damit diese weiterhin Adler Reilly die Großaufträge zuschusterten.

Deswegen musste BIRD die Entwicklung der neuen Technologie unter Kontrolle bekommen und für eine größtmögliche Verzögerung sorgen. Nur ein Ignorant mit Milliarden auf seinen Offshore-Konten konnte der Meinung sein, dass alles beim Alten blieb; dass es genügte, die Augen davor zu verschließen und das Geschehen zu ignorieren. Dominik war nicht weniger arrogant als Adler, aber flexibler und anpassungsfähiger in seinen Denkstrukturen. Genau das war es auch, was Dominik wollte: BIRD modernisieren und damit gleichzeitig den Status quo erhalten. Denn Veränderung war die einzige Konstante im Leben.

Was für ihn dabei heraussprang, wenn er Dominik bei seinem Aufstieg zur Nummer eins unterstützte? Das Versprechen, das sein Chef ihm gegeben hatte, entschädigte für jedes Risiko, das dieser Verrat mit sich brachte. Er würde die freigewordene Stelle der Nummer zwei einnehmen. Jäger war kein Mann für eine derartige Aufgabe. Er hatte nicht einmal diesen Auftrag in Frage gestellt, hatte angenommen, dass die Operation wie immer von Adler abgesegnet worden war. In der Hinsicht war Jaeger wie ein Kampfhund: Darauf trainiert, auf Befehl zu gehorchen. Eigeninitiative war ihm fremd. Das machte ihn jedoch nicht weniger gefährlich. Es war schwer einschätzbar, wie er auf den Angriff seines Trainers, seines alten Mentors reagieren würde.

Steinberg griff erneut zum Telefon.

„Jäger, wo steckst du?“

„Kurz hinter Heiligenblut.“

„In Ordnung. Heute Abend wird sich wahrscheinlich keine Gelegenheit ergeben. Nach dem Essen gibt es ein Briefing und Vorträge. Das wird dauern. Unser Grünschnabel wird ständig in Gesellschaft sein. Wir sollten abwarten, wie sich der Tag morgen entwickelt. Die Expedition teilt sich in mehrere Etappen auf.“

„Gut. Halt mich auf dem Laufenden”, antwortete Jäger. „Sonst noch etwas?“

„Ruf bei den Experten der Datenanalyse an“, verlangte Steinberg. „Ich will von jedem Teilnehmer ein vollständiges Profil mit komplettem Background-Check – alles, was unsere teuren Systeme hergeben. Wofür haben wir die schließlich. Ab sofort sollen auch alle Telefongespräche, Emails und Textnachrichten der Teilnehmer nach Kombinationen aus den wichtigsten Schlagwörtern gescannt werden.“

„Nach welchen?“

„Muss man dir alles buchstabieren“, fluchte er. „Elektroauto, Technologie, neu, Investment, Test, erfolgreich, Reichweite…“

„Verstehe. War's das?“

„Nur eine Kleinigkeit noch“, meinte Steinberg. „Ich habe gerade mit Dominik gesprochen. Er sagt, dass sich Walter momentan komisch verhält. Scheint nicht mehr ganz hinter dem Boss zu stehen.“

„Inwiefern?“, wollte Jäger wissen.

„Das weiß ich auch noch nicht genau, dachte nur, ich sage es dir.“

Die Idee war ihm spontan gekommen. Wenn er bei Jäger den Verdacht säte, dass Walter illoyal war, würde Jäger ihn keinesfalls direkt kontaktieren, um Einzelheiten der Operation zu hinterfragen.

Die Fahrt von der Kaiser-Franz-Josefs-Höhe hatte ihn vor ein unerwartetes Problem gestellt. Diese verdammten Elektroautos. Seines war auch noch ein besonders alter Knochen. Er hatte oben die Batterie vollgeladen und nicht bedacht, dass das Fahrzeug während der Bergabfahrt die Bremsenergie umwandeln und in der Batterie speichern wollte. Jetzt war seine Batterie so heiß, dass er sich ein Spiegelei darauf hätte braten können. Ärgerlich bog er von der Straße auf die danebenliegende Wiese ab und fuhr über einen Schneehaufen, der sich im Schatten gehalten hatte. Immerhin hatte er sich gemerkt, dass die Batterie im

Unterboden montiert war. Er konnte nur hoffen, dass die Kälte schnell ihre Wirkung entfaltete. Das Briefing am Abend wollte er auf keinen Fall versäumen.

Nach einer Weile machte er sich wieder auf den Weg und fuhr zuerst ein Stück den Berg hinauf, um Energie zu verbraten.

Die Zeit wurde langsam knapp und er musste das Risiko eingehen. Die Schönheit der Natur bei Zell am See und Brück nahm er nicht wahr. Bei seiner Ankunft in Neukirchen stellte er fest, dass er nicht der Letzte war, der eintraf. Er hatte zwar den offiziellen Empfang verpasst, aber das war angesichts des Gruppenfotos eher ein Glücksfall. Je weniger seine Anwesenheit dokumentiert wurde, desto besser. Viele der Teams saßen draußen beim Essen. Die Stimmung schien gedämpft zu sein.

Von einigen hörte er im Vorbeigehen, dass sie sich mehr Zeit für Unterhaltungen mit anderen Teilnehmern wünschten. Das frühe Aufstehen, die gehetzte Abfahrt, knappe Ladestopps und abendliche Doppelschichten, um den eigenen Blog auf dem neuesten Stand zu halten, schienen erste Spuren zu hinterlassen. Er nickte denen, die nach seiner Zustimmung suchten, freundlich zu. Was wussten diese Menschen schon von dem täglichen Drill? Hier handelte es nur um einen klassischen Tiefpunkt, den jede geführte Unternehmung erreichte, die länger als drei oder vier Tage dauerte.

Dafür konnte auch der Organisator der Expedition nichts. Bei dieser Anzahl von Teilnehmern war es mehr als verständlich, dass sich viele nicht genauer kennenlernten, ja teilweise sich gegenseitig nicht einmal wahrnahmen. Diese Tatsache war für ihn von großem Vorteil. Allerdings hatte er die Befürchtung, dass Hendrik vermisst werden würde. Was er bisher beobachtet hatte, schienen ihn viele zu kennen und zu mögen.

So wie dieser Martin und seine frisch angetraute Frau Magali, bei denen der Junge am Großglockner mitgefahren war. Martin beschwerte sich gerade lautstark, dass ihr Navigationssystem sie in die falsche Richtung geführt hatte und sie beinahe in den Gegenverkehr gefahren wären. Sehr intelligent konnte der Kerl ja nicht sein. Seine

Frau hingegen sah erschöpft aus und verärgert darüber, dass sie nicht genügend Zeit zum Essen haben würden. In zehn Minuten war es Zeit für das Briefing.

Das fiel jedoch kürzer aus als gedacht, vielleicht aufgrund der allgemeinen Stimmung, der Müdigkeit und dem Wunsch nach Erholung. Auf Anregung einiger Teilnehmer wurden fixe Zeiten in der Nacht definiert, in denen die Kollegen vom Support die Ladekabel, Verteilersteckdosen und Sicherungen bei einem Rundgang überprüften. Sicherlich den Ereignissen in Eisenstadt geschuldet, als seine Kollegen, bei dem Gedanken stellten sich Steinberg die Nackenhaare auf, ihr stümperhaftes Werk begonnen hatten.

Louis Palmer ging auf die einzelnen Etappen der nächsten zwei Tage ein, die sie über den Gerlospass und Innsbruck von Österreich in die Schweiz führen würde. Die Aussicht, am nächsten Abend in einem Schweizer Armeebunker zu übernachten, wurde mit gemischten Gefühlen aufgenommen. Echtes Mitgefühl wurde jedoch der nächsten Meldung entgegengebracht.

„Peter Prohaska, der fantastische Arbeit in unserer Supportgruppe geleistet hat, musste uns leider plötzlich aufgrund einer ernsten Familienangelegenheit verlassen. Unsere Gedanken sind bei ihm in dieser schwierigen Zeit." Palmer ließ eine Gedenkminute verstreichen. „Allerdings freuen wir uns über weiteren Zuwachs. William Steinberg haben einige von euch bereits kennengelernt. Zusätzlich ist Timo Schneeweis zu uns gestoßen."

Beide wurden rundum von freundlichem Nicken begrüßt.

„Peters Abschied stellt uns jedoch vor ein kleines Problem: Uns fehlt ein Mann im Support..."

„Ich springe gerne ein", meldete sich Steinberg. Das lief ja wie am Schnürchen. „Auch wenn mir jemand am Anfang auf die Sprünge helfen müsste!"

Sein Scherz hatte die gewünschte Wirkung. Nur bei einer Person nicht. Hendrik sah nachdenklich aus, bei genauerem Hinsehen sogar ängstlich. Ahnte er etwas?

„Wunderbar, William", bedankte sich Louis Palmer. „Wer weiß, vielleicht stößt Peter zur Parade in Zürich wieder zu uns. Damit wünsche ich euch allen eine gute Nacht. Erholt euch gut, wir fahren früh los und haben einen langen Tag vor uns. Und wie immer gilt: *Follow the roadbook*."

Im Roadbook stand zwar nicht, wann Bettruhe war, jedoch gingen viele sofort nach dem Briefing in ihre Zimmer. Einige der Teams gingen in die Hotelbar. Eine kurze Nacht schienen sie für einen Absacker unter Gleichgesinnten gerne in Kauf zu nehmen.

Steinberg folgte ihnen, blieb aber am Tresen stehen. Im Spiegel beobachtete er unauffällig die einzelnen Tische, während er vorgab, eine E-Mail auf seinem Smartphone zu schreiben. In Wirklichkeit ging er die Profile auf der Liste, die ihm Zürich geschickt hatte, durch und verglich sie mit den Anwesenden. Hendrik war ebenfalls in der Bar und ging von Tisch zu Tisch, unterhielt sich hier eine Weile, dann dort. Fast, als ob er nicht alleine sein wollte. Oder sammelte er immer noch Informationen? Machte er seinen Job weiter wie geplant?

Er wüsste zu gern, was der Junge alleine in Bled gemacht hatte. Und wie zum Teufel war er so schnell von dort nach Weissensee gekommen?

KAPITEL 17

Magali

Dienstagmorgen – Neukirchen – La Punt

Magali stand abseits des Hotelparkplatzes und telefonierte mit Frank – ihre morgendliche Routine. Die letzten Ereignisse hatten einen Gedanken in ihr heranwachsen lassen. Nachdem Peter verschwunden war, mussten sie die Chance nutzen, die sich ihnen noch bot. Bis jetzt hatten sie die Technologie erfolgreich beschützen können, ebenso ihren Entwickler. Doch wer wusste, ob das so blieb?

Martin hatte herausgefunden, dass die Sabotage an ihrem Auto kein Zufall gewesen war, ganz im Gegenteil. Man benötigte spezielle Kenntnisse, um die Steuergerätesoftware derart umzuprogrammieren und die Änderung auch noch zu kaschieren. Er hatte Peter oben am Großglockner auf den Zahn fühlen wollen, denn alle Indizien sprachen dafür, dass er sich in Feistritz in ihr Auto gehackt hatte. Doch Martin war von diesem William Steinberg unterbrochen worden.

„Hältst du Hendrik wirklich für vertrauenswürdig?“, wollte Frank ihre Einschätzung hören. „Nach allem, was in Deutschlandsberg passiert ist und welche Auswirkungen das auf sein Verhalten gehabt hat? Was garantiert uns, dass er sich nicht noch einmal in einem Loch verkriecht, ohne jemandem Bescheid zu sagen? Das ist ein enormes Risiko.“

„Sein Verhalten in Aibl und Bled ist genau der Grund, warum ich denke, dass wir ihm vertrauen können“, verteidigte sie den jungen Blogger gegenüber ihrem Chef. „Da hat jemand mit großen Geldscheinen gewedelt und Hendrik hat sich überreden lassen, obwohl er nicht hundertprozentig überzeugt war. Er hatte schon ein schlechtes Gewissen, als er zur Expedition dazu kam und dann ging sein Auftrag auch noch schief. Wegen ihm hätten in Deutschlandsberg Leute umkommen können, dessen ist er sich bewusst, auch wenn er nicht die Absicht hatte und es letztendlich ein unglücklicher Unfall war. Wenn man dann noch bedenkt, was seiner Familie zugestoßen ist…das ist schon harter Tobak."

„Was willst du damit sagen?", fragte Frank.

„Ich denke, seine Reaktion ist vollkommen verständlich und spricht für Hendrik. Er ist kein gefühlskalter Roboter, der Befehle ausführt. Im Gegenteil, er will das Richtige tun und sorgt sich um seine Mitmenschen. Das spielt uns in die Hände. Wenn wir ihn überzeugen können, dass wir die Guten sind und er mit uns das bewirken kann, was ihm die andere Seite versprochen hat, wird er nicht noch einmal so eine Fehlreaktion haben."

„Wie sieht Martin das?"

„Martin ist meiner Meinung", entgegnete sie. „Er konnte aus Peter gestern nicht viel herausbekommen, da er von einem Neuankömmling gestört wurde. Jetzt, nachdem Peter nicht mehr bei der Expedition dabei ist, können wir nur noch über Hendrik an Informationen zu der Gegenseite kommen, außerdem haben wir ein paar Augen und Ohren mehr. Ich denke nicht, dass seine Auftraggeber so einfach aufgeben werden."

„Peter ist nicht mehr dabei?"

„Gestern Abend hat uns Louis informiert, dass Peter unerwartet aus dringenden familiären Gründen nach Hause musste."

„Das stinkt", entfuhr es Frank. „Wenn Peter und Hendrik zusammengearbeitet haben – wovon wir im Moment ausgehen – könnte Peter entweder abgezogen oder aus dem Weg geräumt worden sein. In letzterem Fall wäre Hendrik tatsächlich in Gefahr – so, wie er es unseren Leuten in Bled gegenüber schon angedeutet hatte. Dann hat er das Richtige getan, als er zur Expedition zurückgekehrt ist und sich seitdem immer mit Menschen umgibt, die er kennt." Franks Stimme ließ erkennen, dass er betrübt war. So wie immer, wenn sich herausstellte, dass sich die Ängste ihrer Kunden zu bewahrheiten schienen.

„Das klingt nicht gut. Das klingt nicht danach, dass wir es mit einfacher Industriespionage zu tun haben“, pflichtete sie ihm bei.

„Also gut. Versuch Hendrik anzuheuern, aber gib nur so viel preis, wie absolut notwendig. Du kennst ja die Vorschriften. Finde heraus, was er weiß. Aber sei vorsichtig, solange wir nicht wissen, ob er beschattet wird.“

„In Ordnung. Ich bin mir sicher, dass wir damit die richtige Entscheidung treffen“, bestätigte Magali.

Sie ging zum Auto und informierte Martin. Die Abfahrt verzögerte sich, da in der Nacht am Gerlospass eine Schlammlawine losgegangen war, verursacht durch den heftigen Regen der letzten Tage in dieser Region. Aus dem Radio kam eben die Nachricht, dass die Aufräumarbeiten in vollem Gange waren. Die Verzögerung würde einen ohnehin schon langen Tag mit 270 Kilometer Strecke bis La Punt noch länger machen.

„Das gibt uns immerhin etwas mehr Zeit mit Hendrik“, sagte sie zu Martin. „Wo steckt er übrigens?“

„Er packt gerade noch seine sieben Sachen zusammen“, antwortete er ihr.

„Wir sollten ab jetzt immer ein Auge auf ihn haben.“

„Als ob wir nicht schon genug zu tun hätten“, grummelte Martin.

„Welche Laus ist dir denn über die Leber gelaufen? Wenn Hendrik bei uns mitfährt, schlagen wir zwei Fliegen mit einer Klappe.“

„Du hast ja Recht. Ich finde es einfach beängstigend, dass die Leute, die nach der Technologie suchen, nicht davor zurückschrecken könnten, jemandem wie Hendrik nach dem Leben zu trachten. Denn das bringt dich auch in Gefahr“, teilte er ihr seine Sorge mit.

„Dafür bin ich ausgebildet. Das ist mein Job, also mach dir darüber nicht allzu viel Gedanken", beruhigte sie ihn.

Da war sie wieder, die charmante Seite von Martin. Sein Beschützerinstinkt. Wenn sie ehrlich war, gefiel ihr die Situation ebenfalls nicht. Sie war dafür ausgebildet und dazu berechtigt, im Ernstfall zu kämpfen und das Leben ihrer Schützlinge mit Körperkraft oder sogar Waffengewalt zu verteidigen. Doch bisher war dieser Fall nur sehr selten eingetreten und bei dieser Expedition hatten sie die Wahrscheinlichkeit als niedrig eingeschätzt. Natürlich hatten sie mit kleineren Zwischenfällen wie verärgerten Elektroautogegnern gerechnet. Aber mit einer Organisation, die bei Industriespionage vor nichts zurückscheute, nicht einmal vor Mord?

„Na endlich", riss Martin sie aus ihren Gedanken. „Die Straße ist wieder befahrbar, die Aufräumarbeiten fast abgeschlossen".

„Gut, ich hole Hendrik. Andrej und Jasna machen sich auch gerade bereit für die Abfahrt, halte sie solange auf."

„In Ordnung. Wie willst du das mit Hendrik handeln?", fragte Martin.

„Ich werde ihm klarmachen, dass sein Chef ihn nach Strich und Faden belogen hat."

„… mit Ausnahme der Technologie."

Magali lächelte. "Richtig."

Auf dem Weg zum Gerlospass kamen sie an einem Wasserfall vorbei, der scheinbar ein beliebtes Ausflugsziel war. Weiter oben, nahe der Kuppe war von dem Erdrutsch nicht mehr viel zu sehen. Trotzdem war Martin vorsichtig und langsam gefahren, immerhin wurde heute auf dieser Strecke der Effizienztest gemessen. Dabei wurde bewertet, welches Fahrzeug bei der Bergauf- und Bergabfahrt im Durchschnitt den niedrigsten Energieverbrauch aufwies.

Magali fragte sich, wie Andrej es anstellen wollte, dabei nicht aufzufallen. Aber der Slowene hatte das sicherlich berücksichtigt. Bei einem kurzen Ladestopp in Zell am Ziller gönnten sie sich einen Kaffee in der Morgensonne, bevor es weiter zum Mittagessen nach Innsbruck ging.

„Angeblich hat das Fahrzeug des einen Sponsors den Test gewonnen“, hatte Hendrik in Erfahrung bringen können.

„Das glaubst du doch selbst nicht“, schüttelte Martin den Kopf. „Da müssen die Fahrer das Gaspedal auf dem Weg zum Pass hoch aber mit der Feder gestreichelt haben.“

„Vielleicht ist auch einer ausgestiegen und hat von hinten angeschoben“, grinste Hendrik kurz. Die Gesellschaft von Martin schien ihm gut zu tun. Der Junge wirkte weniger angespannt als noch am Tag zuvor. Sie hatte bisher auf der Fahrt absichtlich scheinbar Belangloses geredet, ihre zwei Männer - bei dem Gedanken musste sie schmunzeln - mit Keksen versorgt und ein paar Fotos gemacht. Hendrik sollte zur Ruhe kommen, sich wohlfühlen und Vertrauen zu ihnen aufbauen.

„Das wäre ja glatt Schiebung“, fiel Martin lachend ein.

„Mal im Ernst. Ob die Auswertung so korrekt ist, kann man schon anzweifeln“, erwiderte Hendrik.

Damit hatte er ihr gerade eine Steilvorlage geliefert.

„Deinem Kommentar entnehme ich, dass du das nicht gutheißen würdest“, begann sie.

„Ihr vielleicht? Ein Wettbewerb sollte doch immer ehrlich ablaufen, ohne Geschummel.“

„Manchmal ist schummeln gerechtfertigt, manchmal nicht. Lügen allerdings gehört nicht dazu. Manche Leute lügen so oft, dass man nicht einmal merkt, wenn sie ausnahmsweise die Wahrheit sagen.“ Magali suchte im Rückspiegel nach Hendriks Augen. Hatte er eben merklich zusammengezuckt?

„Wie meinst du das?“, wollte Hendrik wissen. Er sah etwas verunsichert aus, so, als ob er sich ertappt fühlte.

Es war Zeit. Sie bog in einen kleinen Feldweg und hielt an. Martin stieg aus und bedeutete Hendrik, das Gleiche zu tun.

„Wir müssen ungestört reden“, forderte er ihn auf. „Am besten unter vier beziehungsweise sechs Augen. Lass alles im Auto, auch dein Handy.“

Hendrik verstaute sein Handy in der Fototasche und folgte Martin und Magali, die einige Meter den Feldweg entlang gingen.

„Ich verrate dir jetzt ein Geheimnis, weil ich dir vertraue und weil Martin dir vertraut“, begann sie und beobachtete seine Reaktion. Sein Blick verriet Vorsicht.

„Wir sind nicht ganz die, für die du uns hältst.“ Sie ließ die Aussage kurz wirken, doch Hendrik zeigte keine Regung. Er wartete ab, was noch kam.

„Wir sind auch nicht verheiratet“, ergänzte Martin. „Wir wissen, dass du in Bled nicht in einem Krankenhaus warst und dass du nicht zufällig so schnell wieder zur WAVE zurückgekommen bist.“

Hendriks Augen weiteten sich. „Wer seid ihr? Wer hat euch das gesagt?“

„Wir wissen das, weil wir für dieselbe Organisation arbeiten wie Eva und Janez“, übernahm Magali wieder. „Sie haben dich immer gut behandelt und dich sogar bis zum Ostufer des Weissensee gefahren, nicht wahr?“

Hendrik schien nicht zu wissen, wie er reagieren sollte.

„Hast du dich in den Stunden, in denen ihr zusammen gewesen seid, je bedroht gefühlt?“

„Nicht wirklich“, brachte er hervor.

„Das wäre auch dumm gewesen, denn wir sind die Guten. Diejenigen, die vielleicht schummeln, aber nur, um die Wahrheit zu beschützen.“

„Und was ist die Wahrheit?“ Hendrik schien Mut zu fassen.

„Die Wahrheit ist, dass wir jetzt deine Hilfe brauchen.“

„Meine Hilfe? Wofür? Woher soll ich wissen, dass ich euch trauen kann?“ In seinem Blick lag verständlicher Zweifel.

„Die Frage hättest du deinem jetzigen Auftraggeber stellen sollen.“

„Martin…“, ermahnte sie ihren Kollegen.

„Stimmt doch“, widersprach Martin. „Er hätte sich vorher mit dem Thema auseinandersetzen können, bevor er sich blindlings in so eine Sache verwickeln lässt. Also, was genau ist dein Auftrag, Hendrik?“

Sie ließ Martin gewähren. Besänftigen konnte sie ihn später

immer noch. Diese Taktik war altbewährt.

„Ich soll etwas finden…“, kam es leise als Antwort.

„Nun lass dir nicht alles aus der Nase ziehen“, drehte sich Martin zu ihm um.

„Mir wurde gesagt, dass…“, Hendrik rang nach Worten, so als ob er genau überlegen musste, was er als Nächstes sagte. „Es gibt diese Gerüchte, dass während der WAVE eine Technologie getestet wird, die von einem großen Hersteller nur deshalb entwickelt wurde, um den CO_2 Wert seiner Flotte künstlich zu senken und damit die EU-Vorgaben einzuhalten und doch trotzdem die großen Spritschlucker verkaufen zu können.“

„Was für ein Schwachsinn“, entfuhr es ihr.

„Magali hat recht“, unterstütze sie Martin. „Das ist Unsinn, aus zwei Gründen.“

„Hendrik“, unterbrach sie ihren Kollegen sanft. „Dein Auftraggeber hat dir eine riesige Lüge aufgetischt. Die müssen geahnt haben, dass die Technologie echt ist und dem Zweck dient, Elektroautos für die Masse der Bevölkerung attraktiv zu machen. Was sie nicht wussten, ist, wer sie entwickelt hat und in welchem Fahrzeug sie getestet wird. Der Teil mit den EU-Vorgaben ist schlichtweg gelogen.“

„Woher wollt ihr das wissen?“, fragte Hendrik, noch nicht überzeugt von dem, was er gerade gehört hatte.

„Versprichst du, mit uns zusammenzuarbeiten, wenn wir dir das sagen?“ Sie sah ihn ernst an. „Wir brauchen tatsächlich deine Hilfe.“

„Okay, ich verspreche, dass ich es versuche“, rang sich Hendrik durch.

„Beweise uns, dass wir dir vertrauen können“, forderte Magali.

„Was wollt ihr wissen?“, fragte er schließlich, ganz ohne weiteres Vorspiel.

„Fangen wir mit den einfachen Fragen an“, antwortete ihm Martin. „Warum hast du so einen Auftrag angenommen?“

Hendrik stieß einen tiefen Seufzer aus. „Ich weiß es nicht genau. Irgendwie hatte ich den Eindruck, dass ich helfen kann, etwas bewirken kann.“

„Inwiefern?“, fragte Martin

„Ich dachte wirklich, dass es ein Kampf Goliath gegen David ist und ich auf Seiten von David stehe. Ihr wisst schon, ein großer Hersteller, der die Vorgaben solange dreht und wendet, bis sie für ihn passen und er sich weiter die ohnehin schon vollen Taschen stopfen kann. Ich wollte helfen, ihn zu Fall zu bringen.“

„Aber du hattest deine Zweifel?“, unterstützte Magali ihn.

„Ja. Irgendetwas passte nicht zusammen. Außerdem war ich nicht derjenige, der zuerst angeheuert wurde. Das war Nils. Ich kam nur Huckepack mit ihm mit.“

„Nils ist dein Freund, der jetzt in Zürich ist?“, vermutete sie.

„Richtig. Aber ihm ist die Umwelt ziemlich egal. Genauso wie es ihm egal ist, was die Großen treiben.“ Hendriks Blick verriet eine gewisse Traurigkeit.

„Was hat ihn dann an diesem Job gereizt? War es das Geld?“, fragte sie.

„Zum einen war es das Geld. Zum anderen war es aber auch die Aussicht, im Verborgenen zu arbeiten, einen auf James Bond zu machen. So was wie Geheimdienstkram. Er ist ziemlich eitel, wisst ihr.“

„Was meinst du für Geheimdienstkram?“, fragte Magali.

„Diese Leute müssen enorm gute Verbindungen haben“, sagte Hendrik, „Sie können überall Systeme anzapfen und verfügen über enormes Equipment – noch so eine Sache, die Nils gefallen hat. In Sopron zum Beispiel, da konnte sich Nils direkt in das Telefonat eines Teilnehmers einklinken, der keine 20 Meter entfernt von mir stand. Wir dachten, dass dieser Typ derjenige sein könnte, in dessen Auto die Technologie steckte. An dem Morgen hatte er sich ziemlich verdächtig verhalten“, fügte Hendrik fast entschuldigend hinzu.

„Dann wären unsere Handys nicht sicher“, wandte sich Magali an Martin. In ihrer Stimme schwang ein Hauch von Panik mit.

„Das halte ich für unwahrscheinlich. Frank hat uns mit der neuesten Generation der Kryptotelefone ausgestattet. An deren Verschlüsselungsmechanismen beißen sich selbst Hardcore-Hacker die Zähne aus“, antwortete ihr Martin, der sich gleich darauf an Hendrik wandte. „Ist dein Handy eingeschaltet?"

„Ja. Ich habe mein Handy immer an, für den Fall, dass sie mich erreichen wollen. Offiziell arbeite ich noch für sie."

„Okay. Gut, dass es im Auto liegt. Ab jetzt wirst du dein Telefon, wenn wir etwas zu besprechen haben, immer ausschalten, die Batterie herausnehmen und in deinen Schal gewickelt in eine Tasche stecken", forderte Martin ihn auf.

„Warum? Nils hat mir bestätigt, dass es sicher ist", entgegnete Hendrik.

„Tu es einfach. Ich vertraue nur unseren Technikern. Nach unserem Gespräch kannst du es wieder einschalten."

„Und wenn sie gerade da versuchen, mich zu erreichen?"

„Dann haben sie Pech gehabt und du warst in einem Funkloch. Die gibt's schließlich immer noch", antwortete Martin.

„Wer hat euch angeheuert?" Martins Blick war bei dem letzten Satz noch ernster geworden.

„Schwer zu sagen. Uns wurde erklärt, es sei eine kleine Firma, die sich auf neue Geschäftsfelder konzentriert. Untergebracht ist sie in Zürich, in dem Gebäude, in dem auch Adler Reilly sitzt."

„Meinst du die Unternehmensberater?", hakte Magali nach.

„Ja, die haben ihren Hauptsitz in Zürich", bestätigte Hendrik.

„Hast du Namen für uns?", fragte Martin.

„Der Mann, der uns angeheuert hat, hat sich als Dominik Brandt vorgestellt."

„Wir werden das überprüfen." Magali nickte Martin zu.

„Hendrik", fuhr ihn Martin auf einmal ungeduldig an. „Warum bist du zur WAVE zurückgekommen, wenn du von dem Auftrag nicht mehr überzeugt warst? Das war in Bled schon klar."

„Weil mir Nils gesagt hat, dass ich unter den Leuten hier sicher wäre."

„Und warum sollte das der Fall sein?" Martin schüttelte den Kopf, als ob es nicht offensichtlich wäre.

„Sie haben jemanden auf dich angesetzt", antwortete Magali an Hendriks Stelle ernst. „Deswegen warst du in Weissensee auch so verunsichert, ja verängstigt. Du hast jemanden gesehen. In dem Auto, das euch von der Straße aus verfolgt hat."

Hendrik schluckte. Magali konnte seine Angst fast spüren. Sie tauschte einen kurzen Blick mit Martin, der ihre Einschätzung bestätigte. Hendrik war reif.

„Du hast uns dein Vertrauen bewiesen, jetzt werden wir dir etwas anvertrauen", begann sie besänftigend.

Er sah noch nicht überzeugt aus. Aber Magali war sich sicher, dass sie sich nicht in ihm täuschte.

„Wir wissen, dass du belogen wurdest, weil wir das beschützen, was du finden sollst. Martin und ich wurden angeheuert, um auf die Technologie aufzupassen. Sie stammt nicht von einem großen Hersteller, sondern von einer kleinen Firma und sie wird es möglich machen, den CO_2- Ausstoß zu senken und den Klimawandel zu verzögern. Wenn sie erfolgreich getestet wird – wovon wir momentan ausgehen, dann bedeutet sie eine Revolution für den gesamten Markt." Magali ließ ihre Aussage wirken.

Doch die erwartete Reaktion kam nicht. Hendrik blieb weder mit offenem Mund stehen, noch fielen ihm seine Augen vor Staunen heraus. Er stand einfach regungslos da und schaute zu Boden. Wahrscheinlich hatte er nicht damit gerechnet, dass er auf Gegenspieler stoßen würde. Genauswenig wie sie gedacht hatten, dass jemand tatsächlich Andrej und seine Entwicklung ausspionieren, ja möglicherweise sabotieren wollte. Hendrik wusste, dass er auf das falsche Pferd gesetzt hatte, sein Bauchgefühl hatte ihn nicht getrübt. Seine Regungslosigkeit jetzt war Resignation. Er ergab sich seinem Schicksal. Nicht der beste Anfang, aber immerhin ein Anfang. Magali war nur froh, dass sie mit ihrer Einschätzung richtig gelegen hatte.

„Jetzt setz ein Pokerface auf", ermunterte ihn Martin mit einem Klaps auf die Schulter, als sie zum Auto zurückkehrten. „Wir sind gleich in Innsbruck und gehen Mittagessen. Kein Wort zu niemandem. Das Beste wird sein, du filmst. Damit bist du am unauffälligsten, denn das erwartet jeder von dir."

Hendrik nickte stumm.

Doch in Innsbruck gab es nicht viel zu filmen. Nur eine Handvoll Passanten interessierten sich für die Elektroautos, die ganz nach den Vorschriften des Roadbook auf dem Landhaus-Platz aufgereiht waren. Es war ein enttäuschender Empfang, doch die Teilnehmer ließen sich die Stimmung nicht verderben. Momentan befand sich ohnehin nur die Hälfte der Expedition auf diesem Platz, da es eine Gewichtsbeschränkung gab. Unter dem Platz war ein Parkhaus und dessen Decke war nur für eine bestimmte Belastung ausgelegt. Die Anwesenden genossen die entspannte Pause bei dem herrlichen Wetter.

Es war für Magali immer wieder erstaunlich, wie sich das Wetter in den Alpen so stark unterscheiden konnte. Sonnenbrillen wurden ausgepackt, Sonnencreme machte die Runde und wurde auf bleiche Füße verteilt, Schlapphüte wurden im Laden um die Ecke gekauft. Manch einer fand sogar neue Dekorationsutensilien für sein Elektroauto und beklebte Scheiben mit durchsichtigen Elefanten oder drapierte Figuren auf seinem Armaturenbrett. Einige der Teilnehmer dekorierten ihre Fahrzeuge, als wären sie ein Wohnzimmerersatz.

Auf der Fahrt von Innsbruck nach La Punt, auf der sie einen kurzen Abstecher in das kleine, aber malerische Dorf Sent machen würden, fuhren sie die erste Hälfte Autobahn. Sie sah, wie einer der Teilnehmer sich immer wieder in den Windschatten der LKWs hängte, um seine Energiereserven zu schonen. Das war nicht wirklich ratsam und auch nicht sehr schlau. Magali wusste aus ihren Unterlagen über Elektroautos, dass LKW-Fahrer es nicht gerne hatten, wenn ein Auto längere Zeit an ihnen klebte. Es konnte ja immer jemand vom Zoll sein oder die Polizei. Noch schlimmer war es, wenn ein Elektroauto sie bremste und zum Überholen zwang. Kopfschüttelnd folgte sie Andrej, der auf der mittleren Spur zügig an den Lastern vorbei fuhr.

„Wie passt Peter in das Bild?“, wollte sie von Hendrik wissen. „Habt ihr zusammen gearbeitet?“

„Ja, er wurde mir von der Zentrale zugeteilt. Nachdem es mein erster Auftrag war, sollte Peter den Aufpasser spielen und mich unterstützen.“

„Als Louis uns gestern gesagt hat, dass Peter wegen einer

dringenden Familienangelegenheit nach Hause muss, hast du ihm nicht geglaubt. Hab ich recht?“

„Peter ist Single. Soweit ich weiß, hat er keine Familie, auch keine Eltern mehr, zumindest hat er das mal an einem Abend in der Bar erzählt“, antwortete Hendrik leise. „Er schien einsam zu sein.“

„Also fassen wir zusammen“, begann Magali. „In Bled, nachdem du einen Zusammenbruch hattest, der deinem Arbeitgeber wahrscheinlich nicht entgangen ist, bekommst du einen Tipp von deinem Freund, dass es sicherer wäre, zur WAVE zurückzukehren. Mehr sagt er nicht, aber du vertraust ihm. Also bringen dich Eva und Janez ans Ostufer des Weissensee. Alain holt dich mit Jochen dort ab.“

„Vom Boot aus siehst du dieses Auto“, fuhr Martin fort. „Es verfolgt euch, der Fahrer scheint etwas zu suchen, dich vielleicht. Das passt zu dem, was dir dein Freund gesagt hat. Aber der Fahrer kann dir nichts anhaben, solange du unter Leuten bist.“

„Dieser Typ, wer immer das auch ist, nimmt sich Peter vor. Dann ruft er Louis an, er muss seine Spuren verwischen.“ Magali dachte kurz nach. „Es muss dieser William Steinberg sein. Er war doch noch bei Peter, als wir gestern am Großglockner losgefahren sind. Sonst war niemand mehr dort, oder? Und jetzt hat er sprichwörtlich seinen Platz eingenommen.“

„Niemand würde auf die Idee kommen, dass jemand so dreist ist, Peter aus dem Weg zu räumen, um ihn dann bei der WAVE zu ersetzen. Das würde ins Bild von Profis passen. Tue das, womit niemand rechnet”, stimmte ihr Martin zu.

„Ich weiß nicht…“, sagte Hendrik. „Diese Leute wissen doch nichts von euch. Wieso sollten sie sich solche Mühe geben? William kann es außerdem nicht sein.“

„Mit uns hat das in erster Linie nichts zu tun. Das wäre zum Schutz ihrer Identität. Aber es passt alles zusammen“, widersprach Magali. „Dieser Steinberg kam erst oben am Großglockner zur WAVE dazu und er war noch dort, als wir gefahren sind.“

„Komisch ist das schon. Aber William ist definitiv nicht der Kerl, den ich am Weissensee gesehen habe“, schüttelte Hendrik den Kopf.

„Er ist mindestens zehn Jahre jünger als der Typ vorgestern Nacht. Der schien auch um einiges größer zu sein. Es wirkte fast so, als ob das Auto zu klein für ihr wäre und er mit dem Kopf im Dachhimmel hing." Bei dem Gedanken an seine nächtliche Bootsfahrt verschwand der unbekümmerte Ausdruck, den Hendrik in den letzten Stunden mit ihnen seit Innsbruck wieder gewonnen hatte.

„Wollte dir William gestern Abend nicht noch etwas zeigen? Einen Film auf seinem Handy?", hakte Magali nach.

„Ja, wollte er. Nach dem Briefing stand er eine Zeitlang an der Bar, während ich mich mit verschiedenen Leuten unterhalten habe – schließlich muss ich nach außen hin meinen offiziellen Job als Blogger weiter machen, für Louis und als Rechtfertigung für Zürich, damit ich Futter für meinen täglichen Abendbericht habe. Auf einmal war er weg, wahrscheinlich ist er schlafen gegangen." Hendrik dachte kurz nach. „Der andere Neue, dieser Timo, kann es auch nicht sein. Das kann ich mir nicht vorstellen. Er sieht ganz anders aus. Mit ihm habe ich mich gestern kurz unterhalten, er stammt aus Konstanz und ist ein echter Eco-Freak. Der ist so umweltbewußt, dass er eine Aluminiumtrinkflasche, die er jeden Tag mit Leitungswasser füllt, mit einem Karabinerhaken an seiner Hose herumträgt. Nein, es muss jemand anderes sein."

„Wenn das stimmt", überlegte Martin, „dann frage ich mich, wie sie an die Technologie kommen wollen."

„Die Frage ist, ob sie das müssen. Mein Auftrag war in erster Linie, zu bestätigen, dass die Technologie existiert. Alles andere war sehr vage." Hendrik klang nicht sehr überzeugt.

„Das glaubst du doch selbst nicht", konterte Martin. „Das nehme ich dir nicht ab. Du wurdest von Anfang an belogen und dein Bauchgefühl hat dir das bestätigt, sonst würdest du jetzt nicht mit uns reden."

Hendrik schien dem nichts entgegensetzen zu können, weil er wusste, dass Martin Recht hatte.

„Lasst uns mit dem arbeiten, was wir wissen", besänftige Magali die Stimmung. „Wir wissen, dass Hendriks Freund ihm gesagt hat, dass jemand hinter ihm her ist. Bis jetzt sieht es so aus, als ob dieser jemand nicht an der WAVE teilnimmt. Er war seit Bled hinter Hendrik her, hat aber nicht damit gerechnet, dass Hendrik so schnell zur Expedition zurückkehrt und dort ständig von Leuten umgeben ist und daher nicht ohne größeres Risiko aus dem Verkehr gezogen werden kann. Deswegen lässt sich der Typ zurückfallen und folgt uns in einigem Abstand, schaltet in der Zwischenzeit Peter aus oder schickt ihn zu einem anderen Auftrag. Details wissen wir noch nicht, wir haben nur Vermutungen, die unbestätigt sind." Magali beschleunigte und schloss näher zu Andrej auf. Sie wollte vorankommen und das nicht nur auf der Expedition.

„Hendrik", sagte sie schließlich. „Wir können dafür sorgen, dass du heil aus dieser Sache rauskommst. Dafür musst du uns helfen. Du musst deine Augen offen halten, dich aus der Deckung wagen und nach jedem und allem suchen, was verdächtig ist, auch wenn es dir schwer fällt und du Angst hast, dem Typen zu begegnen. Aber es ist wichtig. Wir müssen wissen, mit wem wir es zu tun haben. Schaffst du das?"

Hendrik schluckte.

„Wir müssen alles tun, um die Technologie und ihren Erfinder zu schützen. Die Großen dürfen nicht gewinnen. Nicht schon wieder. Es hängt so viel davon ab." Sie merkte, wie sie ihm eine schwere Last auf die Schultern legte. Aber sie konnte jetzt nicht zimperlich sein. Hendrik hatte seinen Kopf in die Schlinge gelegt und sie boten ihm einen Ausweg daraus an, der jedoch auch nicht ungefährlich war. *No risk, no fun.* Das galt aber nicht für jeden und wahrscheinlich nicht für den zartbesaiteten Hendrik. Trotzdem hoffte sie, dass er sich für ihren Weg entscheiden würde.

Sie hatte William Steinberg noch nicht von ihrer Liste gestrichen, selbst wenn Hendrik ihn nicht als *Mitarbeiter* seines Arbeitgebers einschätzte. Irgendetwas stimmte mit diesem Kerl nicht. Das sagte Magali ihr Instinkt. Sein Charme war zu glatt, einen Tick zu kalkuliert, eine Nuance zu affektiert. Sie kannte diese Typen, die sich einschmeicheln wollten, es aber im Grunde ihres Herzens nicht ernst meinten und nur auf ihren Vorteil bedacht waren. Typen, deren Ego ihnen befahl, dass sie begehrt werden wollten. Auf der anderen Seite musste sie zugeben, dass das wohl jeder wollte: begehrt werden.

Hendrik war in dieser Hinsicht keine Ausnahme. Aber seine Naivität und sein kindliches Herz würden ihn vor dem kalten Ego beschützen, da war sie sich sicher.

Im Rückspiegel trafen sich ihre Augen. Hendrik nickte stumm und sein Blick log nicht.

Sie verließ die Autobahn und folgte Andrej auf der Landstraße Richtung La Punt. Keiner sprach ein Wort. Nicht einmal Martin hatte einen Witz parat. Sie vermisste auch keinen. Kurz darauf sah sie den Slowenen nach Sent abbiegen und setzte den Blinker. Zeit, Frank anzurufen und ihm einen Statusbericht zu geben. Neben ihrem eigentlichen Job mussten sie noch ein Auge auf den jungen Blogger haben, auch wenn er jetzt auf ihrer Seite war. Davon war sie überzeugt. Aber er war zu unerfahren, um auf sich selbst aufpassen zu können und sie wollte sein Leben nicht unnötig in Gefahr bringen.

Immerhin hatte er ihnen vorhin eine Information gegeben, mit der sie arbeiten konnten. Einen Namen. *Dominik Brandt.*

KAPITEL 18

Steinberg

Dienstagnachmittag – Innsbruck – La Punt

Peter loszuwerden, stellte sich als der einfachste Teil der Operation heraus. Jetzt drehte sich alles darum, die Technologie zu finden und die Zeit wurde knapp. Er hatte maximal noch drei oder vier Tage, inklusive heute. Doch überstürzt zu handeln, würde ihm in diesem Fall auch nicht weiterhelfen. Sein größtes Problem war, dass er sich auf die Arbeit seiner Vorgänger nicht verlassen konnte. Ihr heißester Kandidat, der in Deutschlandsberg den Flammen zum Opfer gefallen war, weil dieser Jungspund Hendrik sich zu dämlich angestellt hatte, war im Nachhinein nicht einmal lauwarm gewesen – bildlich gesprochen.

Zugegebenermaßen hatte Dominik bewusst Hendrik nicht alle Informationen preisgegeben, da sonst seine Argumentation, mit der er den Jungen angeworben hatte, ins Wanken geraten wäre. Und dieser Prohaska? War noch nie sein Favorit gewesen. Er saß nicht grundlos in Walters Abteilung nach Jahren im Außendienst, die er ruhmlos mit einer verbockten Operation abgeschlossen hatte. Auf dessen Arbeit wollte sich Steinberg nicht verlassen.

Also musste er wieder ganz von vorne anfangen und alle Teilnehmer durchleuchten. Deshalb hatte er Jäger gestern beauftragt, in der Zentrale in Zürich anzurufen und ein detailliertes Profil mit komplettem Background-Check aller Teilnehmer erstellen zu lassen. Von Leuten, die wussten, wo sie noch tiefer graben und auf welchen Servern sie Informationen abzapfen konnten.

Neben dem Offensichtlichen wie Arbeit, Gehalt und polizeiliches Führungszeugnis wollte er auch alles Private wissen. Wohin sie zum Essen gingen, welche Vorlieben sie bei Musik, Büchern und

Filmen hatten, mit wem sie am häufigsten aus ihrem Freundeskreis telefonierten oder chatteten und wann sie welche Webseiten besuchten, an welchen Veranstaltungen sie teilnahmen, in welchen Vereinen oder Clubs sie Mitglied waren, ob sie auf Demonstrationen gingen und ob es in ihrem Leben einen radikalen Wechsel aufgrund irgendeines Schlüsselereignisses gegeben hatte. Auch sämtliche Kommunikation, die während der Expedition geführt wurde, egal ob per Handy, Email oder SMS, sollte nach Schlagwörtern durchsucht werden.

Seit heute kurz nach dem Frühstück lagen die Ergebnisse vor. Die Auswertung der Kommunikation der einzelnen Teilnehmer hatte bisher noch nichts gebracht, doch die Profile waren fertig. Jetzt saß er in Innsbruck in einem kleinen Café abseits des Platzes auf dem die WAVE Gruppe ihre Fahrzeuge vergeblich der Öffentlichkeit präsentierte und ging die Dokumente durch. Viele Personen waren uninteressant, das sagte ihm sofort seine Erfahrung. Typen, die auf einem Egotrip waren und den Trend Elektroauto als geeignetes Vehikel ansahen, waren genauso vertreten wie alte 68er, die in der Zeit stehengeblieben waren und mit wallender Mähne oder inzwischen geschniegeltem Haarschnitt immer noch gegen Atomkraft protestierten.

Bei einer Person blieb er jedoch hängen. Es war ein Mann, der fast zu alt zu sein schien, um als vielversprechender Kandidat zu gelten. Und genau das war der Grund gewesen, warum er seinen Vorgängern nicht aufgefallen war, dessen war er sich sicher. Der Mann hieß Jaromir Vegr und war genau wie er ein Teil des Supportteams. Aber gerade *weil* er dem technischen Hilfsteam angehörte, hätte er schon viel früher unter die Lupe genommen werden müssen. Was BIRD für einen guten Deckmantel hielt, galt für die Gegenseite sicherlich genauso.

Der Vorteil lag darin, dass man als Mitglied des Supportteams oft als Erster an einem Etappenhalt war oder als Letzter von dort wegfuhr. Wer könnte besser Dinge erledigen, die keiner sehen sollte? Genauso wenig nahmen die Kollegen an den einzelnen Fahrzeugtests teil, bei denen Beschleunigung, Effizienz oder Design beurteilt wurden. Eine perfekte Ausrede also für jemanden, der nicht wollte, dass sein Fahrzeug in einer der Kategorien besonders hervorstach.

Dass Vegr Teil der technischen Unterstützung war, gab jedoch nicht alleine den Ausschlag. Seine Vergangenheit war äußerst interessant. Vegr stammte aus der ehemaligen Tschechoslowakei, wo er sich 1977 gegen das kommunistische Regime gewandt und die Charta 77 unterschrieben hatte, worin die Missachtung der Menschenrechte in dem Land anprangert wurde. Die meisten seiner Mitunterzeichner wurden damals verhaftet, verhört - in dieser Zeit waren die sozialistischen Staaten nicht gerade zimperlich - und dann gefeuert. Einige verloren ihre Staatsbürgerschaft, andere wurden ins Exil geschickt. Aber Jaromir Vegr war von all dem nicht betroffen. Aus irgendeinem Grund war er verschont geblieben. Er hatte sogar seine Interessen unbehelligt weiter verfolgen können. Entweder war er Teil des Geheimdienstes gewesen oder sehr geschickt im Verhandeln seiner Position, was sicherlich nicht sehr positive Auswirkungen auf gewisse andere Menschen in seinem Umfeld gehabt hatte.

So jemand brachte die besten Voraussetzungen mit, um durch geschicktes Verteilen einzelner, unwichtiger Informationshäppchen von sich abzulenken und so ein Geheimnis unbemerkt in der Öffentlichkeit von A nach B zu transportieren. Und der knapp 60 Jahre alte Vegr brachte gleich 30 Jahre Erfahrung darin mit. In dieser Zeit hatte er obendrein den Landesverein der Elektromobilisten gegründet und geleitet, Veranstaltungen organisiert, auf Messen diese alternative Form des Fahrzeugantriebs vorgestellt, Artikel zu dem Thema veröffentlicht und war seitdem selbst nur mit Elektroautos unterwegs. In all diesen Jahren hatte er sicherlich so viel Detailwissen angehäuft, dass er selbst für technisch ungewöhnliche Fälle eine Lösung parat hatte und dadurch seine Funktion als Support mehr als rechtfertigte.

Genau diese Erfahrung war es auch, die ihn zu dem Kandidaten ganz oben auf Steinbergs Liste machte. Vegrs Vergangenheit tat ihr übriges. Er hatte genügend Wissen, um die Technologie zu entwickeln und seine Funktion bei der WAVE gab ihm den nötigen Freiraum, um sie unerkannt zu testen.

In Steinbergs Kopf begann bereits ein Plan heranzureifen. Die Expedition machte heute Abend Station in La Punt, wo die Teilnehmer in einem alten Armeebunker übernachten würden. Er kannte solche Orte und dieser würde sicherlich die geeignete Umgebung für sein Unterfangen sein. Wenn er sich beeilte und hinter Landeck über die Grenze in die Schweiz fuhr, ohne den Abstecher nach Sent zu machen, würde er frühzeitig und hoffentlich vor allen anderen ankommen, um den Bunker zu inspizieren. Es bestand ein Risiko, doch er war sich sicher, noch vor Ende der Nacht das Geheimnis aus Vegr herausgeholt zu haben. Wenn es um diese Dinge ging, waren seine Methoden höchst effektiv.

Das Profil des Tschechen beinhaltete auch ein delikates Detail seines Privatlebens. Das könnte sich, je nachdem wie die Sache verlief, als hilfreich herausstellen. Neben der Anwendung von physischer Gewalt war er auch ein Meister im Verstehen der menschlichen Psyche. Die geschickte Manipulation war etwas, das er besonders liebt. Schon als Junge hatte er sich darin geübt und kontinuierlich an seiner Überzeugungskraft, wie er es gern nannte, gefeilt. Bei Jaromir Vegr würde er höchstwahrscheinlich eine Kombination anwenden.

Steinberg spürte, wie sein Körper langsam Adrenalin ausschüttete und die Dosis mit jedem Kilometer erhöhte, den er sich einem Ziel näherte. Heute Abend war nicht vergleichbar mit der Situation gestern, als er Peter aus dem Weg geräumt hatte. Das Risiko erwischt zu werden, war diesmal um einiges höher. Doch Dominik hatte ihn nicht grundlos ausgewählt, denn er kannte seine Stärke, die darin lag, methodisch vorzugehen. Diese Vorbereitung, bei der er in Gedanken verschiedene Szenarien durchging, war wie ein Ritual und hatte schon fast etwas Ergreifendes. Die Anspannung während der Vorbereitung würde sich bald, wenn der Adrenalinpegel seinen Scheitelpunkt erreicht hatte, in kraftspendende Erregung wandeln.

Steinberg war bereits auf der Landstraße. Die Einreise in die Schweiz war ereignislos verlaufen, der Beamte hatte mit vorgetäuschter Wachsamkeit seinen Pass betrachtet. Was hätte er wohl gesagt, wenn ihm bewusst wäre, dass er nicht der Einzige war, der etwas vortäuschte? Je näher Steinberg dem Ziel kam, desto mehr Wolken zogen auf. Die bedrohliche Wand aus immer dunkler werdendem Grau hätte bei einem Abergläubischen Zweifel an der Operation aufkommen lassen.

Doch über solche Gedanken konnte sich Steinberg nur amüsieren, bei ihm war eher das Gegenteil der Fall. Seine Nervosität, bei der er sich eingestehen musste, dass sie höher war als sonst, war nicht durch das Wetter bedingt. Es war vielmehr der Ausblick auf die Veränderungen, die Brandt vorhatte. Einzig Jäger würde letztendlich seinen Job behalten, aber er war auch niemand, der jemals irgendwelche Ambitionen gezeigt hatte. Was Steinberg in all den Jahren, in denen sie zusammengearbeitet hatten, verwundert hatte. Denn es hatte Zeiten gegeben, als Jäger hoch im Kurs stand, nicht zuletzt aufgrund der Tatsache, dass er ein Zögling von Adler war. Vielleicht hatte letzterer gewusst, dass er immer jemanden brauchen würde, der bereit war, die schmutzige Arbeit zu übernehmen. Jemanden, dem er ausnahmslos vertrauen konnte, jemanden, der Aufträge mit äußerster Diskretion ausführte.

Genau dieser Jemand war Jäger. Wer wusste schon, was Adler ihm versprochen hatte, wenn er dessen operativer Arm blieb und seine eigenen Karrierewünsche hintenan stellte? Adler wäre sogar zuzutrauen, dass er Jäger am langen Arm verhungern ließ.

Steinberg selbst zog es ebenfalls vor, Jäger auf Abstand zu halten, so wie Jäger jetzt auch Abstand zur WAVE und seiner Zielperson hielt. Deswegen hatte er auch nicht vor, ihn in seinen Plan für La Punt einzuweihen. Selbst wenn Brandt der Meinung war, dass Jäger ihm noch nützlich sein konnte, wollte er den Killer nicht an seiner unmittelbaren Seite haben. Denn dieser wusste nicht, was außer seinem Auftrag – sich um Herder zu kümmern – noch gespielt wurde. Solange er also Jäger darüber aufklärte, was der Grünschnabel gerade tat und Vorschläge machte, wann man am besten ungesehen an ihn herankam, konnte er seinen eigenen Auftrag ungestört ausführen.

Steinberg sah auf die Batterieanzeige. Es könnte knapp werden, doch er wollte so kurz vor dem Ziel keinen Ladestopp einlegen, um als einer der ersten vor Ort zu sein. Im Notfall, dachte er sich mit einem sarkastischen Grinsen, müsste er den Support rufen. Dass sich bis jetzt bei ihm noch niemand gemeldet und seine Hilfe angefragt hatte, erleichterte die Sache. Der Dienst in Sent war abgedeckt und für La Punt war laut Roadbook dieser Vivien eingeteilt. Alle anderen hatten dort Zeit, sich die als malerisch beschriebene Landschaft anzuschauen. Das machte es unwahrscheinlich, dass Vegr vermisst wurde, wenn er für eine gewisse Zeit verschwand. Die passende Gelegenheit würde sich wie immer finden, da war sich Steinberg sicher.

Er war tatsächlich als Erster vor Ort. Kein Fahrzeug stand auf dem Parkplatz, der in einer Seitenstraße des Orts hinter alten Armeewohnblöcken und vor einer Sägerei lag. Ein Stück dahinter die Straße entlang lag laut Karte ihre Unterkunft.

Der Bunker mochte für jemanden, der noch nie eine Nacht in solchen dicken Wänden verbracht hatte, unheimlich sein. Allein die schwere Eingangstür aus Stahl war fast einen halben Meter dick und hätte bei einem Menschen, der an Klaustrophobie litt, eine Ohnmacht ausgelöst. Ohne jede Gefühlsregung ging Steinberg nach dem Eingang links und kam durch den Waschsaal zum ersten Schlafraum, in dem olivgrüne Stockbetten mit orangefarbenen Matratzen an den Wänden aneinandergereiht standen und pro Seite Platz für gut 30 Personen boten. Berührungsängste würden hier eine Nachtruhe unmöglich machen. In der Luft lag der säuerliche Geruch menschlicher Ausdünstungen.

Er ging zum Eingang zurück und wandte sich nach rechts. Weiter hinten führte eine etwas kleinere Tür zu einem Raum, der als Lager gedient haben mochte, als noch Männer in Uniformen hier ihr Quartier bezogen hatten. Die dicke Staubschicht auf den leeren Regalböden versprach jedoch genau das, was sich Steinberg erhoffte: ungestörte Ruhe. Ein Tisch mit einem Stuhl komplettierte die Einrichtung des Raums. Es war alles vorhanden, was er benötigte. Die beste Zeit, um Vegr ungestört hierher zu locken, würde während des Essens sein. Lange würde es nicht dauern, um die Wahrheit aus dem Tschechen herauszuholen, der nicht der erste Regimegegner war, den er brechen musste.

Steinberg ging durch die nahegelegene Sägerei zurück, in der bereits Feierabend herrschte und niemand zu sehen war. Dieser Weg würde es ihm später ermöglichen, sich ungesehen vom Bunker zu den Fahrzeugen zu schleichen.

Am Parkplatz kamen die ersten Teilnehmer an und Steinberg ging seiner offiziellen Tarnung halber zu Vivien, um ihm beim Aufbau der Ladestationen zu helfen. Die Fahrer gesellten sich in kleinen Grüppchen zueinander, um wie Enten schnatternd ihre Erlebnisse des vergangenen Tages miteinander zu teilen. Er würde nie verstehen, was an einer Ausfahrt mit diesen unzulänglichen Autos so begeisternswert war. Ständig musste man die Batterieanzeige im Blick haben und im Stadtverkehr auf Passanten achten, die unerwartet über die Straße gingen, weil sie nicht mit einem sich von hinten anschleichenden, geräuschlosen Gefährt rechneten. Diese Respektlosigkeit gab es bei seinem röhrenden Boliden nicht, im Gegenteil, die Leute blieben bewundernd stehen und wussten, wo ihr Platz war: hinter seinem Auto.

Leichter Regen setzte ein und erlöste Steinberg von seinem geheuchelten Interesse, als sich die Gruppen in Richtung des vor ihnen liegenden Armeewohnblocks bewegten. Drinnen hatten die Landfrauen ein überbordendes Buffet aufgebaut, das selbst Veganer zufriedenstellen musste. Etwas Besseres hätte ihm kaum passieren können. Schnell sprach sich das üppige Abendmahl herum und auch der letzte

Teilnehmer drängte sich in den Gesellschaftsraum. Jetzt musste er nur noch den passenden Moment abwarten.

Eine halbe Stunde später und nach unzähligen Anekdoten, zu denen er höflich gelacht hatte, verließ er seinen Tisch und ging wie beiläufig zu Jaromir, der sich eben einen Nachschlag am Buffet holte.

„Ich mache mir etwas Sorgen wegen dem Regen“, sagte er zu dem Tschechen.

„Dem Regen?“, antwortete dieser.

„Nicht direkt wegen dem Regen, sondern wegen den Verteilerboxen, die draußen im Regen auf dem Asphalt liegen“, gab er zurück. „Sollen wir nicht schnell kontrollieren, dass nichts nass wird?“

Vegr überlegte kurz. Der Blick auf seinen gefüllten Teller erklärte sein Zögern, doch dann stellte er den Teller ab. „Also gut, dann gehen wir“, kam die Antwort.

„Danke, zu zweit geht es schneller und manchmal braucht man einfach eine dritte Hand.“

Draußen gingen sie von einer Box zur nächsten und wickelten sie in Plastikfolie.

„So gut verpackt werden wir heute Nacht auch schlafen“, sagte er mit einem verschwörerischen Augenzwinkern zu Vegr. „Warst du schon in dem Bunker?“

„Nein, ich wollte vorhin meine Sachen hinbringen, doch dann fing es an zu regnen.“

„Ich kann dir schnell helfen, dann werden sie nicht nass“, sah Steinberg seine Chance kommen.

Es war niemand auf dem Parkplatz und die Straße war verlassen, als sie zum Bunker gingen. Selbst die Anwohner hatten sich bei dem ungemütlichen Wetter in ihre vier Wände verkrochen. Aus dem Bunker drang weder Licht noch das geringste Geräusch. Steinberg war sich sicher, dass sie alleine waren.

Er ließ Vegr zuerst die Treppe hinuntergehen und folgte ihm in kurzem Abstand. Unten angekommen, versetzte er ihm einen kräftigen Stoß ins Rückgrat, der ihn rechts in Richtung Lagerraum trieb, um gleich darauf einen weiteren nachzusetzen. Vegr ließ vor Schreck sein Gepäck fallen, was es für ihn nur noch einfacher machte. Ein weiterer Stoß, und der Tscheche fiel in den Lagerraum. Steinberg hatte nicht mit viel Gegenwehr gerechnet. Er zog die schwere Tür zu und machte Licht an. Niemand würde sie hören können.

„Du weißt, warum wir hier sind“, begann er, als Vegr sich stöhnend aufrichtete.

„Was willst du von mir? Ich habe nicht die geringste Ahnung“, antwortete sein Opfer gekrümmt.

Mit zwei schnellen Schlägen traf Steinberg ihn rechts und links in die Rippen. „Das ist die erste Warnung für dich. Spiel keine Spielchen mit mir.“

Vegr keuchte, schnappte nach Luft, als er sich schwer auf den Stuhl stützte. „Ich spiele nicht. Warum schlägst du mich? Was habe ich dir getan?“

„Ich kenne deine Sorte, aber mit mir kannst du nicht verhandeln. Hör auf mir etwas vorzumachen, alter Mann. Du hast 30 Jahre lang die Kommunisten getäuscht, glaubst du, ich weiß das nicht? Und heute bist du die Schlüsselfigur bei dieser Expedition. Wer sonst hätte so viel Erfahrung, um das durchzuziehen?“ Steinberg umklammerte Vegrs linken Arm mit eisernem Griff, hielt ihn fest und schlug ihn erneut in die rechte Seite.

„Und du bist verrückt. Was durchziehen? Ich mache nur den Support, genau wie letztes Jahr”, stöhnte dieser und griff sich an die Brust.

Steinberg ließ den Arm los, holte aus und traf mit seinem Fuß genau unterhalt der Kniescheibe. Vegr schrie lauthals auf. Sollte er schreien, soviel er wollte. Die Wände waren seine einzigen Zeugen. Ein weiterer Schlag in die Magengegend trieb dem alten Mann die Tränen in die Augen. Er krümmte sich vor Schmerzen und sackte zu Boden. Steinberg stieß sein Opfer sofort in den Staub und kniete sich auf dessen Bauch. Seine Hände umschlossen die Kehle und mit seinem Daumen drückte er dessen Kehlkopf zu. „Deine Vergangenheit im Geheimdienst interessiert mich nicht. Mich interessiert das hier und jetzt. Bei dieser Expedition machst du mehr als nur Support. Du weißt mehr, als alle anderen wissen und dein Auto verfügt über etwas, was sonst kein anderes Auto kann."

„Nein, warte", versuchte Vegr den Kopf zu heben, um ihn sofort wieder mit schmerzverzerrtem Gesicht sinken zu lassen.

„Also gut, ich höre", hielt Steinberg inne und lockerte seinen Griff etwas.

„Du suchst also etwas, etwas Besonderes, etwas das geheim ist", kam flüsternd die Antwort.

Mit eisigem Blick starrte er dem Tschechen in die Augen. Was sollte er davon halten? Improvisierte der alte Mann oder wusste er tatsächlich nichts von der Technologie?

„Und weiter?", verlangte Steinberg forsch.

„Schau mich an, ich bin alt. Ich fahre ohne Teampartner bei der Expedition, fahre nie mit jemandem zusammen, habe keinen, der mich im Ernstfall unterstützen kann. Wenn es in meinem Auto etwas wirklich Wertvolles gäbe, meinst du, ich würde das Risiko eingehen und alleine fahren oder es unbewacht lassen? Bei so etwas arbeitet man immer im Team." Vegr versuchte tief Luft zu holen, was ihm angesichts des auf ihm sitzenden Steinbergs sehr schwer fiel und griff mit einer Hand in seine Hosentasche. Es war sein Autoschlüssel, den er herauszog. „Ich habe keine Geheimnisse, da kannst du dir sicher sein. Ich hätte sie dir längst verraten."

Sagte der Tscheche wirklich die Wahrheit? Steinberg suchte in den Augen des Mannes nach der Antwort. Dieser hielt den Blick, zumindest mit einem Auge. Das andere war angeschwollen. Vegr konnte natürlich einen Komplizen haben, der in einem anderen Auto mitfuhr. Doch der alte Mann musste die Wahrheit sagen. Wer würde freiwillig sein Auto durchsuchen lassen, wenn er wertvolle Technologie darin zu verbergen hatte?

„Ich will dir dieses Mal glauben." Er beugte sich hinunter und näherte sich mit seinem Kopf dem Gesicht seines Opfers bis auf wenige Zentimeter. „Diese kleine Unterhaltung bleibt unter uns", hauchte er den alten Mann drohend an. „Wenn du nur ein Wort darüber verlierst, wird jemand anderes zu Schaden kommen. Jemand, der nicht so viel Widerstandskraft besitzt wie du. Der kleine Junge, der bei euch mitfährt, wird lauter schreien als du, wenn ich ihm die Knochen einzeln breche."

Vegrs letzte Schranke brach. Steinberg sah es in dessen Augen, die sich vor Angst weiteten.

„Du Bastard", keuchte der Tscheche. „Florian ist ein Kind. Lass ihn aus dem perfiden Spiel, das du treibst."

„Das hast du nun in der Hand. Ab jetzt bist du für die Sicherheit des Jungen verantwortlich." Dann legte Steinberg den Zeigefinger auf seine Lippen, schaltete das Licht aus und öffnete langsam die Tür des Bunkerraums. Auch im Vorraum war alles dunkel, nur ein gedämpfter Lichtstrahl von der Straßenlaterne fiel auf den Boden. Er schlich sich die Treppe hoch und durch die Sägerei Richtung Wohnblock. Am Parkplatz lief er geduckt zwischen den Autos durch und blieb in der zweiten Reihe stehen. Als er sich aufrichtete, hätte jemand denken können, dass er gerade nach der dort liegenden Verteilerdose geschaut hatte.

Auch wenn Vegr ihm nicht viel gesagt hatte, so hatte eine Aussage doch Sinn ergeben. Der Technologe fuhr mit jemandem im Team, um im Notfall eine helfende Hand parat zu haben oder um ihm einfach eine bessere Tarnung zu geben. Es musste jemand aus dem direkten Umfeld des Technologen sein, jemand der mit der Technologie ebenso vertraut war, wie sein Entwickler. Wenn es um eine gute Tarnung ging, wurde in ihren Kreisen immer ein ganz bestimmtes Szenario gewählt: das eines Paars. Warum also nicht auch hier?

Steinberg ging zurück in den Gesellschaftsraum, genehmigte sich ein Glas Wein und setzte sich an einen Tisch, an dem lauthals gelacht wurde. Schnell ließ er sich in ein Gespräch verwickeln. Niemand schien bemerkt zu haben, dass er ohne Vegr zurückgekehrt war.

In Gedanken jedoch ging er die Liste der Teilnehmer und ihrer Fahrzeuge durch, die nach Vegr Topkandidaten waren und verglich sie mit den anwesenden Paaren im Raum. Es musste ein Paar sein, das sich gut verstand. Welche Deckung war besser als die eines Liebes- oder Ehepaars? Da kamen nicht viele in Frage. Die Twike-Fahrer hatte er ausgeschlossen. Was sollte bitte an einem Dreirad mit elektrischem Hilfsmotor revolutionär sein? Bei den Tesla-Fahrern waren die Österreicher die Einzigen, die ernsthaft in Betracht gezogen werden konnten – auch aufgrund der Tatsache, dass der Mann einen Mastertitel in Elektromobilität besaß.

Daneben gab es den Engländer, der zwar mit bunten Sonnenbrillen und einer ständig glühenden Elektrozigarette wild erscheinen wollte, genau wie seine texanische Freundin, doch auch Auffallen um jeden Preis konnte eine Tarnung sein, um vom eigentlichen Thema abzulenken. Gordon, wie der Mann hieß, hatte eine eigene Firma, mit der er Elektroantriebe entwickelte, zwar für Schnellboote, aber auch das musste nichts heißen. Ansonsten blieben noch die frisch vermählten jungen Franzosen und das Ehepaar aus Slowenien. Letztere standen bei ihm ganz unten auf der Liste. Wie sollte ein Paar aus dem ehemaligen Ostblock, das gut 20 Jahre einen Schrottplatz besessen hatte und sich nun mit Schulungen über Wasser hielt, eine Technologie entwickeln, die die Branche ins Wanken bringen würde?

Blieben also die Österreicher, der Engländer und die Texanerin oder die Franzosen. Aber wenn das besagte Paar hier gemeinsam saß, bedeutete es, dass es einen Dritten gab, der das Auto bewachte, wie Vegr angedeutet hatte? Oder war sich der Technologe so sicher, dass niemand von ihm wusste und er deshalb das Auto unbehelligt stehen lassen konnte?

Ein weiterer Risikofaktor, den er im Auge behalten musste.

KAPITEL 19

Hendrik

Mittwochmorgen – La Punt – Arosa

Der Regen hatte in den Morgenstunden nachgelassen, doch die Wolken hingen noch tief in den umliegenden Bergen. Die kalte Luft war nicht das Einzige, was auf Hendriks Stimmung drückte. Es war der fünfte Tag der Expedition und eines Unterfangens, das nicht nur aufgrund der kurzen Nächte an seinen Kräften gezehrt hatte. Der Morgen in La Punt stand zur freien Verfügung und gab den Teams Gelegenheit, die naheliegende Landschaft des Engadins mit ihrer Seenplatte zu erkunden.

Nur wenige Kilometer entfernt lag St. Moritz. Der Ort hatte seinen größten Charme im Winter, wenn alles vor Leben sprühte und gutbetuchte oder prominente Gäste die Hotels bevölkerten, um der Welt zu zeigen, wo es sich ihrer Meinung nach am besten Skifahren oder Kultur genießen ließ. Für seinen Blog hatte Hendrik recherchiert, dass interessanterweise genau dieser kleine Ort landesweit führend war in der Entwicklung von technischen Neuheiten. Dort hatte es zuerst elektrisches Licht oder einen elektrischen Skilift gegeben. Hendrik verspürte jedoch kein Bedürfnis, sich einer Gruppe anzuschließen, um nach St. Moritz zu fahren. Bei den fehlenden Sonnenstrahlen würde jede noch so imposante Landschaft ihren Glanz einbüßen.

Außerdem fühlte er sich fehl am Platz. Sein Bauchgefühl hatte wieder einmal die Oberhand behalten. Trotz besseren Wissens hatte er sich auf diesen Auftrag eingelassen und das ärgerte ihn, was angesichts der Tatsache, dass jemand hinter ihm her zu sein schien noch seine geringste Sorge war. Im Gegenteil, der Ärger verstärkte nur das mulmige Gefühl, das ihm heute Morgen den Appetit genommen hatte.

Die Bedeutung der gestrigen Wendung war sehr schwer für ihn einzuschätzen. Stand er jetzt wirklich auf der Seite der Guten, wie Magali ihm gesagt hatte? Je länger er über seine Alternativen nachdachte, desto mehr musste er sich eingestehen, dass er den Sprung in das kalte Wasser wagen sollte. Er musste Magali und Martin vertrauen. Sein Bauch jedenfalls sendete versöhnliche Signale in dieser Hinsicht und sein Ego war nicht durch das Winken mit Geldscheinen beeinflusst worden. Eine endgültige Sicherheit hatte er nicht.

Doch was war mit Nils? Der saß noch in Zürich fest und war von Leuten umgeben, denen ein Leben nicht allzu viel Wert zu sein schien. Hendrik tröstete sich für einen Moment mit dem Gedanken, dass Nils ein guter Schauspieler war und jederzeit ein Pokerface aufsetzen konnte. Aber war das genug, um ihn vor Schlimmerem zu bewahren? Konnte sich Nils damit irgendwie aus der Sache heraus manövrieren, ohne Schaden zu nehmen? Ein gefährliches Spiel, bei dem der Einsatz das eigene Leben zu sein schien. Nils hatte früh morgens eine Nachricht geschickt, dass es Neuigkeiten gab und er sich vor der Abfahrt zum Albula Pass dringend bei ihm melden sollte.

Der Gedanke, welche neuen Hiobsbotschaften auf ihn warten mochten, verringerte Hendriks Nervosität nicht eben. Er hatte jedoch zuerst seinen gestrigen Tagesbericht modifiziert und den Kreis der Verdächtigen aufgrund einer neuen These, die sich angeblich über Nacht ergeben hatte, weiter eingegrenzt. Auch wenn es ihm sehr schwer fiel, musste er den Schein wahren und den Eindruck vermitteln, als nähme er seinen Auftrag so ernst wie am ersten Tag. Die zweite Aufgabe lenkte ihn immerhin für kurze Zeit ab, denn er gönnte seinem Blog ein Update mit Bildern vom Wasserfall am Gerlospass, den auf dem sonnigen Stadtplatz aufgereihten Fahrzeugen in Innsbruck und dem Interview mit einem der Tesla Teams.

Manfred und seine Frau Tamara waren seit den gemeinsamen Stunden am Weinfest in Eisenstadt, ein Abend, an den er sich jetzt nur mit Scham erinnerte, schon fast zu so etwas wie Freunde geworden. Man sah sich morgens oder an einem der Etappenhalte und wechselte ein paar nette Worte, wie bei einem liebgewonnenen Ritual. Bei einer dieser Gelegenheiten hatte ihm Tamara von ihrem eigenen Gemüse- und Obstanbau vorgeschwärmt, so dass ihm das Wasser im Mund zusammengelaufen war. Manfred hatte von seinem Masterstudium erzählt. Hendrik war immer von Leuten beeindruckt, die neben der täglichen Arbeit noch die Kraft fanden, eine Zusatzausbildung zu absolvieren. Die Leser seines Blogs sähen dies sicher genauso.

Das Telefonat mit Nils hing wie ein Damoklesschwert über ihm und so schob er es vor sich her, surfte im Netz, um sich abzulenken. Snowden und seine Enthüllungen über NSA-Praktiken waren immer noch ein Thema in den Nachrichten, da sich kein Staat richtig sicher war, wie man Snowden behandeln sollte. Zwischen Verräter und Held war alles dabei. Soviel zur Ablenkung. Da konnte er genauso gut Nils anrufen.

Der Parkplatz war ziemlich leer. Anscheinend hatten doch einige der Teilnehmer die Gelegenheit ergriffen, um den Silvaplana See oder St. Moritz zu erkunden. Er zog sein Telefon heraus und drehte es ein paar Mal in der Hand. Es war beängstigend gewesen, zu erfahren, dass ein kleines Stück Software alles preisgab, wofür dieses Telefon verwendet wurde. Bei ihrem letzten Telefonat hatte Nils ihm versichert, dass die Software entfernt worden war und ihre Gespräche ab sofort nicht mehr belauscht werden konnten.

Hendrik hörte es dreimal klingeln, bevor Nils abnahm.

„Hendrik, gut dass du anrufst. Warte kurz."

Es hörte sich so an, als ob eine Tür leise ins Schloss fiel. Sicher ging Nils nach draußen auf die Straße, um außer Reichweite zu sein – und um eine zu rauchen. Er konnte sich bildlich vorstellen, wie die Fluppe zwischen seinen Lippen hing. Auf einmal vermisste er ihre gemeinsamen Abende, bei denen ein paar Dosen Bier, gute Musik und eine Schachtel Zigaretten alles gewesen war, was sie gebraucht hatten. Jetzt war nichts mehr, wie es einmal gewesen war. Es schien fast, als ob dieser Auftrag sie weiter voneinander entfernt hatte, obwohl er sie doch über den Traum ihrer gemeinsamen Firma näher zueinander hätte bringen sollen. Hendrik seufzte traurig. Er wollte die Hoffnung nicht aufgeben, wollte fest daran glauben, dass es eine Möglichkeit gab, dies alles hinter ihnen zu lassen.

„Bist du absolut sicher, dass unsere Telefonate nicht abgehört werden?“, wollte Hendrik noch einmal wissen, nachdem Martin ihn verunsichert hatte.

„Absolut, vertrau mir“, antwortete Nils.

„Okay. Was hat sich Neues ergeben?“, fragte Hendrik. Im Hintergrund hörte er die Tram vorbeifahren.

„Erinnerst du dich daran, was ich dir in Bled gesagt habe?”, antwortete Nils. „Dass es ein Budget für ein separates Projekt gibt? Das Budget wurde eben erhöht und das kann nur eins bedeuten: Es gibt einen zweiten Mann da draußen. Er könnte auch schon bei der WAVE sein. Ganz ehrlich, ich weiß nicht, was ich davon halten soll.“

„Einen zweiten? Bei der WAVE? Was ist denn mit dem ersten Typen passiert?“

„Deswegen wollte ich mit dir sprechen. Heute Morgen hat mich Dominik in sein Büro gerufen – der Typ ist ein echter Frühaufsteher, daran werde ich mich nie gewöhnen können. Er will mir mehr Verantwortung übertragen, hat was von einem neuen, weltweiten Projekt angedeutet. Ich hätte mein eigenes Team, würde um die Welt reisen, ganz abgesehen von der Kohle…“

„Willst du mich auf den Arm nehmen?“, fragte Hendrik ungläubig

„Komm schon. Er hat auch gesagt, dass er mit deiner Arbeit total zufrieden ist, dass du einen super Job da draußen machst“, Nils schien sich eine zweite Zigarette anzuzünden. „Ich habe nochmal über alles nachgedacht. Was ist, wenn ich mich geirrt habe? Wenn ich das alles missverstanden habe? Die Sache in Bled mit dir hat mich ja auch nicht kalt gelassen, da kann die Wahrnehmung schon einmal durcheinander geraten.“

„Ist das dein Ernst, Nils?” Hendrik konnte es nicht fassen.

„Überleg doch mal“, versuchte Nils zu erklären. „Der Typ, von dem ich dachte, dass er hinter dir her ist, könnte doch auch nur einfach Peter abgeholt haben, ihn zu einer anderen Mission gebracht haben. Damit wärst du aus dem Schneider.“

„Peter ist verschwunden", bemerkte Hendrik trocken.

„Genau, Peter ist weg. Dominik war unzufrieden mit ihm und hat ihn abgezogen. Ganz einfach. Du bleibst, wo du bist und er schickt Ersatz, der dabei helfen soll, die Technologie zu finden."

„Das glaubst du doch selbst nicht, Nils. Die letzten Tage waren echt abartig. Dominik hat uns von Anfang an nach Strich und Faden belogen – seine angebliche Sorge um eine bessere Umwelt, das ist doch alles ein big fucking shit. Das ergibt alles keinen Sinn, siehst du das nicht? Wenn es so wäre, wie du sagst, warum meldet sich dieser neue Kerl nicht bei mir? Wir sollten doch zusammenarbeiten", Hendrik konnte es nicht fassen. „Und was dein neues Projekt angeht…das zeigt nur, wie gut er dich einschätzt."

Einen Moment lang war Stille in der Leitung.

„Wie meinst du das?", fragte Nils abwehrend.

„Echt jetzt?" Hendrik wusste, dass seine Frustration mit ihm durchging. Die Anspannung der letzten Tage schien in diesem Gespräch ihren Höhepunkt gefunden zu haben. „Dominik spielt mit deinem Ego wie ein Pianist auf einem Flügel. Hält dir die Karotte von der großen weiten Welt vor die Nase, weil er genau weiß, dass du anbeißt. Wenn du nur einmal überlegen würdest. Du weißt, dass noch ein zweiter Mann zur WAVE geschickt wurde, aber keiner von uns beiden kennt dessen Namen, weiß wer er ist. Warum ist das wohl so?" Hendrik wartete nicht auf eine Antwort. „Ich sag dir warum. Dieser Dominik ist ein falscher Hund, ein abgrundtief falscher Hund. Für ihn sind wir nur Marionetten. Er vertraut keinem von uns, sonst würde er uns einweihen."

Plötzlich stieg Hendrik vor Scham die Hitze ins Gesicht. Nur gut, dass Nils ihn nicht sehen konnte. Wie viele Lügen hatte er seinem besten Freund in den letzten Tagen erzählt? War ihm ausgewichen, als sie in Bled telefoniert hatten; hatte nicht erwähnt, wie er so schnell nach Weissensee kommen konnte und auch jetzt war er nicht ganz ehrlich zu ihm. Doch er hatte strikte Anweisungen von Magali, kein Wort über sie zu verlieren.

„Nils, bist du noch dran?"

„Klar, bin noch da", kam die Antwort, in der Verletztheit mitschwang.

„Wir müssen wissen, wer dieser andere Typ ist, der geschickt wurde. Es könnte einer von zwei neuen Teilnehmern sein, die vor Kurzem dazu gestoßen sind. Einer heißt Timo Schneeweis, der andere William Steinberg. Kriegst du das hin?"

Für einen Moment sagte keiner von beiden ein Wort, denn ihnen war klar, in welche Gefahr sich Nils damit begab. Hendrik konnte und wollte sich keine Vorstellung davon machen, wie Dominik reagieren würde, falls er davon erfuhr.

„Wo sind wir da nur hineingeraten?", sagte Nils endlich. So niedergeschlagen hatte Hendrik ihn noch nie erlebt.

„Ich weiß es wirklich nicht, aber ich kann dir versichern, dass ich daran arbeite, uns heil aus dieser Sache herauszubekommen. Mehr kann ich dir im Moment nicht sagen, aus Sicherheitsgründen, wie du verstehen wirst. Aber dafür brauche ich diesen Namen. Hack dich in das interne System, wenn du musst, doch sei bitte vorsichtig. Es reicht, wenn Dominik hinter einem von uns beiden her ist."

„Mach dir keine Sorgen."

Nach dem Telefonat war Hendrik nicht leichter ums Herz. Selbstzweifel nagten an ihm, ob es richtig gewesen war, seinen Freund in diese Lage zu bringen. Doch er kam immer wieder zu demselben Ergebnis. Es gab keine andere Lösung, um dieses Mal das Richtige zu tun und die Technologie zu schützen.

Auf dem Parkplatz versammelten sich immer mehr Teams, die von Ausflügen zurückkehrten oder im Gesellschaftsraum an ihren Blogs gearbeitet hatten. In einer halben Stunde würde sich die WAVE als Konvoi, bei der Abfahrt vom Schweizer Fernsehen gefilmt, den Albula-Pass hinauf schlängeln und zu einem Gruppenfoto aufreihen. Laut Wetterbericht war für Mittag mit weiterem Regen zu rechnen. Hendrik hoffte, dass die Vorhersage nicht so akkurat war wie ein Schweizer Uhrwerk.

Filmen im Regen war nie ein Vergnügen, weder für Mann noch Kamera. Er winkte Alain im Vorbeigehen zu und blieb kurz bei Andrej und Jasna stehen, während er auf Martin und Magali wartete.

„Was gibt es Neues?“, fragte Magali, als sie im Auto saßen.

„Nichts Gutes. Sie haben einen zweiten Mann geschickt, einen, der wahrscheinlich direkt an der WAVE teilnimmt. Mein Freund wird versuchen herauszufinden, wer er ist. Ich habe ihm die Namen der zwei Neuen gegeben, Schneeweis und Steinberg.“

„Bleibt immer noch der ominöse Mann im Hintergrund, der uns folgt“, sagte Martin. „Also, wir werden folgendes machen. Oben am Pass werden du und ich“, er deutete auf Hendrik, „auf den Rückruf von deinem Freund warten. Gleichzeitig schicke ich die Drohne hoch, um zu sehen, ob uns jemand folgt. Magali wird in der Zwischenzeit weiterfahren und sich an die Technologie hängen. In Lenzerheide treffen wir uns dann wieder.“

„Wie meinst du das, wir treffen Magali in Lenzerheide wieder? Wir haben doch kein zweites Auto!“ Hendrik schaute Martin entgeistert an.

„Wir nehmen die eBikes. Der Pass liegt auf einer Höhe von 2315 Metern und Richtung Lenzerheide geht es erst gute 1000 Meter bergab und zum Schluss läppische 400 Meter bergauf. Mit der Zuschaltung schafft das sogar ein Opa“, grinste Martin ihn aufmunternd an und wies auf die Räder, die in dem T5 des Roadside Assistance Teams verstaut waren. „Einen Teil der Strecke bis Bergrün kannst du im Winter sogar mit dem Schlitten fahren, also mach dir nicht ins Hemd.“

Hendrik bemerkte, wie Magali eine Augenbraue nach oben zog.

„Da hast du ja mal deine Hausaufgaben erledigt, Martin.“

„Nicht wirklich“, gab dieser schnippisch zurück. „Ich hatte schon ein Leben, bevor wir geheiratet haben und da war ich schon einmal hier.“

„Ihr seid nicht verheiratet, das habt ihr mir gestern gesagt.“

„Du kannst dir sicher denken, wie ich das meine“, drehte sich Martin zu ihm um.

Sie hatten La Punt bereits hinter sich gelassen und fuhren die ersten Kehren hoch.

Am Straßenrand sah Hendrik eine Kuh stehen, die sich nach

ihnen umdrehte. Sagte man über Kühe nicht, dass sie immer zufrieden waren, weil sie sich an nichts erinnern konnten? Wieso hatte er dann den Eindruck, dass diese Kuh einen seltsamen Gesichtsausdruck hatte? Wenn man bei einer Kuh von Gesicht sprechen konnte. Es schien fast, als wunderte sie sich darüber, dass die an ihr vorbeirollende Blechlawine kein Geräusch von sich gab, obwohl dies doch so sein müsste. Das bedeutete wohl, dass es für Zufriedenheit keine Garantie gab. Er wünschte sich dieses Gefühl sehnlichst herbei.

Oben am Pass angekommen, schlossen die Fahrzeuge dicht aneinander auf und reihten sich wie Perlen auf einer Kette aneinander. Hendrik nahm die Kamera und tat seine Pflicht. Den besten Blick hatte er von einem nahe gelegenen Hügel.

Einige der Teilnehmer taten es ihm gleich oder kletterten auf umliegende Felsen. Doch selbst das Schweizer Wetter schien mit äußerster Präzision zu funktionieren: Um zwei Minuten nach zwölf setzte leichter Regen ein und schob die bereits tief hängenden Wolken noch näher über die umliegenden Gipfel.

Martin hatte seine Drohne ebenfalls in der Luft und tat so, als ob ihn die unwirtliche Stimmung nicht störte bei seinen Bildaufnahmen. Neben ihm hatten Andre und Thomas bereits die eBikes abgestellt.

Hendrik verstaute seine Kamera bei Magali im Auto, bevor sich der Konvoi wieder langsam in Bewegung setzte. Dann schickte er Nils eine verschlüsselte Nachricht über eine neue App. Nils vertraute darauf, dass ihre Telefonate nicht mitgehört werden konnten, trotzdem wollte er bei den Nachrichten auf Nummer sicher gehen.

HENDRIK:	WAS NEUES?
NILS:	ES WURDEN DETAILLIERTE PROFILE VON ALLEN WAVE TEILNEHMERN ANGEFORDERT, ALLEN BIS AUF ZWEI.
HENDRIK:	STEHEN SCHNEEWEIS UND STEINBERG BEIDE BEI UNS AUF DER GEHALTSLISTE?

Er fühlte, wie ihm ein eiskalter Schauer über den Rücken lief. Waren diese Typen so ausgebufft gewesen, um inkognito zwei Überwacher mitzuschicken, von denen noch nicht einmal Peter eine Ahnung gehabt hatte? Er zwang sich zur Vernunft. Laut Nils war das Budget erst am Sonntag freigegeben worden.

NILS:	NEIN. SCHNEEWEIS HAT EIN PROFIL. DU UND DIESER STEINBERG SIND DIE BEIDEN AUSNAHMEN. DAS HEISST, ER IST DER ZWEITE MANN, DER AUF DAS BUDGET LÄUFT.
HENDRIK:	WIE SIEHT ER AUS?
NILS:	KNAPP EINEN METER ACHTZIG, DUNKELBRAUNE HAARE, RÖTLICHER VOLLBART.

Hendrik wurde übel. Das passte wie die Faust aufs Auge.

NILS:	IST ANGEBLICH SEIT KURZEM WALTERS BEREICH ZUGEORDNET, ALSO EIN DATENFUZZI. SOLLTE NICHT GEFÄHRLICH SEIN.
HENDRIK:	DAS KÖNNEN WIR NUR HOFFEN. PASS AUF DICH AUF. ICH MELDE MICH WIEDER.
NILS:	DITO

„Es ist Steinberg“, ging Hendrik zu Martin. „Nils hat es eben bestätigt. Er ist ein Typ aus der Informationsabteilung und Killer stand nicht in seinem Profil.“

„Gut, dann kennen wir jetzt einen“, sagte Martin grimmig. „Ich gebe Magali gleich Bescheid. Den anderen finden wir vielleicht über die Filmaufnahmen. Doch die prüfen wir später in Ruhe. Beim ersten Durchsehen ist mir niemand aufgefallen. Wir sollten uns also auf den Weg machen.“

Er griff in seine Tasche und reichte Hendrik auch eine Helmkamera.

„Ist das dein Ernst?“, fragte Hendrik.

„Die Autos sind sicher noch nicht unten und so schnell bekommen wir nicht noch einmal alle vor die Linse. Wer weiß, was sich daraus ergibt.“

Auf dem Weg nach unten konzentrierte sich Hendrik auf die Straße, während er gleichzeitig versuchte, in jedes Fahrzeug zu schauen. Die Geschwindigkeit, mit der Martin und er den Hang hinuntersausten verpasste ihm ein paar ordentliche Adrenalinschübe, besonders nach einigen Brücken – Zeitzeugen der Rhätischen Eisenbahn von beeindruckender Architektur – hinter denen sich die Straße immer wieder verengte. Sie kamen viel schneller voran als die Autos, die sie überholten. Hendrik war überrascht, wie wenig Anstrengung ihn der Rest der Strecke kostete. Der Akku des eBikes war proppenvoll, so dass er auf die höchste Unterstützungsstufe schaltete. Etwas Entspannung tat ihm gut.

In Lenzerheide angekommen, brachten sie die ausgeliehenen Räder zu ihrem Besitzer zurück und gesellten sich zu Magali. Martin prüfte auf die Schnelle die Filmaufnahmen der Helmkamera.

Von Steinberg war keine Spur zu sehen, auch sonst hatte er nichts Auffälliges bemerkt. Mit einer Ausnahme: Jaromir trug eine Sonnenbrille, obwohl es geregnet hatte. Als er merkte, dass er von Martin gefilmt wurde, drehte er sich zur anderen Seite.

„Seltsam, dass Steinberg nicht dabei war“, sagte Magali.

„Wahrscheinlich ist er voraus gefahren. Der erste Support sollte bereits mittags hier sein. Da sind wir gerade in La Punt los“, vermutete Martin mit einem Blick in das Roadbook.

„Gut möglich. Im Konvoi hat er keine Chance, die Autos oder ihre Fahrer näher zu inspizieren“, gab Magali zurück.

„Dafür müsste er schon mit einem eBike gefahren sein“, konnte sich Martin nicht verkneifen.

„Was steht hier auf dem Programm?“, wollte Hendrik wissen.

„Das Übliche. Fahrzeuge präsentieren und interessierten Bewohnern Fahrten anbieten.“ Mit einem Zwinkern drehte sich Magali zu ihm um. „Ach, und wir können hier eBikes testen.“

Hendrik wunderte sich, wie die beiden bei so einem Job immer noch ihren Humor bewahren konnten. Wahrscheinlich waren sie Meister des Galgenhumors. Ob er diese Kunst jemals lernen würde? Es war fast, als hätte sie seine Gedanken erraten.

Magali wurde wieder ernst.

„Steinberg habe ich hier noch nicht gesehen, aber ich habe auch zuerst versucht, mit Jaromir zu reden. Er hatte neben mir auf der anderen Seite geparkt. Ist euch aufgefallen, dass er humpelt und mit Sonnenbrille rumläuft? Da stimmt irgendetwas nicht. Er sagt, dass er gestern Nacht auf den nassen Stufen zum Bunker ausgerutscht und gefallen ist. Nur ein paar Prellungen, sagt er. Das kaufe ich ihm nicht ab“, wandte sie sich an Martin. „Ich habe mit unserem Boss telefoniert und wir sind uns einig: wir müssen Steinberg observieren und so viele seiner Schritte wie möglich filmen. Wir brauchen Beweismaterial, müssen belegen, was er vorhat und wozu er fähig ist. Momentan haben wir außer Vermutungen nichts in der Hand. Wir wissen nicht, was Peter passiert ist und ob Jaromir die Wahrheit sagt oder ob er eine unliebsame Begegnung – aus welchem Grund auch immer – mit unserem Freund hatte. Das ist zu wenig, um die Polizei einzuschalten.“

„Du hast Recht. Doch bis wir konkrete Beweise haben, müssen wir äußerst vorsichtig vorgehen“, warnte Martin.

„Was ist mit dem zweiten Mann? Der Typ, der angeblich der

WAVE folgt und auf dich angesetzt wurde? Habt ihr oben am Pass etwas gesehen?", wandte sie sich an Hendrik.

Er schüttelte den Kopf.

Martin prüfte die Aufnahmen noch einmal in Ruhe, während Magali den Platz im Auge behielt. Hendrik sah sie aus dem Augenwinkel bewundernd an. Von ihr konnte er sicherlich noch viel lernen. Sie schien so viele Dinge gleichzeitig machen zu können.

„Hier ist nicht wirklich etwas, das uns Aufschluss gibt", sagte Martin. „Außer einem Kerl, der etwas Abseits in den Schnee pisst, ist nichts Außergewöhnliches zu sehen. Allerdings war die Sicht schlecht, so dass wir nur einen begrenzten Radius haben."

„Aber wo zum Teufel soll dann der Typ stecken, der laut meinem Freund hinter uns herfährt?", warf Hendrik ein. Er fühlte, dass er sich mehr beteiligen sollte. „Wenn er noch der WAVE folgt. Mein Freund ist der Meinung, dass er sich anfänglich geirrt hat und der Typ geschickt wurde, um Peter zu einer anderen Mission abzuholen."

„Glaubst du das wirklich?" Magali ließ keinen Zweifel daran, was sie glaubte.

„Ehrlich gesagt, weiß ich bald selbst nicht mehr, was ich glauben soll und was nicht. Ich weiß nur eins. Ich habe vorhin meinem Freund versprochen, dass wir aus dieser Sache irgendwie heil wieder herauskommen. Das habt ihr doch gesagt, oder?" Hendriks Blick verriet, dass in ihm erneut Panik aufkeimte.

„Dein Freund sitzt direkt in Zürich, richtig?", hakte Magali nach. „In drei Tagen sind wir dort. Bis dahin haben wir Zeit, einen Plan dafür aufzustellen."

KAPITEL 20

Dominik

Mittwochabend – Zürich

Dominik traute seinen Ohren nicht. Nichts als Ärger, anstatt einem Ende dieser unsäglichen Operation.

„Was genau hat er gesagt?“, wollte er von Steinberg wissen.

„Er hat gedroht, Adler anzurufen und uns zu verpfeifen“, kam vom anderen Ende der Leitung als Antwort.

„Wann genau war das?“

„Vor ein paar Stunden. Ich habe mir gestern Abend in La Punt einen der Teilnehmer vorgeknöpft, war vielleicht etwas übereifrig. Aber ich hätte schwören können, dass der Typ – Vegr – unser gesuchter Entwickler ist. Alles hat darauf hingedeutet, da war ich gründlich. Egal. Jäger hat anscheinend Wind davon bekommen. Vielleicht ist er diesem Vegr in der Apotheke begegnet, als er sich Jod geholt hat, was weiß ich“, berichtete Steinberg.

„Woher soll Jäger diesen Typen gekannt haben?“, fragte Dominik.

„Jäger hat für mich einen kompletten Background-Check aller Teilnehmer machen lassen. Den hat er sicherlich durchgelesen – was soll er auch sonst den ganzen Tag tun – und dabei das Foto gesehen. Dann hat er eins und eins zusammengezählt. Jedenfalls war er vollkommen aufgebracht. Er meinte, der CEO würde nicht billigen, was wir tun, wenn er davon Wind bekäme. Hat mich enorme Überzeugungskraft gekostet, ihn davon abzuhalten, Adler über deinen Kopf hinweg anzurufen. Ich bezweifle, dass das noch einmal klappt.“

Dominik schlug auf den Tisch. „Dieser Vollidiot!“ Doch sofort hatte er sich wieder im Griff. „Du kennst die Geschichte. Die zwei sind wie Vater und Sohn, seit Adler ihn vor fast 30 Jahren unter seine

Fittiche genommen hat. Jäger ist ihm fast schon hörig."

„Was ich tun soll?", fragte Steinberg.

„Wenn Adler von deinem Einsatz erfährt, sind alle unsere Pläne in Gefahr. Du weißt, was das bedeutet. Das darf nicht passieren!" Dominik wartete stirnrunzelnd auf eine Antwort, die jedoch nicht kam. „Ich hoffe, das war deutlich genug für dich."

„Tote tragen keine Karos, oder so ähnlich", kam endlich eine Regung von Steinberg.

„Karos interessieren mich einen feuchten Dreck. Tu, was du tun musst", beendete Dominik abrupt das Gespräch.

Er hatte nicht erwartet, dass die Situation sich derart verkomplizieren würde. Andererseits ging ein Machtwechsel in den seltensten Fällen kampflos über die Bühne. Das Problem mit Prohaska war bereits vom Tisch und das mit Jäger würde sich bald erledigen, jedoch nicht in Wohlgefallen auflösen. Letzterer würde eine Lücke hinterlassen, er war ein guter Mann mit nützlichen Fähigkeiten. So jemanden hätte er gut gebrauchen können, um die neue Generation in ein paar alten, aber bewährten Tricks zu schulen.

Die neue Kriegsführung mit äußerst leistungsfähigen Systemen, die Zugriff auf die wichtigsten Server dieser Welt hatten, was die Presse unter Cyberwar verstand, war schön und gut und enorm hilfreich, besonders der zeitliche Faktor. Was früher Stunden oder Tage für eine Aufklärung in Anspruch genommen hatte, dauerte jetzt Sekunden oder Minuten. Manche Dinge ließen sich aber nicht mit Bits und Bytes erledigen, da war noch echte Handarbeit gefragt und in dieser war Jäger ungeheuer versiert.

Steinberg hatte ebenfalls seine Qualitäten, aber nicht in den gleichen Bereichen. Es war scheinbar nicht zu ändern. Jäger hatte zu enge Verbindungen mit der alten Heeresführung, er würde sich nicht widerstandslos ergeben, würde um Adler kämpfen wie ein Hund um seinen Herrn. Letztendlich würde er ohne Jäger zurechtkommen. Er musste sich nur darauf konzentrieren, ein neues Team zusammenzustellen.

Allerdings durfte er ein paar andere Dinge nicht außer Acht lassen. Da war zum einen Walter, dem er nicht vertraute. Eine der wenigen Einstellungen, die er von Adler übernommen hatte. Der Direktor der Informationsabteilung war das Gegenteil von dem, wofür er stand. Die Systeme, auf die Walter und sein Team Zugriff hatten, konnten alle Daten von einer Person, einer Firma oder Stadt, ja sogar einem ganzen Land abgreifen, speichern und auf Knopfdruck durchleuchten. Der digitale Fingerabdruck, wie sie es nannten.

Die Mittel des DI waren so effektiv und genauso gefährlich wie eine Lupe im Sonnenlicht. Und doch wusste Dominik über diesen Kerl nichts, abgesehen von den Informationen in seiner übersichtlichen Personalakte. Walter genoss wie alle Führungskräfte den Luxus, den ihm diese vermögende Position bescherte. In Besprechungen war er eher zurückhaltend und drängte sich mit seiner Meinung nicht in den Vordergrund. Ihn umgab immer die Aura des Geheimen und davor hatte Dominik Respekt. Aber Walter war bereits so lange bei BIRD, dass es keiner zusätzlichen Druckmittel bedürfen würde, um ihn in die neue Rangordnung einzureihen. Schließlich würde er seinen Posten behalten und in ein paar Jahren seinen Ruhestand auf einer Yacht in der Karibik beginnen.

Hendrik hingegen würde es nicht in die neue Mannschaft schaffen. Das war von Anfang an klar gewesen. Er kannte diese Sorte von Zweiflern, denen man sich besser früher als später entledigte. Hendrik war nur schmückendes Beiwerk, um Nils fester an den Angelhaken zu bekommen. Nachdem der Plan mit Jäger nicht aufgegangen war, würde sich Steinberg dezent um Hendrik kümmern, wenn die Zeit günstig war. Ein tragischer Unfall, dann ein eleganter Sarg mit Intarsien und haufenweise Blumenkränzen als Zeichen, dass er sich um seine Mitarbeiter kümmerte, wenn diese keine Familie mehr hatten.

Nils würde er mit einem großen Projekt trösten und ablenken. Dieser Junge war nach seinem Geschmack, war käuflich in jeder Hinsicht. Man gab ihm eine goldene Kreditkarte ohne Limit, machte ihn mit den Türstehern der angesagtesten Clubs in der Stadt und ein paar Stars und Sternchen bekannt, obendrauf noch ein Interview in der GQ oder beim Fernsehen und schon hatte man einen gefügigen Handlanger gefunden. Möglicherweise betrachtete er Nils etwas zu oberflächlich, doch er ging jede Wette ein, dass Nils Blut geleckt hatte; dass sich der Junge für das glamouröse Leben in der weiten Welt, das er ihm bot, und gegen das tägliche Hamsterrad für das Hendrik stand, entscheiden würde.

Im Moment konnte er in dieser Sache nichts weiter tun, als abzuwarten, bis Steinberg die Technologie gefunden und alle Hürden aus dem Weg geräumt hatte. Dominik stand auf und sah aus dem Fenster. Geduld war nicht seine größte Tugend. Er hasste es, wenn nicht alles minutiös seinem Plan folgte. Ihnen lief die Zeit davon. Steinberg durfte auf keinen Fall in Zürich aktiv werden, er musste diese Angelegenheit in den nächsten zwei Tagen beendet haben. Nichts, auch nur der kleinste Hinweis durfte mit Zürich in Verbindung gebracht werden. Dominiks Erfahrung hatte ihn auf schmerzliche Weise gelehrt, dass man das *worst case scenario* jedoch nicht ignorieren durfte. Er erlaubte sich ein flüchtiges Lächeln, als sein Plan Gestalt annahm. Er hoffte nicht, dass es soweit kam, doch sein Sündenbock stand fest. Wenn die Dinge aus dem Ruder liefen, würde sich auch der Wind für Steinberg drehen.

Spät nachts weckte ihn das Klingeln seines Handys. Ein kurzer Blick auf das Display und er war hellwach.

„Ich hoffe, du hast gute Neuigkeiten, Steinberg."

„Es hat Komplikationen gegeben", hörte er am anderen Ende.

Dominik ballte eine Faust und wartete auf weitere Erklärungen. Er wusste, dass die Expedition in Arosa übernachtete. Das Hotel dort lag am Waldrand und wäre normalerweise geschlossen gewesen, Sommerpause. Es war nur für die Teilnehmer geöffnet worden.

„Ich hatte mich mit Jäger im Wald verabredet, sagte ihm, dass ich mich mit ihm aussprechen wollte."

„Und weiter?", Dominik unterdrückte seinen Ärger.

„Er war misstrauisch, hat mir nicht geglaubt, dass die Geschichte mit diesem Vegr nur ein Ausrutscher war und ich mich zurückhalten werde. Dann auf einmal ging dieses Licht an. Die verdammte Sauna des Hotels ist mitten in einem Glaskasten im Garten und irgendwer wollte nachts noch Dampf ablassen. Jäger zieht sich in den Wald zurück, sagt, dass wir später weiterreden…“

„Wer war in der Sauna? Seid ihr gesehen worden?“, unterbrach er Steinberg.

„So ´ne Frau. Rosner, Texanerin. Stand auf meiner Liste. Ich will also sichergehen, dass sie nichts mitbekommen hat und lade sie auf ein paar Drinks ein. Wir reden darüber wie wichtig es ist, neue Bäume zu pflanzen – das ist ihr Ding. Sie hat nichts gesehen, da bin ich mir sicher. Die Drinks tun ihre Wirkung. Dann denke ich mir, bei der Gelegenheit kann ich das Fahrzeug in Ruhe unter die Lupe nehmen. Überrede sie, mir ihr Auto zu zeigen und gebe ihr ein paar Tropfen ins Glas, die sie in ein paar Minuten außer Gefecht setzen sollen. Sie trinkt und ich verwische meine Spuren – stoße das Glas um. Während wir nach draußen gehen, bricht sie plötzlich zusammen. Viel zu früh für die Tropfen. Hat auf einmal Schaum vor dem Mund. Das muss eine allergische Reaktion gewesen sein.“ Steinberg holte Luft.

„Komm auf den Punkt“, wurde Dominik langsam ungeduldig.

„In der Bar waren noch Leute, die uns zusammen gesehen haben. Mir blieb nichts anderes übrig, als einen Krankenwagen zu rufen und ihren Teamkollegen sofort aus ihrem Zimmer zu holen. Die beiden sind gerade auf dem Weg ins Krankenhaus. Der Notarzt will die Frau über Nacht zur Beobachtung dort behalten. Das ist aber noch nicht alles.“

„Lass mich raten, es ist nicht ihr Auto, das wir suchen?“

„Richtig.“

Dominik kochte innerlich vor Wut. Wie konnte alles nur so aus dem Ruder laufen? Er dachte kurz nach.

„Hör zu“, sagte er schließlich. „Es war richtig, den Krankenwagen zu rufen. Unterlassene Hilfeleistung wäre schlimmer gewesen und hätte noch mehr Aufmerksamkeit auf dich gelenkt. Halte dich morgen im Hintergrund, spiel die Sache runter, wenn die Leute dich als Lebensretter feiern wollen."

„In Ordnung", bestätigte Steinberg.

„Welches Krankenhaus ist es?", fragte Dominik. „Damit wir die Tests verfolgen können und bei Bedarf die Ergebnisse anpassen."

„Die Ambulanz war von der Psychiatrie in Chur", erwiderte Steinberg. „Vielleicht sollten wir die Krankenakte so anpassen, dass sie die Frau und ihren Mann gleich da behalten?"

„Lass das meine Sorge sein", entgegnete Dominik kalt. „Erledige endlich, wofür du bezahlt wirst und bring mir die Technologie. Keine Ausreden und keine Zwischenfälle mehr. Uns läuft die Zeit davon!"

Nachdem er aufgelegt hatte, schleuderte er das Telefon aufs Bett und ließ seine Frustration an dem Boxsack aus.

KAPITEL 21

Alain

Donnerstagmorgen – Arosa

Es war eine unruhige Nacht gewesen. Alain gähnte mehrmals, als ihn sein Handy unerbittlich weckte, doch die Aussicht auf frischen Kaffee und ein Croissant trieb ihn unter die Dusche. Er genoss den Luxus des satten, heißen Wasserstrahls, bis der Raum einem Dampfbad glich und die Müdigkeit aus seinen Knochen gewichen war.

Die letzten Tage hatten ihn stärker belastet als erwartet und das lag nicht etwa an dem Fotoshooting am Gletscher des Großglockners. Im Gegenteil, die Session für den Winterkatalog seiner neuen Kollektion konnte schon fast als Vergnügen bezeichnet werden, das ihm eine Atempause von all den unerwarteten Wendungen dieser Expedition gebracht hatte. Während er sich anzog, wanderten seine Gedanken erneut zu den Ereignissen der letzten Stunden.

Mitten in der Nacht war er von Blaulicht vor dem Fenster und hektischer Nervosität im Gang vor seinem Zimmer wach geworden. Ein Notfall. Jemand war ins Krankenhaus gebracht worden, wie er den gedämpften Stimmen hatte entnehmen können. Ihm war es eiskalt den Rücken heruntergelaufen und er hatte im Zimmer 34 angerufen. Er ließ es so lange läuten bis eine verschlafene Stimme am anderen Ende erklang und legte dann erleichtert auf. Andrej würde ihm diesen unsanften Weckruf sicherlich verzeihen.

Alain war erleichtert gewesen, gleichzeitig hatte ihn eine innere

Unruhe wach gehalten. Zu viele Dinge passierten. An Schlaf war nicht zu denken. Also hatte er sich an den Schreibtisch, der an der Wand gegenüber dem Bett am Fenster stand gesetzt und ein Blatt Papier genommen. Zuerst legte er eine Liste aller Ereignisse an, die ihm komisch vorkamen oder für die es keine zufriedenstellende Erklärung gab. Alles, was seit Beginn der Expedition passiert war. Angefangen von den Fahrzeugen in Eisenstadt, bei denen jemand wahllos die Ladekabel abgesteckt hatte. Dann der Fahrzeugbrand von Stephan und Olaf in Deutschlandsberg. Hendriks depressiver Zustand in Bled, seine nächtliche Rückkehr zur Expedition mit der Bootsfahrt in Weissensee, auf der er sich verfolgt fühlte. Zwei Fahrzeuge, die auf der Fahrt verschiedene Bergstraßen hinauf liegen blieben und abgeschleppt werden mussten. Das unerwartete Ausscheiden eines Mannes vom Support – Peter hatte er geheißen, gefolgt von einem weiteren Zwischenfall, bei dem wieder einer von der für die Technikunterstützung zuständigen Truppe betroffen war.

Er erinnerte sich an sein Treffen mit Jaromir, den er vor dem Abendessen in der Bar zum Aperitif, zu dem das Hotel eingeladen hatte, getroffen und sich mit ihm unterhalten hatte. Seine Blessuren, hatte der Tscheche gesagt, rührten von einem Sturz die Treppe hinunter zum Eingang des Bunkers in La Punt. Doch Alain hatte das nicht ganz glauben können. Das lädierte Auge, das unter der Sonnenbrille sichtbar war, sah nach etwas anderem aus.

Dann dieser Vorfall in der Nacht, bei dem ein Krankenwagen geholt werden musste. Das waren für ihn zu viele Zufälle. Auf einer Expedition passierte immer etwas Unvorhergesehenes, das wusste Alain aus Erfahrung. Irgendjemand wurde krank, brach sich ein Bein, rutschte aus und verletzte sich oder verlor etwas. Man konnte nie alles vorhersehen. Doch bei dieser Expedition passierte entschieden zu viel.

Schon am Nachmittag in Lenzerheide hatte er ein komisches Gefühl gehabt. So, als ob etwas in der Luft lag. Er hatte jedoch nicht den Finger auf etwas Bestimmtes legen können, hatte nur ein mulmiges Gefühl gehabt, dass etwas ganz und gar nicht stimmte.

Alain hatte sich auf Arosa gefreut, einen Ort, mit dem er angenehme Erinnerungen verband. Vor vielen Jahren war er als Student hier gewesen und hatte in verschiedenen Bars gearbeitet. Der besondere Reiz hatte darin gelegen, dass man im Gegensatz zu anderen, renommierten Skiresorts viel High Society traf, diese jedoch keinen Wert darauf legte, gesehen und im neuesten Skioutfit oder der Abendgarderobe abgelichtet zu werden. Ganz im Gegenteil. Menschen, die nach Arosa kamen, genossen den unauffälligen, jedoch nicht weniger zuvorkommenden Service, der ihnen in dem kleinen Ort geboten wurde. Daran schien sich bis heute nichts geändert zu haben.

Arosa hatte sie am gestrigen Nachmittag mit tiefhängenden Wolken, die schnell in Dauerregen übergegangen waren, empfangen. Zu dem mulmigen Gefühl hatte sich Melancholie gesellt und sein kurzer Nachmittagsschlaf anstelle des Ortsrundgangs mit der hiesigen Touristikleiterin, der wetterbedingt ausgefallen war, hatte nicht die erhoffte Erholung gebracht. Die Begegnung mit Jaromir in der Bar hatte das unterschwellige Unbehagen weiter verstärkt, das auch im Laufe des Abends nicht vertrieben werden konnte. Vielleicht war auch das Gefühl hinzugekommen, etwas verpasst zu haben.

An den einzelnen Tischen hatten sich Grüppchen gebildet und Gleichgesinnte zusammengefunden. Schon die letzten Tage über hatte er vorgehabt, mit mehr Teilnehmern zu sprechen, als er das bisher getan hatte. Da man nur an den Etappenorten auf andere traf, und dort auch nicht auf jeden, weil die An- und Abfahrtszeiten unterschiedlich waren, ergab sich nicht immer die Möglichkeit für einen lockeren Gedankenaustausch, denn die erste Aufmerksamkeit galt dem Laden des Autos.

Während des Abendessens waren an seinem Tisch rechts neben ihm Louis Palmer und zwei ältere Männer in ein Gespräch aus alten gemeinsamen Zeiten vertieft gewesen. Links von ihm hatte der kleine Florian gesessen, der sich mit seinem Sitznachbarn, einem jungen Mann, den Florian Ernsti rief, ein eifriges Duell bei einem Spiel auf dem iPad geliefert. Zwischen Hauptgang und Nachspeise hatte der Hotelbesitzer einen kleinen Einblick in seine Nachhaltigkeitsstrategie gegeben, wozu der Bau der Solaranlage auf seinem Dach gehörte. Mit der Eigenproduktion deckte das Hotel nicht nur einen Teil des Strombedarfs, sondern auch 50 Prozent des Warmwasserbedarfs, wodurch jährlich gut 150 Tausend Liter Öl eingespart wurden.

Alain war, genau wie die anderen Teilnehmer, von dieser Anlage sehr beeindruckt gewesen. Dass der Bau nicht ohne Herausforderungen verlaufen war, wie auch deren Betrieb, bewies der Hausherr mit einigen Bildern. Aufgrund ihrer Breite war es äußerst schwierig gewesen, die Solarmodule die nicht einmal zweieinhalb Meter schmale Straße nach Arosa hinauf zu transportieren. Der Wind und die erhöhte Position der Anlage in dem Bergdorf hatten es notwendig gemacht, die Module mit speziellen Schienen zu befestigen. Zu den täglichen Herausforderungen im Winter gehörte der Schnee, der in der letzten Saison die über zwei Meter hohe Anlage komplett unter sich begraben hatte. Auch wenn die Mitarbeiter auf dem letzten Foto zwischen den Schneewänden in die Kamera lachten, so hatte Alain dies mehr als Galgenhumor interpretiert.

Nach dem Dessert war ein Film über die Tour de Sol im Jahre 1987 gezeigt worden, an der, dem Raunen im Raum zufolge, einige Teilnehmer persönlich teilgenommen hatten. Neben den für damalige Zeiten pionierhaften Gefährten waren auch Frisuren und Bekleidung fröhlich kommentiert worden. Wie die meisten der Teams war er nach dem Vortrag schlafengegangen. Sein Gefühlszustand hatte ihn nicht ermuntert, noch auf einen Absacker an der Bar hängen zu bleiben.

Sieben Stunden später sah es nicht viel anders aus. Der unterbrochene Schlaf in der Nacht hatte verhindert, dass sich eine Erholung seiner Stimmung auch nur andeutete. Selbst die versöhnlichen Strahlen der

Morgensonne, die sein Zimmer erhellten, konnten daran nichts ändern. Alain packte den Rest seiner Sachen in die Tasche. Dabei fiel sein Blick auf das Blatt Papier mit Notizen.

Ganz unten standen zwei Wörter. Doppelt unterstrichen: Frank anrufen. Er überlegte. Selbst wenn dies das Ergebnis seiner nächtlichen Überlegungen gewesen war, wollte der Anruf gut überlegt sein. Immerhin würde er Frank gegenüber damit zugeben, dass er die ganze Zeit bei der WAVE dabei gewesen war. Hatte das Konsequenzen, die er abwägen musste? Zunächst einmal sollte er frühstücken. Ein erfolgreicher Tag begann mit einem guten Frühstück.

Frischer Kaffee, vitaminreicher Obstsalat und ein Croissant mit Schokolade würden seinen grauen Zellen am besten auf die Sprünge helfen, beschloss er, als er das üppige Buffet entlang ging. Die Stimmung in dem Saal, in dem gestern bereits das Abendessen stattgefunden hatte, war gedämpft, als er sich einen freien Platz suchte. Ob es nur seinem eigenen Gefühl zuzuschreiben war oder eine allgemeine Müdigkeit unter den Teilnehmern widerspiegelte, war schwer zu sagen.

An einem der anderen Tische sah er Andrej und Jasna sitzen, die beide erstaunlich wach aussahen; trotz der nächtlichen Störung, die sein kurzer Anruf in ihrem Zimmer verursacht hatte. Seine eigenen Tischnachbarn waren in ihre Handys vertieft und lasen Emails oder Nachrichten. Am Nebentisch hörte er, wie sich Manfred und Tamara leise über die einzelnen Stationen des heutigen Tages unterhielten und was sie dort erzählen wollten. Es war *Schultag*, was bedeutete, dass sie mehrere Schulen anfahren und dort ihre Autos den Schülern vorstellen würden. Auf den Strecken dazwischen sollten sie, wenn möglich, Kindern eine Mitfahrgelegenheit anbieten.

Alain fand diese Idee sehr gut. Kindern gehörte die Zukunft und je eher sie sich darüber bewusst wurden, welche Auswirkungen der heutige Lebensstil auf die Erde und damit ihre Heimat hatte, desto besser. Das brachte ihn auf den Gedanken, den Schülern von seiner Expedition an den Südpol, dessen Eismassen entgegen bisherigen Behauptungen schmolzen, zu erzählen und damit auf die dramatische

Veränderung der Arktis umzuschwenken. Neben großen Industrieanlagen, die Öl verbrannten, erwärmten die Abgase herkömmlicher Autos die Luft der Erde derart, dass seit über 30 Jahren das Eis in der Arktis schmolz und momentan nur noch ein Viertel der ursprünglichen Eisdecke vorhanden war.

Die Wenigsten machten sich Gedanken darüber, wie wichtig dieses Eis für das Klima war, denn es reflektierte die Sonnenstrahlen zurück in das Weltall. Damit war es so etwas wie die Klimaanlage, die das Wetter auf der Erde mitbestimmte. Für viele der Kinder war eine Klimaanlage im Auto heute selbstverständlich und sie hatten bestimmt schon einmal erlebt, wie heiß es ohne werden konnte. Wenn nicht, konnte er das ein paar Kindern sehr leicht demonstrieren, wenn sie mit ihm eine Etappe mitfuhren.

Die Erinnerung an die ungeheuerlichen Aktivitäten, die dort vor sich gingen, brachte sein Blut in Wallung. Nicht genug, dass profitgierige Konzerne dort mit ihren Öl- und Gasbohrungen die Natur zerstörten und den Einheimischen ihre Lebensgrundlage nahmen. Nein, es stand Spitz auf Knopf, denn für die Durchsetzung ihrer Ansprüche auf Teile der Arktis waren die einzelnen Anrainerstaaten scheinbar zu allem entschlossen, was ihre Kaufwut von U-Booten, Kampfflugzeugen und Atomeisbrechern nur allzu gut verdeutlichte. Russland und Norwegen hatten sogar die Schaffung *arktischer Kampftruppen* angekündigt.

Das Undenkbare war damit denkbar geworden: ein Krieg in den frostigen Gewässern des Nordpols. Die Arktis gehörte niemandem im speziellem, keinem Land. Ein Konflikt mit Waffengewalt musste abgewendet werden! Dieser Gedanke brachte ihn wieder auf den Boden der Tatsachen zurück. Auch bei der WAVE schien es einen Konflikt zu geben. Mehr als die üblichen Reibungen, wenn dutzende Erwachsener mit unterschiedlichen Ansprüchen und Charaktereigenschaften über mehrere Tage zusammenkamen.

An Tamaras und Manfreds Tisch setzten sich zwei Italiener auf die gerade frei gewordenen Stühle. Alain meinte sich erinnern zu können, dass die beiden Männer in einem Nissan Leaf unterwegs waren.

Nicht nur aufgrund ihres Aussehens waren die zwei ein ungleiches Team. Der Eine war groß gewachsen und still, der Andere eher klein und quirlig.

„Habt ihr mitbekommen, was gestern Nacht los war?", hörte Alain, wie sich der größere Italiener an das österreichische Paar wandte.

„Guten Morgen Simone. Soviel ich weiß, ging es Leora auf einmal nicht gut. Die Texanerin mit der grauen Wallemähne, du weißt schon, die mit diesem flippigen Engländer, Gordon, unterwegs ist", antwortete ihm Manfred.

„Hat sie zu viele Pina Coladas geraucht?", kicherte der Kleinere. „Würd mich schon interessieren, was die für wilde Mischungen in ihren E-Zigaretten haben."

„Marco, das sieht dir wieder ähnlich", wies ihn sein Teamkollege Simone zurecht. „Das ist nicht lustig."

Alain stand auf und ging an ihren Tisch. „Weiß jemand, was da passiert ist?"

„Nicht genau", antwortete Tamara. „Es sieht nach einem Kreislaufkollaps aus. Leora hatte wohl über den Tag zu wenig getrunken und die Drinks an der Bar gestern Abend haben ihr den Rest gegeben. Könnte auch eine allergische Reaktion auf Medikamente sein, die sie vielleicht nehmen muss."

„Wenn er sich nicht so schnell um sie gekümmert hätte", deutete Manfred auf William Steinberg, der gerade in den Frühstücksraum kam, „hätte das wohl auch böse ausgehen können."

„War sie denn ganz alleine an der Bar?", wunderte sich Alain.

„Das ist ja das Komische", sagte Tamara. „Angeblich war sie mit diesem Steinberg an der Bar."

„Aber eben hast du gesagt, dass er sie gefunden hat", widersprach Alain.

„Was weiß ich, wir haben das auch nur von anderen gehört", zuckte sie mit den Schultern. „Im Endeffekt ist es wohl gut, dass er bei ihr war."

Simone nickte zustimmend, während Marco den angeblichen

Retter genauestens beobachtete. Aus dem Augenwinkel heraus bemerkte Alain, dass der kleine Italiener nicht der Einzige war, der diesen Steinberg unter die Lupe nahm. Magali und Martin verfolgten jede seiner Bewegungen, bis er sich schließlich an einen Tisch am anderen Ende des Saals setzte. Von den Leuten, die dort saßen, kannte Alain niemanden.

Das mulmige Gefühl von gestern drängte sich mit aller Macht in sein Bewusstsein zurück und er wusste, dass er Frank anrufen musste. Doch vorher galt es noch eine Sache abzuklären. Seit Beginn der WAVE hatte er sich immer wieder die Frage gestellt, wer die Agenten waren, die Frank geschickt hatte.

Seit Weissensee war er sich fast sicher gewesen, dass es Manfred und Tamara sein mussten. Das österreichische Paar war auf eine auffällige Art unauffällig und doch gleichzeitig präsent. In Eibiswald hatten sie im gleichen Zimmer übernachtet wie Andrej und Jasna, in Bled waren sie dabei gewesen und auch sonst waren sie, sofern er das beurteilen konnte, nicht weit entfernt von den beiden. Doch heute Morgen war er sich nicht mehr ganz sicher. Natürlich konnte es zu ihrer Tarnung gehören, nicht alle Details zu Leoras zweifelhaftem Zusammenbruch öffentlich preiszugeben. Genauso, wie sie es sich nicht anmerken lassen würden, wenn sie beunruhigt waren.

Allerdings bezweifelte Alain, dass es in der jetzigen Situation für die Agenten angebracht war, in aller Ruhe am Frühstückstisch zu sitzen und mit anderen Teilnehmern bei einem zweiten Espresso zu plaudern. Wofür bezahlte er Frank eigentlich? Abrupt stand er auf und ging nach draußen, um zu telefonieren.

„Alain! Was für eine Überraschung. Wie geht es dir?", begrüßte ihn Frank nach dem zweiten Klingeln.

„Sag du mir, wie es mir gehen soll", entgegnete er aufgebracht. „Erklär mir bitte, wofür ich euch bezahle."

„Du bezahlst uns für Diskretion und Sicherheit. Ich versichere dir, dass wir deinen Auftrag, wie jeden Auftrag unserer Kunden professionell und der Lage angemessen ausführen."

„Spar dir deine Marketingsprüche", entfuhr es Alain. Er war

niemand, der leicht in Rage geriet, doch hier stimmte etwas ganz und gar nicht. „Ich habe Grund zu der Annahme, dass die Technologie, in die ich investieren will, nicht in dem Maße geschützt wird, wie ich es erwarten kann. Gestern Nacht kam es – wieder einmal – zu einer brenzligen Situation bei einem der Teilnehmer."

„Das ist richtig. Wir haben den Zwischenfall registriert und passen gerade unsere weitere Strategie an", erklang es vom anderen Ende der Leitung.

„Bitte kein Geschäftskauderwelsch. Lass uns die Karten offen auf den Tisch legen." Alain hielt für einen Moment inne. Aber er war sich sicher, dass es das Beste war, die Wahrheit zu sagen. „Ich bin live dabei, verstehst du? Ich bekomme jeden Zwischenfall mit, seit wir in Eichgraben gestartet sind und langsam habe ich den Eindruck, dass deine Agenten dem Job nicht gewachsen sind."

„Da irrst du dich", versicherte im Frank. Seine Stimme war ruhig und bestimmt. Die Tatsache, dass Alain bei der WAVE mitfuhr, schien ihn nicht aus dem Konzept gebracht zu haben. „Die beiden sind die besten Agenten, die ich habe. Wen auch immer du für unser Team hältst, es sind mit Sicherheit die Falschen."

Hatte er sich tatsächlich geirrt? Alain ging alle Indizien durch, die ihn zu seinem Ergebnis geführt hatten. Er musste zugeben, dass Tamara und Manfred wirklich nur einfache Teilnehmer, wenn auch sehr aufgeweckte, sein konnten.

„In Ordnung! Nehmen wir an, ich habe mich geirrt. Trotzdem gehen hier Dinge vor, die sich nicht leugnen lassen und die eine Reaktion erfordern. Ich bin dein Auftraggeber und weiß, dass ihr Verschwiegenheit nicht nur ernst nehmt, sondern dass sie die Grundlage für euer Geschäft ist. Aber sag mir eins, muss ich mir Sorgen um Andrej und mein Investment machen? Denn das tue ich im Moment."

„Nicht am Telefon", begann Frank. „Wir müssen vorsichtig sein. Ich schick dir die Info über eine App, über die wir uns unterhalten können."

Im nächsten Augenblick summte Alains Handy und er installierte die Software über den Link in der Nachricht. Kurz darauf sah er, dass Frank bereits zu schreiben begonnen hatte.

Frank: Seit Anfang an gab es immer wieder kleine Anzeichen, dass etwas nicht stimmt. Die Zwischenfälle deuten zunehmend auf ernsthafte Schwierigkeiten hin. Als Auftraggeber steht es dir zu, die Mission zu beenden. Allerdings rate ich noch ab. Andrej hat die Technologie fast bewiesen. Unsere Agenten arbeiten daran, das Risiko weiterer Zwischenfälle zu minimieren.

Alain: Woher hast du die Information mit der Technologie?

Frank: Ich stehe in direktem Kontakt mit Tom Schmidt, der erst gestern mit Andrej gesprochen hat.

Alain: Die Agenten. Es gibt zwei Paare bei den Teilnehmern, denen ich den Job zutrauen würde. Einmal Tamara und Manfred, aber es sah nicht danach aus, als würden sie an einer Strategie arbeiten. Sonst müssen es Magali und Martin sein. Also, was zum Teufel ist da los?

Frank: Es sind Letztere. Wir wissen seit wenigen Tagen, dass Spione auf die WAVE angesetzt wurden. Zwei davon sind seit Eichgraben mit euch mitgefahren. Einer ist seit dem Grossglockner nicht mehr dabei. Allerdings sind unterwegs zwei weitere dazugekommen. Wir wissen noch nicht, zu welcher Organisation sie gehören, sind uns allerdings sicher, dass sie nach der Technologie suchen. Diese Information haben wir, weil unsere Agentin einen der beiden, die seit Eichgraben dabei waren, umdrehen konnte. Es ist ein junger Mann, der sich als Videoblogger ausgibt. Er steht jetzt auf unserer Seite.

Alain: Hendrik?

Frank: Genau der. Es war nicht schwer, ihn zur Vernunft zu bringen. Hendrik hat sogar schon eine unbezahlbare Information geliefert.

Alain: Unfassbar! Der andere muss dann Peter gewesen sein.

Frank: Wir waren selbst erstaunt, als uns die Tragweite ihrer Operation bewusst wurde. Am Anfang sind wir nur von einfacher Industriespionage ausgegangen, doch die letzten Zwischenfälle haben den

Verdacht erhärtet, dass wir es mit skrupellosen Leuten zu tun haben. Leuten, die vor nichts halt machen.

Alain: Wenn man neben den Vorfällen mit den Fahrzeugen noch die mit Peter, Jaromir und Leora dazu nimmt...

Frank: Richtig. Peters Verschwinden ist nicht eindeutig erklärbar. Es gibt keine Hinweise auf ein Verbrechen. Seine Leiche wurde nicht gefunden, allerdings ist er auch nicht in Zürich aufgetaucht, wo er vor der WAVE war. Es sieht so aus, als ob sich in den vergangenen 48 Stunden das Vorgehen der Gegenseite dramatisch geändert hat.

Alain: Wieso habt ihr nicht darauf gedrängt, die WAVE abzubrechen? Ihr könnt das Leben der Teilnehmer doch nicht leichtfertig aufs Spiel setzen. Jetzt geht es nicht mehr nur allein um Andrejs Sicherheit.

Frank: Uns fehlen bis jetzt konkrete Beweise, die wir den Behörden übergeben können.

Alain: Bis jetzt? Was heisst das?

Frank: Seit letzter Nacht können wir beweisen, dass sich ein Krimineller unter den Teilnehmern befindet. Martin konnte mit einer Minikamera filmen, wie dieser Mann einer Frau an der Bar etwas in den Drink gekippt hat. Er stiess das Glas wie zufällig um, so dass es auf dem Boden in lauter Scherben zerspringt. Er verwischte seine Spuren. Dumm nur, dass die Frau kollabierte und der Spion derjenige war, der den Krankenwagen rief. Offensichtlich wollte er als Helfer gesehen werden. Ironie des Schicksals. Hätte er nicht so schnell gehandelt, hätte das Krankenhaus das Betäubungsmittel, auf das die Frau allergisch reagierte, wahrscheinlich nicht mehr nachweisen können.

Alain: Steinberg! Ist das zu fassen. Was jetzt?

Frank: Die örtliche Polizei weiss Bescheid und sie werden ihn festnehmen, sobald er Arosa verlässt. Niemand in Arosa will unnötige Aufregung. Keiner ist daran interessiert, den sorgfältig über Jahrzehnte gepflegten Ruf als verschwiegener Ort für wohlhabende Touristen anzukratzen. Auch wir nicht.

ALAIN: WENN ICH RICHTIG MITGERECHNET HABE, FEHLT NOCH EINER DER SPIONE!

FRANK: DAS IST KORREKT. WIR HABEN IHN LEIDER NOCH NICHT AUFSPÜREN KÖNNEN. IM MOMENT VERMUTEN WIR, DASS ER KEIN TEILNEHMER DER WAVE IST, SONDERN EUCH IN EINIGEM ABSTAND FOLGT. DU KANNST DICH ALLERDINGS DARAUF VERLASSEN, DASS MEIN TEAM HART DARAN ARBEITET, IHN AUCH NOCH AUS DEM VERKEHR ZU ZIEHEN. ICH MELDE MICH SPÄTER, WENN ICH MEHR FÜR DICH HABE.

Auch wenn Alain jetzt mehr wusste, machte es das nicht einfacher für ihn. Da war es gut, dass der Tag bis zur Abendstation in Rorschach mit Stopps an sechs verschiedenen Schulen Abwechslung versprach und gleichzeitig eines ihrer Probleme kurz hinter Arosa zurückbleiben würde. Es war ihm zwar im Nachhinein peinlich, dass er Tamara und Manfred fälschlicherweise als schlechte Agenten hingestellt hatte, doch war er froh, dass Frank gegenüber die Karten offen auf dem Tisch lagen. So würde er für den Rest der Expedition besser informiert bleiben. Alain schüttelte den Kopf. Hendrik – nie im Leben hätte er ihm zugetraut, ein Spion zu sein.

Plötzlich fiel ihm wieder ein, wie verängstigt Hendrik bei ihrer nächtlichen Bootsfahrt auf dem Weissensee gewesen war. Er hatte es damals nicht ernst genommen. Hatte geglaubt, dass der Junge von den ganzen Ereignissen zuvor, die wohl Erinnerungen an eigene Dramen in seiner Kindheit hervorgerufen hatten, noch total durch den Wind gewesen war. In so einer Situation konnte man selbst von einer auf dem Wasser landenden Ente zu Tode erschreckt werden.

Doch jetzt war ihm alles klar, denn er erinnerte sich, wie Hendrik zu seiner Kamera gegriffen hatte. War der Kerl womöglich auf Film aufgenommen worden? Sicher war es auf die Entfernung zu dunkel gewesen. Weiter kam Alain vorerst nicht in seinen Überlegungen, er war an der ersten Schule angekommen. Es war Showtime, heute ging es darum, die Trophäe des beliebtesten Autos bei den Kids zu ergattern.

Im Laufe des Tages kristallisierten sich die Favoriten heraus. Auf der einen Seite war dies der Norweger, dessen Namen Alain immer wieder an ferngesteuerte Puppen erinnerte. Robort, der Mann mit dem kleinen, weinroten Einsitzer, dessen Fahrzeug eine gewisse Ähnlichkeit mit dem Kopf eines Schnabeltiers aufwies. Auf der anderen Seite kamen die Elektromotorräder gut an. Doch auch Martins Auto stand hoch im Kurs, wobei er sich den Coolnessfaktor bei den Schülern wohl eher mit dem Einsatz seiner Drohne erschlichen hatte.

Am Schluss gewann, nicht unerwartet, ein Tesla Roadster. Die Fernbedienung des Fahrzeugs über ein Smartphone hatte es den Kids am meisten angetan. Natürlich verstand er, was die Schüler daran verlockend fanden. Ihm hingegen lief ein eiskalter Schauer über den Rücken. Denn er konnte sich ganz andere Szenarien vorstellen, bei denen nicht nur der Ladestatus oder die Klimaanlage des Fahrzeugs von außerhalb kontrolliert wurden.

Zwei Dinge an diesem Tag stimmten ihn wieder versöhnlich. Es waren Augenblicke, die er nicht vergessen würde. In Gams umringten Kinder, noch keine Teenager, das Auto von Robort fast wie einen Spielkameraden, einen vertrauensvollen Freund, den jeder gerne an seiner Seite hätte. An einer anderen Schule standen die jungen Menschen in Scharen zwischen den Elektroautos, beäugten sie, bewunderten sie, interessierten sich für sie. Manche Kinder berührten die Autos sogar andächtig, andere saßen mit strahlenden Gesichtern bei ihm auf dem Beifahrersitz und hinten, als sie eine Runde mitfahren durften und lachten lauthals, wenn er plötzlich beschleunigte.

Die Ausgelassenheit der Kinder war ansteckend. Auf dem Weg zur letzten Schule, keine 20 Kilometer von Rorschach entfernt, gewann sein Optimismus die Oberhand und versicherte ihm, dass er mit seiner Investition das Richtige tat. Wenn Andrejs Technologie erfolgreich war, würde es Szenen wie diese in der ganzen Welt geben. Dann würde sich wirklich eine Welle durch die ganze Welt bewegen.

Seine Tagträume wurden jäh durch das Klingeln des Handys unterbrochen. Er sah auf dem Display, dass eine Nachricht gekommen war. Gleichzeitig sagte ihm das Navigationssystem, dass er rechts abbiegen sollte. Gleich erreichte er die die letzte Schule, dort konnte er Frank in Ruhe antworten. Alain hielt ein paar Meter vor dem Gebäude und sah Andrej mit Jasna und ihrem Auto vor der Schule, umringt von einer Traube neugieriger, lachender Schüler. Der Anblick wärmte ihm das Herz und er dachte an die Zukunft all dieser Kinder und dass es genau dieses Team war, das einen entscheidenden Einfluss nehmen konnte. Dann nahm er das Telefon.

Es war eine Nachricht von Frank.

KAPITEL 22

Steinberg

Donnerstagmorgen – Arosa – Rorschach

William Steinberg hatte eben Arosa verlassen und scheuchte sein Auto um die ersten der 360 Kehren nach Chur hinunter. Seit er gestern Nacht mit Brandt telefoniert hatte, fragte er sich immer wieder, ob die Sache mit dieser Texanerin wirklich notwendig gewesen war. Leora Rosner, wie sie laut Roadbook hieß, schien nichts von seiner Unterhaltung mit Jäger mitbekommen zu haben und auch nichts gesehen zu haben.

Doch selbst wenn sie nur einen Schatten im Augenwinkel wahrgenommen und sich zunächst nichts dabei gedacht hätte, wäre ihr das vielleicht am nächsten Morgen komisch vorgekommen und sie hätte sich gefragt, was er nachts im Wald gemacht hatte. Er war ein Mann, der kein Risiko eingehen wollte. Die Ampulle mit der Spezialmischung - ein paar Roofies und anderen Kleinigkeiten aus seiner persönlichen Giftküche - hatte er immer dabei. Wie hätte er ahnen sollen, dass sie so heftig darauf reagierte? Er hatte nur ihre Erinnerung an den Abend auslöschen und in aller Ruhe ihr Fahrzeug untersuchen wollen.

Nachdem sich der Vorfall und seine ritterliche Hilfe herumgesprochen hatten wie ein Lauffeuer, war es umso schwieriger geworden, nicht aufzufallen. Er hatte sein Bestes getan, um die anerkennenden Worte der anderen herunterzuspielen. Doch es war ihm auch aufgefallen, dass sich nicht alle so lobend geäußert hatten.

Diese Französin Magali, der er am Großglockner als eine der ersten Teilnehmer begegnet war, hatte sich eher mütterlich nach ihm erkundigt und darüber, wie es ihm bisher gefiel. Sie habe ihn beim Gruppenfoto am Albula-Pass vermisst und fragte sich, ob ihm die

Aushilfe bei der technischen Unterstützung auch wirklich nicht zu viel wurde. Besonders heute an einem Schultag, an dem sehr viele verschiedene Stopps auf dem Plan standen.

Was hätte er schon sagen sollen? Er hatte seinen Charme spielen lassen, obwohl er sich ziemlich sicher war, dass er bei ihr nicht wirkte. Hatte davon geschwärmt, wie wunderbar die Erfahrung einer solchen Expedition sei, die Kameradschaft, die man erfuhr. Hatte sich ausgiebig darüber ausgelassen, wie er sich auf die Schüler freute, denn Kinder waren die Zukunft. Er hatte alle Register gezogen, die normalerweise bei Frauen in ihrem Alter ankamen. Aber sie war keine normale Frau.

Während Steinberg jetzt die nächste der unsäglichen Kehren bergab Richtung Chur fuhr, fragte er sich, was der wirkliche Grund für ihr Interesse gewesen sein könnte. Auf einmal vibrierte sein Handy. Eine Nachricht, dass ein Anruf verpasst wurde. Verdammtes Funkloch. Der Anruf kam von Brandt. Was wollte sein Boss? Es gab noch nichts Neues seit gestern. Dachte Brandt etwa, dass sich alles in Wohlgefallen aufgelöst und er die Technologie nachts noch aufgespürt hatte? Er tat doch sein Bestes.

Steinberg knurrte und wählte die Nummer von seinem Chef.

„Das wird auch Zeit“, wurde er unfreundlich begrüßt.

„Was gibt es denn dringendes?“, fragte Steinberg sachlich.

„Mir liegen Informationen vor, nach denen du jedem Moment von der Kantonspolizei verhaftet wirst. Was sie meinen, gegen dich in der Hand zu haben, kann ich noch nicht sagen, daran arbeite ich aber. Bleib also ruhig und stell keine Dummheiten an. Ich habe sofort ein paar Gefallen eingefordert. Diese Geschichte sollte sich in den nächsten Minuten erledigt haben. Dafür schuldest du mir etwas.“ Die Kälte in Brandts Stimme jagte Steinberg einen Schauer über den Rücken.

Was war nur passiert? Eben beim Frühstück hatten ihn die Teilnehmer der WAVE noch als Lebensretter gefeiert. Und jetzt die Polizei? Hinter der nächsten Kurve sah er schon das Fahrzeug auf sich zukommen, dessen Fahrer ihm bedeutete, rechts bei einer Ausweichbucht anzuhalten.

Zwei große und kräftige Beamte stiegen aus, öffneten den Verschluss ihrer Waffenhalfter und gingen langsam auf ihn zu. Offensichtlich waren sie auf jemanden vorbereitet, von dem Ärger ausgehen konnte. Ein Beamter blieb vor seinem Auto stehen. Steinberg öffnete das Fenster und legte die Hände gut sichtbar auf das Lenkrad.

Der Ältere von beiden ging auf die Fahrerseite und beugte sich zu ihm herunter.

„Sind Sie William Steinberg?"

„Der bin ich. Gibt es ein Problem? Kann ich Ihnen helfen?", fragte er mit einem aufgesetzten Lächeln.

„Reichen Sie mir bitte Ihre Autoschlüssel und steigen Sie langsam aus dem Fahrzeug aus", kam als Antwort. Die Körpersprache des Mannes verriet eindeutig, dass er mit Gegenwehr rechnete.

„Aber natürlich", zog Steinberg den Schlüssel ab.

„William Steinberg, hiermit verhafte ich Sie wegen illegalem Drogenbesitz. Wir nehmen Sie mit auf das Kommissariat…"

Der jüngere Beamte, der vor Steinbergs Auto stand, hatte eben ein klingelndes Handy aus seiner Uniformtasche gezogen und gab, nachdem er wieder aufgelegt hatte, seinem Kollegen ein Zeichen.

„Bleiben Sie genau hier stehen", wandte sich der ältere Beamte an Steinberg und ging zu seinem Kollegen.

Steinberg nickte wortlos und verzog keine Miene.

„Es scheint ein Irrtum vorzuliegen", kam der Beamte eine Minute später zurück. „Es ist uns sehr peinlich, bitte entschuldigen Sie die Unannehmlichkeit."

Das war knapp gewesen. Brandts Maschinerie lief wie geschmiert. Von seinem Chef konnte er bestimmt noch den einen oder anderen Trick lernen, wie man Leute bestach oder *Gefallen* einforderte. Nur zu gern hätte er gewusst, welche Trumpfkarten sein Chef gezogen hatte. Vielleicht hatte er denen sogar weisgemacht, dass er für den Schweizer Geheimdienst arbeitete? Das würde Brandt ähnlich sehen.

Die Polizei war er los, dachte Steinberg grimmig. Doch konnte er zurück zur WAVE? Irgendjemand dort musste ihm das alles eingebrockt haben. Es war Zeit für Plan B und eine kleine Verwandlung. Er rief Jäger an.

„Schau an, schau an. Der Liebling der Schweizer Polizei", sagte dieser zynisch.

Steinbergs Blut geriet in Wallung, als er die Begrüßung seines Kollegen hörte. Es war fast, als ob sich dieser darüber freute, was ihm passiert war.

„Lass das", fuhr er Jäger an, „sonst komm ich noch auf die Idee, du hättest mir die ganze Sache eingebrockt."

„Mach dich nicht lächerlich", gab Jäger ärgerlich zurück. „Was willst du?"

„Ich muss untertauchen. Kümmere dich um mein Auto."

„Bin ich jetzt dein Kindermädchen?"

„Halt die Klappe und tu, was ich dir sage", wies er Jäger herrisch an. „Wie schnell kannst du nach Buchs kommen?"

„Wo zum Teufel liegt dieses Kaff?"

„Auf dem Weg nach Rorschach. Aber nicht direkt auf der Route der WAVE, die fahren Landstraße. Nimm die A13 Richtung Norden, dort gibt es vor Buchs eine Raststätte. Wir treffen uns in einer Stunde. Ich werde dich finden. Und Jäger?"

„Was denn noch?"

„Wehe, du bist nicht pünktlich!"

Es gab auf beiden Seiten der Autobahn eine Raststätte. Steinberg hatte vor, auf den Parkplatz der A13 Richtung Süden zu fahren, dort sein Auto abzustellen und als neuer Mann über die Brücke auf die andere Seite zu wechseln. Jäger sollte in der Zwischenzeit alle notwendigen Änderungen in den Systemen der Behörden vorgenommen haben, so dass der Wagen nichts mehr mit einer Person Namens William Steinberg zu tun hatte. Sollte der Wagen auffallen und die Polizei den entsprechenden Datensatz des Fahrzeughalters in ihrem System aufrufen, gehörte die Karre wahrscheinlich irgendeinem Ausländer, der mit gestohlenen Fahrzeugen dealte. Je nachdem, was sich Walters

Truppe ausgedacht und in den aktuellen Notfallplan geschrieben hatte.

Steinberg hatte sich in der Behindertentoilette der Raststätte ausgebreitet und zerbrach sich, während die Tönung einwirkte, den Kopf, wem genau er diese Änderung des Plans zu verdanken hatte. Jäger war es sicher nicht gewesen, auch wenn er es ihm nach dem Streit gestern Nacht zugetraut hätte. Aber es war ihm noch einmal gelungen, zu verhindern, dass Jäger Adler anrief. Wieso hätte er also einen Kollegen bei der Polizei hinhängen sollen? Dann konnte es nur jemand vom Personal oder einer der WAVE Teilnehmer gewesen sein. Doch wer?

Es musste jemand sein, der gesehen hatte, wie er dieser Leora etwas in den Cocktail gemischt hatte. Der Barkeeper hatte ihnen den Rücken zugedreht. Auch sonst war niemand direkt neben ihnen gesessen. Überwachungskameras in der Bar hatte es nicht gegeben. Wie also war das möglich? Vor ihm lag sein Tablet PC, auf dem er die Profile der einzelnen Teilnehmer nun schon zum dritten Mal durchging. Er setzte gerade die Rasierklinge an der linken Wange an, als es ihn wie einen Blitz durchfuhr. Wie hatte er das nur übersehen können? Es musste diese Französin sein. Magali Zampieri! Ihr hatte er den Schlamassel zu verdanken.

Laut ihrem Profil war sie Fitnesscoach und besaß eine Reihe von Sportstudios, die auf Trainings in Kombination mit verschiedenen Kampfsportarten spezialisiert waren. Ihr Mann, Martin Tauer, arbeitete als selbständiger IT-Berater und war für verschiedene Konzerne tätig, unter anderem einem Rüstungskonzern im Bereich Systemsicherheit.

Warum war das keinem von ihnen aufgefallen? Bei Hendrik wunderte ihn das nicht, er war unerfahren und wusste nicht, wonach er suchen sollte. Doch Peter? Der hätte es wissen müssen. Wahrscheinlich war er von ihrem französischen Charme getäuscht worden. Genau wie er selbst. Vor Wut über seine eigene Dummheit rutschte er mit dem Rasiermesser aus und schnitt sich am Ohr. Obwohl er Magali hatte einwickeln wollen, war es genau andersherum gewesen. Warum war ihm das nicht sofort aufgefallen? Selbst dieser alte Tscheche, Jaromir Vegr, hatte es in La Punt im Bunker gesagt: Er war „zu alt und hatte niemanden, der ihn unterstützte". Diese Frau hingegen hatte einen Partner, auf den sie sich verlassen konnte. IT und Sport, die perfekte Kombination. Steinberg war schon sehr lange in diesem Metier. Dort stand das für: Informationsbeschaffung und Personenschutz.

Wenn man annahm, dass die Technologie und ihr Entwickler beschützt wurden, musste das aber auch bedeuten, dass beides rund um die Uhr bewacht wurde. Das wiederum konnte heißen, dass einer von der Supporttruppe mit im Boot war. Die waren jeden Tag als Erster und Letzter bei den Autos. Vielleicht doch dieser Vegr? Steinberg rief die Teamliste auf und scrollte nach unten zu den Mitgliedern der technischen Unterstützung. Dann verglich er die Namen mit dem Roadbook. Gestern in Arosa war ein Mann namens Vivien Renlo eingeteilt gewesen.

Steinberg erinnerte sich, einen jungen schlaksigen Mann spätabends bei den Fahrzeugen gesehen zu haben. Das war kurz bevor er sich mit Jäger getroffen hatte. Er überprüfte die anderen Nächte, aber es gab niemand speziellen vom Support, der immer die Nachtschicht hatte. Das brachte ihn momentan nicht weiter. Wichtig war jetzt nur eins. Er würde sein letztes Hemd darauf verwetten, dass die Technologie von dieser Magali und ihrem Mann bewacht wurde.

Steinberg wollte sichergehen und rief einen Kollegen in Zürich an, den er gut kannte. Manches ließ sich auf dem kleinen Dienstweg regeln. Der Kollege suchte gezielt nach Hinweisen in der Kommunikation der Französin und von Renlo. Das Ergebnis war wenig überraschend und bestätigte seinen Verdacht. Renlo hatte jede Menge Telefonate geführt, die ausnahmslos den technischen Support betrafen.

Die Kommunikation dieser Magali hingegen konnte nicht abgehört werden und war mit den neuesten Verschlüsselungstechniken abgesichert. Das machte die Sache einfacher. Wo sie war, war auch das Fahrzeug nicht weit, das er suchte. Steinberg wollte gerade das Gespräch beenden, als der Kollege eine Nachricht vom System erhielt.

Es gab einen Treffer bei der Kommunikationsüberwachung. Ein anderer Teilnehmer, ein gewisser Alain Blanc, hatte heute am frühen Morgen während eines Telefonats drei der gesuchten Schlagwörter verwendet. Dabei war ein weiterer Name gefallen. Der Gesprächspartner von Alain konnte nicht ermittelt werden, da dessen Telefon – genau wie bei Magali – gegen Abhören abgesichert war.

Nachdem er sich fertig rasiert und die Tönung ausgewaschen hatte, ging Steinberg das Videomaterial und die Berichte von Hendrik durch. Mit jedem Film wurde ihm klarer, dass die Schlagwortsuche ihnen den Technologen geliefert hatte. Seine Vorgänger hatten den Mann schon sehr früh von ihrer Liste gestrichen. Angeblich, weil er am zweiten Tag auf der Teststrecke beim Slalom seinem Fahrzeug viel zu viel abverlangt hatte. Die beiden Idioten waren davon ausgegangen, dass der Entwickler sein Auto schonen und nicht über das durchschnittliche Maß belasten würde. Gegen den Mann hatte auch gesprochen, dass er nicht für einen großen Konzern arbeitete. Er besaß eine kleine unabhängige Firma in Slowenien, nahe der österreichischen Grenze, die sich mit Trainings über Wasser hielt und das ein oder andere Fahrzeug auf Elektroantrieb umbaute.

Steinberg schlug mit der Faust auf das Waschbecken. Auch er selbst hatte diesen Mann, Andrej Pečjak, nicht ernst genommen, allerdings aus einem anderen Grund. Es fiel ihm immer noch schwer zu glauben, dass es dieser Slowene sein sollte, doch alles in den Filmen deutete darauf hin. Nachdem Vegr ihn in La Punt auf die Idee gebracht hatte, war er alle Paare durchgegangen. Pečjak und seine

Frau hatte er aussortiert, weil er jemanden, der über Jahrzehnte einen Schrottplatz betrieben hatte, nicht zutraute, eine revolutionäre Entwicklung zu Stande zu bringen.

Woher hätte so einer die notwendigen Kenntnisse haben sollen? Für einen Menschen wie diesen Pečjak war es doch schon eine Revolution gewesen, wenn er den Elektromotor aus dem Drehturm eines verschrotteten Panzers hatte ausbauen und in ein Auto einbauen können. Steinberg musste zugeben, dass er aufgrund seiner Vorurteile blind gewesen war. Denn er hatte einem weiteren Punkt keine Beachtung geschenkt: Der Slowene war vor einigen Wochen in London gewesen und hatte sich dort mit einem möglichen Investor an einem exklusiven Ort in Kensington getroffen.

Das hätte ihn stutzig machen müssen. Denn es war auch eine Textnachricht aus London gewesen, die Dominik ursprünglich auf die ganze Sache aufmerksam gemacht und das Projekt erst ins Rollen gebracht hatte. Steinberg wusste allerdings nicht, ob sein Chef diese Information an die beiden Neuen weitergegeben hatte. Dieser Alain Blanc musste der Investor zu sein, zumindest deuteten das die Schlagworttreffer an. Sie würden ihn komplett durchleuchten müssen, um näheres herauszufinden.

Hendrik war sogar bei Pečjak zuhause gewesen. Er konnte es nicht fassen. Der Job hätte schon vor Tagen erledigt sein können. Doch das war Schnee von gestern. Er musste sich auf die Fakten konzentrieren. Immerhin, dachte er grimmig, entbehrte das Schicksal nicht einer gewissen Ironie. Der Investor und das Team, das zum Schutz der Technologie beauftragt worden war – von welcher Organisation sie stammten, würden sie im zweiten Schritt herausfinden

– hatte sich selbst verraten und damit auch ihren Schützling. Möglicherweise wäre Pečjak ohne sie besser dran gewesen. Ob der Slowene überhaupt von seinen Aufpassern wusste?

Als Steinberg die Behindertentoilette verließ, war er ein anderer Mann und das lag nicht nur an seinem veränderten Äußeren. Das rosa Hemd mit offenem Kragen, die lässig in das schwarze Haar geschobene Sonnenbrille und der sonnige Teint – es war erstaunlich, was moderne Selbstbräuner in der kurzen Zeit bewirken konnten – ließen ihn wie einen jungen Italiener aus der Mailänder Modeszene aussehen. Zielstrebig ging er über die Brücke auf die andere Seite.

„Das passt zu dir. Siehst aus wie ein Muttersöhnchen", begrüßte ihn Jäger sarkastisch.

„Quatsch nicht und fahr los. Wir haben einen Job zu erledigen und noch einiges vorzubereiten." Müttersöhnchen? Von wegen, dachte sich Steinberg. Es war genau anders herum. Sein Kollege ging ihm immer mehr auf die Nerven.

Laut Roadbook versammelten sich alle Fahrzeuge am späten Nachmittag in Rorschach auf einem Parkplatz direkt am See zum Laden, bevor es weiter zur Jugendherberge nach Romanshorn ging. Da es kein spezielles Abendprogramm gab, war zu erwarten, dass viele den lauen Abend am See verbringen würden. Pečjak, das wusste Steinberg, genoss gerne ein Glas guten Rotweins und würde sicherlich mit ein paar anderen in eine Bar gehen. Das war seine Chance, sich das Auto näher anzusehen. Doch er musste vorsichtig sein. Wann bekannt wurde, dass seine Festnahme nie stattgefunden hatte, war schwer vorherzusagen.

„Verdammt, hast du etwa die Handbremse angezogen?", knurrte er Jäger an.

Seit sie vor zehn Minuten auf die Landstraße abgefahren waren, schlich dieser hinter dem Auto vor ihnen her.

„Bleib ruhig Mann", wehrte sich Jäger. „Schließlich ist es nicht meine Tarnung, die aufgefallen ist. Oder muss ich etwa untertauchen?"

Steinberg knurrte unwillig. Was dachte sich dieser Kerl?

Kurz vor St. Margarethen zeigte er auf ein Schild und bedeutete

Jäger abzubiegen. „Fahr da rein. Wir tauschen das Auto."

„Das Auto? Aber da hinten ist nur ein kleiner Bootshafen", widersprach Jäger.

„Wer leitet diese Operation? Bieg einfach ab."

Jäger fuhr rechts auf die schmale Straße.

„Ich will kein Risiko eingehen", erklärte Steinberg. „Wir sind an einem See. Womit kommt man schneller von einem Ort zum anderen als mit einem Boot? Danach wird die Polizei nicht suchen. Die WAVE hält in Rorschach direkt am See. Von einem Boot aus können wir alles unbemerkt beobachten und den richtigen Zeitpunkt abwarten. Dann schnappen wir uns das Auto mit der Technologie und fahren zur Lagerhalle, wo die Kollegen von der Technik es auseinandernehmen können."

„Adler hat aber gesagt..."

Der Kerl raubte ihm den letzten Nerv mit seiner Widerspenstigkeit. Jäger war ein Befehlsempfänger. Warum mischte er sich auf einmal in die taktische Planung ein? Steinberg versuchte, so ruhig wie möglich zu bleiben. Noch brauchte er den Typen.

„Ich weiß, was Adler gesagt hat. Aber wir wissen jetzt, welches Auto es ist und diese Chance sollten wir nutzen."

„Was ist mit diesem Hendrik?", fragte Jäger.

„Um den kannst du dich später kümmern."

Jäger entgegnete nichts mehr. Auf dem Parkplatz des kleinen Hafens standen nur eine Handvoll Autos. Das Restaurant mit großen Glasfenstern zu den Bootsstegen hin war nicht sehr belebt. Die Mittagsgäste waren lange gegangen und für abendliche Besucher war es noch etwas zu früh. Sie parkten das Auto etwas abseits und Jäger loggte sich mit ausdrucksloser Miene zum zweiten Mal in die Systeme ein, um die Fahrzeugdaten zu ändern. Steinberg machte in der Zwischenzeit ein Boot für sie ausfindig.

Niemand interessierte sich für sie, als sie das Boot starteten und aus dem kleinen Hafen lenkten.

„Wir machen folgendes", stoppte Steinberg den Motor, als sie weiter draußen waren. „Du wirst dich auf den Technologen konzentrieren, ich behalte das Auto im Blick. Laut Roadbook sollen die Fahrzeuge über Nacht auf dem Parkplatz in Rorschach geladen werden. Wenn also alle WAVE Teilnehmer mit dem Zug nach Romanshorn fahren, wo sie übernachten, gehe ich an Land und schnapp mir das Auto. Du nimmst das Boot und fährst weiter. In Romanshorn musst du Pečjak ausfindig machen und ihn von den anderen trennen."

„Wie stellst du dir das vor?"

„Lass dir was einfallen. Geh mit ihm was trinken, was weiß ich", brummte er Jäger an.

„Das ist ein scheiß Plan. Und was ist mit seiner Frau?"

„Die Frau müssen wir loswerden", bestimmte Steinberg.

„Das gefällt mir nicht. Wir haben ganz andere Befehle. Es ging immer nur darum, den Neuen aus dem Verkehr zu ziehen, nie einen Teilnehmer, schon gar nicht eine Frau."

„Eine Frau oder der Neue, was spielt sie schon für eine Rolle? Hier geht es um die Technologie und den Entwickler. Wenn er uns sagt, was wir wissen wollen und was genau sich hinter dem Auto verbirgt, ist er auch Geschichte."

„Du eiskaltes Arschloch", zischte Jäger ihn an. „Adler wird das niemals absegnen."

„Komm schon, der ist auch kein Engel. Es ist nicht das erste Mal, dass wir so einen Auftrag haben. Aber es ist lange her, dass so viel für unsere Firma auf dem Spiel stand. Adler ist nur noch am Champagner saufen und Hummer fressen. Vom Tagesgeschäft hat der keinen blassen Schimmer mehr. Was aus uns wird, ist ihm doch scheißegal. Wenigstens können wir uns noch auf Dominik verlassen."

„Ich glaube dir kein Wort. Es wird Zeit, dass ich Adler anrufe und ihm sage, was hier gespielt wird." Jäger zog sein Telefon aus der Tasche.

Dieser Bastard. Steinberg hatte genug. Das konnte er nicht zulassen. Blitzschnell griff er nach einem Seil, das er neben sich gesehen hatte.

Jäger schien zu erahnen, was er vorhatte und warf sich auf ihn, drückte ihn gegen das Ruder. Der Kerl war stark, das musste Steinberg ihm lassen. Doch er war stärker. In Sekundenschnelle umklammerte er Jägers Hals und drückte auf den Kehlkopf.

„Wenn du stirbst, wird Adler keine Träne um dich vergießen“, zischte er.

Jäger riss die Augen auf und versuchte verzweifelt, die Hände um seinen Hals aufzubiegen.

Gleichzeitig rammte Steinberg ihm mit voller Wucht seinen Fuß ins rechte Knie, so dass sein Opfer zu Boden fiel. Dann setzte er sich auf ihn und drückte weiter zu. Jäger trat mit den Füßen um sich, versuchte sich wegzudrehen, versuchte, dem eisernen Griff zu entkommen. Er hatte keine Chance. Seine Bewegungen wurden langsamer, eine Hand fiel zu Boden. Steinberg ließ nicht locker. Plötzlich spürte er einen stechenden Schmerz in seiner linken Seite. Woher hatte Jäger das Messer? Dieser verfluchte Kerl. Wieso konnte er nicht einfach sterben.

Steinberg stieß einen Schrei aus, als sich die Klinge tief in sein Fleisch bohrte. Ohne weiter nachzudenken, nahm er den Kopf von Jäger und drehte ihn ruckartig zur Seite. Ein letztes Zucken. Das Knacken des brechenden Halswirbels bereitete Steinberg mehr Genugtuung, als er gedacht hatte. Endlich Ruhe. Keine Widerrede mehr. Er rutschte von dem leblosen Körper, zog stöhnend das blutige Messer aus seinem Fleisch und lehnte sich an die Bootswand. Nur einen Moment ausruhen. Er musste nachdenken.

Dann begann seine linke Seite zu pochen. Er hob sein Hemd und sah, dass es eine große Fleischwunde war. Die würde er nähen müssen. Steinberg stand fluchend auf und sah sich auf dem See um. Kein anderes Boot war in Sichtweite. Nur in weiter Entfernung sah er vereinzelt weiße Segel oder die Gischt eines vorbeijagenden Schnellboots. Nicht umsonst wurde der Bodensee oft mit einem kleinen Meer verglichen.

Jäger ließ er fürs Erste liegen, während er das Boot nach Verbandszeug absuchte. Als er die Wunde versorgt hatte, drehte er sich zu der Leiche um. Das Einfachste war, ihn in den See zu werfen. Ein unbekannter Toter im Dreiländereck würde die Polizei eine Weile beschäftigen. Sein Plan, das Auto mit der Technologie heute an sich zu bringen, war allerdings hinfällig. Nicht, dass er groß mit der Hilfe seines Kollegen gerechnet hatte. Dominiks Einverständnis zu dessen Beseitigung hatte er ebenfalls. Doch die Wunde, die ihm Jäger zugefügt hatte, schwächte ihn mehr, als er gedacht hatte. Das merkte er, nachdem er den leblosen Körper seines Kollegen über die Bootswand gehievt hatte und in den See gleiten ließ.

Noch war keine Zeit, sich auszuruhen. Er musste nach Rorschach. Musste sicherstellen, dass das Fahrzeug von diesem Pečjak dort war. Steinberg startete den Motor und fuhr Richtung Süden. Gleichzeitig verfluchte er Jäger und seine Engstirnigkeit. Er dachte kurz daran, Dominik anzurufen, aber den konnte er auch später noch ins Bild setzen. Wozu seinem Boss sagen, dass er zwar wusste, welches Auto sie suchten, er aber außer einem toten Kollegen nichts vorzuweisen hatte?

In sicherer Entfernung des kleinen Hafens in Rorschach warf er den Anker. Durch das Teleobjektiv von Jägers Kamera beobachtete er den Parkplatz, auf dem die Teilnehmer der WAVE bereits ihre Fahrzeuge aufgereiht hatten. Pečjaks Auto war gut sichtbar.

Einige der Teilnehmer fuhren mit den elektrischen Motorrädern auf dem Parkplatz auf und ab. Viele Besucher waren nicht zu sehen. Der Großteil der Teams schien sich weiter links in einem Strandrestaurant aufzuhalten. Jetzt konnte er nichts weiter tun, als abzuwarten und zu hoffen, dass er seine Wunde ausreichend versorgt hatte.

Weitere Komplikationen waren das Letzte, was er gebrauchen konnte.

Er setzte sich hin, um etwas auszuruhen. Plötzlich schreckte er hoch. Er musste kurz eingeschlafen sein.

Auf dem Parkplatz war Bewegung. Das Geräusch hochgeschleuderter Kieselsteine hatte ihn geweckt. Die meisten der Autos waren bereits weg. Auch das von Pečjak. Das konnte nur eins bedeuten. Er musste nach Romanshorn. Steinberg raffte sich mühsam auf und ließ den Motor an. Durch den Verband seiner Wunde sickerte Blut.

In Romanshorn fuhr er fast bis zu dem kleinen Hafen neben dem Bahnhof und überlegte, was er jetzt tun konnte. Die Jugendherberge, in der die WAVE Teilnehmer übernachteten, war nur drei Straßen entfernt. Doch er war geschwächt und konnte nicht einmal mit Sicherheit sagen, wo das Auto von Pečjak genau stand. Er müsste die ganze Umgebung absuchen. Das Risiko gesehen zu werden, war zu groß. Er griff erneut nach der Kamera und suchte das Ufer ab.

Unweit vom Bahnhof sah er eine Bar, deren Gäste sichtlich die Kulisse der Boote vor dem lila gefärbten Abendhimmel genossen. Eben kam eine weitere Gruppe an, die mehrere Tische zusammenschob. Das mussten Leute von der Expedition sein. Steinberg zoomte näher heran. Als die Kamera scharf stellte, sah er es.

Es war so offensichtlich. Pečjak und seine Frau setzten sich gegenüber der Französin und ihrem Mann. Das jüngere Paar sah angespannt aus. Hatten sie schon von seiner missglückten Verhaftung erfahren? Machten sie sich ernsthaft Sorgen? Immerhin war er nicht zur WAVE zurückgekehrt, was ihn nur noch verdächtiger für sie machen musste. Sicher waren sie nicht so dumm gewesen, ihre Befürchtungen mit den anderen Teams zu teilen. Auch nicht mit Pečjak. Seine Frau und er wirkten in keinster Weise beunruhigt.

Steinberg musste sich eingestehen, dass es im Moment auch nicht viel gab, was daran etwas geändert hätte. Sein Plan war nicht aufgegangen, dafür hatte Jäger gesorgt. Ein neuer Plan musste her. Nur welcher?

Gerade als Steinberg die Kamera zur Seite legen wollte, erregte eine Bewegung seine Aufmerksamkeit. Es war ein kleiner Junge, der in Begleitung einiger Erwachsener auf die Gruppe traf.

Steinberg hätte nie gedacht, dass ihn der Anblick eines Neunjährigen einmal erfreuen würde.

Sein Plan nahm bereits Gestalt an.

KAPITEL 23

Dominik

Donnerstagnacht – Zürich

Seit heute Morgen war eine Ewigkeit vergangen und Dominik wartete ungeduldig darauf, dass sich Steinberg endlich mit guten Neuigkeiten meldete. Das Büro war menschenleer, selbst die Putzkräfte waren für heute gegangen. Er machte das Licht aus und ging am Fahrstuhl vorbei die Treppe hinunter.

Draußen empfing ihn warme Sommerluft, die er jedoch nur am Rand wahrnahm, ebenso wie die lachenden Menschen, die in einem der Lokale entlang seiner Route die laue Nacht genossen. Mit zielstrebigen Schritten ging er Richtung Kirche, überquerte die Münsterbrücke, folgte rechts dem Limmatquai und bog hinter dem Opernhaus in eine der kleineren Seitenstraßen links ein. Er wählte nie die gleiche Route hoch zu seiner Wohnung, die an einem Hügel der Stadt unweit des Dolder Grand lag.

Jeder andere hätte die Wohnung aufgrund der Aussicht über den See und auf die bei Nacht funkelnde Innenstadt gewählt. Seine Entscheidung damals war jedoch allein durch den Anblick des erhabenen, scheinbar über allem thronenden Luxusresorts bestimmt gewesen. Das Dolder war das Erste, das er nach dem Aufstehen und das Letzte, das er vor dem Schlafengehen sah. Es war zu seinem ganz persönliches Denkmal geworden, damit er sein Ziel nie aus den Augen verlor.

Als er knapp fünfundvierzig Minuten später daheim ankam, war es bereits kurz vor Mitternacht und noch nicht einmal eine Textnachricht war gekommen. Er hasste es, wenn er seinen Leuten hinter herlaufen musste. Schlimm genug, wie zäh diese Operation sich entwickelte. Sie konnten es sich nicht leisten, dass sie jetzt auch noch ins Stocken geriet.

Dominik holte sich ein stilles Mineralwasser aus dem Kühlschrank. Er durfte nicht einmal an die möglichen Konsequenzen denken, wenn Steinberg versagte, wenn die Technologie nicht aus dem Verkehr gezogen werden konnte. Sie zu zerstören war nie sein Plan gewesen. Wenn die Technologie wirklich so revolutionär war, wie es hieß, war sie als Druckmittel, versteckt an einem sicheren Ort, Gold wert. Nicht nur in harter Währung, sondern auch im übertragenen Sinn. Ein derartiges Druckmittel würde seine Position in den Reihen der Industrie und Politik auf einen Schlag ändern. Dann wäre er nicht mehr nur Adlers Handlanger.

Steinberg musste einfach das Auto finden und Jäger auf Kurs halten. Es stand zu viel auf dem Spiel für Dominik und es war nicht absehbar, wie Adler reagieren würde, wenn sie obendrein seinen Zögling als Kollateralschaden verbuchen müssten. Aber war Steinberg wirklich die richtige Wahl gewesen? Nach den letzten Ereignissen war sich Dominik nicht mehr so sicher. Da er nichts dem Zufall überließ, hatte er entsprechende Vorbereitungen getroffen, sollte Steinberg mit leeren, aber blutigen Händen zurückkommen.

Er hatte ihm heute Morgen nicht die ganze Wahrheit gesagt. Die Polizei suchte nicht mehr nach ihm, das war richtig. Für den Moment. Doch es war eine Kleinigkeit, die Akte wieder zu ändern und Steinberg ganz oben auf die Fahndungsliste zu setzen. In dieser Hinsicht würde Jägers Tod für Dominik sogar sehr nützlich sein. Intern könnte er ähnlich agieren. Auch wenn er Steinberg gegenüber gesagt hatte, dass er Mikesch über dessen Teilnahme an der WAVE informieren würde, wussten sein Direktionskollege und auch Nils Karrat nichts

Konkretes. Mit den richtigen Argumenten wäre das als Alleingang dargestellte Handeln Steinbergs für sie sogar nachvollziehbar.

Trotzdem hoffte Dominik, dass es nicht so weit kommen würde. Dann hätte er zwar nicht viel verloren, aber auch nichts gewonnen. Selbst wenn Adler Steinberg als Sündenbock für alles akzeptierte, würde der Stuhl am Kopfende der Firma nicht gleich frei werden. Bis sich die nächste Gelegenheit für Dominik ergab, das Ruder an sich zu reißen, konnte ein weiteres Jahr oder noch länger vergehen. Und wer konnte schon sagen, was bis dahin alles passierte? Auch wenn er jetzt die offizielle Nummer zwei war, war nicht ausgeschlossen, dass Adler aus irgendeiner Laune heraus plötzlich jemand anderen favorisieren würde. Selbst jemand von außerhalb wäre nicht ausgeschlossen.

So ungern er es auch zugab, im Moment musste er sich auf Steinberg verlassen. Dominik ging auf den Balkon, von dem aus er den See überblickte. Er konnte nicht einmal Nils anrufen, um sich den aktuellen Standpunkt von Steinberg geben zu lassen, oder den von Jäger. Denn falls dieser bereits tot sein sollte, musste er niemanden mit der Nase darauf stoßen. Er trommelte unruhig mit den Fingern auf das Geländer. Das brachte ihn auch nicht weiter. Dominik ging wieder hinein, schloss die Tür und wählte die Nummer am Handy. In der Ferne sah er ein Feuerwerk den Himmel erleuchten. Wahrscheinlich ein Test für das Fest morgen Abend.

Steinberg hatte längst abgenommen und wartete auf eine Reaktion von ihm.

„Wiederhol das noch einmal", sagte Dominik stattdessen.

„Ich weiß jetzt, wer der Technologe und welches Fahrzeug es ist. Es ist ein Mann mit einem kleinen Entwicklungsbüro in der Nähe von Bled, in Slowenien. Ein Andrej Pečjak. Aber es gibt ein Problem. Er hat einen Schatten. Zwei Agenten, die anscheinend für seine Sicherheit abgestellt sind. Wenn man es weiß, sieht man das in den Filmen von Hendrik."

„Das klingt nicht gut. Wenigstens wissen wir jetzt, welches Fahrzeug es ist. Du wirst Jäger brauchen, um mit den anderen klar zu kommen."

„Zu spät. Jäger ist Geschichte."

„Erklär mir das", forderte Dominik.

„Ist auf dem Bodensee über Bord gegangen. Tot."

Dominik fühlte seinen Blutdruck steigen. Dieser Idiot. „Willst du mir allen Ernstes sagen, dass du Jäger aus dem Weg geräumt hast, nachdem du endlich weißt, wonach wir suchen und feststellst, dass wir es mit mehr als nur einer Person zu tun bekommen werden? Hast du denn gar kein Hirn?"

„Du hast mir gesagt, dass ich Probleme lösen soll, wenn sie auftauchen. Jäger war dieses Mal nicht nur kurz davor, Adler anzurufen. Er hatte schon das Telefon in der Hand. Ich musste etwas unternehmen."

„Verdammter Mist", fluchte Dominik leise, um sich gleich darauf wieder zu fangen. „In Ordnung. Lass mich kurz überlegen." Er ging zum Kühlschrank und holte sich eine weitere Flasche Wasser. „Ich werde sofort jemanden nach Slowenien schicken, der das Büro von diesem Pečjak auseinander nehmen soll. Pläne, Zeichnungen, irgendetwas werden wir schon finden. Trotzdem brauchen wir das Auto. Daran führt kein Weg vorbei. Ich hoffe für dich, dass dir etwas einfällt. Noch so einen Patzer kannst du dir nicht erlauben."

„Ich erledige das, du kannst dich darauf verlassen. Was machen wir mit Adler? Dem wird die Nachricht mit Jäger nicht schmecken."

„Überlass Adler mir. Ruf mich erst wieder an, wenn du deinen Auftrag erledigt hast. Andernfalls hast du die Polizei schneller wieder auf dem Hals, als du dir denken kannst. Habe ich mich klar ausgedrückt?"

„Vollkommen", bestätigte Steinberg knapp und beendete das Gespräch.

Nachdem Dominik ein Team nach Bled beordert und sichergestellt hatte, dass Jäger als Unbekannter identifiziert und keine Spur nach Zürich zurückverfolgt werden konnte, legte er sein Telefon zur Seite und ging wieder auf den Balkon hinaus. Er hatte es befürchtet. Steinberg wurde zu einem Risiko. Alles hatte eben seine Zeit und die von Steinberg würde mit Übergabe des Fahrzeugs ablaufen...

KAPITEL 24

Magali

Freitagmorgen – Romanshorn – St. Gallen

Wie konnte das nur passieren? Magali lehnte an der Motorhaube ihres Autos und starrte das Handy an. Sie hatte eben mit Frank gesprochen und konnte immer noch nicht glauben, was er ihr erzählte. Die Polizei hatte die Suche nach Steinberg eingestellt. Dort wollte man von dem Thema nichts mehr wissen. War das zu fassen!

Martin hatte mit seinem Film, in dem zu sehen war, wie Steinberg die Droge in Leoras Getränk gab, eindeutige Beweise geliefert. Ebenso das Krankenhaus, das ihnen die Droge in den Blutwerten von Leora bestätigt hatte. Peters Verschwinden und die Misshandlung von Jaromir, der hartnäckig darauf beharrte, sich beim Sturz auf der Treppe des Bunkers in La Punt verletzt zu haben, waren weitere Indizien.

Das Gesamtpaket hätte für eine Festnahme mit Befragung ausreichen müssen. Mit wem hatten sie es hier zu tun? Nach dem Einfluss, den diese Leute zu haben schienen, handelte es sich nicht um jemanden, der Industriespionage betrieb, wie sie nach Hendriks Offenbarung gedacht hatten. Obwohl das schon schwerwiegend genug gewesen wäre. Aber es lag ein großer Unterschied darin, ob man den Polizeifunk abhörte und so von der Fahndung erfuhr oder ob man die

Macht besaß, um die Fahndung ganz abblasen zu lassen.

Wer zum Teufel waren diese Leute?

Sie war fassungslos. Frank war in den letzten Stunden nicht schlauer geworden, trotz der vielen Kontakte, die er um Informationen bemüht hatte. Der Name, den Hendrik ihnen gegeben hatte – Dominik Brandt – schien in eine Sackgasse zu führen. Es gab einen Brandt, der in Zürich arbeitete, allerdings war er der Vorstand einer Wohltätigkeitsgesellschaft, die sich um den Straßen- und Brückenbau in Entwicklungsländern kümmerte. Welches Interesse hätten die an Elektroautos haben sollen? Dort war man froh, wenn es Brücken in den von ihnen betreuten Ländern gab, die den Bauern die Fahrt zum Markt mit ihren Pferdekarren ermöglichten.

Was aber wäre, wenn sich jemand gegenüber Hendrik als eben dieser Dominik Brandt ausgegeben hätte – als Tarnung seiner eigentlichen Identität? Denn einige Leute, und hier musste sie sich an die eigene Nase fassen, waren nicht die, die sie vorgaben zu sein. Der Mann in dem roten Bolt, Alain Blanc, gehörte ebenfalls dazu. Nach außen hin war er der lässig elegante Eigentümer eines Sportlabels, der das Understatement liebte. Doch wie sich herausgestellt hatte, war er mehr als das.

Alain war ein Multimillionär, der vorrangig in Technologiefirmen investierte, die sich der Nachhaltigkeit verschrieben hatten. So wie Andrejs Firma. Und Alain war ein Mensch, dem man sein Geld nicht anmerkte, das musste Magali ihm lassen. Er war zu allen gleich freundlich und zuvorkommend gewesen. Mit Ausnahme von gestern früh, als er Frank zur Rede gestellt hatte. Er hatte ihn von Arosa aus angerufen und ihm eröffnet, dass er bei der WAVE mitfuhr, um sich selbst ein Bild von Andrej machen zu können. Der Zwischenfall mit Leora war der sprichwörtliche Tropfen gewesen, der das Fass zum Überlaufen gebracht und bei Alain ernste Besorgnis über Andrejs

Sicherheit hervorgerufen hatte.

Frank hatte sein Möglichstes getan, um ihn zu beruhigen. Allerdings wusste Alain nun, wer sie und Martin wirklich waren. Was wiederum dazu geführt hatte, dass Frank sie über Alain aufklärte. Magali war sich nicht sicher, ob ihnen das helfen würde oder ein weiteres Risiko darstellte. Bis jetzt hatte niemand bei der WAVE gewusst, warum Martin und sie eigentlich dabei waren und sie hatten niemanden im Besonderen etwas vorspielen müssen. Hendrik klammerte sie aus, er war ein anderes Thema. Sie konnte nur hoffen, dass Alain sie nicht durch eine unbedachte Äußerung oder Handlung in zusätzliche Gefahr brachte. Bisher war er ihr nicht als jemand aufgefallen, der an Andrej ein spezielles Interesse gehabt hätte. Im Gegenteil. Allerdings war es auch noch nicht zu offenen Konflikten gekommen und sie hoffte inständig, dass es so bleiben würde. Magali zwang sich, ihre innere Unruhe zu unterdrücken.

Es gelang ihr nur mäßig, denn zu allem Überfluss kam gleich eine weitere Hiobsbotschaft dazu. Man hatte bei Beginn der Morgendämmerung eine Leiche im Bodensee gefunden. Die Polizei suchte nach Hinweisen. Die Umstände des Todes ließen nicht direkt auf Selbstmord schließen. Einige der WAVE Teilnehmer hatten es bereits vor den aktuellen Nachrichten im Radio gewusst, da die Leiche von einem Teammitglied der Roadside Assistance entdeckt worden war.

Magali erinnerte sich, wie der Mann mit der batteriebetriebenen Espressomaschine und dem sächsischen Akzent, Andre Lugger, morgens im Weissensee schwimmen gegangen war. Gestern jedoch hatte er die Expedition in Rorschach nicht verlassen, um auf Badetour zu gehen, sondern um seine Frau abzuholen, die bei der Weltrekordparade unbedingt dabei sein wollte.

Er war gestern Nachmittag mit seinem elektrischen Schnellboot, das in Rorschach vor Anker gelegen hatte, über den See auf die deutsche Seite nach Konstanz geflitzt und heute früh morgens zurückgekommen. In dem schummrigen Licht unter dem wolkenverhangenen Morgenhimmel hatte seine Frau den leblosen Körper entdeckt. Der Fund der Leiche hatte beiden einen gehörigen Schreck eingejagt. Es war eine dieser Situationen, die man aus unzähligen Kriminalfilmen kannte und doch hoffte, sie nie selbst zu erleben. Andre und seine Frau wurden immer noch vernommen, hatten aber seinem Teamkollegen, dem Österreicher Thomas, Bescheid gegeben, der wiederum Louis und die Kollegen vom Support informierte. Danach hatte sich die Tatsache wie ein Lauffeuer unter den Teilnehmern ausgebereitet.

Die Beschreibung der Leiche, die sie jetzt im Radio hörte, machte sie nervös. Hatte Hendrik nicht von einem nächtlichen Fahrer – groß und älter, vielleicht Anfang fünfzig – in Weissensee gesprochen? Sein Freund in Zürich hatte vermutet, dass der erste Mann, der ursprünglich hinter Hendrik her war, nur für Peter geschickt worden war. Der zweite Mann, der laut Hendriks Freund auf das gleiche Budget lief, war Steinberg. So viel hatten sie bereits herausgefunden. Arbeiteten die beiden zusammen, da ihre Tätigkeit auf das Budget lief oder waren sie unabhängig voneinander geschickt worden? So oder so lag die Vermutung nahe, dass Steinberg für dessen Tod verantwortlich war. Seit Arosa wussten sie, dass er gefährlich war. Ab jetzt mussten sie bei ihren Gegenspielern immer vom Schlimmsten ausgehen. Sie durften Andrej und Jasna keine Sekunde mehr aus den Augen lassen. Magali fröstelte trotz ihrer Softshell-Jacke.

Martin kam eben mit ihrem Gepäck aus der Jugendherberge.

„Du siehst blass aus, mein Schatz. Lass mich heute fahren“, sagte er laut genug für die umstehenden Leute. „Was gibt es Neues?“, fügte er flüsternd hinzu.

„Wir müssen Andrej in Sicherheit bringen. Es wird zu gefährlich”, entschied sie, nachdem sie ihn grimmig über den aktuellen Stand informiert hatte.

„Das denke ich auch. Hendrik hat mit seinem Freund in Zürich gesprochen. Die Information ist noch unter Verschluss, aber es sieht so aus, als ob sie heute Nacht einen *Außendienstmitarbeiter* in Rorschach verloren haben. Das muss der tote Mann aus dem Bodensee sein.“

„Genau dasselbe habe ich mir auch zusammengereimt und das macht mir Angst“, gab Magali zu.

„Du und Angst, dass ich nicht lache.“

„Nehmen wir an, die beiden haben als Team gearbeitet und sind auf die Technologie angesetzt worden", ignorierte sie seinen Aufmunterungsversuch. „Warum sollte der eine den anderen aus dem Weg räumen? Zu zweit sind sie doch viel stärker, haben mehr Möglichkeiten. Da stimmt etwas nicht. Von Peter gab es auch keine Spur mehr. Steinberg scheint unberechenbar zu sein oder es gibt noch tiefere Abgründe, von denen wir bisher nichts wissen."

„Der Typ könnte seine Kollegen im Affekt aus dem Weg geräumt haben", bot Martin an.

„Glaubst du das wirklich? Welcher Profi macht denn so etwas?"

„Wenn die Meinungsverschiedenheiten groß genug sind…"

„Das wäre eine andere Sache", überlegte Magali. „Wenn Steinberg im Auftrag von jemanden geschickt wurde, um gezielt Leute aus der eigenen Organisation umzubringen. Leute, die einem anderen im Weg stehen." Sie atmete tief durch.

„Oder Steinberg hegt einen persönlichen Groll gegen seine Kollegen. Will er sich für etwas rächen?", gab Martin zurück.

„Der Punkt ist jedenfalls, dass wir momentan im Nachteil sind und Steinberg uns voraus ist. Er kennt die Route der WAVE und alle Stationen, an denen wir Halt machen. Wir dagegen wissen nicht, was er plant und was als Nächstes auf uns zukommt."

„Stimmt. Ist er nur hinter dem Auto oder auch hinter dem Entwickler her? Soll er beides vernichten oder an sich bringen?"

„Genau deswegen wird es Zeit, dass wir ihm zuvorkommen und Andrej samt seiner Technologie aus der Gleichung nehmen", bestimmte sie. „Damit zwingen wir ihn, aus der Deckung zu kommen."

„In Ordnung. Du hörst dich an, als ob du bereits einen Plan hättest", pflichtete Martin ihr ernst bei.

„Fast. Ich weiß nur, dass wir so schnell wie möglich handeln müssen. Frank ist einverstanden, dass wir Andrej die Karten auf den Tisch legen und ihm sagen, wer wir wirklich sind. Der Arme ahnt nichts von all dem. Aber bevor wir einen detaillierten Plan ausarbeiten, müssen wir wissen, wie weit er mit seinem Test ist und ob ihn irgendwelche Gründe zwingen, noch bei der WAVE zu bleiben."

Als der Slowene mit seiner Frau aus der Jugendherberge kam und auf sein Auto zusteuerte, nahm sie ihn mit Martin zur Seite. Keiner der anderen WAVE Teilnehmer, die sich auf den Weg zum ersten Etappenort des Tages machten, durfte ihr Gespräch hören. Andrej reagierte mit unerwarteter Gelassenheit auf Magalis Offenbarung, dass er und seine Frau während der letzten Tage bewacht worden waren. Einzig eine leicht hochgezogene Augenbraue war Ausdruck seines Überraschtseins. Es schien ihm zu schmeicheln - auch wenn er zu bescheiden war, um das zuzugeben, dass es jemanden gab, dessen Interesse seinem Wohlergehen galt. Ganz zu schweigen von dem Interesse an seiner Technologie.

Doch was Andrej tief bestürzte, war die Tatsache, dass jemand ganz anderes auf der Suche nach ihm über Leichen ging. Magali konnte seine Dankbarkeit spüren, als Andrej sie einen langen Moment fest umarmte und sich bei ihr für den diskreten Schutz bedankte. Sein Lob über ihre Professionalität ließ sie für ein paar Sekunden die Anspannung vergessen, die sie fühlte. Ließ sie vergessen, dass ihr Unterbewusstsein – besonders in solchen Situationen – ihre Fähigkeiten in Frage stellte und sich Zweifel an ihrem Tun einschlichen.

Magali hatte dank ihrer Ausbildung und der Erfahrung in verschiedenen Einsätzen gelernt, ihre Gefühle zwar erst zu nehmen, sie jedoch zu kontrollieren. Angst konnte genau das sein, was man in einer bestimmten Situation zum Überleben benötigte. Wenn man sein Können nicht in Frage stellte, war Platz für Überheblichkeit, ein Nährboden für tödliche Fehler. Wieder atmete sie tief durch und konzentrierte sich auf den nächsten Schritt.

Gemeinsam überlegten sie, welches der beste Weg war, um den Slowenen in Sicherheit zu bringen. Es war erstaunlicherweise Andrej, der die zündende Idee hatte. Ihr erster Halt heute Morgen war in St. Gallen bei der EMPA, einer Forschungsinstitution der Eidgenössischen technischen Hochschule von Zürich. Die WAVE Teilnehmer würden dort während einer Tour durch das Institut erfahren, an welchen zukünftigen Entwicklungen im Bereich Materialien und verschiedenster Industrietechnologien geforscht wurde.

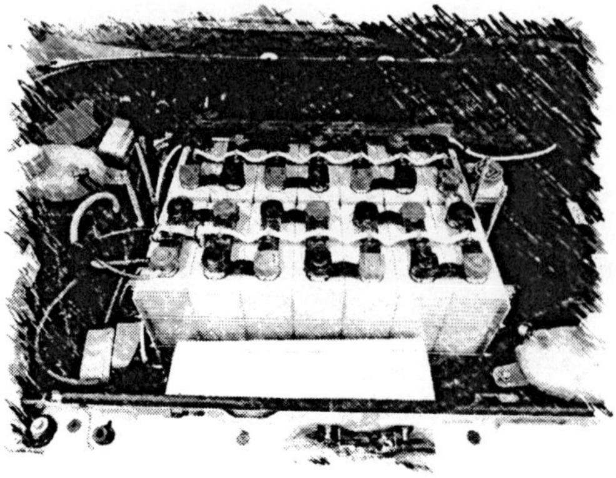

Andrej hatte in der Vergangenheit bereits mit der EMPA gearbeitet und wusste daher, dass es noch einen Standort weiter westlich und oberhalb von Zürich in Dübendorf gab. Dort war ein Labor untergebracht, das im Bereich Elektromobilität arbeitete und sich zudem auf den Test von Batterien konzentrierte. Wenn sie ihn, seine Frau und sein Auto unbemerkt dorthin bringen konnten, würden sie gleich zwei Probleme auf einmal lösen. Zum einen wären Andrej und Jasna in Sicherheit und zum anderen könnten sie dort vor Ort sein Auto und die Technologie überprüfen. Wie Steinberg auf das Verschwinden eines WAVE Teams reagieren würde, blieb abzuwarten. Offenbarten sie ihm damit zu viel oder wusste die Gegenseite ohnehin schon, was ihr Ziel war? Wartete Steinberg nur auf die passende Gelegenheit? Seine Reaktion war ein Risiko, das sie eingehen mussten.

„Was machen wir mit ihm?", deutete Martin mit einer Kopfbewegung auf Hendrik, der gerade seine Tasche und Kamera in ihrem Auto verstaute. „Wenn wir Andrej und Jasna nach St. Gallen bringen, muss er mit einem anderen Team mitfahren und ist auf sich gestellt. Das ist ein Risiko, das wir nicht eingehen können."

„Das ist ein Risiko, das wir auch nicht eingehen werden", schüttelte Magali den Kopf. „Außerdem haben wir Hendrik versprochen, dass wir seinem Freund helfen werden, der noch in Zürich sitzt. Wir werden Unterstützung anfordern."

„Am besten wäre ein LKW, mit dem das Auto unbemerkt zur EMPA gebracht werden könnte."

„Du kannst Gedanken lesen. Ich weiß auch schon, wen wir dafür brauchen."

Am Ende eines Konvois mit ein paar anderen Teilnehmern fuhren sie von Romanshorn nach St. Gallen. Andrej und Jasna vor ihnen, so waren sie und ihr Auto von beiden Seiten geschützt. Magali und Martin hatten längere Zeit darüber diskutiert, ob sie sich gleich von der WAVE lösen sollten, sich aber dann dagegen entschieden. Noch bot ihnen die Gruppe Schutz. Die Strecke auf der Landstraße war kurz, doch das änderte nichts an der Anspannung, die in der Luft hing. Martin fuhr und Magali behielt alle Spiegel im Blick, scannte die Umgebung nach ungewöhnlichen Ereignissen ab. Hendrik schien dem Druck der Stille nicht gewachsen. Sie hatten ihn bereits in ihren Plan eingeweiht.

„Es ist also Andrej. Weiß er von mir? Was ich vorher, am Anfang der WAVE gemacht habe?", wollte Hendrik unsicher wissen.

„Nein", antwortete ihm Martin. „Wir hielten es nicht für nötig, ihm das zu sagen."

„Ich schulde ihm eine Menge. Er war so herzlich in Bled. Nach allem was passiert ist und wofür ich die Verantwortung mittrage..." Hendrik stieß einen qualvollen Seufzer aus. „Wenn es irgendetwas gibt, das ich tun kann, lasst es mich bitte wissen."

„Es gibt in der Tat etwas, bei dem du uns unterstützen kannst. Die Frage ist, ob du der Sache gewachsen bist", antwortete ihm Magali. „Wir brauchen ein weiteres Paar Augen. Kannst du nach Steinberg Ausschau halten?"

Sie sah im Rückspiegel, wie Hendrik schauderte. Dann nickte er stumm.

„Gut. Lasst uns alles im Detail noch einmal durchgehen", wandte sie sich an Martin. „Wir fahren mit beiden Autos in eine Seitenstraße hinter dem Forschungsinstitut, außer Sichtweite, wo Frank bereits mit dem LKW und offener Ladeklappe wartet. Vivien hilft ihm. Er wird gar nicht erst zum Gebäude gehen und Frank gleich dort treffen. Andrej fährt das Auto sofort in den LKW, Vivien und Frank verriegeln die Türen hinter Andrej. Das ist ein Industriegebiet, da fällt es nicht weiter auf, wenn ein Auto verladen wird. Frank wird so parken, dass man ihn vom Gebäude oder Parkplatz der EMPA aus nicht sieht. Wir behalten in der Zwischenzeit die Gegend im Blick."

„Wenn alles gut über die Bühne gegangen ist", ergänzte Martin, „parken wir unser Auto und gehen zur EMPA. Dort gibt es zuerst eine Präsentation mit anschließendem Frühstück, dann eine Führung durch einzelne Labore. Andrejs Kontaktmann bei der EMPA, ein Marcel, wird uns durch ein Zeichen zu verstehen geben, dass in Dübendorf alles vorbereitet ist. Frank hat uns sein Foto zum Abgleich geschickt. Wenn alles in Ordnung ist, rufen wir Frank an und sie fahren los."

„Vivien gehört auch zu euch? Und wer ist Frank?", schaltete sich Hendrik ein.

„Frank ist unser Einsatzleiter, mit dem wir die ganze Zeit in Kontakt standen. Wir nennen ihn auch *Mission Control*. Vivien gehört in der Tat zu uns. Wer, dachtest du, hat das Auto in der Nacht bewacht?", klärte Magali ihn auf und wandte sich zurück an Martin.

„Falls jemand fragen sollte, wo Andrej ist, sagen wir ihm, dass er noch etwas an seinem Auto überprüfen muss. Er hat während der Fahrt ein seltsames Signal bekommen. Das wird als Grund genügen, denke ich. Wenn Andrej sicher in Dübendorf angekommen ist, wird er Louis anrufen und ihm sagen, dass er seine Teilnahme aufgrund einer Panne abbrechen muss."

„Jetzt kommst du ins Spiel, Hendrik", schaute Martin ernst in den Rückspiegel. „Wir wissen nicht, wie weit sich Steinberg an die WAVE heranwagt, was seine nächsten Schritte sind. Du bist nach wie vor der offizielle Videoblogger und musst ab sofort noch mehr filmen. Durch dein Teleobjektiv kannst du während der Fahrt und an den Etappenorten die gesamte Gegend beobachten. Wenn du Steinberg irgendwo siehst, gibst du uns sofort Bescheid."

Wie zur Bestätigung klammerte sich Hendrik fester an seine Kamera. „Was ist, wenn Steinberg schon da ist und das Verladen sieht?"

„Aktuell gehen wir davon aus, dass er uns mit einigem Abstand folgt, um nicht aufzufallen. Die Kunst ist, Andrejs Auto schnell genug in den LKW zu verfrachten und die Türen zu schließen. Steinberg wird nicht damit rechnen, dass ein Fahrzeug verschwindet. Momentan wissen wir nicht, ob er Andrej schon als den Technologen identifiziert hat“, antwortete ihm Magali.

Als sie ankamen, standen Vivien und Frank schon bereit. Letzterer wirkte jünger als Magali ihn von ihrer letzten Begegnung in Erinnerung hatte. Das konnte aber auch an den vielen Sommersprossen liegen, die seinem Gesicht eine frische sommerliche Bräune verliehen. Die Türen am LKW waren offen und zwei Auffahrschienen waren fest in Position gebracht. Es dauerte keine Minute, bis Andrej und Jasna mit ihrem Fahrzeug im LKW verschwunden, die Rampe entfernt und die Türen verschlossen waren. Keine verdächtige Bewegung war zu erkennen. Magali kam es trotzdem wie eine Ewigkeit vor. Hendrik blickte angestrengt durch das Objektiv seiner Kamera und suchte die Gegend ab. Er schien niemanden zu sehen, auch sie konnte nichts Auffälliges entdecken.

„Grüner geht’s nicht“, amüsierte sich Martin, während er seine Drohne hoch über ihnen kreisen ließ. „Ein Elektroauto, das mit einem Elektrotruck transportiert wird. Gut, dass Frank noch seine alten Beziehungen hat und den so schnell auftreiben konnte. Aber er hätte doch wenigstens eine Kiste Feldschlösschen für uns mitbringen können.“

„Lasst uns zur EMPA gehen. Dieser Marcel wartet hoffentlich mit guten Nachrichten auf uns“, trieb sie ihre beiden Männer an, bevor Martin tiefer in das Thema einsteigen konnte.

Während des Empfangs im Forschungsinstitut fiel es nicht weiter auf, dass Andrej und Jasna fehlten. Andre Lugger und seine Frau waren endlich aus den Fängen der Polizei entlassen worden, nur um sich jetzt den neugierigen Fragen, die jedoch nicht einer ehrlichen Anteilnahme entbehrten, ihrer WAVE Kollegen zu stellen.

Vor dem Gebäude mit seiner futuristischen Glasarchitektur hatte sich eine Traube um das Ehepaar, das mit dem Schrecken davon gekommen war, gebildet. Im Vorbeigehen sah Magali, dass jemand den aufgeblasenen WAVE Torbogen, der sie an jeder Etappe begrüßte, recht unkonventionell an dem Hinterrad von Manfred und Tamaras Tesla befestigt hatte.

Sie gab Martin ein Zeichen und ging in das Gebäude, um Andrejs Kontaktmann zu treffen. Nach einem kurzen Blick in die Runde sah sie den dunkelhaarigen schlanken Mann, der nicht viel älter als sie selbst war. Er stand bereits an einem der Stehtische und unterhielt sich mit einem elegant gekleideten weißhaarigen Mann mit Oberlippenbart und Brille.

„…seit ich in Rente bin, kann ich mich endlich dem *Word Resources Forum* widmen“, hörte ihn Magali sagen. Sie ging weiter zum Buffet, ließ sich eine Tasse Kaffee einschenken und nahm ein Croissant. Damit stellte sie sich an einen der Bistrotische, der rechts neben den beiden am Fenster stand. Ihr Blick traf den des jüngeren Mannes, Marcel. Laut Franks Memo war er ein vehementer Verfechter der Elektromobilität und konnte als wandelndes Lexikon in dem Bereich angesehen werden. Es schien nichts zu geben, was er nicht zu Themen wie Ökobilanz der Fahrzeuge oder Vor- und Nachteile unterschiedlicher Batterietechnologien wusste. Sie nahm einen Schluck Kaffee und biss in das Croissant. Krümmel sammelten sich auf dem Tisch.

„Merde!“, entfuhr es ihr laut genug, um noch am Nachbartisch gehört zu werden. Es war das verabredete Zeichen. Marcel wusste nun, dass Andrej transportbereit war. Wenn alles auf *Go* stand, würde er ihr eine Serviette reichen. Wenn nicht… Magali schaute in die

Runde. Dann kreuzten sich ihre Blicke erneut. Sie hielt unbemerkt die Luft an.

„Darf ich Ihnen meine Serviette geben?“, kam es vom Nebentisch.

Erleichtert atmete sie aus und wandte sich, mit der Serviette in der Hand, an den älteren Herren und zuckte lächelnd mit die Schultern. Er stellte sich ihr als der ehemalige Vorstand des Forschungsinstituts vor. In einer anderen Situation hätte sie sich gerne länger mit ihren Gesprächspartnern unterhalten, die äußerst interessante Zeitgenossen zu sein schienen. Aber im Moment gab es Wichtigeres zu tun.

Magali entschuldigte sich, ging die Treppen eine Etage hinunter und rief Frank an.

„Alles bereit. Ihr werdet erwartet“, informierte sie ihn.

Bis jetzt schien alles nach Plan verlaufen zu sein. Sie ging nach draußen, um Martin und Hendrik zu treffen, die am Rande des Parkplatzes standen und das Terrain überblickten. Alain stand in einiger Entfernung und beobachtete die beiden. Jetzt kam er auf sie zu.

„Wie sieht es aus?”, wollte sie von ihrem Kollegen wissen, bevor Alain hören konnte, was sie sprachen. „Habt ihr Steinberg gesehen? Ist er aufgetaucht?“

„Alles ruhig, soweit ich das beurteilen kann. Kein Steinberg in Sicht“, antwortete Martin ihr.

„Das ist noch kein Grund zum Feiern. Wir wissen nicht, wie er tickt. Er schein zu allem fähig zu sein“, gab sie zurück.

In diesem Moment hatte Alain sie erreicht. „Alles in Ordnung bei euch?“, fragte er wie beiläufig.

„Da bin ich mir nicht sicher“, blickte Hendrik zu Magali und deutete auf seine Kamera.

KAPITEL 25

Nils

Freitagnachmittag – Zürich

Der Gedanke, was ein Pokerspiel wirklich ausmachte, hatte ihn in den vergangenen achtundvierzig Stunden seit dem Telefonat mit Hendrik in La Punt nicht losgelassen. Im Gegenteil, es hatte sich in den letzten dreißig Minuten nur noch verstärkt. Was er eben gelesen hatte, brachte auch jeden verzweifelten Ruf nach Unbekümmertheit in seinem Kopf zum Schweigen.

Nils saß in Zürich, in der Schweizer Zentrale von Adler Reilly, und überlegte, ob es wichtiger war, über bestimmte Fähigkeiten zu verfügen oder das Glück auf seiner Seite zu haben. Es gab wenig, um die Karten zu beeinflussen, die man ausgeteilt bekam. Vielmehr ging es darum, was man aus den Karten machte, wie man gegenüber seiner Außenwelt reagierte. Ein Anfänger verriet sich sofort, aber ein Profi war für alle anderen undurchschaubar.

Er war immer davon ausgegangen, dass er das Glück auf seiner Seite hatte. Doch wenn er sich jetzt seine Karten ansah, dann schnürte es ihm fast den Hals zu. Es fiel ihm schwer, seine gewöhnliche Gelassenheit zur Schau zu stellen. Die Ereignisse dieser Woche hatten ihm eine Schattenseite aufgezeigt, die er bisher verdrängt hatte. Was es noch schlimmer machte, war, dass er seinen besten Freund mit hineingezogen hatte. Er hatte ihrer beider Leben aufs Spiel gesetzt. Tat es immer noch. Davor konnte er die Augen nicht verschließen. Es war alles seine Schuld. Dieses Eingeständnis fiel ihm nicht leicht. Er hatte sich von dem Geld und den verlockenden Aussichten blenden lassen. Niemals hätte er das Angebot von Dominik annehmen dürfen. Wer sich einmal in die Höhle des Löwen begab…

Mit einem Ruck zwang sich Nils, seine Gedanken in nützlichere Bahnen zu lenken. Noch war das Spiel nicht verloren. Beim Poker gab es zwei Sorten von Spielern. Die Erste biss in den sauren Apfel, schrieb den Einsatz als Verlust ab und legte die Karten auf den Tisch. Wenn der Verlust groß genug war, konnte das auch bedeuten, dass man sich sein Leben lang von schmierigen Geldeintreibern verfolgt fühlte. Er konnte diese Option wählen. Doch welche Schulden würde Dominik bei ihm einfordern?

Laut Vertrag bekäme er kein Geld, wenn er den Auftrag nicht genau nach Vorgabe ausführte. Es stand allerdings nichts darüber in der Vereinbarung, was passierte, wenn Nils mittendrin ausstieg. Diese Option war ihm damals nicht in den Sinn gekommen. Somit blieb nur die zweite Option. Er konnte das Spiel weiterspielen und parallel im Hintergrund seinen Ausstieg vorbereiten.

Dank Walter hatte er Zugriff auf einige Informationen, zu denen er normalerweise wohl keinen gehabt hätte. Dazu gehörte auch eine erweiterte Freigabe für das interne Berichtssystem, in dem alle Details zu einzelnen Projekten, inklusive der sogenannten Field Reports, gesammelt wurden. Die Kommunikation mit Hendrik lief über dieses Tool, der dort seine Tagesberichte und Videos hochgeladen hatte. Doch in dem System gab es mehrere Level – fast wie bei einem Computerspiel – und für jede nächsthöhere Ebene gab es strengere Richtlinien. Auf dem obersten Level hatten neben den Projektleitern nur die Vorstände Einblick in die Informationen. Nicht einmal Projektmitarbeiter, die im Außeneinsatz waren, kannten alle Einzelheiten außer ihren eigenen.

Walter hatte ihm die Freigabe für einen höheren Level eingerichtet, allerdings sah er nicht alle Details im Klartext. Manche Felder, natürlich die interessantesten, blieben schwarz am Bildschirm. Schwarze Löcher, dachte sich Nils grimmig. Als er die letzten Einträge heute Morgen studiert hatte, war er über einen Zwischenfall gestolpert, der ihm einen eiskalten Schauer über den Rücken jagte.

Es war ein als Unfall gekennzeichneter Vorfall in Rorschach. Nils hatte dreißig Minuten lang mit klopfendem Herzen, immer bedacht darauf, dass ihm niemand über die Schulter sah, weitere Informationen im System gesucht.

Jetzt war er sich sicher und schrieb Hendrik eine Nachricht, die außerhalb des Zugriffs von Adler Reilly lag – zumindest behauptete der Hersteller des Chat-Tools, das nicht einmal die Geheimdienste mitlesen konnten. Wie sollte sein Arbeitgeber das dann bewerkstelligen.

NILS:	LAUT SYSTEM IST EIN CONRAD JÄGER TOT. ALTER 51. ABER HIER STIMMT ETWAS NICHT. DER EINTRAG DES TODESORTS WURDE VON RORSCHACH AUF UNBEKANNT GEÄNDERT.
HENDRIK:	WOLLEN IHRE SPUREN VERWISCHEN
NILS:	DENKE ICH AUCH. WERDE WEITERGRABEN.
HENDRIK:	GUT, ABER PASS AUF. WIR MÜSSEN REDEN, ES GIBT VIELLEICHT EINEN AUSWEG.
NILS:	GIB MIR 5 MINUTEN. ZU VIELE OHREN HIER.

Das einzig Gute an seinem Job war, dass er sich relativ flexibel bewegen konnte. Solange seine Arbeit bis zum geforderten Zeitpunkt erledigt wurde, kümmerte es niemanden, ob er eine kurze Pause machte und das Gebäude verließ. Unter den Kollegen gab es viele Raucher, die wie er regelmäßig vor die Hintertür gingen. Genauso regelmäßig legten sie wie er Nachtschichten ein.

Nils ging zum Vordereingang hinaus und weiter Richtung Sprüngli. Ein paar Luxemburgerli, die kleineren Cousins der Macarons, würden ein hervorragendes Alibi abgeben.

Er drehte sich vorsichtig um, sah aber niemanden, der ihm zu folgen schien. Seine Hände schwitzten vor Nervosität und ihm rutschte fast die Packung Zigaretten aus der Hand, als er sich eine herausfischte und anzündete.

An Sprüngli vorbei ging er weiter zum Paradeplatz. Das Kreischen der vorbeifahrenden Trams würde es jemandem schwer machen, sein Gespräch mit Hendrik zu belauschen. Leichter Nieselregen setzte ein. Nils starrte auf sein Handy und wartete darauf, dass es aufleuchtete. Immer wieder suchte er seine Umgebung nach verdächtig aussehenden Personen ab.

Das jähe Vibrieren des Telefons ließ seine Hände noch mehr zittern.

„Hendrik, alles okay bei dir? Was gibt es Neues?"

„Gute Nachrichten zur Abwechslung. Die Technologie ist in Sicherheit", kam als Antwort.

Die Erleichterung, die in Hendriks Stimme mitschwang, ließ Nils aufatmen. Im gleichen Moment hielt er inne und wurde stutzig.

„Wie meinst du das? Woher weißt du plötzlich, wo sich die Technologie befindet?"

Hendrik räusperte sich umständlich. „Es gibt da etwas, das du noch nicht weißt."

„Dann spuck es aus", entfuhr es ihm gereizter, als Nils gewollt hatte.

„Ich habe dir nicht alles erzählt, was in Bled und danach passiert ist", begann Hendrik. „Seit Weissensee, seit ich wieder zu WAVE zurückgekommen bin, fahre ich bei zwei Agenten mit. Sie arbeiten für eine kleine Sicherheitsfirma und wurden angeheuert, um die Technologie und ihren Entwickler während der Testfahrt zu schützen. In Bled wurde ich von ihren Kollegen verhört. Mein Verhalten nach dem Brand des Cabrios in Deutschlandsberg hatte sie beunruhigt. Ich hatte nicht wirklich eine Wahl."

„Und dann erzählen sie dir, welches Auto es ist? Einfach so?" Er war mehr als verwundert.

„Welches Auto es ist, habe ich erst heute Morgen erfahren. Nachdem diese Leiche im Bodensee aufgetaucht ist, die von der Beschreibung her der Typ sein musste, den ich nachts am Weissensee gesehen hatte, wurde ihnen die Lage zu ernst."

„Sie vertrauen dir also so sehr, dass sie dich in ihre Pläne einweihen? Wieso sollten sie? Woher weißt du, dass du ihnen vertrauen kannst?

„Ich vertraue ihnen, weil mein Herz und mein Bauch mir das sagen“, verteidigte sich Hendrik verletzt. „Sie vertrauen mir, weil ich ihnen Informationen geben konnte, die für sie äußerst wichtig waren.“

„Informationen, die von mir kamen, nehme ich an“, sagte Nils kühl.

„Das ist richtig. Reg dich nicht auf, denn genau deswegen vertrauen sie dir auch. Ich habe ihnen gesagt, dass ich meine Hand für dich ins Feuer lege und du in Zürich alles tust, was du kannst, um mir zu helfen“, sagte Hendrik versöhnlich.

„Wo seid ihr jetzt?“

„Auf dem Weg nach Baden, gute 30 Kilometer von Zürich entfernt. Wir fahren ganz normal mit, um unsere Tarnung aufrecht zu erhalten. Die beiden als Teilnehmer und ich als Videoblogger. Der Technologe hatte offiziell eine Panne am Auto und konnte nicht weiter mitfahren.“ Hendrik hielt einen kurzen Moment inne.

Nils wusste, dass er seinem Freund eine Reaktion schuldig war. „Hör zu, es tut mir wirklich leid“, sagte er schließlich. „Es ist meine Schuld, dass wir beide in diesen verdammten Schlammassel geraten sind.“

„Das ist jetzt unwichtig“, besänftigte ihn Hendrik. „Wichtig ist, dass wir beide heil aus der Sache herauskommen, und daran arbeite ich.“

Seit wann war Hendrik so erwachsen geworden? Er zollte seinem Freund still Anerkennung.

„Was kann ich tun?“, bot er an. „Hast du schon einen Plan?“

„Morgen früh findet die Weltrekordparade mitten in Zürich statt, wie du weißt. Das ist das vorprogrammierte Chaos. Es gibt keinen besseren Ort und Zeitpunkt, um dich unerkannt aufzugabeln. Das heißt, du hast bis morgen früh Zeit, unsere Spuren im System zu verwischen..."

„Das wird verdammt knapp", pfiff Nils durch die Zähne. „Ich werde Hilfe brauchen."

„Kannst du dem Typen vertrauen, der dir geholfen hat?", fragte Hendrik vorsichtig.

„Wieso fragst du schon wieder? Er hat dir in Bled das Leben gerettet", gab Nils mit einem leicht vorwurfsvollen Unterton zurück. „Das genügt mir, um ihm zu vertrauen."

Nils war Hendrik nicht wirklich böse, dass er Walters Unterstützung anzweifelte. Dieser Laden hier konnte einen wirklich paranoid machen. Aber es war so, wie er Hendrik gesagt hatte. Er vertraute Walter. Ohne ihn würde er es auch nicht schaffen, all die losen Enden einzusammeln, damit nichts mehr von ihnen im System übrig blieb. Hendrik machte sich keine Vorstellung davon, wie viel Arbeit das war. Programme mussten geschrieben werden und Datenbankeinträge umprogrammiert...ihm wurde schwindlig und er fühlte erneut Nervosität aufsteigen, als er im Kopf eine Liste erstellte. Schließlich hing es alleine davon ab, ob sie in Zukunft ungestört weiterleben konnten.

Aber er wäre nicht Nils Karrat, wenn er diese Herausforderung nicht annehmen würde. Eins nach dem anderen. Er holte eine große Packung Gebäck auf dem Rückweg und rauchte eine weitere Zigarette. Danach war er ruhiger. Zeit, das Ass aus dem Ärmel zu ziehen. Er holte Walters Visitenkarte aus seinem Geldbeutel und wählte die angegebene Nummer. Es war keine Züricher Nummer.

„Walter, ich brauche deine Hilfe", sagte er, als sich der Direktor der Informationsabteilung meldete.

„Mit dir habe ich schon gerechnet." Walter konnte ihn immer wieder verblüffen. „Wir treffen uns zum Mittagessen im Old Fashion, in einer Stunde."

Der Regen war stärker geworden, als Nils zum zweiten Mal an diesem Tag das Bürogebäude verließ. Es waren noch nicht viele Leute in dem

Café und er setzte sich an die Bar. Erst jetzt fiel ihm das Schild auf, das er bei seinem letzten Treffen mit Walter nicht registriert hatte. Das Café wurde per Video überwacht. Nils fröstelte. Gab es denn kein Lokal mehr, das nicht überwacht wurde? Er hatte niemanden bemerkt, der ihm vom Büro aus gefolgt war, doch mit Hilfe der Überwachungskameras würde er nicht abstreiten können, dass gleich ein Treffen stattfand. Ein weiterer Punkt, der dringend auf seine Liste der zu erledigenden Dinge gehörte.

Nils zuckte zusammen, als sich unerwartet eine Hand auf seine Schulter legte.

„Mach dir keine Sorgen wegen denen“, beruhigte ihn Walter mit einem Blick zu den Kameras. „Um die habe ich mich gekümmert, genau wie letztes Mal.“

Sie gingen zusammen an einen der Tische und setzten sich.

„Ich kann mir gut vorstellen, warum du mich sprechen willst.“ Walter machte es ihm einfach, doch Nils zögerte noch einen Moment. Dann gab er sich einen Ruck.

„Bei unserem letzten Treffen hast du gesagt, dass du nicht die Mitschuld an einem zerstörten jungen Leben tragen willst. Das waren deine Worte. Deswegen hast du Hendrik geholfen. Gilt das immer noch? Gilt das auch für mich?“

„Willst du dich aus dem Staub machen?“, fragte Walter ihn direkt.

„Bei allem was hier vorgeht, fragst du noch? Ich dachte, hier ginge es um einen simplen Fall von Industriespionage. Nichts Ernstes. Das gehört in der Branche doch sowieso fast schon zum guten Ton. Was zum Teufel verbirgt sich hinter den Kulissen von Adler Reilly und Dominiks Scheinfirma?“ Nils wischte sich die verschwitzen Hände an der Hose ab.

„Das willst du nicht wissen, glaub mir“, Walter schüttelte mit Nachdruck seinen Kopf. „Ich kann dir nur so viel sagen, dass du zu einem sehr ungünstigen Zeitpunkt angeheuert wurdest. Es geht nicht allein um die Technologie, sondern um viel mehr. Es geht auch um die Zukunft von Adler Reilly und Dominik spielt ein gefährliches Spiel, um als Sieger daraus hervorzugehen.“

„Deswegen ist er auch bereit, über Leichen zu gehen. Habe ich Recht? Ist das der Grund für den toten Kollegen in Rorschach und warum Peter verschwunden ist? Waren die zwei nur Bauern in seinem Schachspiel?“ Nils flüsterte so leise, dass er Angst hatte, Walter könnte ihn nicht verstehen.

„Rorschach? Das Letzte, das ich weiß, ist, dass laut Akten kein bestimmter Ort genannt wurde. Es ist jedoch bei uns nicht ungewöhnlich, dass sich Einträge manchmal ändern. Du verstehst, was ich meine.“ In Walters Blick lag für einen kurzen Augenblick ein verschwörerisches Blinzeln. „Wie dem auch sei. Die Antwort auf deine Frage lautet: ja. Ich kann dir helfen, heil aus dieser Sache herauszukommen. Ich wäre ein schlechter Spieler, wenn ich nicht eine Rückversicherung hätte. Als Direktor der Informationsabteilung stößt man doch hin und wieder auf einige interessante Geheimnisse…“

„Kannst du mir helfen, uns komplett aus dem System zu löschen? Ich weiß ja nicht einmal genau, in welchen Systemen und auf welchen Datenbanken überall Details über uns gespeichert sind.“ Nils konnte seine Verzweiflung vor Walter nicht ganz verbergen.

„Selbstverständlich. Das alleine wird euch aber nicht helfen. Ich kann jedoch dafür sorgen, dass Dominik kein weiteres Interesse daran haben wird, euch nach dieser Geschichte noch zu verfolgen.“ Damit drehte sich Walter um und gab jemanden ein paar Tische entfernt von ihnen nickend ein Zeichen.

„Nils, darf ich dir Stephan Schwarz vorstellen. Er ist so etwas wie mein Treuhänder. Er bewahrt meine wertvollsten Besitztümer für mich auf“.

Wieder meinte er, das verschwörerische Blinzeln in Walters Augen zu sehen. Wie konnte dieser Mann nur so gelassen bleiben bei allem, was in der Firma passierte? Vielleicht war es bei Walter wie bei einem Arzt. Je mehr schlimme Fälle man gesehen hatte, desto mehr distanzierte man sich, ließ die Geschehnisse nicht mehr so stark an sich heran. Vielleicht war sein Job nicht immer so unheimlich gewesen, hatte früher nicht so grausame Konsequenzen gehabt?

„Ein Treuhänder?“, fragte er ungläubig, während er aufstand

und dem kahlköpfigen Mann im eleganten Anzug die Hand reichte.

„Eigentlich ist Stephan Architekt“, fuhr Walter fort. „Gleichzeitig ist er auch der Präsident des Schweizer Tesla Fahrer Clubs. Aber als mein guter Freund hat er Dinge unter Verschluss, Geheimnisse, die dir und mir das Leben retten können. Geheimnisse, mit denen ich die mächtigsten Spieler in unserem Geschäft in Schach halten kann.“

„Freut mich sehr, Nils“, schüttelte der als Stephan vorgestellte Mann seine Hand und gab ihm eine Visitenkarte. „Hier ist meine Nummer, für den Notfall.“

Sie waren sich noch nicht offiziell begegnet, doch Nils erinnerte sich, ihn bereits bei dem letzten Treffen mit Walter gesehen zu haben. Warum war Stephan dort gewesen?

„Danke. Das weiß ich wirklich zu schätzen.“ Er meinte das aus tiefstem Herzen. Der Architekt nickte ihm noch einmal freundlich zu und verabschiedete sich.

„Das löst aber noch nicht das Problem unserer Akten im System“, wandte sich Nils zurück an Walter.

„Mach dir darüber keine Sorgen“, versicherte dieser ihm. „Darum kümmere ich mich. Ich werde alles vorbereiten, allerdings bis zum letzten Augenblick morgen warten. Du rufst mich an, wenn du in Sicherheit bist. Dann sorge ich dafür, dass nichts zurückbleibt, was euch mit Adler Reilly oder Dominik in Verbindung bringt. Aber nur dann. Falls etwas Unerwartetes passieren sollte, stehen uns noch alle Möglichkeiten offen. Wann genau planst du unterzutauchen?“

„Morgen Vormittag während der Parade. Hendrik kommt mit ein paar Leuten, die uns helfen werden.“

„Gut. Pack nicht alles ein, lass ein paar Sachen im Hotel, so als ob du wiederkommen würdest“, riet ihm Walter. „Dann wird am wenigsten Verdacht geschöpft. Solange du mich nicht anrufst, gehe ich davon aus, dass du weiterhin für uns arbeitest. Ist das klar? Ohne deine Nachricht werde ich nichts unternehmen.“

„Verstanden. Was wird aus dir? Wird der Verdacht nicht auf dich fallen?“, fragte Nils besorgt. Er mochte Walter. Er war ein Paradebeispiel für einen Mann mit harter Schale, aber weichem Kern.

Wahrscheinlich war er vor langer Zeit zur falschen Zeit am falschen Ort gewesen und seitdem dort nicht mehr weggekommen.

„Mach dir um mich keine Gedanken. Dominik wird ganz andere Dinge zu tun haben. Außerdem habe ich Stephan. Ein guter Mann, auf ihn ist Verlass. Ruf ihn an, wenn du morgen Unterstützung brauchst."

Das Gespräch mit Walter hatte Nils gut getan. Es hatte ihm Zuversicht gegeben. Zuversicht, dass Hendrik und er unbeschadet aus dieser Sache herauskommen konnten. Die Karten waren neu verteilt worden. Er war innerlich noch stark aufgewühlt. Doch sein Vertrauen in sich und seine Fähigkeiten war wieder da.

Nils ging zurück ins Büro und setzte sein bestes Pokerface auf.

KAPITEL 26

Magali

Freitagabend – Baden bei Zürich

Im ersten Moment, als sie mittags St. Gallen verließen, hatte sich Magali erleichtert und zufrieden gefühlt. Martin und sie hatten ihren Job erledigt. Andrej, Jasna und das Auto mit der Technologie waren auf dem Weg in Sicherheit und in guten Händen. Frank und Vivien würden dafür sorgen, dass nichts und niemand sie daran hinderte, ihre kostbare Fracht nach Dübendorf zu bringen.

Ihr LKW gab ihnen zusätzlichen Schutz, denn wer würde schon auf die Idee kommen, in einem elektrischen Lastwagen einer Schweizer Brauerei etwas anderes als erfrischende Getränke zu vermuten. Nachdem, was Andrej gesagt hatte, sprach alles dafür, dass sein Test erfolgreich verlaufen war und sie, wenn er die finale Bestätigung aus dem Labor hatte, kurz vor einer echten Revolution der Automobilbranche standen.

Alain hatte die Nachricht mit großer Freude aufgenommen und plante bereits ein Treffen mit Andrej in einigen Wochen, bei dem das weitere Vorgehen besprochen werden sollte. Auch Alain fuhr weiterhin bei der WAVE mit, um seine Coverstory aufrechtzuerhalten. Außerdem schien er seine heutige Begleitung sehr zu genießen: Er hatte den aufgeweckten Florian als Copiloten, der für seinen Schulbericht unbedingt in dem umgebauten Mazda RX8 mitfahren wollte. Der Junge hatte sich in den letzten Tagen völlig selbständig immer wieder neue Mitfahrgelegenheiten gesucht.

Magalis Erleichterung über die erfolgreiche Ausführung ihres Auftrags war mit jedem gefahrenen Kilometer einer erneuten Anspannung gewichen. Denn trotz Franks kurzer Nachricht über ihre unbeschadete Ankunft in Dübendorf, war es noch zu früh, um einen Erfolg zu feiern.

Ihr ursprünglicher Auftrag hatte in den letzten Tagen eine weitere Komponente bekommen: Hendrik. Sie mussten ihn und seinen Freund in Sicherheit bringen. Die Leute, mit denen sich die beiden Jungs eingelassen hatten, und die Möglichkeiten, die diesen Leuten zur Verfügung standen, waren mit nichts vergleichbar, was sie bei bisherigen Missionen erlebt hatte. Seit dem Leichenfund war sich Magali sicher, dass Hendrik in ernster Gefahr schwebte. In St. Gallen war er kreidebleich geworden, als Andre und seine Frau Fotos des toten Mannes den WAVE Teilnehmern vor dem EMPA Gebäude gezeigt hatten. Es war derselbe Mann, den Hendrik nachts in Weissensee gesehen hatte. Definitiv kein Teilnehmer der WAVE.

Dank der Warnung seines Freundes aus Zürich, war er in Bled um Haaresbreite mit dem Leben davon gekommen. Magali hatte versucht, ihn zu trösten. Er sollte es als Beweis dafür sehen, dass er diesmal die richtige Entscheidung getroffen hatte und jetzt auf der Seite der Guten stand. Trotzdem machte sich Hendrik ernsthafte Sorgen um seinen Freund in Zürich, obwohl es schwer zu sagen war, ob dieser ebenfalls in Lebensgefahr schwebte. Noch schien dieser Mann, der sich als Dominik Brandt ausgegeben hatte, nichts von dem doppelten Spiel mitbekommen zu haben, das Hendriks Freund spielte.

Die Gruppen von aufgeregten Schulklassen, die sie auf dem Weg nach Baden bei Zürich besuchten, schienen wie Vorboten des morgigen Tages zu sein. Die Schüler freuten sich über ihren letzten Schultag und unter den WAVE Teilnehmern stieg die Vorfreude auf das Ereignis morgen früh. Zur Weltrekordparade in Zürich rechnete Louis mit über 400 Fahrzeugen, und das während des alle drei Jahre stattfindenden Züri Fäscht, bei dem die Innenstadt am Seeufer zur Partymeile wurde. Das erwartete Chaos aus Elektrofahrzeugen, Besuchern, Touristen und nicht zuletzt mehreren Tramfahrzeugen würde Martin und ihr zumindest etwas Deckung verschaffen, um Hendriks Freund unerkannt aufzusammeln und ihre beiden Schützlinge in Sicherheit zu bringen. Doch noch war es nicht so weit. Ihr Etappenziel in Baden stellte sie vor neue Herausforderungen.

Anfänglich konnten sie sich mit Hendrik im Schutz der Teams aufhalten, die sich alle auf dem Brown-Boveri-Platz versammelten. Die örtlichen Sponsoren hatten ein kleines Stadtfest organisiert, bei dem die Fahrzeuge zur Schau gestellt und an verschiedenen Ständen frisch zubereitete Pfannengerichte kostenlos angeboten wurden, was

die Teams nur allzu gerne in Anspruch nahmen. Eine kleine Gruppe, zu der auch Jochen, Manfred und Tamara gehörten, spielte mit Florian ausgelassen Fußball. Zumindest versuchten sie es. Denn während er die Erwachsenen mit dem Ball austrickste, sprudelten unterschiedlichste Erlebnisse aus ihm heraus und Florians Begeisterung für Elektroautos war ansteckend. Sein letzter Chauffeur Alain gab amüsiert den arbeitslosen Torwart.

Wie die meisten Teilnehmer besuchte Magali mit ihren beiden Männern den darauffolgenden Vortrag der Firma ABB, da er in den angrenzenden Büros stattfand und sie im Gebäude sicher waren. Steinberg müsste schon ein kleines Wunder vollbringen, um hier an Hendrik heranzukommen. Der Vortrag war obendrein recht interessant. Die Firma, ein weltweit führender Konzern im Bereich Energie und Automation mit Hauptsitz in Zürich, hatte in Ländern wie Japan, Dänemark und Estland bereits eine landesweite Infrastruktur für das Laden elektrisch betriebener Fahrzeuge aufgebaut. Dabei waren sinnvollerweise gleich Schnellladesysteme zum Einsatz gekommen, die das Auto in einer halben Stunde wieder auf volle Reichweite brachten. Nach dem Vortrag wurde es allerdings haarig.

Die WAVE Teilnehmer wurden in kleinere Gruppen eingeteilt, die separat voneinander mit einem Stadtführer auf Elektrofahrrädern

Baden erkundeten. Es gab keinen Ausweg, ohne unhöflich zu sein und die Gastfreundschaft zu verletzten. Magali blieb nichts anderes übrig, als Hendrik mit Martin in die Mitte zu nehmen. Wenn Steinberg noch hinter Hendrik her war und sie auf ihn trafen, würden sie improvisieren müssen. Fieberhaft konzentrierte sie sich auf die Umgebung, anstatt die Sehenswürdigkeiten wahrzunehmen. Es war Freitagnachmittag und der Feierabendverkehr zerriss ihre kleine Gruppe immer wieder. Die warme Sommerluft jagte ihr zusätzlich Schweißausbrüche über Stirn und Nacken. Ihr T-Shirt klebte inzwischen an ihr. Hendrik erging es nicht anders. Immer wieder schob er seine Brille hoch, die ihm von der Nase rutschte. In seinem Blick lag ehrliche Angst und sie wünschte, sie könnte ihn beruhigen. Auch Martin fühlte sich unwohl, obgleich er es von ihnen dreien am besten verbergen konnte. Die Minuten schlichen wie Stunden dahin. Endlich bogen sie wieder zurück in die Straße, die sie zu dem Platz führen würde, auf dem ihr Auto stand.

Die Jugendherberge, ihr letzter Ort für heute, stellte sich als kleinere Herausforderung dar. Warum sollten sie auch nicht einmal Glück haben. Das Gebäude lag am Ende einer Sackgasse direkt an dem Fluss Limmat und wurde auf der anderen Seite von einem steilen, bewaldeten Hügel geschützt, den kein vernünftiger Mensch in der Dunkelheit herunterklettern würde. Vor dem Gebäude lag ein großer Parkplatz, auf dem alle teilnehmenden Fahrzeuge standen. Das ganze Gelände war somit gut einsehbar.

Da es noch zu früh war, um sich in dem Vier-Bett-Zimmer zu verschanzen ohne aufzufallen, gingen sie nach draußen. Nicht weit vom Parkplatz entfernt hatten sie eine Freiluftbar gesehen und so lange es hell war, konnte man gut überblicken, wer kam und ging. Auch ein Boot auf der Limmat wäre deutlich zu sehen gewesen. Für einen Moment saßen sie zu dritt an einem Tisch und hingen ihren Gedanken nach.

Hendrik hatte sich kurz geduscht und schien etwas beruhigter zu sein, auch wenn er sich immer wieder umdrehte. Magali versuchte zu überlegen, was Steinbergs nächster Schritt sein könnte. Hatte er herausgefunden, dass Andrejs Fahrzeug das war, was er suchte? Wenn ja, wie hatte er die Tatsache aufgenommen, dass Andrej nicht mehr Teil der WAVE war? Steinberg konnte dann nicht wissen, wo der Technologe und sein Auto jetzt waren. Was bedeutete das für ihn? War die Mission fehlgeschlagen? Welche Konsequenzen würde das für ihn haben? Würde er sich umso mehr auf Hendrik konzentrieren und ihn aus dem Weg räumen wollen?

„Lasst uns den Plan für morgen festzurren", unterbrach sie das Schweigen und beugte sich näher zu den anderen beiden heran. „Was hast du mit deinem Freund in Zürich bisher vereinbart, Hendrik?"

„Ich habe Nils gesagt, dass ich ihn heute anrufe, sobald wir alle Details festgelegt haben. Prinzipiell soll er uns morgen kurz vor Beginn der Parade treffen", kam flüsternd die Antwort.

„Das ist ein zu großes Risiko", warf Martin sofort ein. „Es geht schließlich um einen Weltrekord morgen."

„Was willst du damit sagen?" Magali zog eine Augenbraue hoch.

„Bei einem Weltrekordversuch gibt es exakte Vorgaben, die eingehalten werden müssen", fuhr er fort. „Eine davon besagt, dass die Parade von vier verschiedenen Blickwinkeln aus gefilmt werden muss, um eindeutig alle Fahrzeuge identifizieren zu können, die daran teilnehmen. Selbst wenn Nils in dem Trubel kurz vor dem Start unerkannt in unser Auto steigen kann, wäre es doch mehr als wahrscheinlich, dass er auf einem der Filme auftaucht. Es wird schon schwer genug werden, dafür zu sorgen, dass Hendrik nicht mit uns zusammen gefilmt wird."

Magali sah, wie der junge Blogger bei Martins Worten zusammenzuckte. Je mehr sie über die Details sprachen, desto mehr schien ihm die Lage, in der er war, bewusst zu werden. Sie beneidete ihn nicht. Es ging nicht nur darum, ihn für ein paar Tage vor einem Killer zu schützen. Alles würde sich für ihn ändern und nichts mehr so sein, wie es einmal war. Er würde sich noch für eine lange Zeit verstecken müssen, bis er mit seinem neuen Leben zurechtkam.

„Wie sollen wir es dann machen?", flüsterte Hendrik hastig. „Wir starten am Utoquai. Die Strecke, die wir abfahren ist ein U. Das heißt, wir kommen genau beim Start auch wieder ins Ziel."

Magali sah sich auf ihrem Smartphone den Weg an, den die Parade nehmen würde. „Am besten fahren wir ganz vorne mit, damit wir als einer der ersten zurück sind. Dann sammeln wir Nils ein Stück weiter stadtauswärts in einer der kleinen Seitenstraßen auf. Er soll in einem Hauseingang warten, wo es keine Kameras gibt."

„Dann müssen wir morgen sehr früh aufstehen", sagte Martin. „Ein Großteil der Innenstadt ist bis auf die Route der Parade und wenige Zufahrtswege komplett gesperrt. Das wird ein Höllenverkehr werden."

„Was passiert danach mit uns?" Hendrik sah sie mit großen Augen an, in denen die Furcht vor dem Ungewissen erkennbar war.

„Wir bringen euch in ein sicheres Haus, das gerade vorbereitet wird", antwortete sie ihm. „Dann werden wir weitersehen. Werden beobachten, was sich hier tut. In der Zwischenzeit wird unser Büro euch neue Identitäten verschaffen."

„Neue Identitäten?", brachte er tonlos hervor.

Magali wollte nicht, dass ihre Worte zu hart klangen und sah ihn mitfühlend an. „Sicher. Dachtest du, du kannst weiter als Hendrik Herder durch die Welt laufen?"

„Ich weiß nicht…ich…war noch nie in so einer Situation."

„Das glaube ich dir aufs Wort", sagte sie. „Nach allem, was passiert ist, müssen wir auf Nummer sicher gehen. Wir wissen immer noch nicht genau, mit wem wir es hier zu tun haben. Jetzt ruf deinen Freund an und sag ihm, er soll alles Notwendige tun und sich morgen ab halb elf in der Nähe der Akazienstraße aufhalten."

Als sie Hendrik kraftlos aufstehen und etwas abseits gehen sah, tat er ihr sehr leid. Es war der zweite schwere Schicksalsschlag, den er nach dem Tod seiner Eltern und Schwester wegstecken musste. Von seiner Familie würde offiziell niemand mehr übrig bleiben.

Martin drückte ihr sanft die Hand. „Er ist stärker als er aussieht", sagte er. „Er wird das packen."

Da war sie wieder. Die charmante und doch Verlässlichkeit ausstrahlende Art, die sie an ihm schätzte. Magali hoffte, dass er damit Recht behalten würde und setzte ein heiteres Lächeln auf, als Hendrik zurückkam.

„Hast du ihn erreicht?", fragte sie.

„Ja. Er sagt, alles wirkt normal. Dominik hat ihn gleich Montag früh zu einer Besprechung bestellt. Anscheinend hat er etwas Wichtiges für ihn. Nils vermutet, es könnte ein neues Projekt sein. Er meinte auch, Dominik habe ihm gegenüber erwähnt, dass er immer mehr in Frage stellt, ob jemals eine neue Technologie während der WAVE getestet werden sollte. Laut Nils hat er gesagt, dass ich einfach meinen offiziellen Job machen und bis zum Ende Videos für den Blog drehen soll. Danach soll ich mir ein bis zwei Tage Urlaub gönnen und am Mittwoch wieder ins Büro kommen."

„Hört sich irgendwie nicht koscher an. Seid ihr sicher, dass dieser Typ keinen Verdacht schöpft?", fragte sie.

„Nils klang sehr zuversichtlich. Er hat intern einen Helfer gefunden. Jemand weiter oben in der Hierarchie, der sich darum kümmert, dass wir aus den Systemen verschwinden. Genaueres wollte er mir nicht sagen, aber von diesem Verbündeten hat er noch einen Kontakt für Notfälle bekommen. Das ist ein gewisser Stephan Schwarz, der Präsident des Schweizer Tesla Fahrer Clubs, der morgen an der Parade teilnimmt. Ist ja ein Heimspiel für die."

„Also für mich hört sich das gut an", klopfte Martin ihm aufmunternd auf die Schulter. Hendrik lächelte schüchtern.

„Es wird ein langer Tag morgen werden, bei dem wir alle unsere Kräfte brauchen. Ich schlage vor, dass wir ins Bett gehen." Magali musste keine weitere Überzeugungsarbeit leisten, auch wenn gerade eine große Traube von WAVE Teilnehmern auftauchte. Gerne wäre sie noch für einen Moment in der Abendsonne gesessen und hätte sich bei einem kühlen Glas Weißwein mit einigen der Teams unterhalten. Hätte die Menschen, die aus Überzeugung bei so einer Expedition mitfuhren, näher kennengelernt. Vielleicht würde es eines Tages die Gelegenheit dazu geben.

Der Verkehr am nächsten Morgen war noch schlimmer, als sie erwartet hatten. Je näher sie der Innenstadt kamen, umso zähflüssiger ging es voran. Martin fuhr. Magali dirigierte ihn im Zickzack an den Absperrungen vorbei. Die vielen Einbahnstraßen machten es ihnen nicht leichter. Trotz der unterschwelligen Anspannung, die sie kurz vor Ende jeder Mission hatte, fühlte sie sich einigermaßen ausgeruht und war zuversichtlich, dass ihr Plan aufgehen würde. In der Nacht hatte es keine weiteren Zwischenfälle gegeben, auch waren keine Hiobsbotschaften von Nils gekommen. Von Steinberg keine Spur. Vielleicht hatte er sich die Niederlage eingestehen müssen und saß bereits bei seinem Chef auf dem heißen Stuhl?

Kurz dachte sie an den Veranstalter der Expedition. Nach der Parade fuhr die WAVE bis Sonntagabend durch den Kanton Zürich. Auf dieser Tour der offenen Türen waren alle Teilnehmer des Weltrekordversuchs willkommen, um noch mehr Publicity zu erzeugen. Louis würde nicht erfreut sein, wenn er ein weiteres Team und seinen Videoblogger verlor.

Hinter ihr auf dem Rücksitz starrte Hendrik schweigsam aus dem Fenster, eine Baseballmütze tief ins Gesicht gezogen. Er hielt seine Kamera fest umklammert. Ab und zu riss er sie hoch und zoomte etwas heran, nur um sie im nächsten Moment wieder sinken zu lassen. Griffbereit neben ihm lag sein Handy, dessen Bildschirm er immer wieder gedankenverloren berührte.

Endlich bogen sie in die die Feldeggstraße ein, die sie zur Bellerivestraße führte, die wiederum weiter stadteinwärts zum Utoquai wurde. Von weitem war bereits der Torbogen sichtbar, der den Start- und Zielpunkt markierte. Vor ihnen befanden sich bis jetzt nur wenige Fahrzeuge, die in Zweierreihen parkten. Der erste Teil war geschafft. Wieder hieß es warten.

Die Straße hinter ihnen füllte sich schnell mit verschiedensten

Elektroautos, darunter eine ganze Menge Tesla Roadster Fahrer. Das musste der Club sein.

Während Martin beim Fahrzeug blieb, begleitete Magali Hendrik, der Filmaufnahmen der Parade mit ihren teils kuriosen Fahrzeu-

gen machen wollte. Sie kamen an Alain vorbei, der sie mit einem Lächeln begrüßte. Weiter hinten sahen sie neben asiatischen Tuk Tuks auch Umbauten, Motorradgespanne und sogar einen Rimac, das schnellste, aber wohl auch teuerste Elektroauto der Welt. Magali war nicht wohl dabei, als sie durch die immer größer werdende Menge gingen, da sie sich nicht mehr im Schutz der WAVE befanden. Viele fremde Gesichter, auch viele Zuschauer streunten die Straße entlang.

Hendrik war seine Anspannung deutlich anzusehen. Sein Gesicht war fast so farblos, wie es in Bled gewesen war. Sie konnte nur hoffen, dass er durchhielt und ihnen nicht vor Anstrengung zusammenbrach. Wie hätte die Belastung der letzten Tage auch spurlos an ihm vorübergehen sollen. Sie drängte ihn zurück zum Auto, wo er besser geschützt war und sich ausruhen konnte.

Martin hatte seine Drohne in die Luft geschickt und filmte die Parade. Er musste allerdings aufpassen, dass er nicht in die Bäume flog. Erst jetzt fiel ihr auf, dass auch Martin dunkle Augenringe bekommen hatte. Er sah müde aus, ließ sich aber nichts anmerken. Sie blieb draußen vor dem Auto stehen und versuchte alles im Blick zu behalten, während sich Hendrik auf den Rücksitz hievte und sofort wieder auf sein Handy starrte.

Louis lief aufgebracht mit dem Telefon am Ohr an ihnen vorbei. Irgendetwas bei der Organisation schien nicht so zu laufen wie geplant. Die Wortfetzen hörten sich an wie *Baustellen* und *Buden*. Wenn die Route nicht frei war, gab es ein riesiges Problem, denn der Weltrekordversuch musste in einem bestimmten Zeitfenster ablaufen, in dem die Stadt Zürich diesen Straßenabschnitt für sie gesperrt hatte. Eine Verzögerung des Starts konnte ein Scheitern des Versuchs zur Folge haben. Dann würden alle gleichzeitig versuchen, die Innenstadt zu verlassen.

Es war dreiviertel zehn, als sie auf einmal aus dem Augenwinkel heraus bemerkte, wie weiter hinten Hektik in der ohnehin schon aufgeladenen Stimmung ausbrach. Tamara lief von Auto zu Auto und sprach mit den Fahrern, steckte den Kopf durch die Seitenfenster ins Innere. Gab es eine Änderung?

„Ist etwas passiert?", rief sie, als Tamara näher gekommen war.

„Das wissen wir noch nicht", antwortete diese. „Aber Florian war eben noch bei Erich, dem Schweizer mit seinem Ampera. Der Junge wollte heute bei ihm mitfahren, da die Amperas als Hybridautos das Schlusslicht der Parade bilden – für den Fall, dass das Guinness Buch nur reinrassige Stromer zulässt, können sie einfach abgezogen werden. Florian dachte, dass er vom Ende einen guten Blick auf alle Fahrzeuge hätte, weil sie die gleiche Strecke zurückfahren. Jetzt können wir ihn nicht finden. An sein Handy geht er nicht."

„Wahrscheinlich hört er das bei dem ganzen Trubel nicht. Vielleicht ist er vor zur Brücke gegangen, um von dort aus…", begann sie. Die Fahrzeuge vor ihnen gehörten zu niemandem, der den Jungen kannte. „Ich lauf schnell vor und sehe nach."

Mit einem Zeichen bedeutete sie Martin, zum Auto zurückzukommen, um ein Auge auf Hendrik zu haben. Gleichzeitig konnte er mit der Drohne gezielt nach Florian suchen. Ein Junge, der vermisst wurde, hätte ihnen gerade noch gefehlt.

Magali raste zur Brücke und schlängelte sich durch die Menge der Schaulustigen, die dort standen und in die Luft starrten. Mit einem kurzen Blick nach oben wusste sie auch, welches Nebengeräusch sie seit ihrer Ankunft vor über einer Stunde irritiert hatte. Propellermaschinen brachten Fallschirmspringer hoch in der Luft in Position, die anschließend versuchten, auf einem der auf dem See schwimmenden Pontons zu landen. Sie rannte an den Menschen vorbei und schaute rechts und links, sah aber weder Florian noch seine Mütze irgendwo hervorspitzen. Am Ende der Brücke stürmte sie über die Straße und lief auf der anderen Seite zurück. Nirgendwo eine Spur von dem Kleinen.

Martin und Hendrik hatten auch nichts Neues über Florian gehört. „So wie ich ihn die letzten Tage erlebt habe, kann er ganz gut auf sich selbst aufpassen. Schließlich ist er noch an keiner Etappe zurückgeblieben", sagte Martin.

Es war fünf vor zehn und die Fahrzeuge vor ihnen hatten bereits den Motor gestartet, auch wenn dies nur daran erkennbar war, dass sie noch dichter zueinander aufgeschlossen hatten.

„Du hast recht", antwortete Magali. „Wahrscheinlich ist Florian längst wieder bei diesem Erich aufgetaucht. Im schlimmsten Fall kommt er zum Torbogen und wartet, bis alle Autos wieder im Ziel sind. Ich könnte trotzdem zur Brücke zurückgehen und die einzelnen Autos prüfen. Dann sehe ich auch gleich, ob sich jemand auffällig verhält. Auf dem Rückweg steige ich bei euch ein. Kommt ihr bis dahin ohne mich klar?"

„Auf dem kurzen Stück sollte nicht viel passieren", nickte Martin und stieg ins Auto.

Ein Schuss knallte durch die Luft und ließ alle drei zusammen zucken – das Zeichen für den offiziellen Start. Hendrik zog sich seine Baseballmütze tief ins Gesicht und senkte den Kopf, als Martin losfuhr. Magali rannte wieder zur Brücke vor. Kurz darauf wurde klar, dass nicht alles reibungslos verlaufen würde.

Aufgrund der Tram, die im 90-Sekundentakt in beiden Richtungen über die Brücke fuhr und Vorrang hatte, wurde die Parade schnell auseinandergezogen. Die Linksabbiegerampel am Ende der Brücke sorgte neben einer dahinter liegenden Baustelle für ein weiteres Hindernis, bevor einzelne Verkaufsbuden, die mitten auf der Straße standen, den Konvoi fast zum Erliegen brachten. Magali sah, wie Louis gestresst und schweißgebadet die Buden von der Straße schob. Was für ein Chaos. Der Vorteil der ganzen Sache war, dass jedes Auto sehr langsam an ihr vorbeifuhr und sie genau sehen konnte, wer darin saß. Aber das war auch schon das Einzige.

Auto um Auto schleppte sich an ihr vorbei. Die Sonne stieg höher und brannte auf ihren Nacken. Eine halbe Stunde war vergangen und noch nicht einmal die Hälfte aller Fahrzeuge hatte die Startlinie überquert. Sie lief ungeduldig hin und her. Die nächste Gruppe der hinter ihr vom Himmel gleitenden Fallschirmspringer wurde von immer mehr Menschen mit Applaus begrüßt. Warum machte sie das nervös? Eben krochen die Österreicher mit ihrem orangenen Tesla vorbei und Tamara schüttelte den Kopf. Also war Florian vor dem Start nicht mehr aufgetaucht. Wo steckte der Junge nur?

Die lautlose Blechlawine rollte weiter im Schneckentempo an ihr vorbei. Langsam spürte sie ein leichtes Brennen auf der Haut. Eine weitere halbe Stunde später tauchten endlich die Ampera Fahrer auf. Gleichzeitig kam der Smart der Polizei, der die Spitze der Parade bildete, von der anderen Seite zurück.

„Die größte Elektroautoparade“, schnaubte Martin, als er anhielt und Magali einsteigen ließ. „Wenn wir damit nicht ins Guinnessbuch der Rekorde kommen, dann wenigstens als der größte Elektroautostau.“

„Hast du Florian gesehen?“, wisperte Hendrik vom Rücksitz.

„Es ist gut möglich, dass ich ihn übersehen habe bei dem Chaos“, antwortete ihm Magali. Es hatte keinen Sinn, ihn noch zusätzlich zu verunsichern.

„Ich bin mir sicher, dass er okay ist“, unterstützte Martin sie mit Nachdruck, mehr an Hendrik gewandt als an sie. „Er fährt doch jeden Tag mit einem anderen Fahrzeug mit, organisiert sich seinen nächsten Chauffeur selbst. Der Junge ist clever. Wahrscheinlich hat er ein cooles Auto gefunden, bei dem er mitfahren wollte und nur vergessen, Erich Bescheid zu sagen.“

„Im Moment können wir nichts mehr tun“, entschied Magali. „Die Parade ist vorbei und wir müssen uns auf euch beide konzentrieren, Hendrik. Ist Nils am vereinbarten Ort?“

„Er sitzt in einem Café und wartet auf meinen Anruf. Ich sag ihm Bescheid, dass wir kommen.“ In dem Moment als Hendrik nach seinem Handy griff, klingelte plötzlich Magalis Telefon. Die Nummer war unterdrückt. Sie bedeutete Hendrik zu warten und hob ab.

„Ganz schön was los in Zürich heute, was?“, hörte Magali eine Stimme sagen. „Nur eine Person fehlt bei dem ganzen Trubel. Wo ist Andrej Pečjak?“ Der bedrohliche Unterton war unverkennbar.

„Wer ist da?”, verlangte sie.

„Das ist nicht dein Ernst, meine Liebe! Ich dachte, du wärst gut in deinem Job.“

„Immerhin besser als du, Steinberg!“

Martin und Hendrik drehten beide ruckartig ihren Kopf und sahen sie an.

„Glaubst du wirklich?“, lachte er höhnisch. „Nun, vielleicht kannst du mir dann bei dieser einen Sache helfen. Wir haben beide etwas, das der andere möchte…“

„Was sollte ich von so einem wie dir wollen?“, zischte Magali verächtlich.

„Ich sag dir, was du willst. Du willst jemanden mit braunem Haar, jemanden der gerne Fußball spielt, jemanden der noch zu jung ist, um…“

„Lass die Finger von dem Jungen. Was willst du?“, drohte sie.

„Das weißt du genau. Wir treffen uns heute Abend um neun Uhr in Neuhausen am Rheinfall. Auf der Seite von Schloss Wörth. Bring Pečjak und sein Auto mit, im Austausch gegen den Jungen. Und nur Pečjak, hörst du? Du willst doch Florian heil in einem Stück zurück.“

„Krümm ihm nur ein einziges Haar…“, fauchte Magali, doch er hatte bereits aufgelegt.

„Was für eine Scheiße“, entfuhr es Martin, nachdem sie ihn und Hendrik über den Inhalt des Telefonats aufgeklärt hatte. „Was machen wir jetzt? Die Polizei können wir nicht einschalten.“

„Hendrik, ruf Nils an und sag ihm, dass wir den Plan ändern müssen. Wir melden uns in einer Viertelstunde bei ihm. Ich muss erst mit Frank sprechen“, ordnete Magali an und rief ihren Chef an.

„Wir haben hier ein ernstes Problem. Dieser Steinberg hat Florian. Er will einen Austausch. Andrej und sein Auto für den Jungen“, informierte sie ihren Chef über Lautsprecher.

„Wie konnte das passieren?”, wollte Frank wissen.

„Wir sind uns nicht sicher. Aber wie es aussieht, haben wir keine andere Wahl. Der Junge muss vor Angst schon halb gestorben sein.“

„Wenn ich daran denke, was er diesem Tschechen Jaromir angetan hat…“, warf Martin ein.

„Das braucht ihr mir nicht zweimal zu sagen“, kam es von Frank zurück. „Ich überlege nur gerade, wie wir das am besten anstellen. Wir wissen seit einer Stunde, dass der Test erfolgreich war.“

„Gibt es einen Weg, das Auto so zu modifizieren, damit Andrej die Technologie nicht preisgeben muss?“, schlug Martin vor.

„Ich klär das sofort mit Andrej, aber ich denke schon. Wie viel Zeit haben wir?“

„Sieben Stunden“, rechnete Magali mit einem kurzen Blick auf die Uhr aus.

„Ich melde mich in zehn Minuten."

Hendrik hatte in der Zwischenzeit auf dem Rücksitz leise mit Nils telefoniert. Er war noch blasser als vorhin und sah aus, als ob er kurz davor war, in Tränen auszubrechen.

„Was ist los, Hendrik?" Magali befürchtete eine weitere Hiobsbotschaft.

„Nils ist zurück ins Büro gegangen", brachte Hendrik mühsam hervor. „Er meint, dass er uns von dort aus mehr nützen kann. Er wird auch diesen Typ vom Tesla Club anrufen, damit er uns unauffällig helfen kann. Seine Clubmitglieder könnten die Strecke nach Neuhausen abfahren."

„Sag Nils, er soll noch warten, bevor er den Tesla Club aktiviert. Wir müssen verschiedene Optionen prüfen. Kann er Steinberg orten? Das Handy vom Jungen sicherheitshalber auch, wobei ich nicht mit einem brauchbaren Ergebnis rechne. Es wäre gut, wenn wir Steinbergs Bewegungen nachvollziehen könnten. Er war heute Morgen in Zürich, soviel steht fest. Wir haben keinen Beweis dafür, dass Florian bei ihm ist. Vielleicht ist der Junge noch hier, dann brauchen wir die Tesla Jungs in der Stadt."

Hendrik vergrub sein Gesicht für einen Moment in den Händen.

„Auch wenn es gefährlich ist", drehte sich Magali zu ihm um, „Nils tut das Richtige. Das weißt du, oder?"

Hendrik nickte stumm und rief Nils an. Sie merkte, wie schwer es ihm fiel, seinen Freund um diesen Gefallen zu bitten. Er hatte Angst um ihn. Verständliche Angst. Nils Rückkehr konnte sein Todesurteil bedeuten.

Ihr Handy klingelte. Es war Frank.

„Andrej hat zugestimmt", sagte ihr Chef. „Er wird zum Rheinfall kommen. Die gute Nachricht ist, dass wir die Tests abschließen können und Zeit haben, das Auto umzubauen. Von außen wird kein Unterschied erkennbar sein. Andrej hatte das schon vorbereitet, allerdings aus anderen Gründen."

„Gut! Dann treffen wir uns um halb acht vor dem Militärflugplatz in Dübendorf. Von dort sind wir über die Autobahn in gut dreißig Minuten in Neuhausen", antwortete sie ihm. „Nähere Anweisungen erhalten wir vor Ort."

„In Ordnung. Damit haben wir dort genügend Zeit, in Position zu gehen. Es gibt einen Aussichtsturm auf der gegenüberliegenden Seite bei Schloss Laufen. Ich werde euch von dort im Visier haben", versprach Frank.

„Wir bleiben in Andrejs Nähe, halten aber Abstand. Was ist mit Florians Eltern? Sie sind im Urlaub. Sollen wir sie informieren?", fragte Martin.

„Noch nicht. Aber informiert Louis Palmer. Sagt ihm, Florian hätte sich gemeldet und sei bei einem Verwandten in Zürich geblieben, der auch zufällig bei der Parade war."

„Das ist ziemlich dünn. Ob er uns das abkauft?", gab Magali zu bedenken.

„Bei dem Chaos heute wird Louis nicht weiter nachfragen. Der ist froh, wenn er nicht noch ein Problem lösen muss", vermutete Martin.

„Was machen wir für den Fall, dass Steinberg den Jungen nicht hat?", fragte Frank.

„Daran arbeiten wir gerade", erwiderte sie. „Hendriks Freund versucht, die letzten Aufenthaltsorte von Steinberg herauszufinden. Wir müssen parallel in Zürich weiter nach dem Jungen suchen. Gibt es irgendeine Möglichkeit, Andrej zu kontaktieren, nachdem Steinberg mit ihm in dem Auto weggefahren ist? Ich gehe davon aus, dass er ihn erst befragen will..."

„Daran haben wir auch schon gedacht. Andrej hat in seinem Auto eine Steuerung mit künstlicher Intelligenz, die die Jungs von der EMPA gerade mit einem weiteren Funkmodul ausstatten. Dieses Funkmodul wird mit einer Smartwatch gekoppelt, die aussieht wie eine Sportuhr. Über das Funkmodul und eine spezielle App, die auf dem Steuergerät im Fahrzeug läuft, können wir Andrej eine Nachricht auf die Uhr schicken. Gleichzeitig haben wir sie so modifiziert, dass er über eine bestimmte Zahlenkombination eine Lesebestätigung triggert. Damit können wir sicherstellen, dass er die Nachricht gelesen hat. Sollte er nicht innerhalb von drei Minuten bestätigen, weil er die Uhr nicht mehr hat oder nicht bestätigen kann, wird die Hupe des Fahrzeugs zweimal aktiviert. Das solltet ihr aus 500 Meter Entfernung noch hören können.“

„Gut. Was machen wir in dem Fall?”, fragte Magali.

„Das werden wir spontan entscheiden. Hauptsache, wir sind gut vorbereitet“, warf Martin ein. Sein Blick sagte Magali, dass er Hendrik nicht noch mehr beunruhigen wollte, als er es schon war. Wieder bewunderte sie seine Feinfühligkeit.

„Sobald wir mit der Programmierung fertig sind, schicke ich Martin alle notwendigen Informationen, die er braucht, um auf die Anwendung im Auto zuzugreifen“, versprach Frank.

„Wir treffen euch um halb acht“, beendete Magali den Anruf. Es war gut zu wissen, dass Frank in sicherer Entfernung sein würde. Das gab ihr Zuversicht. Sie waren seit neun Tagen unterwegs und die Ereignisse seit Donnerstag letzter Woche hatten sie mehr Energie gekostet, als sie sich und den anderen eingestehen wollte. Aber sie waren auch nicht von dem Schlimmsten ausgegangen.

„Hendrik“, drehte sie sich um und sah, dass er leise telefonierte.

„Nein, das sollte uns sehr helfen“, hörte sie ihn sagen. „Danke Nils. Ehrlich. Nicht mehr lange und dieser Alptraum ist vorbei.”

„Gute Nachrichten?“, hakte Martin nach.

„Interessant auf alle Fälle. Die letzte Spur, die er von Florian über sein Handy finden konnte, ist von neun Uhr. Eine Stunde vor Beginn der Parade.“

„Was ist mit Steinberg? Hat er ihn lokalisieren können?“, fragte Magali.

„Steinberg ist bereits in Neuhausen, wie es aussieht. Die Kamera eines Cafés hat ihn dort erwischt. Nils hat das Auto und Steinbergs Foto mit Videoaufnahmen aller Kameras in der Stadt Zürich verglichen. Es ist fast so, als ob er aus dem Nichts in der Nähe der Parade auftauchte. Das Auto war über Nacht am Utoquai geparkt und wurde dort kurz nach der Parade als gestohlen gemeldet."

Magali pfiff leise durch die Zähne. „Die Fallschirmspringer. Er kam aus der Luft. So konnte er sich unbemerkt von der Seeseite heranschleichen. Ist er irgendwo zwischen Zürich und Neuhausen gesehen worden?"

„Schwer zu sagen, an den Landstraßen gibt es wenige Kameras. Er hat nur scheinbar eine etwas umständliche Route genommen, denn das Auto wurde stadtauswärts in der Nähe des Hauptbahnhofes gesehen", sagte Hendrik.

„Kein Wunder bei dem Chaos. Der Verkehr kam immer wieder ins Stocken. Er wollte bestimmt die Innenstadt möglichst weiträumig umfahren. Das hätte ich in seinem Fall getan", gab Martin zu Bedenken.

„Das kann sein. Kann aber auch sein, dass er Florian irgendwo hier in Zürich versteckt hat", widersprach Hendrik. „Ich werde hier bleiben und mich mit Nils Kontaktmann treffen, diesem Stephan vom Tesla Club. Zusammen können wir uns auf die Suche nach Florian machen."

„Das ist klasse, Hendrik", schenkte sie ihm ein aufmunterndes Lächeln. „Du bist meiner Frage zuvorgekommen. Lass mich aber noch jemanden anderen anrufen, der dir helfen kann."

Magali zückte erneut ihr Handy. „Alain, wir brauchen dich. Wo steckst du?"

KAPITEL 27

Steinberg

Samstag – Zürich – Neuhausen

Es hatte nicht sehr lange gedauert, bis in Steinberg die Entscheidung herangereift war. Nach dem unsäglichen Kampf auf dem Bodensee mit Jäger, den er innerlich immer noch für seine Starrköpfigkeit verfluchte, waren nur wenig Optionen übrig geblieben.

Die Wunde in seiner linken Seite pochte nicht mehr ganz so stark und war einigermaßen versorgt, hinderte ihn aber trotzdem an seiner vollen Schlagkraft. Es blieb abzuwarten, was Dominik von seinem Plan hielt, doch im Moment war das zweitrangig. Er durfte nicht mit leeren Händen zurückkommen. Er musste die Technologie finden.

Nachdem er sich unter die Fallschirmspringer gemischt hatte – die Idee fiel ihm ein, als er das Programm des Züri Fäscht recherchiert hatte – war er unerkannt von der Seeseite gekommen. Im Schutz der Bäume, die die Quaianlage säumten, hatte er unauffällig die Parade absuchen können.

Der Junge war sein Joker. Am Abend vorher hatte er sich aus dem System die SMS von Florians Handy heruntergeladen und so erfahren, dass er bei einem der Ampera Fahrer zu finden war. Nicht, dass er dem Kleinen unnötig wehgetan oder ihn eingeschüchtert hätte. Dafür hatte es keinen Anlass gegeben. Noch nicht. Außerdem war Florian nicht mehr als einen Telefonanruf von seiner Rettung entfernt. Seine Eltern konnten auf ihren Jungen wirklich stolz sein.

Florian war nicht einfach gutgläubig mit ihm mitgekommen. Dem cleveren Kerl war natürlich aufgefallen, dass er nicht mehr aussah, wie der Steinberg, der am Großglockner zur WAVE dazu gestoßen war. Auch in den letzten Tagen habe Florian ihn nicht mehr gesehen und wo er denn gewesen sei. Der Junge war nicht auf den Kopf gefallen. Doch er hatte wie alle kleinen Jungen eine Schwäche und das waren Autos mit ganz viel PS.

Als er Florian alle Details über den Rimac erzählt hatte und dabei so überzeugend war, als habe er von einer Quartettkarte abgelesen, war der Junge mit leuchtenden Augen mitgegangen. Dann war alles sehr schnell gegangen und Florian lag nun betäubt und gefesselt in einem ausgebrannten und verlassenen Gebäude. Neben ihm zwei Flaschen Wasser und ein paar Schokoriegel. Das sollte vorerst reichen. Am Wochenende würde sicher niemand dorthin kommen und den Jungen finden. Danach, hoffte Steinberg, war er im Besitz der Technologie und Florian hätte als Druckmittel ausgedient.

Er konnte es sich nicht leisten, Dominik noch eine Leiche zu liefern. Der Junge sollte nur dafür sorgen, dass dieser Pečjak aus seinem Versteck auftauchte und ihm das Auto brachte. Was mit dem Slowenen letztendlich geschah, würde Dominik entscheiden müssen. Die Wahl des Ortes für die Übergabe war etwas schwieriger gewesen.

Der Rheinfall war nicht ganz ideal. Dort war immer mit vielen Touristen zu rechnen, die unzählige Fotos von dem breiten, rauschenden Wasserfall machten. Andererseits boten diese Leute einen gewissen Schutz. Er hatte sich letztendlich für Neuhausen entschieden, weil es an der Grenze zu Deutschland lag. Nicht weit entfernt davon, nordwestlich vom Bodensee und damit nicht auf Schweizer Terrain, hatte Dominik eine Lagerhalle angemietet, in der das Auto von technischen Experten zerlegt werden sollte. Nur noch Stunden trennten ihn von dem erfolgreichen Ende seiner Operation, die gleichzeitig seine Beförderung zum Operationsleiter bedeutete. Der Gedanke, Brandt zu beerben, lag saftig wie ein zartes Rinderfilet auf seiner Zunge.

Als er jetzt, wenige Stunden später, vor den tosenden Wassermassen stand und in die schaumige Gischt blickte, kam ihm ein teuflischer Gedanke. Er fischte sein Telefon aus der Jackentasche und rief Magali an.

„Die Uhr tickt, meine Liebe. Hast du schon dein Abendkleid zurechtgelegt und deinen Chauffeur bestellt?"

„Andrej wird dort sein. Mit seinem Auto", hörte er sie kühl antworten. Die Frau gefiel ihm. Unter anderen Umständen…wer weiß, was noch alles hätte passieren können.

„Parkt das Auto oben vor dem Schloss Wörth. Du wartest im Auto. Pečjak soll zu Fuß zum Fluss kommen, allein. Wir treffen uns unterhalb des Restaurants am Ufer", befahl er ihr.

„Wie geht es Florian? Ich will mit ihm sprechen", verlangte sie.

„Einen Moment, Ihr Wunsch ist mir Befehl, Madam", sagte er sarkastisch und drückte einen Knopf, um eine aufgenommene Ansage zu starten. Vorhin war doch tatsächlich ein kleiner Junge an ihm vorbeigegangen.

„Ich kann ihn kaum hören“, beschwerte sich Magali.

„Dann wird es Zeit, dass du hierher kommst. Warst du noch nie bei diesen wunderschönen Wasserfällen und hast ihrem Rauschen gelauscht?“

„Arschloch“, entfuhr es ihr. „Wehe Florian hat auch nur einen Kratzer…“

„Bis neun Uhr, meine Liebe.“

Eben hatte ihm die Frau noch gefallen, doch er konnte diese leeren Drohungen nicht mehr hören. Selbst aus ihrem französischen Mund nicht. Zeit, ihr eine Lehre zu erteilen. Bei dem Gedanken stellte er sich vor, wie sich das Grauen auf ihrem Gesicht ausbreitete. Ihr Entsetzen darüber, was sie sehen und wie ihr Gehirn die Bilder verarbeiten würde. Direkt am Ende des Wasserfalls gab es eine Stelle, an der verschiedenes Treibgut – wie durch Zauberhand festgehalten – dort seit Stunden auf dem Wasser schwamm. Er zog Florians Fußball aus der mitgebrachten Tasche. Zusammen mit seiner Baseballmütze würde es von weitem fast wie ein Gesicht aussehen. Steinberg warf beides in das schaumige Wasser. Sofort begann der Ball, auf den Wellen zu tanzen.

Er sah auf die Uhr. Nicht mehr lange und Pečjak würde aufkreuzen. Mit Gefolge, da war er sich sicher. Steinberg ging in das Restaurant, um zu warten und setzte sich an einen Tisch, von dem aus er das Rheinfallufer im Blick hatte.

Eine Stunde später sah er die drahtige Figur des Technologen den Weg zu Fluss hinunter gehen. Erst jetzt fiel ihm auf, dass Pečjak nicht sehr viel größer war als er selbst. Vom Alter her lag er jedoch eher in Jägers Preisklasse. Steinberg legte Geld auf den Tisch und ging.

„Bist du alleine?“, ging er zielstrebig auf den Slowenen zu.

Energisch drehte sich Pečjak mit ausladender Geste einmal im

Kreis. „Siehst du hier jemanden?“

Der Mann hatte Mut, das musste er ihm lassen. Er ließ sich nicht leicht einschüchtern. Wahrscheinlich war er sogar wegen des Jungens verärgert. Wut machte leichtsinnig.

„Wo ist Florian?“, verlangte Pečjak.

Steinberg ignorierte ihn und rief zum dritten Mal die Französin an. Er sah Zorn in den Augen seines Gegners aufsteigen.

„Magali. Schön, deine Stimme zu hören”, lachte er gekünstelt. „Du bist sicherlich nicht weit weg und hast festgestellt, dass der Junge nicht da ist.“ Ohne auf ihre Reaktion zu warten, fuhr er fort. „Ich befürchte, dass er noch immer an einem sehr unwirtlichen Ort feststeckt.“

Steinberg sah zuerst zu Pečjak und dann ganz langsam zu dem linken der beiden Felsen mitten in dem Wasserfall hin. Es hatte den gewünschten Effekt. Der Slowene folgte seinem Blick.

„Wenn keiner überstürzt handelt“, fuhr Steinberg fort, „dann wird auch nichts Unvorhergesehenes passieren. Die Natur kann ja so grausam sein, nicht wahr?“ Er schaute weiter rechts zu dem auf dem reißenden Wasser hüpfenden Fußball.

„Du Schwein.“ Pečjaks Augen weiteten sich vor Entsetzen. „Du hast ihn auf dem Felsen dort festgebunden?“

„An deiner Stelle würde ich auf professionelle Hilfe warten und mich bis dahin zurückziehen“, sagte er zu Magali und legte auf. „Ich hoffe allerdings nicht“, wandte er sich an sein Gegenüber, „dass der Junge versucht, sich selbst zu befreien. Sein Fußball erscheint mir in diesen stürmischen Gewässern ein besserer Schwimmer zu sein als der Kleine.“

„Was willst du denn noch? Ich bin hier und das Auto ist hier", fuhr der Slowene ihn an.

„Nun, nicht viel. Ich wollte nur sicherstellen, dass ich mich auf deine Mitarbeit verlassen kann und du nicht irgendeine Dummheit begehst. Du wirst mich jetzt an einen Ort fahren, an dem wir uns dein Auto näher ansehen und du uns einige Fragen beantworten wirst", entgegnete Steinberg kalt.

„In Ordnung. Wenn wir dort ankommen, wirst du sofort Magali anrufen, damit sie sich um den Jungen kümmern kann", forderte Pečjak.

„Natürlich, du hast mein Wort", grinste er. Wie sie immer verhandeln wollten. „Geh vor zum Auto."

Auf dem Weg zum Parkplatz drehte er sich noch einmal um. Auf ihrer Seite der Wasserfälle war niemand mehr zu sehen. Doch gegenüber blitzten zwei helle Punkte auf, als ob dort jemand mit einem Fernglas stand. Vielleicht war es nur ein Tourist, wahrscheinlich jedoch nicht. Aber das war auch egal. Solange sie Florian nicht hatten, würden sie ihn in Ruhe lassen. Er kannte diesen Schlag Menschen. Sie würden das Leben eines Kindes niemals riskieren und lieber ihr eigenes aufs Spiel setzen.

Es war bereits dunkel, als sie eine gute halbe Stunde später an der abgelegenen Lagerhalle ankamen. Auf dem Weg dorthin hatte er Pečjak die Augen verbunden und ihm das Telefon abgenommen. Schließlich wollte Steinberg nicht, dass er *zufällig* jemanden anrief, der dann sein Signal verfolgte. Abgesehen davon hatte der Slowene, außer seinem Geldbeutel und einer klobigen, antiquiert aussehenden Digitaluhr, die er wahrscheinlich von einem der altkommunistischen Flohmärkte hatte, nichts weiter dabei.

Steinberg hupte zwei Mal und das breite Rolltor zur Lagerhalle öffnete sich. Er fuhr das Auto hinein und stellte es in der Mitte des großen Raumes ab. In der Halle schien früher eine große Autowerkstatt gewesen zu sein. Die Hälfte der rechten Hallenseite wurde von dem alten Empfangstresen eingenommen, hinter dem eine schmale Eisentreppe zu einer Empore mit einem kleinen Büro führte. Links befanden sich durch deckenhohe Eisenträger abgeteilte Stellplätze, einer davon mit Hebebühne. Im Eck dahinter war eine verglaste Kammer abgetrennt, wahrscheinlich das Labor. Daneben standen drei schwarze Vans. Mit Ausnahme der Scheinwerfer ihres Autos und einige helle Arbeitslampen an den Stellplätzen lag die fensterlose Halle im Dunkeln. In der Decke waren einzelne Belüftungsluken eingebaut.

Nachdem Steinberg ausgestiegen war und Pečjak hinter den Tresen an einen Tisch geführt hatte, wurde sein Fahrzeug von einer Gruppe Männer in blauen Arbeitsanzügen, die in den Vans gewartet hatten, ungeduldig umringt und auf die Hebebühne geschoben. Eine brünette Frau in schwarzen Jeans und Pullover kam auf ihn zu.

„Gehen wir gleich hoch ins Büro und fangen an“, informierte sie ihn emotionslos. „Kaffee steht bereit.“

„Was ist mit Florian?“, forderte Pečjak. Seit Neuhausen hatte er keine Silbe mehr gesagt.

„Sicher. Doch erst erledigst du deinen Teil und sagst der Lady alles, was sie wissen will“, entgegnete er, zog sein Telefon aus der Tasche und ging an das andere Ende der Halle.

Als er sicher war, dass niemand ihn von dort nicht hören konnte, rief er Brandt an.

„Ich bin jetzt in Singen in der Halle. Mit dem Auto und dem Technologen. Die Fachleute machen sich bereits an die Arbeit und zerlegen die Karre. Der Slowene ist bei der Expertin.“

„Bist du auch sicher, dass Pečjak kooperiert?“, wollte Dominik wissen.

„Er hat keine andere Wahl, dafür habe ich gesorgt.“

„Wurde auch Zeit für ein paar gute Neuigkeiten! In Slowenien haben wir das ganze Büro auseinandergenommen und bis jetzt nichts Brauchbares gefunden. Keine Skizzen, keine Blaupausen, keine Konstruktionszeichnungen.“

„Vor Ort war nichts?“, fragte Steinberg ungläubig.

„Nichts, außer mehreren Festplatten und einem Ordner in der Cloud voll chinesischer Schriftzeichen“, bestätigte Brandt. „Dateien, mit denen unsere Kryptologen nichts anfangen können, weil anscheinend eine doppelte Verschlüsselung verwendet wurde. Die zu knacken, würde mit den heutigen Systemen über 1000 Jahre dauern. Ich kann das nicht fassen. Holt alle Informationen aus dem Technologen raus, ohne Rücksicht auf Verluste. Ich brauche dich nicht daran zu erinnern, wie wichtig dein Job noch immer ist. Für dich, für mich und für die Zukunft unserer Organisation."

KAPITEL 28

Hendrik

Später Samstagnachmittag - Zürich

Der Tag war bisher vollkommen anders verlaufen, als Hendrik sich das erhofft hatte. Seit er sich um zwölf von Magali und Martin getrennt hatte, suchte er mit Alain und dem Notfallkontakt von Nils nach Hinweisen, wo Florian sein könnte. Es bestand immerhin eine winzige Chance, dass Steinberg bluffte und ihn nicht entführt oder ihn ganz in der Nähe versteckt hatte.

In Teams konnten sie sich stärker aufteilen und mehr Glück haben als in einem Pulk von fünf Leuten. Magali hatte sich mit Martin auf öffentliche Einrichtungen wie Krankenhäuser konzentrieren wollen, bevor sie am frühen Abend weiter nach Neuhausen mussten. Sie drei sollten in der Zwischenzeit den Utoquai und die angrenzenden Seitenstraßen absuchen und Passanten nach dem Jungen fragen. Nils würde in der Zwischenzeit versuchen, mehr über die Kanäle, die ihm offenstanden, herauszufinden.

Alains Begrüßung war verhältnismäßig kühl ausgefallen. Es hatte Hendrik traurig gemacht, doch wie sollte er es dem Älteren übelnehmen. Alain wusste Bescheid, was er anfänglich bei der WAVE gemacht hatte. Als Hendrik sein Bedauern darüber ausdrücken wollte, hatte er nur ein wortloses Nicken geerntet. Aber auch Alain war Hüter eines Geheimnisses. Denn wie er und das Team *Just Married*, deren wahre Funktion er ebenfalls zu kennen schien, in Wirklichkeit zusammenhingen, hatte er noch nicht preisgegeben.

Ganz anders war die erste Begegnung mit dem Präsidenten des Schweizer Tesla Fahrer Clubs abgelaufen, mit dem Nils für Hendrik ein Treffen im Café Odeon, nur ein paar Schritte von der Quaibrücke entfernt, organisiert hatte. Als Hendrik die Zweiertische vor dem Café abgesucht hatte, stand ein kahlköpfiger Mann mit rundlichem Gesicht, Hornbrille und gepflegtem Kinnbart auf und begrüßte ihn freundlich. Er war zwar nicht größer, aber etwa zehn Jahre älter als Hendrik und sprach mit dem für Schweizer typischen kratzenden Laut bei fast allen Wörtern, die ein CH beinhalteten oder mit einem K begannen.

Nils hatte ihn insofern eingeweiht, dass ein Junge entführt worden war und sie die Polizei bei der Suche nicht einschalten durften. Mehr müsste er nicht wissen. Für Stephan, so hatte Nils Hendrik erzählt, war es nicht das erste Mal, dass er diskrete und unbürokratische Hilfe in einem brenzligen Fall leistete. Der Schweizer hatte auch keine weiteren Fragen gestellt und Hendrik in kurzen Sätzen versichert, dass Verschwiegenheit sein oberstes Gebot war und er, sollten sie Unterstützung von seinen Clubmitgliedern benötigen, für deren Diskretion ebenfalls die Hand ins Feuer legen würde.

Gemeinsam waren sie zurück zu Alain geeilt und hatten ihre Suche auf Nebenstraßen ausgeweitet, Anwohner und Passanten nach einem neunjährigen Jungen mit braunen Haaren gefragt. Regelmäßig kehrten sie zum Utoquai und der Brücke zurück. Stephans Leute durchsuchten unauffällig die Boote und Stege am Seeufer auf beiden Seiten. Alle dreißig Minuten telefonierte Hendrik mit Magali. Nichts. Immer wieder durchkämmten sie die Gegend am Ende des Sees. Stephan hatte eine Handvoll seiner Mitglieder aktiviert, so dass sie ihren Aktionsradius erweitern konnten.

Doch sie hatten sich keine Vorstellung davon gemacht, wie sich die Situation entwickeln würde. Mit jeder Stunde strömten mehr Menschen zum Züri Fäscht, das die Innenstadt in eine einzige Partyzone verwandelte. Besucher und Einheimische drängten sich an den Ständen, schwankten mit Bechern voll Alkohol oder Tellern voll Essen durch die Straßen. Erste Betrunkene übergaben sich in die Quaianlagen, andere standen daneben und pinkelten.

Jetzt ging die Dämmerung endgültig in dunkle Nacht über und es wurde immer schwieriger, sich durch die Menschenmassen zu bewegen und einen Jungen von etwas über einem Meter Größe zu finden. Hendrik hielt sein Handy fest umklammert in der Hand, damit er trotz der lauten Musik um sie herum das Vibrieren seines Telefons bei einem Anruf spürte. Mit jeder Stunde, die verging, wurde er deprimierter, verzweifelter.

Die ausgelassenen Menschen erinnerten ihn daran, wie das Leben sein könnte, hätte er diesen verdammten Job nicht angenommen. Seit heute Mittag nagte der Gedanke an ihm, dass Florian seinetwegen in Gefahr gekommen war. Noch ein Kind. Es war fast, als ob ein Fluch auf ihm lag, der mit dem Tod seiner kleinen Schwester begonnen hatte. Das Mädchen in Deutschlandsberg war mit einem gebrochenen Bein und dem Schrecken davon gekommen. Hendrik hoffte inständig, dass Florian mehr Glück hatte. Das Vibrieren in seiner Hand schreckte ihn auf. Magali und Martin mussten bereits in Neuhausen sein.

„Habt ihr ihn?“, fragte Hendrik.

„Nein, leider noch nicht“, antwortete Magali. „Florian war bei der Übergabe nirgends zu sehen. Wir denken aber, dass er noch hier sein könnte. Steinberg hat eine Anspielung auf die Felsen im Wasserfall gemacht.“

„Und ihr denkt, er könnte da oben sein?“ Hendrik war als Junge mit seinen Eltern einmal dort gewesen. Bei dem Gedanken an die reißenden Wassermassen, die zwei Felsbrocken umströmten, kamen ihm fast die Tränen. „Scheiße. Was machen wir jetzt?“

„Noch wissen wir nichts Genaues. Ihr bleibt in Zürich und sucht weiter. Allerdings könnte Frank hier Hilfe gebrauchen. Kann der Club ein paar verschwiegene Tesla Fahrer nach Neuhausen zum Schloss Wörth schicken?“, fragte ihn Magali

„Stephan hat das bereits angeboten, ich sag ihm Bescheid“, versprach er schnell. „Was habt ihr in der Zwischenzeit vor? Habt ihr eine andere Spur?“

„Wir müssen Andrej folgen. Steinberg fährt mit ihm in seinem Auto Richtung Grenze. Wir sind immer noch für den Slowenen verantwortlich. Glücklicherweise konnte Andrej ein weiteres Funkmodul in das Hauptsteuergerät verbauen, so dass uns das Signal ihre Route zeigt. Hast du etwas Neues von Nils bekommen?“

„Noch nichts Verwertbares“, antwortete Hendrik deprimiert. „Er hört den Polizeifunk ab und scannt die komplette Kommunikation in der Nähe von Steinbergs Route. Mit einem Filter, den er anhand von ein paar Stichworten erstellt hat, durchsucht er alle seit heute Mittag geführten Telefonate und parallel alle aktuellen Gespräche. Bis jetzt nichts.“

„Ich will gar nicht wissen, welche Möglichkeiten er noch hat. Ruf mich an, sobald sich etwas ergibt“, beendete Magali das Gespräch.

Niedergeschlagen informierte Hendrik Alain und Stephan über sein Gespräch.

„Wie schnell kannst du ein paar deiner Leute nach Neuhausen schicken?“, wandte er sich an den Schweizer.

„Sofort, zwei wohnen nicht weit entfernt“, schnipste Stephan mit den Fingern. „Aber ich dachte, wir konzentrieren unsere Suche auf Zürich?“

„Das tun wir auch, allerdings gab es in Neuhausen eine weitere Spur. Wenn die zu nichts führt, wissen wir, dass er hier ist.“ Hendrik seufzte schwer.

Stephan schien seine Gedanken zu lesen, nachdem er zwei Anrufe getätigt hatte.

„Lass uns davon ausgehen, dass der Junge nicht im Rhein gelandet ist."

„Das versuche ich mir auch schon die ganze Zeit einzureden. Nachdem, was in den letzten Tagen alles passiert ist, fällt mir das aber immer schwerer." Die Last dieses Gedanken erdrückte ihn fast.

„Wir finden ihn, da bin ich mir ganz sicher", sagte der Schweizer mit einem aufmunternden Knuff in Hendriks Oberarm. Alain nickte zustimmend, sagte aber kein Wort.

Während sie fieberhaft weitersuchten und sich noch energischer durch die immer dichter werdende Menge drängten, ließ eine Frage Hendrik nicht los. Warum wurde ein unschuldiges Kind entführt? War das tatsächlich in Dominiks Auftrag geschehen? Zugegeben, der Typ war ein eiskalter Meister der Manipulation. War die Technologie wirklich so revolutionär und stellte dadurch eine so große Bedrohung dar, dass er Florians Leben dafür opferte? Wenn dies der Fall war, warum aber hatte Steinberg zwei seiner Kollegen umgebracht?

Hendrik ging seit dem Leichenfund bei Rorschach fest davon aus, dass Peter ebenfalls aus dem Weg geräumt worden war. Dass Jäger seit Bled auf ihn selbst angesetzt worden war, konnte er sich, auch wenn es ihm immer noch schwerfiel, zusammenreimen. Einem Anfänger wie ihm vertraute Dominik nach den Vorfällen nicht mehr. Aber Peter und Jäger waren schon lange für diesen Verein tätig, wie Nils herausgefunden hatte. Das konnte nur bedeuten, dass intern irgendwelche Machtkämpfe zugange waren, in deren Kreuzfeuer sie zusätzlich geraten waren. Das wiederum könnte darauf hinweisen, dass Steinberg auf eigene Faust handelte. Vielleicht brauchte er nicht nur ein Druckmittel für Andrej, sondern auch intern seinem Chef gegenüber? Wer konnte schon sagen, wie diese Leute tickten. Wie gerne hätte Hendrik gehofft, dass seine Gedanken einer trüben Bierlaune entsprungen waren. Doch er wusste, Florian war ernsthaft in Gefahr und sie mussten ihn finden. Aber wie?

Zu Fuß schien es aussichtslos. Jede noch so kleine Spur von Florian, die es gegeben haben könnte, war seit Stunden in dem Gedränge versickert. Die einsetzende Dunkelheit reduzierte ihre Chancen, den

„Lasst mich schnell Nils anrufen."

Alain nickte.

„Nils, ganz kurz", sagte Hendrik. „Welche Route genau hat Steinberg von hier aus genommen? Du hast gesagt, sie war ungewöhnlich."

„Selbst wenn man die Behinderungen durch das Züri Fäscht bedenkt, hätte er sich östlich halten sollten", antwortete sein Freund. „Er muss aber genau entgegengesetzt Richtung Westen gefahren sein, weil er in der Nähe des Bahnhofs auf Video zu sehen ist."

„Danke. Wir diskutieren gerade, dass Florian hier in Zürich in irgendeinem leeren oder verlassenen Gebäude oder auf einer Baustelle stecken könnte", informierte ihn Hendrik.

„Moment, warte", sagte Nils nachdenklich. „In Altstetten ist ein großes Industriegebiet. Dort wird auch ständig gebaut."

Hendrik bedeutete Alain aufgeregt, näher zu kommen und auf der Karte in seinem Handy in das Gebiet hinein zu zoomen.

„Da gibt es einige Baustellen", bestätigte Stephan.

„Dann los", entschied Hendrik aufgeregt. „Nils, konzentrier dich auf Gespräche in der Gegend und gib sofort Bescheid, wenn du etwas hörst." Ein erster Hoffnungsschimmer keimte in ihm auf.

Das erste Mal seit sie sich heute Morgen wieder begegnet waren, klopfte Alain ihm auf die Schulter, als sie zu ihren Autos gingen.

Einige der Clubmitglieder, die Stephan zu einem Treffpunkt am Prime Tower gelotst hatte, brachten Taschenlampen und dampfenden Kaffee mit. Trotz der warmen Nacht nahmen Hendrik und Alain die angebotenen Becher dankbar an. Müdigkeit schlich sich ein und niemand wusste, wie lange ihre Suche noch dauern würde. Nach einer kurzen Lagebesprechung, bei der Stephan half, die einzelnen Gebiete zuzuweisen, teilten sie sich auf.

Hendrik bildete mit Alain ein Team. Er war froh, dass der Geschäftsmann ihm gegenüber langsam wieder aufzutauen schien. Gemeinsam suchten sie bei jedem Gebäude nach offenen Türen oder Garagentoren, eingeschlagenen Fenstern oder sonstigen Hinweisen, dass sich jemand unerlaubt Zutritt verschafft hatte. Sie gingen gründlich vor, was jedoch auch Zeit kostete.

Stunde um Stunde verging und sie kamen nur langsam voran. Ihn fröstelte innerlich, obwohl es immer noch sommerlich warm war. Mitternacht war bereits lange vorbei und bis zum Morgengrauen nur noch wenige Stunden. Von den anderen Teams keine Nachricht. Niemand hatte einen Hinweis gefunden. Langsam begann Hendrik an ihrer Theorie zu zweifeln. Wenn Florian hier nicht war, verschwendeten sie kostbare Zeit, in der sie an anderer Stelle suchen konnten. Doch wo? Er quälte sein Gehirn, was sie übersehen haben könnten und versuchte dabei Bilder vom Rheinfall und oder einem blutigen, schwer atmenden braunhaarigen Jungen zu verdrängen.

Plötzlich durchschnitt das Schrillen seines Telefons die Stille, die seit Stunden zwischen den verlassenen Industriegebäuden herrschte.

„Es ist Nils", wandte er sich aufgeregt an Alain.

„Ich hab hier etwas", fing Nils ohne Umschweife an. „Während ich hier so sitze und die ganzen Gespräche von den Nutten in eurem Viertel abhöre – wusstest du, dass es dort einen Drive-Thru gibt…?"

„Lass den Quatsch und komm zur Sache. Weißt du, wo Florian ist?", unterbrach ihn Hendrik heftig.

„Entschuldige, du hast ja recht", gab Nils sofort zu. „Also, vorhin kommt ein Anruf von einem Typen, der in einem ausgebrannten Haus anfangen will, eine der Wohnungen zu sanieren. Warum er das mitten in der Nacht macht, weiß ich nicht, ist auch egal. Jedenfalls ruft er vor knapp einer Viertelstunde seinen Chef an und sagt, er habe einen Jungen schlafend in einem Eck gefunden. Erst hat er sich nur gewundert, dann aber gesehen, dass der Kleine gefesselt ist und neben ihm Wasser und Schokolade liegt."

„Und dieses Gespräch hast du bei all den Telefonaten herausgefiltert?", staunte Hendrik und gab Alain aufgeregt ein Zeichen, dass es gute Neuigkeiten gab.

„Ich hab dir doch gesagt, dass wir hier *alles* sammeln. Die Kunst ist, daraus die wichtigen Daten herauszufiltern. Mein kleines Programm hat den Anruf entdeckt und mich sofort alarmiert", erklärte Nils.

„Wo genau war das?", wollte er ungeduldig wissen.

„Warte, sofort. Also, der Typ telefoniert mit seinem Boss und die beiden beschließen, die Polizei zu informieren. Blitzschnell klinke ich mich in die Leitung ein und leite seinen Anruf um, so dass er auf meinem Handy landet."

„Du hast dich als Polizist ausgegeben?", Hendrik war fassungslos.

„Hey, es geht hier schließlich um den Jungen", verteidigte sich Nils. „Aber genauer gesagt, habe ich dich als Polizisten angekündigt. Der Boss von dem Typ ist auf dem Weg dahin und die beiden erwarten euch dort in zwanzig Minuten. Am besten nimmst du jemanden mit. Die Polizei arbeitet doch immer in Zweierteams…"

„Endlich", wandte sich Hendrik freudig an Alain, „wir haben ihn. Er lebt!"

Ein gläserner Ton von seinem Handy kündigte die Nachricht von Nils mit der Adresse an.

„Wir beide fahren hin. Es ist bei der Europabrücke", bestimmte er. Sofort stürmten beide zum Bolt. Auf der kurzen Fahrt rief er Magali an und teilte ihr mit, dass sie eine heiße Spur verfolgten.

Nachdem er Alain von der unglaublichen Kuriosität ihres Auftritts berichtet hatte, entschieden sie, dass dieser das Reden übernehmen sollte. Die Anweisungen eines älteren Polizisten wurden seltener in Frage gestellt. Alains forsches Auftreten ließ die zwei Zeugen auch nicht an die Vorlage von Ausweisen denken.

„Der Junge wurde uns heute Morgen als vermisst gemeldet", informierte er sehr überzeugend die zwei Männer von der Brandsanierung, die am Eingang auf sie gewartet hatten. „Wir haben auch schon erste Hinweise, wer ihn hierher gebracht haben könnte."

Hendrik eilte sofort zu Florian und zwinkerte ihm zu, wobei er einen Finger auf die Lippen legte. Der Junge fiel weinend in seine Arme und klammerte sich um Hendriks Hals, dem dabei selbst die Tränen in die Augen schossen.

Er hatte mit Alain besprochen, dass er Florian so schnell wie möglich zum Auto bringen würde, damit der Junge nicht aus Versehen ihre Namen preisgab. Doch vor lauter Schluchzen brachte dieser keinen Ton heraus. Hendrik schnürte es die Kehle zu.

„Ich bringe den Kleinen ins Auto", krächzte er.

„Mein Kollege ist Trainer einer Jugendmannschaft, solche Sachen gehen ihm immer sehr nah", spielte Alain seine Rolle.

„So etwas ist furchtbar", stimmte ihm einer der beiden Männer kopfschüttelnd zu.

„Wir kümmern uns sofort um ihn, lassen ihn von einem Arzt durchchecken und bringen ihn zu seiner Familie", fuhr Alain fort. „Es macht ihnen sicherlich nichts aus, wenn wir ihre Aussage erst morgen aufnehmen?"

„Nicht im geringsten. Der Kleine geht vor. Rufen Sie mich an", versicherte der zweite Mann und reichte seine Visitenkarte.

Zurück am Auto zog Alain Hendrik etwas zur Seite. „Was denkst du?"

„Er scheint nicht verletzt zu sein", antwortete er.

„Aber er braucht Ruhe. Was machen wir mit ihm?"

„Lass uns mit Stephan reden", schlug Hendrik vor. „Bestimmt können wir bei ihm oder einem seiner Tesla Fahrer in die Wohnung und den Jungen in ein Bett legen."

„Das ist eine gute Idee. Ich bin mir nicht sicher, ob wir Florian zurück zur WAVE bringen sollten, wenn die morgen zur Umweltarena nach Spreitenbach fahren."

„Heute, Alain. Die Sonne geht gleich auf. Jetzt muss ich aber dringend Magali anrufen, damit die Andrej informieren können."

„Du hast Recht. Was machen wir mit diesem Steinberg, wenn Andrej freikommt?"

„Das werden die anderen entscheiden. Ich denke, ihn der Polizei übergeben", sagte Hendrik.

„Nach allem, was in Arosa passiert ist?", entfuhr es Alain grimmig. „Das wird nicht funktionieren."

„Was schlägst du vor?"

„Er muss für das, was er getan hat, bezahlen. Manche Völker kennen keine Gnade, wenn es um ihre Kinder geht."

„Das gilt aber nicht für uns. Es muss einen anderen Weg geben. Ich muss Magali anrufen."

Hendrik ging ein paar Meter vom Auto weg und wählte ihre Nummer.

„Wir haben ihn", fing er ohne Umschweife an. „Er scheint unverletzt zu sein."

„So ein Glück." Magalis Erleichterung war deutlich zu hören. „Wie habt ihr ihn gefunden?"

„Dank Nils. Wie genau willst du nicht wissen", antwortete Hendrik. Mit einem Mal fingen seine Hände an zu zittern. Die Anspannung der letzten Stunden forderte ihr Tribut.

„Gut, dann können wir Andrej informieren."

„Was passiert mit Steinberg? Alain denkt, dass es wenig Sinn macht, ihn der Schweizer Polizei zu übergeben. Was ist mit den Deutschen? Ihr seid doch drüben", fragte er und hörte, wie Magali sich kurz mit Martin besprach.

„Wahrscheinlich auch keine gute Option. Die kuschen doch vor den ausländischen Geheimdiensten und wollen mit jedem gut Freund sein. Wenn das einmal nicht so ist, beschimpfen die anderen sie einfach als Nazis. Das hilft fast immer", rief Martin in den Hörer.

„Welche Möglichkeiten haben wir dann? Wir können ihn schlecht irgendwo auf einem Gletscher oder in der Wüste aussetzen…" Der Gedanke, dass Steinberg ungeschoren davon kommen könnte, ließ Hendrik sich noch erschöpfter fühlen.

„Wir müssen uns etwas mehr Zeit verschaffen", entschied Magali. „Noch wissen wir nicht, ob wir Andrej überhaupt informieren können oder ob das Auto schon soweit zerlegt ist, dass es nicht mehr funktioniert. Aber wenn Andrej fliehen kann, dann wette ich darauf, dass Steinberg nach ihm sucht."

„Wenn Andrej ihm einen Hinweis gibt, können wir ihn an einen bestimmten Ort locken."

„Genau." Doch nur wohin? Hendrik überlegte.

„Lass das unsere Sorge sein. Wir kümmern uns darum", sagte Magali schließlich zu ihm.

Dankbar für die Entlastung setzte er sich auf den Rücksitz und legte einen Arm um Florian, der sich instinktiv sofort fest an ihn schmiegte.

Hendrik genoss die Einfachheit der Situation. Er war kein geborener Spieler, der sich mehrere Schachzüge im Voraus überlegte.

KAPITEL 29

Steinberg

Sonntag vor Morgengrauen – Singen

Steinberg hatte sich schon darauf gefasst gemacht, Werkzeug von den Autotechnikern zu leihen, um Pečjak damit zu bearbeiten. Doch wie es schien, war das noch nicht notwendig. Immer wieder ging er zum Büro, steckte den Kopf hinein und fragte die Kollegin, wie sie vorankam.

Bis jetzt schien sie keine Unterstützung zu benötigen. Sie verwies auf das Protokoll ihrer Befragung, das von Mal zu Mal umfangreicher aussah. Auf dem Tisch lag das Foto von Florian, das Steinberg ihr gegeben hatte. Die Drohung schien ihre Wirkung zu tun. Pečjak redete wie ein Wasserfall. Die Daten seines Profils hatten sich als sehr hilfreich erwiesen. Der Slowene war Vater von zwei Töchtern und hatte bereits zwei Enkel.

Die Nacht zog sich in die Länge. Steinberg konnte keinen Kaffee mehr sehen und fühlte sich nutzlos, überflüssig. Das machte ihn nervös. Die Techniker, die Zugriff auf die Notizen ihrer Kollegin oben im Büro hatten, und das Auto vorsichtig in seine Bestandteile zerlegten, bestätigten ebenfalls, dass Pečjak ihnen keine großen Details verschwieg. So, wie sie Schicht um Schicht von dem Fahrzeug entfernten, kehrte auch der Slowene seine innersten Geheimnisse nach außen.

Die Analyse der elektronischen Komponenten und deren Software würde allerdings noch etwas auf sich warten lassen. Die Techniker wollten keinen Laboraufbau verwenden, sondern den Originalzustand außerhalb des Fahrzeugs wiederherstellen. Dafür mussten sie den kompletten Kabelbaum ausbauen und die Geräte erneut anschließen. Steinberg hatte das Gefühl, dass darin der Schlüssel zu allem lag.

Der Schlüssel, der ihm Zutritt zu einer neuen Welt geben würde. Für den Slowenen würde sich hingegen eine Tür für immer verschließen.

„Wir müssen eine Pause einlegen", riss ihn die Kollegin aus seinen Gedanken. „In zwei Stunden machen wir weiter."

„In Ordnung. Pečjak kann sich dort unter der Treppe ausruhen", wies Steinberg auf ein Feldbett, das im Halbdunkel an der Wand stand.

Der Slowene legte sich sofort hin und drehte ihnen den Rücken zu, ohne noch einmal nach Florian zu fragen. Er hatte sich sichtlich in seine Rolle als Opfer gefügt. Also hatte Steinberg wenigstens mit einer Sache recht gehabt. Jemand, der in einem kommunistischen Land aufgewachsen war, mochte zwar eigene Ideen haben und versuchen, sie umzusetzen. Übte man aber genügend Druck aus, knickten diese Menschen sofort wieder ein. Er überlegte kurz, ob er einen Posten in der Nähe des Feldbetts aufstellen sollte, verwarf den Gedanken aber wieder. Alle Ausgänge wurden bewacht. Wo sollte ihr Gefangener also schon hin?

Stattdessen begleitete er die Expertin zu den Vans, wo sie sich ausruhen würde. Sie war brünett, Anfang 30und attraktiv. Eine Frau, die trotz ihrer technischen Kenntnisse ihre Weiblichkeit nicht versteckte, sie auf subtile Art zeigte. Was die genauen Hintergründe ihres Auftrags hier waren, wusste sie nicht. Allerdings war sie wohl schon lange genug dabei, um keine Fragen zu stellen. Das Foto von Florian hatte keine spürbare Reaktion bei ihr hervorgerufen.

„Wie weit seid ihr?", wollte Steinberg von ihr wissen.

„Ich denke, dass wir fast durch sind", antwortete sie mit einem Gähnen. „Der Kerl kennt sich wirklich aus, ist ein wandelndes Lexikon in Sachen elektrischer Antrieb. Auch sein Konzept ist etwas, woran meines Wissens in der Branche bisher noch niemand gedacht hat. Natürlich fehlt noch ein gewisser Feinschliff, damit es markttauglich und in Serie produzierbar ist."

„Was genau ist nun so besonders an seiner Technologie?"

„Es handelt sich nicht wirklich um genau eine Technologie, vielmehr wurden verschiedene Komponenten auf spezielle Weise miteinander kombiniert wurden. Der ganze Aufbau ist sehr interessant.

Pečjak hat zwei Arten von Batterien aneinanderkoppelt, um die jeweiligen Vorteile zu verbinden", erklärte sie.

„Zum einen hat er einen Akku aus Lithium-Ionen Zellen, genauer gesagt Lithium-Polymer Zellen. Dieser Batterietyp ist seit Jahren im Einsatz, erprobt, leistungsstark und lässt sich tausende Male wieder aufladen. Was Pečjak verwendet hat, sind allerdings Zellen, die ursprünglich für ein solarbetriebenes Flugzeug entwickelt wurden. Sie weisen eine noch höhere Energiedichte auf. Eine kleine Revolution liegt darin, dass diese speziellen Zellen normalerweise nur für Ströme bis 70 Ampere ausgelegt sind. Das reicht für ein Leichtbauflugzeug, aber nicht für ein 1300 Kilometer schweres Fahrzeug auf der Autobahn."

„Und weiter?"

„Bei der Beschleunigung des Fahrzeugs treten so hohe Entladeströme auf, dass die Zellen beschädigt werden können. Das Gleiche gilt, wenn man die Batterie in kurzer Zeit wieder vollständig aufladen will. Bei Pečjaks Lösung ist beides möglich, da Superkondensatoren vorgeschaltet wurden, die die Spitze abpuffern. Der zweite Stromspeicher ist eine Lithium-Luft Batterie. Eine neue Art, an der noch geforscht wird und die in gewissen Kreisen als der heilige Gral der Elektromobilität angesehen wird. Die Batterie verfügt über ein ganz spezielles Anodenmaterial..."

„Erspar mir die Details, Schätzchen", wurde Steinberg ungeduldig.

„In Ordnung", atmete die Kollegin tief durch. „Der Vorteil des zweiten Typs ist, dass er im Vergleich fast die zehnfache Energiedichte hat, sprich mehr Strom speichern kann. Der Nachteil ist, dass er im aktuellen Entwicklungsstadium nicht so oft aufgeladen werden kann, wie der erste Typ. Was bisher viele Leute vom Kauf abgehalten hat, ist die begrenzte Reichweite der aktuellen Modelle. Die Angst, irgendwo mit leerer Batterie liegenzubleiben oder Stunden beim Nachladen verbringen zu müssen. Der Clou bei Pečjaks Konzept ist, dass die zweite Batterie erst dann Strom liefert, wenn die erste leer ist. Tägliche Fahrten mit einem Elektroauto sind meist nicht weiter als 100 Kilometer, das heißt, dass die zweite Batterie auch selten beansprucht wird und entsprechend weniger häufig geladen werden muss."

„Er hat sozusagen ein Backup verbaut."

„Richtig. Doch das ist noch nicht alles. Ein Sechs-Phasen-Synchron-Asynchron-Motor mit einem Wirkungsgrad von über 98 Prozent, verbesserte Aerodynamik der Karosserie und viele Komponenten aus einer Kevlar-Karbon-Kombination sind ebenfalls enthalten. Dadurch ist das Fahrzeug sehr leicht, was den durchschnittlichen Stromverbrauch senkt. Pečjak hat Dünnschicht-Solarzellen auf dem Dach und Fenster mit Farbstoff-Solarzellen verbaut, um zusätzliche Leistung zu generieren. Zu guter Letzt ist eine intelligente Softwaresteuerung integriert, auf deren detaillierte Auswertung ich allerdings noch warte."

„Wie würden unseren Kunden aus der Automobilindustrie auf diesen Mix reagieren?", wollte Steinberg ihre Einschätzung hören.

„Im ersten Schritt würden sie es nicht ernst nehmen, zu Recht. Als Unikat ist es nichts weiter als eine Kuriosität. Wenn Pečjak allerdings einen Investor findet, der mit ihm eine Serie von etwa 10000 Stück aufbaut, dann könnte es für die gefährlich werden. Das ist eine Stückzahl, bei der ein Tipping Point erreicht ist..."

Plötzlich krachte es. Beide drehten sich sofort in Richtung der Techniker um, sahen aber nichts Auffälliges.

„Was war das?" Steinberg kam nicht darauf, wonach es sich angehört hatte.

„Woher soll ich das wissen?", zuckte seine Kollegin mit den Schultern.

Die Wachen am vorderen Rolltor und am Hintereingang standen auf ihren Posten. Steinberg lief Richtung Hebebühne. Auf einmal hupte das Auto zwei Mal. Die Techniker schauten sich fragend an.

Mitten im Laufschritt blieb Steinberg stehen. Etwas in seinem Augenwinkel hatte seine Aufmerksamkeit erregt. Etwas, das vorhin noch anders gewesen war. Er rannte zu dem Feldbett, es war leer.

„Pečjak ist nicht da“, schrie er die Wachen an. „Sucht den Kerl und zerrt ihn hierher zurück. Auch wenn er nur beim Pinkeln ist.“

Die Wachen begannen, die Lagerhalle abzusuchen. Eine nach der anderen rief ihm zu, dass sie nichts gefunden hatten.

„Findet ihn. Er kann sich schließlich nicht in Luft aufgelöst haben“, knurrte Steinberg.

Eine der Wachen öffnete die Hintertür. In diesem Moment strich ein Windhauch durch den Raum und fegte einen Zettel vor Steinbergs Füße.

Dieser Mistkerl. Sofort wurde ihm bewusst, welche Schwachstelle der Slowene ausgenutzt hatte. Warum hatte er nicht daran gedacht? Steinberg schaute zu den Dachluken hoch. Eine davon, direkt neben dem Eisenpfeiler unweit der Treppe, war offen.

„Draußen ist nichts zu sehen. Sollen wir die Umgebung absuchen?“, kam eine der Wachen angerannt.

Steinberg hob den Zettel auf. Die Schrift war ordentlich und in Großbuchstaben.

Wir sehen uns in Zürich. Dahinter war eine Kombination aus Buchstaben und Zahlen geschrieben. Eine Uhrzeit und die Flugnummer eines Privatjets. Er war oft genug mit solchen geflogen.

Wie du willst, dachte er sich grimmig.

KAPITEL 30

Nils

Sonntag – Zürich

„Gestern Nacht hatte ich viel Zeit zum Nachdenken“, begann Nils seinen Anruf. „Ich werde bleiben! Ein Junge ist entführt worden – von einem *unserer* Leute. Aber ich konnte den Kleinen aufspüren und er wurde gerettet. Wenn alles, was uns zur Verfügung steht, von dem richtigen Mann genutzt wird…“

„Als ich nichts mehr von dir gehört habe, dachte ich mir schon, dass irgendetwas nicht stimmt“, antwortete der Direktor der Informationsabteilung. Walter Mikesch klang müde und abgekämpft. Resignation schwang in seiner Stimme mit. „Hast du dir das wirklich gut überlegt? Noch kannst du aussteigen. Der Einsatz ist hoch, sehr hoch.“

„Ich weiß, aber ich habe mich entschieden. Wie komme ich ins Spiel – hinter die Kulissen von Adler Reilly?“, wollte Nils wissen.

„Dafür brauchst du zwei Karten, sozusagen. Eine, die dir die Tür öffnet. Den Weg zu BIRD, wie unsere geheime Organisation innerhalb von Ader Reilly genannt wird, findest du, indem du Dominiks absolutes Vertrauen gewinnst“, sagte Walter ernst.

„Und die zweite Karte?“

„Das ist deine Rückversicherung. Mit dieser Karte kommst du unbeschadet aus dem Spiel. Darum werde ich mich mit meinem guten Freund und Architekten kümmern. Solange ich lebe, werde ich dir helfen. Sollte mir etwas zustoßen, wird meine Rückversicherung an dich übergehen. Stephan erhält eine entsprechende Vollmacht von mir. Er kennt dich nun und deinen Freund und ihr habt ihn überzeugt.“

Nils war baff. „Ich weiß nicht, was ich sagen soll.“

„Das ist in Ordnung“, antwortete Walter. „Aber für letzteren Fall überleg dir gut, was du mit meinem Erbe anstellst. Der viel schwierigere Teil wird sein, Dominik zu überzeugen. Soweit ich weiß, ist er grundsätzlich daran interessiert, dich zu übernehmen, auch wenn die Operation nicht so erfolgreich war, wie er dachte."

„War sie nicht?", meinte er.

„Nicht wirklich. Das Auto war gut konzipiert, sehr gut sogar, aber für eine Revolution in der Branche reicht das nicht. Außerdem fehlt uns die Dokumentation, die, genau wie die Software in den Steuergeräten, verschlüsselt war. Inzwischen wissen wir, dass es eine Kombination aus einem AES Schlüssel mit 256 Bit und einer RSA Verschlüsselung war. Wir haben keine Mittel, um das zu knacken. Damit fehlt Dominik das Druckmittel, um die Branche gegen unseren Firmenchef aufzubringen und ihn so zum Rücktritt zu bewegen. Das war sein Ziel. Mit der Technologie wollte er beweisen, dass er – im Gegensatz zu Adler – den Markt richtig einschätzt und glaubwürdiger ist. Doch daraus wird nichts. Bei all den Tiefschlägen dieser Woche hat er sich immer wieder lobend über dich geäußert. Doch er würde dir erst noch ein paar Projekte zur Probe geben, bevor er dich näher an sich heranlässt."

„Was denkst du, muss ich tun?", wollte er von Walter wissen.

„Die Operation ist gescheitert und es gibt noch lose Enden. Die Entführung des Jungen war nicht von Dominik autorisiert. Auch die Eliminierung des Kollegen in Rorschach war so nicht geplant. Der Mann, den er geschickt hat, ist zu weit gegangen. Er hat die Sache für Dominik kompliziert."

„Wie meinst du das?" Nils war sich nicht sicher, ob er Walter richtig verstanden hatte.

„Ich sage nur, dass Dominik ein Problem hat und dringend eine Lösung dafür braucht. Wenn du das geschickt angehst…"

„In Ordnung. Ich überleg mir etwas. Und wenn ich deine Hilfe brauche?"

„Kommst du zu mir. Darüber solltest du dir ab jetzt keine Gedanken mehr machen."

Nils beendete das Gespräch mit gemischten Gefühlen. Er fragte sich, ob er seine Entscheidung einmal bereuen würde.

Er musste kurz eingenickt sein. Auch wenn er lange Nächte gewohnt war, hatte ihn doch die psychische Anspannung erschöpft. Das laute Poltern von jemandem, der ins Büro stürmte, schreckte ihn auf. Es war acht Uhr morgens. Sonntag. Wer konnte das sein? Die Putzkolonne machte für gewöhnlich nicht so einen Krach. Einbrecher waren unwahrscheinlich. Es war doch hoffentlich nicht der wild gewordene Kerl? Dieser Steinberg?

Im nächsten Moment rannte Dominik in Nils Zimmer. Er sah übernächtigt und aufgebracht aus.

„Was machst du hier? Willst du mir etwa weismachen, dass du jetzt im Büro schläfst? Wofür bezahlen wir das sündhaft teure Hotel? Ist es dir nicht mehr gut genug?“, tobte er.

Nils war zu verblüfft, um auf die unsinnigen Anschuldigungen zu antworten. Dominik hatte sich bisher nie groß Gedanken über die Hotelkosten oder seine Spesen gemacht.

„Lass diesen Dackelblick, das ist ja widerlich. Verdammte Scheiße!“ Und schon knallte die Bürotür hinter ihm ins Schloss, als Dominik wieder hinauslief.

Jetzt war Nils wach. Er war sich keiner Schuld bewusst. Also konnte er nur zur falschen Zeit am falschen Ort gewesen sein. Oder gerade zur richtigen.

Dominik sprach normalerweise nie über Geld. Es war einfach da. Hatte sich daran etwas geändert? Konnte eine Konsequenz aus der gescheiterten Operation sein, dass sein Budget gekürzt wurde und er dadurch weniger Handlungsspielraum hatte? Was auch bedeuten würde, dass er weniger Leute anstellen könnte.

Wenn Nils es schaffte zu bleiben, würde er wahrscheinlich mehr Verantwortung erhalten. Damit war es umso wichtiger, sich um das zu kümmern, was Walter vorhin gesagt hatte. Er musste das Vertrauen von Dominik gewinnen. Zwei Kaffee später begann sein Plan Gestalt anzunehmen. Nils ging zu Dominiks Büro und blieb vor der geschlossenen Tür stehen. Er atmete tief ein. Als erstes musste er ein paar Karten auf den Tisch legen und die Reaktion abwarten.

Er klopfte an der Tür.

„Komm rein", kam es von drinnen, zum Glück etwas ruhiger. „Ich muss mich bei dir entschuldigen", begann Dominik, als er ihn sah. „Die letzten Tage verliefen alles andere als erwartet."

„Schon vergessen", antwortete Nils.

„Willst du etwas Bestimmtes?" Dominiks Ton war sofort wieder bestimmend geworden.

Für einen Augenblick stand Nils unschlüssig da. Es war schwer einzuschätzen, wie sein Gegenüber reagieren würde. Er nahm allen Mut zusammen.

„Es geht mich eigentlich nichts an…", begann er. „Aber ich habe die letzten Tage zufällig ein paar Sachen mitbekommen. Hendrik hat mich gestern aufgebracht angerufen und erzählt, dass der neunjährige Junge, der bei ihnen mitfuhr, vermisst wird. Ich hatte nichts vor und bin ins Büro. In unseren Systemen bin ich dabei auf ein paar Ungereimtheiten gestoßen. Laut seinem Handysignal war der Junge eine Stunde vor Beginn der Parade noch am Utoquai. Ich checke also die Filmaufnahmen, die uns von der Zeit vor der Parade vorliegen, finde aber nichts Ungewöhnliches. Mehrere der WAVE Teilnehmer sind in seiner Nähe, ansonsten ein paar Passanten. Dann sehe ich mir die Aufnahmen der Parade an und überprüfe, ob alle WAVE Teilnehmer mitgefahren sind. Neben Florian fehlt noch einer. Ein gewisser William Steinberg, der erst am Großglockner dazu kam. Also schau ich mir die anderen Aufnahmen an, die Hendrik seit dem Großglockner geschickt hat. In Arosa ist der Typ noch zu sehen, doch in Rorschach nicht mehr. Bei dem Ortsnamen Rorschach klingelt etwas bei mir. Also scanne ich die Nachrichten und finde einen Bericht, dass dort eine Leiche gefunden wurde. Irgendwie komisch …"

Dominik hob abwehrend die Hand und unterbrach ihn.

„Steinberg ist einer von meinen Leuten. Als Hendrik in Bled verschwand, hatte ich Angst um ihn und dass Peter der Aufgabe alleine nicht gewachsen ist. Deswegen habe ich Unterstützung geschickt. Steinberg sollte den beiden helfen."

Für die eiskalte Art wie Dominik ihn anlog, musste Nils ihm

schon fast wieder Respekt zollen. Gespannt wartete er darauf, was als Nächstes kam.

„Es sollte keine große Sache sein", fuhr Dominik fort. „Daher habe ich dem Chef unserer Informationsabteilung auch nicht Bescheid gesagt. Das hat sich als Fehler herausgestellt. Aber ich konnte nicht wissen, dass dieser Steinberg dem Druck nicht gewachsen ist und durchdreht. Er hat sich nicht an meine Vorgaben gehalten, hat eigene Entscheidungen getroffen. Wir haben klar geregelte Vorgehensweisen, die für alle gelten."

Nils unterdrückte sofort das Bedürfnis zu schmunzeln. Er war sich sicher, dass Dominik die Ausnahme war, die seine Regeln bestätigte.

„Der Vorfall mit dem Jungen ist leider nicht der einzige seiner Art…" Es war schon fast bewundernswert, wie betrübt Dominik schauen konnte.

„Was wirst du unternehmen?", fragte Nils scheinheilig.

„Das wird sich noch herausstellen. Heute Nachmittag habe ich ein Treffen mit unserem obersten Chef. Der kleine Junge wurde übrigens gefunden."

Nils fragte sich, wie Dominik das herausgefunden hatte. Hatte er seine nächtlichen Suchaktionen mitbekommen und erfahren, wie er einen Anruf an die Polizei auf sein Handy umgeleitet hatte? Ein Schauer lief ihm über den Rücken. Er durfte sich seine Unsicherheit nicht anmerken lassen.

„Was ist mit der Technologie? Wurde die gefunden? Hendrik konnte bis zum Schluss nicht sagen…" Nils hielt für einen Moment die Luft an. War er zu weit gegangen? Forderte er sein Glück heraus?

„Steinberg hatte diesen Andrej Pečjak in Verdacht. Wir haben sein Auto auseinandergenommen, sind uns aber nicht sicher. In seinem Büro haben wir jede Menge verschlüsselter Dokumente gefunden, die wir aber nicht entziffern können. Steinbergs Aktion mit dem Jungen hat uns also mehr geschadet als geholfen. Ich muss mir ernsthaft überlegen, was ich mit dem Kerl mache, bevor er uns alle in Gefahr bringt. Für jemanden wie ihn habe ich keine Verwendung mehr."

Ohne dass er es wusste, hatte Dominik eben Nils nächsten Schachzug provoziert. Nils ging zu Walters Büro und schloss die Tür.

„Das ist nicht dein Ernst", sagte Walter besorgt. „Damit überschreitest du eine Grenze. Bist du sicher, dass du das willst?"

Nils hatte ihm gerade seinen Plan geschildert, der zugegebenermaßen moralisch nicht ganz unbedenklich, aber richtig ausgeführt, sehr effektiv war. Er sah es unter dem Aspekt, dass Schlimmeres verhindert werden musste.

„Zweifelst du daran, dass ich das hinbekomme?", fragte Nils.

„Nein, das ist es nicht."

„Was dann?"

„Wenn ich es nicht besser wüsste, könnte ich glatt meinen, diese Idee stammt von Dominik höchstpersönlich."

Ein zweifelhaftes Kompliment. Bevor Nils jedoch seinen Plan in die Tat umsetzen wollte, gab es etwas, das er dringend tun musste. Er verließ das Bürogebäude und rief Hendrik an.

„Was gibt es Neues bei euch?", fragte er.

„Andrej ist in Sicherheit und unverletzt. Aber wir zerbrechen uns immer noch den Kopf, was wir mit Steinberg anstellen sollen. Um etwas Zeit zu schinden, haben wir ihn zum Flughafen gelockt, wo er in etwa drei Stunden eintreffen sollte", bekam Nils als Antwort.

„Überlasst Steinberg mir. Ich habe schon eine Lösung", sagte er knapp.

„Was willst du tun?"

„Das erfahrt ihr später. Das Wichtigste ist jetzt, dass du sofort aus Zürich verschwindest und untertauchst. Versteck dich für ein paar Tage, bis ich mich wieder melde. Niemand darf dich sehen. Sonst haben wir keine Chance."

„Nils…?"

Nachdem er aufgelegt hatte, atmete Nils tief durch. Das Spiel begann. Er ging zurück ins Büro und machte sich an die Arbeit. Eine Stunde später war er fertig. Es war Zeit. Er ging nach draußen. Eine letzte Zigarette vor dem entscheidenden Anruf.

„William Steinberg?"

„Wer ist da?"

„Wir kennen uns noch nicht, aber wir haben einen gemeinsamen Freund. Ich habe außerdem wichtige Informationen für Sie zu einem Mann namens Pečjak und seinem aktuellen Aufenthaltsort. Sie sollten sich lieber mit mir in der Stadt treffen, als zum Flughafen zu fahren. Ganymed Statue, in einer Stunde." Nils wartete keine Antwort ab.

Seine Hände zitterten, als er den Anruf beendete. Sofort wählte er eine andere Nummer. Ein allerletztes Telefonat, nur um sicher zu gehen.

Wie erwartet bestätigte Walter, dass alles bereit war. Hendriks Spuren waren gelöscht, seine offizielle Akte angepasst. Walter hatte Nils Arbeit an Steinbergs Akte überprüft, ob alles wasserdicht war. Der Mann sollte nicht ungeschoren davonkommen. Jetzt war er im wahrsten Sinne des Wortes ein anderer Mann.

Heute Morgen hatte Nils zuerst an eine Änderung in Steinbergs Polizeiakte gedacht, um den Mann loszuwerden. Das hatte sich aber als sehr aufwändig herausgestellt. Es gab auch keine Garantie dafür, dass dieser Weg zielführend war. Deswegen hatte er sich für eine andere Möglichkeit entschieden. Es war bedeutend einfacher gewesen, Steinbergs Krankenakte zu manipulieren.

Das riesige Fest in der Innenstadt spielte ihm zusätzlich in die Hände. Bei den Menschenmengen, die auch am dritten Tag erwartet wurden, standen sicherlich an fast jeder Ecke Krankenwagen mit Sanitätern. Wahrscheinlich sogar noch mehr, nachdem Zürichs Innenstadt aufgrund der hohen Besucherzahlen gestern nur knapp einer Massenpanik entkommen war. Bei einem der Systeme im Büro hatte Nils die anhand von Wi-Fi Signalen gemessenen Bewegungen der Besucher beobachten können.

Nils ging wieder hinein. In der Zwischenzeit war ein brauner Umschlag auf seinen Schreibtisch gelegt worden – von Walter. Er öffnete ihn und nahm die zwei Dinge heraus, die für den Erfolg seines Plans entscheidend waren. Eine präparierte Brieftasche, die in seine Hosentasche wanderte, und ein Päckchen Zigaretten. Spezialanfertigung.

Er sah auf die Uhr. Noch fünfundvierzig Minuten. Heute war nicht mehr so viel los wie die letzten beiden Tage. Mehr als eine Viertelstunde sollte er nicht brauchen, um sich auf der kurzen Strecke durch die Besucher zu schlängeln. Sein Herz klopfte im Rhythmus des Sekundenzeigers. War es wirklich das Richtige, was er vorhatte?

Noch konnte er einen Rückzieher machen. Doch wem half das? Es würde bedeuten, dass ein unberechenbarer Mann, der vor nichts zurückschreckte, weiterhin auf freiem Fuß war. Natürlich konnte er die Angelegenheit Dominik überlassen, doch dann würde ihn dieser vielleicht über Jahre hinweg testen und ihm nur kleine Projekthäppchen zuwerfen, bei denen er nichts bewirken und sich im schlimmsten Fall langweilen würde. Nein, wenn es eine Möglichkeit gab, groß einzusteigen, dann war jetzt der Moment dafür.

Sein linker Fuß begann zu kribbeln. Etwas, um seine Nerven zu beruhigen, wäre nicht schlecht. Nils sah erneut auf die Uhr und entschied, zur Bürkliterrasse zu gehen. Die dort aufgebaute Tribüne war noch verhältnismäßig leer. Er setzte sich an einen der Tische am Rand, von dem aus er einen freien Blick auf die Statue hatte und bestellte einen Caipirinha. Der kalte, leicht süßliche Cocktail

glitt geschmeidig seine Kehle hinunter und besänftigte die in ihm tobende Unruhe. Nils merkte, wie der Alkohol ihn entspannte. Auch ein zweiter Drink schien verlockend, doch er entschied sich dagegen. Er musste Herr seiner Sinne bleiben. *Work hard, play harder*. Jetzt galt der erste Teil seines Mottos. Nach erfolgreicher Ausführung seines Plans konnte er über den zweiten Teil nachdenken. Er biss in ein Limettenstück. Noch fünf Minuten.

Von seinem erhobenen Platz aus hatte er einen guten Blick auf die Brücke und sah sich um. Kein Steinberg unter den Menschen zu sehen. Vielleicht kam er überhaupt nicht? Würde doch seine Hoffnungen eher darauf setzen, am Flughafen Pečjak zu treffen und sich dort um ihn zu kümmern. Was immer Letzteres auch bedeuten mochte. Doch dann sah er ihn. Steinberg stieg die Stufen zu der Empore hoch. Nils stand auf und sie trafen sich gleichzeitig an der Statue.

„Pünktlich, wie ein Uhrwerk", begrüßte er Steinberg.

„Welche Informationen haben Sie für mich?", fragte dieser ohne Umschweife.

„Nicht hier. Gehen wir ein Stück."

Nils hatte Steinbergs Akte genau studiert und wusste, dass dieser eine ganz bestimmte Sorte Zigaretten bevorzugte. Jetzt durfte nichts schief gehen. Er fühlte, wie eine Hitzewelle durch seinen Körper strömte. Nils zog ein Päckchen Zigaretten aus seiner Hemdtasche und schüttelte eine heraus, steckte sie in den Mund und hielt kurz inne, bevor er sie anzündete.

„Zigarette?" Er hielt das Päckchen seinem Gegenüber hin.

Steinberg fischte sich die Letzte heraus, drehte sich zur Flamme hin und nahm einen tiefen Zug. Nils wollte eben seine eigene anzünden, als sie ihm aus dem Mundwinkel rutschte und auf die Straße fiel.

„Gut, dass ich immer eine in Reserve habe", zog Nils eine weitere Zigarette hinter seinem Ohr hervor. „Schlechte Angewohnheit, aber die Frauen stehen irgendwie drauf. Finden sie wohl cool."

Seine Hände schwitzten und sein Daumen rutschte einmal am Feuerzeug ab, doch er ließ sich nichts anmerken. Nils nahm ebenfalls einen kräftigen Zug, als sie Richtung *Enge Wiese* gingen. Steinberg sah müde aus, älter als in seiner Akte gestanden hatte. Er sah aus, als ob er etwas Ruhe nötig hätte. Die würde er bald bekommen, dachte sich Nils grimmig. Steinberg sog hungrig den Rauch seiner Zigarette ein. Plötzlich wurden seine Schritte unsicher und er begann zu schwanken.

Wirkten die Drogen wirklich so schnell? Nils hatte im Internet nach etwas Geeignetem gesucht. Auch wenn er ein Partymensch war, so ließ er von allem die Finger, was nicht Alkohol oder normale

Zigaretten war. Er war überrascht und erschrocken gewesen, was heute als legale Droge verkauft wurde. Doch für seine Zwecke hatte er genau das Richtige gefunden.

Gedanken an den kleinen Florian und an das, was Hendrik hätte passieren können, genügten, um seine moralischen Bedenken über Bord zu werfen. Es war nicht so, dass Steinberg starb, nachdem er die mit der Designerdroge versetzte Zigarette geraucht hatte. Unerwünschte Nebenwirkungen wie Herzrasen und Psychosen konnten zwar auftreten, doch das galt für jede Art von Droge. Bei Nils Begleiter schien sich eher der Erschöpfungszustand zu verstärken. Steinberg konnte sich kaum noch auf den Beinen halten und schwitzte sehr stark. Zwischen den einzelnen Buden, an denen sie gerade vorbeigingen, standen ein paar Tische mit Stühlen. Er setzte sich hin.

„Alles in Ordnung?", fragte Nils.

„Scheiße, woher soll ich das wissen", antwortete Steinberg. Er keuchte, als ob er einen Marathon hinter sich hatte. Schwer stützte er sich auf die Lehne des nächsten Stuhls und wollte aufstehen. Dabei kippte er um und riss den Tisch mit. Nils half Steinberg langsam aufzustehen, doch dieser versuchte ihn am Kragen zu packen, bevor ihm erneut die Füße wegsackten.

„Was zum Teufel ist los mit Ihnen", fauchte Nils lauter als notwendig und ging einen Schritt zurück. Seine Aggressivität sollte den Mann noch mehr verwirren.

„Was hast du mir…", kam langsam die Antwort.

„Zuviel getrunken, was?"

„Verfluchter Mistkerl." Steinberg holte aus, um Nils zu schlagen. Er verlor dabei das Gleichgewicht und sank auf die Knie. Bei seinem Versuch, sich an einem anderen Tisch festzuhalten, stieß er ein paar leere Gläser um, die krachend am Boden in Scherben zersprangen. Dann fiel er um und landete mit dem Kopf im Kies. Nils bückte sich über ihn, als wolle er helfen. Dabei entfernte er blitzschnell das Handy und tauschte die Brieftasche aus Steinbergs Hosentasche gegen seine präparierte aus. Sonst fand er nichts, was den Mann identifizieren könnte. Er drehte Steinberg auf den Rücken und sah einen blutigen

Schnitt auf dessen Wange, in dem eine Scherbe steckte.

„Was ist denn hier los?“ Der Budenbesitzer kam auf sie zugestürmt.

Steinberg versuchte, sich an Nils Hosenbein hochzuziehen und griff gleichzeitig nach dem Budenbesitzer. Dieser schüttelte ihn verärgert ab.

„Es tut mir leid“, antwortete Nils. „Ich weiß wirklich nicht, was er hat. Wahrscheinlich zu viel getrunken und sich jetzt auch noch am Kopf verletzt.“

„Vorne an der Ecke steht ein Krankenwagen. Am besten bringen Sie Ihren Freund dahin.“

„Das ist nicht mein Freund, aber Sie haben Recht.“

Mit Hilfe des Budenbesitzers hievte Nils Steinberg hoch, legte dessen linken Arm um seinen Hals und griff ihm auf der rechten Seite unter die Schulter, um ihn zu stützen. Der Mann war schwerer als er gehofft hatte, aber die wenigen Meter sollte er es schaffen. Steinberg schüttelte immer wieder den Kopf und versuchte, etwas zu sagen. Es kamen jedoch nur noch unverständliche Laute aus seinem Mund.

„Wen haben wir denn hier?“, ging eine Sanitäterin auf Nils zu, als er mit seiner schwankenden Begleitung in Sichtweite des Krankenwagens kam. Letzterer konnte kaum noch einen Fuß vor den anderen setzen.

„Er stolperte da vorne rum und hat immer wieder Leute angepöbelt. Nachdem er hingefallen ist, habe ich ihm aufgeholfen. Hab gesehen, dass er blutet und dachte, ich bringe ihn am besten hierher“, sagte Nils mit überzeugendem Blick.

Die Frau lächelte ihn warmherzig an. „In der heutigen Zeit gibt es nicht mehr viele gute Samariter. Setzen Sie ihn hier auf die Trage. Kennen Sie den Mann?“

„Ich habe ihn noch nie vorher gesehen“, antwortete Nils. Dabei musste er nicht einmal lügen.

„Mal sehen, ob er einen Ausweis dabei hat oder etwas, das uns weiterhilft“, ging die Frau Steinbergs Taschen durch, während ihr Kollege mit Verbandszeug kam. Steinberg brummelte noch undeutlich vor sich hin.

„Da haben wir es ja. William Steinberg." Die Sanitäterin hatte den Ausweis in der Brieftasche gefunden und ging zur Beifahrerseite des Wagens, während ihr Kollege auf ihren Patienten achtete, und kam mit einem Tablet-PC zurück.

Nils versuchte ihre Recherche nicht allzu aufmerksam zu verfolgen und drehte sich zu der Trage um. Seine Nervosität war zurück, doch er behielt sein Pokerface. Jetzt würde sich zeigen, ob er den Test bestand.

Mitten im Gehen stoppte sie abrupt. „Oh!"

„Ist etwas?", fragte Nils mit unschuldiger Miene.

„Nur gut, dass Sie den Mann zu uns gebracht haben. Laut meinen Unterlagen hier ist er aus einer geschlossenen Anstalt entflohen. Hochgradig paranoid aufgrund dauerhaften Drogenkonsums. Gewalttätig. Überlassen Sie ihn uns." Sie drehte sich zu ihrem Kollegen um. „Reto, bind ihn fest. Abtransport!"

Steinberg war nicht mehr in der Lage, sich zu wehren. Das Letzte, was Nils sah, war ein Ausdruck völliger Verständnislosigkeit in seinem Gesicht. Erleichtert atmete er aus, als die Türen geschlossen wurden und der Krankenwagen losfuhr.

Sein Plan schien aufgegangen zu sein. Nils war übermüde, doch zu aufgedreht, um schon zu schlafen. Zeit für einen Schlummertrunk. Oder zwei. Er ging zurück zum Bürkliplatz und ließ sich durch die Menge treiben.

Als er Montagmorgen mit einem leichten Kater im Büro ankam, wartete Dominik bereits auf ihn und ließ ihn in sein Zimmer rufen.

„Mein aufrichtiges Beileid, Nils", begann er. „Mir fehlen die Worte."

Es dauerte einen kurzen Moment, bis Nils klar war, wovon Dominik sprach.

„Danke. Hendrik war ein wirklich feiner Kerl.", antwortete er und wich traurig dessen Blick aus.

„Es ist alles meine Schuld. Ich weiß nicht, was ich sagen soll."

„Nein, das gestern Abend habe ich zu verantworten", wischte

sich Nils eine Träne aus dem Auge. „Ich habe Steinberg angerufen und in die Stadt gelockt."

„Aber wenn ich ihn nicht zur WAVE geschickt hätte, wäre das alles nicht passiert. Er will seine Spuren verwischen und um Zeugen auszuschalten, ist ihm jedes Mittel recht."

Dominik gab sich geknickt, obwohl er selbst seit einer Woche Hendrik als Zeugen loswerden wollte. Walter hatte ihn sicherlich wie abgemacht informiert. Er hatte Nils versprochen, eine passende Leiche zu finden.

Ein armer junger Kerl, der am Samstag irgendwo bei einem Autounfall umgekommen war und den niemand vermisste – weder tot noch lebendig. Ein Obdachloser vielleicht, oder ein Waisenjunge. Jemand ohne Angehörige, so wie Hendrik. Walter hatte ihn aus dem System ausradiert und die Leiche stattdessen als Hendriks identifiziert. Steinbergs Verwicklung in den gewaltsamen Tod war trickreicher gewesen, da handfeste Beweise her mussten, die beide zur gleichen Zeit am neuen Fundort der Leiche zeigten. Doch Walters Mitarbeiter aus der Bildbearbeitung hatten mit dem Material aus verschiedenen Überwachungskameras kleine Wunder vollbracht.

Dominik hatte nicht einmal mit der Wimper gezuckt und Nils spielte das Spiel mit.

„Genau deswegen musste ich reagieren, falls Steinberg als Nächstes hinter mir her wäre." Er sah Dominik ruhig in die Augen. Es war wichtig, dass Dominik glaubte, er hätte ganz bewusst gehandelt und nicht aus einer emotionalen Verzweiflung heraus. „Oder auch hinter dir."

Dominik reagierte nicht sofort. Er suchte nach Anzeichen in Nils Augen, ob er sich täuschte, doch fand keine. „Du warst das? Ich habe vorhin erst den Bericht über Steinberg gelesen und mich über die Änderungen in seiner Akte gewundert." Plötzlich schien ihm einzufallen, dass noch eine andere Anmerkung angebracht wäre. „Das mit Hendrik weiß ich von Walter. Der arme Junge. Es tut mir wirklich leid." Erneut sah er Nils betrübt an. Doch kurz darauf wechselte sein Ausdruck.

„Aber eins muss ich dir lassen, ich habe dich wohl unterschätzt. In der Sache mit Steinberg bist du mir zuvorgekommen.“

„Du hast mich sicherlich nicht nur zum Champagner trinken angestellt, oder?“, gab Nils trocken zurück.

„In der Tat. Vielleicht hätte ich doch dich anstelle von Hendrik schicken sollen. Aber das ist vorbei. Jetzt sollten wir nach vorne schauen. Hiermit bekommst du deine Chance.“ Er reichte Nils ein nagelneues Handy. Es war eines dieser Luxusteile, die es nur in limitierter Auflage gab.

„Die Sache mit Pečjak liegt nun bei unseren Kryptographen, ansonsten lassen wir den Mann in nächster Zeit in Ruhe. Lassen etwas Gras darüber wachsen. Aber es gibt jemanden, den wir im Auge behalten sollten. Du fliegst morgen.“ Dominik zeigte auf das Gerät. „Alles, was du wissen musst, findest du da drin.“

Nils ging in sein Büro zurück und bewunderte das neue Spielzeug. Es lag gut in der Hand. Geschmeidig. Titangehäuse, vermutete er. Mit ein paar edlen Steinen besetzt und von feinem Leder geschützt. Das musste er Dominik lassen: Er besaß Geschmack für außergewöhnlichen Luxus. S

chließlich öffnete Nils das Programm auf dem Startbildschirm, auf dem ein einziger Ordner angezeigt wurde: BIRD. Darin abgespeichert waren ein detailliertes Personenprofil und ein großes Foto. Es zeigte einen elegant gekleideten Mann. Im Emailordner befand sich bereits die Flugbestätigung.

Er war eingecheckt für einen Flug nach Barbados.

KAPITEL 31

Dominik

Zwei Tage später – New York

„Sie schaffen es immer wieder, mich mitten in einem wichtigen Meeting zu stören", knurrte Adler.

Dominik war vollkommen bewusst, dass sein Chef gerade im Südteil von Manhattan an der Eröffnungsfeier des derzeit höchsten Wolkenkratzers der westlichen Welt teilnahm, sicherlich mit einem Glas Champagner in der Hand. Natürlich durfte ein Christian Adler nicht auf der Gästeliste fehlen, wenn das neue *One World Trade Center* eingeweiht wurde. Dank chinesischer Mieter war das ehemals Freedom Tower genannte und 541 Meter hohe zentrale Gebäude des Ground Zero Areals umbenannt worden. Um genau zu sein, waren es 541,3 Meter, die einer Höhe von 1776 Fuß, der eigenwilligen und veralteten Maßeinheit der Amerikaner, entsprachen. Die symbolische Huldigung an den Jahrestag der Unabhängigkeitserklärung war typisch für dieses kitschige Volk, das sich von seiner Sentimentalität eingrenzen ließ und die Chance auf Größeres verpasste. Der vom selben Architektenbüro entworfene Burj Khalifa in Dubai maß 828 Meter und war in kürzerer Bauzeit fertiggestellt worden.

Adler bei seinem Meeting mit all diesen wichtigen Doppelmoralaposteln zu stören, war Dominiks bevorzugte Art, dessen Autorität zu untergraben.

„Entschuldigen Sie die Störung, Herr Adler. Mir ist bewusst, dass der Zeitpunkt ungünstig ist. Ich wollte Ihnen nur kurz mitteilen, dass die Operation, wie von Ihnen letzte Woche angeordnet, abgebrochen wurde."

„Und deswegen stören Sie mich?" Viel abfälliger hätte Adlers

Ton nicht sein können.

„Nur deswegen würde ich es nie wagen, Sie zu stören. Es hat jedoch einen bedauerlichen Zwischenfall gegeben. Die Details würde ich gerne persönlich übermitteln. Ich bin ebenfalls in New York. Passt Ihnen die Press Lounge heute Abend? Dann lasse ich einen Tisch für sieben Uhr reservieren."

„Halb acht. Und reservieren Sie draußen."

„Aber selbstverständlich, sonst komme ich in Teufels Küche", erlaubte sich Dominik sarkastisch in der Gewissheit, dass Adler bereits aufgelegt hatte. Ihr Treffpunkt lag in dem gleichnamigen Stadtteil New Yorks.

Seit einigen Jahren gehörte die Lounge mit Dachterrasse zu den ersten Adressen in New York. Gläserne Wände, die im Sommer geöffnet werden konnten, lieferten einen weitreichenden Blick auf Manhattan und den Hudson. Klassische Cocktails, eine gut sortierte Bar und umfangreiche Weinliste ergänzt um saisonale und mit hauseigenen Kräutern gewürzte Häppchen stellten die nach Luxus lechzenden Großstädter zufrieden.

Junge Frauen in engen Kleidern und hohen Schuhen, umgeben von aufstrebenden Karrieretypen boten genau die richtige Abwechslung für Adler, um sich auch nach dem Treffen mit der Crème de la Crème seines einflussreichen Netzwerks wohl zu fühlen. Und das war wichtig, denn Dominik konnte schwer einschätzen, wie er auf den Tod seines treu ergebenen Handlangers reagieren würde. Auch wenn er selbst eine gewisse Vorfreude verspürte, dem alten Mann die Nachricht zu überbringen.

Wie immer war er bereits eine halbe Stunde früher vor Ort. Adler hasste es, auf andere zu warten. Dominik sehnte den Augenblick herbei, wenn eines Tages alle nach seiner Pfeife tanzen würden. Doch da musste er sich noch gedulden. Er setzte sich an den reservierten Tisch, den er speziell etwas abseits in einer Ecke gewählt hatte. Eben brachte die Bedienung die bestellte Flasche Single Malt, einen Kübel voll Eis und zwei Gläser. Das Mindeste für seinen Chef. Adler tauchte zehn Minuten vor halb acht auf.

„Es gab keine Revolution. Die Elektroautos sind also alle wieder in ihren Löchern verschwunden, so wie ich es vorhergesagt habe“, bemerkte er mit einem kalten Lächeln, als er sich setzte. „Was hat uns die ganze Sache gebracht?“

„Eine ganze Reihe von verschlüsselten Dokumenten, an denen unsere Kryptologen bereits arbeiten. Allein die Art der Verschlüsselung, die wir noch nicht knacken konnten, lässt auf einen wertvollen Inhalt schließen.“ Dominik ließ die Bedeutung seines letzten Satzes für einen Moment in der Luft hängen. Adler sollte ruhig wissen, dass die Systeme, auf die BIRD dank ihm Zugriff hatte, an ihre Grenzen gestoßen waren und es nicht Dominiks Schuld war, dass keine weiteren Ergebnisse vorlagen.

„Was gibt es dann zu feiern?“, ignorierte Adler die Anspielung und wies auf die Flasche Whisky.

„Es gibt leider auch ein paar schlechte Nachrichten“, goss Dominik einen kräftigen Schluck aus der Flasche in ein Glas mit zwei Eiswürfeln und reichte es seinem Gegenüber. „Auf Ihren Wunsch hin habe ich unseren besten Mann auf die Sache angesetzt. Er sollte die Operation beenden und sich um die Zeugen kümmern. Das hat er auch getan. Um den Jungen und Walters nutzlosen Mann müssen wir uns keine Gedanken mehr machen.“

Adler nahm einen Schluck und nickte. „Aber was sind dann die schlechten Nachrichten?“

„Es geht um Jäger.“ Dominik setzte einen betroffenen Blick auf. „Ich hatte ihn geschickt, um auf Nummer sicher zu gehen. Er hat uns wie immer stolz gemacht…und dann wurde er am nächsten Morgen im Bodensee gefunden. Man hat noch vor Ort versucht, ihn wiederzubeleben. Aber es war zu spät. Ein herber Verlust für uns.“

Der CEO nahm die Nachricht scheinbar regungslos auf. Er trank den Whisky mit einem Schluck leer, stand auf und ging zur Brüstung der Dachterrasse. Für einen Moment betrachtete er die vor ihm liegende Skyline, nur um völlig unerwartet im nächsten Moment das leere Glas fluchend auf den Boden zu schleudern. Sofort bedeutete Dominik der herbei eilenden Bedienung Ersatz zu bringen, steckte ihr einen Geldschein zu und schickte sie weg.

„Wir wissen noch nicht genau, wie es passiert ist. Aber wir lassen das gerade diskret untersuchen", stand er auf und legte dem alten Mann tröstend eine Hand auf die Schulter. Die Untersuchung würde natürlich ergeben, dass Jäger sich selbst das Leben genommen hatte. Niemand, weder Walter noch er selbst, hatte ein Interesse daran, dass die wahren Hintergründe ans Licht kamen. „Ich weiß, wie sehr Sie Jäger geschätzt haben."

Adler schüttelte Dominiks Hand auf seiner Schulter unwirsch ab.

„Ich habe Jäger bei uns großgezogen. Er war fast wie ein Sohn für mich", fauchte Adler und hob anklagend den Zeigefinger. „Das ist alles Ihre Schuld. Ich war von Anfang an gegen diese Operation."

„Sie haben Recht. Es war mein Fehler. Jäger war ohne Zweifel der Beste auf seinem Gebiet", lenkte Dominik sofort ein und füllte erneut ein Glas mit Eiswürfeln, goss großzügig ein und reichte es Adler, bevor er für sich selbst einen kleinen Schluck Whisky einschenkte. „Auf Jäger! Er hinterlässt eine große Lücke."

Sie gingen an ihren Tisch zurück. Dominik stellte sein Glas auf dem Tisch ab, ohne zu trinken.

Adler versank in seinen Gedanken. „Auf Jäger war immer Verlass. Er führte seine Befehle bis auf den letzten Punkt aus. Jäger war loyal. Wenn ich zwischen ihm und Ihnen wählen könnte…"

Dominik gab sich keiner Illusion hin, was sein Gegenüber andeuten wollte. Er ließ sich jedoch nichts anmerken. Schließlich kannte er Adler schon lange genug. „Wir werden es schwer haben, jemanden zu finden, der ihn auch nur annähernd ersetzen kann", nahm er die ihm zugewiesene Rolle ein.

„In der Tat", stimmte Adler zu, als er sich wieder setzte. „Eine Schwachstelle hatte Jäger allerdings, das habe ich immer gewusst. Ihm fehlten jederlei Ambitionen. Er hätte meine Position nie einnehmen können. Das kann nur jemand, der Visionen hat und bereit ist, Grenzen zu überschreiten. Jemand, der weiß, wann man die Regeln bricht oder neue aufstellt." Der CEO erlaubte sich ein dünnes Lächeln, als er

Dominik in die Augen sah. „Aber auch jemand, der Ergebnisse liefert, wenn er den Status quo herausfordert. Sonst verschwindet er schneller in der Versenkung, als er aufgetaucht ist."

Adlers drohender Unterton überraschte ihn, obwohl er seit Jahren daran gewöhnt war. In einer Situation wie dieser hatte er wohl einfach mit etwas mehr Trauerzeit gerechnet.

„Wie gesagt, wir arbeiten mit Hochdruck an der Entschlüsselung der Dokumente", antwortete er Adler, der jedoch abwehrend reagierte. „Dann haben wir noch Nils."

„Nils? Wer soll das sein?", fragte der CEO.

„Einer der beiden Anfänger. Er hat sich bereits mehr als bezahlt gemacht." Davon war Dominik in der Tat überzeugt. Er hatte immer gewusst, dass Nils bestechlich war. Aber er hatte unterschätzt, wie weit der Junge gehen würde und dass ihn der Tod seines besten Freundes nicht eingeschüchtert, sondern im Gegenteil ermutigt hatte.

„Nach dem Tod von Jäger hatten wir ein Problem, das gelöst werden musste", fuhr er fort. „Nils hat sich mit äußerster Diskretion darum gekümmert. Die Einzelheiten erspare ich Ihnen."

Er wusste, dass Diskretion ein Zauberwort in Adlers Ohren war.

„Ich hatte am Rande mitbekommen, dass einer unserer Operativen in Zürich nicht mehr ganz rund lief. Da erwarte ich auch von Ihnen, dass Probleme mit Diskretion gelöst werden."

„Natürlich. Sie haben mein Wort", versicherte Dominik umgehend.

„Ich hoffe, Sie meinen das auch so. In meiner Welt hat das Wort eines Mannes noch Gewicht. Es gilt wie ein mit Blut unterschriebener Vertrag. Wenn Sie mich also ernsthaft davon überzeugen wollen, Sie zu meinem Nachfolger zu machen, dann sollten Sie auch anfangen, wie ich zu handeln. Auf ganzer Linie, mit Weitblick. Und jetzt verschwinden Sie, lassen Sie mich allein."

Als Dominik die Bar verließ, dachte er über Adlers Worte nach. Was genau hatte der Alte damit gemeint? Auf ganzer Linie. War das eine Anspielung auf die unterschiedlichen Geschäftsbereiche von Adler Reilly? Immerhin hatten sie weitaus mehr Kunden als nur die der

Öl- und Automobilbranche. Es gab andere Märkte, die für Adler Reilly enorm wichtig waren und daher auf die Unterstützung durch BIRDs diskrete Operationen angewiesen waren. Besonders global gesehen.

Wollte Adler andeuten, dass sich manche Kunden vernachlässigt fühlten? Dass persönliche Treffen, bei denen man sich gegenseitig ein Wort gab, unerlässlich für die Zukunft von BIRD waren? Konnten Bedrohungen, wie er sie in der vermeintlich revolutionären Technologie gesehen hatte, auch mit Hilfe eines starken Netzwerks abgewendet werden? Schließlich konnte Nichts das Gespräch unter vier Augen oder den persönlichen Handschlag ersetzen. Denn Adler hatte die Schlagkraft von BIRD erfolgreich auf gegenseitigen Versprechen und Gefallen aufgebaut.

Frühstück in Paris, ein Mittagessen in London und abends zum Galadinner nach Barcelona. Hier und dort eine kleine finanzielle Beteiligung, ein Griff unter die Arme bei einer heiklen Anwaltsgeschichte oder ein rettender Auftrag zum richtigen Zeitpunkt. Wichtig war, dass man Präsenz zeigte. Als junger Mann hatte Dominik einmal gelesen, dass 80 Prozent des Erfolges daher kamen, dass man vor Ort war. Der Rest kam von alleine.

Wenn sich Adler zur Ruhe setzen sollte, galt das auch für seine Kontakte. Jahre zuvor vereinbarte Gefallen könnten nicht mehr eingelöst werden. Es war höchste Zeit, entsprechende Vorkehrungen zu treffen und sein Netzwerk zu erweitern. New York war ein guter Anfang. Adler war ein Mann der alten Welt und hier konnte Dominik von dessen Kontakten profitieren. Doch hatte der CEO eben nicht von Weitblick gesprochen? Wie es schien, hatte er selbst diesen verloren, denn er vernachlässigte Indien und alles Länder östlich davon, egal auf welcher Seite des Äquators. Seit Jahren war Asien für Adler und damit BIRD ein Stiefkind.

Das würde sich jetzt ändern.

KAPITEL 32

Alain

August – London

Die Ereignisse Anfang Juli erschienen ihm wie eine Ewigkeit entfernt, als Alain sich in der kleinen Runde umblickte, die mit ihm über den Dächern von London saß. Das Restaurant lag im siebten Stock eines herrschaftlichen Gebäudes in der Kensington High Street und war Teil der über 70 Jahre alten und in ihrer Art außergewöhnlichen Dachgärten. Für ihr Treffen hatte er einen separaten Raum mit kleiner Dachterrasse gemietet, der ihnen die nötige Diskretion für das gab, was sie zu besprechen hatten.

Seine ärgsten Befürchtungen, welche Zwischenfälle auf der WAVE den geplanten Testlauf von Andrejs Technologie behindern könnten, waren von den tatsächlichen Ereignissen in den Schatten gestellt worden. Tag für Tag hatte ihr Gegner eine härtere Gangart eingelegt. Was ursprünglich nach Industriespionage ausgesehen hatte, war von Sabotage, Folterung und sogar Mord übertroffen worden. Selbst vor der Entführung des kleinen unschuldigen Florian hatten die Gegenspieler nicht Halt gemacht.

Hendrik hatte glücklicherweise noch rechtzeitig den Absprung geschafft. Auch wenn man ein Mädchen mit Beinbruch und ein brennendes Auto, das ihn durch Erinnerungen an seine eigene Familientragödie traumatisiert hatte, nicht wirklich als Glück bezeichnen konnte. Alain war, nachdem er von Hendriks eigentlicher Mission hinter der Tarnung als Videoblogger erfahren hatte, sehr enttäuscht gewesen. Er hatte sogar seine Menschenkenntnis in Frage gestellt, denn er war stundenlang mit dem Jungen unterwegs gewesen und hatte angefangen ihn zu mögen. Doch Hendrik war einer Illusion zum Opfer gefallen und hatte alle Alarmglocken, die ihm sein Bauchgefühl gesendet hatte, ignoriert. Im Laufe der Expedition, und besonders während der Suchaktion nach dem neunjährigen Florian war er schließlich über sich selbst hinausgewachsen und hatte Alains Vertrauen zurückgewonnen.

Als Steinberg damals nicht am Flughafen aufgetaucht war, hatten sie das Schlimmste befürchtet. Der Mann war unberechenbar und hätte hinter jedem von ihnen her sein können. Es grenzte an ein Wunder, dass sie letzten Endes alle heil aus der Sache herausgekommen waren. Einige von ihnen hatten zwar nicht ihr Leben verloren, doch mussten sie sich an ein neues gewöhnen. Hendrik, der links von Alain saß, war einer von ihnen. Seit ein paar Wochen arbeitete er unter neuem Namen bei einem kleinen Fernsehsender in London, filmte auf Festivals und absolvierte parallel eine Ausbildung im Bereich Computerforensik und IT-Sicherheit.

Andrej und Jasna, die neben Hendrik saßen, hatten sich über sein geändertes Aussehen und den neuen Namen gewundert. Wahrscheinlich hatten sie die Verbindung zu seinem kleinen Ausrutscher hergestellt, waren aber viel zu anständig, um eine Bemerkung darüber zu verlieren. Außerdem waren sie viel zu aufgeregt, denn Alain hatte ihnen eine Überraschung versprochen.

Magali und Martin, das Agentenpaar, das auf der gegenüberliegenden Seite des Tisches saß, kannte einerseits den Grund für Hendriks Veränderung und andererseits war es viel zu sehr mit sich selbst beschäftigt. Für alle Anwesenden war unschwer zu sehen, dass Magali nicht länger den humorvollen Avancen ihres verliebten Partners widerstehen konnte. Martin legte sich mehr denn je ins Zeug, was ihrem Chef Frank, der neben ihm saß, sichtlich Kopfschmerzen bereitete. Ihr Kollege Vivien, der sie in den Nächten der Expedition bei der Bewachung des Fahrzeugs unterstützt hatte, lächelte still vor sich hin. Neben ihm und rechts von Alain komplementierte Tom Schmidt ihre Runde. Der Mann, dem sie ihre gemeinsamen Erfahrungen verdankten und der, wie er betonte, froh war, dass ihm die zehntägige Abenteuerfahrt selbst erspart geblieben war.

Alain hätte gerne noch eine neunte Person in ihrer kleinen

Gesellschaft gesehen. Eine Person, der sie viel zu verdanken hatten und die sich auf ein gefährliches Spiel eingelassen hatte. Doch zum Bedauern aller hatte Nils Karrat schweren Herzens abgesagt, auch wenn er gerne Hendriks neue Freunde kennengelernt hätte.

„Auf alle, die hinter den Kulissen für unsere Sicherheit sorgen. Hoffen wir, dass sie eines Tages die Anerkennung erhalten, die sie verdienen", hob Alain sein Glas.

„Auf Nils", sagte Hendrik mit einem verschmitzten Lächeln, „der sich nach einem Monat in Barbados nun ins *Tomorrowland* nach Belgien begeben hat."

„Jetzt verstehe ich sein Motto *Work hard, play harder*", fiel Martin lachend ein, nachdem Hendrik sie aufgeklärt hatte.

„Elektronische Musik auf einer Party mit mehreren hunderttausend Leuten? Das wäre nichts für mich, Cherie", schmiegte sich Magali an ihn.

„Ich weiß, du würdest lieber wieder Rennen fahren", strich er ihr zärtlich über den Kopf.

„Apropos Rennen", klopfte Alain leicht mit dem Löffel gegen sein Glas. „Es wird Zeit, die Pole Position in einem ganz besonderen Rennen einzunehmen. Einem Rennen um eine neue Form der emissionsfreien und ressourcenschonenden Fortbewegung."

Alle schauten ihn erwartungsvoll an, auch Andrej und Jasna.

„Es ist auch an der Zeit, meine Karten offen auf den Tisch zu legen", fuhr er an Andrej gewandt fort. „Vor einigen Monaten traf ich durch einen glücklichen Zufall auf meinen guten Freund und Geschäftskollegen Tom in Schottland. Tom, hier zu meiner Rechten, ist ein Mann, den ich seit langem schätze und für sein Engagement für die Umwelt bewundere. Nachdem er mich also in die geheimen Entwicklungen von einem slowenischen Technologen eingeweiht hatte, der an einem neuartigen Konzept für massenmarkttaugliche Elektrofahrzeuge arbeitete, war meine Neugier geweckt. Wieso sollte er gerade mir davon erzählen? Tom weiß, wie sehr mir die Natur und unser Planet am Herzen liegen. Er hat die Gunst der Stunde genutzt. Denn Tom weiß ebenfalls, dass ich über meine verschiedenen Firmen in einer Position bin, die es mir erlaubt, in vielversprechende Geschäfte zu investieren. Ich beteilige mich nicht blind, sondern achte neben dem Produkt auf die Art, wie es hergestellt wird und welche Auswirkungen sich für die Umwelt ergeben. Und natürlich sehe ich mir die Person, die hinter der Entwicklung steht, gerne selbst genau an. Das war der wahre Grund, warum ich an der WAVE teilgenommen habe."

„Du hast mich ausspioniert?", fragte Andrej erstaunt. Doch entgegen Alains Befürchtungen begann der Slowene zu lächeln.

„Spionieren ist nach all den unerwarteten und unschönen Ereignissen vielleicht nicht die beste Bezeichnung, für das, was ich getan habe", erwiderte Alain. „Ich wollte mir selbst ein Bild machen und hoffe, es beruhigt dich, dass meine Entscheidung, dich und deine Entwicklung zu unterstützen, schon recht früh gefallen ist. Und das, obwohl ich die Testergebnisse noch nicht kannte. Ich durfte in diesen zehn Tagen beobachten, wie du selbst in brenzligen Situationen ruhig und besonnen geblieben bist. Der Mann zu meiner Linken", deutete Alain auf Hendrik, „wird mir bestätigen, dass du ein großes Herz hast und dich den Sorgen anderer annimmst. Frank und seine Agenten wissen, dass du das Wohl anderer über dein eigenes stellst und dadurch das Leben eines kleinen Jungen gerettet hast."

Er freute sich über den spontanen Beifall der Anwesenden.

„In diesem Zusammenhang sollte auch deine Großzügigkeit nicht unerwähnt bleiben", wandte sich Frank an ihn. „Du hast dich in Zürich nicht nur um Florians Gesundheit gekümmert und ihn von den besten Ärzten vor Ort durchchecken lassen, sondern hast ihn auch wieder auf andere Gedanken gebracht. Nachdem du erfahren hast, dass seine Eltern erst am nächsten Tag aus ihrem Urlaub zurückkommen, hast du mit Florian die Umweltarena in Spreitenbach besucht, bist danach mit einer kleinen Yacht mit ihm auf dem Zürichsee herumgefahren und warst am nächsten Tag noch am Stanser Horn mit ihm."

„Das war das Mindeste", entgegnete er dem Integritätschef von DSP, „das ich für den tapferen kleinen Mann tun konnte. Kinderwünsche zu erfüllen, kann oft mehr helfen als ein Psychologe. Die Fahrt in der Cabrioseilbahn hat ihn besonders beeindruckt, als er hörte, dass die Pendelbahn von einem Elektromotor mit 919 Kilowatt angetrieben wird. Allerdings hätten wir um ein Haar seine Eltern verpasst, denn der Akku meines Handys war fast leer. Damit so etwas in Zukunft nicht mehr passiert, habe ich mich von Martin inspirieren lassen und uns allen eine Solartasche spendiert - für die Herren die Businessversion und für unsere Damen natürlich die elegante Variante."

Alain ging zu den Paketen, die an der Wand bei der Kommode standen und begann sie zu verteilen. „Florian hat seine Tasche schon und selbstverständlich hält er mich auf dem Laufenden, wie viele Wattstunden er wöchentlich sammelt. Wir haben so etwas wie einen kleinen Wettbewerb gestartet. Über eine Community können wir mit unserer gesammelten Sonnenenergie verschiedene Projekte unterstützen. Da zählen wir immer hoch, wie viel Energie wir noch sammeln müssen, um einen Baum im Amazonasgebiet zu pflanzen oder einem Kind in Indien den Schulaufenthalt für einen Monat zu bezahlen."

Mit einem Schmunzeln zeigte er ein Foto auf seinem Handy herum, auf dem Florian frech ein Blatt mit einer Zahl in die Kamera hielt.

„Ich war nicht immer ehrlich zu dir und das tut mir leid", wandte er sich an Andrej, nachdem er die Taschen verteilt hatte. „Zu meiner Entschuldigung kann ich nur sagen, dass ich meine Gründe dafür hatte. Ebenso wie ich einen Grund für unser Treffen heute hier habe und dieses Mal soll es kein Geheimnis bleiben. Heute ist ein Tag zum Feiern." Alain erhob sein Glas erneut und blickte in Runde. „Ein Toast auf Andrej und seine Technologie, in deren Umsetzung ich investieren werde. Und nun gebe ich das Wort an unseren Mann der Stunde", stieß er mit dem Slowenen an.

Begeistert gratulierten alle und umarmten Andrej. Martin verlangte eine Ansprache und der Rest stimmte mit ein.

Schüchtern nahm Andrej die Glückwünsche entgegen und errötete, als sein Schweigen den Ruf nach einer Rede nur verstärkte.

„Danke euch allen", fing er schließlich leise an. „Zunächst möchte ich mich herzlich bei Magali, Martin, Vivien und Frank bedanken, die Jasna und mich auf die angenehmste Weise beschützt haben. Als ich in St. Gallen von eurer wirklichen Tätigkeit erfuhr, war das etwas, womit ich nicht im Geringsten gerechnet hatte und doch war eure Hilfe ausschlaggebend für den Erfolg unserer Testfahrt. Mein besonderer Dank gilt dir, Alain, für dein vorausschauendes Handeln und natürlich deine Bereitschaft, uns zu unterstützen. Diese Überraschung ist dir gelungen, aber es wird nicht die letzte sein heute Abend." Damit wandte sich Andrej schmunzelnd an Tom Schmidt, der alle Anwesenden aufforderte, ihre Handys auszuschalten und in den von ihm bereitgestellten Koffer mit Abschirmfach zu legen. Der Koffer wanderte zur zusätzlichen Sicherheit hinaus auf den Balkon.

„Danke Tom. Nur eine kleine Sicherheitsvorkehrung", zwinkerte Andrej den anderen zu. „Bis jetzt war ich sehr vorsichtig, wem ich ALLE Details meiner Erfindung offenlege. Die Leute, die mich in Singen gefangen hielten und befragten, hatten ein sehr gutes Druckmittel, nämlich Florian. Allerdings waren sie mit dem Teil, den ich ihnen erzählt habe, bereits zufrieden. Die Kombination aus einem hocheffizienten Elektromotor, vorgeschalteten Superkondensatoren, um die Stromspitzen bei den Batterien abzupuffern, und einem intelligentem Energiemanagement für die gesamte Stromversorgung samt Solarzellen und externer Schnellllademöglichkeit schien für sie für einen Slowenen revolutionär genug. Schließlich kommt damit ein familientaugliches Elektrofahrzeug mit einer Ladung über 1000 Kilometer weit und Lithium-Luft-Batterien, der zweite von mir verwendete Typ, werden in der Industrie als der heilige Gral der Elektromobilität angesehen." Andrej schmunzelte kurz, bevor er fortfuhr.

„Nun, Tom schaut selbst bei einem heiligen Gral über den Tellerrand hinaus und traut mir wesentlich mehr zu, als unsere Gegner es getan haben. Nachdem ich ihm im Frühjahr meine vollständigen Pläne vorgelegt hatte, teilte er meine Meinung, dass wir nur unter strengster Geheimhaltung weiter verfahren dürften. Sämtliche Kommunikation zwischen uns erfolgte über Dateien, die wir in der Cloud abgelegt haben und die derart verschlüsselt sind, dass nicht einmal die mächtigsten Geheimdienste dieser Welt sie lesen können. Das hat sich ausbezahlt und wir sind heute in der glücklichen Lage, euch in die wahrhaft revolutionäre Technik einzuweihen. Das Patent sollte demnächst erteilt werden. Trotzdem bitte ich euch weiterhin um Geheimhaltung."

Alain lächelte. Er konnte nicht anders. Es war in der Tat der Tag der Überraschungen und er war mehr als gespannt, was Andrej noch für sie in petto hatte. Es war mucksmäuschenstill im Raum. Es schien, als würden alle die Luft anhalten. Er beobachtete, wie selbst Magali und Martin, die bisher fast nur Augen füreinander gehabt hatten, den Slowenen erwartungsvoll ansahen.

„Ich bin mir sicher, dass dich die folgenden Details nicht enttäuschen werden", wandte sich Andrej erneut an ihn und zog einen kleinen Laptop aus einer Tasche unter dem Tisch hervor.

„Alle Ergebnisse der abschließenden Tests liegen vor. Was ich euch gleich erzählen werde, ist auch für mich jedes Mal wieder unfassbar…"

„Du spannst uns ganz schön auf die Folter. Das ist ja wie in einem Krimi", scherzte Alain.

„Es ist mir gelungen, ein Elektroauto zu bauen, mit dem in naher Zukunft die Reichweitenangst der Vergangenheit angehören wird", sagte Andrej nicht ohne Stolz. Er klappte den Bildschirm des Laptops hoch, auf dem die Mikroskopaufnahme eines kleinen metallischen Gegenstandes zu sehen war.

„Was ist das?", entfuhr es Hendrik.

„Das, meine Lieben, ist ein Mikrowindrad aus einer speziellen Nickel-Metall-Legierung. Es ist kleiner als ein Reiskorn und doch äußerst beständig. Eine Forscherin der Universität von Texas in Arlington hat es zusammen mit einem Professor der Elektrotechnik-Fakultät entwickelt. Das Charmante an diesen winzigen Windrädern ist, dass ihre Herstellkosten sehr gering sind. Das liegt an dem Design, bei dem Origamitechniken mit herkömmlichen Konzepten zur Auslegung von Waver-Scheiben im Halbleiterbereich kombiniert wurden. Einfache zweidimensionale Metallteile bekommen über ein spezielles Galvanisierungsverfahren zusätzliche Schichten, die noch dazu beweglich sind. Mit einer Firma aus Taiwan, einem Spezialisten für die

Automatisierung solcher Beschichtungen, wurde das Mikrowindrad zur Serienreife gebracht. Ein naheliegender Einsatzbereich, den die Forscher sahen, war das Aufladen von Handys. Werden viele solcher Windräder auf einem Handygehäuse aufgebracht und mit der Batterie verbunden, muss man das Handy nur ein paar Minuten in der Luft hin und her schwenken und schon hat man wieder Saft."

Andrej öffnete ein weiteres Foto auf dem Bildschirm. Es zeigte eine Explosionszeichnung des Fahrzeugs. Besonders hervorgehoben war ein Bauteil, das bei jedem herkömmlichen Auto verbaut war. „Die Amerikaner sagen doch immer *Think Big*, also habe ich das getan."

Erst jetzt bemerkte Alain, dass er wie alle anderen mit leicht geöffnetem Mund da saß. Alle, außer seinem Freund Tom, der überaus zufrieden wirkte. Alain wusste, dass es schon früher Überlegungen gegeben hatte, Turbinen im Fahrzeug zu verbauen, um über die während der Fahrt einströmende Luft einen Teil des Batteriestroms nachzuladen. Doch so etwas?

„Was auf diesem Bild aussieht, wie ein ganz normaler Kühler, ist in Wirklichkeit ein kleines Kraftwerk. Anstelle der Kühlerrippen verlaufen innen Drähte, auf denen eine große Menge dieser Mikrowindräder aufgeschweißt ist. Auf der Innenseite des rückwärtigen Spoilers befinden sich ebenfalls Mikrowindräder. Insgesamt sind im Fahrzeug ein paar Millionen verbaut, die uns während der Fahrt etwa 15 Kilowattstunden Energie liefern können. Das reicht im Normalfall für den durchschnittlichen Verbrauch. Doch was ist schon normal. Deshalb brauchen wir die hier", Andrej zeigte auf zwei Batterien, „um die Schwankungen abzufangen. Für den Start und bei Steigungen benötigen wir mehr Power, als unser kleines Kraftwerk bringt und diese Energie kommt von der Lithium-Polymer Batterie, dem Primärspeicher. Wenn wir bergab fahren und rekuperieren, wird sowohl die Bremsenergie als auch der Strom von den Mikrowindrädern in den Primärspeicher geleitet. Ist dieser voll, wird zusätzliche Energie in den dahinter geschalteten Sekundärspeicher, eine Lithium-Luft Batterie mit höherer Energiedichte, geleitet."

„Das heißt, die Schwäche dieses Batterietyps, die begrenzte

Anzahl von Ladezyklen, stört dich nicht sonderlich, da der Sekundärspeicher eher selten gefragt ist." Martins Einwurf erntete ein Nicken von Andrej.

„Vor dem Kühlergrill sind elektronisch steuerbare Klappen montiert, um den cw-Wert des Fahrzeugs jederzeit optimal zu beeinflussen. Mit den Steuerklappen wird also der Luftwiderstand reguliert und die Leistungsausbeute maximiert. Natürlich kann die Stromproduktion des kleinen Windkraftwerks begrenzt oder ganz ausgeschaltet werden, sollten beide Batterien vollständig geladen sein. Für all diese Regelvorgänge benötigen wir eine intelligente Steuerung, die hier drin sitzt." Andrej zeigte auf eine weitere Komponente.

„Wieso haben Steinberg und seine Leute in Singen von all dem nichts bemerkt?", wollte Magali wissen.

„Das habe ich deinen Kollegen", Andrej nickte Frank und Vivien zu, „und meinen Kontakten bei der EMPA zu verdanken. Am Ende der WAVE hatte ich ohnehin vor, den Kühler mit dem Windkraftwerk und dem Sekundärspeicher auszubauen, damit beides bei der EMPA ausgiebig getestet werden kann. Daher hatte ich eine zweite Variante der Software erstellt. Nachdem sich das Konzept in Rorschach bereits als erfolgreich erwiesen hatte, konnten wir dank der fleißigen Helfer das Auto bei der EMPA kurzerhand umbauen und noch ein paar Solarzellen integrieren. Allerdings mussten wir die zweite Batterie im Auto belassen, den On-Board-Lader anschließen und das Steuergerät mit einer geänderten Software flashen, sonst hätten wir die Gegenseite nicht so gut täuschen können."

Sobald Andrej ihnen alles offengelegt hatte, ließ Alain das Abendessen servieren. Nach einer Vorspeise aus kaltem Hummer und Garnelen hielt er den exquisiten Fisch, ebenfalls aus heimischen Gewässern, mit einem feinen Tropfen vor der leuchtenden Skyline Londons für einen würdigen Abschluss ihres familiären Treffens. Danach galt es, einen anderen Abschluss nachzuholen. Sie alle hatten sich im Juli von den Teilnehmern der WAVE nicht verabschieden können und er hatte daher über Louis Palmer alle Teams zu einer Wiedersehensfeier eingeladen. Stephan und die Mitglieder des Tesla Clubs, die bei der Suche nach Florian so hilfreich gewesen waren, hatte er ebenfalls eingeladen.

Alain ließ die anderen vorgehen und ging hinaus auf die kleine Dachterrasse, um einen Moment für sich zu sein. Von hier oben sah er Flamingos, umgeben von Enten, in dem kleinen Bachlauf des Gartens stehen. Vögel flogen von Baum zu Baum in der Abenddämmerung. Eine kleine Idylle fernab vom geschäftigen Treiben der Stadt. Sein Blick schweifte in die Ferne zur *Gurke*.

Erst vor Kurzem hatte er erfahren, dass das markante Gebäude der Londoner Skyline zur Zwangsversteigerung frei gegeben worden war. Interessanterweise war die Finanzierung des Investmentfonds, der den Kauf der Immobilie absichern sollte, am Wechselkurs des britischen Pfund zum Schweizer Franken gescheitert. Es waren nicht immer die milliardenschweren Investitionen, die sich auszahlten. Was Andrej ihnen gezeigt hatte, war wirklich eine revolutionäre Erfindung. Jedes Teil an sich existierte in der einen oder anderen Form, doch die Kombination machte das Besondere aus. Wenn diese Miniwindräder ein Smartphone wieder aufladen konnten, wieso sollte es bei einem Auto nicht genauso funktionieren? Wie zur Bestätigung wurden die Bäume im Garten unter ihm plötzlich beleuchtet.

Beschwingten Schrittes ging er eine Etage tiefer den Latinorhythmen entgegen, die aus dem Club ertönten. Hendrik hatte ihm einen DJ empfohlen, den er in Zürich bei Adler Reilly kennengelernt hatte, der dort aber nicht mehr tätig war. Ihm war der Laden zu steif gewesen, hatte Hendrik gemeint.

Der sympathische Mann mit den dunklen Locken, sein Name war Uwe, erinnerte sich Alain, lachte ihn an und lud ihn mit einem Zwinkern auf die Tanzfläche ein. Er winkte fröhlich zurück und ging in den spanischen Garten hinaus, während er einer Bedienung den angebotenen Cocktail abnahm. In der Nähe des Pavillons sah er viele vertraute Gesichter. Auch wenn sie alle während der Expedition oft nicht mehr als ein paar Sätze gewechselt hatten, fühlte es sich doch wie ein Klassentreffen mit alten Freunden an.

Jochen unterhielt sich gerade mit Tamara und Manfred, die Alain, ebenso wie die daneben stehende Monika und Jean-Pierre, anfänglich für DSP Agenten gehalten hatte. Ein Stück weiter rechts stand eine Gruppe um die Texanerin mit der grauen Mähne. Leora schilderte mit ausladender Geste ihre Erlebnisse in Arosa, die damals nicht öffentlich für die WAVE Teilnehmer aufgeklärt worden waren.

Unter den Zuhörern befanden sich auch die beiden Cabriofahrer, für die aufgrund des unglücklichen Zwischenfalls die Expedition in Deutschlandsberg zu Ende gewesen war. Leoras Teamkollege, der in London wohnende Gordon, begeisterte gerade Vivien, Frank und die Biker mit Erzählungen über sein elektrisch betriebenes Speedboot, das in der Nähe der Houses of Parliament auf der Themse lag und für das sich bereits einige zur Probefahrt am nächsten Tag angemeldet hatten. Auf einer der seitlich etwas oberhalb stehenden Bänke saß Louis Palmer und sah dem munteren Treiben zu. Wahrscheinlich war er froh, nicht mehr im Zentrum zu stehen und die Ruhe genießen zu können. Von Weitem sah es fast so aus, als ob er ein Glas Wein in der Hand hielt.

Alain schlenderte zum einen Ende des Gartens, in Richtung eines kleinen Gebäudes, das wie eine Hazienda anmutete. Er ging durch den Torbogen in einen Raum mit gemütlichen Sofas und sah Hendrik, der sich mit Martin und Magali unterhielt.

„Hattet ihr eigentlich einen speziellen Namen für eure Mission?“, fragte Martin eben.

Neugierig gesellte Alain sich zu den dreien.

„Aber sicher, was denkst du“, antwortete Hendrik. „Nils hätte niemals ohne einen Codenamen arbeiten können.“

„Und? Spann uns nicht so auf die Folter“, hakte Magali nach.

„Black Hungarian“, grinste Hendrik. „Unser erstes Projekt hieß Black Hungarian.“

„Ich verstehe“, entgegnete Martin. „Louis ist in Ungarn geboren und trägt fast immer schwarze Klamotten.“

„Stimmt, jetzt erinnere ich mich, das stand in seinem Profil. Das ist aber nicht der Grund. Nils wollte etwas Geheimnisvolleres. Da unsere Arbeit nicht publik werden durfte, war es für ihn eine schwarze Operation. Die Amis nennen das *Black Ops*. Da für ihn alles ein großes Spiel ist, erinnere er sich an einen der bekanntesten Pokerspieler der Welt. Der hieß Stu Ungar, dessen Nachname im englischen *Hungarian* lautet.“

Lachend ging Alain durch die Gewölbegänge weiter in den hinteren Teil des Gartens und fand Andrej mit seiner Frau auf der anderen Seite einer kleinen Brücke. Unterhalb eines Busches genossen sie ihre Zweisamkeit auf einer kleinen Bank bei einem Glas Wein und beobachteten die Flamingos. Sie luden ihn zu sich ein und stießen erneut auf ihre gemeinsame Zusammenarbeit an.

„Schade, dass Florian heute nicht dabei ist. Der Junge war so tapfer“, sagte Jasna.

„Nils hätte ich auch gerne kennengelernt“, fügte Andrej hinzu.

„Geht mir genauso. Florian hat mir übrigens seinen Artikel geschickt, den er für das Schulmagazin geschrieben hat. Ein spannender Abenteuerbericht“, pflichtete Alain ihnen bei.

„Wenn wir erzählen, was uns vor ein paar Wochen passiert ist, glaubt uns doch kein Mensch“, schüttelte Jasna den Kopf.

„Dann sollte jemand ein Buch darüber schreiben“, zwinkerte Alain ihrem Mann zu.

„Meinst du? Ein Buch über eine Expedition mit Elektroautos? Ich glaube, da hat jemand schon zu viel Wein getrunken“, legte Andrej ihm den Arm freundschaftlich um die Schulter.

Alain erwiderte nur ein Lächeln.

EPILOG

Dominik

Herbst – Singapur

Dominik stieg aus dem Pool und blickte auf das in der Dämmerung erleuchtete Riesenrad und die dahinter liegenden Containerschiffe.

Er hatte sich gegen den Fitnessraum entschieden und war hunderte von Stufen in den 57. Stock gestiegen, um seine Bahnen zu ziehen. Trotzdem war er mehr als zufrieden.

Sein Aufenthalt in New York vor zwei Wochen hatte sich als gut investierte Zeit erwiesen. Besonders im schnelllebigen Finanzmarkt galt es, Trends als Erster zu erkennen, um sich noch vor der Konkurrenz die größten Anteile an lukrativen Geschäften zu sichern. Seine Kontakte hatten ihn auf mehrere Projekte in Südostasien aufmerksam gemacht, denn China entwickelte sich schnell und wurde dadurch allmählich teuer. Ebenso wie er sahen die Börsenjongleure lukrative Chancen in Ländern wie Vietnam, Laos, Indonesien oder den Philippinen, vier der insgesamt zehn Staaten des Verbands Südostasiatischer Nationen ASEAN, und in Ländern wie Kambodscha, Malaysia und Myanmar wurden enorme Infrastrukturprojekte aus dem Boden gestampft. Wer wäre prädestinierter als er, um dort ein Wörtchen mitzureden und Einfluss zu nehmen?

Die missglückte Operation während der WAVE war Vergangenheit. Walter hatte ihm zugesagt, den Technologen unter Beobachtung zu halten, diskret aus der Ferne. Denn niemand wollte ein weiteres Fiasko, da Adler in diesem Fall sicherlich einschneidende Konsequenzen fordern würde. Außer einer Reise nach London, die sich letztendlich als Wiedersehensfeier mit verschiedenen WAVE Teilnehmern entpuppte, gab es keine nennenswerten Ereignisse. Selbst dieser Investor Alain Blanc schien den Slowenen fallen gelassen zu haben. Auch sonst schien Andrej Pečjak in seinen provinzialen Alltag zurückgekehrt zu sein.

Eine Nachricht hingegen war etwas beunruhigend gewesen. Der Emporkömmling Tesla aus Kalifornien hatte sich entschieden, seine Patente öffentlich zugänglich zu machen. Erste Gespräche mit BMW und Nissan hatten bereits stattgefunden, in denen sich die drei Unternehmen zum Ziel gesetzt hatten, einen einheitlichen Standard für das Aufladen von Elektroautos zu schaffen. Anfänglich war Dominik besorgt gewesen und hatte sich den Kopf zerbrochen, ob er reagieren sollte. Letztendlich war er mit Walter übereingekommen, dass die Beifall klatschenden Elektroautospinner die Macht der Kalifornier überschätzten.

Selbst wenn BMW und Nissan mit Tesla gemeinsame Sache machten, hatten die anderen etablierten Automobilhersteller schon bedeutend mehr Krisen als diesen kleinen Schnupfen – als mehr konnte man es nicht bezeichnen – ausgesessen. Diese Firmen hatten ihre Verzögerungstaktiken über Jahrzehnte hinweg perfektioniert. Denn Standards konnten nicht per se geschaffen werden. Ein Standard war erst ein Standard, wenn er von der Mehrheit eingesetzt wurde. Und eine Mehrheit bildeten die drei Automobilhersteller aus Kalifornien, Deutschland und Japan auf dem internationalen Automarkt keineswegs. Wenn noch mehr Firmen in die Standardisierungsbemühungen der drei Hersteller einstiegen, würde sich das Thema zeitlich weiter verzögern. Viele Köche verdarben bekanntlich den Brei. Adler schien Recht zu behalten, so ungern sich Dominik dies auch eingestand.

Doch es gab eine Sache, in der er Recht behalten hatte: Nils entwickelte sich rasend schnell. Nach seinem erfolgreichen Einsatz in Barbados war er auf eine neue Zielperson angesetzt worden. Obwohl Nils sich nicht immer genau an die Vorgaben hielt, hatte er auch den nächsten Auftrag auf einem Festival in Belgien zu seiner vollen Zufriedenheit ausgeführt. Die Methoden des Jungen waren höchst unkonventionell, aber effektiv und darauf kam es schließlich an.

Wenn er Nils weiterhin mit ausgefallenen Spielereien und der richtigen Portion Luxus bei Laune hielt, würde sich der Junge zu einem soliden Pfeiler von BIRD entwickeln. Langfristig sah Dominik in ihm einen *Dead Ringer*, jemanden, der dieselben Züge spielte wie er. Er musste schließlich vorbauen. Wenn er Adlers Posten übernahm, musste er jemanden nachrücken lassen, auf den er zählen konnte.

Aus diesem Grund hatte er Nils auch nach Peking geschickt. China war ein mächtiges Land und seine Megastädte boten den richtigen Mix aus exotischem Reiz und Wohlstandsabenteuer. Nils sollte den Kundenstamm von Adler Reilly weiter ausbauen, die für ein neues Projekt im südchinesischen Meer verantwortlich waren. Offiziell wurden dort künstliche Inseln aufgeschüttet, um neues Land zu schaffen, von dem aus die großen Fischvorkommen erschlossen werden konnten. Doch in Wirklichkeit ging es um unterirdische Schätze, die tief unter dem Meer vermutet wurden: riesige Ölvorkommen, mit denen der Fortbestand vieler Industriezweige für lange Zeit gesichert werden würde.

Er selbst hingegen war von Hongkong aus, nach mehreren Treffen mit Finanzberatern in Macau, weiter nach Singapur geflogen. Der Tigerstaat entwickelte sich rasant zur Drehscheibe Asiens und verband die alte westliche Welt mit den aufstrebenden Staaten der ASEAN-Gemein-

schaft. Viele Kunden von Adler Reilly hatten dort bereits Büros sowie Forschungs- und Entwicklungszentren eröffnet, denn das Leben in dieser Stadt galt im Vergleich zu Kuala Lumpur oder Bangkok als sicherer. Dominik sah auf die Uhr. Es war Zeit, seinen Kunden im Raffles Hotel zu treffen. Als er wenig später in das Taxi stieg, durchfuhr ihn ein Schauer.

Wie ihn der Fahrer aufklärte, war sein *EVA* genanntes Auto ein elektrisch betriebenes Fahrzeug, das partnerschaftlich von zwei Universitäten in München und Singapur speziell für den Taxiservice in tropischen Megastädten entwickelt worden war.

***

WISSENSWERTES & INTERESSANTES

Erlebnisbericht WAVE 2013

Der NSA Skandal und andere Spionagerisiken

Einblicke und Tipps eines IT-Sicherheitsexperten

Überblick über aktuelle Elektrofahrzeuge

Die wichtigsten Dinge rund um Elektroautos

Projektpartner

ERLEBNISBERICHT

WAVE 2013 vereint Pioniere und Enthusiasten

Vom 28.Juni bis 7. Juli 2013 fand bereits zum dritten Mal die World Advanced Vehicle Expedition mit Elektroautos – organisiert von dem Schweizer Solarpionier Louis Palmer – in Europa statt.

Das internationale Teilnehmerfeld vereinte Pioniere und Weltreisende, denen man für ihr Engagement sofort Respekt zollt, mit Herzblut-Enthusiasten, die in einschlägigen Communities fast schon Heldenstatus besitzen. Nicht wenige gingen bereits zum wiederholten Male auf diese gemeinsame Mission: Begeisterung für saubere Stromer zu wecken und damit den bitter nötigen Schutz unserer Umwelt voranzutreiben. Ein Besuch des Pasterzen-Gletschers am Großglockner machte die Entwicklung der letzten Jahre mehr als deutlich.

Während der Expedition demonstrierten die spritzigen Rivalen der kalifornischen Firma Tesla ihre technische Überlegenheit gegenüber der aktuellen Automobilbranchen-Riege; erfolgreich herausfordern konnte sie dabei ein Gewinner der diesjährigen Rallye Monte-Carlo des Energies Nouvelles mit seinem umgebauten Mazda. Weitere professionelle Umbauten, die das Detailwissen der Fahrer eindrucksvoll wiederspiegeln, ergänzten zusammen mit Motorrädern und ungewöhnlichen Fahrzeugen das muntere und stets kameradschaftliche Treiben.

Die Route führte die rein batteriebetriebenen Fahrzeugen – Hybride mussten den Tank versiegeln –quer über die Alpen von Wien nach Zürich. Nach dem pünktlichen Start in Eichgraben ging es bei strahlendem Sonnenschein über Wien und Baden, nach der Präsentation der Fahrzeuge im ehrwürdigen Kurpark neben dem Casino, weiter zum stattlichen Schlossplatz von Eisenstadt. Die nächste Tagesetappe wurde in mehrerlei Hinsicht sportlich: Nach nächtlichen Ladehemmungen vereinzelter Fahrzeuge wechselte sich fahrerisches Können auf der Teststrecke von Gleisdorf mit der Erprobung der maximalen Personen-Zuladung anlässlich hellauf-begeisterter Jugendlicher einer Sportveranstaltung in Deutschlandsberg ab.

Die Langstreckentauglichkeit wurde am Tag darauf mit einer Sonderetappe ausgewählter Fahrzeuge zum malerisch gelegenen Bled in Slowenien erwiesen. Selbst der ausgiebige Genuss landestypischer Creme-Schnitten und die damit verbundenen Gewichtsschwankungen konnten der benötigten Reichweite bis zum Etappenziel am Abend nichts anhaben. Nach der eindrucksvollen Präsentation der Weltumrundung des Solarstrom betriebenen Katamarans *PlanetSolar* am Abend zeigte sich Weißensee am nächsten Morgen von seiner schönsten Seite und garantierte Filmaufnahmen des minutengenauen Starts bei Bilderbuchwetter.

Nachdem Tüftler den letzten Espresso aus batteriebetriebenen Maschinen kredenzt hatten, ging es energiegeladen in jeder Hinsicht zur größten Herausforderung der Tour – der Bezwingung des Großglocknerpasses, die viele Fahrer noch mit einem Abstecher zum Gletscher an der Kaiser Franz-Josef-Höhe verschärften. Es galt mehr als 1400 steile Höhenmeter zu erklimmen, die manch ein Fahrzeug an die technischen Grenzen brachte.

Dank des beherzten Einsatzes eines Think-Fahrers, der bei einer Rettungsaktion sein Fahrzeug riskierte, blieb bei dieser Abenteueretappe niemand auf der Strecke. Auch längere Ladepausen wurden von den neugierigen Murmeltieren kommentarlos hingenommen. Bei dieser Etappe zeigte sich auch, dass der Ladezustand der Batterie in jeglicher Hinsicht relevant ist. Denn die Rekuperationsversuche der elektronischen Steuerung beim Bremsen können eine vollgeladene Batterie älterer Elektroautos ganz schön ins Schwitzen bringen. Pfiffige Köpfe nutzten den Kühleffekt des Schnees, den die Natur in dieser Höhe bietet.

Glimpflicher ging es bei der folgenden Etappe zu, da der Gerlospass durch eine Murenabgang bedingte Routenvariante entschärft wurde und die Weiterfahrt über Innsbruck und Landeck recht ereignislos verlief. Der wie auch an allen anderen Etappenorten herzliche Empfang in La Punt forcierte die Energierückgewinnung der Fahrer mit einem überbordenden Abend-Buffet. Gestärkt und begleitet vom Landesfernsehen brach die Expedition am nächsten Morgen zu einem weiteren Highlight auf: Die Erklimmung des Albula-Passes und anschließendem Abendziel in Arosa. Bei fürstlicher Bewirtung in luxuriösem Ambiente begeisterte der Hausherr mit den ehrgeizigen Ausbauplänen seiner bereits beeindruckenden Solaranlage.

Begeisterung ganz anderer Art erfuhren die Teilnehmer an den folgenden Tagen. Bei mehreren Stopps an Schulen galt es die zukünftige Generation von Elektromobilisten in ein-minütigen Pitches hinsichtlich Design und Innovation zu beeindrucken. Bevor die Teilnehmer bei der EMPA in St. Gallen selbst kurzfristig zu Schülern in Materialkunde wurden, sorgte ein Abendstopp am Bodensee für Urlaubsfeeling. Auch der Vortrag des *Chargelocator* Gründers über seine 80-tägige Fahrt um die Welt im Tesla Roadster weckte bei manch einem die Sehnsucht nach der Ferne. Doch am Etappenziel Baden, in dem einige Teilnehmer in den Genuss einer Stadtführung auf Elektrorädern kamen, war noch längst nicht Schluss.

Ein unvergessliches Erlebnis für die Teilnehmer wird die Parade am 6. Juli während des Zürifäscht bleiben: Flankiert von weiteren Emobilisten jeglicher Couleur unternahmen sie mit 388 Fahrzeugen den schmunzelnderweise als längsten Elektroautostau bezeichneten Weltrekordversuch. Es bleibt unklar, ob das Schlusslicht bildende deutsche Elektroboot, das von einem batteriebetriebenen Bus gezogen wurde auch in die Wertung eingeflossen ist. Auch wird darüber spekuliert, ob nicht schon alleine die Anzahl der Fahrzeuge aus der kalifornischen Elektroautoschmiede Tesla einen Rekord an sich darstellt.

Nach der Parade schlossen sich weitere Fahrer dem Kernteam der WAVE an und gingen auf die *Tour der offenen Türen* quer durch den Kanton Zürich. Atemberaubende Naturgewalten wurden bei dem letzten gemeinsamen Abend in Neuhausen am Rheinfall bestaunt und Erinnerungen an die gemeinsamen Tage mit einem gepflegten Glas

Wein verankert, bevor die Expedition nach einem Besuch der Umweltarena in Spreitenbach dann Sonntagnachmittag ihr Finale in Küsnacht fand. Ein bisschen Wehmütigkeit machte sich nicht nur bei dem jüngsten, 9-Jahre alten Teilnehmer breit, hatten sich doch bestehende Freundschaften vertieft und neue gebildet.

Diese Expedition hat eines eindrücklich gezeigt: Offener Wettbewerb fördert die Entwicklung. Ladepausen bieten ausgiebig Raum zum Knüpfen neuer Kontakte und Tausch von Erfahrungen. Sie wurden auch zum Einholen von Tipps genutzt, die fallweise gleich mit einem schielenden Blick auf die Etappenwertungen umgesetzt wurden. Wenn es aber hart auf hart kommt, stellen echte Pioniere das Wohl der Gemeinschaft über den Erfolg des Einzelnen. Von diesem Engagement kann sich die Industrie ruhig zwei, drei Scheiben abschneiden!

Vereinzelt ging das Gerücht um, dass während der WAVE revolutionäre Technologien undercover zum Einsatz kamen. Auch wurde von Spionen gemunkelt, die im Auftrag eines *Black Hungarian* Geheimnisse auskundschaften und an sich bringen sollten. Manche hielten dies jedoch für reine Fiktion.

Autor: Britta Muzyk, Erstveröffentlichung im Magazin keNEXT 10/2013

DER NSA SKANDAL UND ANDERE SPIONAGERISIKEN

Die NSA, ihre Partner und ihre Spionagetools

Seit Juni 2013 hat die Diskussion um Auswirkungen von Industriespionage eine weitere Dimension angenommen, dominiert durch die Enthüllungen von Edward Snowden über die Arbeit einer der größten amerikanischen Geheimdienstapparate: der National Security Agency.

Die offizielle Hauptaufgabe der nationalen Behörde für Sicherheit ist, der amerikanischen Regierung und ihren Verbündeten unter allen Umständen zu einem Vorteil bei Entscheidungen zu verhelfen. Erstens soll die NSA Informationen aus dem Ausland beschaffen, die durch das Abhören von Signalen aller Art – genannt „Signal Intelligence", kurz SIGINT – gesammelt und nach einer Risikoanalyse bewertet werden. Zweitens ist die Behörde für den Schutz von sicherheitsrelevanten Informationen der eigenen Regierung vor dem Abhören durch ausländische Gegner verantwortlich. Hierfür erhält sie die Führungsrolle bei Verschlüsselungstechniken und soll Produkte und Dienstleistungen für Computer-Netzwerke entwickeln und deren Einsatz sogar bei anderen Behörden überwachen. Das Hauptaugenmerk ist auf internationalen Terrorismus, den Handel mit Betäubungsmitteln oder sonstige feindlichen Aktivitäten gegen die Vereinigten Staaten zu legen.

Zur Gemeinschaft der US-Geheimdienste gehören insgesamt sechzehn Behörden, die dem Director of National Intelligence, der direkt vom Präsidenten ernannt wird, unterstehen. Die mächtigsten Nachrichtendienste sind die bereichsunabhängige CIA und die dem Verteidigungsministerium zugeordneten NSA, DIA, NRO und NGA –auch *Big five* genannt. Nicht zu verwechseln damit sind die *Five eyes* (FVEY), eine länderübergreifende, aus der aus der Nachkriegszeit stammende Allianz der Geheimdienste aus USA, dem vereinigten

Königreich, Kanada, Neuseeland und Australien, die unter der Federführung von NSA und dem britischen Geheimdienst Gouvernement Communication Head Quarter (GCHQ) steht. Letzterer wurde in den vergangenen drei Jahren mit £100 Millionen von der amerikanischen Schwester unterstützt. Doch auch Programme weiterer europäischer Geheimdienste sind bekannt geworden. Die Zeitung Le Monde berichtete beispielsweise, dass der französische Geheimdienst Direction Générale de la Sécurité Extérieure (DGSE) Daten aus Kurznachrichten, Telefongesprächen, Emails und der Kommunikation über Portale wie Facebook und Twitter sammle und zur Auswertung langfristig speichere. Auch der norwegische (NIS – Norwegian Intelligence Service) und der schwedische Geheimdienst (Forsvarets Radioanstalt) stehen in einem bilateralen Verhältnis zum Datenaustausch mit der NSA, ein Fokus der Zusammenarbeit liegt dabei auf Russland.

Die Arbeit des Bundesnachrichtendienstes mit ausländischen Geheimdiensten wie der NSA wird trotz verschiedener Presseberichte, die von der Sammlung von Millionen Datensätzen sprechen, von der Bundesregierung nur spärlich skizziert. Allgemein wird eine Intensivierung der Kooperation sowohl mit inländischen als auch ausländischen Partnerdiensten mit der Komplexität von Terrornetzwerken gerechtfertigt. Öffentlich zugegeben wird ein *Projekt 6* genanntes Erprobungsprogramm, bei dem gesammelte Daten mittels Analysesoftware ausgewertet wurden. Mit Unterstützung eines Partnerdienstes, der nicht näher benannt ist, wurde diese Software an die Anforderungen des Bundesamtes für Verfassungsschutz angepasst. Das Programm selbst wird als seit 2010 bereits eingestellt und nicht mehr aktiv geschildert, jedoch sollen gewonnene Erfahrungen bei der Entwicklung von heute eingesetzten Informationssystemen berücksichtigt worden sein. Weitere Details wurden als Verschlusssache deklariert, da ein Bekanntwerden „die Arbeit der deutschen Nachrichtendienstes erschweren und die Zusammenarbeit mit ausländischen Partnern gefährden würde".

Nur wenige Monate nachdem festgestellt geworden war, dass die mobilen Telefonate der Bundeskanzlerin abgehört wurden, sorgte eine neue Enthüllung für weitere Aufregung: BND-Mitarbeiter waren als Doppelagenten für den CIA tätig und hatten geheime Dokumente gegen Bezahlung entwendet. Hier ließ Angela Merkel den Präsidenten der Vereinigten Staaten konkret wissen, dass sie solche Praktiken missbillige. Der oberste CIA Repräsentant in Deutschland wurde ausgewiesen und verließ das Land im Juli 2014.

Ausgewählte Spionageprogramme im Detail

Unter dem Programm **PRISM** hat die NSA verschiedene Tools zusammengefasst, mittels derer Daten über den Zugriff auf Server von speziellen Internetfirmen gesammelt werden. Hierbei können Details aus E-Mails, Dokumenten, Chats und Videokonferenzen (Video und Audio), Bildern oder zu Online verbrachten Zeiten, an andere Personen übermittelte Dateien und Informationen aus sozialen Netzwerken gezielt zu Einzelpersonen abgefragt werden. Laut Unterlagen wurden seit 2007 in folgender Reihenfolge Microsoft, Yahoo, Google, Facebook, Youtube, Skype, AOL und letztlich auch Apple als Quelle hinzugefügt.

Bei **UPSTREAM** handelt es sich ebenso um ein Programm zur Datensammlung und -analyse. Der Unterschied zu PRISM besteht jedoch darin, dass die Daten direkt während der Übertragung über Glasfaserkabel oder andere Infrastruktur abgegriffen werden. Die NSA empfiehlt ihren Analysten, PRISM und UPSTREAM parallel zu nutzen.

Dem ähnlich soll das britische Programm **TEMPORA** sein, bei dem GCHQ über 200 Glasfaserkabel angezapft hat. Rein rechnerisch könnten 21 Petabyte – das entspricht etwa 4 Milliarden mp3 Dateien mit einer Größe von 5 Megabyte - pro Tag abgegriffen werden. Im Dezember 2013 wurde veröffentlicht, dass British Telekom, Verizon Business, Vodafone Cable, Global Crossing, Level 3, Viatel und Interoute bei dem Programm mit dem britischen Geheimdienst zusammenarbeiten.

X-KeyScore ist laut den bisher vorliegenden Informationen das umfassendste Analyse-Programm der NSA zur Auswertung gesammelter Daten. Es ist an 150 Standorten auf über 700 Servern installiert und linear skalierbar. Zum einen lässt es selektive Suchanfragen nach festen Schlagwörtern wie beispielsweise der Email-oder MAC-Adresse zu. Zum anderen kann gezielt nach Daten gesucht werden, auf beschreibende Attribute wie Land, Sprache, Datei-Art (z.B. Dokument oder Tabelle), Datei-Eigenschaft (verschlüsselt, unverschlüsselt) passen.

STATEROOM bezieht sich auf ein Spionageprogramm der Five Eyes, mit dem aus den diplomatischen Räumen wie Botschaften oder Konsulate der beteiligten Länder heraus Radio-, Funk- oder Satellitensignale des jeweiligen Gastlandes abgefangen werden. Neben Berlin war auch die Botschaft in Genf ein Hauptsitz für das Programm, was die Schweizer Bundesanwaltschaft dazu veranlasste, eine Anzeige gegen Unbekannt zu erstatten und eigene Ermittlungen aufzunehmen.

Zu weiteren Programmen gehören skurrile Namen wie **ROYAL CONCIERGE**, mit Hilfe dessen Hotelreservierungen von Diplomaten überwacht werden. Über 200 Millionen internationale Textnachrichten eines Tages werden der NSA mit dem Programm **DISHFIRE** aufgetischt.

Welche Persönlichkeit sich hinter dem Mitarbeiter der NSA versteckt, der das Entschlüsselungsprogramm mit dem Namen **BULLRUN** versehen hat, kann nur vermutet werden. Etwas eindeutiger liest sich der **MUSCULAR** Dienst, der Daten direkt an den Verbindungen zu den Servern bei Anbietern wie Google und Yahoo abgreift.

Kein **QUANTUM** Trost ist in der Methode der NSA zu finden, spezielle Radiowellentechnik in Computer - teils in externen USB-Kabel-Anschlüssen versteckt oder direkt über kleine Platinen - einzubauen. Aus bis zu 13 km Entfernung können über eine Aktenkoffergroße Empfangsstation Daten sogar dann abgegriffen werden, wenn der Rechner nicht an ein Netzwerk angeschlossen ist. Hauptaugenmerk der NSA lag dabei auf der chinesischen Armee.

Bei den maßgeschneiderten Angriffen (**TAO-TAILORED ACCESS OPERATIONS**) der hauseigenen Hacker der NSA ist noch echte Handarbeit gefragt. Lieferungen von Servern, Computern, externen Festplatten, Funknetzroutern etc. werden abgefangen, um gezielt Hardware-Hintertürchen oder sogar direkt Spähprogramme zu installieren.

Die Bezeichnung dieses Vorgehens als hochentwickelte Netzwerk-Zugriffstechnologie (**ANT-ADVANCED/ACESS NETWORK TECHNOLOGY**) grenzt schon an Sarkasmus. Gerätehersteller wie Cisco Systems, Dell, Hewlett-Packard, Huawei, Juniper Networks, Samsung Electronics, Seagate Technology/Maxtor und Western Digital sind betroffen. In diesem Zusammenhang wurde auch bekannt, dass die auf Sicherheit von IT-Systemen spezialisierte Firma RSA der NSA zuliebe einen Verschlüsselungsalgorithmus schwächer ausgeführt hatte. Laut Reuters sollen dafür 10 Millionen Dollar geflossen sein.

Datenhunger im Allgemeinen

Neben den aufgeführten Programmen der Geheimdienste darf nicht vergessen werden, dass die US Regierung über das SWIFT-Abkommen an Informationen zu Banktransaktionen und über die Einreisebehörde an persönliche Charakteristika wie Iris-Scan und Fingerabdruck gelangen, die das Bild ergänzen.

Über das **SAFE-HARBOR-ABKOMMEN**, dem bereits mehr als 1000 amerikanische Firmen beigetreten sind, haben Konzerne wie IBM, Microsoft, Google und Facebook Zugriff auf personenbezogene Daten von europäischen Firmen. Besonders die beiden Internet-Portale sind aufgrund ihrer Datenschutz-Praktiken regelmäßig Diskussionsbestandteil.

Google hat sich in den letzten Jahren von einer Internet-Firma zu einem Konglomerat entwickelt, das in immer mehr Industriezweige vorstößt. Einige Coups sind die Bildung der Open Automotive Alliance (OAA) mit Fahrzeugherstellern Audi, GM, Honda und Hyundai, sowie die Akquisition der Firma NEST, die Sensoren im Bereich Haustechnik herstellt. Neben dem Handy dringt der Internetriese damit weiter ganz massiv in den persönlichen Bereich von Nutzern vor.

Unternehmensspionage in der freien Wirtschaft

Keine derzeit auf dem Markt befindliche Technologie gewährleistet eine hundert prozentige Sicherheit vor Spionage. Der Fall Snowden zeigt jedoch mehr als deutlich, worin eines der größten Risikos immer noch liegt.

Der **MENSCHLICHE RISIKO-FAKTOR**, der zur Spionagebereitschaft führt, lässt sich einem ehemaligen NSA-Mitarbeiter zufolge in vier Aspekte aufteilen: Geld, Überzeugung, Erpressung und Ego. Laut einer Corporate Trust-Studie liegt der jährliche Schaden bei gut vier Milliarden Euro, mehr als die Hälfte aller deutschen Unternehmen ist bereits Opfer von Industriespionage geworden, die bei knapp fünfzig Prozent gezielt von Mitarbeitern begannen wurde. Begehrt sind hauptsächlich Informationen rund um Preise und Kunden, direkt gefolgt von Produktstrategien und Entwicklungsvorhaben. Der größte Anteil der betroffenen Unternehmen liegt mit fast einem Viertel im Mittelstand, knapp ein fünftel der Fälle kommt in Konzernen vor und mit gut fünfzehn Prozent vergleichsweise noch selten bei Kleinunternehmen.

Bei zusätzlich mehr als zwanzig Prozent der Spionagefälle gehen Mitarbeiter dem immer verstärkter eingesetzten **SOCIAL ENGINEERING** in die Falle. Gutgläubig werden meist per Telefon oder auf Messen gestellte Fragen, die auch persönlicher Natur sein können, beantwortet. Über die erhaltene Emailadresse lässt sich ein Trojaner einschleusen, beispielsweise über einen angeblich zum Hobby passenden Link, der dann nicht nur die Festplatte durchsucht, sondern auch die Webcam und das Mikrofon angezapft oder die Tastatur überwacht.

Aktuelle Entwicklungen vergrößern dieses Risiko exponentiell. Ein Beispiel ist die Automobilindustrie. Hier wird vom Kunden verstärkt die Integration von mobilen Endgeräten oder die Integration vergleichbarer Anwendungen in das Auto gefordert. Der Versuch, mit der schnelllebigen Aktualität im Consumerbereich Schritt zu halten, zwingt die Hersteller dazu, für Software-Updates einen Funkzugang in ihr Fahrzeug zu integrieren.

Nachdem es Mitarbeitern des amerikanischen DARPA letztes Jahr bereits gelungen ist, über die Diagnosesteckdose Funktionen wie Bremsen oder Beschleunigen fremdzusteuern, ist es nur noch eine Frage der Zeit, bis dies per Funk möglich ist. Auch das Internet der Dinge birgt wahre Schreckensszenarien. Von der Fernsteuerung von Strom und Wasser bis hin zur gesundheitlichen Schädigung eines Zuckerkranken, dessen Insulin-Pumpe über das eingebaute WLAN-Modul manipuliert wird, ist die Skala noch nach oben offen.

Autor: Britta Muzyk, Erstveröffentlichung im Magazin keNEXT 1-2/2014

EINBLICKE UND TIPPS EINES IT-SICHERHEITSEXPERTEN

Ralf-Martin Tauer ist als Directeur de Projet für das in Frankreich führende IT-Dienstleistungs- und Beratungsunternehmen SQLI und dort unter anderem für international agierende Firmen tätig. Zu seinen Aufgaben gehört die strategische und technische Beratung der Kunden in allen Aspekten der IT-Sicherheit.

Das aktuelle Tagesgeschehen wird immer mehr geprägt von Datenskandalen, Sicherheitspannen, gezielter Spionage durch Geheimdienste oder dem Abfischen wertvoller Informationen durch kriminelle Individuen - sowohl im geschäftlichen als auch im privaten Umfeld. Sicherlich macht diese Häufung vielen Leuten immer mehr Angst und das berechtigterweise.

Es stellt sich die Frage, wie gläsern jeder Einzelne von uns in seinem virtuellen Leben eigentlich ist und welche Eindrücke oder Rückschlüsse ein solcher öffentlicher Fußabdruck - entstanden durch geschicktes Zusammensammeln und Vernetzen aller Informationshäppchen aus unterschiedlichsten Quellen - zulässt. Die Häufigkeit von Sicherheitspannen oder Missbrauchsfällen nimmt exponentiell mit der zunehmenden und schnell voranschreitenden Vernetzung verschiedenster IT-Systeme zu. Besonders bedenklich ist hierbei, dass diese Systeme zum Großteil dezentral organisiert sind und meist nur über sehr schlecht abgesicherte Verbindungen untereinander verfügen.

Gehen wir einmal in uns und visualisieren einen normalen Tag im Leben:

Durch die zunehmende Integration von Daten sammelnden Geräten wie z.B. Activity-Trackern oder vernetzten Personenwaagen (Stichwort: Internet of Things) weiß der jeweilige Anbieter des Geräts sogar, wann wir unter der Woche aufstehen. Onlinehändler haben sich über Nacht dank Cookies über die Auswertung unserer historischen Klickzeiten und Navigationspfade durch ihr Warensortiment ein ganz eigenes Bild von uns gemacht. Punktgenau, wenn wir am Frühstückstisch sitzen und unser Smartphone eingeschaltet ist, senden sie uns eine Mail mit passenden Artikeln, die uns ebenfalls interessieren könnten. Durch einzelnen Klicks auf Artikel in der elektronischen Tageszeitung, die wir auf dem iPad beim Frühstück lesen, verdichten sich die Informationshäppchen unseres digitalen Ichs. Sogar Rückschlüsse auf eine politische Gesinnung wären aufgrund von Verweilzeiten und Klickraten im Politik-Ressort denkbar.

Auf dem Weg zur Arbeit fahren wir mit dem Auto an der Tankstelle, einem Supermarkt oder einer Coffee-Shop-Kette vorbei, zahlen natürlich mit Kreditkarte und möchten nebenbei noch Treuepunkte auf unserer Kundenkarte sammeln, um am Jahresende eine DVD gratis zu bekommen. So erzeugen wir unbemerkt wichtige demoskopische Daten und Bewegungsprofile, die diese Anbieter geschickt auszuwerten verstehen. Manche Firmen verkaufen diese Daten auch noch mit Gewinn an andere, die uns mit elektronischer Post, die wiederum genau auf unser Konsumverhalten zugeschnitten ist, überschütten.

Auf dem Weg ins Büro starten wir natürlich die Crowd-Navigation auf unserem Mobiltelefon, da diese in den morgendlichen Staus besser funktioniert als der Verkehrsfunk. Der Anbieter dieser kostenlosen App kennt nun unsere Routen und weiß, wieviel Zeit wir dafür benötigen. Er verdient sein Geld mit dem Verkauf dieser Daten an Verkehrsinformationsdienste. Das Auto verbindet sich inzwischen über Bluetooth mit unserem Telefon und damit auch mit dem Mobilnetz. Wir glauben an sich, dass es anders herum ist, damit wir die eingebaute Freisprechanlage für Telefonate nutzen oder unsere neueste Musik über die eingebauten Lautsprecher hören können. Doch denkbar ist, dass sich der Hersteller schon längst hinter unserem Rücken mit dem Auto über das bereits überzogene Inspektionsintervall unterhält, das wir seit vier Wochen vor uns herschieben.

Am Arbeitsort angekommen öffnen wir die Schranke zum

Parkplatz mit unserer Chipkarte. Unser Arbeitgeber weiß nun, dass wir endlich da sind und bucht schon einmal die Anwesenheitszeiten bzw. die Karenzzeit zwischen Parkplatz und Bürotür in unser Zeitkonto. Die Kollegen von der Personalabteilung hatten letzte Woche auch noch eine neue Idee. Sie wollten den Chef davon überzeugen, dass die diesjährigen Boni nur an diejenigen aufgeteilt werden, die den 500 Meter langen Weg vom Parkplatz zum Gebäude dreißig Sekunden schneller zurücklegen als sonst. Denn Geschwindigkeiten unter drei Stundenkilometer zeugen von Arbeitsverweigerung und Unlust, wie es die hinzugezogene amerikanische Beraterfirma - nach Durchsicht der gesammelten Daten des Betriebes durch ein angeschlossenes Subunternehmen in Indien - unseren Chefs nähergelegt hat.

Endlich Mittagspause. Wir bezahlen in der Betriebskantine natürlich mit unserer Guthabenkarte, wie auch alle anderen Kollegen. Das erlaubt dem Kantinenbetreiber eine vereinfachte Planung und Rückverfolgung der Einkäufe. Aber natürlich wird mitgeloggt, was wir alles essen. Sollten wir also einmal an Diabetes oder anderen ernährungsbedingten Krankheiten leiden, ist der Betriebsarzt bereits über unsere ungesunde Ernährungsweise im Bild. Selbstverständlich gehen diese Informationen vorab auch zur Krankenkasse, damit die uns rechtzeitig *Bewegungsseminare für Risikogruppen* anbieten kann.

Am Abend nimmt das interne System unseres Arbeitgebers wahr, dass wir komischerweise die gleiche Strecke zwischen Büro und Parkplatz viel schneller zurücklegen als noch am Morgen. Daraufhin wird in einem bestimmten Feld der Datenbank ein Wert gesetzt, der dem Personalberater die Auswahl von Kandidaten auf der Abschussliste erleichtern soll, wenn Mitarbeiter abgebaut werden müssen.

Bis hierhin haben wir – ohne es wirklich zu wollen - bereits sehr viel über uns preisgegeben. Schlafzeiten, Konsumverhalten, Ernährungsgewohnheiten, Aufenthaltsorte, Zufriedenheit mit dem Job und sogar unsere politische Einstellung. Wobei alle nicht direkt messbaren Werte selbstverständlich frei interpretierbar sind. Es kommt eben auf die Verknüpfung von Informationshäppchen an und wer versucht, welche Informationen zu erlangen.

Ich will gewiss kein düsteres Zukunftsszenario malen wie in George Orwells Roman *1984* oder Ridley Scotts Film *Blade Runner*. Doch lässt sich dieses Thema im 21. Jahrhundert auf eine einfache Gleichung reduzieren: Informationen zu besitzen bedeutet Macht zu haben. Macht über uns Bürger. Denn welche Rückschlüsse aufgrund welcher Informationshäppchen gezogen werden, bleibt meist das Geheimnis von Beratungsunternehmen. Gerade dort, wo Services immer weiter miteinander vernetzt werden, entstehen neue komplexe Möglichkeiten, um Dinge zu deuten - oder zu missdeuten. Das ist eine ständige und omnipräsente Gefahr für jeden von uns.

Aktiv dagegen wehren kann man sich, in dem man bewusst den Zugriff auf seine Spuren in sozialen Netzwerken auf kleine und persönlich bekannte Benutzerkreise einschränkt. Es ist besser, für jeden Dienst/Service eine individuelle Kombination aus Nutzername und Passwort zu verwenden anstelle der automatischen Authentifizierung über das Facebook-oder Google-Login (Stichwort: Single Sign On). Wer heutzutage diese oberste Regel missachtet und überall die gleiche Kombination aus Benutzername und Passwort nutzt, ist Hackern mit seinem kompletten virtuellen Ich schutzlos ausgeliefert. Das zeigte erst kürzlich das Problem des sogenannten *Heartbleed-Bugs*, der immerhin knapp die Hälfte der SSL-gesicherten Datenverbindungen bei Online-Banking-Portalen, Bezahlsystemen und Shopping-Sites im Internet betraf.

Worauf ich persönlich achte

Ich kaufe viele Dinge offline ein, also im Laden um die Ecke. Dort bezahle ich meistens bar. Portale wie Payback, iGaal, webmiles oder sonstige Rabatt- und Clubportale meide ich, obwohl die Datensammelwut dieser Firmen hauptsächlich auf Personen ausgerichtet ist, die in Unternehmen für ganze Abteilungen einkaufen oder buchen. Diese Portale können über die Aktivitäten ihrer Firmenkunden viele Rückschlüsse über das Reiseverhalten der Firma machen. Bei der Nutzung von Google empfehle ich jedem, die Geo-Location (Ortungsdienst) auszuschalten. Bei Facebook ist es wichtig, alle Einstellungen zur

Privatsphäre regelmäßig zu überprüfen. Wenn ich ein fremdes WLAN benutze, achte ich besonders darauf, dass ich die einzelnen Portale über eine verschlüsselte Browserseite nutze. Wenn dies nicht möglich ist, nutze ich sie nicht. Den Virenschutz auf meinem privaten PC halte ich immer auf dem neuesten Stand. Eine Investition in ein gutes Tool wie z.B. Bitdefender, das obendrein nicht die Welt kostet, lohnt sich immer.

Worauf ich im Berufsleben achte

Auch wenn es für viele selbstverständlich klingen mag, ist einer der wichtigsten Tipps, das Bewusstsein bei Mitarbeitern für die Notwendigkeit der Geheimhaltung zu schärfen. Neben Vertraulichkeitserklärungen für die Weitergabe von geheimen Informationen auf Papier oder in digitaler Form sind folgende einfache Grundregeln ebenso wichtig:

1) Gespräche mit besonders vertraulichem Inhalt am besten persönlich in einem Raum ohne Computer und Festnetz- oder Mobiltelefone führen
2) Gespräche mit Kollegen über Kunden, Projekte oder Produkte nicht an öffentlichen Orten führen. Der Zufall will es und jemand von ihrer Konkurrenz sitzt im Flugzeug oder der Bahn nur eine Reihe hinter ihnen
3) Arbeit mit vertraulichen Dokumenten auf dem Computer an öffentlichen Orten meiden. Es ist immer wieder interessant zu sehen, an welchen neuen Produktentwicklungen eine Person in der Flughafenlounge arbeitet. Sogenannte Privacy Screens - Folien, die vor dem Bildschirm angebracht werden und so keine Blicke von der Seite auf den Inhalt zulassen - bieten einen kleinen Schutz
4) Bei Gesprächen mit Geschäftspartnern per Videokonferenz darauf achten, welche Papiere sichtbar sind oder was am Bildschirm des Computers zu sehen ist.

ÜBERSICHT AKTUELLER ELEKTROAUTOS

Marke	∅ elektr. Reichweite in km	∅ kWh-Verbrauch pro 100km	Ø Kosten auf 100km[1] (€)	Leistung kW	Batterie-kapazität kWh	elektr. Geschwindigkeit max kmh	Anschaffungs-preis €	ca. Ladezeit in Std. Haushalts-steckdose	Ladezeit Std. Schnellladen (80%)	Schnelllade-system
BMW i3	160	12,8	3,84	125	22	130	34.900.-	8	0,5	CCS
BMW i8 (Hybrid)	30	k.A.	k.A.	96	5,2	65	126.000.-	2	--	
Chevrolet Volt (Hybrid)[3]	60	26,6	7,98	111	16		42.950,-	6	--	
Citroen C-Zero[4]	150	12,6	3,78	49	16	130	29.393.-	6	0,5	CHAdeMo
Ford Focus Electric	130	14,4	4,32	107	23	137	39.990.-	10	--	
Mercedes Benz B-Klasse ED	200	16,6	4,98	132	33 (geschätzt)	160	40.000.-	k.A.	k.A.	
Mercedes Benz SLS AMG Coupe ED	250	24	7,20	552	60	250	416.500.-	24	2	(22kW)
Mitsubishi i-Miev[4]	150	12,6	3,78	49	16	130	23.790.-	6	0,5	CHAdeMo
Nissan Leaf	190	15	4,50		24	150	29.690.-	7	0,5	CHAdeMO
Opel Ampera (Hybrid)[3]	60	26,6	7,98	111	16		38.620,-	6	--	
Peugeot ION[4]	150	12,6	3,78	49	16	130	29.393.-	6	0,5	CHAdeMo
Porsche Panamera S-E Hybrid	30	16,2	4,86	70	9,4	135	110.409,-	4	--	
Renault Kangoo ZE	170	15,5	4,65	44	22	130	24.157,-[2]	7	--	
Renault Twizy	80	9	2,70	13	6,1	80	6.999.-	3,5		
Renault Zoe	190	14,6	4,38		22	140	21.700.-[2]	7,5	0,5	(43kW)
RIMAC Concept One	600	k.A.	k.A.	800	92	300	1.000.000.-			
Smart Fortwo ED	120	15,1	4,53	55	17,6	125	24.000.-	6	2	(22kW)
Tesla Model S (60)	370	18,1	5,43	310	60	210	65.300.-	24	0,7	Supercharger
Tesla Model S (85)	480	18,1	5,43	310	85	210	74.900.-	29	0,7	Supercharger
Toyota Prius Hybrid	25	12,5	3,75	60	5,2	100	36.550.-	1,5	--	
Volkswagen eGolf	190	12,7	3,81	85	24,2	140	34.900.-	13		
Volkswagen eUp!	150	12	3,60	60	18,7	130	26.900.-	6	0,5	CCS
Volkswagen XL1 (Hybrid)	50	k.A.	k.A.	20	5,5		111.000.-	2	--	

1) Strompreis EUR 0,3/kWh

2) zuzüglich mtl. Batteriemiete

3) baugleich

4) baugleich

Stand Sommer 2014

KURZ ERKLÄRT

Die wichtigsten Dinge rund um Elektroautos vorgestellt von *eMobilitätOnline.de*

Reichweite

Moderne Elektrofahrzeuge verfügen heute bereits über Reichweiten, die den Großteil aller täglichen Fahrten abdecken. Untersuchungen zufolge fahren die meisten Menschen nicht mehr als 100 Kilometer am Tag. Die Reichweite eines Elektrofahrzeugs ergibt sich aus dem Verhältnis der maximalen Batteriekapazität zum Energieverbrauch des Fahrzeuges pro Kilometer. Dieser wird von einer Vielzahl von Faktoren wie z.B. der Motorleistung und dem Gewicht des Elektroautos beeinflusst. Im Schnitt sind bei den meisten aktuellen Modellen Strecken von 120-170 Kilometer mit einer Ladung möglich.

Mehr und mehr Hersteller beginnen darüber hinaus, ab Werk verschiedene Batteriegrößen anzubieten. Auf diese Weise können je nach Einsatzgebiet des Fahrzeuges höhere Reichweiten erzielt oder mit kleineren Batterien Kosten gespart werden. Reichweitenkönig der Serienfahrzeuge ist derzeit die Elektrolimousine Model S von Tesla. Diese kann, mit der größten Batterie ausgestattet, über 400 Kilometer rein elektrisch ohne Zwischenladung zurücklegen. Es gibt auch kleinere Firmen, die sich auf den Umbau von konventionellen Fahrzeugen auf elektrischen Antrieb spezialisiert haben. Manche dieser Fahrzeuge können Reichweiten bis zu 700 Kilometer zurücklegen.

Sicherheit

Sicherheitstechnisch stehen heutige Elektromodelle konventionellen Fahrzeugen in nichts nach. Im Gegenteil: Viele Hersteller nutzen den Generationswechsel beim Antrieb, um ihre elektrischen Autos mit den neuesten technischen Entwicklungen und Assistenzsystemen auszustatten. Die Fahrzeugbatterie wird von einem modernen Managementsystem überwacht, das verschiedene Parameter wie z.B. Ladeströme und Zelltemperatur überwacht. Bei ungewünschten Betriebssituationen wird die Batterie sofort vom Bordnetz des Fahrzeuges getrennt, um Verletzungen der Insassen auszuschließen. Darüber hinaus ermöglicht die Fahrzeugstruktur, in der viele Komponenten nicht mehr benötigt oder deutlich kleiner sind, eine äußerst sichere Konstruktion: Die Batterie im Boden sorgt für einen niedrigen Fahrzeugschwerpunkt und der ehemalige Motorraum bietet bei einem Aufprall eine größere Knautschzone. Das Model S von Tesla erreichte bei Crashtests bisher nie dagewesene Bestwerte, auch der Nissan Leaf sowie der Renault Zoe oder der Volkswagen e-Up erzielten eine Wertung von fünf Sternen.

Ladearten und Zeiten

Reine Elektrofahrzeuge werden mit elektrischem Strom geladen. Physikalische Begrenzungen in der Batterie und bei der Stromübertragung sowie die vom Hersteller verbaute Ladetechnik (Onboard-Charger, Ladestecker etc.) haben dabei Einfluss auf die Ladezeiten. Grundsätzlich existieren derzeit vier Technologien, um die Batterie von Elektrofahrzeugen zu laden.

1) konventionelle Ladung mit Wechselstrom, z.B.:
    a. einphasig an Haushaltssteckdose (16A/220V): 3kW Ladeleistung
    b. dreiphasig an Starkstromanschluss (32A und 380V): 11kW Ladeleistung
2) Schnellladung mit Gleichstrom, z.B.:
    a. Combined Charging System (CCS): max. 50kW (BMW, VW)
    b. CHAdeMO: max. 50kW (Nissan, Renault)
    c. Supercharger: max. 130kW (Tesla)
3) Batteriewechsel: ca. 3 Minuten (Tesla)
4) Induktionsladung: noch nicht in Serie, könnte theoretisch auch während der Fahrt erfolgen

Die Ladezeit ergibt sich aus Ladeleistung und Batteriegröße: Ein kleines Mittelklassefahrzeug wie der Renault Zoe mit einer Batteriegröße von 22kWh benötigt an einer Haushaltssteckdose knapp 8 Stunden, an einer CHAdeMO -Station nur gut 30 Minuten Ladezeit.

Entsprechend den Ladearten sind auch die jeweiligen Kabel und Stecker zu beachten (Starkstrom, CCS mit Typ2-Stecker, spezielle Stecker für CHAdeMO und Supercharger).

Darüber hinaus gibt es auch Entwicklungen, den Strom im Fahrzeug über eine Brennstoffzelle oder eine Flow-Batterie bereitzustellen. Da jeweils Wasserstoff bzw. flüssiger Elektrolyt nachgefüllt werden müssen, wäre eine Betankung wie bei konventionellen Antrieben und innerhalb weniger Minuten möglich.

Kosten

Elektrofahrzeuge sind heutzutage in der Anschaffung oft teuer als das vergleichbare Modell mit Verbrennungsmotor. Der Hauptgrund hierfür ist laut Herstellern die Batterie, die einen Großteil der Kosten ausmacht. In der öffentlichen Diskussion wird jedoch oft vergessen, dass die Betriebskosten deutlich niedriger sind. Ein Mittelklasse-Elektrofahrzeug verbraucht etwa 12-15 Kilowattstunden pro 100 Kilometer. Bei einem Strompreis von 30 Cent pro Kilowattstunde verursacht dies Energiekosten von 3,60-4,50 Euro. Manche Ladestationen stehen sogar kostenfrei zur Verfügung und der kalifornische Hersteller Tesla bietet seinen Model S Fahrern die Benutzung der Supercharger gratis an.

Versicherungskosten sind im Schnitt niedriger als bei konventionellen Fahrzeugen. Bei der Kfz-Steuer ergeben sich je nach Kaufdatum, Batteriegröße und Nutzung als Dienstwagen verschiedene Vorteile. Auch die Unterhaltskosten sind aufgrund des Wegfalls vieler wartungsintensiver Komponenten sehr gering. So können Elektrofahrzeuge heute bereits über die gesamte Lebensdauer kostengünstiger sein als ein vergleichbares Fahrzeug mit Verbrennungsmotor. Würde man darüber hinaus die verursachten CO2-Emissionen mit einpreisen, ist der konventionelle Antrieb nicht mehr konkurrenzfähig.

Wartung und Reparatur

Bei Elektrofahrzeugen entfallen viele wartungsintensive oder regelmäßig auszutauschende Bauteile. Der Elektromotor ist im Normalfall praktisch wartungsfrei. Arbeiten wie Ölwechsel entfallen, es gibt auch keine Filter (Benzin/Luft/Öl) zu tauschen. Andere Komponenten wie beispielsweise die Bremsen müssen seltener ersetzt werden: Sie werden geschont, da in den meisten Fällen über den Elektromotor gebremst wird, um einen Teil der Energie zu rekuperieren und die Batterie dadurch zu laden.

Muss ein Fahrzeug dennoch einmal in die Werkstatt, ist darauf zu achten, dass ein speziell für den Umgang mit Hochvolttechnik geschulter Betrieb aufgesucht wird.

PARTNER

EIN HERZLICHES DANKESCHÖN GILT UNSEREN PARTNERN

DAS BESTE KOMMT ZUM SCHLUSS

Unser spezieller Dank gilt den Menschen, die zum Gelingen dieses Projekts wesentlich beigetragen haben und es dadurch zu etwas ganz Besonderem machen:

Louis Palmer und den vielen Teilnehmern der WAVE 2013 für ihr großes Vertrauen, das Projekt zu unterstützen und den Romanfiguren als Vorlage zu dienen.

Den geduldigen Testlesern Heike Hinner, Helen Pope, Tony Garner, und Marcel Gauch für ihr detailliertes Feedback, das den Roman entscheidend beeinflusst hat.

Ralf-Martin Tauer für seine wertvollen Einblicke und hilfreichen Tipps im Artikel über IT-Sicherheit.

Marc Kudling für seinen fachlich stimmigen und humorvollen Beitrag zu Kapitel 3.

Ein ganz besonderer Dank gilt Helen Veitch, Louisa Kronthaler, Sabine Haseitl und Gerhard Tikovsky, die alle auf ihre Weise das Buch veredelt haben.

Unser Dank gilt auch vor allem denen, die Capscovil im Allgemeinen unterstützen und damit die Umsetzung dieses Projekts ermöglicht haben, insbesondere Ihnen - unseren Lesern.

Lightning Source UK Ltd.
Milton Keynes UK
UKOW05f0843080814

236548UK00001B/4/P